Nicholas Shakespeare

Die Säulen des Herakles

Roman

Aus dem Englischen von
Klaus Binder und Jeremy Gaines

KELLNER

Die Deutsche Bibliothek - CIP-Einheitsaufnahme

Shakespeare, Nicholas:
Die Säulen des Herakles : Roman / Nicholas Shakespeare. Aus dem Engl. von Klaus Binder und Jeremy Gaines. - 1. - 3. Tsd. - Hamburg : Kellner, 1994
Einheitssacht.: The high flyer <dt.>
ISBN 3-927623-39-3

Titel der Originalausgabe: *The High Flyer*

1.– 3. Tausend, April 1994

Umschlaggestaltung: Britta Lembke, Hamburg
Satzkonvertierung, Druck und Bindung: Clausen & Bosse, Leck

ISBN 3-927623-39-3

Für Barbara, in Liebe

Vorbemerkung des Autors

Personen und Ereignisse in diesem Roman sind ausnahmslos frei erfunden. Dennoch gilt mein Dank Eric Shaw und John Fa aus Gibraltar, insbesondere für die Einblicke in das Leben der Berberaffen, die sie mir gaben; mein Dank gilt dem Management von Euro-Tunnel, den Trustees von Hawthornden Castle, Natasha Spender und meinem Verleger Christopher MacLehose.

Die Literatur über die südliche Säule des Herakles ist spärlich, trotz ihrer Lage als »Nabel der Welt«. Folgende Bücher jedoch möchte ich gerne nennen: *The Track* von Arturo Barea (Faber, 1943), *Morocco that Was* von Walter Harris (Eland, 1983); *The Other Russia. The Experience of Exile*, herausgegeben von Michael Glenny und Norman Stone (Faber, 1990); und: *Ceuta. Historia, Presente y Futoro* von José García Cosió (Godino, 1977).

There is no going back in the matter of sensation.

Ernest Hemingway, *Tod am Nachmittag*, 1932

Erster Teil

ERSTES KAPITEL

Eines Nachmittags, während des Afrikanischen Krieges, fand eine verirrte Mörsergranate ihren Weg in den Glockenturm der Kirche von Santa Maria und beschädigte die Uhr. Die Uhr schlug weiterhin die Stunden, aber sie tat es eher zufällig, nach ganz eigenen Gesetzen. Die Viertelstunden gab sie getreu an, und meistens riefen die Glocken enthusiastisch zur Messe; ansonsten aber konnte sie zweimal schlagen, obwohl es sechs Uhr war, sie schlug sechs um eins, manchmal auch zwölf um halb sieben.

Man ließ einen Mechaniker über die Straße von Gibraltar herüberkommen. Man sagte ihm, daß die Uhr wie die Glocken aus einer Jesuiten-Kapelle irgendwo im Dschungel eines anderen Kontinents stammten. Nach einer knappen Woche kehrte er aufs Festland zurück, vor dem ihm fremden System von Federn und Rollen mußte er kapitulieren.

Im Laufe der Jahre gewöhnten sich die Abylaner daran, nicht mitzuzählen, wenn die Uhr von Santa Maria de Africa die Stunden schlug. Die Glockenschläge waren eine Aufforderung, auf die eigene Uhr zu schauen, nichts weiter. Aus diesem Grund konnten viele Abylaner genau angeben, wann sie von dem Unfall auf dem Meer erfuhren. Eine dichte Rauchwolke hatte sich vor die Sonne geschoben, als die Uhr gerade fünf schlug. Es war kurz vor Mittag.

Die Rauchschwaden zogen landeinwärts und verhüllten die Stadt. Der Rauch roch nach Teer, scharf und stechend. Capitán Panteco bekam ihn in die Nase, als er im Las Rosales die Akte eines Drogenschmugglers, den man El Callado nannte, bearbeitete. Gerade notierte er unter dem Stichwort »Verdächtige« den Namen »Joseph Silkleigh«, da schoß es ihm siedend heiß durch den Kopf. Die Basken vom Block D hatten das Gefängnis in Brand gesetzt! Er preßte sich ein violettes Taschentuch vor Mund und Nase und rannte aus dem Büro.

Joseph Silkleigh saß auf dem Hocker an seinem Stammplatz im Café Ulises, als er es roch. Er starrte in ein Notizheft. Die aufgeschlagenen Seiten waren leer, bis auf die Worte »Kapitel Eins«, über die er *Ein vielversprechender Mann* geschrieben und später wieder ausgestrichen hatte. »Die Worte lassen mich im Stich, Mohammed«, sagte er zu dem Mann hinter dem Tresen. Und als er zum Glas griff, stiegen ihm die Schwaden in die Nase, die er sofort als Dieselqualm erkannte.

Auch Dolores roch den Qualm und fragte sich, ob es nicht die Bücher sein könnten, vielleicht in der Abteilung für Stadtgeschichte. Sie schloß rasch die Türen der Bibliothek. Es war Freitag, der Tag, an dem alle früh Schluß machten, und sie war mit Rosita zum Mittagessen verabredet. Rosita wollte über Silkleigh sprechen. Sie über Panteco. Und wenn sie nur lange genug beim Mittagessen zusammensaßen, würden sie zum Schluß doch wieder von Ernesto, dem Dirigenten, sprechen.

Im selben Augenblick betrachtete die Witwe des Dirigenten das Durcheinander ihres Wohnzimmers in der Calle Zamora. Was für ein scheußlicher Gestank, dachte Genia Ortiz, und sie riß hastig die Fenster auf. Die Rauchschwaden lösten einige der Erinnerungen, die sie in die grüne Truhe unter ihrem Bett verbannt hatte: die blinden Uferlaternen in Balnascharki, die ausgelöschten Kerzen nach dem Abendessen, ihre Ankunft in Abyla vor achtundsechzig Jahren, mit einem Schiff, auf dem dicht an dicht schwarze Fliegen hockten. Beunruhigender empfand sie, daß der Qualm sie an Ernesto denken ließ, wo sie doch alles daran gesetzt hatte, aus ihrem Leben auszuräuchern, was sie an ihn gemahnte.

Im Speisezimmer des rot getünchten Hauses gegenüber aß Senator Teodoro Zamora de Avellaneda Mancheño y Centurión gerade zu Mittag. Es brauchte eine Weile, bis er sich vergewissert hatte, daß der Geruch nichts mit der Suppe zu tun hatte, die seine portugiesische Köchin, ganz absorbiert von ihrer Zusammenfassung der Seifenoper von gestern abend, auf seine purpurrote Strickjacke gekleckert hatte.

Senator Zamora saß und nickte. Aber seine Gedanken schweiften umher: da war der Brief des Gouverneurs, aufgefaltet lag das Blatt neben seinem Brotteller, die Bitte, doch das Amt des Präsidenten des Stierkampfs anzunehmen; da war der bevorstehende Ausflug mit seinem Enkel Pablo, mit dem er nach dem Essen zu den Felsen fahren wollte, die man den Fußabdruck des Herakles nannte; und da war der Tunnel.

»Lassen Sie mich nur machen, Señor.« Señora Criado war, während sie zum Schluß kam, der Suppenfleck auf der Strickjacke des Senators aufgefallen. Noch bevor er protestieren konnte, war sie schon dabei, die Jacke aufzuknöpfen.

»Ich bedanke mich, Señora Criado«, sagte er, und ließ sich aus der Jacke pellen. Sie streckte ihm eine Hand entgegen, und er reichte ihr den Suppenteller. Er schenkte seiner Köchin ein verschwörerisches Lächeln: »Ein Tag ohne Suppe wäre wie ein Tag ohne Sonne!«

Wenn der Geruch nichts mit der Suppe zu tun hatte, ob es dann das Hauptgericht war?

Als Marie Amaral die übelriechenden Schwaden über dem Club de Pensiones bemerkte, war sie gerade dabei, ihren Blumenstand für diesen Tag zu schließen. Der Gestank brachte ihr ganz unerwartet eine so fürchterliche Erinnerung in den Sinn, daß sie einen Topf gelber Begonien fallen ließ, die sie gerade hereintragen wollte. Da war sie wieder, diese Nacht in Algerien, diese Nacht mit dem Geruch von brennendem Haar, animalischem Geschrei, wildem Gehupe und den Flammen, die in allen Farben des Spektrums durch die Bäume züngelten. Denke nicht daran, sagte sie sich. An alles andere, bloß daran nicht, Marie Amaral. Egal was. In ihrem linken Arm spürte sie die Folgen einer Tetanusspritze, darum zog sie die Handschuhe mit den Zähnen aus. Sie brauchte den Beistand ihrer Blumen, aber die Blumen ließen sie im Stich. Sie bückte sich, um Scherben und verstreute Erde zusammenzukehren und die Pflanze aufzuheben. »Wohin mit dir?« sagte sie laut, nur um eine Stimme zu hören.

Marie Amaral hatte für Begonien nichts übrig, aber sie konnte es auch nicht über sich bringen, Blumen einfach wegzuwerfen. Sie verschenkte sie lieber, ans Café Ulises, an die Irrenanstalt in der Calle Silvestre, oder an die alten Frauen, die die Plaza de los Reyes überquerten. Genia Ortiz allerdings bekam keine mehr, so pikiert, wie sie reagiert hatte. »Wirklich reizend von Ihnen, Marie Amaral, aber ich mag nun mal nur die weißen.«

Kam niemand über den Platz, stellte sie die Blumen in einem Eimer als Gabe neben den Brunnen. Wenn sie morgens ihren Stand aufschloß, waren sie jedesmal weg.

»Was meinst du, wer nimmt sie sich?« hatte Pablo, der Enkel von Senator Zamora, einmal gefragt.

»Die Geister des Platzes.«

»Das glaub ich dir nicht.«

Marie Amaral schaute die Regale entlang. Keine leeren Töpfe. Sie öffnete den Schrank hinter der Kasse, fuhr mit der Hand über die Scheren, die Umschläge für Grußkarten, hinter den Behälter mit

Schwefelstaub, suchte nach einem Topf, und ihre Finger ertasteten etwas Hartes, das umgekippt auf der Seite lag.

An der Tülle zog sie die Teekanne hervor. Die Teekanne von David!

Und nun bin ich hier und will nicht an dich denken.

Sie öffnete den silbernen Deckel. Warum nicht? dachte sie. Sie stopfte die Begonie in die Kanne, drückte die Blumenerde um den Stiel vorsichtig fest. Sie lockerte die Oberfläche wieder und streute ein wenig Kalkhydrat darüber. Reiß dich zusammen, mahnte sie sich und fuhr sich mit dem Handrücken über die Augen, guten Augen kann Rauch nichts anhaben.

Wie in *El Faro* zu lesen sein würde, »vor diesem Qualm gab es kein Entrinnen, auch nicht, wenn man zum Meeresgrund hinabgetaucht wäre«. Kaum jemand in Abyla entkam ihm, einer der wenigen war der Mann am Bohrgerät, im Stollen unter der Straße von Gibraltar. Erst nach Schichtwechsel, vier Stunden später, hörte er von der Kollision des Schiffes, das Ersatzschneiden für seine Maschine an Bord hatte, mit dem Kahn eines Fischers vor Punta Benzú.

ZWEITES KAPITEL

1

Zweiundzwanzig Kilometer entfernt, jenseits der Meerenge, blieb ein hoher englischer Diplomat auf seinem Weg zum Lunch kurz bei einem Fernrohr stehen. Thomas Wavery war ein hochgewachsener Mann mit silbergrauem Haar, Ende fünfzig. Ein gebildeter, distinguierter Mann, so hätte ihn jeder gesehen, der ihm auf der Straße zum Aussichtspunkt begegnet wäre – ein Oxford-Professor, ein vertrauenswürdiger Bankier. Und hätte man ihn nur stehen sehen, so hätte man ihn seiner Kleidung und seiner Haltung nach sicher für einen erfolgreichen Mann gehalten. Wenn er ging, verrieten ihn seine Schultern und der Ausdruck seines Gesichts.

Er war vor einer Stunde mit dem Flugzeug in Gibraltar gelandet, hatte die Seilbahn zum Gipfel genommen und sich von dort nach Norden gewandt, den Middle Hill hinab. Die Schotterstraße führte steil zur Bucht hinunter. Als ihn ein Land-Rover mit militärischem Kennzeichen überholte, rutschte er kurz aus, fiel aber nicht, weil er seitlich an der Böschung Halt fand. Er erkannte Aaronstab, Felsenkrokus und Wespenragwurz, allesamt Blumen, die er zusammen mit Penny in den Garten seines Alterssitzes hatte pflanzen wollen.

Ein Schweißtropfen brannte in seinem Auge. Er zog den Mantel aus und danach die Jacke, schob sie zusammengefaltet zu Geldbörse, Paß und einer Schachtel Konfekt für seine Schwägerin, die Frau des Gouverneurs, in die gelbe Tüte aus dem Duty-free Shop.

Im Weitergehen rieb er sich Erde von der Handfläche. Die Straße wurde breiter und erreichte den Aussichtspunkt. Dort stand ein Fernrohr, und in die niedrige Mauer war eine Tafel aus Portlandstein eingelassen. »An dieser Stelle standen Ihre Majestät Königin Elizabeth II. und Seine Königliche Hoheit der Herzog von Edinburgh und schauten über Gibraltar. 10. Mai 1954.« Jemand hatte FUCK IS GOOD über die Tafel gesprüht.

Wavery stand und schaute. Unter ihm und nach rechts hinüber dehnte sich eine Baustelle, mit Abraum aus dem Gibraltar-Afrika Tunnel wurde dort dem Meer Land abgerungen. Ein leerer Lastwagen fuhr zum europäischen Tunnelmund und verschwand in der gähnenden Öffnung. Hier begann der zweiundzwanzig Kilometer lange Tunnelweg nach Afrika.

Wavery stellte seine Plastiktüte auf der Mauer ab und suchte nach der Stadt jenseits der Meerenge. Dort sollte er für ein Jahr leben. Nicht im Traum wäre ihm der Gedanke gekommen, daß er seine nächste Stellung ohne seine Frau antreten würde. Noch weniger, daß dies an der südlichen Küste des Mittelmeers geschehen würde. Nun wollte er einen Blick auf seinen letzten Posten werfen.

»Es gibt da ein Gedicht von Yeats, Sie werden es kennen«, hatte Cullis gesagt, als er Wavery über seinen neuen Posten unterrichtete. Mit schottischem Akzent rezitierte der Permanent Under Secretary, den alle PUS nannten: »The heron-billed pale cattle-birds that ... cross the narrow straits«. An den Titel konnte er sich nicht erinnern.

Das Gedicht war Wavery unbekannt, die Meeresenge dort unten nicht. Er versuchte, sein Wissen zu verleugnen, aber klassische und historische Anekdoten schossen ihm zu Dutzenden durch den Kopf. Da war der Kanal, den Herakles gegraben hatte, seine zehnte Arbeit. Und nachdem er die beiden Kontinente getrennt hatte, hatte der Heros zwei Säulen errichtet, auf jedem Ufer eine. Der Ort, an dem Wavery stand, war das Ende der Welt, hinter dem sich der *Orbis terrarum* ins Grüne Meer der Dunkelheit verlor. Wegen dieser Säulen gab es die Vorstellung einer Alten und einer Neuen Welt. Die Phönizier hatten die Säulen passiert, auch die Heilige Ursula, und natürlich Kolumbus, der fast ertrunken wäre, als Piraten sein Schiff angriffen. An eine Planke geklammert rettete er sich ans Ufer. An dieser Küste habe ich mit Penny geschlafen, dachte Wavery, in der Nähe eines hübschen Städtchens, das Lagoa hieß. Aber all das konnte aus seinem Kopf die Vorstellung eines Mannes nicht vertreiben, der sich an die kleine Spiere klammerte, die ihm das Foreign Office zugeworfen hatte.

Wavery kramte nach einer Münze. Wie Kolumbus hatte er die Welt bereist, in sieben Ländern hatte er gelebt. Nun, als letzte Station, war es ihm bestimmt, an jenen Felsen gekettet zu werden. Von dort, von der südlichen Säule des Herakles, waren die Mauren nach Europa aufgebrochen, von dort hatte Graf Julian Tariqs Männer in den Kampf geschickt, um die Entführung seiner Tochter durch den spanischen König zu rächen. Wavery schob die Münze in den Schlitz und schwenkte das Fernrohr in die Richtung, in der er Abyla vermutete. Zwei Minuten würde das Objektiv geöffnet bleiben. Er preßte sein rechtes Auge gegen das Okular. Er hatte lang genug zurückgeschaut, jetzt, als End-Fünfziger, so sagte er sich, müsse er in die Zukunft blicken.

Über dem Kanal lag ein dichter Dunststreifen. Eine dunkle Rauchspur quoll aus dem Dunst und ließ den Horizont leer und trist erscheinen. In dem Rauch glaubte Wavery den Umriß eines Schiffsrumpfs ausmachen zu können. Als er noch einmal hinschaute, war es verschwunden.

2

Der Affe kletterte gehetzt den Hang mit den verwilderten Olivenbäumen bergauf, die Angst saß ihm im Nacken. Am Fuß der niedrigen Stützmauer, die neben der Straße zur Upper Battery herlief, blieb er hocken und ruhte aus. Sein Herz schlug schnell. Er hörte weder die Silbermöwen im Aufwind noch die Lastwagen, nur sein pochendes Herz.

Über das Meer fegte der Wind heran. Er konnte die Gischt schmecken. In ungestümen Stößen ließ ihn der Wind spüren, daß seine Herrschaft vorüber war, blies ihm ins Gesicht, brachte die selbstherrlichen Möwen aus dem Gleichgewicht. Der Wind war nicht zu überhören. Er blies ihm durch den Bart, über Arme und Bauch, blies Kälte in die kaputten Zähne und die arthritischen Finger, blies Muster in den grauen Winterpelz, dort wo sein Körper nicht mehr schlank war und der Hunger unüberhörbar.

Eine Gallwespe kreiste um seine Nase. Er schlug nach ihr, und ein Sonnenstrahl brach sich an dem silbernen Etui in seiner Hand. Er hielt es sich vor die Augen. Da waren Buchstaben in die Oberfläche eingraviert, und es roch nach trocken gewordenem Tabak. Der Deckel trug die Widmung FÜR LAWRENCE IN LIEBE – VON EDWINA, und ein Datum. Fasziniert blickte er auf den Vorsprung des Kalksteinfelsens hinter seiner Schulter, auf den Antennenmast der Garnison, auf die von wildem Mohn übersäten Hänge des Middle Hill. Er schwenkte das silberne Etui, und aus dem Netzwerk der Gravur schaute ihm das eigene Antlitz entgegen.

Er sah die Wunde in seinem Nacken, dort hatte Philip ihn bis auf den Knochen gebissen. Und plötzlich bewegte sich etwas auf der reflektierenden Oberfläche. Er wirbelte herum. Zwanzig Meter links von ihm teilten sich die Olivenzweige, und der Kopf von Charles tauchte auf.

Bis gestern nacht hatte Charles zu seinem Gefolge gehört. Doch gestern nacht hatte Philip ihn herausgefordert. Und danach war Charles ihm in den Weg getreten. Sie starrten einander an und hörten auf die Geräusche, die aus den Blättern kamen. Das waren die Geräusche, mit denen seinen Kindern die Köpfe von den Schultern gerissen wurden.

Da Charles aufgetaucht war, mußte Philip in der Nähe sein. Und wo Philip war, da waren auch Marlene, Catriona, Germaine nicht weit.

Ein Alarmschrei schrillte, und Charles war verschwunden – der helle Pelz huschte davon. Er warf ihm die Dose hinterher. Vergeblich. Er blieb allein in der Dunkelheit seiner Angst, eine Dunkelheit, in der auch seine Gier nachhallte. Er fühlte die Stöße, mit denen Gier und Angst ihn trafen. Hungrig, unbefriedigt, reizbar und einsam kletterte er über die Mauer.

Der Verschluß des Fernrohrs schnappte zu. Wavery hatte seine Münze aufgebraucht, und er hatte Abyla nicht entdeckt. Er hob den Kopf, da hörte er ein Scharren und blickte nach unten – in zwei wilde braune Augen. Hätte er einfach die gelbe Tüte gepackt und einen Schritt zurück getan, alle Komplikationen, die nun auf ihn zukamen, wären ihm erspart geblieben. Aber er war abgelenkt, war ganz woanders. Und er starrte immer noch, mit dem Ergebnis, daß der Affe die

Zahnstümpfe fletschte und ein derart alarmierendes Knurren von sich gab, daß Wavery nicht anders konnte, als einen Schritt zurückzuweichen und seine Tüte im Stich zu lassen, die er zuletzt als gelben Fleck sah, der zwischen Lavendelgestrüpp den Hang hinuntersprang.

3

Im Convent gab sich der Adjutant von Sir Lawrence äußerst herablassend. Er übermittelte Wavery das tiefe Bedauern des Gouverneurs, der nicht, wie vor vierzehn Tagen vereinbart, würde zum Mittagessen erscheinen können. Etwas Unvorhergesehenes fordere seine Aufmerksamkeit. Wavery, der sich für das Mittagessen gewappnet hatte, sagte: »Dürfte ich bitte mit Lady Tredwell sprechen?«

Er wurde durch einen Innenhof, der mit Sumpfprimeln bepflanzt war, in ein hellgrünes Zimmer geführt, in dessen Mitte ein runder Tisch stand. Darauf lagen zwei Kartenspiele und eine Geschichte der englischen Marineflieger, ohne Schutzumschlag. Nach einer Weile hörte er das harte Klappern von Absätzen auf den Fliesen. Edwina Tredwell erschien. Sie übersah seine ausgestreckte Hand nicht.

»Thomas, wie nett dich zu sehen«, sagte sie eisig. »Es tut mir leid, wegen des Mittagessens. Wie du weißt, spielt Lawrence Golf.«

»Nein. Das wußte ich nicht.«

»Ich dachte, er hätte dir eine Nachricht zukommen lassen.«

Wavery verstand ihre Zurückhaltung. Drei Wochen lang, seit seiner Berufung, hatte sie wohl anhören müssen, wie ihr Gatte mit der Entscheidung des Außenministeriums haderte. Wavery und er waren nie gut miteinander ausgekommen.

»Sie haben ihn hierher geschickt, um mich zu ärgern. Er läßt sich von meiner Schwester scheiden, und sie schicken ihn *hierher* – als wenn sie nicht die ganze Welt zur Auswahl hätten.«

»Aber Liebling, das war bestimmt nicht persönlich gemeint.«

»Edwina, du hast keine Ahnung, wie diese fabelhafte Organisaton funktioniert. Ich habe ihn schon beim ersten Treffen nicht gemocht. Ich wußte gleich, was er Penny antun würde.«

»Seine Nachricht kam wohl erst nach meiner Abreise«, sagte Wavery.

»Ich könnte dir ein Sandwich anbieten«, sagte Lady Tredwell zaghaft.

»Eigentlich, Weena, bin ich wegen etwas ganz anderem gekommen«.

»Penny?«

»Nein. Nicht wegen Penny«.

»Die Geschichte tut mir leid. Es tut uns beiden leid.«

»Nett von dir, das zu sagen. Aber – nein, es geht nicht um Penny«.

»Besser, wir setzen uns, oder?« sagte sie.

Sie setzten sich in zwei orangefarbenen Stühlen mit hohen Rückenlehnen zurecht. Sie schlug ein Bein über das andere und legte die Hände flach, eine über der anderen, auf das linke Knie. »Na dann?«

»Mir ist ein kleines Mißgeschick passiert«, begann Wavery und beschrieb das wild struppige, unberechenbare Geschöpf, das sich mit seiner Identität davongemacht hatte.

»In der Tüte war auch eine Schachtel Konfekt für dich«, fügte er hinzu.

»Ach Tom!« Lady Tredwells Stimme war nur noch ein Flüstern. Ihr ganzes Verhalten hatte sich verändert. »Es ist bestimmt derselbe.«

»Bitte, Weena, wovon sprichst du?«

»Ich *weiß*, es ist derselbe. Es muß derselbe sein.« Und sie erklärte, was sie meinte.

Es war zwei Stunden vorher geschehen. Sie habe das Frühstückstablett abräumen wollen. Da habe der Kristalleuchter über ihr geklirrt, sie erinnere sich genau. Was für ein Wind, habe sie gemurmelt. Dabei sei ihr in den Sinn gekommen, daß die Briten bei der Eroberung von Gibraltar ihr Wetter gleich mitgebracht hätten. Und wie sie sich nach dem Tablett bücken wollte, da konnte sie nur noch schreien. Ein großer Berberaffe, in den Krümeln des Frühstücks auf dem ungemachten Bett, sein Blut tropfte in die Daunendecken.

»Und dann ist er mit dem Zigarettenetui von Lawrence auf und davon. Ich darf gar nicht daran denken.«.

»Lawrence kann nichts unternehmen?«

»Er ist nicht zu erreichen. Ich habe es den ganzen Morgen versucht, aber er wollte dich auf jeden Fall verpassen«.

»Ich kann mir vorstellen, was er fühlt, Weena«.

»Wenn es sich um seine Familie handelt, kann er nicht über den Tellerrand sehen. Bist du sicher, daß du kein Sandwich möchtest? Wir könnten zusammen im Garten essen. Du magst doch Gärten noch, oder?« sagte sie, als sei auch diese Liebe unsicher geworden.

»Hör zu, Weena. Ich brauche einen Paß.«

»Einen Paß?!«

»Er steckte in der Tüte, mit deinen Pralinen. Ohne Paß komme ich nicht nach Abyla.«

»Wann wirst du dort erwartet?«

»Heute nachmittag, an der Fähre.«

»Oh je«, sagte sie, und hätte ihn beinahe umarmt. »Dann brauchst du nicht Lawrence. Sondern seinen Stellvertreter. Giles Hoyter«.

Das Amt des VizeGouverneurs erreichte man vom Convent Place aus durch einen Seiteneingang, das Geschäft gegenüber warb mit bequemen Raten für Bestattungen.

Das Bürogebäude war grau, im palladianischen Stil, die Fußböden waren gerade erst mit karamelbraunem Linoleum belegt worden. Die verschiedensten Einrichtungen hatte es beherbergt, die Kommission zur Überwachung des Sanitätswesens, den Stadtrat und einmal auch eine Nonnenschule.

Drei Stockwerke hoch, hinter einem Resopalschreibtisch und unter seiner Königin, die in ihrem fünfundzwanzigsten Jahr, in Samt gekleidet und ziemlich schön mit majestätischem Wohlwollen auf ihn herabblickte, saß Giles Hoyter auf dem schwarzen Drehstuhl, den er sich unten in den Büros besorgt hatte, und sagte: »Und wer in Gottes Namen ist Wavery?«

Er hörte zu, strich sich mit einer Hand die rotbraunen Haartollen hinters Ohr. »Können Sie nicht ... – schon gut«, sagte er, »schicken Sie ihn herauf.«

Um das Schiffsunglück mußte er sich kümmern. An diesem Morgen, um vier Uhr dreißig, waren die Hilferufe der *Admiral Grau* in Lloyds Fernmeldebüro eingegangen. Das in Spanien registrierte Container-Schiff war in die Straße von Gibraltar eingelaufen – auf dem richtigen Breitengrad, aber mit falschem Kurs. So war es der Küste Afrikas näher, als der Kapitän dachte.

Das Fischerboot konnte er erst im letzten Augenblick gesehen haben.

In der ersten Verwirrung hatte der Kapitän auf die Ladung seines Schiffs nicht geachtet. Eine der Kisten hatte ein Loch in den Rumpf geschlagen. In einer anderen waren Behälter mit Lösungsmittel zerbrochen. Irgendwie mußte sich die Flüssigkeit entzündet haben.

Acht Stunden später brannte die *Admiral Grau* noch immer. Im Rumpf waren zwei Löcher, eines über, eines unter der Wasserlinie, das Schiff hatte insgesamt 6000 Tonnen Diesel verloren. Zwei Besatzungsmitglieder waren tot, vier weitere verletzt. Hubschrauber der Royal Navy waren im Einsatz, um nach Überlebenden aus dem

Fischerboot zu suchen. In der Zwischenzeit hatte das Büro der Handelsmarine in Madrid die Engländer um Unterstützung durch Feuerwehrschiffe gebeten, um das auslaufende Öl einzudämmen. In Hoyters Überlegungen, ob dieser Bitte zu entsprechen war, platzte die Gattin des Gouverneurs mit dem ersten von drei hysterischen Anrufen.

Während er Lady Edwina zuhörte, dachte der Vizegouverneur mit Freuden an den Tag – nur noch vier Monate bis dahin! –, an dem er seine Stellung als Nummer Zwei in Tegucigalpa antreten würde. Ob es auch in Honduras Affen geben würde? Dort bestimmt nicht, dachte er schließlich mit Entschiedenheit.

Hoyter war dem Foreign Office unterstellt. Fähigkeiten, die ein Beamter mit Karriereaussichten aufweisen mußte, fehlten ihm nicht durchweg, aber in seiner Beurteilung für die Personalabteilung stand auch: »Ohne besonderen Ehrgeiz«. Als Vize brauchte er den auch nicht. Er war ein methodischer Arbeiter, der den jeweils geltenden Losungen folgte. Die Beurteilung schloß mit der Bemerkung, daß er kein unfreundlicher Mensch sei, auch wenn er diesen Eindruck durchaus erwecken konnte. Es waren im allgemeinen Frauen, die ihn nicht mochten.

»Da hat er gesessen, Giles, stellen Sie sich das nur vor, mitten in unserem Bett!«

Er konnte sich ein »Scheußlich« abringen, aber es gelang ihm nicht, die Gattin des Gouverneurs zu beruhigen. Mit dem untrüglichen Instinkt von Ehefrauen wußte sie, was er von ihrem Mann hielt.

In ihrem Auftrag versuchte Hoyter, seinen Gouverneur zu erreichen. Auch der Kommandeur des Gibraltar-Regiments verlangte den Gouverneur zu sprechen. Er wollte den Affen erledigen lassen.

»Genau genommen, brauche ich seine Erlaubnis gar nicht«, schnauzte der Commanding Officer, der auch für die Affenkolonie zuständig war. Sharon, der Liebling des Regiments, war nach seiner Tochter genannt worden – eine Auszeichnung, über die er glücklicher war als seine Tochter.

»Aber es wäre mir lieber, ER wüßte, was wir vorhaben.« Der CO hielt inne. Im plötzlichen Schweigen von Colonel Jim – auch das war typisch für diese Militärs, ihre Kumpanei – spürte Hoyter die unausgesprochene Verachtung, die ihm seit seinem ersten Tag hier von allen Seiten entgegengeschlagen war. Ob es der Gouverneur war oder die Militärs oder die Wirtsleute im Princes of Wales, die alle Gäste auf ihre warme wallisische Art begrüßten, nur ihn nicht. Es war die

Verachtung, mit der ganz Gibraltar die Diplomaten bedachte, die das Abkommen über den Gibraltar-Afrika Tunnel ausgehandelt hatten.

»Jim«, sagte Hoyter streng. In Abwesenheit seines Chefs fiel er gern in den Ton seines Herrn. »Ich bin dafür. Völlig d'accord. So wie ER es auch sein wird. Aber ist es *wirklich* eine gute Idee, wenn sich das Gibraltar-Regiment ausgerechnet jetzt mit der Vernichtung von Affen befaßt? Die Menschen sind manchmal so abergläubisch.«

Aber der Colonel gab nichts auf Aberglauben. Er hatte sich um einen verwundeten Affen zu kümmern, der auf der Suche nach einer Partnerin in der Stadt Amok lief. Er dachte an Sharon. »Schicken Sie einen Wagen, wenn Sie Schwierigkeiten sehen«, sagte er, »ich werde Sergeant Rossy freistellen, der wird Sie ins Bild setzen.«

»Gut«, sagte Hoyer. Er hütete sich zu fragen, ob Rossy nicht mit einem Wagen des Regiments kommen könne. Er wußte, wie genau es der Colonel mit den Kürzungen in seinem Etat nahm, die ihm Hoyter und seinesgleichen beschert hatten. Seit den Aufständen der Jakobiner war sein Regiment in alle Konflikte verwickelt. Was weder den Deutschen noch den Spaniern gelungen war, die jüngste Mode des Pazifismus würde es schaffen.

»Ich schicke einen Fahrer.«

Bis vor sechs Monaten hatte sich ein ehemaliger Pionier um die Affen gekümmert, ein Mann, der es fertigbrachte, Hockeybälle mit dem Kopf zu stoppen. Dieser Dickschädel konnte mit den seltsamen Lauten, die er von sich gab, die Affenmeute vom Middle Hill um sich versammeln. Er hatte gelernt, in ihrer Sprache zu fluchen, und zwanzig Jahre lang hatte er mit ihnen herumgeflucht. Bis sein Hund starb, ein irischer Setter. Er war unter den Affen aufgewachsen und, offenbar in der festen Überzeugung, er sei einer von ihnen, auf einen Ast gesprungen, der über die Schlucht hinter Windmill Hill hinausragte. Noch am gleichen Tag quittierte der Mann seinen Dienst. Das geschah im Juni, damals übernahm Sergeant Rossy den Posten. Rossy hatte ein Jahr auf einer unbewohnten Insel nördlich der Shetlands verbracht, dort die kleptoparasitischen Interaktionen von Feldmäusen beobachtet. Ein weiteres Jahr hatte er im südlichen Indien unter Makaken gelebt und einen Artikel über promiske Zuchtparasiten unter den *Macaca sylvana* verfaßt. Der ökologische Flügel des Regiments hatte Rossy favorisiert.

Um halb zwölf konnte er mit seinem Vortrag beginnen, um zwanzig nach zwölf hatte er seinen Bericht zur Lage auf dem Middle Hill beendet und erläutert, was seiner Meinung nach zur Entmachtung des

Anführers der Meute geführt hatte. Hoyter versuchte, sich Notizen zu machen, hechelte hinter Rossy her und verlor auch den Faden nicht; erst als Rossy begann, Theorien über die Neutralisierung solcher Konflikte zu entwickeln, gab Hoyter auf und beschränkte sich auf gelegentliches Lächeln oder Nicken.

Rossy beendete seinen Vortrag mit dem Hinweis, daß er ein Blasrohr und kein Gewehr benutzen werde. Johnnie solle auf möglichst humane Weise in Jenseits befördert werden.

»Sehr gut, Sergeant«, sagte Hoyter. Er lächelte. Für wen hielt der Mann sich eigentlich? Für Tarzan vielleicht. »Ich nehme an, Sie werden den Weg zurück finden.«

Er wollte nun gerade das Amt der Handelsmarine anrufen, als das Telephon abermals klingelte. Er starrte auf den Apparat. Schon wieder die Gattin des Gouverneurs?

»Hoyter«, bellte er.

Es war die Empfangsdame von unten. Ein Herr wolle ihn sprechen.

»Er sagt, er sei ein Kollege von Ihnen, Sir.«

4

Sie gaben sich die Hand.

Wavery hatte gefragt: »Vielleicht ist es hilfreich, wenn du ein Wort für mich einlegst, Weena?«

»Nicht im geringsten«, hatte sie geantwortet, »er ist einer von euch. Wir haben überhaupt nichts füreinander übrig.«

»Einen Augenblick«, sagte Hoyter und deutete auf den Stuhl, den seine Sekretärin, ein junges Ding mit einer hohen Stirn, vor dem Schreibtisch zurechtgerückt hatte.

Er telephonierte. »Liebling? Ich werde zum Mittagessen zu Hause sein. Warst du schon einkaufen?«

Wavery setzte sich. Den Schreibtisch beherrschte ein neolithischer Schädel aus Plastik, den Hoyter als Briefbeschwerer benutzte. Rechts vom Schreibtisch hing eine Pinwand, und an der Pinwand hingen eine Postkarte aus Paris, der Flugplan nach London und ein mit grünem Filzstift geschriebener Spruch: MEINE ARBEIT IST SO GEHEIM, DASS NICHT EINMAL ICH WEISS, WAS ICH TUE.

»Ja«, sagte Hoyter, »nur die eine von mir.«

Der Stellvertreter des Gouverneurs legte auf. Er schlug ein Bein über das andere. Er fuhr sich mit einer Hand durch den Schnurrbart. Er lehnte sich im Stuhl zurück.

»Ich bin ganz Ohr«, sagte er.

Im Lauf seiner Dienstjahre war es ihm immer wieder auf die Nerven gegangen, daß die britische Öffentlichkeit glaubte, Her Majesty's Foreign and Commonwealth Office sei zu nichts anderem da, als irgendwelche Schwierigkeiten aus dem Weg zu räumen. Außerdem schienen es die Untertanen Ihrer Majestät als unverbrüchliche Regel zu betrachten, Pässe immer nur Freitagmittag zu verlieren, und niemals am Montagmorgen.

Während Wavery den Zwischenfall auf Middle Hill darstellte, lehnte sich Hoyter nach vorne und stützte sein Kinn in die Hand.

»Ich habe noch nie davon gehört, daß ein Affe einen Paß klaut. Ein Hund schon.« Meistens seien es Kleinkinder, die Pässe mit ihren Kritzeleien unbrauchbar machten, wenn nicht die Mutter sie mit den Jeans in die Waschmaschine gesteckt oder das Meer sie zu einem Klumpen Zellulose aufgeweicht hätte.

»Ich nehme an, Sie haben ihn angestarrt? Wie ich mir habe sagen lassen, mögen sie das überhaupt nicht. Aber zum Glück war es ja kein Panther.« Er lachte gallig, griff zum Telephon und bat seine Sekretärin um zwei Tassen Tee und die Kekse.

»Er heißt Johnnie. Falls Sie das interessiert.«

»Wer?« fragte Wavery.

»Der Affe, der Ihre Tasche gestohlen hat.« Hoyter schaute auf seine Notizen. »Er wurde in der Liste als weiblich geführt, bis er zum Anführer der Meute wurde. Damals hieß er noch Margaret. Sie bekommen immer Namen von VIPs, müssen Sie wissen.«

»Er war mit keiner Meute unterwegs.«

»Nein«, antwortete Hoyter geduldig, »er ist entmachtet worden. Man spricht hier nicht gerne vom bösartigen Einzelgänger, aber das ist er. Ein jüngerer Affe hat ihn davongejagt. Auseinanderreißen, zusammenfügen, auseinanderreißen, das ist das Gesellschaftsleben dieser Horden.« Er wartete, um zu sehen, ob seine Worte Resonanz fanden, dann wandte er sich wieder seinen Notizen zu. »Die Paarungszeit hat angefangen, und von seinem Geschlechtsleben ist nicht viel übrig.«

»Ach so«, sagte Wavery.

»Sie hatten Glück, daß er nicht zugebissen hat. Sie übertragen nämlich Hepatitis, Typ B.«

Die Kleine mit der hohen Stirn kam herein.

»Danke, Gill«, sagte Hoyter, nachdem sie wieder draußen war. Er hob einen Deckel aus rostfreiem Stahl und rührte mit einem Bleistift um. »Mit Tee soll man nichts überstürzen. Einen Keks, vielleicht?«

»Lieber nicht«, sagte Wavery.

»Ich hoffe, Sie haben ihn nicht gefüttert? Denn das ist verboten. Es sei denn, Sie tun es am Queen's Gate.« Wie Sergeant Rossy berichte, sei die Meute dort so überfressen, daß sie sich nicht mehr paarten. »Sie bleiben auf ihren Hintern sitzen und fressen Smarties«, sagte Hoyter, der an seinen Gouverneur dachte. »Man sagt, dies Verhalten sei dem von Menschen nicht unähnlich, die sich um nichts kümmern müssen. Aber das wird Sie alles gar nicht interessieren.« Er goß den Tee ein. »Sie brauchen einen Paß.«

Thomas Wavery. Bei diesem Namen dämmerte ihm etwas.

»Auf der Durchreise nach Abyla, sagen Sie. Ich glaube, dort kommen die Affen her, ursprünglich.« Hoyter tätschelte den Schädel auf seinem Schreibtisch. »Und das heißt, wir Menschen auch, nehme ich an.«

»Ich werde heute dort erwartet«, sagte Wavery.

»Sind Sie schon mal drüben gewesen?« fragte Hoyter. Er und Mrs. Hoyter hatten die Stadt auf einer Reise nach Marokko kurz besucht und jede Minute ihres Aufenthalts dort unerträglich gefunden. Staub, Fliegen, Araber. Sie blieben gerade so lange sie brauchten, um einen Videorecorder zu kaufen. Zu Hause stellten sie dann fest, daß dessen Pause-Taste defekt war. Und sie kauften einen Amethyst, den ihnen ein Kind an der Grenze nach Marokko angeboten hatte.

»Wieder um eine Erfahrung reicher«, sagte Mrs. Hoyter, als sich ihre Hände purpurn färbten.

Wavery sagte: »Nein. War noch nicht dort.«

»Ein netter Ort. Wie lang sollen Sie bleiben?«

»Bis zum Besuch der Königin.«

»Ihr letzter Posten?«

Wavery nickte. »Mein letzter Posten.«

Hoyter blickte ihn über den Tassenrand hinweg an. Der Tee schmeckte nach Bleistift. »Die von der Personalabteilung haben mich nicht informiert«, fuhr er vorsichtig fort.

»Aber der Gouverneur wird Sie wohl vorgewarnt haben?«

»Ich denke nicht, daß der Gouverneur auch nur die geringste Ahnung hatte, daß Sie kommen würden.«

»Mr. Hoyter«, sagte Wavery, »Sir Lawrence ist zufällig nicht nur mein Schwager, sondern ich habe auch vor zwei Wochen erst mit ihm darüber gesprochen.«

»Mein Herr«, sagte Hoyter gereizt, »Sie glauben gar nicht, wie viele Menschen hier täglich erscheinen und behaupten, der Schwager des Gouverneurs zu sein. Aber was genau wollten Sie denn von Sir Lawrence?«

»Ich war mit ihm zum Mittagessen verabredet. Er hat abgesagt.«

»Abgesagt. Dem eigenen Schwager?« Hoyter lächelte fast schelmisch.

»Wie ich höre, spielt er Golf«, sagte Wavery.

»Ja, der Wettbewerb, oben auf dem Felsen. Wer den Ball am weitesten in Richtung Afrika schlagen kann. Er schlägt schon den ganzen Morgen Bälle ins Meer. Ich konnte ihn auch nicht erreichen.«

»Ich bin überzeugt, daß er für mich bürgen würde, wenn er hier wäre.«

Hoyter stellte seine Tasse auf den Schreibtisch. »Einen vorläufigen Paß *könnte* man schon ausstellen«, sagte er. Trotz allem bewahrte der Mann eine irgendwie beeindruckende, direkt würdige Haltung. Er wählte eine Nummer. »Gill? Verbinden Sie mich bitte mit der Personalabteilung.« Er wechselte einen Blick mit Wavery. »Falls Sie der nicht sind, der Sie zu sein behaupten. Immerhin«, sagte er umgänglich, »Sie könnten mich täuschen wollen. Sie könnten jemand ganz anderer sein.« Wieder entfuhr ihm ein kurzes galliges Lachen. Er erinnerte sich an seinen letzten Anruf bei der Personalabteilung, damals war es um seine eigene Zukunft gegangen. Man hatte damals nicht die geringste Ahnung gehabt, wer am anderen Ende der Leitung war.

Er öffnete eine Schublade, zog ein weißes Formular heraus und, nachdem er weiter gekramt hatte, ein Buch mit zerfleddertem Schutzumschlag. Er schlug es auf. »Dewsnap ... Pulleyblank ... Queesal ... Wavery ... Da haben wir ihn. Wavery, Thomas. Stellvertretender Botschafter, Lima.« Er notierte den Namen. »Geburtsort?«

»Mathon, Herefordshire«, sagte Wavery. Hoyter nickte. »Paßnummer?«

Wavery wußte sie nicht mehr.

»Datum und Ausstellungsort?«

»London. Aber ich weiß nicht mehr wann.«

»Wenn er in London ausgestellt wurde, kann ich die Daten wahrscheinlich beim Archiv in Hayes erfragen«, sagte Hoyter. »Irgendjemand hier, der Sie kennt? Das können wir wohl übergehen, was?

Unveränderliche Kennzeichen?« Der Bleistift blieb in der Luft hängen. »Leberfleck? Narbe? Tätowierung?« fragte er entgegenkommend.

»Nein.«

»Größe? Sagen wir einsachtzig. Beruf? Bekannt, nicht wahr. Dito die Umstände des Verlusts.« Er schmunzelte. Und blickte wieder konzentriert in das Handbuch des Diplomatischen Dienstes. »Darf ich Sie nach Ihren anderen Posten fragen?«

Wavery nannte die Stationen.

»Muß schön gewesen sein in Lima, oder?«

»Es war grauenhaft.«

Hoyter blieb nichts übrig, als fortzufahren mit den sechs Spalten zu Waverys Leben. Er griff nach dem zweiten Keks. »Universität?«

»Cambridge.«

»Was haben Sie studiert?«

»Klassische Philologie.«

»Der Name Ihrer Frau?«

»Penelope.«

»Wieviele Kinder haben Sie?«

»Keine.«

Hoyter biß in den Keks. Er nickte zustimmend. »Und wie lange sind Sie verheiratet?«

»Fünfunddreißig Jahre. Aber wir leben in Scheidung.«

Plötzlich wußte Hoyter, wen er vor sich hatte. Jetzt erinnerte er sich daran, daß der Mann, der ihm gegenüber saß, hätte Botschafter Ihrer Majestät in Portugal sein können, hätte ihn der PUS nicht erwischt, als er eine Frau umarmte, die nicht die seine war.

Er schloß das Buch und entspannte sich. Dann dachte er an etwas anderes. »Eine Veröffentlichung der Staatsdruckerei. Sie hätten es auswendig lernen können ...«

Es klingelte.

»Hoyter.« Er hörte zu. Er nickte. Er schaute über den Tisch hinweg Wavery an und hob seinen Daumen. »Personalabteilung«, flüsterte er und zwinkerte. »Wie schreibt er sich?« Er buchstabierte Waverys Namen. »Löst er dort jemanden ab? Haben Sie? Nein. Er sagt nein.« Er blickte jetzt wieder auf den Schreibtisch. »Beschreiben soll ich ihn ...« Hoyters Stimme wurde leicht verlegen. »Muß das sein?«

Sein Gesicht lief rot an. Er blickte aus den Augenwinkeln auf Wavery.

»Wie alt ist die Aufnahme?«

DRITTES KAPITEL

1

Die *Bahía de Abyla* verließ den Hafen von Algeciras um siebzehn Uhr. Es war die letzte Fähre an diesem Tag. Wavery trug sein Gepäck zum oberen Deck hinauf. Er hatte die Krawatte abgenommen und die Hemdsärmel aufgerollt. Das Deck war menschenleer. Er stellte seine Tasche auf eine Bank und ging zur Reling. Er hatte vergessen, die Hände zu waschen. An seinen Fingern kribbelte die getrocknete Erde. Er umklammerte die Reling und atmete tief ein.

Die Luft roch nach der Schmiere an den Stahltrossen der Rettungsboote und nach verbranntem Diesel aus dem Schornstein. Vor allem roch sie nach der Bucht, deren Wasser sich vom Wind getrieben in kurzen Wellen hob und senkte. Über den Vibrationen des Schiffs hörte Wavery, wie die Wellen sich schäumend überschlugen und die Gischt zerstob. Er verfolgte die Spur des Kielwassers zurück nach Gibraltar.

An Gibraltar haftete alles, was er an England haßte. Er haßte die T-Shirts mit dem Union Jack darauf und die verfrühten Weihnachtsdekorationen. Er haßte die Fritten und das Bier, und er haßte Hoyter, der all das verkörperte, was er nie hatte werden wollen, und der ihn an den Mann erinnerte, der er geworden war.

Er schaute auf den Felsen, diesen verbeulten Hut, bis der Dunst ihn verschwinden ließ. Als er Gibraltar nicht mehr sehen konnte, ging er quer übers Deck und suchte am rußig grauen Horizont nach Afrika.

2

Jetzt weiß ich, wer Sie sind«, hatte Hoyter im Gesprächston gesagt, als er Waverys Unterschriftsproben entgegennahm. »Sie sollten nach Lissabon gehen, nicht wahr? Sei's drum, Abyla ist doch auch schön.«

Aber Wavery hatte in der Spalte »Bevorzugter Dienstort« niemals Abyla genannt. Neun Jahre lang hatte er nur einen Wunsch angemeldet: die Hauptstadt Portugals. Auf ihre unnachahmlich indirekte Weise war er von der Personalabteilung davon in Kenntnis gesetzt worden, daß er mit dem Posten rechnen könne.

Es gab eine Zeit, da wäre ihm auch Lissabon nicht in den Sinn gekommen. Damals hatte er auf den Botschafterposten in Paris gehofft, oder auf einen wichtigen Gouverneursposten. Damals hatte er durchaus nach den Sternen gegriffen. Die Zukunft versprach ihm den Adelstitel und auf verzwickte Angelegenheiten spezialisierte Wavery-Kommissionen. Es gab eine Zeit, da war er ein vielversprechender Diplomat gewesen.

»Ich muß einsehen, daß ich ein Klotz an deinem Bein bin, Tom.«

»Liebling. Ich bitte dich. Sag das nicht, nicht einmal im Scherz.«

Aber Penny hatte recht. Schließlich empfahl man sich nicht durch eine Frau, die den deutschen Expressionisten mehr abgewinnt als dem Empfang zur Feier des Geburtstags Ihrer Majestät. Als er sich irgendwann vor endlos langer Zeit hatte entscheiden müssen, da hatte er sich für seine Frau entschieden. Er war ihr treu geblieben, all die Jahre, das verdiente Anerkennung. Aber er machte sich nichts vor. Auch wenn er sie verlassen hätte, wäre er abgestürzt.

Vor allem Penny wollte nach Lissabon. »Gott, waren wir *glücklich*, damals. Oder etwa nicht?«

Sie waren sich vor fünfunddreißig Jahren in Cambridge begegnet, bei einer Abendeinladung in der Barton Road. Das war zu einer Zeit, als Wavery fürchten mußte, daß die Feste immer anderswo gefeiert würden. Penny fiel ihm auf. Sie saß in einer Ecke in einem Haufen rötlicher Kissen. Sie saß, hatte ihre langen Beine angewinkelt und knüpfte mit konzentriertem Ernst den Schnürsenkel an einem ihrer grauen Stiefel neu. Sie hatte achatfarbene dunkle Augen, helles Haar, das zu frisieren sie offenbar vergessen hatte, und ein rundes weißes Gesicht. »Das ist das Mädchen, das ich heiraten werde«, sagte er sich.

Schon lange hatte er auf eine Gelegenheit gewartet, diesen Satz zu sagen. Er war dreiundzwanzig Jahre alt, und er war noch unschuldig. Der Drang nach Liebe rumorte in ihm, er wollte sie verströmen, sie rückhaltlos verschenken an die, mit der er dann sein Leben teilen würde. Als sie ihm an jenem Abend eine gute Nacht wünschte, hatte es bei ihm gezündet.

Sie war Kunststudentin, Tochter eines Rechtsanwalts aus Suffolk. Er, der einzige Sohn eines Historikers – dessen Aufmerksamkeit galt einer sieben Jahre währenden Periode des 18. Jahrhunderts, und dem Sohn war es nie gelungen, auch nur eines seiner Werke zu Ende zu lesen –, machte gerade seinen Abschluß in Klassischer Philologie.

Wavery, in seiner Unerfahrenheit, wußte nichts davon, daß man einer Frau seine Liebe erklären muß, bevor man sie tatsächlich liebt, nur um den Raum zu schaffen, in dem Liebe sich entfalten kann. Er empfand die Distanz zwischen sich und der hübschen Kunststudentin. Aber mit dem Selbstvertrauen eines jungen Altphilologen glaubte er, sie überbrücken zu können. Als er einsehen mußte, daß es ihm nicht gelingen würde, respektierte er die Distanz, bis er sich schließlich damit abfand.

In den Osterferien trafen sie sich in London. Penny arbeitete in der Porzellanabteilung eines Kaufhauses in Knightsbridge. Er bereitete sich auf die Prüfung vor. In einer Mittagspause verabredeten sie sich zum Picknick im Hyde Park. In jenem Frühsommer herrschte starker Pollenflug, und die meiste Zeit ihres Picknicks mußte Penny niesen.

Sie trug ein neues Kleid aus Leinen, weiß mit schmalen Trägern, das sie aber gar nicht richtig zur Schau stellen konnte. Sie mußte immer wieder niesen, und Unterstützung suchend streckte sie ihm eine Hand entgegen. Er umklammerte die Hand. Er bedaure sehr, daß sie diesen wunderschönen Tag so gar nicht genießen könne.

Den ganzen Nachmittag fühlten seine Finger die Leere, die ihre Hand zurückgelassen hatte.

Als er ins Haus seiner Tante in Holland Park zurückgekehrt war, schrieb er Penny einen Brief, er bat sie um ihre Hand. Viermal schrieb er den Brief, bis er zufrieden war, und dann ging er den Ladbroke Grove hinunter. Als er den Briefkasten erreicht hatte, packten ihn die Zweifel noch einmal. Eine halbe Stunde lang lief er auf und ab. Nach einer halben Stunde steckte er den Brief in den Kasten. Und gerade wollte er den Brief wieder aus dem Schlitz fischen, als er auf dem Rücken seiner Hand Regentropfen fühlte. Er wollte nicht, daß die Tinte, mit der er ihren Namen und ihre Adresse geschrieben hatte, im Regen verlief, also ließ er den Brief lieber im Kasten.

Im August wurden sie getraut. Als sie von der Hochzeitsreise an die Ardèche zurückkehrten, erfuhr Wavery, daß seine Bewerbung in den diplomatischen Dienst Erfolg gehabt hatte. Sechs Monate später trafen sie in Lissabon ein, wo sie eine Wohnung im unteren Teil einer Stadtvilla in Lapa bezogen. Das Schönste an der Wohnung war die breite, blau geflieste Terrasse, die einen unvergleichlichen Blick über den Rio Tejo bot. Auf dieser Terrasse lernte Penny, mit Ölfarben zu malen.

Sie waren auf eine konventionelle Weise glücklich. Beide genossen es, sich in vorgeprägte Formen fallen lassen zu können. Sie hielten einen Lebensstil und eine Klasse am Leben. Auch wenn sie, wie alle jungen Menschen, gerne spöttische Bemerkungen machten, hatten sie an ihrer Herkunft nichts auszusetzen. Ihre Liebe war nicht so leidenschaftlich, wie die Liebe es sein kann, sie hatte auch keine Belastungsprobe zu bestehen. Sie mußten nie ohne einander auskommen. Die Gesellschaft nahm sich ihrer beider an. Und sie waren jung.

Manchmal stürmte Wavery von der Arbeit nach Hause, Blumen, die er an einem Karren in Estrela gekauft hatte, im Arm. Er fiel über Penny her, die in einem leichten grauen Unterkleid auf der Terrasse saß, und begann sie auszuziehen, während sie, eingehüllt in den beizenden Dunst von Farben und Terpentin, den Blütenduft einzusaugen suchte. Die Wochenenden verbrachten sie unter den Pinien in der Nähe von Lagoa. Nachts liebten sie sich zwischen leeren Liegestühlen am Strand. »Ach, Basualdo«, hauchte sie und fuhr mit der Zunge über seine Schulter. Sie gab ihm den Namen des Verehrers, mit dem sie im Portugiesischunterricht ihre fiktiven Dialoge führen sollte. Sie küßte ihn, und der Schweiß auf ihrer Zunge war sandig.

Als sie nach zwei Jahren nicht schwanger geworden war, besuchte sie einen von der Botschaft empfohlenen Arzt. Eine erste Untersuchung ergab nichts. »Er sagte, auch du müßtest dich untersuchen lassen, bevor er etwas anderes unternehmen kann.« Aber das Problem lag nicht bei Wavery. Drei Monate später ließ sich Penny einen weiteren Termin geben. Wavery saß auf der Terrasse, als sie von der Klinik nach Hause kam. Sie hatte ihn nicht erwartet. Er hatte ihr gesagt, er werde bei einem gemeinsamen Freund vom British Council einen Drink nehmen. Auf ein Gespräch war sie nicht vorbereitet.

»Michael mußte nach Evora«, erklärte er. Er wartete, daß sie etwas sagte. »Und, Liebling? Was hat er gesagt?« Die Antwort konnte er ihrem Gesicht ablesen.

In den Monaten danach erkannte Wavery, daß man das Elend der Kinderlosigkeit gar nicht überschätzen kann. Für Penny war es der Anlaß einer tiefgreifenden Verunsicherung. Er mußte ihr täglich auf immer neue Weisen versichern, daß dies nichts an seinen Gefühlen für sie ändere. Wenn er nun Menschen kennenlernte, die keine Kinder hatten, dann hütete er sich, nach dem Grund zu fragen. Traf er mit Kindern zusammen, war er einfach großartig. Er, der den Umgang mit ihnen nicht gewohnt war, behandelte sie wie Erwachsene – und die Kinder liebten ihn dafür.

Eine Zeit lang schmiedete sie Pennys Unfruchtbarkeit zusammen, die sie in eine Phase leidenschaftlicher Kreativität stürzte. Auf der Terrasse in Lissabon porträtierte sie Wavery. Blaß war er damals und schwarzhaarig, so schwarz, daß andere scherzhaft behaupteten, er würde das Haar mit Schuhwichse färben. Intelligent. Tüchtig. Doch nicht eitel.

»Penny, bin ich eitel?«

»Durch und durch.«

Er war stolz auf seine Frau. Obwohl er nicht behaupten konnte, ihre Gemälde zu verstehen. Aber er sah ihr Talent, sah es auf der Terrasse erblühen, bis es ihn verwirrte. Einmal, als sie ihre Pinsel säubern wollte, fand sie ihn alleine vor einem Bild stehen. »Ich liebe es. Aber ich verstehe nicht, was darauf los ist«, sagte er.

»Mußt du auch nicht.«

»Es hat etwas so«, und er sprach aus, was ihm spontan in den Sinn gekommen war, »*Düsteres*. Du bist doch nicht düster, Liebling? Oder?«

Sie stupste ihren Pinsel in seine Wange. Die Farbe war eingetrocknet und der Pinsel härter, als sie dachte. »Thomas! Ob du je lernen wirst, zwischen mir und meinen Arbeiten zu unterscheiden?«

An der Kunsthochschule hatte Penny mit Gouache und Aquatinta experimentiert. Damals waren ihre erfolgreichsten Bilder verschwommen feine Landschaften – Bäume, die sich im Wasser des Cam bei Granchester spiegelten, Kornfelder mit einem Hauch von Reif, Studien in Wistman's Wood. Die Einflüsse, die sie in Lissabon empfing, veränderten diese Landschaften vollkommen und unwiderruflich. Sie entdeckte den Surrealismus. Das Museu Nacional de Arte Antigua, das sie von ihrer Terrasse aus sehen konnte, beherbergte die *Versuchung des Heiligen Antonius* von Bosch, einige nicht restaurierte Gemälde von Romney und Reynolds sowie Gemälde aus der Portugiesischen Schule des 16. Jahrhunderts, deren Motive – enthauptete Heilige, die Darstellung eines mongoloiden Christus, fischartige Teufel – ihrer Meinung nach dem 20. Jahrhundert angemessen waren. Auch Beeinflußung durch den späten Picasso hätte sie zugegeben. Ein Lehrer, dessen Unterricht sie im Gulbenkian besuchte, gab ihr den Rat, ein Bild einfach auf den Kopf zu stellen, wenn sie Hemmungen spüren sollte beim Malen. Wavery hatte solche Möglichkeiten nicht. Er beneidete seine Frau darum.

Unter den Surrealisten liebte sie vor allem die Frauen. Reproduktionen ihrer Werke zierten die Wände ihrer Räume, vor allem die umhüllten Gestalten von Kay Sage. Daneben hingen auch die Vogelbilder von Yves Tanguy, die unbehaglichen Landschaften von Ithell Colquhoun, deren Schauerroman *The Goose of Hermogenes* sie in der ersten Auflage in einem Bücherkarren in Sintra entdeckt hatte.

In jener Anfangszeit sträubte sie sich, ihre Ölgemälde zu zeigen. Aber mit Waverys Ermunterung drangen sie langsam und verstohlen in ihren Salon vor, hingen neben den viktorianischen Weideszenen mit Vieh und Hirten, die aus dem Fundus des Foreign Office stammten, und den signierten Porträtphotographien der gekrönten Häupter, die majestätisch ins Leere blickten. Und allmählich wurden Waverys Visionen vom Tempel des Leprakönigs von Angkor oder aus der Teufelsschlucht in Iguaçu oder den Wäldern der Benediktiner hinter Barcelos (ursprünglich eine schöne und heitere Erinnerung) verdrängt von Gemälden, deren Oberfläche in ein Stakkato von Farbtönen aufgelöst schien, aus denen sich Gesichtspartien, Augen und Tierhörner herauslösten. Im Scherz sagte Wavery, in depressiven Augenblicken fühle er sich von Pennys Malerei getreu porträtiert. In Wahrheit jedoch vermochte er ihre Porträts nicht von ihren Landschaften zu unterscheiden.

Sie fand merkwürdige Titel für ihre Gemälde. Immer wieder suchte er vergeblich nach einer Beziehung zwischen Titel und Bild. In *Achtung, Spiegel*, einer Arbeit in Tempera, inszenierte sie einen traurigen Dialog zwischen einem leeren Gitarrenkasten, einer Schlange aus der Unterwelt und einem Schnurrbart. »Eigentlich wollte ich es *Melusine, eines Samstags* nennen«, erklärte sie ihm, die Arme verschränkend. Er glaubte, sie wolle ihn hochnehmen. Er durchforschte das Bild nach Hinweisen, aber es verschloß sich ihm.

Er schaute Penny zu, als sie endgültigen Titel, Entstehungsjahr, Maße (in Zentimetern) und Maltechnik auf weißen Karton tippte.

»Wunderschön, Liebling.«

Viele Galerien widmeten ihr Ausstellungen; die Galeria Lobo in Lissabon war die erste. Als es dreiunddreißig Jahre später so aussah, als würde Wavery aller Wahrscheinlichkeit nach als Botschafter nach Lissabon zurückkehren, freute sich Penny. Für sich selbst, denn nun konnte sie den Besitzer der Galeria Lobo zur Einlösung seines Versprechens bewegen, eine Retrospektive ihres Werks zu veranstalten; aber auch für ihren Mann. In Angelegenheiten seiner Karriere war sie inzwischen ehrgeiziger als er selber.

Lissabon würde vielleicht auch etwas wiederbeleben, was zwischen ihnen verschüttet war.

Mit großen Erwartungen war er in den diplomatischen Dienst getreten. Aber in Lissabon bereits begannen sich diese Ambitionen zu verflüchtigen. Nachts mochte er noch davon träumen, wieder die Aufnahmeprüfung des Foreign Office abzulegen, aber jeden neuen

Tag begrüßte ihn die elendige Belanglosigkeit des diplomatischen Lebens, bis ihm eines Morgens, in Phnom Penh, als er sich mit dem Kombinationsschloß zum Geheimpostzimmer abmühte, dämmerte, daß es nicht mehr Thomas Wavery war, der die Position des Second Secretary mit besonderer Verantwortung für Angelegenheiten des Handels besetzte, daß die Position vielmehr ihn besetzte, eine Position, in der er nichts anderes zu tun hatte, als Briefe zu öffnen und sie so zu beantworten, daß sie die Botschaft zu nichts verpflichteten und er nie verriet, was er wirklich dachte und fühlte: weiches Wachs, das der diplomatische Dienst geformt hatte.

Nach fünf Jahren im Ausland, in Lissabon und Phnom Penh, wurde Wavery nach London zurückbeordert, wo er herausfand, daß er ein Land vertrat, von dem er nichts wußte. Er hatte an Gepflogenheiten und Vorlieben der englischen Mittelklasse festgehalten, deren Angehörige das Leben in Großbritannien nicht mehr prägten. Er hatte für ein Volk gesprochen, das nicht mehr existierte. Wie der Junge in *Woyzeck*, hatte er zum Mond aufgeschaut und geglaubt, der sei ihm wohlgesonnen. Und als er zum Mond geflogen war, mußte er feststellen, daß der aus Käse besteht. Der Junge kehrte zur Erde zurück. Aber da war keine Erde mehr. Nur ein umgestülpter Topf. Und er ganz allein.

Wavery hatte erlebt, wie die Staaten der Erde und ihre Städte zu Spielmarken gemacht wurden. Budapest, Buenos Aires, Amman, Lima – das waren keine wirklichen Städte, die von wirklichen Menschen bewohnt wurden, sondern Botschaftsresidenzen mit großem Stab, die ein Hindernis waren, wenn man die Stadt und ihre Umgebung kennenlernen wollte, oder die Menschen dort. Es gab nur Spielmarken in einem Spiel um die Karriere.

Aus fünf Jahren wurden fünfunddreißig. Er strengte sich nicht mehr an. Hinter dem Rücken drückte er sich die Daumen und hoffte, niemand würde entdecken, wie es wirklich um ihn stand. Er spielte die Rolle eines hohen Beamten, dem sofort eine glänzende Laufbahn offen stand; die Rolle eines verantwortungsbewußten, patriotischen, intelligenten, tüchtigen und vor allem tugendhaften Berufsdiplomaten. Und tatsächlich zweifelte niemand an ihm. Vielleicht erkannte man, daß ihm der letzte Ehrgeiz abging – und der Tag mußte kommen, an dem das Office entschied, ihm niemals Paris oder Moskau anzuvertrauen –, dennoch schätzte man ihn außerordentlich, so sehr zumindest, daß man ihn als Botschafter nach Lissabon schicken würde, auf den einzigen Posten, den er selbst begehrte.

Wavery war achtundfünfzig, hager und hatte ein angenehmes Äußeres. Er war nicht das, was man einen schönen Mann nennt, aber er hatte Ausstrahlung. Um ihn war die Aura eines abgeklärten Mannes, und die Menschen folgten seinem Urteil. Niemals würde er sich in einem Gespräch gereizt oder verärgert zeigen. Wenn er seine Gesprächspartner anschaute, dann mit teilnehmendem und direktem Blick. Sein Talent, so zu erscheinen, als höre er mit Interesse zu, prädestinierte ihn für seinen Beruf. Von sich selber gab er nie etwas preis. Niemand wäre auf den Gedanken gekommen zu fragen, was Thomas Wavery mit Scham erfüllen, was ihn verletzen oder aufregen könnte, denn was immer es sein mochte, er würde seine Empfindungen verbergen. Er war zufrieden damit, jenen Typus des ausgeglichenen Engländers zu repräsentieren, dem man alle möglichen Fähigkeiten und Stärken zuspricht, die er gar nicht besitzt. Frauen fühlten sich von ihm angezogen, denn er vermittelte ein Gefühl der Sicherheit, aber es kam ihm nicht in den Sinn, untreu zu werden. Nicht Penny zuliebe, eher schon, weil er sich selbst gar nicht gut genug kannte. Das Leben als Diplomat war eine ununterbrochene Party gewesen, auf der er niemals er selbst sein konnte. Und mit den Jahren gewann er allmählich die Überzeugung, daß es ein Selbst, das man sein könne, gar nicht gebe.

Und in dieser Vorhölle war auch die Liebe gestorben.

Im Dreijahresrhythmus sollte er neue Wurzeln schlagen und sie wieder ausreißen, also war Wavery darauf bedacht, Wurzeln erst gar nicht tief wachsen zu lassen. Er erinnerte sich lebhaft an die schmerzhaften Empfindungen der ersten Jahre, als er immer wieder Freunde zurücklassen mußte: in Portugal, in Kambodscha, in Jordanien. Er lernte aus Selbstschutz, Freundschaften niemals mehr eng werden zu lassen. Und er lernte, alles zu vermeiden, was ihn beunruhigen könnte.

Es wurde ihm nicht bewußt, aber genauso verhielt er sich auch seiner Frau gegenüber. Sie waren zehn Jahre verheiratet, als Penny sagte: »Was ist deinen Händen geschehen?«

»Mit meinen Händen?«

Sie saß zurückgelehnt und schaute ihn an. »Mir ist aufgefallen, daß du überhaupt nicht mehr mit den Händen fuchtelst.«

»Tatsächlich?«

»Du bist müde geworden, Liebling, nicht?«

Sie kam und legte die Arme um ihn. »Tom, es tut mir leid«, sagte sie. Und ihre geschlossenen Augen fügten hinzu: Es tut mir leid, daß ich dir keine Kinder geboren, daß ich ein anderes Leben gefunden habe.

Pennys Gemälde waren die Kinder, die sie nicht haben würden. Ihnen widmete sie sich mit der gleichen Rückhaltlosigkeit, die früher ihm gegolten hatte. Immer deutlicher vermißte er auch die ungetrübte Aufmerksamkeit, die sie ihm geschenkt hatte, wenn er ihr Modell saß. Und während er seiner Frau zuschaute, die ihn porträtierte, kam Wavery immer wieder ein Gedanke: Sie benutzt ihr Palettenmesser wie ein Skalpell. Sie kratzt sich in ihre Werke hinein, pflanzt ihrer Kunst ganze Stücke von sich selbst ein, die keiner wiederfinden kann. Je vollendeter das Werk, desto mehr verausgabt sie sich, desto erschöpfter, zerbrechlicher bleibt sie zurück. Und um so weiter treibt es uns auseinander.

Als sie das Porträt signierte, schrieb sie P. Tredwell, ihren Mädchennamen. »Penny Wavery – zu viel Ypsilon«, erklärte sie und verzog das Gesicht; er dachte, er verstehe das. Er wollte nicht, daß es ihm weh tat, aber es tat weh.

Im Laufe der Jahre wuchs seine Scheu vor ihrer Kunst und den Menschen, die sie durch die Kunst kennenlernte. Sie hatte es weiter gebracht als er. Etwas, das sie befriedigen konnte, wenn sie malte, spürte er unerlöst und explosiv in sich. Er hatte seine Arbeit, aber die Arbeit, die man in einer Botschaft verrichtet, bietet kaum neue Horizonte.

Während Penny als Malerin immer mehr Erfolge feierte, suchte Wavery eigene Entfaltungsmöglichkeiten. Überrascht und mit Entzücken entdeckte er, daß er die Gaben eines begnadeten Gärtners besaß. Er mochte Glück haben, Einfühlung spielte eine Rolle und insbesondere die Art, wie er seine Pflanzen zu nähren lernte – im rechten Maß und immer zur rechten Zeit, wenn sie aus ihrer Ruhephase erwachten. Kinderlos konnte er niemandem Vater sein, aber seine Pflanzen konnte er zum Leben erwecken.

»Natürlich ähnelt es dem Malen sehr«, pflegte Penny Besuchern zu sagen, unter denen immer mehr Künstlerkollegen waren. »Er hat seine ganz eigene Palette. Aber anstatt es in Worten oder Bildern zu sagen, findet er zu smaragdgrünen Bögen oder Tupfen von Blau. Lästig sind nur die vielen Bienen, die uns jetzt heimsuchen.«

Er träumte von den Gärten, die er immer wieder hatte zurücklassen müssen.

Je mehr sie in der Welt herumkamen, desto größer wurde die Distanz zwischen ihnen. Menschen, die einst ihre Freunde hätten werden können, ertrug sie nicht mehr. Sie beklagte sich über seine Kollegen, die sie behandelten wie eine hübsche Dekoration, wie das obligatorische Salatblatt, das neben Löwen und Einhorn, dem Wappen der Königin, die kalten Platten der Botschaft zierte. Dabei, und das fühlte er in seinem Herzen, war er derjenige, der zu nichts nutze war.

Daß ihm dies nichts anhaben könne, redete er sich ein. Sein Herz würde sich wieder füllen, ganz wie die mysteriöse Zisterne von Petra, die er mit Penny besucht hatte. Deren Wasser sammelte sich, wie eine Frucht heranreift, um dann überraschend aus dem Felsen zu rinnen. Aber es wuchs nichts nach in ihm, das fühlte er. Und als er ihr eines Tages sagte, daß er sie liebe, erkannte sie den Ton wieder, in dem er ihre Bilder lobte. »Nein, Thomas«, sagte sie, »du liebst mich nicht. Du hast mich nur sehr, sehr gern.«

Sie hatte recht. Auch sie hatte ihn seit Jahren nicht mehr Basualdo genannt. Er sehnte sich nach der Leidenschaft, die sie verloren hatten. Daß es mit dem Sex ein Ende haben könnte, das sagt einem keiner, dachte er. Mit seiner versiegten Begierde entging ihm kein Haar auf ihrer Brust, kein Fältchen um ihre Augen. Er sah überdeutlich, wo sie verwundbar war. Insgeheim kritisierte er Penny gnadenlos. Doch nur, weil er sie liebte, liebte, liebte. So sagte er sich. Aber so war es nicht. All die zarten Worte, die einst ein Liebesspiel einleiteten, sagte er nun hinterher, meist nach einem Streit. Und wie es um sie stand, fiel es ihnen leicht, in Streit zu geraten, das falsche Wort zu sagen, den Pinsel in einen falschen Farbnapf zu tauchen und dem Bild ihres gemeinsamen Lebens einen neuen, untilgbaren Fleck hinzuzufügen.

Um häusliche Szenen zu vermeiden, wurde es ihm zur Gewohnheit, sich auch zu Hause der nichtssagenden Phrasen zu bedienen, die im Berufsleben für Distanz sorgten. Bewußt ließ er seine Worte ihr Ziel verfehlen, so wie das falsch justierte Gewehr einer Schießbude das Schwarze verfehlt. Und im sechzehnten Jahr ihrer Ehe waren sie dann soweit zu glauben, daß sie einander verstanden – ein Gefühl, das mit der Ahnung verknüpft war, daß sie einander nichts mehr zu sagen hatten. Oder nichts mehr zu sagen wagten. Wenn irgendwer anderes Wavery Fragen stellte, gab er die Verantwortung ab. »Schatz, sag du, wer unter den Modernen ist mein Lieblingsautor ?« – »Welche Sonntagszeitungen lesen wir in England?« – »Wann findet unsere Abschiedsparty statt?« Wie Peggy wußte, überließ er ihr die Antwort, weil er sich selbst davon überzeugen wollte, daß sie noch miteinander sprachen.

Wavery konnte sich in seiner Unerfülltheit einrichten. Penny gelang das nicht. Sie war von seiner Leidenschaft in Flammen gesetzt worden, sie liebte selbst das an ihm, was er abstoßend fand. Auch als seine Leidenschaft abkühlte und schwand, fühlte sie noch immer, wo er sie entzündet hatte.

Ihre Ehe glich einem Gespann aus zwei Menschen, die sich aneinander klammern, um auf der Bühne ein Pferd zu mimen. Und sie spielten ihr Spiel, bereiteten sich auf den Botschafterposten in Lissabon vor, erwarteten den anschließenden Ruhestand – mit sechzig: »Gerade dann, wenn man weiß, wovon man spricht!« –, den sie in einer Villa in den Hügeln bei Sintra verbringen wollten. Er würde einen Garten nach dem Vorbild des Klostergartens von Montserrat anlegen und durch die Olivenbäume hinaus aufs Meer schauen.

Und dann erhielten sie, gegen Ende seiner Zeit in Lima, diese Einladung; der amerikanische Chargé d'Affaires bat zur Party.

»Es wird ganz leger zugehen«, sagte Penny, »er wird bestimmt keine Krawatte tragen.«

Wavery wollte gar nicht hingehen. Bei den Tennysons war es ihm zu schrill und prätentiös, und dann sollten auch noch Gesellschaftsspiele stattfinden. Aber Penny ließ nicht locker. Rita war eine der wenigen Diplomatengattinnen, die sie mochte. Rita, die die Männer anzog, behielt ihre tieferen Empfindungen Frauen vor.

Penny sagte: »Ich sage ja gar nicht, daß Denver ein aufregender Mann ist. Ist er wirklich nicht. Er ist ein munterer Langweiler. Aber Rita versteht es, Parties zu feiern.« Außerdem war Rita die Vorsitzende der Damas Diplomaticas. »Sie ist nicht dein Typ, aber sie tut viel für die jüngeren Ehefrauen.«

Er kam spät nach Hause. Eine Bombe war in der Nähe der Pan-Americana explodiert; ein Polizist war tot. Erst hinter dem Goldmuseum löste der Stau sich auf. Wavery bog rechts ab, fuhr an einem Spielplatz vorbei, der jetzt verlassen lag, doch morgen würde ihn das Kindergeschrei wieder wecken. Vor seiner Einfahrt hupte er zweimal. Antonio griff durchs Fenster nach dem Aktenkoffer.

Er sagte: »Einen Gin-Tonic, Antonio.«

Er warf den Packen *Times* der letzten Woche aufs Sofa.

»Penny?«

Seine Krawatte lösend, ging er zum Schlafzimmer.

»Ich bin fertig.« Sie kam aus dem Bad, hatte sich richtig aufgedonnert. Ihr helles Haar war in Locken gelegt, diese Freude machte sie ihm häufiger. Dabei mochte er es viel lieber, wenn sie ihr Haar lang und unfrisiert trug, aber bis er den Mut gefaßt hatte, ihr das zu sagen, war es schon zu spät gewesen. Die Locken schaukelten gegen die Ohrringe, die er ihr in Buenos Aires gekauft hatte – ihre Favoriten, sagte sie und sprach nicht davon, daß sich ihre Ohrläppchen jedesmal entzündeten, wenn sie diese Ohrringe trug.

»Wie war's im Büro?« Es war eine Frage, zu der sie sich verpflichtet fühlte. Und ebenso verbindlich erzählte er, daß der Botschafter zwei der Polizisten, die die Residenz bewachten, des Drogenhandels verdächtigte. »Außerdem hat Lawrence geschrieben.«

»Das ist schön«, sagte sie, und: »Das war jetzt die vierte Bombe diese Woche.« Sie öffnete einen Schrank und schob die Kleider hin und her. Die Bügel quietschten, wie sie jeden Morgen quietschten, wenn sie aufstand, um zu malen, und im Schrank herumstöberte, unschlüssig, was sie anziehen sollte. Einmal hatte Wavery das Kissen vom Kopf gezogen und gefragt: »Warum entscheidest du dich nicht, bevor du zu Bett gehst?«

»Weil ich nicht weiß, wie ich mich beim Aufwachen fühlen werde, ob dick oder dünn, häßlich oder schön.«

Sie brachte einen scharlachroten Alpakaschal zum Vorschein. »Ich hasse diesen Ort.«

»Nur noch drei Wochen.«

»Warum haben wir noch nichts gehört? Ich nehme an, daß du noch nichts gehört hast?«

Wavery schüttelte den Kopf. »Die haben andere Sorgen.« Da war die Golf-Region. Da war Südafrika. Außerdem die französischen Bauern. »Lissabon ist nicht so wichtig. Sie werden mich wohl in London aufklären.«

»Hast du die Personalabteilung angerufen?«

»Ich habe eine Nachricht hinterlassen. Ich konnte Dewsnap nicht erreichen.«

»Schon *wieder* nicht?«

»Er wird morgen anrufen. Bin ich sicher.«

»Verfluchtes Foreign Office. Die schicken dich ans Ende der Welt, und dann gehn sie nicht ans Telephon.«

»Das sind meine Brötchengeber, Penny.«

»Aber schau doch, wie sie dich behandeln.« Sie warf den Kleiderbügel aufs Bett und trat ans Fenster. »Wenn ich diesen Nebel sehe, habe ich nur einen Wunsch: mich mit einem Teddy ins Bett zu verkriechen.«

Er sagte: »Habe ich noch Zeit, ein Bad zu nehmen?«

»Sie erwartet uns um acht.«

»Ich beeile mich.« Aber er bestand nicht darauf. Er rief Antonio an, bestellte den Drink ab. Er wechselte seine Hose gegen die Flanelhose, die gefaltet auf einem Stuhl neben ihrer Staffelei lag. Im Schrank suchte er Hemd und Sakko.

»Das ist doch nicht dein Ernst?« sagte sie. »Das Hemd. Zu diesem Sakko?«

Er kam sich blöd vor. »Warum nicht? Das Sakko ist aus Harris-Tweed. Und das Hemd hast du mir geschenkt.«

»Ich habe es vielleicht gekauft, aber nicht, damit du es ausgerechnet zu diesem Sakko trägst.« Sie verließ das Zimmer, und Wavery zog sich fertig an. Kleiderfragen interessierten ihn nicht. Seine ganze Energie brauchte er für den Einkauf. Und wenn er sich bemüht hatte, etwas Gutes zu finden, dann mußten die Sachen seiner Meinung nach selbst dafür sorgen, daß sie auch gut aussahen. Eine Einstellung, die Penny irritierte.

Wavery war geknickt. Er hätte das gerne repariert, ihre Verstimmung fortgepustet, wie Staub von einer Grammophonnadel. Aber er wußte, das hing an mehr als an Staubfusseln. Penny war schon lange nicht mehr die junge Frau aus Cambridge, zu der er sich auf den Fußboden gehockt hatte. Und auch Wavery war nicht mehr derselbe. In früheren Tagen hätte er auf seinem Bad bestanden, ganz gleich, was es für Folgen gehabt hätte.

Im nachhinein sagte sich Wavery oft: Ich hätte nur auf dem Bad bestehen müssen, dann hätten wir unser Haus in Monterrico eine Viertelstunde später verlassen, und dieser Abend wäre verlaufen wie tausend andere.

Sie hätten das Haus der Tennysons betreten, in der Tür gestanden, sein Arm um ihre Schultern, fünf Zentimeter über ihrem Schal schwebend, und sie hätten Rita begrüßt, diese große Frau mit dem langen Hals und den spitzen Ellenbogen, die gerade auf den Militärattaché Kolumbiens, einen kleinen Mann mit Krümeln im Gesicht, einreden würde: – so ist das Leben, nicht wahr, das Leben sind die Menschen, und wenn man nicht in die Menschen investiert ..., und sie hätte Penny entdeckt und gesagt: Du erinnerst dich an Tino?, und der hätte die Gelegenheit genutzt, sich auf der Suche nach etwas Trinkbarem aus dem Staub zu machen, und Penny hätte gesagt: Ja, ein wirklich reizender Mann, worauf Rita erwidert hätte: Er würde Thomas gefallen, und sie hätte der Freundin ein kleines Papierschild auf den Rücken geheftet, das den Namen irgendeiner Berühmtheit tragen würde, den die anderen mit höchstens zehn Fragen erraten sollten, mit Fragen, die mit Ja oder Nein zu beantworten sein müßten, mogeln gelte nicht, mit Denver könne sie den Anfang machen, der wisse noch immer nicht, wer er sei, nein, ganz bestimmt nicht, und sie hätten daraufhin pflichtschuldig nach Denver Ausschau gehalten, hätten auf dem Kärtchen KING KONG gelesen, und der etwas schwerhörige Denver, dem man alles wiederholen mußte, hätte steif gelächelt und gefragt: Leb ich noch?, und zu Wavery hätte er gesagt: Rita hat immer so nette Freunde, ob er ihm einen dieser Freunde vorstellen dürfe, Mr. Riding, der gerade aus London eingetroffen sei, in Geschäften, und Wavery hätte den gutaussehenden Mann mit dem kräftigen Teint und CLARK GABLE auf dem Rücken höflich gefragt, ob er denn schon lange in der Weinbranche tätig sei, und die Kellnerin, der Mr. Riding gerade den Arm tätschelte, wäre genau so lange bei ihnen stehengeblieben, daß Penny einen Tomatensaft vom Tablett hätte nehmen können und Wavery einen Gin-Tonic, und zwei tiefe Schlucke später hätte er mit einem: Entschuldigen Sie mich, bitte! das Zimmer durchquert, um seinen Botschafter zu begrüßen, einen Mann, den nichts erschüttern konnte, der eine Monographie über die Raubseeschwalbe veröffentlicht hatte und im Garten der Botschaft Kanadische Gänse hielt, ohne besonderes Engagement würden sie über das jüngste Bombenattentat gesprochen haben, der Botschafter hätte sich blinzelnd für ein Sicherheitsrisiko gehalten, wäre aber doch so abgelenkt, daß er vergessen würde, Wavery eine ja-nein Frage zu stellen, stattdessen würde er sich entschuldigen, er müsse hinübergehen und mit Denver sprechen, der habe seine Ohren immer am Puls der Zeit, und sich umdrehen und sich dabei als RONALD BIGGS ausweisen, vielleicht keine so gute Idee von Rita, und Wavery hätte seine Langeweile gespürt, wäre zum Buffet hinübergegangen, wo bald auch Penny auftauchen würde, in Begleitung des peruanischen Künstlers, der den Zorn der Kunstwelt auf sich gezogen hatte, weil er die Schätze des Kunstmuseums in Lima zu gründlich restauriert hatte, und der ihr gerade einen fachlichen Rat unter Malern gegeben hätte, den er von einer fürchterlichen Frau erhalten haben wollte, seiner Mutter nämlich, und Penny würde, so ernsthaft, wie es ihr möglich war, gesagt haben: Ich habe die Erfahrung gemacht, daß alle Menschen, die ihre Mutter hassen, blendend durchs Leben kommen, und ob er übrigens ihren Mann kenne, sie seien einander ungefähr so ähnlich wie Tag und Nacht, ein Vorteil für die Ehe, denn je mehr Gemeinsamkeiten, desto mehr Gelegenheit zum Streit, woraufhin der Künstler Waverys Hand einige Sekunden länger als nötig in der seinen halten würde und antworten, man habe ihm versichert, daß er, Wavery, dennoch einer der ihren sei, und Wavery würde, um dem deutschen Kulturattaché zu entkommen, einem Narkoleptiker, der immer mitten in seinen Sätzen zu entschlafen schien, um der Frau von Frankreichs Nummer Zwo zu entkommen, die keine Dichterlesung ausließ, sagen: Ich bin gleich wieder bei Ihnen, muß nur mein Soll Denver gegenüber erfüllen!, würde, um dem Zigarettenrauch zu entkommen und dem Gesurr und Gesumm alberner Fragen, diesem Bin ich tot? Lebe ich noch? Bin ich ein Filmstar? Ein Politiker? Ach was, Jesus Christus?, würde, um der Party und ihrer unerträglichen Ähnlichkeit mit allen anderen Parties, die er je hatte besuchen müssen, für einen Augenblick zu entkommen, den Lichtkreis verlassen und hätte mit einem ungehemmten Seufzer der Erleichterung Ritas Terrasse leer gefunden, kein Mensch dort, nur ein Stuhl, auf dem er hätte Platz nehmen können und Sternschnuppen zählen. Vor einer Viertelstunde bereits würde Catharine Riding ihren Mann in ihr Hotel in Miraflores zurück begleitet haben, und Waverys Schicksal hätte keinen so unwiderruflich anderen Lauf genommen.

3

Aber Lissabon, das hätte er so gut gemacht.« Dies war die einhellige Reaktion seiner Kollegen, als herauskam, daß Thomas Wavery nun doch nicht den Posten in Portugal erhalten hatte. Ein oder zwei Tage vergingen, bis man sich in den Fluren hinter seinem Rücken den Grund zuflüsterte, wobei die jeweilige Version abhängig war davon, wer gerade mit wem sprach. Im großen und ganzen aber war die Stimmung für Wavery. Cullis hatte ihn ungerecht behandelt.

Einen Monat nach der Party bei den Tennysons wartete der Permanent Under Secretary im Flughafen Heathrow auf sein Gepäck. Er hatte das Wochenende in Straßburg verbracht und freute sich auf seine Rückkehr nach Berkhamsted. Er hatte sich einen Gepäckwagen geholt und während er auf das Förderband der Gepäckausgabe zusteuerte, ging er an einem Mann und einer Frau vorbei, die einander mit einer solchen Heftigkeit umarmten, daß er an die Abfahrt seines Vaters vom Bahnhof Golspie erinnert wurde, der Vater trug damals die Uniform eines Füsiliers. Die Frau war den Tränen nahe. Sir Derek hätte eine solche Szene privaten Unglücks diskret übersehen, wenn er nicht plötzlich ihren Begleiter erkannt hätte.

Der Anblick von Wavery mit einer fremden Frau am Flughafen Heathrow hätte nicht automatisch die Alarmglocken läuten lassen. Aber es gibt bestimmte Regeln, die man nur mit unerhörtem Glück ungestraft mißachten kann. Wavery umklammerte die Hände der Frau und preßte Küsse darauf. Und wie er sich ihre Knöchel gegen die Augen drückte, das konnte nur eine Geste völliger Verzweiflung sein. Sie löste sich von ihm, aufgewühlt. Und im gleichen Augenblick, als ihm ihre Finger entzogen wurden, bemerkte Wavery über ihre Schulter hinweg den erstaunten Blick von Sir Derek.

Der Ausdruck auf Waverys Gesicht, kurz bevor sich die Blicke der Männer trafen, konnte Sir Derek nicht entgehen. Dieser Gesichtsausdruck konnte nur einen Grund haben – er hatte sich einer Person hingegeben, die, wie Cullis wußte, nicht Penny Wavery war. Diesen Ausdruck hatte Cullis auf jenem Bahnsteig von Golspie das erste Mal gesehen und vielleicht noch ein, zwei Mal seither, und er wußte, was er bedeutete. Wo die Macht des Teufels endete, dorthin schickte er eine attraktive Frau.

Zwei Tage nach diesem Vorfall schritt Cullis auf Whitehall zu. Er nahm den Eingang für Botschafter. Waverys Gesicht stand ihm noch lebendig vor Augen.

Er fingerte nach seinem Ausweis, aber die pompöse Empfangshalle, die der Geruch von Desinfektionsmitteln durchzog, war leer. Als er den Flur entlangschritt, sah er eine Putzfrau, die in einem schlechtsitzenden blauen Kittel steckte. Sie klopfte an der offenen Tür zur Personalabteilung, rief: »Ist hier ein Mr. Dewsnap?« Cullis wußte nicht, ob sie auf Anweisung handelte oder nur dachte, es gehöre zu ihren Pflichten, Telephonanrufe zu beantworten. Aber wenn sie in einem leeren Büro putzte und das Telephon klingelte, konnte sie wohl der Versuchung nicht widerstehen, den Hörer abzunehmen.

Er steckte seinen Ausweis wieder ein und stieg die Treppe hinauf, Goetzes Wandgemälde *Britannia Pacificatrix* entgegen.

Zwei Türen waren es noch bis zu seinem Büro, als Cullis das Archiv für Geheime Akten passierte. Hinter dessen Tür durchsiebte eine Handvoll ehemaliger Diplomaten gegen 65 Pfund am Tag dreißig Jahre alte Dokumente, bevor sie für die Öffentlichkeit freigegeben wurden. Diese Vorsichtsmaßnahme war Cullis' Idee gewesen. Nach außen hin begründet mit der Notwendigkeit, die Verbreitung von Informationen zu verhindern, die lebende Personen in Verlegenheit bringen könnten. In Wirklichkeit aber war dies eine Möglichkeit, die auserkorenen Pensionäre, zu denen auch einige unruhige Querköpfe gehörten, davon abzuhalten, ihre Memoiren zu schreiben. »Die unheimlichen Zensoren des FO« hatte der *Daily Express* sie genannt.

»Telephon für Mr. Dewsnap.« Die Stimme folgte ihm die Treppe hinauf. Die Tür zum Archiv für Geheime Akten wurde zugezogen, als Cullis vorbeikam, aber nicht schnell genug, als daß er nicht doch Sir Richard Croby erkannte, den ehemaligen Gesandten in Gabun, dem zu große Sympathien für die Eingeborenen nachgesagt wurden.

»Verdammte Sache, wenn man den Namen des Mannes vergißt, mit dem man zum Lunch verabredet ist.«

»Trägt er einen Bart?« Cullis erkannte die Stimme von John Pendock, von dem bekannt war, daß er in Peshawar eine Mätresse ausgehalten hatte. Pendock ließ sich in Whitehall seltener sehen, seit alle Telephongespräche per Computer registriert wurden.

»Er sollte besser einen tragen.«

In seinem Rücken noch immer die lärmende Stimme, die nach Mr. Dewsnap rief.

Als der das Büro des Permanent Under Secretary betrat, zeigte die Van Cleef & Arpels Uhr auf dem Kaminsims, ein Geschenk des französischen Außenministers, genau neun Uhr dreißig.

Doch, unter den gegebenen Umständen hatte der Ausschuß unter seiner Leitung die richtige Entscheidung in Sachen Wavery getroffen. Man konnte niemand feuern, nur weil er den Erwartungen nicht entsprach, die man in ihn gesetzt hatte, aber man konnte ihm die Hölle heiß machen, wenn man ihn ans Ende der Welt versetzte.

Als er Wavery an diesem Morgen in seinem Büro willkommen hieß, erwähnte Cullis die Begegnung in Heathrow mit keinem Wort.

»Nehmen sie Platz, Thomas. Ja, dort. Und nun berichten Sie mir von Peru.« Zehn Minuten währte das eher förmliche Gespräch, während dessen Wavery die politische Lage skizzierte. Dann sagte Cullis: »Ich sehe, Sie haben wirklich etwas Ruhigeres verdient.«

Der PUS sprach mit einem betont schottischen Akzent. Seine Freizeitvergnügen umfaßten Angeln mit Trockenfliegen, das Photographieren von Friedhöfen und, immer kurz vor dem Einschlafen, das Abhören der Seewetterberichte – normalerweise las er dabei in einer Bibel, die in einer Lederhülle mit Reißverschluß steckte. Seine Vorlagen wurden bewundert wegen ihrer prägnanten Beobachtungen und Urteile. Wenn er Sinn für Humor besaß, dann kam der nur in

Reimen zum Ausdruck. Als junger Mann, der seine Abende alleine in einer Pension in Lambeth verbringen mußte, hatte er sich die Zeit damit vertrieben, daß er Limericks fabrizierte. Von dieser Gewohnheit hatte er auch im Ministerium nicht gelassen. Einige hundert Gedichte beinhaltete der marmorierte Ordner auf seinem Schreibtisch, von denen seine erst vor kurzem verstorbene Vermieterin gesagt hatte, sie seien von »entzückender Heiterkeit«. Diese hätte man in der Person Sir Dereks vergeblich gesucht. An die wenigen Gelegenheiten, zu denen er Witze erzählt hatte, erinnerte man sich mit Schaudern.

In der Zeit, die es brauchte, bis Sir Derek das Zimmer am Ende dieses Korridors hatte beziehen können, war Großbritanniens Kraft, auf der internationalen Bühne etwas zu bewirken, zusehends geschwunden. An seiner Hochachtung für ranghohe Diplomaten änderte das nichts, er sah in ihnen noch immer die direkten Nachkommen homerischer Herolde. Ein Botschafter, so glaubte Cullis, war die Personifizierung seiner Botschaft. Er war nicht ein Mann in einem Anzug, der die jeweilige Landessprache beherrschte. Cullis hatte nur einen Leitsatz: Qualität geht vor Quantität. Und grimmige Abneigung hegte er gegen alle Politiker, deren Horizont nicht weiter reichte als ihre Wirtschaftsberichte und die seine Beamten am liebsten zu Buchhaltern einer weltweit operierenden Ladenkette umschulen wollten. Auch Cullis verfolgte pragmatische Ziele. Sein Hauptinteresse war es nicht, Freunde zu gewinnen, ihm kam es darauf an, die Interessen des Vereinigten Königreichs zu wahren. War die Moral des Diplomatischen Korps gut, dann lobte er seine Untergebenen. War sie schlecht, sah er die Verantwortung dafür bei sich.

An diesem Morgen lagen zwei gelbe Mappen auf seinem Schreibtisch. Die eine enthielt das Abyla-Dossier, dazu eine Karte von Nordwestafrika. Die andere Waverys Personalakte, der die Berufung beilag, die die Kommission auf der letzten ihrer monatlichen Sitzungen verabschiedet hatte.

Cullis öffnete den ersten Ordner. Diplomatie, sinnierte er, ist die hohe Kunst, jemanden mit solchen Worten zum Teufel zu jagen, daß er sich auf die Reise freut. Auf dieses Kunststück bereitete er sich vor.

Er räusperte sich. »Es wird nicht Lissabon sein. In verschiedener Hinsicht ist der neue Posten wichtiger als Lissabon.« Mit aller Feierlichkeit, die ihm zu Gebote stand, sagte er: »Wir würden es gerne sehen, wenn Sie uns, als Auge und Ohr, in Abyla vertreten würden.«

Wavery fuhr sich mit der Zunge über die Zähne. Er hatte noch nicht erfaßt, wovon Cullis sprach. »Sie sagten Abyla?«

»Ja, genau. Abyla«, sagte Cullis. Mit demselben Ton hätte er auch Paris oder Rom gesagt. »*Die Perle des Mittelmeers*.«

Er drehte die photokopierte Landkarte hin und her und suchte nach der spanischen Enklave. Sein Finger tippte auf die Küste gegenüber von Gibraltar und verdeckte die Küstenlinie.

Er sagte: »Abyla ist derzeit von besonderem Interesse.« In der Enklave liege das südliche Ende des Tunnels, der Europa mit Afrika verbinden solle: die Erfüllung eines Traums, der die Menschheit beschäftigte, seit Herakles die beiden Kontinente auseinandergerissen habe.

»Der Tunnel soll August nächsten Jahres fertiggestellt sein«, sagte Cullis. Dann werde er mit großem Zeremoniell eröffnet, die gekrönten Häupter von Großbritannien, Spanien und Marokko hätten ihren Besuch zugesagt. Ein Abkommen, das aus langwierigen diplomatischen Verhandlungen resultiere, lege Jahrhunderte alte Konflikte bei, Gibraltar und Abyla stünden von da an unter internationaler Verwaltung.

Es sei bestimmt nicht erforderlich, Wavery daran zu erinnern, was es für einen höheren Beamten des diplomatischen Dienstes bedeute, mit den Vorbereitungen zu einem Königlichen Staatsbesuch betraut zu werden. Daran erinnerte ihn Cullis, und er gab seiner Überzeugung Ausdruck, Waverys Erhebung in den Adelsstand werde mehr als ein Ausgleich dafür sein, daß er nun nicht zum Botschafter ernannt würde. Mit dem Plan, Abyla und Gibraltar unter internationale Verwaltung zu stellen, habe man sich an der Tanger-Zone orientiert: Wavery könne sich, wie seine europäischen Kollegen auch, der Würde eines Generalkonsuls erfreuen.

»Ich denke nicht, daß Sie es mit irgendwelchen Spannungen englisch-abylischer Provenienz zu tun haben werden. Die muslimische Gemeinde dort ist klein. Steht alles im Dossier.« Cullis schloß die Mappe und schob sie mit dem Handrücken in Richtung Wavery.

»Meinen Glückwunsch«, sagte er.

Wavery zog den Ordner zu sich heran. Ihm fehlten die Worte. Er zwang sein diplomatischstes Lächeln auf seine Lippen. Es war das Lächeln eines Menschen, der wußte, daß es in mißlichen Situationen etwa dasselbe bewirkt, wie das Beträufeln von verdorbenem Fisch mit Zitronensaft. Cullis ahnte seine Enttäuschung. »Hören Sie, Thomas ...« Der PUS wandte seinen Blick zum Fenster, schaute durch die kahlen Bäume in Richtung seines Clubs, wohin er später zum

Lunch spazieren und, wie jeden Montag – »Ohne Soße, bitte.« – überbackenen Blumenkohl bestellen würde.

Seine Gründe, gegen Waverys Ernennung zum Botschafter in Lissabon zu votieren, waren nicht die, die er gestern im Ausschuß geäußert hatte. Dort hatte er darauf hingewiesen, daß Wavery in achtzehn Monaten pensioniert werden würde und daß er, trotz eines erstklassigen Berichts, nicht mehr voll bei der Sache sei, außerdem dränge ihn der Außenminister, einen geeigneten Posten für einen vielversprechenden Aufsteiger zu finden, der damit drohe, zu einer privaten Bank zu gehen. Nein, Cullis hatte gegen die Ernennung votiert allein wegen Waverys Gesichtsausdruck am Flughafen; und aus Mitgefühl mit Waverys Frau. Ob Penny ahnte, was er gesehen hatte?

Cullis war ihr nur einmal begegnet, in Kambodscha, während seiner ersten Reise als Junior Inspektor. Er fühlte sich zu ihr hingezogen. (Ein kleines Ölgemälde zierte ein Zimmer in der oberen Etage des Bungalows in Wiltshire.) Penny hatte ihn am Pool angenehm unterhalten und am Spätnachmittag zum Shopping begleitet. Mit einer Rikscha waren sie zum überdachten Basar in der Nähe des Palasts gefahren. Sie wollte, daß er einen alten Mann kennenlernte, der wunderschöne seidene Gürtel webte. Von ihr ermutigt, kaufte er einen davon. Dreißig Jahre später trug Lady Cullis den schwarzgoldenen Gürtel noch immer.

Cullis hoffte, Penny würde die Untreue ihres Mannes verborgen bleiben, aber er glaubte nicht daran. Es ging ihn auch nichts an. Seine Aufgabe war es nicht in erster Linie, Probleme zu lösen, wenn sie entstanden waren, er hatte ihrer Entstehung vorzubeugen. Er dachte an Croby in Gabun. Er dachte an Pendock in Peshawar. Er dachte an Dwindell. Und nun Wavery.

Warum nur wurden so viele intelligente Männer zu absoluten Idioten, sobald Liebe ins Spiel kam? Wavery hatte seine Chance gehabt. Cullis hätte, wenn er all dem treu bleiben wollte, was ihm heilig war, niemals einen Diplomaten in die Hauptstadt eines erzkatholischen Landes schicken können, wenn dieser Mann gerade und reichlich spät dazu entdeckt hatte, daß es verschiedene Arten gibt, seinen Blumenkohl zu essen.

Er löste seinen Blick vom Fenster. Regen, dann Schauer, Barometer steigend, dachte er. Was er eigentlich hatte sagen wollen, war ihm entfallen. »Wie geht es Penny?«

»Es geht ihr gut.«

»Übermitteln Sie ihr meine Verehrung.«

»Aber natürlich.«

Cullis erhob sich, Wavery auch. »Vergessen Sie das nicht, Thomas.« Wavery nahm das Dossier in die Hand. Der PUS öffnete die Tür. »Behalten Sie Marokko im Auge. Und, vor allem, halten Sie uns auf dem laufenden über das, was die Berber bewegt.«

Cullis schloß die Tür und ging zum Kamin. Er wärmte sich am nicht entfachten Feuer den Rücken. Was hatte er nur sagen wollen? Hatte es mit dem Gedicht von Yeats zu tun, dessen Titel ihm entfallen war?

Er kratzte sich am Bein, dort, wo es zwischen Hosenbein und Socken juckte. Er dachte an Penny. Er dachte an seine eigenen zwei Kinder und an die Heiligkeit des Familienlebens. Wenn Diplomaten das Ideal der britischen Familie nicht hochhielten, dann, um Gottes willen, hatten sie es doch verdient, wenn sie wie Buchhalter behandelt wurden. Er kratzte sich noch immer, als seine Sekretärin anrief.

»Sir Derek, Sie werden Ihre Verabredung zum Lunch doch nicht vergessen haben?«

»Erinnern Sie mich.«

Sie erinnerte ihn an den Inspektor, der vorzeitig pensioniert werden wollte. »Sie baten die Personalabteilung um die Liste möglicher Nachfolger.«

4

Das Dossier, das Cullis Wavery übergeben hatte, beinhaltete eine Kurzfassung der Geschichte von Abyla, zusammengestellt von der Politischen Abteilung.

Abyla, seit 1580 in spanischem Besitz, wird seit langem von Marokko beansprucht. Die Enklave – die südliche Säule des Herakles – liegt an der nordafrikanischen Küste, von der gegenüberliegenden Halbinsel Gibraltar – der nördlichen Säule des Herakles – durch die 22,5 Kilometer breite Straße von Gibraltar getrennt. Höhere Beamte des Foreign Office sollten der Versuchung widerstehen, Parallelen zu ziehen. Die spanische Position lautet, Marokko habe keinen Anspruch auf Rückgabe Abylas, denn Abyla habe sich nie in marokkanischem Besitz befunden. Es wurde 1415 von den Portugiesen erobert und ging, 100 Jahre bevor Marokko unter einem König zu einem Staat vereinigt wurde, in spanischen Besitz über.

Zuvor war es im Besitz der Phönizier, der Römer und der Vandalen. Abyla wurde bekannt als der Ort, von dem aus die Araber 711 ihre Invasion Europas begannen. Vom Statthalter Abylas gebeten, die Entführung seiner Tochter durch König Roderich zu rächen, blieben die Araber schließlich 700 Jahre lang in Spanien.

Die Enklave, eine ehemalige Strafkolonie der Spanier, ist 5050 Hektar groß und hat eine Bevölkerung von 60.000, ein Viertel davon sind Immigranten aus Marokko. Die Stadt ist immer noch Standort des Tercio (der spanischen Fremdenlegion). Die Schutzheilige ist die Hl. Jungfrau von Afrika, die der Kommune auch als als Wahrzeichen dient.

Der Hafen ist eines der wichtigen Tore nach Afrika. Die Stadt ist ein beliebtes Ziel von Tagesausflüglern, denn sie ist Freihandelszone. Im letzten Jahr waren es 2,3 Millionen Besucher, die Durchschnittsbesuchszeit betrug drei Stunden. Das englische Konsulat wurde 1980 geschlossen. Es gibt keine Hinweise darauf, daß Inhaber eines englischen Passes in der Stadt wohnen.

Der gelbe Ordner bot auch Hintergrundsmaterial zum Bau des Tunnels, insbesondere den Bericht über die Konferenz, auf der vor sechs Jahren in Marrakesch über eine dauerhafte Verbindung zwischen Europa und Afrika verhandelt wurde. Der marokkanische Bauminister hatte für den Bau einer Brücke über die Meerenge plädiert, ein Plan, den sein König favorisierte. Der spanische Delegierte warb, und wurde darin von der britischen Delegation unterstützt, für eine modifizierte Version des anglo-französischen Tunnelprojekts unter dem Ärmelkanal. Ein Vertreter der amerikanischen Firma Cuticle Ltd. schlug die Errichtung einer 29 Kilometer langen Pipeline vor, die zwei Gleise für elektrisch betriebene Züge aufnehmen sollte. Diese Pipeline sollte aus Glasfaser hergestellt werden, ein von der NASA geprüftes und anerkanntes Material, und würde zehnmal billiger sein als ein herkömmlicher Tunnel; außerdem würde die Schiffahrt in der Meerenge überhaupt nicht beeinträchtigt.

Die japanische Delegation folgte der Debatte mit größter Aufmerksamkeit. Sie wollten wissen, wer die Federführung übernehmen und wer das Projekt finanzieren sollte. Der Vorsitzende der SNED (Société Nationale des Études du Détroit) erklärte daraufhin, die Durchführung müsse bei den zuständigen britischen und spanischen Behörden liegen, unter Federführung der EG, die Finanzierung dagegen sollte auf den internationalen Geldmärkten gesichert werden. Das führte zu offiziellen Protesten seitens des marokkanischen Delegierten. Er erinnerte die Konferenzteilnehmer daran, daß Abyla als Teil Marokkos anzusehen sei, die Konferenz müsse also verbindlich erklären, daß zur Verwirklichung des Projekts auch die Zustimmung seiner Regierung eingeholt werden müsse, die, wie allgemein bekannt, an engeren Beziehungen zu Europa interessiert sei (wie die wiederholte Bewerbung Seiner Majestät um Mitgliedschaft in der EG bezeuge).

Am 18. Mai 1988 wurde beschlossen, einen Tunnel zu bauen und gleichzeitig eine Machbarkeitsstudie in Auftrag gegeben, um alle technischen, juristischen und ökologischen Aspekte des Bauvorhabens, das fortan den Namen »Straits Tunnel« tragen sollte, zu untersuchen.

5

Sein Hemd flatterte in der Brise, die auch eine Strähne graues Haar in seine Augen wehte und den Nebel in Dunst auflockerte. Wieder versuchte Wavery, im Dunst die afrikanische Küste auszumachen. Dieses Mal entdeckte er, wonach er suchte. Das erste, was er sah, war ein einsamer weißer Fleck, der über dem Meer am Horizont schwebte. Dann wurden weitere Flecken sichtbar, weißgetünchte Mauern am Hang eines Hügels, und darüber das dunklere Wasserzeichen eines Berges. Die über diesem Berg stehende Nachmittagssonne wurde verdüstert von einer dichten Rauchschwade.

Das war das erste, was Wavery von Abyla erblickte.

Die Kammlinie des Vorgebirges sah aus wie eine junge, auf dem Rücken liegende Frau. Der Kopf erhob sich aus dem Wasser, und der Bergkamm bildete sein Profil. Sie lag dort wie eine gestürzte Göttin, zerstört von Gewalten, die über göttliche Kräfte hinausgingen.

Zweiter Teil

VIERTES KAPITEL

1

Wavery stand in dem leeren Haus. Asunción war gegangen, und noch nie hatte er sich so einsam gefühlt. Er wollte die Tür hinter ihr schließen, aber mit dem Schloß war irgend etwas nicht in Ordnung. Als er sich abwandte, sprang die Tür wieder auf, und Rauch drang in die Eingangshalle. Seine Augen brannten, sein Hals kratzte, er konnte nicht atmen, ohne zu husten.

»Ich spreche gleich am Montag mit den Handwerkern«, hatte Asunción mit Nachdruck gesagt.

Sie hatte am Kai gewartet, um ihn zu empfangen. »Asunción Ortiz«, sagte sie, unsicher, ob sie ihm die Hand geben sollte oder nicht. Sie war nervös. Das Haar hatte sie zu einem Knoten gesteckt, sie trug einen hellen Hosenanzug. Er schätzte sie auf Mitte Dreißig, ihrer Kleidung nach hätte sie auch älter sein können. Ein offenes, ehrliches und freundliches Gesicht. Die perfekte Sekretärin, dachte er.

Sie chauffierte ihn in einem betagten blauen Seat. Keine dreihundert Meter vom Hafen entfernt stellte sie den Wagen vor einem Haus ab. Es war ein Eckhaus, die Fassade, die zum Meer gerichtet war, verdeckte ein Gerüst. Alles, was man erkennen konnte, war der Anstrich, ein Gelb wie von reifen Aprikosen.

Neugierig sah er durch die Windschutzscheibe. »Das ist das Haus des Konsuls?«

»Señor«, sagte sie und hielt sich am Steuer fest. Hoffnungslosigkeit lag in ihrer Stimme. »Man hat mir versprochen, daß es fertig ist, wenn Sie kommen. Man hat es mir versprochen, mehr kann ich nicht sagen. Es ist nicht fertig.«

Das Haus war eine Baustelle, es war leer, nur Baumaterial lagerte in den Räumen. Als sie ihn durch das Haus führte, entschuldigte sie sich mehrfach für das Fehlen von Möbeln. Die Möbel hätten vor dem Generalkonsul eintreffen sollen, das zumindest hätten die Londoner immer gesagt. Gestern allerdings sei plötzlich von weiteren vierzehn

Tagen die Rede gewesen. Für den Übergang habe sie einige eigene Möbelstücke herschaffen lassen. Sie stünden im dritten Stock, im Schlafzimmer für Señor Wavery.

»Sie finden auch etwas zu essen im Kühlschrank. Halima kommt vormittags. Ich war mir nicht sicher, ob Sie wollen, daß die Haushälterin hier im Haus wohnt.«

»Ich danke Ihnen«, sagte Wavery, »ich werde zurechtkommen.«

Sie wohne bei ihrem Vater in der Gasse hinter dem Haus. Sie notierte ihm ihre Telephonnummer. »Dann bis Montag.«

Jetzt, wo er allein war, konnte er noch einmal langsam durch das Haus gehen. Das ganze Wochenende hatte er, um seine Grenzen abzuschreiten. Draußen, irgendwo im Rauch, schlug eine Turmuhr sechsmal. Er stellte seine Uhr nach. Sie zeigte noch die englische Zeit. Er wunderte sich, wie früh es noch war. Er suchte nach etwas, womit er die Tür festklemmen könnte.

2

Drei Tage lag Abyla eingehüllt in seinen teerigen Smog. Dann, Montagabend, kam der Wind. Er fegte über die Bucht heran, überzog das Meer mit Schaumkronen, blies gegen die Stuckwangen der Häuser in der Calle Zamora, brachte die Plakate zum Rascheln, mit denen das Postament der Büste von Leopoldo Zamora (1822 – 1896), dem Kenner der Chinarinden, bepflastert war, ließ die Fenster der Irrenanstalt in der Calle Silvestre schlagen und störte für einen Augenblick die Konzentration der Insassen, die wie jeden Montagnachmittag versuchten, das auf einem Stuhl aufgestellte Porträt nachzumalen. Ihre Kopien von »Teniente Zamora, der Todgeweihte« würde der Anstaltsleiter nach eigenem Gutdünken entweder unter die Leute bringen lassen oder unauffällig entsorgen.

»Der *Levante*!«, sagte Sandra, die Schänderin, und fuhr sich hektisch mit einer Hand zur Brust. »Der *Levante*!« Und die Menschen an den Staffeleien schauderten. Jeder Matrose fürchtete den *Levante*, der angriffslustig war wie ein Stier. Toll vor Wut konnte er hinter dem Horizont einer spiegelglatten See lauern. Und unversehens über einen herfallen. Dann sah man schaudernd zu, wie er die Wellen zum Springen brachte, und hörte das rasende Schnaufen eines Wesens, das in den Höhlen der Tiefe eingekerkert worden war.

Von Osten stürmte der wilde Stier heran. Zwei Kilometer entfernt, im maurischen Viertel von El Hadu, lebten Menschen, die fest daran glaubten, daß man diesen Ansturm abwenden könne. So wie sein Toben herausgefordert wurde, wenn ein Kind mit einem Sieb spielte, so könne man den *Levante* auch verscheuchen. Man müsse nur einen Hund festbinden und ihn zum Jaulen bringen. Sie streuten auch getrocknetes Blut in ein Feuer, in der Hoffnung, der Rauch würde den Wind blind machen. Aber man konnte den *Levante* nicht blenden. In Wahrheit konnte man gar nichts machen, wenn der *Levante* über beide Seiten der Meerenge herfiel, Boote umwarf, Strände leerfegte und Dächer abdeckte.

»Komm, Sandra, geh da weg«, sagte der Anstaltsleiter und schloß das Fenster.

Das sei nicht dieser grausame Ostwind, sagte er zu den Malenden. Das sei der *Poniente*, der milde Westwind, der vom Atlantik komme und Regen und Seeluft zwischen den Säulen des Herakles hindurch treibe und die Täler lüfte.

Joseph Silkleigh fühlte den *Poniente* draußen auf dem Meer. Er suchte nach Emilio, dem Fischer. Über ihm hing der Mond wie ein Schildkrötenei. Von der Landspitze her war er auf die *Grau* zugefahren, die noch immer brannte. Der Wind setzte sprühende Schaumkronen auf die Wellen, die Strömung drückte gegen das Ruder seines Bootes. Silkleigh schaute zu, wie die *Grau* in den Wellen rollte. Er horchte auf einen Hilferuf. Aber er hörte nichts von dem Fischer, der mit seinem neuen Kutter auf dem Heimweg gewesen war, als jener Bug turmhoch durch den Nebel brach.

Rosita hörte den Wind in einem Zimmer über dem Café Ulises. Er brachte die blaue Markise mit solchem Ungestüm zum Flattern, daß Gallo, der Page, der zu ihr hochgestiegen war, um zu fragen, ob sie bereit sei, zweimal klopfen mußte. »Ja doch. Ich komme schon.«

Der Wind rüttelte an den Fensterläden der Bibliothek. Dort lakkierte Dolores ihre langen Fingernägel. An diesem Abend schloß die Bibliothek erst um acht. Sie pustete den Lack trocken, das kräftige Scharlachrot, das unübersehbar signalisierte: Ich arbeite nicht. Da klingelte das Telephon. Panteco war am Apparat. Er habe noch im Gefängnis zu tun, gegen neun werde er kommen und sie abholen. Während der Polizist sprach, zog Dolores einen weiten braunen Mantel über. Er hatte Ernesto gehört. Die tiefen Taschen waren mit einem samtweichen Stoff gefüttert. Sie würde die Hände hineinstecken, sobald der Lack getrocknet war. Fühl mal, schieb deine Hand da rein.

Es war eine Probe, und wer von ihren Männern nicht sofort sagte: Ja, fühlt sich wundervoll an, dem traute sie nicht. Es war eine primitive Probe, aber dieser Mantel war alles, was ihr geblieben war von Ernesto. Sie würde ihn niemals weggeben.

Die Witwe des Dirigenten hörte den Wind, und zum ersten Mal seit drei Tagen öffnete sie die Balkontür. Im gleichen Augenblick wurde eine Taube ins Zimmer geweht. Der Vogel stieß eine Tasse Tee um, die sie sich eingeschenkt, auf dem Fernseher abgestellt und dort vergessen hatte. Dann fiel ein leeres Flakon zu Boden, *Beli Medwed* stand auf dem Etikett, das Parfumfläschchen ihrer Mutter. Jetzt saß er auf einem Buch, einem Vermächtnis von Oberst Slawa, dem Freund ihrer Mutter, der ihr immer wieder Einzelstücke aus größeren Sammlungen überlassen hatte, darunter auch den dritten Band einer Geschichte von Kiew, unbezahlbar, 1633 in Frankreich gedruckt. Und nun hob der Vogel den Schwanz und hinterließ ein kleines graues Andenken, bevor er wieder nach draußen flog. Würde Wodka aus Tauben hergestellt, pflegte Ernesto zu sagen, dann gäbe es keine mehr. Ernesto! Genia Ortiz zuckte zusammen, als sie an ihn denken mußte. Sie setzte sich auf eine mit rosafarbenen Kissen bezogene Bank am Fenster und sog die frische Luft ein. Ihre Augen brannten von diesem Wochenende, das sie eingesperrt in der Wohnung verbracht hatte. Sie fühlte sich alt und hinfällig. Alte Oma, nannte sie ihr Enkel, und sie fühlte, daß sie dieses Namens würdig war.

Die Zeit war nicht grausam zu ihr gewesen, aber daß die Zeit ihr einen Streich gespielt hatte, das glaubte Genia Ortiz schon. Sah man sie von hinten, dann hatte sie noch immer die Figur eines jungen Mädchens.

Nur an ganz wenigen Stellen verrieten sich ihre siebenundachtzig Jahre. Da war die Falte unter ihrer Nase, die den Anschein erweckte, die Haut würde sich selber anlächeln; dann die Leberflecken auf den Handrücken. Und steif und unbeweglich war sie geworden. Wenn sie sich umsehen wollte, mußte sie sich mit dem ganzen Körper umwenden.

Sie schaute in das kleine vollgestopfte Zimmer. Mit feuchten Augen betrachtete sie ihre Brokatellegardinen, im Blau und Gelb der Unabhängigen Ukraine, die Uhr mit dem schaukelnden Pierrot als Pendel, die sie immer überdrehte, und auf dem dunkelblauen Teppich den ovalen Schreibtisch aus Wien, auf dem ein gerahmtes Photo ihres Vaters stand, das ihn in den elchledernen Reithosen eines Offiziers der Kavallerie zeigte. Es war das einzige Photo in diesem Zimmer. Es gab kein Bild ihres Mannes. Ernesto war in den Koffer unter ihrem Bett verbannt worden, dorthin, wo sie auch die Photos ihrer Kindheit aufbewahrte. Er hatte es nicht besser verdient.

Deine verdammten Photos – das waren die letzten Worte, die der Dirigent ihr gesagt hatte, zumindest die letzten, die sie noch deutlich im Ohr hatte, wahrscheinlich hatte er noch eine brummende Bemerkung zum Mittagessen mit Periclito in Café Ulises gemacht. Auf jeden Fall untersagte sie sich, die Bilder vom Gut ihres Vaters noch einmal anzuschauen. Teilweise als Buße. Vielleicht hätte Ernesto Dolores, seine letzte Liebhaberin, nicht gebraucht, auch nicht die anderen Liebhaberinnen, hätte sie sich schon früher daran gehalten. Jetzt weigerte sie sich, an ihn zu denken. Vor allem weigerte sie sich, an diese Dolores zu denken, diese Frau mit den Lippen einer Zigeunerin, die in der Bibliothek arbeitete, neben der Redaktion von *El Faro*. Das Weiß ihrer Haut, so hatte Ernesto immer gesagt, sei für seinen Geschmack eine Oktave zu hoch, und doch war er in diesen weißen Armen gestorben, in einem Zimmer im zweiten Stock des Hotel Zamora.

Von der Luft erfrischt, verließ Genia Ortiz ihren Platz am Fenster. Sie fragte sich, ob man Emilios Leiche schon geborgen habe. Sie schaltete den Fernseher ein. Ein Geschenk ihres Sohnes, der in Madrid Seifenopern drehte und jede Weihnachten versprach, sie zu besuchen, aber regelmäßig absagte. Worauf Asunción, die Frau, von der er sich getrennt hatte, jedesmal von neuem sagte: »Da hast du's. Siehst du's jetzt? Er ist einfach unmöglich, war er immer schon. Wie soll ich das Pablo nur sagen?« Genia Ortiz verstand sie. Tromso war unmöglich. »Genau wie sein Vater.« Ihrem achtjährigen Enkel fehlte der Vater, das war nicht zu leugnen. Aber was sollte sie antworten? »Ich weiß, Asunción, ich weiß. Aber nächstes Jahr, wenn er nicht so eingespannt ist.«

Auch dieses Jahr hatte er einen Besuch zu Weihnachten versprochen. »Tromso, wenn du nicht ...« Aber es gab nichts, womit sie ihm hätte drohen können.

Die Nachrichten waren schon vorüber. Tromsos Seifenoper lief, endlich einmal ohne Störungen. Eine Frau sagte zu einer anderen: »Jede kleine Elritze glaubt, daß auch aus ihr ein Walfisch wird, Tania.« Genia Ortiz schaute sich die Filme ihres Sohnes niemals an, weder abends noch die Wiederholungen am Morgen. Auch das war, wie ihre Weigerung, die unters Bett verbannten Photografien hervorzuholen, eine Prüfung, der sie sich unterzog.

Jeden Sonntag ging Genia Ortiz zur Heiligen Messe. Aber der Rauch von der *Grau* hatte sie so sehr mitgenommen, daß sie den Gottesdienst gestern ausgelassen hatte. Plötzlich verspürte sie das Bedürfnis, vor der Heiligen Jungfrau von Afrika niederzuknien und sie mit Inbrunst darum zu bitten, für Tromsos Weihnachtsbesuch zu sorgen.

Sie machte sich zum Ausgehen fertig, legte ein Cape aus schwarzer Wolle um und nahm die Einkaufstasche. Darin befand sich das einzige Erinnerungsstück an Ernesto, das sie überhaupt in die Hand nehmen mochte. Es war der Stab mit dem Goldknauf, den das Teatro Amazonas dem Dirigenten 1921 überreicht hatte, als er dort sieben Aufführungen von Ponchiellis *La Gioconda* geleitet hatte. Sie benutzte den Stab, wenn sie auf den Markt ging. Auf die Melonen klopfte sie damit und auf die Finger von Taschendieben.

Sie zog den Stab aus der Tasche und öffnete die Tür.

Senator Zamora, gekleidet in seine purpurrote Strickjacke, hörte, während er zu Abend aß, die Glocken der Turmuhr. Sein Urgroßvater, der Kenner der Chinarinden, hatte das Uhrwerk aus einer Kapelle am Ufer des Amazonas, irgendwo in der Nähe von Manaus, nach Abyla transportieren lassen. Vermutlich läutete es zur Messe. Er schaute auf die Uhr. Es war zehn nach sieben.

Clotilda, die jüngere seiner beiden Töchter, war ausgegangen. Hoffentlich, Gott sei ihr gnädig, zu einem Rendezvous. Asunción hatte vom Britischen Konsulat aus angerufen, daß es später werden würde. Ihr Sohn Pablo war vom Tisch verbannt, seit herausgekommen war, daß jemand die kleine Tochter von Porcil, dem Bankier, mit Seven-Up getauft hatte.

Abyla war eindeutig nicht der Ort für einen vaterlosen Achtjährigen, der voller Tatendrang steckte. Darum war Senator Zamora am Wochenende mit ihm zu jenem Kap westlich von Tanger gefahren, auf dem sich die Felsen befanden, die der Volksmund den »Fußabdruck des Herakles« genannt hatte. Es waren nicht viele Erfolge, die der Senator bei seinem Enkelkind verzeichnen konnte, aber mit Herakles hatte er Erfolg. Die Arbeiten des Herakles, insbesondere die zehnte, fesselten Pablo immer wieder.

Varro kennt vierundzwanzig verschiedene Herakles-Figuren. Der Held des Senators war der Mann, der zu diesem Küstenstreifen gesegelt war und Afrika für den Handel geöffnet hatte. Nach seinem Tod, einem gewaltsamen Tod, haben ihn die Phönizier zum Gott erhoben.

Er wurde zum Gott der Seeleute und der Purpurschnecke, er wurde auch zum Schutzheiligen von Landzungen wie der bei Tanger. Seiner Unsterblichkeit konnte er dennoch nicht gewiß sein. Jedes Jahr, im Sommer, mußte er erneut sterben. Seine Auferstehung folgte erst im Frühjahr.

Während sie am Freitagnachmittag zu jenen Felsen fuhren, hatte Senator Zamora seinem Enkel von der warnenden Inschrift erzählt, mit der Herakles die beiden von ihm errichteten Säulen versehen hat. Niemand sollte an den Säulen vorbei weiter nach Westen segeln. Denn dahinter habe das Grüne Meer der Dunkelheit begonnen, wo der Ozean kochte und wo Magnetberge die Nägel aus den Schiffen zogen und die Seeleute gleichzeitig zum Lachen brachten.

»Sie fuhren auf die Berge zu und grinsten, während sie schon untergingen«, sagte Senator Zamora.

Pablo war skeptisch. »Du meinst, die Berge haben die Menschen zum Lachen gebracht, auch wenn sie nicht lachen wollten?«

»So war es.«

»Und du meinst, diese Berge haben tatsächlich Eisen aus dem Holz gezogen, das zwanzig Kilometer weit weg war?«

»Genauso war es«, wiederholte Senator Zamora. Sie standen in der Höhle, in der Herakles Antaios zu Tode gedrückt hatte.

»Wer war Antaios?«

»Ein Riese aus Libyen und ein Sohn des Neptun. Zu dessen Ehren wollte er einen Tempel aus Schädeln errichten. Also hat er jeden getötet, der vorüberkam.«

»Nur Herakles nicht.«

»Genauso war es, Pablo.«

Als sie den Fußabdruck untersuchten, verriet Pablos Gesichtsausdruck, wie seine Zweifel wuchsen. Bevor er ins Bett ging, setzte er sich an den PC, den ihm sein abwesender Vater letzte Weihnachten geschenkt hatte, und rechnete.

»Opa?«

»Ja.«

»Wenn das wirklich der Fußabdruck des Herakles war, dann muß er siebentausendfünfhundertneunundfünfzig Meter groß gewesen sein.«

An diesem Abend beschäftigte die Heldentat von Pablos Maschine den Senator noch immer. Fünfundsiebzig Jahre war er alt geworden, ohne je das geringste mit all der Technik zu tun gehabt zu haben, mit der die Läden in der Calle Regal seit kurzem vollgestopft waren. Doch da war Señora Criado zurück und brachte den nächsten Gang.

»Aber das ist ja wundervoll!« sagte sie.

»Was denn?«

»Daß Sie nun doch zugestimmt haben, der Präsident des Stierkampfes zu werden.«

»Ja, Señora, gewiß. Ich habe mich nun doch dazu entschlossen.« Er hatte es getan, als sie am Kap Spartel waren. Er wollte sein Enkelkind beeindrucken. »Ich werde es dem Gouverneur mitteilen«, sagte er und schaute auf das Gericht, das vor ihm stand. »Señora Criado, was ist ...« Sein Schnauzbart wurde zum Besen, der die Mundwinkel herunterfegte. Ruhig, mahnte er sich, ganz ruhig, man kann von Orangenbäumen keine Feigen erwarten.

Sie legte die Hände zusammen und verkündete voller Stolz: »*Bacalhau*.«

Gesalzener Kabeljau. Jesus Herakles Christus. Seine Nackenhaare sträubten sich. Warum nur hatte er sie nicht längst gefeuert? Vor Jahren schon hätte er sie feuern müssen, aber seine Frau Minerva, diese gute Seele, hatte es ihm verboten. Und jetzt war es zu spät. Irgendwie brachte er ein Lächeln auf seine Lippen. »Vielen Dank, Señora Criado. Aber ist es nicht etwas kühl hier drinnen?«

Señora Criado schloß das Fenster zur Calle Zamora und ging in die Küche zurück. Also würde ihr Herr im August der Präsident der *Feria* sein! Das mußte sie morgen unbedingt Don Ramon erzählen. Und Honorio auf dem Marktplatz, und Marie Amaral. Vielleicht würde dann sogar Periclito zurückkehren.

In der Küchentür wandte sie sich um und sah auf den Senator. Sie sah sein schmales Gesicht, seinen dichten Schnauzbart, sein langes graues Haar, das sich immer, wenn er das Bad unterhalb vom Club de Pensiones besucht hatte, hinter seinen Ohren kräuselte. Welch Ungerechtigkeit des Schicksals, daß sie nicht als Enkelkind ihres Arbeitgebers zur Welt gekommen war, um von ihm verwöhnt und beschenkt zu werden! Alle Männer verdächtigten ihre Frauen, daß sie von einer Affäre mit Senator Zamora träumten, aber Señora Criado wußte, daß ihr Herr keine Affären hatte. Sie kannte ihn, wußte, wie er wirklich war, ein sanfter, gebildeter Mann, der eher den Sand von der Playa Benitez lecken würde, als gegen seine Prinzipien zu verstoßen.

Senator Zamora nahm die Gabel und wagte sich mit Todesverachtung an den Kabeljau. Eine Gelegenheit hätte es gegeben, damals, im dritten Jahr ihrer Anstellung, als Señora Criado die Küche in Brand gesetzt hatte. Da hätte er handeln müssen. Aber sie war Portugiesin, und stammten die Zamoras nicht ebenfalls aus Portugal? Es war die älteste Familie von Abyla, die mit Heinrich dem Seefahrer hierher gekommen war und sich damit brüsten konnte, unter ihren Nachkommen nicht nur den Arzt zu haben, der Sancho den Dicken von seiner Fettleibigkeit geheilt hatte, sondern auch Leopoldo Zamora, den großen Kenner der Chinarinden.

»Señora Criado«, sagte er schließlich, »ich vergaß, Sie am Freitag danach zu fragen. Was hat da so gerochen?«

»Aber Senator Zamora, haben Sie nichts davon gehört?«

»Wovon?«

»Von dem Unfall.«

Er war mit Pablo am Kap Spartel gewesen. Er wußte nichts von irgendeinem Unfall.

Also erzählte sie ihm von der *Admiral Grau*, dem Containerschiff, das vollgepackt war mit Gerätschaften, die im Tunnel dringend benötigt wurden, außerdem auch Treibstoff geladen hatte, dies Schiff sei im *Poniente* mit einem Fischkutter zusammengestoßen. Vor La Mujer Muerta brenne das Öl immer noch, die Strömung treibe es auf Abyla zu.

»Es war das Boot von Don Emilio!« Der Kutter, für den er acht Jahre lang gespart hatte, der Kutter, den er von Mogador herüber steuerte, der Stolz seines Lebens. »Und jetzt finden sie keine Spur von ihm.« Sie sah Emilio vor sich, dessen Bart seine Sommersprossen nicht verdecken konnte; so viele seien es gewesen, daß seine Mutter immer sagte, die Sonne habe ihn durch ein Sieb geküsst.

Senator Zamora starrte auf seinen Teller und fluchte still vor sich hin. Schließlich schob er den Teller von sich fort. Er fragte sich, ob er nicht besser im Büro anrufen sollte. Aber da war ja niemand mehr. Seit er sich zu Tisch gesetzt hatte, hatte eine Idee in seinem Kopf Gestalt gewonnen. Sie wollte ihn nicht loslassen.

»Sehr schmackhaft, Señora Criado. Wie immer. Aber des Guten zuviel.«

Er erhob sich vom Tisch. Er öffnete die Tür zum Flur, der von einem anderen Augenpaar des Teniente beherrscht wurde. Er stieg die Treppe hinauf zu seinem Arbeitszimmer. Als er den Flur wieder betrat, trug er eine lederbezogene Mappe, aus der die Papiere quollen, unter dem Arm. Auf dem Treppenabsatz blieb er stehen, um das Porträt des Staatsoberhaupts zurecht zu rücken, das er vor sechs Jahren als Zeichen äußerster Mißbilligung in dieser Weise aufgehängt hatte, nämlich mit dem Kopf nach unten. Auf den Zehenspitzen ging er an Pablos Schlafzimmer vorbei zu dem dritten Raum im Obergeschoß. Das Kinderzimmer. Morgen würde er vor der Kammer sprechen und mit dem Kopf von Gouverneur Menendez Petanque spielen. Er setzte sich vor Pablos PC. Er öffnete das Handbuch, schaltete den Schirm ein und schaute zu, wie ein grüner Fleck zu einer grünen Fläche explodierte. An diesem Abend gab es viel zu tun.

Auf der Playa de los Reyes fühlte Marie Amaral den *Poniente* auf ihren Wangen und erinnerte sich an einen anderen Wind, den *Chergui*. Das ganze Wochenende über hatten sie Erinnerungen verfolgt. Dinge, an die sie sich nicht erinnern wollte, drangen ihr immer wieder in den Kopf. Sie wußte, daß die *Grau* daran schuld war; aber sie hatte auch einen Blumentopf fallen lassen. Die matten, auf einer Seite glasierten Scherben lagen noch auf einem Haufen in einer Ecke der *Floristería Amaral*. Sie hatte sie wegwerfen wollen, konnte sich dann doch nicht dazu überwinden. Sie sah keine irdenen Scherben. Sie sah Splitter eines Spiegels. Und befand sich wieder in Oran, ein turbanbedeckter Kopf stürmte gerade durch die Tür.

Er stürmt in ihr Zimmer in Mers-el-Kebir, mit einem Fußtritt öffnet er die Tür. Ein Messer steckt in seinem Stiefel. Nervöse Hände an einer Maschinenpistole. Aus diesem Haus sind Schüsse abgegeben worden. Irgendwelche Europäer haben in die Menge geschossen. Es ist der Tag nach der Unabhängigkeitserklärung, Menschenmengen verstopfen die Straßen. Zehn Tote, darunter ein Kind. Man hört das Trauergeheul klagender Frauen.

Das ist das Ende. Er wird uns erschießen. Wir werden frei sein.

Aber er bewegt sich nicht. Er sieht in den hohen Spiegel, der an der Wand hängt, und im Spiegel sieht er sich.

Oder mich vergewaltigen, denkt sie. Auf dem Fußboden, neben meinem Sohn. Die Araber vergewaltigen eine nie auf dem Bett, nicht die Männer aus dem Aurés. Sein junges Gesicht ist eins aus den Bergen.

Er bewegt sich noch immer nicht. Er schaut in den hohen Spiegel, ein Hochzeitsgeschenk ihres Vaters. Er steht dort, an den Dielen festgewurzelt. Sie sieht den Ausdruck des Entsetzens in seinem Gesicht und denkt: Ist das möglich, hat er nie zuvor einen Spiegel gesehen? Gibt es das? Und dieser fürchterliche Schrei, mit dem er seine Waffe hochreißt und den Abzug betätigt? Erschießt er sein Spiegelbild? Sein Schrei ist viel grauenvoller als das Geheul der Frauen.

Und dann, verzweifelt und auf allen vieren kauernd, sucht er zwischen den Scherben nach einem Körper. Er flüstert etwas, bemerkt schließlich, daß sie im Raum ist. Sie hockt in einer Ecke. Sie hat uriniert, und ihre Füße sind warm und feucht. Mit dünner, verzerrter Stimme fragt sie ihr Hausmädchen: »Was sagt er?«

»Er sagt: Wo ist er?«

Er spricht wieder. Von seinen Fingerspitzen tropft Blut.

»Oder war es eine Frau?«

Aber Marie Amaral hört nicht zu. Ihr Blick ist auf das Bett gefallen. Sie hat die Scherben dort entdeckt, und ihren verletzten Sohn.

Fällt ein Spiegel von der Wand, folgen sieben Jahre des Unglücks. Und wenn der Spiegel zerschossen wurde?

Marie Amaral nahm all ihre Kraft zusammen, trat auf den Fußhebel des Abfalleimers und kippte die Scherben hinein.

Und der *Poniente* blies noch immer, zauste die dürren Palmen entlang der Marina Española, fuhr weiter die Straße hinauf, vorbei am massigen roten Fort von San Felipe, das die Portugiesen im fünfzehnten Jahrhundert errichtet hatten und in dem heute Bingo gespielt wurde, vorbei am Multi-Cine Cervantes, wo gerade *Pesadilla en Elm Street 5* gespielt wurde, am Museo de Arqueologia mit seinen leeren Sarkophagen entlang, wo Senator Zamora den letzten Monat mit der Restaurierung von Sporen verbracht hatte, die er für maurisch hielt, bis er herausfand, daß es sich um die Dolle eines Ruderboots handelte, vorbei auch an den Lieferwagen mit Lebensmitteln und den Lagerschuppen, in denen die Schildkröten verarbeitet wurden, vorbei am Zaun des Containerdorfs der Tunnelarbeiter, und hinein in die gerade schulterbreiten Gassen des heruntergekommenen Viertels von El Hadu.

Er blies über das Gefängnis, den Leuchtturm hinweg, über die Orchideen, die auf den Hängen des Monte Hacho zu blühen begannen, hinüber zum Strand im militärischen Sperrbezirk, wo einer hockte, so bewegungslos wie ein Stein, und über die Mutter, die rastlos den Strand entlanglief, hin und her, und rief und rief und rief und rief, hinaus über die schadenfrohe See.

»Emilio! Emilio! Emilio …«

3

Emiiiiliiiioooo ...«
Die Wellen waren hoch und kräftig, aber sie hatten ihn nicht zum Strand getragen. Drei Nächte hatte sie hinausgestarrt, und ihre Rufe, zuerst gequält und zornig, wie eine Mutter einen säumigen Sohn ruft, waren inzwischen unregelmäßig und flach geworden, wie der Schrei der Möwen.

»Emiiiiliiiioooo ...«

In der Dämmerung stand sie am Strand. Wavery erblickte sie, als er die Marina Española entlang zu seinem Haus ging. Dort, wo sie jetzt stand, hatten sich am Morgen einige Menschen versammelt. Sie schauten auf Emilios kleine Reisetasche, die leer und schlammverschmiert und perlig glänzend auf dem grauen Sand lag.

»Emiiiiliiiioooo ...«

Als er an einigen Wohnblöcken aus Beton vorüberging, verstand Wavery, warum die Besucher hier im Durchschnitt nicht länger als drei Stunden verweilen wollten. Ich hätte nein sagen können, dachte er. Lieber lasse ich mich vorzeitig pensionieren, hätte er zu Cullis sagen können. Aber mit Rücksicht auf Penny war es doch besser, daß er fortgegangen war. Abyla war so gut wie jeder andere Ort, der weit genug abseits lag. Es war ein Ort, in dem er niemanden kannte, und niemand dort kannte ihn. Er würde den Rest seines Lebens allein verbringen. Warum nicht hier damit den Anfang machen?

Er hatte bereits in einer wichtigeren Angelegenheit nein gesagt. »Das war's«, hatte er sich und Catharine versprochen. Und mit diesem Versprechen hatte er sich dessen beraubt, das er einzig und allein liebte. Und indem er sich an das Versprechen hielt, spürte er, wie die Person, die er gewesen war, zu etwas völlig Fremdem zerfiel. Es würde Monate dauern, bevor dieses neue Ich lernen würde, andere Menschen zu berühren oder mit irgendjemandem vertraut zu sprechen. Er wußte nicht, ob er dazu je wieder fähig sein würde. Er wußte nicht einmal, ob er solche Fähigkeiten überhaupt wiedererlangen wollte. Aber wenn es so bestimmt war, daß Catharine sich mit ihm nicht verbinden konnte, dann würde er sein Leben völlig verändern müssen.

Nur eines konnte ihn in den nächsten Wochen, bis er herausgefunden hatte, wer er denn sein wollte, vor dem Wahnsinn retten, nämlich die Benutzung der Muskeln, die ihn vor allem anderen zum Diplomaten gemacht hatten.

An seinem ersten Tag hatte Wavery bis spät im Konsulat gearbeitet, er hatte sich in die Pflichten eines Generalkonsuls geflüchtet. Er wartete, bis die Tunnelarbeiter die Baustelle verlassen hatten, bevor er das Büro in der Calle Camoes schloß. Die Straßen waren menschenleer, die Tagesausflügler längst auf der Fähre, die Arbeiter in ihrem Lager. Zu hören waren nur die Schreie vom Strand.

Die Uferpromenade vor ihm lag im Dunkeln, erst drei Straßenekken weiter eine beleuchtete Telephonzelle, und ihr gegenüber sah er die Lichter eines Cafés.

Wavery hatte die Lichter fast erreicht, als ein großer schwarzer Hund an ihm vorbeitrottete. Er zog eine lange Leine hinter sich her, die über das Pflaster schleifte. Bevor Wavery in seinem Schritt innehalten konnte, hatte er auf die Leine getreten. Der Hund, von der Leine plötzlich nach hinten gerissen, jaulte. Wavery beugte sich vor, um den Hund zu beruhigen, aber der sprang aus seiner Reichweite, tapste auf eigenartigen Pfoten, es hätten Schwimmfüße sein können, in den Lichtkreis um die Telephonzelle. In der Zelle begann das Telephon zu läuten.

Der Hund drückte die Schnauze gegen das Glas, bevor er die Straße überquerte und im Café verschwand.

Zum Haus des Generalkonsuls war es noch eine Ecke weiter, an seiner einen Seite erhob sich ein Mietshaus, an der anderen führte eine Seitenstraße den Hügel hinauf zur Plaza de los Reyes. Das dreistöckige Gebäude war eine Konditorei gewesen; durch das Gerüst hindurch konnte man aber auch noch die Worte *Tejidos y confecciones* entziffern.

Wie schnell bekam eine Straßenecke vertraute Züge.

Im ersten Stock, hinter dem grünen gußeisernen Balkon, der eine schöne Aussicht auf die Straße von Gibraltar bot, lagen die Räume, die zur königlichen Suite ausstaffiert werden sollten. Rechts hinüber waren die bewaldeten Schluchten des Monte Hacho zu sehen, auf dem Gipfel des Bergs lag die Festung. Links sah man den Hafen, die Palmen, die die Marina Española säumten und, über den Dächern von El Hadu, La Mujer Muerta, die tote Frau, über deren Kalksteinklippen die Sonne jeden Abend ins Meer rollte.

Fünf Kräne störten diesen Blick. Sie erhoben sich an der Baustelle des Tunnels. Jeden Tag, von morgens um sieben bis zum Sonnenuntergang, standen die Häuser entlang der Marina Española im betäubenden Lärm der Maschinen, die ein schwarzes Loch in die Erde fraßen.

Nach Waverys Erfahrung mußte man den Geist eines Ortes in der ersten Woche zu fassen bekommen, danach stumpften die Sinne ab, bis man nichts Neues mehr wahrnehmen konnte und schließlich, wie es manchmal vorkam, eine Bombe einschlagen mußte, damit man überhaupt etwas wahrnahm. Als er an jenem Morgen zum Büro ging, war Wavery sicher, daß er den Geist Abylas bereits erfaßt hatte.

Er hatte das Wochenende in seiner Residenz verbracht, und danach empfand er seine Einsamkeit überdeutlich. Jedes Zimmer verriet ihm seine Schmach und Isolation. Unfähig ihre Leere zu ertragen, hatte er die beiden Gästezimmer in der dritten Etage verschlossen. Immerhin hatten die Schlüssel gepaßt. Hätten Kinder im Haus gelebt, wäre ihr Spielzeug überall verstreut. Penny konnte er sich in diesem Haus nicht vorstellen. Ob er irgend jemanden einladen könnte? Rasch ging er die Reihe der Freunde durch, die er im Foreign Office hatte, aber es lag in der Natur des Lebens, das ein Angehöriger des diplomatischen Dienstes führte, daß die wenigen Freunde, die einem blieben, in Städten arbeiteten, die einige tausend Kilometer entfernt lagen.

Wer leitet die Botschaft in Algier? fragte er sich. Wer die in Rabat? Wer in Gibraltar residierte, wußte er.

Am Samstag war er seinem Gefängnis entflohen, um im Kramladen um die Ecke Milch zu kaufen. Die beiden Packungen, die er im Kühlschrank gefunden hatte, hatte er geleert. Sein Mund war trocken, er schmeckte den Rauch der *Grau* und den Staub vom Tunnel.

»Bis jetzt nichts, keine Spur«, sagte Don Ramon. Der Krämer sprach mit einer zierlichen alten Frau, die mit einem weißen Dirigentenstab auf den Ladentisch klopfte. »Du mußt Geduld haben«, sagte sie. Ob sich Don Ramon denn nicht an den Untergang des britischen Schiffs vor Kap Spartel, das müsse um Neunzehnhundertundzwanzig gewesen sein, erinnere. Abd el-Akbar und seine *Moros* hätten damals in den Bergen gelegen. Don Ramon konnte sich nicht erinnern. Seine Mutter, die vielleicht. »Sechzig Peseten«, sagte er, als er das Etikett auf der Dose Stallion-Tee endlich gefunden hatte. Er zog den Bleistift hinter seinem Ohr hervor.

»Lassen Sie mich überlegen. Da waren der Herzog und die Herzogin von Fife, die Prinzessin Marie Louise und Prinzessin Helena.« Gerettet, Gott sei Dank! Allerdings nicht ihr Gepäck. Noch Jahre später habe man an den Hängen von La Mujer Muerta seltsam herausgeputzte Männer sehen können.

»Berber«, sagte die Frau und senkte die Stimme, »mit Diamantknöpfen!«

»Darf nicht wahr sein!« sagte Don Ramon.

»Doch. Es ist die Wahrheit«, sagte Genia Ortiz. Sie zahlte ihren Tee und wandte sich vom Ladentresen ab – doch da entdeckte sie den Mann, der hinter ihr gewartet hatte. Ihr neuer Nachbar! Der Consul General de Gran Bretaña! Ihr Blick hing an Wavery, sie forschte nach irgendeinem Hinweis darauf, daß er sie als jüngerere Frau attraktiv gefunden hätte. Es dauerte einen Augenblick, bis Wavery auffiel, daß ihre Aufmerksamkeit ihm und nicht der Frau in seinem Rücken galt. Genia Ortiz schielte.

Sie stellte sich vor. »Vielleicht wissen Sie nicht, wer ich bin ...« Es sei ihr Balkon, der über seine Terrasse schaute.

»Ah, ja«, sagte Wavery.

»Wie ich höre, hat meine Schwiegertochter die Ehre, für Sie arbeiten zu dürfen.«

»Asunción?«

»Genau die.«

»Sie war so freundlich, mich gestern von der Fähre abzuholen«, sagte Wavery.

Genia Ortiz, die wie ein munterer Vogel ihren Kopf zur Seite geneigt hatte, sagte: »Darf ich fragen, wo Sie Ihre Spanischkenntnisse erworben haben?«

»In Peru«, antwortete Wavery.

Ihr Lächeln ließ ihre Augen kleiner werden. Wie erfreut sie war, daß der Hof von St. James diesen Mann nach Abyla geschickt hatte. Ihr *presidio* mußte wichtiger sein, als sie bis dato angenommen hatte. Er erinnerte sie an Tromso, nur liebenswürdiger schien er ihr zu sein.

»An Ihrem Akzent habe ich das sofort erkannt«, fuhr sie fort. In Peru spreche man das reinste Spanisch. Welches Glück für ihn, das Land kennengelernt zu haben! Wie gerne hätte sie Lima besuchen wollen. »Die Stadt der Könige«, murmelte sie und wich nicht von seiner Seite, während er die Milch bezahlte.

»Sie müssen die anderen Mitglieder meiner Familie kennenlernen. Ich hoffe sicher, daß mein Sohn über Weihnachten nach Hause kommen wird. Ein erfolgreicher Mann. Er arbeitet beim Fernsehen, macht diese Serie – ach, wie heißt sie nur? Tja, sie ist auf jeden Fall die aufwendigste überhaupt. Wir müssen nur über etwas anderes reden, dann fällt mir der Titel schon wieder ein.«

Wavery, der nicht über etwas anderes reden wollte, wartete darauf, daß Don Ramon ihm das Wechselgeld gab.

»Und was sagen Sie zu Ihrem Haus, Señor?«

»Da ist noch eine Menge zu tun.«

»Sind Ihnen irgendwelche *Vibrationen* aufgefallen?« Ihre Pupillen wurden größer und wanderten auseinander, als die Lippen dieses Wort formten.

»Bis jetzt nicht«, sagte Wavery. Doch Asunción hatte ihn gewarnt, der Boden bebe hier manchmal. Auf ihrem raschen Rundgang hatte sie auch davon gesprochen, daß ihr Vater der Meinung sei, das Skelett, das man im Keller des Hauses entdeckt hätte, stamme von einem Kamel, das während des Erdbebens von Lissabon umgekommen sei.

Genia Ortiz stieß ein leichtes Lachen aus und tippte ihm mit ihrem Dirigentenstab auf die Brust. »Die Frau des *General* hat sie sofort gespürt!«

»Die Frau …?«

Ob Asunción ihm nichts davon erzählt habe? *El General*, der das Haus hatte bauen lassen.

»*El General*?« sagte Wavery. Er war gestern spät abends in Abyla angekommen. Er hatte noch nichts gehört von einem *General*.

Don Ramon hob bei dieser Frage die Hände, aber die Dirigentenwitwe ließ sich nicht mehr bremsen. Bevor er sagen konnte: »Machen Sie doch wengistens Platz für die Dame hinter Ihnen«, war Genia Ortiz bereits zurückversetzt in ihr erstes Jahr in Abyla.

Womit sollte sie beginnen? Sollte sie, wie die lokale Überlieferung es wollte, beginnen mit dem triumphalen Einmarsch des *General* in Abyla, als er den Leichnam des Teniente Zamora nach Hause trug, dessen Heldentat die Enklave vor Abd el-Akbar gerettet hatten?

Nein, nicht damit. »Ach, *El General*. Was soll ich sagen?« Ihr eines Auge fixierte Wavery, das andere dagegen richtete sich über seine Schulter hinweg auf diesen monströsen Mann, den sie das erste Mal gesehen hatte, als er, mitten auf der Straße, die damals noch nicht Calle Zamora hieß, und angetan mit maurischen Hosen und Korsett, einem Jungen hinterherlief und dabei die flache Seite seines Säbels auf das Objekt seines Vergnügens klatschte.

Der General war der erste Mann gewesen, den Genia Ortiz in einem Korsett erblickt hatte. »Er war ein wüster *Homosexueller*«, sagte sie, und sprach ein Wort aus, das sie als Elfjährige auf der Reise von Balnascharki noch nicht im Reisegepäck hatte. In Señor Waverys Haus habe er seinen marokkanischen Liebhaber ausgehalten, der Anweisung hatte, jede Nacht auf dem Balkon eine Kerze anzuzünden, zum Zeichen, daß jemand dem General, der von seinem Quartier auf dem Monte Hacho herabblickte, wohlgesonnen sei.

Derart wohlgesonnen war ihm Genia Ortiz nicht. Der General war ihr Feind geworden an jenem Abend im Club de Pensiones, an dem sie ihn auf Französisch – des Spanischen sei sie damals noch nicht mächtig gewesen – darüber aufklärte, daß »ich die einzige Person sein werde, die Ihnen je vorgestellt werden wird, die Prinzessin Jekaterina gekannt und ihre wahre Schönheit gesehen hat.« Wenn er sie nach diesem Abend auf der Straße sah, richtete sich der General zu seiner vollen Größe auf und ging schnurstracks auf sie zu. Wenn der Schirm seiner Mütze ihre Nase berührte, sagte er: »*Madame, je vous dis bonjour!*«

Nein, für ihn hatte sie nichts übrig. In Gegensatz zu ihrem Mann fand sie es auch nicht lustig, daß der General drei Jahre hintereinander die Parade der hübschesten Fesseln gewann, die zu Weihnachten im Café Ulises veranstaltet wurde. Unglaublich, seine Perversionen! Es war ihm völlig gleich, wer davon wußte. Auch eine Genia Ortiz schonte er nicht. Hatte er ihr doch eröffnet: »Ich habe ganz Nordafrika durchgezogen«, und dabei mit einem Zwinkern des linkens Auges klargestellt, daß er dies beileibe nicht geographisch meinte.

»Aber dann geschah etwas, womit keiner gerechnet hatte.« Er sei auf die Siebzig zugegangen, da müsse es in ihm zu einer hormonellen Revolution gekommen sein. Mit der Tochter eines belgischen Hals-Nasen-Ohrenarztes habe er sich verlobt. Und in großem Stil sei dann die Hochzeit in Santa Maria de Africa gefeiert worden. Nach dem Gottesdienst habe er seine Frau über die Marina Española nach Hause getragen, durch die offene Tür und über die Schwelle. Gerade wollte sie sich aus seinen Armen winden, da sei sie, ganz plötzlich, erstarrt, habe sich an ihn geklammert. »*Mon cher, il y a des vibrations dans cette maison*«, habe sie gesagt und darauf bestanden, daß er noch unter der Tür kehrt machte. »Ihre Füße haben den Boden gar nicht berührt!«

Das frisch vermählte Paar mietete also eine Wohnung an der Plaza de los Reyes, aber der General habe das Haus nicht aufgegeben. Zweimal in der Woche, immer wenn seine Frau zur Messe ging, sei er die Treppen zur dritten Etage hinaufgestiegen, habe sich auf die Terrasse gesetzt und die Dächer beobachtet. Auf seinen Knien das Jagdgewehr, neben seinem Stuhl eine Flasche Whisky. Und auf jede Katze geschossen, die er sah.

»Katzen erinnerten ihn an die *Moros*!«

Wavery blieb vor der Haustüre stehen. Er schaute hinauf, um zu sehen, ob Plaisir des Yeux inzwischen die Telephonkabel angeschlossen hatte, doch die vier Drähte baumelten immer noch lose vom Dach die gelbe Wand herab.

Zwei Männer arbeiteten seit sechs Monaten an der Villa des Konsuls. Als der General seinen Posten als Kulturattaché in Sierra Leone antrat, hatte er das Haus an einen indischen Konditor verkauft, der seine Süßigkeiten im zweiten Stock lagerte. Die oberste Etage hielt er verschlossen. Es entging ihm, daß ein Dachfenster offen stand, Feuchtigkeit und Schimmel breiteten sich aus. Probleme gab es auch mit der Kanalisation. Ohne besonderen Grund begannen immer wieder die Abflußrohre zu gurgeln und zu sprudeln und verursachten zusätzliche Wasserschäden. Angesichts des bevorstehenden Königlichen Staatsbesuchs hatte das *Overseas Estates Department* die Grundrenovierung des Gebäudes angeordnet. Aber man hatte auch nichts dagegen, als der zuständige Architekt nach Cádiz zurückkehren wollte, wo er den Bau eines Spielcasinos leitete. Er hatte gerade das Notwendigste veranlaßt. Den Anstrich und die Elektroarbeiten konnte man örtlichen Handwerkern übertragen, für die Bauarbeiten hatte man in El Hadu zwei arabische Bauarbeiter gefunden.

Ihre Namen hatte ihm die Haushälterin genannt. Aber es war einfacher, die Spitznamen zu benutzen, die der Architekt ihnen gegeben hatte: Pas de Problème und Plaisir des Yeux. Bisher war Wavery nur Plaisir des Yeux begegnet. Über Halima erreichte ihn eine Nachricht, die in holprigen französischen Sätzen erklärte, der »Polier« sei nach Marokko gefahren, um Baumaterial aufzutreiben.

Die Eingangshalle roch nach Gips und Farbe. Wavery betätigte einen Schalter, und Licht fiel auf das Durcheinander von Böcken, Eimern und Fliesen. Plaisir des Yeux arbeitete in einem Raum rechts von der Treppe, den Halima, die die Pläne des Architekten gesehen hatte, als »Saal« bezeichnete. Verblaßte Streifen auf den Dielenbrettern zeigten, wo der Ladentisch des Inders gestanden hatte. Ein Rechteck aus frischen Putz ließ die ehemalige Ladentür erkennen. Gipsbrocken und Farbspuren führten vom Saal zur Treppe und die nackten Stufen hinauf. Auf seinem Weg zur Küche folgte Wavery den weißen Spuren von Plaisir des Yeux. In drei Monaten sei alles fertig, das wurde ihm versichert.

Das Fehlen jeder Art von Möbeln ließ das Innere der Residenz erst recht trostlos erscheinen. Das OED hatte Wavery versprochen, die

Möbel würden umgehend eintreffen, auf demselben Schiff, das auch seinen Hausrat bringen sollte.

Halima war schon gegangen. Waverys Abendessen stand im Kühlschrank, eine kleine Tortilla und ein Salat aus Tomaten und Zwiebeln. Nach dem Essen kochte er sich eine Kanne Tee. Er riß eine Milchpakkung auf, und Milch spritzte auf seinen Anzug. »Am anderen Ende öffnen«, las er auf Spanisch. Er trug das Tablett nach oben.

Waverys Schlafzimmer war der einzige wohnliche Raum im ganzen Haus. Eine zweiflüglige Tür mit Glasfenstern führte auf die Dachterrasse, deren niedrige, gekalkte Mauerbrüstung die Hitze des Nachmittags gespeichert hatte. Die Terrasse war fünf auf sechseinhalb Meter groß. Platz genug für einen Dachgarten.

Aus der Gasse erhob sich ein Baum, er war so hoch wie eine ausgewachsene Magnolie und überragte die Terrasse. Wavery erkannte den Baum an den fein behaarten Blättern, es war ein Taschentuchbaum. Ob der General erlebt hatte, wie er zum ersten Mal blühte? Mindestens zwanzig Jahre dauerte es, bis die *Davidia involucrata* ihre weißen Blüten entfaltete.

Als Wavery die Verandatüren öffnete, scheuchte er eine graue Katze hoch, die auf einem Ast gehockt hatte. Das Tier sprang auf die Mauer und hob, als sie Wavery erblickte, graziös den Schwanz. »Die Katze, die auch Ham gerufen wird (nach ihrer Lieblingsspeise), muß unter einem besonderen Stern stehen.« Das stand in den Notizen, die Asunción ihm gegeben hatte. Ham habe einen schwachen Magen, aber eine Diät aus Pferdefleisch und Wasser habe sie aufblühen lassen.

»Hallo Ham«, sagte Wavery. Er streckte die Hand aus, um ihren Schwanz zu streicheln. Die Katze war ein direkter Nachkömmling einer Sippe, der das Gewehr des *General* nichts anhaben konnte. Ham hatte überlebt, also gab es noch Hoffnung. Er schaute über die Mauer, hinunter auf das Kopfsteinpflaster der engen Gasse. Die Calle Zamora verlief parallel zur Marina Española, durchquerte den Block zwischen der Calle Millan Astray und der Calle Silvestre. Es war eine Seitenstraße, doch war viel Leben dort. Fußgängern diente sie als Abkürzung. Autofahrer parkten in der zweiten Reihe, und jeder Morgen begann mit einem frenetischen Hupkonzert.

Menschen fühlten sich zu Hause in der Calle Zamora. Sie wechselten dort ihre Kleider, führten Selbstgespräche, schüttelten den Kopf, kicherten vor sich hin. Männer pinkelten gegen die Autos. Mädchen, denen man ansah, daß sie die letzte Nacht durchgetanzt hatten, trällerten Schlager. Schüler hockten mit ihren Büchern in den Hauseingängen. Der Sohn des Krämers drosch seinen Ball gegen den Torpfosten, den Plaisir des Yeux längst hatte frisch streichen wollen. Vielleicht war es die Irrenanstalt, deren hohe Mauern an die Calle Silvestre grenzten, die die Calle Zamora zu einem solchen Zufluchtsort werden ließ, hier war man dem ununterbrochenen Geklopfe entronnen, mit dem die Insassen Vorübergehende auf sich aufmerksam machen wollten.

Abgesehen von Waverys Haus und dem roten Gebäude gegenüber waren es Stadtvillen aus dem 19. Jahrhundert, die die Straße säumten; in der elegantesten davon wohnte Genia Ortiz. Eine enge Schlucht, keine zwei Meter breit, trennte ihr Haus von dem seinen. Ihre Wohnung lag jenseits dieser Schlucht auf derselben Höhe wie Waverys Dachterrasse und sie hatte einen Balkon, auf dem Pelargonien aufgereiht waren, so pink wie Kaurischnecken.

Im rot getünchten Haus gegenüber wohnte Asunción mit ihrem Sohn Pablo, dort wohnten auch ihre jüngere Schwester Clotilda und ihr Vater, der Senator Zamora. Wavery vermutete den Senator in der Gestalt, die in einem Zimmer im obersten Geschoß auf einen Bildschirm starrte. Ende der Woche war er dort zu einem Drink geladen.

Ein Auto brauste in die Gasse und stoppte mit laufendem Motor vor dem Haus der Zamoras. Ein Mädchen stieg aus, das ihr maisblondes Haar zu Zöpfen geflochten hatte. Sie bückte sich, um den Fahrer zu küssen, wartete dann, bis das Auto, ein weißer Renault mit nur einem brennenden Scheinwerfer, davonstob. Clotilda, dachte Wavery und trank seinen Tee aus.

Er trat zurück ins Schlafzimmer, schaltete einen kleinen Fernseher ein und wischte die Staubschicht von der Mattscheibe. Ein wohlbeleibter Mensch in einem weißen Anzug hielt gerade eine Rede. Eben diesem Mann hatte Wavery am Morgen seinen Antrittsbesuch abgestattet und sein Akkreditierungsschreiben überreicht.

Er hatte Asunción gebeten, ihm etwas über den Gouverneur zu erzählen. Sie sei nicht unbedingt die geeignete Person für eine solche Auskunft, gab sie zur Antwort. Ihr Vater und Menendez seien erbitterte Feinde. Sie wußte, wie abschätzig Senator Zamora den Gouverneur betrachtete. Was diesen betreffe, so sei mit einem Satz alles gesagt: Auf dem Festland war er Schauspieler – um genau zu sein: eine Stimme im Radio. Schon damals habe Menendez nur einen Gedanken gehabt, nämlich ins Fernsehen zu kommen. Und noch immer lebe er in der Hoffnung, eines Tages von einem Talentsucher entdeckt zu werden. Entsprechend affektiert sei sein Verhalten. Alle, und warum nicht auch Don Ramon oder Dolores, könnten ja in Wahrheit Abgesandte der Fernsehgewaltigen aus Madrid sein, in Afrika unterwegs auf der Suche nach begnadeten Talenten.

»Begnadet ist er nicht«, fügte sie hinzu, »aber ich denke, er ist auch kein schlechter Mensch.«

»Rufen Sie mich an, und wir essen zusammen Mittag«, sagte Gouverneur Menendez und lachte. Sein Lachen war leicht hervorzulokken, aber es verebbte auch schnell. Das ganze Wochenende war ihm das Schiffsunglück durch den Kopf gegangen. Er hatte sich beim Rasieren in die Oberlippe geschnitten, und ihn umgab der Qualm seiner zweiten Zigarre nach dem Frühstück. Als er sie bis zum Stummel heruntergeraucht hatte, hielt er das Ende in die Luft, und ein Mann kam gelaufen und nahm es ihm ab.

»Also. Wie gefällt Ihnen unsere Stadt, Señor Wavery?«

»Gut«, sagte Wavery, »wunderbar.«

»Die Perle des Mittelmeers!«

Er stieß Wavery spielerisch die Faust in den Bauch, womit die Zeremonie seiner Akkreditierung beendet war.

Auf der Mattscheibe beugte sich Menendez nach vorne und schloß die Knöpfe seiner weißen Jacke. Er beantwortete eine Frage zum Unglück der *Grau*. Aufnahmen des Ölteppichs wurden eingeblendet, der unterhalb von La Mujer Muerta an die Küste schwappte. Die Wellen glichen bleiernen Buckeln. Eine Möwe schleppte sich klumpig verschmiert über den schwarzen Sand. Vom Fischer noch immer keine Spur.

»Von Panik würde ich nicht sprechen«, sagte er gerade. Mit den Fingern trommelte er auf seiner Brust. »Oder vielleicht doch.« Aber man habe alles getan, um den Ölteppich aufzulösen. Wie auf der heutigen Krisensitzung des Stadtparlamentes beschlossen, träten morgen die Verantwortlichen der Gesundheits- und Sicherheitsbehörden zusammen.

Eine Stimme fragte aus dem Off: »Ist es wahr, daß die *Grau* Geräte geladen hatte, die für den Tunnelbau unbedingt gebraucht werden?« Der Redaktion liege eine Ladeliste vor, gerichtet an das Büro von Abyla Independiente. Neoprendichtungen. Zusammenschraubbare Schalteile aus Beton. Ersatzschneiden für die Schämradmaschine.

Menendez nickte, seine Augen rollten unter der Last der Informationen, mit der er eingedeckt wurde. Ein kurzer dicker Finger schob sich hinter die Kette, die sich um seinen Hals legte. Neue Schneiden seien bereits bestellt worden, sagte er, in Seattle.

Ob der Gouverneur versichern könne, daß der Verlust der *Grau* nicht zu einer Verzögerung der Eröffnung des Tunnels führen werde?

»Selbstverständlich!«

Und die Finanzierung? Es gingen Gerüchte um, das Geld sei alle. Ob die Arbeiter tatsächlich seit vierzehn Tagen keinen Lohn mehr erhalten hätten?

Wavery wechselte den Sender. »Und als Bonbon für unsere Golffreunde ...«, sagte ein Mann auf Englisch. Auf der flimmernden Scheibe erschien die Figur von Sir Lawrence Tredwell, der den Schlag demonstrierte, mit dem er einen Golfball zweihundertvierzig Meter weit in Richtung Afrika gedroschen hatte. Wavery schaltete zurück. Menendez war verschwunden, eine Stimme bat Wavery, noch nicht abzuschalten, denn als nächstes könne er, und zwar nur bei TV Abyla, eine weitere Folge der beliebtesten Serie überhaupt sehen: »Ja, es ist wieder Zeit für *Die Tüchtigen gehen zuerst ...*«

Es folgte Werbung. »Ist Ihre Ehe ein Grund zur Freude oder verursacht sie nur Kummer? Sprechen sie mit Dorita von der Katholischen Eheberatung.« Die Adresse machte Platz für ein Augenpaar, es waren die Augen einer Frau, deren übriges Gesicht geschwärzt war, so als trüge sie einen Schleier. Dies nun war Wettbewerb »Erkennen Sie das Augenpaar?«, veranstaltet ebenfalls von TV Abyla. »Erkennen Sie diese Frau, eine Persönlichkeit aus dem Leben Abylas?« drängte die Stimme. »Die ersten zwanzig Anrufer mit der richtigen Antwort erhalten als Preis das allerneueste Modell des Parker Rollerball-Pens ...« Und das sei noch nicht alles. Würden die Augen bis zum Monatsende noch immer nicht erkannt, dann verdopple sich der Preis!

Die Augen blieben auf dem Bildschirm, ruhig und lockend. Als Wavery sich schließlich in eine Ecke seines Betts kauerte, war er nicht mehr in Abyla. Er entfloh dem Gedränge einer Party in Lima.

4

Er stand unschlüssig auf den Stufen zur Terrasse. In einer Ecke bemerkte er Queesal. Und neben dem Handelsattaché eine hochgewachsene Frau mit schulterlangem schwarzem Haar, der Queesal zuhörte. Wavery dachte: Da drüben steht George und ist schon wieder dabei, sich unglücklich zu machen.

Queesal hatte getrunken. Seine Stimme klang weinerlich, hatte einen zänkischen Unterton. »Aber so ist es ja gar nicht, Sie sehen das falsch. Wir sind doch nur die Dienstboten. Jeder X-Beliebige glaubt, er habe das Recht, einfach hierher zu kommen und uns seinen Kram vor die Füße zu kotzen.«

Sie hörte ihm zu, aber sie stand dort wie eine Frau, die einen anderen erwartet. Queesal mußte das spüren. Sie griff nach ihrem Glas, als er, vielleicht um ihre Aufmerksamkeit nicht zu verlieren, zischend hervorstieß: »Genau wie dieser besoffene Flegel, dieser Weiberheld da drinnen, dieser Clark Gable-Verschnitt.« Es sollte wohl ein Scherz sein, aber Aggressivität ließ seine Stimme grob werden. An ihrer Reaktion erkannte Wavery sofort, daß Queesal über jemanden herzog, dem sie nahe stand.

Bis zu diesem Augenblick hatte Wavery in ihr nur eine attraktive Frau gesehen, eine wie so viele andere, die sich in den Räumen hinter ihm drängten. Ihre Schönheit hatte ihn nicht weiter beeindruckt. Und er war davon überzeugt, eine Frau wie sie werde mit einem ungehobelten Klotz wie Queesal schon fertig werden. Er nahm an, auch sie würde den Panzer besitzen, der die Attraktivität vieler schöner Frauen in seinen Augen schmälerte. Doch was er sah, war die Verletzlichkeit eines Kindes, das seiner Hilfe bedurfte.

Sie fuhr sich mit den Händen ins Gesicht. Sie versuchte etwas zu sagen, brachte aber kein Wort hervor. Sie schaute sich um, voller Verwirrung, und sie sah Wavery.

Queesal spürte, wie sich ihre Blicke von ihm lösten. »Ach, Tom … hallo.«

Wavery ging auf die beiden zu. »Ich komme, um zu stören.«

Queesal lachte und sagte verlegen: »Ich habe Mrs. Riding gerade über unsere glorreichen Pflichten aufgeklärt.«

Wavery streckte ihr die Hand entgegen. »Thomas Wavery.«

Sie schloß die Augen und neigte sich leicht nach vorne, sie hatte nicht richtig verstanden. Wavery wiederholte seinen Namen, und sie antwortete mit »Catharine Riding«. Als sie sich wieder aufrichtete, fiel von der Tür her Licht auf ihr Gesicht. Ihre Augen waren dunkelgrün, eine Augenfarbe, die er noch nie gesehen hatte. Sie blickte durch ihn hindurch, erkundete die Konturen des Raums, den er einnahm. Sie hatte Schutz gesucht und sie hatte ihn gefunden. Und plötzlich sah Wavery in ihr mehr als einen Menschen, der Schutz suchte.

Er fixierte eine Fliese, einen Meter neben ihrem Fuß.

»Sie wird eine Reise machen nach Arequipa. Aber,« fuhr Queesal fort, »ich habe sie beruhigt. Sie muß keine Angst haben.«

Schroff fertigte Wavery ihn ab, als sei es Queesal gewesen, der sie unterbrochen hatte.

»Der Botschafter sucht dich, George.«

»Wo ...«

»Er steht bei Denver.«

Queesal entschuldigte sich.

Wavery sagte: »Ich weiß nicht, ob Sie schon einmal hier gewesen sind.« Er wies mit der Hand in Richtung Steingarten. »Rita hat ein wahres Wunder vollbracht. Vor allem hier. Vorher gab es hier nur Steine und Dreck. Buchstäblich.«

Sie löste ihre verschränkten Arme, fuhr sich mit den Händen in den Nacken. Sie schüttelte den Kopf, als wolle sie etwas loswerden. »So«, sagte sie. »Ich danke Ihnen.«

Und sie war wieder eine Frau um die dreißig. Mit einer Hand zupfte sie an ihren Haaren und zwirbelte die Strähnen. Mit der anderen strich sie ihr Gesicht entlang, es war weiß, bis auf eine Gruppe von drei kleinen Leberflecken auf ihrer rechten Wange und die Spitze ihrer Nase, die leicht gerötet war von der Sonne.

»Aber ich fürchte«, fuhr er fort, »Sie interessieren sich gar nicht für Gärtnerei.«

Sie lächelte kurz. »Am liebsten würde ich gar nichts anderes tun.«

»Wirklich?«

»Aber ja.« Und wieder lachte sie, diesmal mit mehr Selbstvertrauen. Sie nahm ihr Glas von einem Tisch. »Ich bin, wie Rita, Gärtnerin von der ganz besonders schlimmen Sorte: fixiert auf meinen Vorgarten. Wahrscheinlich können wir deswegen so gut miteinander.«

Hinter ihnen klatschte jemand in die Hände. Die Gastgeberin stand in der Tür. »Habt ihr ein Sorbet bekommen? Wißt ihr inzwischen, wer ihr seid? Tom, haben Sie auf Catharines Rücken geschaut, um zu lesen, wer sie ist? Catharine? Tom?« Noch einmal klatschte sie in die Hände. »Und denkt daran, Kinder, nur mit Ja oder Nein antworten«, sagte sie und trat ins Haus zurück.

Catharine, sich halb umwendend, sagte: »Möchten Sie ...«

»Lassen Sie nur.«

»Das erleichtert mich aber«, sagte sie, »ich fürchte, ich bin nicht in Stimmung für ein Gesellschaftsspiel. Übrigens, Sie sind Bob Hope.« Sie kehrte ihm den Rücken zu. »Und ich?«

Wavery sagte es ihr.

»Jane Fonda! Rita hat doch zu alberne Ideen.« Sie ging auf eine niedrige Ziegelsteinmauer zu, die ein Beet einfaßte. Sie mußte etwas berühren. Sanft schob sie einen kleinen Busch mit scharlachrot-orangefarbenen Blüten zur Seite. »Oh, die hat sie auch. Nun müßte ich den Namen wissen, aber er ist mir entfallen.«

Er setzte sich neben sie. »Es könnte *Embothrium coccineum* sein, oder?«

»Das ist es. Genau. Sie kennen sich aus.«

»Das hat man davon, wenn man Latein studiert hat«, sagte er, »aber es ist auch alles, was man davon hat.« Doch ihr Kompliment freute ihn. Sonst wollte er nie, daß ihn andere für klug oder stark hielten. Er empfand das nur als Last. Aber daß er diese charmante Fremde zu einer solchen Äußerung gebracht hatte, das erfüllte ihn mit Freude.

Sie sagte: »Ich bedaure immer, daß wir diese chilenischen Feuersträucher in London nicht pflanzen können. Es ist zu kalt. Sie würden nie blühen.«

»Vielleicht doch, Sie müssen nur einen geschützten Ort finden.«

»Ob Rita mir erlauben würde, einen Ableger mitzunehmen?«

»Gewiß würde sie das«, sagte er in einem Anflug von Großmütigkeit ihrer Gastgeberin gegenüber. »So ist es doch unter Gartenfreunden, sie schenken einander, was sie haben.«

»Wissen Sie, was merkwürdig ist?« Sie tat, als plaudere sie ein Geheimnis aus. »Ist Ihnen auch aufgefallen, daß es in ihrem Garten keine Gelbtöne gibt? Zu aufdringlich, meint sie.«

»Es fällt Ihnen leicht, den Charakter eines Menschen an seinem Garten zu erkennen?«

»Oh ja. Sicherlich. Menschen, die mit ihren Gärten auftrumpfen, sind im wirklichen Leben um so bescheidener. Ich würde zu gerne hören, was Sie aus meinem schließen würden.«

»Was *ist* das nur mit den Gärten?« Wavery mühte sich, seine aufkeimende Erregung zu dämpfen. »Die Menschen reden und reden über sie, aber ich verstehe ja auch warum.« Und ehe er sich versah, erzählte er ihr schon, wie sehr er sich nach den Tagen sehnte, in denen er der Schöpfer eines Gartens in Sintra sein würde.

Mit gesenktem Kopf hörte sie zu, als er ihr das Meer beschrieb, wie es durch die Olivenbäume hindurchschimmern werde. Ihr langes Haar war ihr vor das Gesicht gefallen, er konnte nicht sehen, was sie dachte. Als er zu Ende war, schaute sie auf. Ihr Mund war ein makelloses Lächeln. »Kann man sich denn etwas Schöneres vornehmen?« fragte sie.

Wavery lehnte sich zurück. Ihre Antwort erschütterte ihn. Sie brachte ihn völlig aus der Fassung. »Sind Sie allein hier?« fragte er.

»Nein, ich habe einen Mann. Ich sah Sie mit ihm sprechen. Clark Gable.«

»Ach, das ist er«, sagte Wavery. Und hatte den gutaussehenden Mann wieder vor sich, wie er mit der Kellnerin flirtete.

Sie seien für drei Wochen in Peru. Adam habe gute Chancen, eine vollautomatische Weinkelter an die Kellerei Tacama in Ica zu verkaufen. Im Miramar seien sie abgestiegen. Und als sie ihm dies sagte, erscholl von der Tür her eine Stimme. Die Frau der Nummer Zwo von der französischen Botschaft sagte: »Tom, ich bin gekommen, um mit dir zu reden. Bei Denver habe ich meine Schuldigkeit getan.«

Aber Wavery rührte sich nicht. »Oh«, sagte Madame Palliasse. »Oh«, und zog sich ins Innere des Hauses zurück. »Der Mann war völlig verzückt«, sagte sie später zu ihrem Gatten.

»Sollten Sie nicht hineingehen?« sagte Catharine. Wieder war er ihren Blicken ausgesetzt. Er wußte, daß er besser wegsehen sollte, aber er tat es nicht.

»Nein«, sagte Wavery, »es sei denn, Sie möchten es gerne.« Er bemerkte den sentimentalen Ton, der in seine Plauderei geraten war. Das mußte an ihr liegen, so jungenhaft aufgewühlt hatte er sich schon lange nicht mehr gefühlt.

»Sie wissen sicher, daß Sie einen Fleck auf der Hose haben?«

»Wo?«

Sie deutete auf eine Stelle unter seinem linken Knie. »Sieht aus wie Tinte ...«

Sie hatte den Flecken bereits gesehen, quer durch den Raum war er ihr aufgefallen. Unübersehbar schwarz und kreisrund, mit Strahlen, die sich im beigefarbenen Baumwollstoff verästelten. Der Farbfleck, den er sich wohl an Pennys Staffelei geholt hatte, sei das erste gewesen, was sie von ihm wahrgenommen hätte. Das würde sie später sagen. Allein deswegen sei sie geblieben. Nur wegen diesem Fleck habe sie nicht nach ihrem Mann gesucht und ihn zurück ins Hotel gebracht. Sie kam nicht dazu, ihm all das auf der Terrasse zu sagen, in diesem Augenblick nämlich stolperte ein Mann durch die Tür und die Stufen hinab.

Er umklammerte Ritas Taille.

»Und ich darf die Schönste mit nach Hause nehmen«, sagte Mr. Riding. Er war betrunken.

Er löste sich von Rita. Catharine erlaubte ihm, ihr den Arm wie eine Stola um die Schulter zu legen. »Rita, wir müssen gehen«, sagte sie über seinen reglosen Arm hinweg.

»Dann sagt Denver Lebwohl, ich seh euch nochmal an der Haustür«, sagte Rita, »ich habe noch kein Wort mit Tom gesprochen.«

Sie sahen hinter Catharine her, die ihren Mann hineinbugsierte. Die Frau, die sich auf der Terrasse vor wenigen Augenblicken noch so verletzlich gezeigt hatte, war jetzt sein Halt. Und der Halt, den sie ihm bot, war mehr als die Stütze, mit der eine Frau ihrem betrunkenen Ehemann beim Gehen hilft.

»Ich liebe Catharine«, sagte Rita. Sie rieb ihren langen Hals. »Ich kenne sie erst seit drei Jahren. Aber ich liebe sie.«

Wavery sagte nichts. Sie hatte sich nicht einmal verabschiedet.

»Es ist nie, wie es scheint«, fuhr Rita fort, »Adam ist ein sehr erfolgreicher, äußerst attraktiver Geschäftsmann – und ein großer Schürzenjäger. Aber privat ist er, so schätze ich, zu hundert Prozent von ihr abhängig.«

»Ich fand beide sehr charmant«, sagte Wavery. Er wäre gerne hinter ihnen her nach drinnen gegangen, aber Rita hatte noch etwas auf dem Herzen.

»Ich weiß nicht warum, aber eigentlich ist es ein Jammer.«

»Was meinst du?« fragte Wavery.

»Daß sie nach außen hin seinen Mythos aufrechterhält. Das war ihre Rolle von Anfang an. Ohne sie wäre er der Mann nicht, der er ist, aber eben der Mann ist nichts für sie.«

* * *

Am Morgen nach der Party bei Rita Tennyson traf Wavery um acht Uhr fünfundvierzig in der Botschaft an der Plaza Washington ein, er verließ den Lift statt im 12. im 11. Stock. Bevor ihm sein Irrtum auffiel, hatten sich die Türen des Aufzugs hinter ihm schon wieder geschlossen. Er drückte schnell den Knopf und wartete. Der Aufzug fuhr zunächst ganz nach unten. Er verfolgte das grüne Licht auf seinem stetigen Weg hinauf zum 11. Stock, bei jeder Etage ertönte ein dünner Glockenton. Ruckend öffneten sich schließlich die Türen. Außer Catharine Riding war niemand in der Kabine.

Die Türen schlossen sich und Wavery starrte auf den Lichtstreifen über seinem Kopf, wartete, daß die Zwölf aufleuchtete. SCHIND-

LER: 900 KG. MAX. 12 PERS., las er auf einem Messingschild. Das Glockenzeichen ertönte.

Er sagte: »Es ist bestimmt eine verrückte Idee, ich weiß. Aber würden Sie sich die Zeit nehmen, um sich einen ganz außergewöhnlichen Garten anzusehen?«

Hinterher, als sie zusammen Mittag aßen, würde er sagen: »Solche Ideen hat man gewöhnlich erst dann, wenn es zu spät ist, aber diesmal kam sie mir auf der Stelle.«

Sie verabredeten sich zu einem Treffen am nächsten Tag. Gegen Mittag erwartete sie ihn in der Eingangshalle des Miramar. Sie hatte das Haar nach hinten gekämmt und mit einem schwarzen Samtband gebunden, sie trug einen dunkelgrünen Rock. Sie gaben sich die Hand, und er entschuldigte sich. Er war fünf Minuten zu spät und außer Atem.

Der Garten lag zwanzig Minuten vom Miramar entfernt im Stadtteil Barranco. Entdeckt hatte Wavery ihn zusammen mit Penny. Sie hatte in dieser Straße bei einer jungen Witwe bemalte Tabletts gekauft. Und während sie ihm erzählte, daß der Ehemann dieser Frau in der Nähe von Chimbote in eine Polizeifalle geraten und umgekommen sei, war ihm der gußeiserne Gartenzaun aufgefallen.

»Da wären wir. Und, was sagen Sie nun?« fragte er Catharine. »Schauen Sie nur, was man in diesem schrecklichen Klima doch alles hinbekommt!«

Ihre Hände umfaßten die Stäbe des schmiedeeisernen Tors, das mit zwei rostigen Ketten verschlossen war. Der Garten war in einem Rechteck angelegt, nicht mehr als zwanzig Meter breit und dreißig Meter tief. Auf diesem Raum drängten sich, ohne daß man den Eindruck der Überfülle hatte, fast alle Farben, die es unter der Sonne gab. Weiße Klematis kletterten über weiße Hortensien, gefüllter Hibiskus blühte blau zwischen roten Kamelien, und eine von zartrosa blühenden Kirschbäumen gesäumte Auffahrt lenkte ihre Blicke zu einem niedrigen Haus, das überzogen war vom Purpur der Bougainvillea.

Sie schlug die Hand vor den Mund, deutete dann: »Ein australischer Lampenputzerbaum!«

Sie konnten weitere Sträucher und Blumen beim Namen nennen. Er gestand: »Den Pflanzen kann ich mich hingeben wie andere Menschen der Musik Mozarts.«

»Ein zauberhafter Ort«, sagte sie. Sie konnte ihre Begeisterung nicht zügeln, und übermütig rüttelte sie an den Gitterstangen des Tors.

Es war die Aufregung eines jungen Mädchens, das mit seinem Vater den Zoo besucht. Und Wavery schob den Kopf zwischen den Gitterstäben hindurch. Nicht enden sollte dieser Augenblick, in dem sie etwas winziges miteinander teilten.

Hinter einem der Fenster bewegte sich jemand. Die Tür öffnete sich, und ein Mann in brauner Uniform kam die Auffahrt herunter; mit Nachdruck sprach er in ein Walkie-Talkie.

Wavery zog seinen Kopf zurück. »Ich glaube, wir gehen jetzt besser.«

Er fuhr mit ihr weiter zum Mittagessen, in ein Restaurant auf einer Klippe, etwa drei Kilometer südlich von Lima. Das Restaurant, *El Salto del Fraile*, war nach einem Mönch genannt, der sich in die Wellen gestürzt hatte, als die Frau, die er liebte, nach Europa zurückfuhr. Vicente, ein Bekannter aus dem Senat, hatte Wavery erzählt, daß er seine Freundinnen in dies Lokal ausführte.

An einem Tisch am Fenster zog der Kellner zwei Stühle zurück. Es war ein trüber Tag, ein trister Wind ließ die Scheiben beben. Es war ein Uhr mittags, aber der Kellner knipste mit seinem Feuerzeug und führte die aufspringende Flamme zum Docht der Kerze, die in einem Halter aus rotem Glas auf dem Tisch stand. Während sie am Tisch saßen und sich unterhielten, fummelte Catharine an der Kerze herum, und das Licht flackerte über ihr Gesicht und ihre nackten Arme.

Wavery hob die Hand, um den Kellner herbeizuwinken, und der kam mit einem Tacama Gran Tinto. Ein guter Wein, sagte der Mann, als er einschenkte, er trinke ihn schon zum Frühstück.

Ein weiteres Pärchen betrat das Restaurant. Der Mann war korpulent, sein fleischiges Gesicht war hineingedrückt in einen graumelierten Bart. Die Augen, tief im Gesicht, waren hart und glänzten, wie die Knöpfe des Chesterfield-Polstersofas im Zimmer des Botschafters. Seine Begleiterin war jünger als er, hatte eine kleine Nase und üppige Hüften.

Am Nachbartisch zog der Kellner zwei Stühle zurück.

Etwas befangen sagte Wavery: »Ich dachte, ein Mittagessen mit Blick aufs Meer würde Ihnen vielleicht Freude machen.«

Er hatte seine Stimme gesenkt, und Catharine lächelte. Ihr Lächeln wurde jedesmal von zwei feinen Linien an den Mundwinkeln gerahmt.

Er sagte: »Soll ich uns einen anderen Tisch geben lassen?« Alle anderen Tische waren unbesetzt.

»Seien Sie nicht albern«, lachte sie. Wenn sie lachte, bildete sich eine weitere Linie, außerhalb des Rahmens.

»Ich bin froh, daß ich Sie im Aufzug getroffen habe«, sagte er, »mir war aufgefallen, daß ich bei Rita die ganze Zeit über geredet habe.«

»Es war wirklich ein glücklicher Zufall!« sagte sie. Adam habe sie gebeten, bei Mr. Queesal irgendwelche Unterlagen abzuholen. »Hat mit der Kellerei zu tun, von der ich Ihnen erzählt habe.«

»Schauen Sie«, er neigte die Flasche, »wir trinken Wein von Tacama.«

»Die ganze letzte Woche war er in ... – Ica, so heißt es doch? Scheint ziemlich schlimm zu sein, die Lage dort.«

»Dann waren Sie in Lima allein.«

Sie schüttelte den Kopf, richtete ihren Blick auf die Kerze. »Es war ein eigenartiges Gefühl. Ich bin es nicht gewohnt, alleine zu sein, nicht im Ausland.«

»Wir hätten Sie zum Mittagessen einladen können.«

Aber es drängte sie erklären, was ihr widerfahren war, so alleine in Lima. »Ich fühlte mich ausgeliefert.«

»Sind Sie im Zentrum spazieren gegangen?«

Er hatte sie nicht verstanden. »Nicht irgend jemand Fremdem ausgesetzt. Mir selbst ausgesetzt.« Plötzlich allein in Lima habe sie sich nicht auf die vielen kleinen Vertrautheiten stützen können, die ihr das Leben zu Hause ermöglichten. »Ich war gezwungen, ich selber zu sein.«

»Ist das so schlimm?«

Sie lehnte sich zurück. »Da fang ich schon wieder an. Ich erzähle Ihnen etwas, das Sie überhaupt nicht interessieren wird.«

Er war ganz erschreckt. »Aber nein, nicht doch. So wie Sie davon sprechen. Ich kann Ihnen gar nicht sagen. Es ist nicht so ...«

»Was ich beschrieben habe, diesen Zustand, so müssen Sie sich doch immer fühlen.«

Der Kellner trat wieder an ihren Tisch. Wavery hatte ihr gerade sagen wollen, daß es ihm genau umgekehrt gehe. Aber die Gelegenheit war vorüber.

Sie bestellten, Wavery schlug *Ceviche mixto* vor. Und als sie ihr Gespräch fortsetzten, erfuhr er, daß sie in London, in der Nähe der Kensington High Street, lebte, daß sie seit sieben Jahren verheiratet war, zwei Töchter hatte und eine jüngere Halbschwester, die für einen Blindenhilfsverein arbeitete.

Um das Gespräch nicht auf ihren Mann zu bringen, fragte Wavery nach ihren Eltern.

»Mein Vater war Soldat.«

»War er an der Front?«

Sie nannte einen Ort, eine militärische Operation, von der Wavery in seiner Kindheit gehört hatte. »Er hat den Einsatz kommandiert.«

»Tatsächlich.«

Sie hörte die Bewunderung in Waverys Stimme.

»Großer Himmel. Ein so bedeutender Mann.« Wavery erinnerte sich an die Nachrufe. Das Lob seiner Tapferkeit füllte die Titelseiten der Zeitungen, auch die Berichte über die Torturen, die der Kommandeur von einem erbarmungslosen Gegner hatte erleiden müssen und die ihn sehr viel später in den Selbstmord trieben.

»Das war er.« Sie senkte ihren Blick auf den segelförmigen Lichtschein vor ihr. »Seltsam, sonst denke ich fast nie an ihn, aber letzte Woche, als ich allein war hier in Lima, da habe ich an ihn gedacht.«

»Und Ihre Mutter?«

»Meine Mutter? Naja, sie war, sie war seine Frau.«

»Sprachen die beiden über das Vergangene?«

»Nicht viel. Sie haben sich getrennt, als ich zehn war. Kurz darauf hat er sich erschossen.«

Ihr Gesicht hatte sich plötzlich verändert. Es war nicht das Gesicht des Kindes, das Wavery gesehen hatte, als sie auf Ritas Terrasse Queesal ausgesetzt war. Dieses Gesicht war älter, ganz erschöpft. Sie hob ihren Blick, sah um sich, wie gehetzt. Und dann, als sei gar nichts dabei, langte sie hinüber zum Nachbartisch, an dem das Pärchen sich über eine gerade servierte Portion Garnelen hermachte, und schnappte sich eine davon.

Und sie begann, die Garnele zu schälen. Wavery, völlig schockiert, flüsterte: »Das können Sie doch nicht tun.«

Als wolle er eben das unterstreichen, bot ihr der Bärtige mit großer Geste die ganze Platte an. Das Gesicht seiner Begleiterin verzog sich zu einem verächtlichen Grinsen, das soviel sagte wie: Sie ist schön, aber die Frau ist verrückt.

»Es sah so verlockend aus«, sagte Catharine. Sie lächelte den Mann an. »Es tut mir leid«, sagte sie sanft und legte die Garnele wieder zurück auf das zerstoßene Eis, wo sie, bis die Platte abgeräumt wurde, unberührt und anklagend liegen blieb.

Mit ihrem Griff hatte sie ein Tabu verletzt. Einen Augenblick lang saß Wavery einer wildfremden Person gegenüber.

»Aber warum haben Sie das getan?«

»Weiß ich nicht. Vielleicht hatte ich Hunger? Sprechen wir über etwas anderes, bitte.« Und bis der Kellner das Essen servierte, sprachen sie sehr angestrengt über Dinge, die sie nicht im geringsten interessierten.

Es blieb eine Befangenheit zwischen ihnen, die sich erst nach dem Essen verlor, als ein Junge mit einem Bauchladen voller Plastikrosen das Restaurant betrat. Er ging auf den Nachbartisch zu. Jede Rose steckte in einem kleinen grünen Topf und war garniert mit einer Sonnenbrille mit weißem Gestell. Der Junge stellte einen Topf neben die silberne Platte, er forderte die Señorita auf, etwas zu singen. Und als die junge Frau kicherte, begann die Pflanze sich lüstern zu wiegen.

»So etwas Verrücktes!« sagte Wavery. Der Dicke scheuchte den Jungen davon, und der wandte sich nun an Wavery. Aber auch Wavery winkte ab.

»Sie heißen Rock-Rosen«, sagte Catharine. Sie lachte jetzt.

Er freute sich. Sie hatten Zeit nicht in solchem Überfluß, daß sie an Verstimmungen hätten festhalten können. Es war unmöglich, sich von ihrem Lachen nicht anstecken zu lassen.

Sie nahmen ihr Gespräch wieder auf, und es entspann sich eine schöne Leichtigkeit zwischen ihnen. Sie sprachen von Orten, die sie beide kannten, von der Landschaft um Cambridge, in der sie aufgewachsen war, und vom Garten in Hidcote, dann von einer befestigten Stadt in Italien und von dem Hotel, in dem es ein Deckengemälde gab, das eine merkwürdig häßliche Aurora zeigte. Und wie er Catharine aus ihrer Reserve gelockt hatte, da spürte Wavery, daß er so lange sitzen und ihr zuhören könnte, wie es ihr gefiele weiterzusprechen. Das ist es, dachte er, so ist es, wenn Menschen zueinander passen. Genau das geschieht dann. Man ist gebannt und will nichts anderes als herauszufinden, was den anderen bewegt. Und er wollte wirklich alles wissen von dieser so lebhaften, hellwachen und gescheiten Frau. In einer Weise, die er vollständig vergessen hatte, genoß er das Glück ihrer Gesellschaft.

Sie wiederum war berührt von seiner Zurückhaltung, seinem Takt, von der Art, in der er sie spüren ließ, wie gern er seine Zeit mit ihr als charmanter Gesprächspartnerin verbrachte.

»Du warst *so* offen, Thomas, so unterhaltsam, und du kamst mir, glaube ich, soviel älter vor. Ich fühlte mich leicht. Ich fühlte mich so angeregt, so gescheit, wie ich mich seit langem nicht gefühlt hatte. Du warst ein so aufmerksamer Zuhörer. Ich habe sofort erkannt, daß du ausgebildet worden bist, mit allen Menschen so umzugehen.«

Und während sie im Restaurant miteinander sprachen, gestand sich Catharine noch etwas ganz anderes ein. Etwas, das ihr erst im Lauf des Gesprächs langsam dämmerte. Sie wußte nichts von Wavery, abgesehen davon, daß er Diplomat war. Aber als Diplomat war er perfekt: Er würde ihr nie zu nahe kommen. Sie konnte sich seiner bedienen, ohne zu wissen, wer er war. Sie spürte seine offenbare Stärke und Großzügigkeit und sie war überzeugt davon, daß er für sie tun würde, was sie von niemandem sonst erwarten könnte. Und wie die Zeit fortschritt und es Nachmittag wurde, da machte sich eine innere Stimme in ihr bemerkbar. Gib acht, sagte diese Stimme, dieser Mann wird dir auf eine Weise helfen können wie kein anderer.

»Woran denken Sie?« fragte Wavery, während sie den Kaffee tranken.

»Ich habe an die Rock-Rose denken müssen«, sagte sie rasch, »wir hätten sie in den wunderschönen Garten setzen können.«

»Eine drollige Idee«, sagte er, »wir hätten wirklich eine kaufen sollen.«

Sie tauchte eine Fingerspitze in ihr Weinglas und stippte einen Krümel auf. »Und woran denken *Sie*?«

»Wo werden Ihrer Meinung nach diese Etiketten hergestellt?«

»Das ist mir ganz gleichgültig.«

»Ich dachte an Ihren Mann.«

Sie sagte: »Ach, ihm geht's gut«, als habe er einen Unfall gehabt und befinde sich nun auf dem Weg der Besserung. Sie korrigierte sich. »Er ist ein sehr kluger Mann. Äußerst erfolgreich in seinen Geschäften. Die Leute geben nicht gern Geld aus, wegen der Rezession.« Wavery konnte sehen, welche Mühe sie sich gab, das Bild von ihrem Mann zu zeichnen, das alle Welt von ihm hatte. »Er hat mit Tacama wirklich etwas Großes an Land gezogen. Ihm gehts glänzend ...« Sie brach ab, sie spürte, wie wenig inspiriert das war, was sie von ihm gesagt hatte. Ihre Worte hingen zwischen ihnen, in der von der Kerzenwärme flimmernden Luft.

»Wir müssen wohl gehen«, sagte Wavery. Er hob die Hand, wollte die Rechnung. »Wo bleibt er nur?« Er schaute auf ihre Uhr, und sie drehte ihm den Arm zu.

»Halb drei«, sagte sie.

Das Paar am Nachbartisch erhob sich, verließ, ohne sie noch eines Blickes zu würdigen, das Restaurant. Durch das Fenster sah Wavery, wie der Mann der jungen Frau die Beifahrertür öffnete. Das Auto war direkt neben einem Bunker geparkt. In einer Schießscharte war der perforierte Lauf eines Maschinengewehrs zu erkennen.

»Feuerschutz für ein Restaurant?« sagte sie.

»Letzten Monat haben Terroristen hier eine Ladung Dynamit reingeschmissen. Einen Monat zuvor haben sie die Gäste gezwungen, sich flach auf den Boden zu legen. Sämtliche Geldbeutel haben sie mitgehen lassen.«

»Und dann haben Sie mich hierhergeführt.«

»Es ist überall das gleiche.«

»Freuen Sie sich, von hier wegzukommen?«

»Ja. Ich denke schon.«

»Wissen Sie, wohin Sie dann müssen?«

»Portugal. Zumindest hoffe ich das.«

»Dort bin ich noch nie gewesen.«

»Um Gottes willen, noch nie in Lissabon! Dann müssen Sie unbedingt hinfahren. Und dann müssen Sie natürlich bei uns übernachten.«

Wie blöd er sich vorkam. Er dachte nur daran, wie er es verhindern könnte, daß sein Mund noch weiteren Blödsinn verzapfte. Aber es war, als müßte er Panzerglas mit der Faust zertrümmern. Wie sollte er die richtigen Worte finden? Wie sollte er, der sein Leben lang niemals das gesagt hatte, was er fühlte, jetzt auf einmal sagen können, was er fühlte?

Nachdem er sich gründlich hatte bitten lassen, kam der Kellner an ihren Tisch.

»Wir haben es ziemlich eilig.«

»*Si, Señor.*«

Sie lachte, und das Eis zwischen ihnen begann zu schmelzen. »Meine Schwester verblüfft mich immer wieder mit dem Spruch, der Friedhof sei voller Männer, die es eilig hatten.«

Der Kellner brachte die Rechnung. Auf dem Teller lagen auch zwei Fortune Cookies. Waverys Keks schmeckte altbacken. Auf dem Papierchen stand: *The fun is just beginning. Take it easy.* Das Papier brannte lichterloh, stieg rasch empor und schwebte dann anderthalb Meter hoch als kohlschwarzes Gespinst in der Luft. Wavery stand auf, um es zu einzufangen. Er setzte sich, und sie sprach. Ihre Stimme klang plötzlich stumpf. Er faltete seine Serviette. Sie sprach von der Reise nach Arequipa, die sie und Adam in den nächsten Tagen unternehmen würden. Ob Arequipa wirklich so schön sei, wie Queesal behauptet hatte?

Er faltete seine Serviette ein zweites Mal. »Noel Coward schrieb dort eines seiner Stücke.« Aber er war nicht bei der Sache. Eine ganz einfache, logische Überlegung konnte ihm sagen, daß dies Mittagessen unwiderruflich zu Ende ging. Aber wenn es so war, dann wußte er nicht, wie er mit diesem Ende umgehen sollte.

Sie bückte sich nach ihrer Handtasche. Wavery vermied es, nach ihren Brüsten, ihren Fesseln zu schauen. Sie lehnte sich wieder zurück und streckte die Beine aus. Ein Bein berührte seine Wade, blieb dort. Er war unfähig, weiter die Serviette zu falten. Sie sah, wie sein Blick zu einem der Leberflecken auf ihrer Wange glitt. Er schaute ohne zuzuhören, schaute in ihr Gesicht, auf das Spiel des Kerzenscheins auf ihren Wangen, ihrer Nase. Da schwieg sie. Ihr Blick traf den seinen.

»Was ist, Thomas?«

»Ich muß wirklich in die Stadt zurück.«

Das Schlafzimmer erfüllte ein lautes Rauschen. Wavery schaltete den Fernseher aus. Die Seifenoper war zu Ende. Er ging ins Badezimmer, um die Zähne zu putzen. Während er seine Zähne bürstete, blinzelte er, eine Übung für die Augen. Seit er Lima verlassen hatte, hatte seine Kurzsichtigkeit zugenommen. Menschen nahm er nurmehr als verschwommene Flecken wahr. In Jordanien, damals, bevor er die erste Brille brauchte, hatte ein Mann von seinen wunderschönen Augen gesprochen. »Ich würde mein Hotel gegen Ihre Augen tauschen«, hatte er gesagt. Ein besonders schönes Hotel war es nicht gewesen.

Wavery spuckte den Schaum aus und spülte das Becken mit kaltem Wasser. Er schloß die Tür zur Terrasse, legte sich auf das Bett und untersuchte einen Finger. Die Nägel müßte er schneiden. Penny hatte die Nagelschere immer im Nachtisch verwahrt. Aus Gewohnheit zog er eine Schublade auf: ein Bleistift, zwei geflochtene Bastuntersetzer und eine Broschüre, die Asunción dort deponiert haben mußte, der *Leitfaden für Beamte des diplomatischen Diensts, für Angestellte und für Ehefrauen, die in diplomatischen Missionen im Ausland sind: Was Sie tun und was Sie lassen sollten.* Er las: »Das Leben im Ausland sollte Freude machen«, und blätterte weiter. »Einem unverheirateten Beamten werden die Abende vielleicht lang werden. Hüten Sie sich vor Selbstmitleid. Wenn Sie sich niedergeschlagen fühlen, dann bleiben Sie nicht zu Hause und grübeln. Vielleicht finden Sie Sprachkurse, die Sie besuchen, oder Clubs, denen Sie beitreten können. Gibt es Chöre oder Amateurtheater? Wie steht es mit Wandervereinen?«

Er legte die Broschüre in die Schublade zurück.

Draußen verlor sich eine Stimme in der Nacht. Fetzen eines Liedes wehten heran, die Wavery sofort hellwach werden ließen. Das Lied war einer seiner Lieblings-*Fados*. Sofort begann er, sich wieder anzukleiden.

5

Die Nacht fiel so plötzlich wie die Tinte, die auf Capitán Pantecos Bericht über Abd ul-Hadi, einen Schmuggler, den er mit zollfreien Zigaretten erwischt hatte, spritzte und über die Blätter hinweg auf den Schreibtischrand zufloß. Panteco sprang auf und schrie: »Verdammte Scheiße!«

Die Tinte tropfte aufs rote Linoleum. Panteco griff in die Hosentasche nach einem Taschentuch und bemerkte, daß er eines von Rosita einstecken hatte.

Mit Rosita hatte Capitán Panteco zusammengelebt, aber eines Tages vor zwei Jahren hatte sie die Affäre beendet und war ohne weitere Erklärung wieder in die Wohnung ihres Bruders über dem Café Ulises gezogen.

Sie werde heute Abend zum Gedenken an Emilio singen, ob er nicht kommen und zuhören wolle, hatte sie ihn gefragt, und er hatte geantwortet: »Natürlich, *Querida*.«

»Macht es dir was aus, wenn ich Dolores mitbringe?« fragte er in der Hoffnung, es würde ihr etwas ausmachen. Rosita machte es nichts aus. Dolores war auch ihre Freundin. Der einzige, über dessen Tun und Lassen sie sich noch Gedanken machte, war der Engländer Silkleigh.

Und das quälte Panteco. Silkleigh war klein, hatte die Idealfigur eines Tauchers. Panteco war zu groß für einen Polizisten. Jeder sah ihn kommen, schon von weitem. Er konnte auch nichts ändern an seiner Stimme, die so laut dröhnte, daß er, lange bevor man ihn sah, bereits zu hören war.

Er preßte seine Nase ins Taschentuch, tupfte sich dann über die Wangen, vor allem dort, wo die Haut am schlimmsten war. Seine Akne sei eine akute Form des Gibraltar-Fiebers, hatte der Arzt gesagt, es breche aus, wenn man jeden Tag und immer wieder dieselben Menschen zu Gesicht bekomme, wenn man die Welt durchs falsche Ende eines Fernrohrs betrachte und dennoch glaube, *das* sei die Welt. »Gibraltar-Fieber, von wegen«, sagte sein Chef, »du wirst dir die Ohren nicht oft genug putzen.« Aber das eigentliche Handicap Pantecos war sein Gehirn, es war zu klein für seinen Körper.

Pantecos Kopf erschien wieder über der Tischplatte. Er stopfte das Taschentuch an einen sicheren Platz.

»Vielleicht mit der Zeitung«, schlug Abd ul-Hadi vor, der in Handschellen auf der Bank saß.

»Glaubst du, darauf wäre ich nicht selbst gekommen?« knurrte Panteco, der sich häßlich fühlte und schlecht gelaunt. Er verteilte die Seiten des *El Faro* über dem Tisch.

»Und das ganze von vorne«, sagte er. Er wies auf die schwarz triefenden Knäuel im Papierkorb. »Vergiß die Lügen dort. Du bist eine Ratte, und du hast nur noch ein Fluchtloch, Mohammed. Diesmal also die Wahrheit.« Er strich ein frisches Formular glatt.

Die Wahrheit war, daß er um zwei Uhr morgens, zwei Kilometer nordwestlich von La Mujer Muerta, Abd ul-Hadi im Besitz zollfreier Zigaretten erwischt hatte, genau zwölf Kisten Winston waren es gewesen.

»Was tust du hier, Mohammed?« fragte Panteco, als er mit seinem Krabbenkutter längsseits ging. Panteco schaute aufs Wasser. Auf den Wellen ringsum tanzten die Kisten. Dieser kleine Mohammed, feiert der Kerl eine richtige Party, dachte Panteco. Und Abd ul-Hadi, der sich an seiner Karbidlampe festhielt, schaute auf die Pappkisten, die einfach nicht untergehen wollten. Es waren bestimmt acht, eine Menge Winston Rubios waren darin, aber es hätten mehr sein müssen, es waren längst nicht so viele, wie es Abd ul-Hadi lieb gewesen wäre, mindestens zehn weitere Kisten waren noch in seinem Boot, und das reichte, galt in diesen Gewässern als Zollvergehen, machte also vier Wochen drüben in deren Holiday Inn. Und Abd ul-Hadi sagte: »Was werde ich schon tun, Monsieur? Ich angle. Die sind nicht von mir. Die schwimmen hier nur rum.«

»Ich werde dir kräftig einheizen, Mohammed. Hörst du? In die Pfanne hauen. *Frito*!« Capitán Panteco stieg zu ihm ins Boot. »Hast du Waffen, illegale Passagiere oder Tiere an Bord?«

Abd ul-Hadi hatte nur Zigaretten an Bord. Panteco wußte, woher die Winston kamen. Sie stammten aus Gibraltar, eingekauft bei Stagnetto in der Main Street, 245 £ pro Kiste, an Abd ul-Hadi weiterverkauft für 325 £. Fünfzehntausend Peseten Gewinn, aber das war ein Klacks im Vergleich zu dem, was Abd ul-Hadi in Abyla damit verdient hätte. In jeder Kiste fünfzig Stangen. Ohne Aufdruck des Gesundheitsministers, aber versiegelt mit den blauen Banderolen der US-Regierung. Lizenzware aus Spanien, Winstons schlechterer Qualität, wurde mit einer grauen Banderole versiegelt.

Panteco kannte etliche Mohammeds von der Playa Benitez, Männer, die mit hochgekrempelten Hosen und zehntausend Fluppen auf jeder Schulter schnell vom Strand zur Straße hinaufrannten. Es war herzlich wenig, was Panteco dagegen unternehmen konnte. Jedes Mal, wenn er einschreiten wollte, wimmelte es plötzlich von Fischerfrauen und ihren Kindern, die aus ihren Häusern quollen und ihm den Weg zu den Verstecken der Mohammeds in El Hadu versperrten.

Fünf Schleifen mußte Panteco mit seiner Füllfeder kratzen, bis die Tinte wieder zu fließen begann.

»Name«, begann er, aber schon während er den Namen niederschrieb, lähmte ihn ein Gefühl der Vergeblichkeit.

»Adresse?« fragte er. Abd ul-Hadi hatte nicht einmal ein Visum. Es war nicht mehr so wie in alten Zeiten, punkt achtzehn Uhr hatte Pantecos Großvater seine Kanone abgefeuert, und die Mauren mußten die Stadt für die Nacht verlassen. Jetzt wohnten sie in der Stadt. Eine wahre Pest. Im Tunnel wollten sie arbeiten. Suchten das Schlupfloch ins grenzenlose Europa. Und auf ihrem Weg vergifteten sie sein Revier mit ihren Haschischbündeln. Und über Leichen gingen sie.

Tabacoñeros wie dieser Mohammed waren harmlos. Wirklichen Schaden richteten die Männer auf der anderen Seite von La Mujer Muerta an. Bis vor fünf Jahren hatten sie sich damit begnügt, Haschisch, das sie in Ketama zwischen ihren Tomaten gezogen hatten, zu schmuggeln. Aber der Tunnel hatte sie gierig gemacht. Und sie waren ins Geschäft mit den weißen Drogen eingestiegen. Wenn man *El Faro* Glauben schenken konnte, waren bereits mehr als die Hälfte der Soldaten des Tercio Zombies. Pantecos Chef glaubte an diese Zahlen. Panteco auch. Er sah sie in den Straßen, vor Schulen, zusammengebrochen in Kirchen. Sie hinterließen Blutspuren an den Türen der Aufzüge und an den Lehnen der Kirchenbänke. Er mußte ihnen nur in die Augen schauen, um zu sehen, wie es um sie stand. Sie schauten einen an, sie schauten durch einen hindurch, sie hatten den rasenden Blick des Teufels.

»Der dunkelste Ort ist unter der Laterne.« Das pflegte Pantecos Großvater, der Nachtwächter, zu sagen. Der wirkliche Teufel lebte nicht in Ketama. Auch nicht in Tetouan oder Tanger. Er lebte hier in Abyla, mitten unter ihnen. Keiner wußte, wer er war und wie er aussah. Keiner wußte überhaupt irgend etwas von ihn – man kannte nur einen Namen: El Callado.

»Schlepp diesen Hurensohn hier her, Panteco«, sagte sein Chef.

»Aber sicher, Boss. Natürlich, sofort.« Wie sollte er das anstellen? Seit fünf Jahren war ihm Panteco auf der Spur, und fünf Jahre lang keine Spur von El Callado. Es war, als sollte er einen Knoten entwirren, während er schon beim Angeln saß. Einen Knoten, verzwirbelt zum Verrücktwerden, und er saß und fummelte, während der dickste Fisch, den er je gesehen hatte, sich da unten im Wasser aufreizend tummelte und dabei »Ach, Panteco, Panteco« gluckste.

Nach fünf Jahren glaubte er, El Callados Boot identifiziert zu haben: es hatte einen Ford-Maclaren Motor, den man eingekuppelt anlassen konnte und sofort losbrausen. Mit so einem Boot konnte man den Hafen von Abyla verlassen, den Stoff vor La Mujer Muerta an Bord nehmen, auf die andere Seite der Meerenge hinüber nach Atunara fahren und in weniger als einer Stunde wieder einlaufen in den Hafen von Abyla, so als wäre nichts gewesen. El Callado zahlte drei Millionen Peseten pro Auftrag, zumindest war das die Schätzung seines Chefs. Natürlich war El Callado nicht so blöde, das Boot unter seinem Namen registrieren zu lassen. Es wurde von irgendeinem Klugscheißer, der mit weißer Weste auf den Bermudas hockte, gechartert, es fuhr jedesmal mit einer anderen Besatzung. Immer Amateurmatrosen, die in Schuhen auf dem Deck herumspazierten, die Fender mit den seltsamsten Knoten festbanden und die zusätzliche Vertäuung vergaßen, wenn der *Poniente* blies. Sah er sie nachts aus dem Hafen von Abyla fahren, dann rief Panteco in Algeciras an. Manchmal machten die dort sich die Mühe und ließen einen Hubschrauber aufsteigen, dessen Scheinwerferkegel auf der Suche nach dem verräterischen Kielwasser über das Wasser strichen. Oder sie schickten einfach das Turboboot, das ohne Angst vor Thunfischnetzen durch die Meerenge jagen konnte – nur war es auch nicht schneller als vierzig Knoten. El Callados Männer saßen derweil auf dem Monte Hacho, ausgerüstet mit Funkgeräten und Nachtgläsern. Sobald die Polizisten weg waren, leuchteten sie mit ihren Stablampen durch das Fernrohr am Aussichtspunkt, und nur der Mann, auf den das Fernrohr gerichtet war, konnte das Lichtzeichen sehen. All das wußte Panteco. Aber er hatte in Abyla keinen Hubschrauber zur Verfügung. Und er hatte kein Turboboot. Er hatte den Krabbenkutter, mit dem er allenfalls vor der felsigen Küste patroullieren konnte – und dort gingen ihm höchstens *Tabacoñeros* ins Netz. Wie Mohammed.

Natürlich hatte Panteco auf einen größeren Fang gehofft, nicht auf diesen Zigarettenschmuggler, dessen Schraube in einer Mülltüte hängengeblieben war. Er hoffte immer noch, seine Scheinwerfer auf eine Reihe orangefarbener Markierungsbojen richten zu können. Und wenn er eine dieser Bojen gesichtet hätte, dann hätte er auch die *Palangre*-Leine gefunden. Und damit gute Chancen gehabt, daß es kein Barsch war, der die Leine mit seinem Gewicht straff hielt, sondern eine ganz andere Beute, die El Callados Männer mit Enterhaken an Bord holen sollten.

Ein *Palangre*-Fischer, der etwas auf sich hielt, benutzte nämlich keine Markierungsbojen. Er hätte niemals für andere seine Fischgründe markiert.

Emilio ist ein guter *Palangre*-Fischer gewesen, dachte Panteco, während er mit seiner Feder Löcher in den Schreibtisch bohrte.

Und was sollte er mit diesem Mohammed anfangen, der grinsend auf der Bank saß? Fragen konnte Panteco ihn alles, dumm und dämlich könnte er sich fragen, keine einzige wahre Antwort würde er hören. Mohammed hatte tatsächlich gut grinsen. Auch Panteco wußte, wie es weitergehen würde. Zwei Wochen würde er in Las Rosales sitzen, bis dahin spätestens hätte er sich fünfzigtausend Pesos beschafft, damit war ein Geständnis zu kaufen. In zwei Wochen würde ein Mann an die Tore des Gefängnisses klopfen und behaupten, er sei der eigentliche Besitzer von Mohammeds Boot, auch die Kisten, von denen das Salzwasser die Hälfte sowieso verdorben hatte, gehörten ihm.

Panteco beugte sich vor. »Mohammed?« sagte er.

»Monsieur?«

»Angenommen, es sind gar nicht deine Zigaretten«, sagte er entgegenkommend.

Abd ul-Hadi grinste. »Nein. Sind sie gewiß nicht, Monsieur.«

»Angenommen, wir beide würden vergessen, was wir heute morgen gesehen haben.«

»Ja, Monsieur.«

»Es ist nur eine Kleinigkeit, die mir helfen würde zu vergessen.«

»Monsieur?«

»Ich habe nur eine Frage. – Wer ist El Callado?«

Mohammed sagte nichts, saß und grinste.

Und da rastete etwas aus in Panteco. Er stürzte zur Bank und schlug mit der Faust mitten hinein in das freundlich heitere Gesicht.

6

Mohammed im Cafe Ulises hatte eine Entscheidung getroffen. Er war fest entschlossen, bei *Erkennen Sie das Augenpaar* im TV Abyla einen Kugelschreiber zu gewinnen. So ging er in die Küche und musterte die Aushilfsköchin mit derart prüfenden Blicken, daß sie ihm ein Brötchen an den Kopf warf.

Durch zwei rautenförmige Felder in den Pendeltüren konnte man vom Restaurant aus in die Küche schauen. Jedesmal, wenn sie aufschwangen, waren auch die Notizzettel zu sehen, die an die Innenseite der Türflügel geheftet waren: *Sopa del Día*, die Gerichte, die ausgegangen waren, eine Telephonnummer in Caracas, unter der Periclito Amaral, der Besitzer des Lokals, während der nächsten drei Wochen zu erreichen war.

Hin und her, hin und her, hin und her pendelten die Türen, und als sie gerade mit einem letzten kurzen Vibrato zur Ruhe gekommen waren, schoß Mohammed aus der Küche und eilte mit tänzelnden Schritten hinüber zu Ghanem dem Stummen, der mit ausdrucksloser Miene unter dem Fernseher saß.

Mohammed brachte Ghanem die übliche Portion Calamares. Und gerade drehte er, wie es ihm Periclito beigebracht hatte, die große Pfeffermühle, als er der Versuchung nachgab und aufschaute. Sofort verlor er sich in Bewunderung für jedes der tausendundeins Gesichter, die er von überall her, von Wänden und Säulen reflektiert sah. Im weiten Rund nur das Gesicht eines jungen Arabers, ungefähr Mitte Zwanzig, mit kurzem gelocktem Haar und einem dünnen Bärtchen, das einem Zirkumflex ähnelte.

Aber nicht nur sich selbst sahen die Gäste in Periclitos Café widergespiegelt, aus allen nur möglichen Blickwinkeln und in Überlebensgröße vervielfacht, sondern es sah auch jeder jeden. Alle sahen sie Dionisio Porcil, den Bankier, wie er mit dem Präsidenten der Telefongesellschaft Domino spielte. Alle sahen Ghanem den Stummen, wie er *Die Tüchtigen gehen zuerst* verfolgte. Und sie sahen, wie Capitán Panteco, begleitet von der Bibliothekarin, noch spät zum Essen kam. Die beiden setzten sich nicht gleich, sondern blieben, wie auch Mohammed dastand, an die Säule in der Mitte des Raums, die selbst ein vierfacher Spiegel war, gelehnt stehen, direkt unter dem allseits bekannten Antlitz des Teniente Zamora. So sahen die beiden die Theke, die sich die Wand entlang zog, und die Gitarre, auf der Gallo, der Page, leise vor sich hin klimperte, immer drei Töne auf einmal, und die Bühne mit dem halb geschlossenen Vorhang, auf der vor einem Augenblick Rosita ihren ersten *Fado* beendet hatte.

Als Schwester des Besitzers genoß Rosita das Vorrecht, singen zu dürfen, wann es ihr gefiel. In Mohammeds Ohren hatten die Töne, die sie ihrer Kehle entlockte, so gar nichts Verführerisches, das war eindeutig. Sie erinnerten ihn schon eher an die Schreie, die ihr Bruder ausstieß, wenn er gegen die Mittelsäule antrat, an jenen Nachmittagen nämlich, an denen das Café geschlossen war und Periclito, seine *Mariposas* einstudierend, Mohammeds schwarze Schürze bald auf dieser, bald auf jener Seite hinter seinem Rücken hervorschwingen ließ wie die Flügel eines Schmetterlings. Periclito konnte sich in seinen Spiegeln in jeder erdenklichen Perspektive sehen, von vorne, von hinten und im bierbäuchigen Profil. In diesen Spiegeln verlor sich sein Hinken, und der Stier, dessen Kopf allein Periclito sah, wartete auf die ewige Wahrheit, an der ihn Periclitos Degen würde teilhaben lassen, und bot ihm den Nackenwirbel. Gib mir den Degen, schnell meinen Degen, Mohammed!

»Mohammed!« Panteco hatte gerufen. Mohammed nickte. Schon gut, er hatte ihn gesehen.

»Reicht es so?« Aber Ghanem war völlig vertieft in *Die Tüchtigen gehen zuerst.*

Mohammed pflanzte die Pfeffermühle mitten auf den Tisch und schob um die Säule, dorthin, wo Panteco mit Dolores stand. Die Bibliothekarin trug eine neue dunkelblaue Bluse und als Ohrringe goldene Windmühlenflügel. Sie schnickte ihr Haar zurück, das sie nur locker zu einem Knoten festgesteckt hatte, während sie einer Strähne erlaubte, ihr Gesicht an einer Seite freischwingend zu rahmen. So kamen ihre karamelbraunen Augen besonders gut zur Geltung. Als sie im Café auftauchte, herrschte dort für diesen Moment die Stille einer Bibliothek.

Während er eine neue Tischdecke auflegte, musterte Mohammed sie aus der Nähe, und mit einer leichten Verbeugung forderte er den Capitán und seine schöne Begleiterin auf: »Señores!«, so als hätten sie tatsächlich die Aufmerksamkeit des ganzen Cafés verdient.

Auch ihre Augen waren es nicht, die im Kugelschreiberwettbewerb zu erraten waren.

Wavery stand an der Theke, neben einem Strauß von wilden Beerensträuchern und der Pyramide aus hartgekochten Eiern. Die Bar war in das gleiche grell farbige Licht getaucht, in dem auch die leere Bühne lag. Einige der Lampen waren jedoch ausgefallen, und so war der Tresen der dunkelste Teil des Cafés.

Er wartete, daß jemand kam, um ihn zu bedienen.

»Señor?« Mohammed war endlich aufgetaucht.

Wavery bestellte einen Kognak.

»Naçional?«

Wavery nickte. Über den Flaschen erschien das Spiegelbild eines ausgestopften Stierkopfes, dessen Hörner einen zerbeulten Sombrero in die Luft stießen.

»*Jam de kiam okazis la akcidento li etas malzata.*«

An seiner Seite bückte sich ein Mann zu dem Hund hinunter, den Wavery auf der Uferpromenade gesehen hatte, und fütterte ihn mit einem Kartoffelchip. Die Leine war um das Bein des Barhockers geschlungen. Als der Mann sich aufrichtete, wurde sein Gesicht im Licht blau, rot und gelb.

Er war klein, um die Fünfzig, und um seine Augen lief eine Falte, als hätte er eine Skibrille getragen. Sein Haar war auf dem Kopf schütter, an den Seiten hätte es einen Haarschnitt vertragen. Er trug ein langes graues T-Shirt und Jeans, die in Cowboy-Stiefeln steckten, in deren schwarzes Leder Wagenräder geprägt waren. Am Ausschnitt seines T-Shirts klemmte ein goldener Kugelschreiber. Über seiner Brust las Wavery die Worte: VERGIL IS STILL THE FROGBOY.

»Seit dem Unfall will er immerzu fressen.«

Er sprach Englisch, mit einem ganz leichten Akzent der Landschaften Westenglands. Wavery schaute weg. Hinter dem Stierkopf war das vergrößerte Porträt eines rundlichen Mannes im Kostüm eines Matadors zu sehen. Wavery las: »*Periclito Mérimée Amaral, triunfador de la feria de Chinchero, 1987*«.

»Esperanto«, sagte der Engländer. Er sprach zu dem Hund zu seinen Füßen. »Wer ist der zugeknöpfte Herr auf dem Hocker?« Er lachte vor sich hin. In seiner Heiterkeit klirrte Niedergeschlagenheit. »Sprache der Zukunft«, sagte er. Doch die Worte verloren sich unter seinen Hocker. »Hört sich blöde an, ist aber was Wahres dran. Das meinst du doch auch, mein Engel? Ich weiß, du vermißt dein Herrchen.«

Er kraulte die Ohren des Hundes, ließ dann seine Finger durch die Luft über dem Hundekopf gleiten. Eine ganz eigenartige Geste, als wolle er seine Finger trocken wedeln. Der Hund zog an der Leine. Die Barlichter blinkten blau in seinen Zähnen, seinen Augen, seinen rosafeuchten Lefzen.

»Jetzt sei ein braver Hund und mach Platz. Wenn wir unter Wasser wären und ich dort mit den Fingern wedelte, so etwa, dann würdest du glitzern wie ein Engel.«

Er schaute kurz zu Wavery. Es lag eine drängende Freundlichkeit in seinem Blick. Er reichte Wavery eine ölverschmierte Hand. »Joseph Silkleigh«, sagte er, »und das hier ist Toribio. Das ist Emilios Hocker, auf dem Sie sitzen, mein Bester.«

Silkleigh sprach in das zusammenhanglose Gitarrengeklimper im Hintergrund. Und Wavery hörte ihm zu. »Ich betreibe ein Geschäft. Na ja, viel Betrieb ist nicht.« Wasserfilter verkaufe er, an Privathaushalte und Hotels. »An jeden Depp, der die Dinger unbedingt haben will – unter dem Waschbecken an die Zuleitung geklemmt, und wenn das Wasser läuft, holen sie sämtliche Keime heraus. So einfach ist das.«

Aber interessieren tue ihn nur das Meer. Das sei niemals langweilig, nie und nimmer.

Den ganzen Tag sei er tauchen gewesen, habe die Leiche des Fischers gesucht, in den Untiefen vor Punta Leone. Am Nachmittag sei er bis auf 25 Meter hinunter getaucht, dorthin, wo sich im Wasser die Dunkelheit der Nacht ausbreite und man die Atemluft fast kauen könne. Lange habe er dort nicht bleiben können, die Strömung sei zu stark, und an der Oberfläche habe immer noch Dieselöl gebrannt, vom *Poniente* in mehrere brennende Teppiche auseinandergerissen. Unterhalb von La Mujer Muerta sei er an Land geschwommen, dort wo die Stille des Strandes dem Flattern ölverklebter Flügel und sterbender Seeschwalben gewichen sei, begleitet vom Gestank verwesender Seehunde.

»Perle des Mittelmeers«, sagte er, »heute eher Armageddon.«

Nur Gott und die Fische wüßten, wo auf den Meeresgrund Emilios Boot gesunken sei. Ein nagelneuer Kutter, und jetzt ruhe er auf uralten Felsen. Da habe er gestanden, Kurs gehalten von Essaouira nach Hause, und dann ein riesenhoher Bug, der den Dunst zerriß. Dort draußen sei eine der gefährlichsten Passagen der Welt, ein Schiff pro Minute und außerdem der Wind, den die Meerenge wie eine Düse verstärke. Ein Wind, der sich ganz plötzlich, er schnippte mit den Fingern, aus dem Nichts erhebe! Wenn dieser Wind einmal blase, dann sei nicht zu spaßen mit ihm. Und selbst wenn man sich auf den Wind eingestellt habe, dann müsse man immer noch mit der Strömung rechnen, mit zehn Knoten in der Stunde drücke der Atlantik sein Wasser ins Mittelmeer hinein, schiebe es über die Schwelle zwischen

Abyla und Gibraltar und wirble es nach oben. Wavery solle sich nur einmal darauf einlassen, die Straße mit einem kleinen Boot zu überqueren, da werde er sehen, wie das Boot ins Rollen komme, vor und zurück, von Backbord nach Steuerbord und von Steuerbord nach Backbord. So sei das auch beim Tauchen. Da könne man sich tauchend treiben lassen, in drei Metern Tiefe, und plötzlich, zwei Atemzüge später, finde man sich in 40 Metern Tiefe wieder, da helfe nichts mehr, ein kurzer Abschied für immer.

Weder Emilio noch sein Boot, es hatte die Farbe des Berghonigs vom Rif, habe er gefunden. Aber als er auftauchte, sei ihm eine Schildkröte aus dem Ölteppich entgegengeschwommen. Ein so unsäglich trauriges Maul, als ob sie jemanden verloren hätte. Und ihr Panzer, ganz rauh und narbig sei er gewesen. Aber wie sie auf ihn zugeschwommen sei, da sei das Meeresleuchten um sie gewesen. Als sei sie von Engelsstaub umhüllt, so habe sie gefunkelt. Eine Stelle zum Ablegen ihrer Eier habe sie gesucht.

»Sie war einfach wunderschön.«

Er drehte sein Glas. Fächerförmig verzerrte Schatten liefen über die Theke. Seine Zunge fuhr um seinen Mund. Und so plötzlich lehnte er sich zurück, daß seine Füsse von der untersten Sprosse des Hockers glitten und den Hund aufschreckten.

»Mohammed«, rief er, »noch einen.« Er streichelte Emilios Hund, und dessen Schwanz schlug gegen sein Bein. »Nehmen Sie Toribio«, sagte er, »überhaupt die Natur.« Und Silkleigh sah noch einmal das Bild von Emilios Mutter vor sich, wie sie drei Stunden zuvor vom Kai auf ihn herabgeblickt hatte. Der Wahn saß ihr in den Augen, wie sie dort stand und das Meer aufforderte, ihr den Sohn zurückzugeben, der noch immer im Schoß der Tiefe hin- und hergewiegt wurde. »Wenn eine Frau wahnsinnig werden kann, warum nicht die Welt? Nein, Mohammed. Wieder dieser Whisky. Er taugt aber auch gar nichts. Und dabei arbeitet der Kerl schon fünf Jahre hier, gelernt hat er nichts, aber auch gar nichts, bis jetzt. Wenn Periclito weg ist, bricht hier alles zusammen. Hören Sie das? Es wird wieder Nebel geben heute. Armer Emilio. Aber sein Boot wird zu einem schönen Korallenriff werden.«

Er schaute in den Spiegel, doch er sah nicht sich. Er sah eine goldene Schildkröte, die bei Flut zur Küste schwamm, am Himmel über ihr der Vollmond. Und er sah den glatten Sand, und sah, wie die Wellen sie auf den Strand trugen. Sie fließen ab und kehren zurück, um sie den Strand noch höher hinauf zu heben. Dort bleibt sie liegen, Mondlicht auf ihrem feuchten narbigen Panzer. Sie kriecht den Strand noch weiter hinauf. Sie scharrt ein Loch, legt ihre Eier darin ab, angestrengt und seufzend. Später deckt sie die Eier mit Sand zu. Der Sand klebt an ihrem Gesicht, nur dort nicht, wo die Meerestropfen perlen. Langsam läßt sie sich in die Wellen zurückgleiten, rückwärts, damit sie mit den Flossen ihre Spuren löschen kann.

»Irgendwelche Arschlöcher warten auf sie. Sie warten, und wenn sie ihre Eier gelegt hat, rennen sie zu ihr hin, drehen sie auf den Rücken. Einfach so. Einhundertfünfzig Millionen Jahre, einfach auf den Rücken gedreht. Und sie kann sich nicht mehr bewegen ...« Mit Grabesstimme sprach er gegen die Stimmen aus dem Fernseher an, gegen das Geklapper der Dominosteine auf dem Holz, gegen die drei Töne der Gitarre.

»Ich schreibe darüber, mein Bester«, sagte Silkleigh. Seine Stimme war jetzt eine Spur entschlossener. Sein Leben als Taucher, die Schildkröten, die Fische, die Dinge, die er gesehen hatte. Ein ziemlich reiches Leben. Er sei vierundfünfzig, viele interessante Menschen hätten dies Alter erst gar nicht erreicht, Byron, Keats, der Dichter, den er in La Linea kennengelernt hatte, Danny Huckin sei sein Name gewesen. Seit Jahren schon wolle er selbst die Geschichte seines Lebens schreiben. Mr. Wavery könne sich nicht vorstellen, wie sehr er sie hätte schreiben wollen. Wenn er nicht gerade tauche, dann denke er an nichts anderes. Aber das Schreiben. Daß es so schwer sei. Ungefähr so, wie ein Aufstieg auf La Mujer Muerta mit dem Rücken zum Berg. Es sei ja nicht so, daß er sich nicht vorbereitet habe auf diese Klettertour.

Eine Kurzgeschichte habe er bereits veröffentlicht. Im *Gibraltar Chronicle*. Nebenbei gesagt, eine kleine, aber feine Zeitschrift. Das hätte ihn auf die Idee gebracht, sich an etwas Größeres zu wagen. Ein wichtiges Buch müsse das werden, den Menschen zeigen, was wir der Welt Schlimmes antun. Alle Menschen, Männer und Frauen, sollten das lesen können. Ein grenzüberschreitendes Buch. Darum habe er es ursprünglich, das könne Wavery ihm glauben, auf Esperanto schreiben wollen.

»Die Leute sagen, man komme überall in der Welt zurecht, wenn man nur Englisch sprechen könne. Ist aber kompletter Unsinn.«

Nur eines habe ihn bisher vom Schreiben abgehalten. »Mir fehlt ein Titel«, sagte er. Das klinge absurd, und einer, der selbst nicht schreibe, könne das sowieso nicht verstehen. Doch ohne Titel könne er nicht ein Wort zu Papier bringen. Sechs Notizblöcke fülle die Geschichte der vierundfünfzig Jahre des Joseph Silkleigh. Aber diese Notizen dienten zu nichts anderem, als ihn an die Augenblicke der Erleuchtung zu erinnern, in denen er einen Titel gefunden zu haben glaubte, etwa *Wecke den Wind* oder *Der Staub, in dem wir spielen* oder *Schatten, der die Sonne liebt* oder *Sterben im Paradies* oder *Der glückliche Sisyphos* oder *Wanderer in den Zeiten* oder *Gestohlene Luft* oder *Auch ich hatte meine wilden Jahre* – aber jedesmal habe es nur einen Tag gebraucht, bis ihm ebenso einleuchtend gewiß war, daß diese Titel nichts, aber auch gar nichts taugten.

»Die Geschichte habe ich, mein Bester. Das ist nicht der Rede wert. Und wenn ich erst den Titel habe«, sagte Silkleigh, »dann läuft der Rest von alleine.«

Wavery hätte ihm fast von Penny erzählt, von ihren Blockaden beim Malen, aber da schaute Silkleigh zur Bühne. Entsetzen lag in seinem Blick.

»Das *darf* nicht wahr sein«, sagte er.

Die Lampen erloschen. Nur von der Bühne kam jetzt noch Licht. Und vom Fernsehapparat an der gegenüberliegenden Wand. Mohammed drehte den Ton ab. Der Vorhang ging auf, und da stand eine kleine Frau unbeholfen in der Stille. Ihr Bauch war von einem geflochtenen goldenen Gürtel eingeschnürt, sie trug ein eng geschnittenes rotes Hemd. Ihr Haar hatte sie mit einem schwarzen Band zusammengebunden, ein schwarzes Tuch verhüllte ihre Schultern. Sie zupfte daran, um es zurechtzurücken. Der Gitarrist bot ihr ein Glas Wasser an, und sie trank. Er begann zu spielen. Sie holte Luft. Ihre Hände fanden zusammen, dann ihre dunklen Augenbrauen. Sie trat nach vorne, den Blick fest auf die Säule und das Bildnis des Teniente Zamora geheftet. Der Hund zu Silkleighs Füßen gab ein ängstliches Knurren von sich.

» ... a minha terra, a minha gente, a saudade e a tristeza que magoa.« Sie schmetterte ihr Lied durch den Raum. Beim Singen schwankte ihr Körper, ihre Schultern hoben sich, ab und zu bewegten sich ihre Finger, als würde sie etwas freigeben aus ihren ineinander verschlungenen Händen.

»*Fado*«, flüsterte Silkleigh, »da können Sie sehen, warum diese Lieder nie populär wurden.« Und nachdem sie einige weitere Lieder vorgetragen hatte, kniff er Wavery in den Arm.

»Sieh dich vor, kleines Boot«, übersetzte er, »wenn ein Schiff dich überfährt, kehrst du nie zum Kai zurück.« Er stützte einen Ellbogen auf die Theke, sein Absatz wippte im Rhythmus ihrer klagend-traurigen Kadenzen. »Vielleicht hat sich ihr Bruder deshalb nach Südamerika davongemacht.«

Nach einer Weile begann er wieder zu übersetzen.

»Wirklich, das ist nicht nötig,« sagte Wavery, »ich habe früher in Portugal gelebt.«

»Ach«, sagte Silkleigh, »ganz wie Sie wollen, mein Bester.«

Sie hörten Rositas heisere, durchdringende Stimme. Ihren Kopf hatte sie in den Nacken geworfen. Ihre Hand griff in die Luft, als suche sie Halt.

»Entsetzlich, nicht wahr? Arme Rosita. Als Tänzerin hat sie Talent, aber sie denkt, sie sei eine Sängerin. Nur weil eine häßlich ist, muß sie noch lange keine gute Stimme haben.«

Silkleigh atmete hörbar aus, und sein Blick verweilte auf Dolores, die sich selbstbewußt durch die aufgespreizten Schatten bewegte. Sie lehnte sich an die Theke und bat Mohammed um ein Päckchen Winston Rubio.

»Kennen Sie Dolores?« fragte Silkleigh Wavery. »Sagt nie etwas von Interesse, aber sie ist unwahrscheinlich lieb. Hallo, mein Engel.« Er entzündete ein Streichholz und hielt ihr die Flamme hin. Dolores kramte in ihrer Tasche und ignorierte ihn. »Warum gehst du mit Panteco?« sagte er und sah zu, wie die Flamme seinen Fingerkuppen immer näher kam.

Sie zuckte die Schultern. »Warum nicht?«

Sie brachte ein Feuerzeug zum Vorschein, und Silkleigh blies seine Flamme aus, er war verletzt.

»Ich liebe dich«, sagte er, und blies sich auf die Finger.

Sie sagte: »Ach, steck dir doch den Finger in die Nase, Silkleigh.« Während sie zurückging zum Tisch des Capitán, schüttelte sie ihre Mähne, und ihre Zigarette glühte auf.

»Die hat's mal nötig«, sagte Silkleigh, ohne Freude. Er hob sein Glas. »Auf die Liebe, die in den Augen der Frauen liegt. Liegt und lügt, und lügt und liegt.«

Als Wavery sein Glas nicht hob, sagte er: »Nicht viele Worte, nicht wahr, alter Freund? Naja, Sie werden sich Ihren Teil denken.«

Und plötzlich war der *Fado* zu Ende, und Rosita applaudierte dem Gitarristen. Jemand in der Menge rief: *»Bonito! Bonito!«*

»Muß ein Portugiese sein«, sagte Silkleigh, und klopfte mit einer Hand auf die Theke. Er schaute zur Bar, hielt dem Spiegelbild der Sängerin das Glas entgegen. Sie verbeugte sich ein letztes Mal und verschwand hinter dem Vorhang.

»Was führt Sie zu uns nach Abyla, Wavery?«

Wavery sagte es ihm.

»Ach so ist das.« Silkleigh nickte sinnend. »Hast du gehört, Toribio? Ein Diplomat. Das ist einer, der immerzu braves Hündchen zu dir sagt, während er sich nach einem Stein umschaut. Ich habe mal einen gekannt. Teheran. Ein derart schüchterner Tropf ist mir nie wieder über den Weg gelaufen. Er verbrachte seine ganze Zeit damit, mit den Bulgaren zu Abend zu essen, und wußte nichts, aber auch gar nichts darüber, was die Menschen wirklich bewegte. Hatte nicht die geringste Ahnung, daß der Schah nicht gerade der Liebling des Volkes war.«

»So sind viele von uns«, gab Wavery zu. Er bat Mohammed um die Rechnung und stand auf. Er hätte bestimmt umgänglicher sein können, auch wenn er sich nicht danach fühlte. Als er vom Meer gesprochen hatte, da war Joseph Silkleigh richtig aufgeblüht.

»Und was haben Sie falsch gemacht?« Die Stimme gab keine Ruhe. »Wir haben alle unsere Vergangenheit, sind aus irgendwelchen komischen Gründen hier gelandet. Wie war das bei Ihnen? Haben Sie den Russen Geld gegeben? Oder mit einer Ziege zusammengelebt? Ein Posten in Abyla ist nie eine Beförderung. Dieser Felsen am Ende der Welt. In Abyla gibts nur einen Engländer. Und der bin ich.« Mit einem Finger zog er das rechte Augenlid herunter.

»Meine Versetzung hat mehr mit dem Tunnel zu tun.«

»Falls dies *Desastero* je fertig wird«, sagte Silkleigh. Nicht mit Menendez, der immer zwei verkehrte Schuhe anhabe. Und nach seinem Gesicht heute abend zu urteilen – Silkleigh nickte in Richtung Fernseher, der wieder zu hören war –, sei er mit zwei linken Schuhen Gassi gegangen.

Mohammed brachte Wavery die Rechnung, und Wavery zahlte.

Silkleigh hob erneut das Glas. Mit einer weit ausholenden Geste wies er über den Raum. »Wenn Sie vorhaben, hier zu leben, mein Bester, dann werden Sie uns in Ihr Leben aufnehmen müssen. Nicht nur mich, sondern *alle* diese Menschen. Ich hab das auch tun müssen.«

»Tatsächlich?« sagte Wavery.

»Fragen Sie mich nach den Leuten, und ich werde es Ihnen sagen. Ich bin ein guter Beobachter. Ich kenne die Menschen, ihre Macken, ihre Schwächen, auch ihre guten Seiten. Um Gottes willen, wir haben alle unsere guten Seiten, sogar dieser Bulle Panteco, der so dumm ist, daß er brummt. Unter jedem Panzer findet sich irgendwo ein Schildkrötenei. Das ist meine Meinung.«

»Ja. So wird es sein ...«

»Wollen Sie über die baskischen Separatisten da drüben am Tisch etwas wissen? Oder über Ghanem den Stummen? Oder Periclito, unseren abwesenden Wirt? Dann wenden Sie sich vertrauensvoll an Joseph Silkleigh.«

»Besten Dank. Aber im Augenblick nicht«, sagte Wavery.

»Jederzeit, *Ambasadoro*«, sagte Silkleigh, »steht alles in meinen Notizbüchern. Ich kann Ihnen versichern, sie sind unerschöpflich. All das wartet doch nur darauf, daß sich der richtige Titel findet. Nur ein Satz, und es kann heraus in die Welt.«

Er hielt inne, schaute zu Boden. Ein großer Mann wankte zur Bar. Ein Glas kippte, sein Inhalt tropfte von der Theke.

»Mohammed!« sagte Silkleigh und deutete auf einen Wischlappen.

»Hallo, Silkleigh.«

»Ah, guten Abend, Capitán. Was gibts Neues vom Drogenkrieg?«

»Ich warne dich, Silkleigh. Ich hab dich ständig im Visier.« Panteco sprach leiser als gewöhnlich. Er wollte nicht, daß Dolores ihn hörte, die zwei Tische weiter saß. Er fühlte, wie sich ihre Blicke in seinen Rücken bohrten.

»Kämpferische Worte, Capitán.«

»Nichts entgeht mir, kein Schritt von dir«, sagte der Polizist.

»Geh lieber Fliegen fangen, Capitán.«

»Kein Schritt, Silkleigh. Ich kann warten.« Er warf Silkleigh einen flammenden Blick zu. Wie sehr er sich wünschte, daß es da Verbindungen gab zwischen Silkleigh und El Callado. Was Rosita nur fand an dem Kerl?

»Weißt du, was dein Problem ist, Capitán?« sagte Silkleigh geduldig. »Daß du mindestens einen Kopf größer bist als alle anderen und doch nichts siehst.«

Es dauerte eine Sekunde bis Panteco begriff, was er gehört hatte. Rauch stob aus seiner Nase, als würde er innerlich brennen.

»Du bist ... du bist ja betrunken!«

»Aber, mein Herr. Keineswegs. Schau doch, wie ruhig meine Hände sind.« Silkleigh zeigte seine zitternden Hände.

»Betrunken!« Pantecos Stimme näherte sich allmählich einem durchdringenden Falsett. Und hinter ihm schaute Dolores zu, eine Hand strich über den Schlangenhals.

»Ach, warum hältst du nicht *la busa fermita*«, sagte Silkleigh.

»Lustrino.« Das war die Stimme von Rosita, der Sängerin. Sie tauchte zwischen den Männern auf und nahm Panteco am Arm, auf ihren Wangen Flecken von Rouge, um die Augen Linien von Maskara. »Du wirst noch über die eigenen Schnürsenkel stolpern«, sagte sie.

Panteco schaute nach unten, die Schnürsenkel seiner schwarzen Schuhe hatte sie im Augenblick zuvor gelöst. Er kniete sich hin. Sie stützte sich mit dem Ellbogen auf die Theke und schaute zu ihm hinunter. »Zwei Jahre, das kann verdammt lange sein, Lustrino«, sagte sie, und seufzte.

Panteco richtete sich wieder auf. Im Licht der Bar schimmerten seine geröteten Wangen fast grünlich.

»Das ist doch Toribio«, sagte Panteco und ignorierte sie, »Emilios Hund. Du hast kein Recht, ihn abzuschleppen.«

»*Calma*, *calma*, Capitán.« Silkleighs Stiefel quietschen, als er sich vom Hocker gleiten ließ. Er löste die Leine. »Da, kannst ihn haben. Er hatte Hunger.«

Panteco zerrte Toribio an seinen Tisch. »Sitz«, befahl er. Der Hund ließ sich auf den Boden plumpsen wie ein Mantel, der vom Bügel fällt. Keuchend blieb er liegen, die Augen halb geschlossen, während Dolores eine weiße Hand in sein warmes dickes Fell schob.

Rositas Stimme war müde. Ihr fehlte die Nonchalance einer Frau, die geliebt wird. »Wirst du nie begreifen, Silkleigh?«

»Rosita, du Traum meiner schlaflosen Nächte«, sagte Silkleigh, »muntere mich auf. Sag mir, wie wundervoll ich bin.«

Sie wandte sich von ihm ab. Sie stand jetzt mit ihrem goldgegürteten Rücken zum Raum und rieb mit einer Hand ihren Arm unterhalb der Narbe, die eine Impfung hinterlassen hatte.

Silkleigh zog einen kleinen Zweig mit gelben Beeren aus der Vase. »Das ist eine Pflanze, die das Vieh nicht frißt. Probier mal, Rosita«, sagte er, »erklär mir, warum sie das Vieh meidet.«

»Mohammed«, sagte sie. Mohammed schenkte ihr einen Whisky ein. Sie weinte.

»Weder den Tränen von Frauen noch dem Himmel im Gebirge soll ein Mann sein Vertrauen schenken«, deklamierte Silkleigh.

Sie senkte den Kopf.

»Ach du lieber Gott. Tränen kann ich nicht ausstehen. Mohammed, das Tuch dort.« Sie schüttelte den Kopf und vergrub ihr Gesicht in ihrem Arm.

»Komm, komm«, sagte er. Er machte einen erfolglosen Versuch, ihre Wangen abzuwischen. Nach einer Weile hob sie den Kopf und ermöglichte ihm, das Tuch unter ihre Augen zu tupfen.

»Das ist Mr. Wavery«, sagte er sanft. Er drehte sie um. »Der Britische Generalkonsul, fern der Heimat, der den langen Weg hierher zu uns gekommen ist.«

»Sehr erfreut«, sagte Wavery verlegen. Sie schaute ihn an, ohne ihn zu sehen. »Das ist Rosita Amaral«, sagte Silkleigh mit besänftigendem Flüstern, »die beste *Fadista* in Abyla.« Er hielt sie in seinen Armen. Er war wie verwandelt. Wieder war er der Taucher, die Schildkröte.

»Fern der Heimat ...« Silkleigh wog die Worte. »Hören Sie nur, kein schlechter Titel«, sagte er. Er nestelte den Stift von seinem Ausschnitt und schrieb die Worte auf seine Rechnung.

»Mal sehen, wie das im Morgenlicht wirkt, nicht wahr.«

FÜNFTES KAPITEL

1

Wavery lernte allmählich, das willkürliche Schlagen der Turmuhr zu überhören. Jeden Morgen um sechs Uhr dreißig wurde er vom Trompetensignal in der Kaserne geweckt, blieb aber noch liegen und lauschte dem Hupkonzert der zugeparkten Wagen in der Calle Zamora. Um sieben Uhr dreißig stand er auf. Um sieben Uhr dreißig öffnete der Tunnel an der Marina Española seinen Schlund.

Um sieben Uhr dreißig konnte man zunächst sehen, dann auch hören, wie sich ein endloser Lindwurm, dessen Schuppen die gelben Helme bildeten, den Hang von El Hadu hinunterwand. Dieses Wesen aus tausend Arbeitern aller Glaubensgemeinschaften und Nationen, aus Männern, die sich in Holland, in Japan und unter dem Ärmelkanal in die Erde gegraben hatten, hatte ein festes Ziel. Doch wurde man das Gefühl nicht los, daß sich der Tausendfüßler mit seinem blinden Kopf ebensogut und jeden Augenblick in irgendeine beliebige Straße hineinwinden und in tausend Glieder auseinanderbrechen könnte.

Eine halbe Stunde morgens und eine halbe Stunde abends war die Marina Española ein Ort, den die Abylaner möglichst mieden. Die Gespräche verebbten, man schaute auf die Uhr, entsann sich einer Verabredung. Man tat, was man konnte, nur um dieser Welle von Männern zu entkommen, die schließlich in den dunklen Schoß der Erde floß.

Ratas wurden sie von den Abylanern genannt. Dank der Bemühungen von Senator Zamora und Abyla Independiente, durften sich die *Ratas* nur in ihrem Containerdorf oder auf der Baustelle aufhalten, wo der Tunnelmund sie rasch verschlang.

Der Tunnel war nie still. Von kurz nach Sonnenaufgang bis Sonnenuntergang hörte man Gehämmer und Geschabe, hörte man Bohrer und Bagger, Kreissägen und Schweißgeräte, hörte man Metall auf Stein scharren und kreischen, dazu aufheulende Motoren und Rufe und Gebrüll. Nachts blieb von dieser Geräuschkulisse nur ein gedämpftes Beben. Wo immer man sich in Abyla befand, man spürte dieses Beben, fühlte, wie sich das Bohrschild seinen unterirdischen Weg nach Europa fraß.

Abyla kehrte Afrika den Rücken zu. Die Abylaner interessierten sich nicht im geringsten dafür, was auf der anderen Seite von La Mujer Muerta geschah. Alle in Abyla, selbst die Bäume, blickten über das Meer, schauten auf Europa. Alle wollten nur eines, der Wolke aus Schmutz, Staub und Lärm entkommen, die sich tagaus tagein über die Stadt senkte und sich nur nachts hob, fortgeblasen vom *Poniente*. Dann konnten die Abylaner, für ein kurzes Atemholen, die Blüten der Orangenbäume in der Calle Camoes riechen.

Aber das war in der Nacht. Am Tag war das vergessen. Überall hing derselbe dicke Staub in der Luft, wirbelte von den Muldenkippern, wirbelte von der Abraumhalde hinter dem neuen Seedeich. Überall dieselben kurzen Stichstraßen, die wie verdreckte Kinder zum Meer hinunter liefen. Überall der Lärm.

Jeden Morgen um Viertel nach Acht, bevor sich seine Handwerker blicken ließen, ging Wavery ins Bad des Abylaner Wassersportvereins, wo er im Außenbecken zwanzig Bahnen in ebensovielen Minuten zurücklegte. Die Anlagen des Vereins waren auf die Klippen gebaut, mit Blick über den östlichen Teil des Vorgebirges. Für den Weg dorthin brauchte er zu Fuß weniger als fünfzehn Minuten. Nach dem Schwimmen ging er in Richtung Konsulat, nasses Handtuch und Badehose trug er zusammengerollt unter dem Arm.

Am Ende seiner ersten Woche in Abyla verließ Wavery gerade das Schwimmbad, als er den nun schon vertrauten Schrei hörte.

»Emiiiiliiiioooo ...«

Weit unten sah er die Mutter des Fischers. Sie stand im Wasser, mit leicht gebeugten Knien stand sie in den Wellen, den Rock hochgekrempelt, um ihn vor dem Wasser zu schützen. Seit einer Woche trug sie immer denselben Rock, seine Farbe war die eines Weinflecks.

»Emiiiiliiiioooo ...«

Der Schrei schien die See zu kräuseln. Fächerförmig lief das Wasser auf den Strand zu, färbte ihren Rock bis zur Taille dunkler.

Eine Fähre schleppte eine Rauchfahne den Horizont entlang. Der Küste schon näher tuckerte ein kleines Boot auf die Landspitze zu. Ein schwarzer Hund hockte auf einer Taurolle, am Steuer saß Joseph Silkleigh. Sein Boot zog gemächlich einen Bogen, und als sei einer seiner Notizblöcke zu Fetzen gerissen in die Luft geworfen worden, so folgten ihm Hunderte von Möwen.

Wavery bog in die Calle Cervantes ein. Inzwischen erkannte er die Menschen wieder, die er am Tag zuvor gesehen hatte: Frauen, die schneeweißes chinesisches Bettzeug aus den Fenstern hängten, Männer in Hemdsärmeln, in die Betrachtung von Videorecordern vertieft, eine Blinde, die Lose der Staatslotterie feilbot. Abyla sei eine Westentasche, hatte Asunción ihn gewarnt. Nichts bleibe verborgen, alle lerne man kennen und von allen Seiten, den guten, den schlechten und den bösen.

Er trat auf die Plaza de los Reyes, die kleinere der beiden Plazas von Abyla. An der größeren, der Plaza de Africa am Fuß des Hügels, standen das Hotel Zamora und die Kirche der Hl. Jungfrau von Afrika, die meisten Abylaner zogen es dennoch vor, sich auf der Plaza de los Reyes zu treffen. Zwölf Palmen boten ebensovielen Betonbänken Schutz vor der Sonne. Die kühlen Bänke bevölkerten alte Männer und Frauen, die auf Unterlagen aus Pappstücken saßen, die sie aus den Kartons der *Floristería Amaral* herausgerissen hatten.

In der Mitte des Platzes stand die Büste von Leopoldo Zamora, dem Kenner der Chinarinden, sowie ein Schaukelpferd aus Metall und ein Brunnen, dessen senffarben gekacheltes Becken ohne Wasser war. Jeden Freitag, und es war ein Freitag, saß ein Mann aus Algeciras auf dem Rand des Brunnens, aß kleine Herzmuscheln und bot Reproduktionen bekannter und weniger bekannter Gemälde, die er gegen den Brunnenrand gelehnt hatte, zum Verkauf.

An diesem Morgen sah Wavery *Zwei Lancaster-Bomber im Anflug durch die Wolken*, *Skyline von New York*, Moses Pittis *Mappa Mundi* aus dem Jahre 1681 und *Wanderfalke im Winterschnee.*

Als besonderes Angebot gab es eine Auswahl von Bildern alter Meister. Da es nur noch drei Wochen waren bis Weihnachten, machte der Händler schnellen Umsatz.

Genia Ortiz stand seitlich vom Brunnen neben dem Schaukelpferd und klopfte mit ihrem Dirigentenstab auf einen Stapel von Murillo-

Madonnen. Sie trug einen Fuchs um den Hals und ein grünes Tüllkleid mit einem Kragen, der etwas zu hoch war. Dieser Kragen wurde von einer Kamee geschlossen, einem in roten Glasopal geschnittenen Bildnis ihrer Urgroßmutter Olga.

»Wo ist nur – ich kann ohne Brille nichts sehen – ach, da ist sie ja.« Sie hatte sich entschlossen, Asunción zu Weihnachten ein Bild zu schenken, aber welches? Sie konnte sich nicht entscheiden, ob sie besser eine Madonna von Murillo oder das Kasbahtor von Matisse kaufen sollte. Sie bückte sich, stützte sich mit den Händen auf ihre dickbestrumpften Knie, und betrachtete erst das eine, dann das andere. Ihr Dirigentenstab tippte auf den Murillo, und eine kleine Staubwolke wirbelte auf. Wieviel? »Zehntausend Peseten«, sagte der Händler. Sie nahm den Matisse in die Hand. Das Bild war 1912, während seiner Nordafrika-Reise entstanden. Eine sitzende Figur – vielleicht eine Frau? – beobachtete die Menschen, die durch das Tor in die Stadt hineingingen. Im Mittelpunkt des Bildes sah man ein Fenstergitter mit rosafarbenen Blumen. Diese ließen Genia Ortiz mit Freude an ihre eigenen Geranien denken.

Ihre Hand spielte mit der Kamee. Sie legte den Matisse zurück und hob den Murillo auf. Sie war unsicher. Wenn sie stand, wirkten die Dinge immer anders, als wenn sie saß. Sie betrachtete die Jungfrau, kniff dabei ein Auge zu. Dies war wohl das weihnachtlichere Bild.

»Achttausend«, sagte sie. Der Mann schüttelte den Kopf. Sein Gesicht machte kein Geheimnis aus seinen Gedanken. Alte Frauen wie Genia Ortiz sollten mit ihren Dirigentenstäben verprügelt werden. Genia Ortiz ließ den Murillo auf den Stapel zurückgleiten und zog weiter unten eine identische Kopie hervor. Sie wollte sie gerade mit ihrem Ellbogen abstauben, als sie Wavery bemerkte.

»Señor Consul General, ich brauche Ihre Hilfe!«

»Señora?« sagte Wavery, der seit ihrer ersten Begegnung in Don Ramons Laden nicht mehr mit Genia Ortiz gesprochen hatte. Mehrmals hatte er, wenn ihr Balkonfenster offenstand, das Klingeln ihres Telephons gehört. Einmal hatte er sie beim Gießen ihrer Blumen erblickt.

»Welches soll ich Asunción schenken? Dieses? Oder dies da?«

»Ich bin kein sonderlich guter Ratgeber, wenn es um Gemälde geht«, sagte Wavery.

»Ach, ich bitte Sie.«

Wavery deutete auf den Murillo. »Dann dieses.«

Genia Ortiz seufzte. »Das ist so eine Sache, Señor. Ob es wirklich Asuncións Geschmack trifft?« Sie legte beide Reproduktionen wieder hin und steckte Ernestos Stab in ihre Einkaufstasche. »Und, wie geht es mit Ihrem Ballsaal voran?«

»Langsam, sehr langsam«, sagte Wavery.

Sie kehrte ihm ihr besseres Ohr zu, glücklich darüber, auf der Plaza de los Reyes im Gespräch mit dem britischen Generalkonsul gesehen zu werden. Ein Auto hupte einen Fußgänger an, und sie winkte.

»Gewöhnen Sie sich allmählich an unser kleines *Presidio*?«

»Asunción hat wirklich Großartiges geleistet.«

»Abyla ist nicht gerade Petersburg.«

»Das ist wahr.«

»Früher bin ich in die Bibliothek gegangen, Architekturbücher anschauen. Nur um mich an Zuhause zu erinnern. Ich konnte nie darüber sprechen, ohne sentimental zu werden – was meinem verstorbenen Mann jedesmal ziemlich peinlich war.«

»Denken Sie daran, zurückzukehren?«

»An einen Ort, der noch erwachsen werden muß? Ich habe das hinter mir, Señor. Und außerdem, wenn man einer Familie entstammt wie ich, was soll ich sagen, es gibt halt den *Neid*. Die Leute meinen, man sei überempfindlich in diesen Dingen. Aber die Leute irren sich sehr.«

»Ich bin mir sicher, daß Sie recht haben.«

»Aber seien Sie vorsichtig, Señor. Auch die Abylaner kennen den Neid. Das wissen sie sogar selbst. Neid verleitet zu allerlei Unfug. Wenn Sie zufällig in Richtung Konsulat gehen, begleite ich Sie.« Sie brauchte neues Wick Vaporub, wegen des Staubs.

Die Orangenbäume entlang der Calle Cameo waren in Spinnennetze gehüllt.

»Und wie ist es mit Afrika? Fahren Sie manchmal dorthin?« fragte Wavery.

»Ich habe hier mehr als ein ganzes Leben verbracht, Señor. Aber *nicht einmal* war ich in Afrika. Da ginge ich eher ins Kino. Aber Ihr Vorgänger, der zur Zeit des Krieges hier war, der *lebte* sogar in Afrika.« Und sie erinnerte sich an Señor Cazes, einen verschrobenen kleinen Mann aus Gibraltar, mit rotem Haar und tadellosen Schuhen, der montags von Tetuan hergefahren kam, um in einem Zimmer des Hotel Zamora seinen Geschäften nachzugehen.

Ein Auto hupte, und wieder winkte sie.

»Wir gehen die Dinge heute anders an, Señora.«

»Und die Señora Generalkonsul«, sagte Genia Ortiz, »wann wird sie die Freude haben, wieder mit Ihnen vereint zu sein?«

»Das kommt darauf an«, sagte Wavery, und er wußte später nicht, warum er das gesagt hatte.

Das Britische Konsulat befand sich im zweiten Stockwerk eines Gebäudes gegenüber vom Club de Pensiones. Am Eingang zu Waverys Amtssitz, eingeklemmt zwischen einer Bank und einem Juwelierladen, war eine Tafel aus inzwischen wurmstichigem Eichenholz angebracht, auf die seine marokkanischen Handwerker längst ein Messingschild hätten schrauben sollen, das die genauen Öffnungszeiten des Konsulats Ihrer Majestät verzeichnete – IM WINTER: 10:00 – 13:00 und 14:30 – 18:00; IM SOMMER: 9:00 – 14:00.

Ein Motorroller stand im düsteren Eingang neben der Treppe. Die Wände waren halbhoch mit grünen Kacheln verkleidet. Rechts eine Mülltonne und links die vier Briefkästen aus Blech. Wavery schloß einen der Kästen auf und entnahm ihm einen weißen Leinenbeutel. Dann schob er sich an dem Roller vorbei und stieg die abgeschlagenen Marmorstufen nach oben.

Wavery hatte keine Ahnung, wem die Wohnung im ersten Stock gehörte. Einmal war er auf der Treppe mit einem Mann zusammengestoßen, der ohne eine Entschuldigung weiterhastete auf die Straße hinaus und dabei versuchte, mit einem Arm in den störrischen Ärmel seines schwarzen Ledermantels zu fahren. Asunción war der Meinung, der habe irgendetwas mit dem Tourismus zu tun, aber es gab kein Anzeichen dafür.

Das Konsulat verfügte über einen pompösen Eingang im zweiten Stock. Früher hatte dort eine österreichische Bank eine Niederlassung unterhalten: zwei Räume, von denen der größere mit einer Glaswand unterteilt war. Beim Eintreten sah man vier schwarze Plastikstühle und einen niedrigen Tisch, auf dem Informationsbroschüren über den BBC World Service, ein von Asuncións Vater verfaßter Abyla-Führer und eine Ausgabe des *Residents Abroad* lagen. In einem Aktenschrank wurden Formblätter aufbewahrt, Einwanderungsanträge und Anträge für Stipendien des British Council, sowie Broschüren, die das Publikum darüber informierten, was genau man von einem Konsulat erwarten konnte. »Bei tödlichen Unfällen oder plötzlichem Tod aus anderen Gründen, nehmen Sie sofort Kontakt mit dem Konsulat auf.«

Das kleinere Zimmer war Waverys Büro. Dort gab es einen Schreibtisch, einen mit grobem roten Nessel überzogenen Drehstuhl und, unter dem Fenster, das er bislang nicht hatte öffnen können, ein Bücherregal. Asunción hatte das Regal ein wenig gefüllt: mit *In Public, In Private. Their Royal Highnesses*, und einer älteren vierbändigen Ausgabe des Londoner Telephonbuches. Das Zimmer, von dem man auf die Calle Cameos blicken konnte, roch nach dem neuen weizenfarbenen Teppich.

Wavery breitete Handtuch und Badehose sorgfältig über die Heizung. Aus Gewohnheit rüttelte er am Fenster, auch diesmal ohne Erfolg; dann setzte er sich. Bis Asunción das Büro betrat, hatte er die Post durchgesehen.

Abyla war keine so bedeutende Dienststelle, daß es der offiziellen Postzustellung durch einen Queen's Messenger für würdig befunden worden wäre. Die Post wurde stattdessen über Gibraltar geschickt. Einmal in der Woche überquerte ein Angestellter aus dem Convent die Meerenge und hinterlegte den kleinen weißen Leinenbeutel im Briefkasten. Der Mann war bereits wieder verschwunden, als Wavery im Büro eintraf.

Wavery öffnete den Sack.

Ein brauner Umschlag von seinem Schwager enthielt Waverys Paß und eine Notiz von Hoyter, der die »Sache mit den Seiten« bedauerte: diese waren wohl allesamt herausgerissen worden. Hoyter hatte die obere Ecke des Einbands schräg abgeschnitten und ihn damit ungültig gemacht. »Ich rate Ihnen, so schnell wie möglich einen neuen Paß zu beantragen. Sie werden sich sicher daran erinnern, daß der vorläufige Paß, den ich Ihnen letzte Woche ausstellen konnte, nur drei Monate gültig ist.« Waverys Jacke sei noch nicht aufgetaucht und befinde sich wohl in irgendeinem Versteck auf dem Middle Hill. Aber Wavery werde sich bestimmt über die Nachricht freuen, daß man Johnnie ohne Schwierigkeiten habe ins Jenseits befördern können.

Der Gouverneur schrieb:

Lieber Thomas,

es tut mir leid, daß ich letzte Woche die Verabredung zum Mittagessen nicht habe einhalten können. Edwina erzählte mir von Deiner unerfreulichen Begegnung auf dem Middle Hill. So ein Pech. Ich nutze diese Gelegenheit gern, Dir zu Deiner Anstellung zu gratulieren. Ich rechne fest auf Dein Geschick, Du wirst für einen erfolgreichen Ablauf des Königlichen Besuchs sorgen. Und ich hoffe, Dir gefällt Abyla.

Ich habe mit Edwina darüber gesprochen und bin der Meinung, daß es unter den gegebenen Umständen das beste ist, wenn Du für Deinen nächsten Besuch in Gibraltar eigene Arrangements triffst.
Wie immer, Dein
Lawrence.

Wavery kochte vor Wut. In seiner flüssigen Handschrift schrieb er ohne zu zögern eine Antwort.

Lieber Larry,
was bist Du doch für eine ungeheuer aufgeblasene Kröte. Nichts wird mich dazu bewegen, die Schwelle zu Deinem Haus noch einmal zu überschreiten. Tu Du mir bitte denselben Gefallen. Und komme nicht in die Nähe von Abyla, so lange ich hier bin. Wäre Penny hier bei mir – und ich wünschte innigst, sie wäre es –, dann würde sie, daran zweifele ich nicht im geringsten, mir darin beipflichten, Deine Unverschämtheit, Unhöflichkeit und mangelnde Menschlichkeit in dieser Form zu beantworten.
Mit Grüssen,
Thomas
PS.: Den Erhalt dieses Briefs nicht bestätigen.

Erleichtert widmete er sich wieder dem weißen Beutel. Vier Umschläge, gestempelt mit OHMS – Dienstpost im Auftrag Ihrer Majestät. Ein Brief aus Lima. Paracas, so schrieb Waverys Nachfolger, hätten sie dem Koch geschenkt, der das Tier in Laurenço umgetauft habe. Die Lage sei weiterhin kritisch; an einem Abend im Oktober war in der Nähe der Botschaft eine schwere Bombe detoniert. Eine Woche zuvor seien die Gänse seiner Exzellenz verschwunden. Ein Brief des Foreign Office informierte Wavery darüber – das OED hatte es ihm schon mitgeteilt –, daß sein Gepäck vor Weihnachten eintreffen werde. Und als letztes ein Rundschreiben an alle Dienststellen. In Erinnerung an das Rundschreiben vom August wurde noch einmal auf die Gefahr hingewiesen, die die von der OED gelieferten Küchengeräte und -töpfe aus Aluminium darstellten. Die Empfehlung, darin kein Obst zu kochen, gelte weiterhin.

»Der Aluminiumkelch«, murmelte Wavery vor sich hin.

Frühzeitige Vergreisung war nicht das, was er sich vor fünfunddreißig Jahren bei einem Glas Calvados in Piccadilly als Zukunftsperspektive ausgemalt hatte. Wegen einer Wette mit Freunden hatte er sich der Aufnahmeprüfung des Foreign Office unterzogen. Sie mußten das Dinner im Ritz bezahlen. Als zweitbester hatte er die Prüfung absolviert.

»Auf unseren Mann in Paris«, war der Trinkspruch. »Glückliche Penny, du hast einen geheiratet, der steil Karriere machen wird.«

Damals war er dreiundzwanzig gewesen und noch Idealist und Patriot. Er sah im diplomatischen Dienst noch den alten, von Harold Nicolson und Duff Cooper geprägten Dienst. Orchideen würden die Säulen der Pariser Botschaft schmücken, und beim Dinner würde hinter jedem Stuhl ein Lakai stehen. Vor allem anderen fühlte er sich geschmeichelt. Es hatte dann nicht lange gedauert, bis er die desillusionierende Wahrheit begriffen hatte, daß es sich mit diesem Gefühl verhielt wie mit dem Patriotismus und dem Idealismus. Gegen beide war nichts einzuwenden, solange man nicht abhängig wurde davon.

Im Grunde seines Herzens war Wavery ein loyaler Mensch. Diese braunen Umschläge ließen die Jahre wieder lebendig werden, die er damit zugebracht hatte, gerade mit den Menschen freundlich zu plaudern, die er viel lieber beschimpft hätte. Die Jahre, in denen er sich die Gesten und Mittel des Verrats aneignete. Die Jahre, in denen er mit großem Aufwand an Sachen gearbeitet hatte, die für das Land absolut ohne Belang waren – die Jahre, in denen es ihm dämmerte, daß sein eigentlicher Feind der eigene Dienst war, daß der Foreign Service überhaupt nur mit Verrat zu tun hatte und daß sich niemand einen Dreck darum kümmerte, was die Berber wirklich dachten.

Schon nach einer Woche Abyla langweilte er sich. Die Dinge, die ihm im diplomatischen Leben selbstverständlich geworden waren, konnte er nicht mehr tun. Er sah keinen Sinn mehr darin. Fünfunddreißig Jahre hatte er Achsen geschmiert, Ecken poliert, Menschen zugehört, Probleme gelöst, alles zum Laufen gebracht. Und das eine Mal, als er etwas vom Office wollte, wo es sich hätte für ihn bewegen sollen, da war nichts geschehen. Generalkonsul in Abyla. Das war genau wie einer dieser Titel von Silkleigh, die keinerlei Resonanz weckten. Hier hätte er schon mit dreißig Konsul sein können. Vor einer Woche war er noch bereit gewesen, alle Aufgaben zu erledigen, die der Posten in Ablya ihm abverlangen würde. Jetzt kam es ihm so vor, als wäre Neuseeland noch eher zu ertragen gewesen. Diese Briefe erinnerten ihn doch nur daran, daß er nicht weit weg war von zu Hause. Überhaupt nicht fern der Heimat. Und jenseits der Meerenge drohte ihm Alptraum: Pennys Bruder.

Bis zuletzt ließ er einen mit der Hand adressierten Umschlag liegen, der einen sehr kurzen Brief von Penny enthielt. Bevor er ihn las, entwarf er einen Brief an den Air Vice Marshal Sir Lawrence Tredwell, Träger des Flying Cross. Asunción sollte diesen Brief später mit der Maschine schreiben.

Lieber Larry,

besten Dank für Deinen Brief. Du wirst Dir gar nicht vorstellen können, wie traurig ich darüber bin, daß Penny nicht hier bei mir in Abyla ist. Ich weiß, sie würde von uns erwarten, daß wir aus persönlichen Differenzen keine beruflichen Schwierigkeiten machen. Alles was wir tun können, damit der Staatsbesuch zu einem Erfolg wird, wird unserer Bemühung wert sein. Das mit dem Mittagessen habe ich bedauert, aber es freut mich zu hören, daß Du Deinen Golfwettbewerb gewonnen hast. Edwina hat allen Grund, stolz zu sein auf Dich. Sag ihr bitte, daß sie hier ein immer willkommener Gast sein wird, so wie Du auch.

Mit freundlichen Grüssen

Pennys Brief war kurz und bündig. Sie hatte dem Rechtsanwalt ihres Vaters die Vollmacht gegeben und hoffte, die ganze Prozedur würde sich doch nicht so scheußlich gestalten, wie alle ihre Bekannten behaupteten. Sie hatte ein Haus besichtigt, in das sie und Patrick sich verliebt hätten, sie noch mehr als Patrick. Sie würden also ein Angebot machen. Das Haus liege etwas außerhalb von Poole. Aber vom Wipfel der Eiche im Garten aus könnte man den Hafen von Poole wohl sehen. Sie hoffte, daß Toms Residenz erträglich sei und daß er gefunden habe, wonach er suchte, was immer das gewesen sei.

Er faltete den Brief zusammen und fühlte, wie eine ganz selbstverständliche Zärtlichkeit in ihm aufstieg, seiner Frau gegenüber und dem Galeriebesitzer, einem Witwer, den sie vor bestimmt zwanzig Jahren schon kennengelernt hatte.

Nichts von Catharine. Wahrscheinlich hatte ihr Mann, beunruhigt von der Verzweiflung in Waverys Stimme, seine Bitte, sie möge zurückrufen, nicht weitergegeben.

Wavery notierte seinen Tagesplan:

1.) Kontakt herstellen zwischen Ebbing und P.s Anwalt.
2.) Neuen Paß beantragen.

3.) 11:00 – Antimonfabrik, Calle Real, wg. Handelsverbindungen: Lavandier.
4.) Treffen mit D. Porcil verabreden, Bankier, verantw. für Tunnelfinanzierung.
5.) Brief an British Council, wg. Vorschlag Schriftstellerbesuch.
6.) Brief an Midland Bank.
7.) 18:30 – Aperitif bei Senator Zamora.

Das einzige, was er nicht notieren durfte, war: »Brief an Catharine«. Ihr hätte er am liebsten einen Brief nach dem anderen geschrieben.

2

Vor einer Woche war Wavery mit Catharine Riding im El Salto del Fraile essen gewesen. Seither hatte er mit ihr nicht mehr gesprochen. Und als er in seinem Büro saß und gerade ein knappes Memo über eine Lieferung mit Veterinärausrüstung verfaßte, da rief sie an.

»Ich war in Arequipa.«

»Ja. Sicher, Sie haben davon gesprochen.«

»Ich habe die ganze Woche an Sie gedacht. Ich wollte Ihnen danken.«

»Ich weiß. Es war …«

»Es hat mich die ganze Woche gequält, daß ich nichts von mir hören ließ.«

»Aber was denn. Was sollten Sie sagen?«

»Es hat uns so viel … Wir … Es war so *schön* mit uns.«

»Das stimmt.«

»Haben Sie mein Geschenk erhalten?«

»Ja.« Es stand vor ihm auf dem Schreibtisch: eine Rose aus Plastik mit einer weißen Sonnenbrille.

»Sie hat uns zum Lachen gebracht, trotzdem, nicht wahr? Nur das gibt dem Ding Bedeutung. Ich wollte, daß Sie lachen, wenn Sie an mich denken.«

»Natürlich, ich werde lachen.«

»Einen Augenblick.« Sie rief jemandem etwas zu. »Ich bin hier, auf dem Balkon. Was ist?«

Er hörte, wie ein Fensterladen bewegt wurde, dann die Stimme eines Mannes.

Sie sagte: »Es ist Helen.« Sie telephonierte mit ihrer Schwester.

Mit der Hand bedeckte sie die Sprechmuschel, und zu Wavery drang nur noch Gemurmel. Durch ihre Finger hörte er: »Laß mir noch einen Moment, Liebling. Ich komme sofort.« Sie sprach wieder in den Hörer. »Sind Sie noch dran?«

»Ja.«

»Was war das, ich habe etwas gehört?«

»Meine Nase hat gejuckt.«

»Wann gehen Sie zurück nach England?«

»In ungefähr zwei Wochen.«

»Für wie lange?«

»Bis meine Berufung durch ist.«

»Zeit für Weihnachtseinkäufe«, sagte sie.

»Nehme ich an.«

»Es wäre so schön, noch einmal mit Ihnen zu sprechen.«

»Wann fliegen Sie?«

»Donnerstag.«

Es entstand eine Pause. Er konnte hören, wie der Botschafter im Flur mit Queesal sprach.

Sie sagte: »Machen Sie einen Vorschlag.«

Am nächsten Morgen um sieben Uhr saß Penny unter einem Jakarandabaum, auf der anderen Seite des abschüssigen Rasens. Sie malte den Berg hinter dem Haus. Sie schaute nicht hoch von der Staffelei, als Wavery sich ins Becken gleiten ließ und seine allmorgendlichen Bahnen zu ziehen begann. Die Luft war ruhig, das Wasser spiegelte den Himmel, den Berg und einen Vogel, der nach Süden flog. Langsam und methodisch erfolgten seine Schwimmstöße, und er brachte die Spiegelbilder zum Verschwinden. Wasser lief ihm in die Ohren und dämpfte das Kindergeschrei vom Spielplatz hinter der Hecke. Auf dem Rasen machte sich Paracas über ein purpurrotes Blatt her. Wavery schwamm auf den Berg zu und versuchte sich klarzuwerden über seine Reaktionen auf Catharine Riding.

Die Menschen ahnen gar nicht, was sie mit einer simplen Geste alles in Gang setzen. Als Wavery auf Ritas Terrasse und später auch beim Mittagessen im El Salto in Catharines Augen geschaut hatte, hatte er gesehen, was das Leben alles bereit hielt. Er wurde weit über die Grenzen seines gewohnten Lebens getrieben, hinaus in unbekannte

Gefilde. Catharine hatte einen Nerv berührt, den er vor mehr als dreißig Jahren eingeschläfert hatte.

Nach den üblichen zwanzig Bahnen stieg Wavery aus dem Becken. Er trocknete sich ab, rubbelte das Handtuch über seine Haare. »Kommst du zum Frühstück, Penny?« rief er. Er ging über den Rasen zum Haus. Die Kinder waren in ihre Klassenzimmer verschwunden. In der Nähe der Hecke kletterte die Schildkröte gerade in einen imitierten *Chimú*-Topf.

War es richtig gewesen, sich noch einmal zu verabreden? Oder war das zu selbstsüchtig?

»Wie wäre es morgen?« hatte er gesagt und gespürt, wie wenig Macht er über sich hatte; aber er spürte seine Macht über sie, spürte auch, wie sehr ihm das gefiel.

»Und wo?«

Er hatte das Hotel Bolivár vorgeschlagen. Ein Uhr. Sie könnten im Grillroom essen.

Wavery warf das Handtuch über einen Stuhl. Er begann, sich anzukleiden. Es war nicht selbstsüchtig, sagte er sich, während er ein weißes Hemd auseinanderfaltete, das Penny ihm zum Weihnachten geschenkt hatte. Nein, da entwickelte sich eine Seelenverwandtschaft, rein geistig, zwischen ihnen, ihr wollte er nachgehen.

Er knöpfte das Hemd zu, da meldeten sich Zweifel. Achtundfünfzig war er, nicht gerade das Alter, in dem man Seelenverwandtschaften pflegte. Das Mittagessen war kein harmloses Glück gewesen. Die Ahnung einer Vertrautheit und Nähe war in ihm aufgeblitzt, Erfahrungen die er so noch nicht gemacht hatte. Indem er Catharine Riding aus ihrer Reserve gelockt hatte, all diese Kennen-Sie-Schon?, Waren-Sie-Bereits-In?, Kennen-Sie-auch-dies-Gefühl? ausgetauscht hatte mit ihr, hatte es auch Wavery nicht mehr gehalten in der Nische, in der er sich selbst vor langer Zeit eingeigelt hatte.

Seine Entscheidung traf er, während er sich die Krawatte band. Er würde das Mittagessen absagen. Sobald er im Büro wäre, würde er eine Nachricht an sie schicken. Er würde sie in einen braunen Umschlag stecken und es so arrangieren, daß sie der Chauffeur der Botschaft, sobald er frei war, aber nicht später als zwölf Uhr dreißig dem Oberkellner im Bolivár übergeben könnte.

Penny klappte ihre Staffelei zusammen und trug den Berg ins Haus. Er wirkte wie eine unförmige Masse aus grauem Staub. Sie allerdings sah ein grelles Gelb, belebt von zwei Hörnern und einem Auge. Am Rand der erstarrten Landschaft erhob sich ein Baum. Es kam Wavery so vor, als müsse er den Baum nur anstoßen und dieser würde in sich zusammenfallen und sich nie wieder erheben.

»Wunderschön, Liebling«, sagte er mit Wohlwollen, und sie lächelte.

»Warum weinst du?«

Sie sagte: »Ich weine nicht, du Idiot. Es ist dieser verdammte Heuschnupfen.« Sie schielte nach der Schildkröte. »Was um Gottes Willen tut Paracas dort?«

»Ich glaube, er will zurück in die Wüste.«

Wavery kam zu spät zur geheiligten Dienstagsrunde. Er hatte warten müssen, bis der Chauffeur von der Tankstelle zurückkam. Die allwöchentliche Sitzung bot dem Botschafter Gelegenheit, seinen Rang zu demonstrieren, und den anderen die Chance, sich mit Vorschlägen Gehör zu verschaffen, die er vielleicht als brauchbar einstufen würde. In seinem ersten Amtsjahr hatte er als festes Ritual eingeführt, was an seinem vorigen Posten Usus gewesen war: er hatte die Mitarbeiter um einen Tisch versammelt, um mit ihnen gemeinsam die Zeitungen auf diskussionswürdige Meldungen und Artikel durchzukämmen. Diese Zeremonie wurde erst abgesetzt, als jemand auf einen Artikel gestoßen war, aus dem hervorging, daß der Name des Botschafters auf einer schwarzen Liste stand. Dies hatte seine Nerven arg strapaziert. Die einzigen Wesen, denen er wirklich Vertrauen schenkte, waren die Gänse, die er im Garten der Residenz hielt.

Bis er nach Lima geschickt wurde, hatte man ihn als erfolgreichen Diplomaten betrachtet. »Was nichts anderes bedeutet«, bemerkte Penny, »als daß er stets zur richtigen Zeit abwesend und in brenzligen Situationen krank war.« Aber seine Zeit in Peru fiel mit der Konterrevolution zusammen. Aus Sicherheitsgründen hatte er sich einen buschigen Bart wachsen lassen, und am liebsten ließ er sich unter einer dicken Decke verborgen zur Botschaft chauffieren.

»Die Labour-Abgeordneten sollten mit der Eastern fliegen.« Queesal, der Erste Handelssekretär, hatte gerade das Wort. »Ab heute wird gestreikt. Also muß man ihren Terminplan unverzüglich abändern.«

Der Botschafter rutschte auf seinem Stuhl hin und her, pflückte sich eine Feder vom Ärmel. Er hatte den Verdacht, die Abgeordneten würden sich sowieso nur für politische Entwicklungen interessieren, wenn sie englische Interessen betrafen. Und davon gab es in Peru relativ wenig.

»Ist dieser halbe Tag nun wichtig oder nicht?« sagte der Botschafter. Er hielt Queesal für »sehr dynamisch«. Auch Penny mochte den Handelssekretär gerne leiden. Wavery konnte ihn nicht ernst nehmen. In George Queesal sah er seine eigenen Schwächen wie unter einem Vergrößerungsglas.

Queesal war ganz groß darin, immer genau das zu tun, was man von ihm erwartete. Als ein Mensch, dem Ordnung über alles ging, hatte er Ineffizienz gegenüber eine Art Urangst. Wavery vermutete wirbelndes Chaos hinter der adretten Fassade. Queesal war zweimal verheiratet gewesen. Beide Frauen hatten ihn verlassen, beide hatten sie sich noch im gleichen Ort einen anderen gesucht, Bernise in Panama-City einen PR-Manager und Shirley, erst vor vier Monaten, einen jungen Diplomagronomen vom Internationalen Zentrum für Kartoffelanbau. Neue Ideen entwickelte Queesal nur zugeschnitten auf die Vorlieben des Botschafters und die eigene Beförderung. Wo immer er konnte, ließ Wavery ihn ins Leere laufen.

»Sie werden nicht rechtzeitig hier sein, um ihre Gesprächstermine wahrzunehmen«, sagte Queesal.

»Um so besser. Dann können sie einen weiteren Tag am Machupicchu verbringen. Sonst noch etwas?«

»Aus der Drogenwelt. Der Generalstaatsanwalt der Vereinigten Staaten ist heute hier, er hat ein Treffen mit der DEA. Letzte Woche wurden vierzehn Flugzeuge beschlagnahmt.«

Der Botschafter blickte zu Wavery. »Erinnern Sie mich daran, daß ich Sie unterrichte über das, was mir Denver gestern abend anvertraut hat.«

Wavery nickte. »In Ordnung.«

»George, wir sollten mit den amerikanischen Drogenleuten sprechen, wenn er wieder abgeflogen ist. Oder ich spreche mit Denver. So oder so, wir sollten mit ihnen reden. Da könnten brauchbare Vorschläge rauskommen. Noch etwas?«

»Smock, unser Ex-Konsul in Tumbes, hat angerufen. Er wollte wissen, warum er nicht zur Geburtstagsparty der Königin geladen wurde. Hörte sich unglücklich an.«

»Es ist nicht unsere Aufgabe, die britische Gemeinde hier glücklich zu machen, verdammt noch mal«, schnauzte der Botschafter, der eine drastische Reduzierung der Einladungen verfügt hatte. »Deirdre?«

Penny hatte Deirdre beschrieben als »eine jener zerbrechlichen englischen Damen, die ihrer Gesundheit wegen England verlassen und richtiggehend aufblühen an Orten, deren Klima zig mal schlimmer ist«. Deirdre war Wavery unterstellt und verantwortlich für das Wirtschaftshilfeprogramm der Botschaft. In den Augen des Botschafters war das nichts als ein »Faß ohne Boden«, aber in Peru konnte man wie anderswo auch mit Wirtschaftshilfe politischen Einfluß kaufen. Jedes fremde Land wurde nach den Summen beurteilt, die es verteilte, und für die Ehre, die einem Botschafter erwiesen wurde, galt dieselbe Skala. Nach Deirdres Berechnungen gab Großbritannien den Peruanern nur unwesentlich mehr, als es Gabun tat.

Deirdre berichtete, wie sie die Lieferung von einer Schubkarre und drei Schaufeln an eine Klinik organisiert hatte, die von Hochwasser zerstört worden war. Über den Tisch hinweg blickte sie dann auf Wavery. Ihm überließ sie es, die Sache mit der Veterinärausrüstung in Cajamarca zu erklären, die sechs Monate lang unausgepackt herumgestanden hatte. Als die Kisten schließlich geöffnet wurden, zeigte sich, daß wichtige Teile fehlten.

»Noch etwas?« sagte der Botschafter.

Deirdre hatte eine Doppelfunktion: sie war auch Kulturattaché. »Zum Glück muß nicht auch das Besuchsprogramm des British Council unter dem Eastern-Streik leiden.« Eine feministische Science-fiction-Autorin war für eine Woche angekündigt.

»Sie haben ein Besuchsprogramm arrangiert?«

»Sie wird bei mir unterkommen.«

»Ist das eine gute Idee? Was wollen wir erreichen?«

»Das British Council hatte gehofft, Sie würden einen kleinen Empfang arrangieren«, sagte Deirdre unbeirrt. »Wir stehen in Konkurrenz mit dem Goethe Institut und der Alliance Française.«

Diese Bemerkung provozierte eine Bekräftigung der politischen Richtlinien. »Wir wollen uns dieser Konkurrenz gar nicht stellen. Wir wollen das, was der englisch-peruanischen Beziehung am besten entspricht. Deirdre, Sie kennen meinen Standpunkt in dieser Sache. Zwei Worte: Englisch, Sprachunterricht ...« Seinem Ton war zu entnehmen, daß er es für unwahrscheinlich hielt, daß die Science-fiction-Autorin des Council diesen Zielsetzungen entsprach.

Wavery schaute durch das Fenster hinaus auf die Plaza Washington, als Deirdre dem Botschafter wieder einmal Gelegenheit bot, alle um den Tisch Versammelten an die Losung zu erinnern. Unter dem Banner »Fürsorglich, aber vorsichtig« sollten alle vereint marschieren, das könne er als der Botschafter erwarten.

Wavery freute sich auf Lissabon. Er gab sich selbst das Versprechen, seine heiligen Runden anders zu leiten. Aber er konnte gar nicht klar an Lissabon denken. Er konnte nur an Catharine denken. Er sah einen Polizeiwagen vor sich, der bei Rot über die Ampel brauste. Er sah, wie der Wagen vor dem Bolivar vorfuhr. Er folgte einem Beamten, der mit schnellen Schritten durch die Eingangshalle stürmte, die Treppen hinauf und in den Grillroom.

»Señora Riding? Bitte. Dies ist für Sie.«

»... und wenn es schon Vorträge sein müssen, dann lassen Sie uns Ärzte und Wissenschaftler fragen, und nicht Leute, die über Frauengruppen in der englischen Literatur reden können. Das Leben in unserem Land wird von der Technologie bestimmt, nicht durch Waschbären aus anderen Welten. Man muß schon Prioritäten setzen. – Das erinnert mich an etwas. Gifty? Was ist mit der neuen Telephonanlage?«

»Wurde uns für Oktober versprochen«, sagte die aus Trinidad stammende Sekretärin des Botschafters.

Der Botschafter nickte. »Gut. Gestern habe ich wieder zwei Stunden gebraucht, um zur Personalabteilung durchzukommen.«

»Ich sollte Sie auch an die Töpfe erinnern.«

»Ach ja, vielen Dank«, sagte der Botschafter. Sein Gesichtsausdruck wurde noch unheilkündender, als er es gewöhnlich war. »Ganz richtig. Die Töpfe. Wo hab ich das nur? Gifty?«

Gifty legte das richtige Blatt vor ihn auf den Tisch.

Der Bedrohung durch maoistische Guerrilleros hatte das Foreign Office einen ebenso finsteren, hausgemachten Alptraum hinzugefügt. »Eine Nachricht aus London. Man weist uns darauf hin, daß ein Zusammenhang festgestellt wurde zwischen dem Metall der Töpfe, die das OED beschafft hat, und Erinnerungsschwund. Die vom OED haben versprochen, die Lieferung dieser Töpfe einzustellen, aber bis jetzt fehlen die Mittel, die vorhandenen Kochgeräte auszutauschen. In der Zwischenzeit, so die Anweisung, sollen wir in den Töpfen kein Obst kochen.«

Er lächelte, kurz und sarkastisch. Mit dem Rücken der Hand, die Gänse so sehr liebte, strich er über das Blatt. Trocken sagte er: »Ich fürchte, die Warnung kommt für viele meiner *chers collègues* zu spät.«

Er wandte sich an seinen Stellvertreter.

»Tom?«

Um halb drei stellte Waverys Sekretärin einen Anruf durch.

»Und? Wo stecken Sie denn?«

»Haben Sie meine Nachricht nicht erhalten?«

»Welche Nachricht? Ich sitze hier seit über zwei Stunden.«

»Es ist etwas dazwischen gekommen ...«

»Und was nun?«

Seine Sekretärin klopfte an die Tür. Wavery schickte sie mit einer Handbewegung hinaus. »Alles in Ordnung. Ich bin wieder da«, sagte er. »Hören Sie, ich kann jetzt nicht sprechen. Catharine?« Aber sie war aus der Leitung verschwunden.

Im Flur traf er auf den Botschafter. »Tom, haben Sie einen Augenblick?«

»Sieht nicht gut aus im Moment, Herr Botschafter«, sagte Wavery. Er wußte, was der Botschafter auf dem Herzen hatte. Geheimagenten in Denvers Botschaft hatten eine Spur verfolgt, die sie von Miami zum Wachpersonal der Britischen Botschaft in Lima geführt hatte. Es gab Hinweise, daß zwei der für die Sicherheit des Botschafters verantwortlichen Leibwächter Ferngespräche nach Bolivien geführt hatten.

Wavery entschuldigte sich. Er sei mit dem Vizepräsident von Petrol-Peru verabredet. Nächste Woche würde ein Bohrvorhaben am Huallaga ausgeschrieben. »Da müßten auch englische Anbieter gute Chancen haben«, sagte Wavery. Zum ersten Mal in seiner Laufbahn griff er zu einer direkten Lüge.

»Na, dann kommen Sie, wenn Sie mal eine Minute übrig haben. Aber was ich noch sagen wollte, ich fand, die Künstlerin sah blendend aus auf Ritas Party.«

»Das werde ich ihr ausrichten.«

»Bisher habe ich das gar nicht so gesehen, Tom, aber sie wird eine exzellente Botschafterin abgeben.«

Catharine Riding saß in der Eingangshalle in einem rosafarbenen Sessel mit hoher Lehne. Gerade war ein Presseempfang zu Ende gegangen, und es wimmelte von Journalisten. »Da ist irgendwo die längste Naturbrücke der Welt entdeckt worden«, sagte sie und nahm ihren Mantel. Sie wartete seit zwölf Uhr fünfundvierzig. »Es kam mir einfach nicht in den Sinn, im Restaurant nachzuschauen. Sie können einen schon ärgerlich machen.«

»Sind Sie hungrig?«

»Nein. Verärgert.«

Er fuhr aus dem Stadtzentrum hinaus, durch Miraflores in Richtung Barranco. Er hielt auf einer Klippe, von der herab man auf das Meer schauen konnte. Sie stiegen aus, und sie hakte sich bei ihm unter und machte einige Trippelschritte, bis sie seinen Schritt gefunden hatte.

Sie gingen über eine Holzbrücke und dann den Malecon Paul Harris entlang, wo Wachmänner auf den adretten Ziegeldächern standen, ihre Walkie-Talkies griffbereit zum Beichten. Die schroffen Klippen erschienen weicher im Nieseldunst, der *Garua* blies die Schwaden vom Meer herüber, als sei es gar kein Nebel, sondern Dampf aus dem brodelnden Topf eines Medizinmannes. Die ziehenden Schwaden ließen ein Pärchen erkennen, das in einem geparkten Auto Eis lutschte, und verhüllten es wieder, so wie die zwei Kinder, die einander um den Sockel der Statue von Admiral Grau jagten, oder die im Halbschlaf auf einem Kanalschacht kauernde Gestalt mit der Hand in der zerrissenen Hose, die sich selber Trost verschaffte.

Über der Straße ballte sich der Nebel dichter, verbarg die großen Villen. Man sah sie nicht, aber man hörte das Rascheln der Ratten im Müll und das Bellen eines Hundes in einem Auto und weit entfernt und gedämpft das Geräusch der Brandung.

Dann riß der Nebel auf, und sie sahen einen Einarmigen in einem dünnen Mantel am Straßenrand stehen. Er war dabei, brennenden Müll von einem Karren zu kippen. Mit dem Stumpf seines linken Arms drückte er die Deichsel nach oben. Die Ladung rutschte die Klippe hinunter, und der Dunst heißer Asche wehte zu ihnen herüber.

Sie spazierten zwischen Villen und brennendem Müll. Und Wavery wurde vom Wunsch gepackt, von der Klippe zu springen. Jetzt sollten sie springen, Hand in Hand, eins zwei drei … Er sah sich und Catharine durch ausgetretene Schuhe und verklumpte Plastikflaschen kollern, sah in den Kakteen verheddertes Cassettenband wehen, und vom Einarmigen herbeigerufen verließen die Eisesser ihr Auto, rappelte der Obdachlose sich hoch von seinem Schacht, kletterten die Kinder auf die Schultern des Admirals, und alle schauten sie nach unten auf die zwei kleinen Punkte im Sand, dort, wo die Wellen den Strand mit einem Band aus Schaumfetzen säumten.

Er rieb sich Ellbogen und Oberarm. »Es ist kalt.«

Auch in ihren Augen hing der Nebel. »Hören Sie …« Sie konnte den Satz nicht zu Ende sprechen.

»Ja?« Der *Garua* mußte sie verängstigt haben. Dieser Wind und die gespannte Atmosphäre in der Straße. Diese Spannung sollte man nicht unterschätzen, sie war überall um sie, wie der Nebel.

»War nicht wichtig.«

»Nein, Catharine. Sagen Sie's mir. Darum bin ich hier.«

Sie sagte, und es war nicht das, was sie hatte sagen wollen: »Hatten Sie je das Gefühl, einen Schutzengel zu haben?«

»Früher«, sagte Wavery. Früher sei er sich unverletzlich vorgekommen.

»Oder daß Sie selber einer sind?«

»Catharine«, sagte er schließlich, »worauf wollen Sie hinaus?«

Ein kleines Mädchen schaute ihm suchend ins Gesicht. Dann wurde es von einer viel älteren Frau unsanft zur Seite gestoßen. »Als wir zu Mittag aßen, waren Sie wie ein sehr guter Vater. Es hat mir so wohl getan, daß mir jemand in dieser Weise zuhörte und mit mir sprach.«

»Ich höre immer noch zu, Catharine.«

Sie sagte: »In jener Woche, in der Adam in Ica war, da fing das an. Ich bin nur noch um mich selbst herumgeschlichen, wollte mich wohl unverhofft bei irgendetwas zu ertappen. Wollte etwas finden, was mich überzeugt hätte, daß ich bin wie alle anderen. Jemand hätte zu mir sagen sollen: Nein, du bist ganz normal. Was damals geschehen ist, ist ohne Bedeutung. Irgendwann einmal muß es aus dir herauskönnen. Ich war dabei, all dies Ihrem Kollegen zu erklären, wie hieß er denn nur, auf der Party von Rita. Aber ... aber er wollte es nicht hören.«

»Was wollte Queesal nicht hören?«

»Ach, nichts. Nichts, was nicht tausend anderen Kindern auch widerfahren ist. Eltern, die nicht miteinander auskommen. Eltern, die einem sagen: Wir bleiben nur deinetwegen zusammen, nur wegen dir. Und das Kind sagt sich: Um Gottes willen, wär ich bloß tot. Eltern, die Kindern ihre Schuldgefühle aufbürden. Dabei ist das gar nicht richtig. Denn könnten sie einander wirklich nicht ausstehen, dann wären sie doch auseinandergegangen. Oder nicht?«

»Normalerweise schon«, sagte Wavery.

»Die Mutter nimmt das Kind mit. Und es sagt sich: Ich muß etwas verbrochen haben. Und trägt für alle Ewigkeit unerklärliche Schuldgefühle mit sich rum.« Sie stieß die Worte einzeln zwischen ihren Lippen hervor. »Als ich allein war, hier in Lima – da sah ich das alles mit einer ziemlichen Klarheit.«

Als sie nicht fortfuhr, nahm Wavery ihren Arm. »Catharine? Was haben Sie gesehen?«

»Mir wurde klar, daß ich gar keine Wahl hatte. Daß ich seit damals gar nicht anders konnte, als andere nachzuahmen. Daß ich mir immer wieder eingeredet habe: Ich will wie alle anderen sein, und wenn es das letzte ist, was ich tue.«

Ihm schien es, als folge sie verbissen einer falschen Spur. War es denn tatsächlich die Trennung ihrer Eltern, was sie derart beunruhigte? Oder nicht eher der Selbstmord ihres Vaters?

»Und solche Gefühle haben Sie bislang nicht gekannt?«

»Es war, als würde Wasser unter der Tür durchsickern, langsam und unaufhaltsam. Früher, da ging das Wasser irgendwann wieder zurück. Aber jetzt, jetzt glaube ich, es wird über mir zusammenschlagen.«

»Und warum gerade jetzt?«

»Weil – irgendwann einmal wird wohl der Punkt erreicht sein, an dem die Wahrheit einfach *gesagt* werden muß.«

Er deutete auf die in Nebel gehüllte Stadt. »Und Sie glauben, es war Lima, das sie all das hat sehen lassen?«

»Nein, Tom. Nicht nur Lima.« Sie trat ein paar Schritte nach vorn, blickte die Müllhänge hinab. Er konnte ihr Gesicht nicht mehr sehen. Sie verschränkte die Arme, und ihre Stimme klang müde. »Man kann die Wahrheit nicht aussprechen, ohne die Aura des heilen Familienlebens zu zerstören. Ich habe Adam geheiratet, weil er ein wenig Sonne in mein Leben gebracht hat. Ich glaube nicht, daß er mit dieser – ja genau das ist es – mit dieser Finsternis zurechtkäme.«

»Und Sie meinen, ich könnte das?« Er war bewegt.

»Ach Tom«, sie drehte sich rasch zu ihm herum, und er sah, wie Verwirrung ihren Blick trübte, »nur sprechen können. Das war ein Segen, Sie werden das nicht glauben. Ich habe das noch nie sagen können.«

Nun war es seine Stimme, die unbeholfen klang. »Es muß nicht hier enden, das wissen Sie.«

»Aber morgen fahre ich.«

»Wir können einander schreiben. Warum sollten wir einander nicht schreiben?«

»Würden Sie mir schreiben wollen?« Sie schien ermutigt. »Wirklich? Ich würde jeden Brief beantworten, das verspreche ich.«

»Ich gebe Ihnen unsere Adresse in London.«

Sie kehrten zum Auto zurück, und sie nahm beim Gehen wieder seinen Arm. »Ich habe das Gefühl, Sie sind ein Mensch, dem ich alles sagen kann.«

Als spräche er zu einem Kind, antwortete Wavery: »Und genau dieser Mensch wäre ich gern für den Rest Ihres Lebens.« Er wußte, ohne seine Vorsicht wäre er ein ganz anderer Mensch geworden. Aber er war ein vorsichtiger Mann, ein Diplomat, der seiner Frau bei der Hochzeit Treue geschworen hatte. Er wußte, wann Schluß war, genau an diesem Punkt, hier oben auf den Klippen von Barranco und ohne sie berührt zu haben.

SECHSTES KAPITEL

1

Senator Zamora war spät aus dem Badehaus zurückgekommen. Er hatte vergessen, daß Wavery auf einen Drink geladen war. Als Asunción ihn daran erinnerte, öffnete er seinen Kleiderschrank und inspizierte die Strickjacken, die dort hingen.

Drei Jacken waren es, die seine verstorbene Frau gestrickt hatte, drei Jacken in drei verschiedenen Farben. Unter ihnen wählte er seinen jeweiligen Stimmungen entsprechend.

Die purpurfarbene Jacke, die er auf dem Ausflug nach Kap Spartel getragen hatte, deutete darauf hin, daß er glücklich war. Senator Zamora trug sie auch an den Tagen, die er im Museo de Arqueologia in der Nähe des Hafens verbrachte. Er hatte eine Halbtagsstelle im Verwaltungsrat, und ansonsten tat er nichts lieber, als sich dort seiner Doktorarbeit zu widmen.

Diese Arbeit war etwas, mit dem die Mitglieder der Familie Zamora so lange hatten leben müssen, wie sie sich überhaupt zurückerinnern konnten. Dem Werk lag eine simple These zugrunde: Das von den Phöniziern gegründete Abyla sei bereits eine bedeutende Stadt gewesen, als Athen noch ein unbefestigtes Dorf war.

In Abyla, so glaubte Senator Zamora, hat diese Vielvölkernation von Seefahrern das Alphabet vervollständigt. Hier in Abyla wurde aus der Betrachtung eines Stierkopfes der Buchstabe »A« entwickelt, womit allen Menschen die Möglichkeit der Bildung eröffnet wurde, selbst so einem Strohkopf wie dem Gouverneur Sexto Menendez.

In Abyla beluden die Phönizier ihre Handelsschiffe mit Schildpatt, Elfenbein und malvenfarbiger Baumwolle, mit wohlriechendem Harz, silbrig glänzendem Antimonpulver zum Schminken der Augen und mit Honig von dem Rohr, das man Zugar nannte. Und von Abyla aus segelten sie hinaus ins Unbekannte, vorbei an den Säulen des Herakles nach Afrika, nach Indien, sogar bis nach Südamerika, wohin 1870 auch Senator Zamoras Urgroßvater gezogen war.

Senator Zamora behauptete, Abyla sei identisch mit der phönizischen Siedlung Exilissa, die zuerst bei Hekataios von Milet erwähnt wird, von der aber auch Plinius, Strabo und Ptolemäus berichten. Mit seiner Deutung der Rolle Abylas als phönizische Handelsstation hatte Senator Zamora unter der aufgeklärten Professorenschaft der Universität von Oran für einigen Wirbel gesorgt. »Solange Arbeiten wie diese hervorgebracht werden, muß man sich um den Stand der Wissenschaft in Nordafrika keine Sorgen machen. Eine geniale Arbeit – ein Lob, das wir nicht leichtfertig aussprechen.«

Dem Lob aus Oran war eine Zurückweisung der Universität Cádiz vorangegangen, dort hatte man die Arbeit als unerträglich weitschweifig bezeichnet. Senator Zamora habe zwar seine Überzeugung mit bewundernswertem Ernst dargestellt, handfeste Beweise sei er allerdings, und zwar zum ausdrücklichen Bedauern der Gutachter auf der europäischen Seite der Meerenge, schuldig geblieben.

Die Phönizier aus Senator Zamoras Abyla hatten es versäumt, dort irgendwelche literarischen oder architektonischen Denkmale als Beweis ihrer Anwesenheit zu hinterlassen. Wegen des Mangels an konkreten Belegen, so das Urteil der Gelehrten von Cádiz, werde Senator Zamoras These, auch wenn er sie selbst als »aller Wahrscheinlichkeit nach zutreffend« bezeichne, keiner eingehenden Kritik standhalten können.

Kleinere Geister hätten sich vielleicht mit dem Ehrendoktorhut der Universität Oran zufrieden gegeben, möglicherweise hätten sie die Arbeit auch in den Herd von Señora Criado gesteckt. Doch nicht Senator Zamora. Der Grund dafür, daß keine Quellen aus jenen fernen Zeiten auf seinem Schreibtisch aufgetaucht waren, lag ja auf der Hand: hatten die Ereignisse, die er beschrieb, doch vor dem ersten Erwachen der griechischen Geschichte stattgefunden. Und da gab es jenseits der Meerenge irgendwelche gelehrten Barbaren, die nicht über genügend Vorstellungskraft verfügten, um sich in eine Zeit zu versetzen, in der jedes Segel auf dem Meer zwischen Karthago und Kopenhagen ein phönizisches Segel war. Das widersprach nicht nur jeder Vernunft. Es war einfach *unglaublich*. Doch nicht ohne Grund war Senator Zamora korrespondierendes Mitglied der Königlichen Akademie der Wissenschaften Spaniens. Er würde ihre Überzeugungen schon erschüttern. Das war nur eine Frage der Zeit.

Einen Haken allerdings gab es. Senator Zamora hatte das Alter erreicht, in dem er die eigene Handschrift nicht mehr lesen konnte. Er hatte nie gelernt, mit der Maschine zu schreiben, nicht einmal in seiner Zeit als Herausgeber von *El Faro*. Was aber blieb einem Mann in einer solchen Situation zu tun?

Über dieser Frage hatte Senator Zamora gegrübelt, als Pablo ihn mit der vermutlichen, am PC ermittelten Körpergröße des Herakles überraschte.

Wenn er dagegen seine grüne Strickjacke anzog, eben jene, die er während der Krisensitzung des Parlaments am Dienstagabend getragen hatte, wußte seine Familie, daß er den ganzen Tag in der Casa del Gobierno zubringen würde.

Grün war die Farbe von Abyla Independiente, der Oppositionspartei, deren Vorsitzender, wenn auch nur widerwillig, der Senator war. Die Partei opponierte gegen die Bedingungen des internationalen Abkommens und des Vertrags über den Straits-Tunnel, den Gouverneur Menendez zu seiner Sache gemacht hatte. Abkommen und Vertrag beraubten Abyla seiner ererbten Privilegien, so wie einst die Stadt Tyrus an Bedeutung verloren hatte, als sie unter Alexander dem Großen durch einen Damm mit dem Festland verbunden wurde.

Senator Zamora verdächtigte den Gouverneur, mit dem Tunnel keinen anderen Zweck zu verfolgen, als eine politischen Karriere auf dem Festland vorzubereiten. Kein Tag verging, an dem Zamora nicht eine neue Bezeichnung für den Gouverneur geprägt hätte. Und diese Woche hatte Menendez zusätzliche Schmähungen auf sich gezogen. War doch der schwarze Hut aus Sevilla, der dem Vater des Senators gehört hatte und der auf dem Hutständer aus Hirschgeweihen im Club de Pensiones hing, verschwunden. Senator Zamora ließ sich nicht einreden, daß der Gouverneur den Hut mit seinem eigenen nur verwechselt habe.

Aber nicht nur dem Dieb des Hutes, auch seinem König machte Senator Zamora die Unterzeichnung des Vertrags zum Vorwurf. Der hätte ein Machtwort sprechen müssen, so wie er jenen Oberst zurückgepfiffen hatte, der doch tatsächlich mit dem frevlerischen Vorschlag hervorgetreten war, die Spanier sollten Abyla, die Perle des Mittelmeers, gegen Gibraltar tauschen.

Fünf Jahre lang hatte Zamora von Menendez nur Versprechungen gehört. Der Vertrag würde aus der Perle des Mittelmeers ein neues Hongkong machen. Dies sei von allen denkbaren ethischen und moralischen Blickpunkten aus betrachtet ein erstrebenswertes Ziel.

Senator Zamora wußte aus Erfahrung, daß nur Ganoven von Ethik reden. Und nur Prostituierte von Moral. Wie der Señor Menendez denn Abylas Zukunft sichern wolle, hatte er in den Debatten der Kammer wieder und wieder gefragt, wenn er unser geliebtes *Presidio* – das, nebenbei, länger zu Spanien gehört, als es die Vereinigten Staaten gibt – der Willkür eines europäischen Parlaments ausliefere? Wenn schon die *Peninsulares* in Madrid nichts für ihre autonome Enklave getan hatten, was stünde dann von der EG zu erwarten? Nein, meine Herren. Hier wird eine politische Chimäre aufgebaut, um Geschäftemacher anzulocken. In Wahrheit geht es nur um Profite für Aktionäre und darum, zwei ungeliebte Kinder loszuwerden. Keine Stimme aus dem Volk ist zu vernehmen, die den Vertrag verlangt hätte – es sei denn, man betrachte den König von Marokko als solche. Aber dieser würde bekanntlich alles tun, wenn es nur zu engeren Beziehungen zwischen Marokko und Europa führe.

Fünf Jahre lang hatte der Senator seine Pflicht getan. Alle mit dem Tunnel zusammenhängenden Arbeiten und Maßnahmen mußten vom Bauausschuß abgesegnet werden. Von den dreihundertfünfundvierzig Bauanträgen hatten den Ausschuß nur siebzehn ohne Änderungswünsche von Abyla Independiente passiert.

Der Senator hatte den Dieb des schwarzen Hutes unendlich viel Zeit gekostet.

Die dritte Strickjacke war dunkelgrau und ein warnendes Zeichen. Trug er sie, ging man ihm besser aus dem Weg. Sie hatte die Farbe des Steins auf dem Grab seiner Frau. Wenn ihr Herr diese Jacke anzog, blieb Señora Criado in der Küche und summte Unverfängliches vor sich hin. Meistens jedoch hielt es ihn mit dieser Jacke nicht zu Hause. Er fischte die Schlüssel aus der Schale in der Eingangshalle, stieg in den Seat und fuhr in ziellosen, aber stetig wiederholten Runden um die Stadt auf dem Vorgebirge herum.

Diese graue Jacke wählte er aus, um den britischen Generalkonsul zu empfangen.

»Ist das nicht aufregend?« sagte Asunción und zeigte mehr Begeisterung, als sie eigentlich fühlte. »Papa ist zum Präsidenten der *Corrida* auserkoren worden.« Sie schaute zu ihrem Vater hinüber, der neben dem Tablett mit dem Teeservice stand. Seine buschiges aschgraues Haar kräuselte sich hinter seinen Ohren.

»Meinen Glückwunsch«, sagte Wavery.

Senator Zamora brummte. Es sei gar nichts Besonderes. Menendez wolle ihm damit nur den Schneid abkaufen. »Wie nehmen Sie Ihren Tee? Stark oder schwach?«

»Es ist eine wirklich große Ehre«, beharrte Asunción.

»Stark«, sagte Wavery, der lieber einen Whisky gehabt hätte.

»Gut, genau wie ich«, sagte Zamora. Er hatte Tee servieren lassen, weil er dachte, sein Gast würde sich dann eher zu Hause fühlen. »Rauchen Sie?«

»Nein.«

»Aber ich.«

Zamora zündete sich eine Zigarette an und warf das Streichholz in den Kamin. Das Mißtrauen des Senators gegen den Engländer war ein Reflex. Schon die Phönizier kannten die Heimat von Señor Wavery: ein Land, in dem sich die Belgier wegen seiner Zinnvorräte drängten. Und als Spanier hatte der Senator die Überzeugung mit der Muttermilch eingesogen, daß sich Waverys Landsleute zu Unrecht an die Felsen von Gibraltar klammerten. Und, was noch unheilvoller war, auch Joseph Silkleigh war Engländer. Es war wirklich hohe Zeit, daß Clotilda heiratete, ganz gleich wen, wenn es nur nicht, Santa Maria sei gnädig, ein englischer Taucher war.

Nachdem Asunción die Schüssel mit Nüssen ein drittes Mal herumgereicht hatte und Zamora seinem Enkelkind einen Gutenachtkuß gegeben hatte – »Pablo! Du stinkst nach Rauch. Hast du heimlich geraucht, mein Kind?« – und nachdem Wavery einige harmlose Bemerkungen über die Sehenswürdigkeiten von Abyla zum Besten gegeben hatte – Asunción hatte ihm geraten, das Thema des Tunnels möglichst zu meiden –, entstand eine unangenehme Stille, unterbrochen bloß von den Geräuschen, die drei Erwachsene hervorbringen, wenn sie Erdnüsse kauen.

Und es war doch eigentlich eine schöne Idee gewesen, dachte Asunción. Wie hätte sie auch ahnen können, daß ihr Vater diesen Tag am Abend noch zum Tag der grauen Jacke erklären würde?

Mißmutig war Zamora schon aus seiner Siesta erwacht. Nach dem Mittagessen war ihm zunächst nach einem Spaziergang gewesen. Señora Criado hatte eine Lammkeule mit einer Mischung aus Olivenöl, frischem Rosmarin und zerquetschtem Knoblauch bestrichen und das Gericht mit einigem Stolz aufgetischt. Nur damit Zamora hatte feststellen müssen, daß es keine Lammkeule, sondern Rinderbraten war. Er kannte seinen Hang zu Übertreibungen, und dennoch schien es ihm, als habe er niemals zuvor etwas kosten müssen, das ihm derart zuwider war.

Als er am Strand entlangspazierte, meinte er die vertraute Stimme seiner verstorbenen Frau zu hören. Sie rief ihn. »Teodorooo.« Er schaute hinaus in den Dunst über dem Wasser und fühlte sich von der Erinnerung an Minervas Heiterkeit und Schönheit überwältigt. Wie ähnlich war sie der Arletty aus *Les Perles de la Couronne* gewesen, bis sie von Kehlkopfkrebs dahingerafft wurde.

»Teodorooo.«

Sie wollte ihn warnen! Teodoro, tu das nicht. Vertraue nicht all die schönen Ideen in deinem Kopf einer grün flimmernden Maschine an. Bleib dir selber treu, vertue deine Zeit nicht mit Kinderspielzeug. Du bist ein Gelehrter. Wie willst du den Computer von Pablo beherrschen, wenn du nicht einmal die Betriebsanleitung verstehst? Denke an das Schicksal von Leopoldo! Zamora stand auf der Playa Benitez, als die Erscheinung des an gewöhnlichen Tagen willkommenen, aber an diesem Nachmittag unerwünschten Kenners der Chinarinden so unausweichlich in ihm aufstieg.

Senator Zamoras Urgroßvater, der großzügige Stifter der Glocke von Santa Maria de Africa, der Liebhaber von eisgekühlten Trauben und Marzipan und verständnisvolle Verteidiger von blinden Passagieren, Mitbegründer des Club de Pensiones und Abylas brillantester Tischredner, dieser Mann, dessen Fähigkeiten überall dort geachtet wurden, wo man die Venerologie als Wissenschaft betrachtete, denn ihm war es mit Hilfe der *Chinchona*-Rinde gelungen, Politiker und Gottesmänner, gleich welcher Fraktion und Konfession, zu heilen – Leopoldo Zamora war 1896 mit der *Santarense* im Golf von Mexico in den Fluten des Meeres versunken. Untergegangen, wie die Marmortreppe, die sein Lebenswerk, das Teatro Amazonas, hätte schmücken sollen.

Nach einem weiteren Tag, den er sich den Elementen der Technik ausgeliefert sah, fragte sich Senator Zamora, ob dies Schicksal nicht auch auf seine jahrzehntelangen Forschungen wartete?

»Dieser Mann dort«, fragte Wavery, um die eisige Stille zu brechen und auch aus Neugierde, »wer ist das?«

»Wen meinen Sie?« fragten Senator Zamora und Asunción wie aus einem Munde.

Wavery wies mit dem Kopf auf den Soldaten über dem Kamin. Es war dasselbe Porträt, das er im Café Ulises hatte hängen sehen und auf einem Paneel aus roter Keramik im Eingang des Amtssitzes von Gouverneur Menendez. Und ebendies Porträt war in Senator Zamoras Eingangshalle zu sehen, auf dem Treppengang und noch einmal in der Toilette im Erdgeschoß. Dort hing unter dem Bild noch eine Fayence, die *La perla del Mediterráneo* mit einer Liedstrophe feierte.

Blanca. Celeste. Perfecta.
Una ciudad luminosa. Corazón de España.
Abyla.
Abyla.

Abyla.

Abyla.

Aus der Geborgenheit seines Ohrensessels heraus warf Zamora einen prüfenden Blick auf Wavery.

Voller Trauer, aber mit großem Stolz antwortete Zamora: »Dieser Mann, Señor, ist mein Vater. Er gab sein Leben, damit Abyla spanisch bleiben konnte.«

»Im Afrikanischen Krieg?«

Zamora neigte den Kopf. Die Angelegenheit ging ihm zu nahe. Er mochte darüber nicht sprechen, nur um der diplomatischen Etikette zu genügen. Aber Zamora irrte sich. Wavery war ernsthaft interessiert. Das konnte die Wirkung auf seinen Gastgeber nicht verfehlen, der einen Mann stets nach dessen Bücherregal beurteilte. Wavery habe Klassische Philologie studiert? In Cambridge gar? Dann las er auch Bücher. Und das verschaffte ihm einen großen Vorsprung vor allen anderen Bewohnern Abylas. Zamora nahm Waverys Tasse, einen Aufguß aus heißer Milch und Wasser, in den ein Beutel Stalliontee gehängt worden war.

»Einen Drink. Schnell, einen Drink. Meine Liebe, würdest du bitte so gut sein, Dingsbums nach ...« Zamora erinnerte sich an seine Stirn, auf die er sich nun mit der flachen Hand schlug. »... Nun kenne ich sie schon seit fünfunddreißig Jahren und noch immer kann ich mir ihren Vornamen nicht merken. Hier in Abyla sind wir alle verrückt.«

Nachdem Asunción das Zimmer verlassen hatte, sagte Wavery: »Asunción hat mir von Ihrer Arbeit im Museum erzählt. Ich wußte gar nicht, daß Abyla so alt ist!«

»Ja! Sehr alt!« Zamora ließ sich in den Sessel zurücksinken, legte eine Hand auf seine Brust. Die ersten Menschen seien aus Nordafrika gekommen. Aber zuvor schon war der Held aus Hesiods Theogonie dort gewesen. »Herakles«, erklärte er Wavery, und sein Finger wies mehrmals auf den Teppich, in den eine Karte der Landzunge hineingewebt war, »wenn ich ihn erwähnen darf.« Eigenhändig habe der Heros Abyla gegründet. Der Garten der Hesperiden könne sich nirgendwo anders als auf dem Monte Hacho befunden haben. Auch Odysseus habe mehrere Jahre in Abyla verbracht, habe von den heilsamen Wassern der Stadt getrunken, um Kalypso vergessen zu können.

Als Asunción aus der Küche zurückkam, ruderte ihr Vater gerade nach dem Rhythmus einer phönizischen Flöte. Und dann die Babylonier, zur Zeit Nebukadnezars. Die Römerzeit. Abyla, die Hauptstadt von Flavius Suintilla, auf sieben Hügeln gebaut wie Rom. Der Statthalter Julian. Er hat den Araber Tariq gebeten, die Entführung seiner Tochter Florinda zu rächen, was zu der unglückseligen Zwischenzeit führte, in der das Vorgebirge in die Hände der Araber geriet. Aber 1415 fand diese Episode ein Ende. Heinrich der Seefahrer, ein Enkel Englands, brachte die Rettung! In Abyla entdeckte Heinrich die Seekarten, die es seinen Schiffskapitänen erlaubten, die Säulen des Herakles zu passieren und die Grenzen der bekannten Welt hinter sich zu lassen. Asunción fragte Wavery: »Möchten Sie ...«

Aber ihr Vater hatte schon wieder Atem geschöpft. Ob Señor Wavery die Schriften von Camoes kenne, dem Autor von *Los Lusiads*? Er wurde von Lissabon nach Abyla verbannt, wo er in einer Seeschlacht gegen die Mauren ein Auge verlor. Er liebte eine Hofdame! Und Franco. Auch er. Von Abyla aus habe General Franco, der Führer des Tercio, den Bürgerkrieg begonnen.

»Abyla«, so schloß Zamora, »ist der Nabel der Welt.«

Er stellte sein Glas auf den Teppich. Und sagte mit bewegter Stimme: »Ich schätze mich glücklich, Señor, Ihnen mein ganzes Wissen ausbreiten zu können. Nur bin ich darauf gar nicht richtig vorbereitet.«

»Vielleicht können Sie mir Literatur empfehlen«, sagte Wavery.

»Aber selbstverständlich. Hier, ich darf es mir gerade notieren, damit ich es auf keinen Fall vergesse.« Und er schrieb in Druckschrift auf einen weißen Notizblock: Leseliste für Señor Wavery. »Heute abend noch werde ich sie zusammenstellen!«

Zum ersten Mal seit seiner Ankunft fühlte sich Wavery ein wenig aufgeheitert. In der Begeisterung Zamoras ahnte er einen Weg nach vorne, einen Ausweg aus seiner Verzweiflung. Warum sollte er seine Zeit in Abyla nicht nutzen, wie sie Scaley in Gabun und Dardle in Prag genutzt hatten, wie so viele der Älteren im diplomatischen Dienst ihre Zeit genutzt hatten. Vielleicht würde er nicht die notwendige Energie aufbringen, um ein ganzes Buch zu verfassen, aber er könnte sich wenigstens in die von seinem Gastgeber empfohlenen Bücher vertiefen.

»Und darum muß Abyla unabhängig bleiben«, sagte Zamora gerade. Ein neuer Ton war in seine Stimme geraten. Es war der klagende Ton, in den er immer dann verfiel, wenn er das bedrohte Erbe Abylas betrachtete. Nach einer zwölftausendjährigen Geschichte habe die Stadt wahrlich ein besseres Schicksal verdient. Aber mit einem Schlag werde sie ihrer Eigenständigkeit beraubt, durch den Bau dieses Tunnels. Dieses Rattenloch. Dieser Abwasserkanal. Diese Müllgrube. Ein besseres Schicksal. War nicht auch Tanger in Vergessenheit geraten, obwohl dreißig Jahre an seinem Freihafen gebaut wurde? Er wirbelte das Eis in seinem Glas herum.

»Dann fühlen Sie sich gar nicht als Spanier?« fragte Wavery.

Doch, das schon. Aber seine Treue gelte immer zuerst Abyla. Und Wavery dürfe Melilla nicht vergessen, die andere spanische Enklave an dieser Küste. Abyla und Melilla, wie zwei Töchter geschiedener Eltern seien sie. Von einem Elternteil gegen den Willen des anderen erzogen worden.

»Auch meine jüngere Tochter würde sich freuen, Sie kennenzulernen, da bin ich mir sicher.« Dies war Zamora ganz plötzlich in den Sinn gekommen. Heute abend sei sie unterwegs, leider. Den zweiten Abend schon! Ihm wurde angst und bange. Ob der Fahrer des weißen Autos nicht doch Joseph Silkleigh war, dieser Mann, dem er nicht einmal seinen Kater anvertrauen würde?

»Aber Sie bleiben doch zum Abendessen?« fragte Asunción.

Zamora ließ sich durch die aus der Küche dringenden Düfte entmutigen. Er hob seinen Arm plötzlich von der Sessellehne.

»Liebling ...«

»Leider kann ich nicht bleiben«, sagte Wavery. Halima erwarte ihn. Auch Senator Zamora erhob sich. Sein Bein war eingeschlafen, und erst beim zweiten Versuch stand er sicher. »Ich werde Sie zum Mittagessen einladen, in meinen Club«, versprach er. Und sobald die Jagdsaison eröffnet sei, müsse Wavery einmal zum Abendessen kommen. Dann werde es gebratene Ente geben. Und Wavery könne Clotilda kennenlernen.

An der Eingangstür behielt Zamora Waverys Hand sehr lange in der seinen. Er war nicht mehr der reizbare Englandhasser. In der Reserve dieses Engländers lag vieles, was ihm Bewunderung abnötigte. Genia Ortiz, ihre adlige Nachbarin, neigte dazu, das Gespräch zu beherrschen, ohne es je in eine bestimmte Richtung zu lenken. Señor Wavery war kein Mann, den man auf diese Weise dominieren könnte. Ein Mann mit Takt; der Senator fühlte sich an sich selbst erinnert, an seine Zeit vor fünfzehn Jahren.

»Ich beneide Sie, Señor. Was würde ich darum geben, könnte ich wie Sie Abyla zum ersten Mal erblicken!«

2

Señor, Señor! Es ist einfach nicht zu glauben, hören Sie nur, was geschehen ist!« Sie deutete mit ihrem Stab hinüber auf die Brüstung seiner Terrasse. »Ja, dorthin, setzen Sie sich auf die Mauer. Und jetzt hören Sie.«

Hochverehrte Jewgenia Nikolajewna!
Unser Konsul in Oslo hat mir Ihre Adresse gegeben. Es ist mir jedoch nicht möglich, ihre Richtigkeit zu überprüfen. Darüberhinaus weiß ich nicht einmal, ob Sie noch am Leben sind. Ich schreibe Ihnen aus Anlaß der jüngsten Veränderungen in unserem Land. Ich darf Ihnen mitteilen, daß es die einstimmige Freude des Dorfes Ihrer Familie wäre, das Gut und den Balnascharki-See ihren rechtmäßigen Besitzern zurückzugeben. Ich hoffe demütig, daß Sie sich bester Gesundheit erfreuen und Gott auch Sie mit der Langlebigkeit gesegnet hat, die ja immer schon charakteristisch war für die Familie Polozew.
Wladimir Paschkin
Bürgermeister von Balnascharki

Der Brief war russisch geschrieben, sieben Wochen hatte er gebraucht nach Abyla. Genia Ortiz übersetzte ihn für Wavery. Er hatte gerade im Schatten des Taschentuchbaums beim Frühstück gesessen, als sie ihn rief. Jetzt saß er auf der niedrigen Brüstung und hörte ihr über den Abgrund hinweg zu. Sie übersetzte holprig, denn manche der russischen Worte waren ihr nicht mehr geläufig, aber während sie las und übersetzte, glätteten sich die Falten in ihrem Gesicht, und ihre Wangen glühten.

»Nun. Was sagen Sie dazu?«

»Wird sich vieles verändert haben, seitdem Sie …«, warnte Wavery.

»Ach, Señor, Sie können sich gar nicht vorstellen, wie wunderschön dieses Haus war. Warten Sie. Ich muß Ihnen die Photographien zeigen.«

»Señora, es tut mir aufrichtig leid. Vielleicht ein anderes Mal«, sagte Wavery, der spürte, wie sich die Grundmuster seiner eigenen Existenz verschoben.

Wavery hatte an Genia Ortiz gedacht und an ihr Haus in der Ukraine, als er auf dem Weg zum Schwimmbad Silkleigh traf. Der Taucher kam aus einer Seitenstraße. Er trug Ölzeug und über der

Schulter eine Sauerstofflasche, an der Tauchermaske und zwei grüne Flossen festgebunden waren.

»*Ambasadoro*! Was macht *huuh huuh huuh* und geht von einem Cocktailempfang zum nächsten?« Er wartete auf Waverys Antwort. Als dieser keine Reaktion zeigte, kratzte er sich unter der Achsel und stieß einen Affenschrei aus. »Ganz einfach«, sagte er, »ein Affe mit einem Diplomatenpaß. Ein Typ von der Main Street hat es mir erzählt. Eine der Membranen in meinem Atemgerät wollte nicht mehr, also bin ich hopplahopp nach Gibraltar rüber. Ach, Sie müssen einfach darüber lachen. Muß man doch, oder?«

»Ich nehme es an«, sagte Wavery.

Silkleigh ging neben ihm. »Machen Sie sich keine Sorgen. Ich meine, schließlich, was solls? Wir alle stammen doch von den Affen ab. Jesus, Sie sind wahrscheinlich der einzige Mensch, der beim Foreign Office arbeitet. Ich erkenne Menschen am Geruch, den sie hinterlassen, und Ihnen kann ich sagen, *Kara mia*, Sie hinterlassen einen angenehmen Geruch.«

»Das ist gut«, stimmte Wavery zu.

Sie gingen die Millan Astray entlang. »Eigentlich wollte ich in die andere Richtung, aber es macht nichts«, sagte Silkleigh, »es ist schön, wenn man Gelegenheit zu plaudern hat. Ich habe das Gefühl, wir verstehen einander, *Ambasadoro*. Und wenn ich schon hier bin, gibt es irgend etwas, was Sie mich fragen wollten? Fühlen Sie sich allmählich zu Hause? Wie geht es Ihrer Nachbarin, der russischen Fledermaus? Ich meine, diesem russischen Nachtgespenst. Sie gehört nach Paris oder Rom, jedenfalls dorthin, wo die Weißrussen sich verstekken. Aber doch nicht nach Abyla.«

Er fuhr sich mit der Zunge über die Lippen und sprach im Falsett: »Señor Silkleigh, ich weiß, so etwas sagt man einfach nicht, aber zu meiner Zeit hätte man Sie nicht durch den Vordereingang gelassen. Was, um ehrlich zu sein, einfach daneben ist, selbst wenn ich aus Yeovil komme. Wenn sie Engländerin wäre, käme sie wahrscheinlich auch aus Yeovil. Sie würde mit Nachnamen Mannering heißen und darauf bestehen, daß man ihn wie Mainwaring spricht. Außerdem hat sie etwas an sich, was mich bei Frauen einfach stört. Ich meine ihr Schielen.

Dennoch ist sie noch besser als ihr Mann, der Rosita diese fürchterlichen Lieder beigebracht hat. Ihn habe ich *gehaßt*. Als er plötzlich starb, habe ich gedacht: Gut so. Geschieht ihm verdammt recht. Tut mir leid. Ach ja, *Ambasadoro*, wenn da etwas ist, das Sie über Genia und Ernesto Ortiz wissen müssen«, und er schlug sich auf die gelbe Brust, »fragen sie Kamerad Silkleigh. Ich weiß es alles. Kommt alles in mein Buch, Wort für Wort.«

Wavery war Menschen wie Silkleigh überall begegnet. Als er im Café Ulises miterleben mußte, wie verletzend Silkleigh Rosita behandelte, hatte er gedacht: Ja, Typen wie dich kenne ich. Silkleigh war einer jener Menschen, die ihr wahres Wesen erst bei der richtigen Gelegenheit, bei der richtigen Person offenbaren würden. Dazu war es bislang jedoch nicht gekommen, weder Gelegenheit noch Person hatte er gefunden. Die Zeit war vergangen und irgendwann, bei einer ganz alltäglichen Beschäftigung, vielleicht wenn er einen Schlüssel umdreht oder eine Tasse Kaffee bezahlt, würde ihm auffallen, daß er gar nicht mehr wußte, was denn sein wahres Wesen ist. Er hatte nur noch sich selbst, und Trost könnte er dann nur in einer schöpferischen Tätigkeit finden. Vielleicht flüchtete er sich darum in seine Autobiographie.

»Es wird alles enthalten, was ich weiß, und ziemlich viel, was ich nicht weiß.«

»Dann erzählen Sie mir doch von Genia Ortiz«, sagte Wavery.

»Jewgenia Nikolajewna Polozewa Ortiz«, begann Silkleigh.

Die Sauerstofflasche auf der Schulter, folgte er ihr zum See hinunter. Er wußte, vor welchem Baum sie innehalten würde, er kannte ihre Gedanken.

Wenn sie an Sommer dachte, dachte sie an diesen See. Es war der See ihrer Mutter, es wimmelte darin von großen roten Spiegelkarpfen. Sie waren ein Hochzeitsgeschenk des Zaren, der seinen Wasserschultheiss angewiesen hatte, achtundfünfzig (die Summe der Jahre ihres Vater und ihrer Mutter) solcher Fische mit dem Netz aus dem Gatschina See zu holen. Die Schuppen auf vier der Karpfen zeigten, daß sie so uralt waren wie die Walnußbäume entlang der Auffahrt zum Gutshaus.

Jeden Abend um sechs Uhr schwärmten die Fische ans südwestliche Seeufer, dem Klang einer Kuhglocke entgegen. Die Glocke läutete Genias Mutter, die unter den Bäumen zum See hinunter schlenderte. Sie trug einen Korb mit Brot und hatte bei warmem Wetter ein Badetuch bei sich, so groß wie ein Bettlaken. Am Ufer wartete sie. Sie ließ die Glocke ins Gras fallen und blieb kurz stehen, um sich am Anblick der spiegelglatten Wasserfläche zu erfreuen. Jeden Augenblick würde es zu brodeln beginnen, aber kurz zuvor schien es, als bekäme der See von den leisen Regungen unter Wasser eine Gänsehaut. Dann zog die Mutter das Tuch vom Korb.

Im Sommer hatte Genia oft gesehen, wie sich ihre Mutter zwischen den Brotstückchen nackt im Wasser treiben ließ. Die Karpfen wirbelten um ihre langen Beine und sogen an ihrer Haut. Genia war so jung, daß sie für solche Reize noch kein Verständnis hatte. An Sommerabenden war sie in der Walnußallee unterwegs, um nach Pilzen zu suchen. Das sei, als würde sie Sterne sammeln, erzählte sie ihrem Vater.

Die Winter, das waren die Schneeballschlachten im Dunkeln, um die Weihnachtszeit. Nach dem Abendessen verteilten sich die Familienmitglieder in Gruppen am zugefrorenen Seeufer, jede Gruppe hatte eine Fackel. Während ihrer letzten Weihnachten am See wurde Genia von einem Schneeball am Hals getroffen. Schneebrocken glitten ihr unter Mantel und Hemd, rannen an der Haut entlang die Brust hinunter, kalt wie ein Dolch, was ihr die Luft abschnitt. Sie konnte die Schneebrocken nicht herausfischen unter dem Hemd. Der Schnee gefror zu einem kalten Flecken über ihrem Herzen, den sie seither dort spürte.

Und seit damals hat sie sich immer wieder die eine Frage gestellt: Wer hat den Schneeball aus der Dunkelheit geworfen? Ihre Mutter? Ihr Vater? Oder der Freund ihrer Mutter? Oberst Slawa, den Genia in kindlicher Schwärmerei so schön gefunden hatte, bis er, im Herbst 1917, Balnascharki plündern ließ.

Das war ihre letzte Erinnerung an die Heimat. Sie hörte vom Boot aus, wie der Oberst anrückte. Ihr Vater ruderte sie über den See und störte dabei die Mücken auf. Der Vater ließ die Ruder ruhen. Sie hörten auf den Hufschlag zwischen den Bäumen.

»Ich werde mit ihm sprechen, Nikolai«, hatte ihre Mutter gesagt, »sieh du zu, daß du Genia in Sicherheit bringst.«

Kein Lampenschein, der auf dem Wasser tanzte. Vor dem jenseitigen Ufer knirschte das Boot über sandigen Grund. Der Vater erhob sich unsicher. Er fluchte und versuchte, das Boot frei zu bekommen. Er hatte geglaubt, jeden Zentimeter der Untiefen zu kennen. Und er hatte seine Zigarren zu Hause gelassen. Das Boot bewegte sich keinen Millimeter. »Dein Koffer ist zu schwer«, flüsterte er. Er streifte die Stiefel ab und schob das Boot zum Ufer. Ein Rascheln, und ein ängstliches Gesicht erschien im Schilf. Es war Vaters Adjutant, der sie zur Datscha in Kirowsk bringen sollte.

»Leb wohl, mein Kind.« Er küßte sie auf die Stirn. »Ich muß zurück zu deiner Mutter.« Genia sah ihren Vater zum letzten Mal, als er vom

Ufer durch das Schilf zurück auf das Gutshaus zu ruderte, das in einer unheimlichen Stille lag. Sie blickte ihm nach, bis ihn Dunkelheit und angriffslustige Mückenschwärme verschlangen. Noch konnte sie ihn hören, das Quietschen des Metalls, ein dumpfes Gepolter, als ein Ruder aus der Dolle rutschte und das Klatschen seiner Hand auf Wange und Stirn.

Von Kirowsk fuhr sie nach Norden, nach Archangelsk, wo sie einem pomorjanischen Händler anvertraut wurde. Ihr Vater hatte ihr einen Lederbeutel voller Juwelen mitgegeben, einige Kerenski-Banknoten und einen an diesen Händler adressierten Brief. Er war der Onkel eines Kameraden aus der Garde. Seine Schiffe fuhren mit Mehl, Bauholz und Roggen nach Norwegen und kamen mit getrocknetem Kabeljau zurück. Im Dezember trugen sie auch die zwölfjährige Jewgenia Nikolajewna davon. Sie reiste in der Verkleidung einer Dienerin, die ins Haus seiner Tochter in Tromsø zurückkehrte. Der Kapitän erklärte ihr das alles in einem Kauderwelsch aus Russisch und Norwegisch.

Sehr spät in der zweiten Nacht rüttelte sie der Kapitän wach. Er hielt ihr eine Schüssel mit Buchweizenbrei hin. »Ist alles gut«, sagte er. »Wir haben den Bentsfjordtind passiert. Sind in norwegischen Gewässern.« Sie konnte seinem Gesicht ablesen, daß sie sich in Sicherheit befanden.

In Tromsø, der nördlichsten Stadt der Welt, gingen sie vor Anker. Sie kamen dort an in der *Morketiden*, der Zeit der langen Polarnacht. Es war Mittag, und aus dem grauen Himmel stürzte der Schnee wie aus einem aufgerissenen Kissen. Flocken legten sich auf ihre Wangen wie Stücke von nassem Brot. Und keine Sonne. Die Sonne, die hinter dem Berg am Bentsfjordtind im Meer versunken war, sollte noch bis Januar unter dem Horizont bleiben.

Dort, wo Rußland lag, war der Himmel klar, und dort zuckten eigenartige Lichter durch das Dunkel. Sie dachte, es seien Gefechte, aber der Kapitän lachte. Er hievte ihre Truhe an Deck. Ein Ruderboot brachte sie an den Kai, von dort fuhren sie mit einem Pferdewagen zu einem Haus an der Karlpedersengate.

Überfahrt und Unterkunft zahlte Jewgenia Nikolajewna aus dem Beutel mit den Juwelen. Sie erhielt keine Nachrichten aus Balnascharki. Jedesmal, wenn er zurückkam, brachte der Pomorjade Neuigkeiten aus Rußland, aber niemals etwas über die Lage bei Kiew. Erst als er im Juni kam, hatte er etwas von seinem Neffen gehört. Das Regiment war aufgelöst, viele waren erschossen worden. Auch Genias Vater.

Seinen Leichnam, auch den seiner wunderschönen Frau, hatte man im See gefunden, beide schon im Zustand der Verwesung.

Um sie herum trieben Hunderte von stinkenden Karpfen.

»Selbst die Fische haben sie erschossen, glatt durch die Kiemen«, sagte Silkleigh mit einer entsetzten Stimme und zeigte mit einem Finger auf sein Ohr.

Genia erfuhr die Wahrheit erst am Tag vor ihrer Abreise von Tromsø. Die sechs Jahre bis dahin verbrachte sie in Trance. Sie besuchte das Gymnasium, half bei der Hausarbeit aus und verbrachte die Abende allein auf ihrem Zimmer, sie schaute zu, wie das Nordlicht den Nachthimmel überstrahlte.

Der Händler hatte ihr gesagt, es seien Tausende von Schwänen, die das Nordlicht hervorbrächten. Wenn sie auf dem Eis schliefen, würden im Lauf der Nacht ihre Flügel festfrieren. Die Vögel schlügen mit den Flügeln, um sich zu befreien. Seine Tochter dagegen behauptete, es sei das im Nachtwind wehende Haar von Frauen, die als Jungfrauen gestorben seien. Genia möge von einem solchen Schicksal verschont bleiben. Als in Tromsø ein Orchester aus Bergen gastierte, gab die Tochter des Händlers ein Dinner zu Ehren des spanischen Dirigenten. Genia sollte ihn nach dem Ende des Konzerts, in dem die Musik zum Ballett *Der holzgeschnitzte Prinz* von Bartók und der *Valse Triste* von Sibelius gespielt wurde, ins Haus des Händlers geleiten.

»Geh du an den Apparat, Genia. Kannst du bitte die Verabredung treffen? Er spricht nur Französisch.«

Sie nahm den Hörer.

»Woran werde ich Sie erkennen können?« Sie hörte die Stimme eines jungen Mannes.

Ich weiß es nicht, dachte sie. Ihr Gesicht war klein und eher unauffällig. Ihr Haar war braun, sie trug es lang, und wenn sie es hundertmal gebürstet hatte, fanden es alle wunderschön.

»Vielleicht ist es am besten, wenn Sie mit einer hilflosen Miene an der Abendkasse warten«, schlug sie vor.

Zwei Menschen, erwiderte er, die sich nie zuvor begegnet seien, würden sich immer finden, wenn sie einander nur suchten.

Sie kam spät und saß weit hinten im Saal. Als Ernesto zu Ende dirigiert hatte, ging sie zur Abendkasse. Und plötzlich fühlte sie, wie ihr etwas von hinten die Beine entlangstrich. Etwas Hartes berührte ihre Haut, sie schüttelte es ab. Es hob den Saum ihres Rocks und fuhr kitzelnd an ihren Waden nach oben. Sie drehte sich rasch um.

»Mein Zauberstab!« sagte Ernesto und wirbelte seinen Dirigentenstab durch die Luft, wobei er ihn beinahe fallen ließ.

Er nahm ihre beiden Hände, während Klebst, der Besitzer der Konzerthalle, ihm erklärte, wie reizend sie sei, einfach wunderschön. Je länger Klebst sprach, desto fester drückte der Dirigent ihre Hände.

Ernesto Ortiz war ein großer stämmiger Mann, mit ausgeprägtem Kinn und einer immer feuchten Oberlippe. Sein dunkelblondes Haar war schlecht frisiert und drahtig, wie die gerissenen Saiten von unzähligen Geigen. Er war fünfundzwanzig Jahre alt und Dirigent eines Orchesters, das er zwei Jahre zuvor gegründet hatte. Neunzehnhundertvierundzwanzig, ein außergewöhnliches Jahr für Burgunder, war kein *Annus Mirabilis* in der kurzen Geschichte der Abylaner Philharmoniker. Als er eingeladen wurde, ein norwegisches Orchester für ein halbes Jahr als Gastdirigent zu leiten, hatte Ernesto zugesagt, so wie er zuvor auch einer Einladung ans Teatro Amazonas in Manaus gefolgt war. Vielleicht, so hatte er sich gedacht, würde er auch von dieser Einladung profitieren und auf Musiker treffen, die er nach Abyla locken konnte.

Eine der wenigen Menschen, die Ernesto je nach Abyla locken sollte, war die siebzehnjährige Jewgenia Nikolajewna. Er eignete sich ein Goethe-Wort an und nannte sie das Ewig-Weibliche, das ihn in höhere Sphären hinanzöge. Die andere Hälfte sei sie, die er immer schon gesucht habe. Das Ungestüm seiner Werbung schmolz einen Teil des Eises in ihrem Innern. Er war ein Bote aus einer glücklicheren Welt, einer Welt, in der die gebundenen Kadenzen von Sibelius widerhallten. Einen Tag nach seinem Heiratsantrag, und nachdem ihr die Tochter des Händlers zugeraten hatte – der Dirigent sei eine glänzende Partie –, gab Genia ihr Ja-Wort.

Ende März 1924 kam das Paar nach Abyla. Genia hatte erwartet, daß es dort Löwen und Elefanten mit langen Zähnen gäbe und daß eine üppige Vegetation die Häuser überwuchern würde. Sie hatte Ernesto nicht geglaubt, als er seine Stadt als maultiergraue Fuge an der Nordküste Afrikas beschrieben hatte.

Sie gingen durch den schwarzen, alles verhüllenden Schleier aus Fliegen zu Fuß in eine Stadt, die unter Belagerung stand. Es gab kein Licht. Die Wasserversorgung war zusammengebrochen, und Abd el-Akbar hockte auf dem Kamm von La Mujer Muerta, deren Hänge unter den Mörsergranaten zerbröselten.

Genias erster Eindruck war das silbrige Luftschiff über der Kirche, aus dem ein Mann den Kanonieren mit einem Spiegel die Ziele wies. (So wurde auch die Granate auf den Weg gebracht, die gegen Ende des Krieges in den Glockenturm von Santa Maria einschlug.)

»Qu'est ce que c'est que ça?« fragte sie, als sie die Balkontür öffnete.

»Sieht aus wie eine tote Katze«, sagte Ernesto.

»Eine tote Katze!«

»In den Kopf geschossen.«

In der Straße unten ertönte ein großes Geschrei. Genia schaute vom Balkon hinunter. Sie sah einen Mann in einem Korsett, der mit einem Säbel in der Luft herumfuchtelte.

Von diesem Augenblick an haßte sie Abyla, diese seltene und häßliche Orchidee, die, und darüber waren sich alle einig, auf der falschen Seite des Mittelmeers erblüht war. Fünf Jahrhunderte lang Europa in Afrika, dachte sie, als sie auf die Terrasse des Generals und seinen Taschentuchbaum hinüberschaute, fünf Jahrhunderte – und das ist dabei herausgekommen!

Das Gefühl, von etwas quälend Unerreichbarem unwiderstehlich angezogen zu werden, war keines, das sie erst in Abyla kennenlernte. Aber die Meerenge – sie konnte Gibraltar ja sehen auf der anderen Seite – machte dies Gefühl nicht besser. Von Anfang an zählte Jewgenia Nikolajewna nur die Tage, an denen sie am Morgen Europa sehen konnte.

Auch in der Kirche, in der Padre Ruiz das Brautpaar traute, war kein Trost zu finden. Santa Maria de Africa war in ein Getreidelager verwandelt worden. Um die Ratten zu vertreiben, hatte es Padre Ruiz einer größeren Anzahl Abylaner Katzen erlaubt, in der Kirche vor der Flinte des Generals Zuflucht zu suchen. Die Glocke läutete mittlerweile nicht nur, um die Gläubigen zum Gebet zu rufen, sondern genauso oft, um einen Angriff des Feindes zu melden. Zweimal während ihres ersten Monats in Abyla ging Genia Ortiz hinüber zur Plaza de Africa in der Überzeugung, es würde zu einer späten Frühmette gerufen.

Als sie allmählich lernte, die Zeitungen zu lesen, erhielt sie Bestätigung für ihr Gefühl, eingesperrt zu sein. Eingesperrt zwischen einem Europa, das nicht mehr existierte, diesem Kontinent mittäglicher Dunkelheit, und dem Afrika von Abd el-Akbar. Jenseits von La Mujer Muerta drängten die Menschen danach, sich in den Tod zu stürzen. Welcher Sinn verbarg sich darin? Keiner. Alles war so sinnlos wie das heroische Ende des Teniente Zamora, der in den Tod ging, damit Abyla spanisch bleiben konnte.

Genia stand auf der Calle Camoes und schaute zu, wie der General die Prozession mit dem Leichnam des Teniente durch die Straßen führte. Am lautesten jubelten ihm die Frauen Abylas zu. Eine Gruppe von reichen Ehefrauen hatte sich für den Fall, daß die Mauren die massiven Bollwerke des Forts von San Felipe stürmen sollten, geschworen, in eine Höhle auf La Mujer Muerta zu fliehen; dort wollten sie sich von der Baumrinde ernähren, auf der auch die Affen immer herumkauten.

Bei der Begräbnisprozession trug Genia einen Schleier wie auf einem Bild von Goya. Sie ging in der dritten Reihe des Trauerzugs. Ernesto, der das Orchester dirigierte, führte ihn in einem schnellen Tempo an; sie hatte Schwierigkeiten, mit dem glänzenden schwarzen Sarg Schritt zu halten. Sie folgte dem Sarg zur Heiligen Jungfrau von Afrika; nach einem kurzen Gebet für Zamoras Seele widmete sie sich dort eigenen Angelegenheiten. Händeringend bat sie die Jungfrau darum, so gütig zu sein und Ernesto davon abzuhalten, sie zu berühren.

Ernesto Ortiz und Jewgenia Nikolajewna Polozewa wurden sechs Wochen später unter dem Dach der Heiligen Jungfrau getraut. Am Abend des Hochzeitstags lag sie ergeben auf dem Bett, während Ernesto sich auszog. Und nun legte er sich auch noch zu ihr. Sie war ihre tote Mutter im See. »Genia«, flüsterte er und rutschte auf sie. Sie fühlte, wie ein Karpfen zwischen ihre Beine schwamm und wurde hysterisch.

Ernesto war so erschrocken, daß er nicht fragte, was sie hatte; offenbar durchlebte sie irgendein schreckliches Ereignis, und er wollte es auch aus zweiter Hand nicht miterleben. Der Karpfen schwamm davon, und am Morgen, als sie einander anschauten, erblickten sie beide die fremde Person, mit der sie für den Rest ihres Lebens verheiratet sein sollten.

Genia Ortiz blieb Jungfrau, bis sie vierzig Jahre alt war. Sie fand ihre Befriedigung in der Erinnerung an die alten Tage. Die alten Tage taten ihr immer gut. Kein anderer Ort der Welt hatte die Kraft, in ihrem Herzen die Stelle von Balnascharki zu erobern. Die Erinnerungen stolperten durch ihren Kopf wie die Füße über die Bohlen einer alten Brücke. Sie sah das Haus wie ein Stück aus einer Tauftorte, sah die Störche aus dem Schilfrohr auffliegen, sah, die Walnußallee vor sich und das Schlagloch, das sie jedesmal, wenn sie darüber fuhren, dazu brachte, ihren Körper zusammenzukrümmen, sah die Kirchtürme der Stadt durch die Bäume blitzen und ihren Vater, wie er, die Zigarre schwenkend, die er nur auf dem See rauchte, die Mücken von seinem kummervollen Gesicht vertrieb.

In Abyla gediehen diese plakativen Bilder und vervielfältigten sich. Sie brauchte nur die Nase an ein leeres Parfümflakon zu halten und schon umschwirrten sie die Motten der Nostalgie. Den Stoff, aus dem der Rest ihres Lebens gewebt war, fraßen diese Motten, so daß es ihr schließlich vorkam, als dränge sich ihre ganze Existenz in den ersten elf Jahren ihres Lebens zusammen und sei dort eingesiegelt.

So wie frühe Photographien sich bewegende Objekte verwischt oder gar nicht zeigten, so waren ihr nur wenig Menschen lebendig geblieben. Im angehaltenen Mechanismus ihrer Vorstellungswelt lebten kein General Franco und keine La Pasionara und auch kein König Juan Carlos, sondern eine Großmutter, die sich mit Pawlowa angelegt hatte, und ein Bojare aus dem 12. Jahrhundert und ein verrückter Kosak – außer diesem Urahn gab es kaum ein schwarzes Schaf in ihrem Gedächtnis –, der aus Kiew geflohen war und im Rudolfinischen Prag Sterndeuter wurde.

In ihrem einsamen Exil ließ Genia Ortiz immer wieder Namen fallen, Golizyn, Meyerschenski, Oblomow. Aber diese Namen blieben liegen, wohin sie fielen. Niemand hatte die geringste Ahnung, von wem sie sprach.

Nach mehr als sechzig Jahren hatte sich Genia Ortiz mit ihren Erinnerungen um einen Großteil des Wohlwollens gebracht, mit dem Abyla sie aufgenommen hatte. Sie bemerkte wohl, welche Wirkung sie auf die Menschen hatte, es störte sie auch und sie bedauerte es, so wie ein Raucher den Geschmack in seinem Mund bedauert. Aber sie konnte einfach nicht anders, sie mußte jeden, der nur hören konnte, davon in Kenntnis setzen, daß ihr Vater ein Nachfahre des Großfürsten Polozew war oder daß eine Schar von achtzehn Dienern durch das Gutshaus schwärmte. Oder sie beschrieb das Parkett im großen Schlafzimmer, in dem niemand geringerer als der große X auf dem Rückweg von der Belagerung Wiens übernachtet hatte. Schilderte immer wieder den Vorfall, der sich ereignet hatte, als sie gerade acht Jahre alt war und in Kiew die Schule für junge Damen adliger Herkunft besuchte, damals nämlich sei sie beinahe von einer der Bulldoggen von Anna Pawlowa gebissen worden.

In den frühen Tagen ihrer Ehe hatte Ernesto immer gesagt: »Sei still, Genia, um Gottes willen.« Irritiert hatte sie aufgeschaut, hatte ihre Augen auf ihn, dann wieder ins Leere gerichtet, denn an ihn hatte sie gar nicht gedacht. Er wußte, daß ihr Silberblick nichts mit Snobismus zu tun hatte, wie viele dachten, doch immer wieder fragte er sich, ob sich ihre exzentrische Augenstellung, die ihn im Foyer der Konzerthalle jenseits des Polarkreises in Bann geschlagen hatte, mit dem Fortschreiten des Jahrhunderts nicht doch verschlimmerte.

Jedesmal wies sie ihn mit der Bemerkung zurück, er habe sie verletzt. Dann fiel sie in ein stolzes, selbstmitleidiges Schmollen, das Ernesto nicht weniger beunruhigend fand wie das, was die Szene ausgelöst hatte. Im Lauf der Zeit lernte er zu schweigen.

Genia blieb Jungfrau bis in jene Nacht im dreiundzwanzigsten Jahr ihrer Ehe, in der Ernesto beim Verlassen des Club de Pensiones von einem verletzten Kater gekratzt wurde. Damals hatte er seine Versuche, sie zu verführen, schon lange eingestellt. Als sie das Blut abwusch, blieb ihre eine Hand mit leichtem Druck auf seinem Knöchel liegen. Ihr anderer Arm ruhte auf seinem Knie. Ernesto, der ohne Hose dasaß, öffnete sanft ihre Hand und legte sie auf die Schwellung, die sich in seiner Unterhose rührte.

Seit ihrer Heirat hatte sich jene Schwellung für viele Frauen gerührt. Was hätte ein Mann tun sollen, dessen Frau sich verweigert; die ihn, statt ihren ehelichen Pflichten nachzukommen, mit Geschichten aus *Le beau monde* des vorrevolutionären Kiew traktierte, eine viel mächtigere Diät als die Trüffel von Hofbauer, mit denen Ernesto seinerseits Ouvertüren einzuleiten sich angewöhnt hatte? Er bedauerte Genias Standhaftigkeit, doch garantierten ihm seine Stellung als Dirigent und seine etwas verwegene Schönheit gewisse Erfolge.

Die eigenartige Gerechtigkeit, die er den Hinterteilen von angehenden Cellistinnen widerfahren ließ, war eine Strafe, die er viel lieber seiner Frau hätte zuteil werden lassen.

Als sie die Schwellung entblößte, wußte Genia nichts von den *Nuits Folles* ihres Mannes und auch nichts von jenen Bereichen seiner Seele, denen er das Jagen erlaubte. Denn die entsprechenden Bereiche ihrer Seele waren noch nicht geweckt worden; folglich hatte sie seine Untreue auch nicht bemerkt. Zwar war ihr aufgefallen, wie andere Frauen ihn bemutterten. Es entging ihr nicht, wie die Kellnerinnen ihn mit den Mandeltörtchen fütterten, die sie hatte stehen lassen. Manchmal fragte sie sich auch, ob sie nicht Anstoß nehmen müßte. Aber bis in jene Nacht, in der er mit dem Kratzer nach Hause kam, hatte sie von Ernesto nichts begehrt, was er anderen geschenkt hatte.

Und jetzt, kurz bevor er nach dreiundzwanzig Ehejahren zum ersten Mal mit seiner Frau schlafen sollte, überkam Ernesto die Aufregung des kleinen Jungen, der nicht mehr bluffen kann.

Genia Ortiz hatte einen fast ebenso großen Horror vor Sex wie davor, schwanger zu werden. Und weil sie sich falsche Vorstellungen machte über die Beweglichkeit der Spermien, drückte sie sich in die Kissen wie in die Polster der Kutsche, wenn diese durch Schlaglöcher fuhr. Mit dünner Stimme erlaubte sie Ernesto zu tun, wonach ihn verlange.

Viel verlangte er nicht. Die Gleitcremes und Hüters Vaginalpuder, den sie in großen Mengen benutzte, verursachten bei ihm heftige Ausschläge. Womöglich wären die sexuellen Beziehungen, zu denen sie im vierundzwanzigsten Jahr fanden, im fünfundzwanzigsten schon wieder erloschen, wäre Ernesto nicht von einer Konzertreise nach Prag – er dirigierte dort Mahler – mit einem eigenartigen Gerät zurückgekehrt, das sein Erfinder Venus-Apparat genannt hatte.

»Was ist das?«

»Etwas, das uns zu mehr Freude miteinander verhelfen soll.« Ernestos Gesicht war blaß vor Entschlossenheit.

In den vierzig Jahren ihres Lebens hatte Genia Ortiz nichts derart Lächerliches gesehen wie die »Orgasmusdusche« von Doktor Linz. Ein perforierter Gummiball, so groß wie eine Pflaume, war über einen dünnen Schlauch mit einem durchsichtigen fußballgroßen Ballon verbunden. Drückte man diesen zusammen, dann spritzte Flüssigkeit aus dem Fußball durch die Löcher in der Pflaume. »Zieh dich aus«, flüsterte er. Wie in Trance entledigte sie sich ihrer Kleider. Der Dirigent stand am Waschbecken, füllte den großen Ballon mit einer Mischung aus Essig, Lysol und warmem Wasser. Es entging ihr nicht, mit welch verstohlener Zärtlichkeit er den langen Schlauch mit Vaseline bestrich.

»Das steckt man hinein«, sagte er, und hielt die Pflaume hoch. Er kehrte ihr den Rücken zu, zog Hemd und Hosen aus, während sie den Apparat einführte.

»Bist du soweit?«

»Ich glaube ja.«

Er drehte sich um, nackt, und nahm den warmen Ballon neben ihr vom Laken.

»Im Augenblick der Ejakulation«, las er vor, »sollen wir beide drücken.«

Der Apparat des Doktor Linz sollte das Ehepaar Ortiz noch zu den unwahrscheinlichsten Verrenkungen verführen, aber nichts reichte heran an die Sensationen des ersten Versuchs. Nach weniger als einer Minute schrie Ernesto: »Drücken!«. In ängstlicher Erregung grabschten beide nach dem Fußball, den sie neben Genias Kopf in das Kissen gedrückt hatten, völlig außer sich preßten sie auf der gefüllten Kugel herum, die ihnen entglitt und auf den Fußboden sprang, dort zwei, drei Hopser vollführte, bis sie durch die zwischen ihren Unterleibern eingeklemmte Nabelschnur plötzlich zurückgerissen wurde und mit hörbarem Schwappen neben einem von Ernestos Schuhen zum Stillstand kam.

Ernesto war erfüllt von Scham. Ganz anders seine Frau. Sie war zunächst erstarrt vor Angst, entdeckte dann aber, wie sehr der das Paar verbindende Schlauch sie erregte. Auch an den vorbereitenden Handgriffen war etwas, was sie erregt hatte. Die Unwirksamkeit des Venus-Apparats als Verhütungsmittel erwies sich genau neun Monate später, mit der Geburt von Tromso. Ein ihr im Bett ganz unbekanntes Gefühl durchzuckte sie: sie empfand die ganze Operation als durchaus komisch.

Im Grunde war sie erneut verliebt. Und diese Verliebtheit verlieh ihrer körperlichen Liebe das Feuer, mit dem sie ihm als Zwanzigjährige hätte begegnen sollen.

Eine Woche lang experimentierten sie mit dem Venus-Apparat, dann hatte Genia Ortiz die Position herausgefunden, die sie allen anderen vorzog. Im blauen Sessel setzte sie sich auf Ernestos Schoß und betrachtete den elastischen Ballon, den sie zwischen sich einklemmten. Für fünf Jahre war dies ihre Lieblingsstellung. Dann erreichte sie aus heiterem Himmel ein Zettel, unterzeichnet von jemandem, »der für Gerechtigkeit sorgen will«. Ohne namentliche Unterschrift klärte sie das Geschreibsel auf über Ernestos ernsthafte Bemühungen um eine Hilfsköchin, die in der Irrenanstalt in der Calle Silvestre arbeitete.

»Danach ging alles nur noch bergab«, sagte Silkleigh zu Wavery. Sie waren mittlerweile beim Wassersportverein angekommen. »Den Weg, auf dem man sich kaputtmacht, sucht man immer selbst, mein Bester. Doch wem sag ich das.«

»Und woher wissen Sie das alles?« fragte Wavery.

»Wenn man in einer Stadt unter Exilierten lebt, entwickelt man *Antennen*. Außerdem, ich bin doch Schriftsteller, oder nicht? Ich weiß, wer Geschichten erzählt, und was Geschichten sind und warum sie so sind. *Un Minuto*, und ich weiß alles über das Leben dieser

Menschen. Wohin sie gekommen sind und wie, wen Faulheit erledigt hat und wen die Gier. Oder einfach nur Pech. Oder die Macht der Liebe. Sie sehen, mein Bester, über andere weiß ich Bescheid. Nur mit mir selbst, da komme ich nicht klar.«

3

Auf der Plaza de los Reyes ließ sich eine Taube auf einem Palmwedel nieder, eine kleine Staubwolke wirbelte sie auf. Marie Amaral sah, wie der Staub langsam wieder niedersank. Er legte sich auf den trockenen Brunnenboden, überzog den Eimer, den sie, vollgestopft mit Sonnenröschen, über Nacht draußengelassen hatte.

Der Eimer war leer gewesen, als sie an diesem Morgen ihren Stand aufschloß. Es war der Metalleimer, dessen Henkel quietschte. In einem solchen Eimer hatte der Großvater von Capitán Panteco, ein Veteran aus Kuba, ein nicht besonders bekannter Dichter und dreiundzwanzig Jahre lang Nachtwächter der Stadt, das Blut aus der alten Stierkampfarena in Santos Vilela herausgeschafft und es über den Wurzeln der Palmen ausgeleert. Es war ein wirkungsvolles Rezept. Das Blut stärkte die Wurzeln, und fast siebzig Jahre später spendeten die mit Blut genährten Bäume den Bänken großzügig Schatten.

Marie Amaral liebte die Plaza. Wenn die Blumen ihrer Aufmerksamkeit nicht bedurften, dann leistete sie sich den Luxus und setzte sich unter die Palmen. Stundenlang konnte sie hier sitzen, mit einer Zeitung auf dem Schoß, und nur hin und wieder hinüberschauen zu ihrem Stand. Sie konnte sich die Schuhe putzen oder aus der Hand lesen lassen oder auf einen Scherenschnitt ihrer Silhouette warten. Im stierschwarzen Schatten blieb die Hitze erträglich.

Marie Amaral sah, wie ihre Stieftochter im Schuhgeschäft an der Ecke das Schaufenster dekorierte. Sofort ärgerte sie sich über sich selbst. Mit mir ist wirklich nichts los, dachte sie. Ich werde sentimental, wenn ich nur ein Paar Kinderstiefel sehe, und ungerührt betrachte ich das tief unglückliche Gesicht meiner Stieftochter.

Wie gerne hätte sie vor einer Stunde die richtigen Worte gefunden. Und sie hatte Lehrerin werden wollen! Ach, Marie Amaral, wenn du jetzt noch wüßtest, was du damals gewußt hast.

Rosita war zu ihr in den Stand gekommen, mit dem Schildpattkamm im Haar, den rotlackierten Fingernägeln und dem Kaninchenpelzmantel über den Schultern. Aber innen drinnen, nichts als trokkene Erde.

»Was ist?« Marie Amaral wußte was los war mit ihrer Stieftochter. Immer wenn sie Kummer hatte, schminkte sie sich und wusch sich die Haare.

»Silkleigh«, sagte Rosita. Sie nahm ein Stück Zellophan zwischen die Zähne und zerriß es.

»Tu das nicht. Schlecht für die Zähne.«

»Mama, hilf mir.«

Rosita suchte Trost bei Marie Amaral. Das war nicht vorgekommen, als sie noch mit dem Gitarrenspieler verheiratet war, der nicht zu ihr paßte. Und auch nicht, als sie mit dem Polizisten zusammengelebt hatte. Mit Silkleigh war das anders.

Rosita brauchte Hilfe, und Marie Amaral konnte ihr nicht helfen. Sie fühlte sich nutzlos, ohne Zunge, leerer als die Haufen von Pantoffeln im Suk von Oran. Irgend etwas Lebenswichtiges war ihr abhanden gekommen. Der zerbrochene Spiegel. Die Splitter hatten sich langsam wieder zusammengefügt, seitdem sie die Vase hatte fallen lassen. Wie in einem Film, der rückwärts lief. Flogen vom Boden an die Wand und zeigten die Welt, wie sie war vor ihrer Ankunft in Abyla.

Marie Amaral zog sich ins Innere ihres Ladens zurück. Sie mußte sich ablenken. Sie kochte sich einen Kaffee. Sie wischte die Plastikschilder sauber, auf denen noch die mit Filzstift geschriebenen Preise der letzten Woche zu lesen waren. Mit dem Messer öffnete sie eine der fünf Pappkisten, die sie beim Holländer gekauft hatte, und packte die Bouvardien aus. »Haben bis gestern in Gottes Erde gesteckt, Señora.«

Der Holländer verkaufte auf dem Blumenmarkt von Algeciras von einem großen Lkw herab. Im Winter wie im Sommer stand er auf der Ladefläche und pries seine frischen Schnittblumen an, immer fünfzig in einer Kiste. Er hatte eine Nase für die Parfüms seiner Kundinnen. »Ein neuer Duft«, pflegte er anerkennend zu sagen. Marie Amaral kaufte fast alle ihre Blumen beim Holländer. Vor dreißig Jahren, als sie ihren Stand eröffnet hatte, hatten die Jahreszeiten ihr Angebot bestimmt. Heute, mit Hilfe des Holländers, konnte sie fast das ganze Jahr über Blumen aller Jahreszeiten anbieten.

Der Stand war drei mal drei Meter groß und verglast. Als Regenschutz war über der Tür eine Plastikplane gespannt. An Markttagen begoß und besprühte sie die Pflanzen, die sie von drüben mitgebracht hatte. Dann packte sie die Kisten aus, schnitt die weichen Stiele schräg an, klopfte die härteren auf der Resopalplatte des Tisches. Im Sommer kaufte sie Eisbeutel, um sie in die Eimer zu legen. Im Winter wärmte sie Wasser in einem Kessel.

Wenn sie ihren Stand aufgeschlossen hatte, roch Marie Amaral ihre Blumen noch für zwei, drei Minuten. Danach nahm sie den Blumenduft nicht mehr wahr. Aber sie sah ja die Reaktionen ihrer Kunden. Ins Herz konnte sie ihnen nicht schauen, doch zumindest lächelten sie.

Sie nahm ihre Kaffeetasse. Die Milch hatte eine Haut gebildet, wie die Glückshaube, die ihr Gesicht bei der Geburt bedeckt hatte. »Ein Seeman würde seinen Besanmast dafür geben«, hatte ihr Vater gesagt. Einen kleinen Fetzen trockener brauner Haut verwahrte sie in einer Streichholzschachtel. Die hätte ich Emilio geben sollen, dachte sie, da klopfte jemand an das Glas, und eine Stimme sagte: »Was für herrliche Bouvardien!«

Es war der britische Generalkonsul.

Früh am Morgen sah sie ihn manchmal an ihrer Tür vorbeigehen. Am Haar eines Mannes erkannte sie sonst, ob sie ihn ernst nehmen sollte oder nicht. Bei Señor Wavery war sie nicht sicher. Ihn hatte sie bislang nur mit nassem Haar gesehen, aber er war auf eine Art zurückhaltend, die ihre Neugierde weckte. Außerdem gab es eine bestimmte Sympathie, mit der sie anderen Ausländern in Abyla instinktiv begegnete.

»Sie haben ja wirklich alles!« sagte Wavery. Er schaute die Regale entlang. Er hatte jene rosiggraue Haut, die man nur bei Engländern sah.

»Sie müssen mir das Überleben sichern, Señor.«

»Kaufen Sie in Afrika?«

»Nein, in Algeciras.«

Wavery hörte ihren Akzent und sagte: »Sie sind wohl Französin?«

Marie Amaral lachte erschrocken. »Ich bin schon dreißig Jahre hier.«

»Aber Ihr Akzent.«

»Ich bin in Algerien zur Welt gekommen.« Sie hantierte mit den Blumenbändern.

Er spürte, daß sie darüber nicht sprechen wollte, und sagte: »Haben Sie auch Mimosen?« Er wollte ein bißchen Farbe in das leere Haus bringen und den Geruch von Putz und Tünche vertreiben.

Er wartete, bis Marie Amaral die Blumen verpackt hatte, und wollte gerade gehen, als ihm die Begonie auffiel. »Was ist denn das?«

»Die Begonie?« sagte Marie Amaral. Das scheußliche Ding gedieh.

»Nein, ich meine die Kanne.«

»Nur eine Teekanne.«

Erst nachdem Wavery gegangen war, brachte Marie Amaral den Mut auf, sich dem Regal zu nähern. Ihm war die Kanne aufgefallen, damit hatte er ihr wirkliche Existenz verliehen. Sie war das einzige, was ihr von David geblieben war.

Sie nahm die Kanne in die Hand, betrachtete sie näher, als könne sie in ihrem Bauch ihren Mann erkennen und nicht nur ihr eigenes Spiegelbild, Fuß über Kopf im konvexen Metall. Sie schaute, sah, ebenfalls kopfstehend, den Platz, sah die Bänke und die Palmen in dem Hotelgarten in Oran, wo ihr David Utor, Student der Medizin, den Hof gemacht hatte. Damals hatte er diese Kanne in der Hand gehabt, von allen Seiten betrachtet.

Einem Berbermädchen aus dem Rif hatte er sie abgekauft. Über nichts anderes konnte er sprechen, als sie sich das erste Mal trafen. Das Mädchen und ihre Teekanne. Denk an etwas anderes, dachte Marie Amaral, nicht an eine Tänzerin aus Ait Haddidu. Ihre Augen fielen auf sein Handgelenk. Er trug keine Uhr. Was für eine Marotte, dachte sie.

»Sie hat mich zum Staunen gebracht.« Eines Nachts war das Mädchen um das Feuer getanzt. Und gegen Ende des Tanzes hielt sie den drei Medizinstudenten die Kanne entgegen. Im verzerrt reflektierenden Metall – er habe gedacht, es sei Silber, wie ihre Armringe – und von den Flammen umzuckt erschien wieder und wieder sein hübsches Gesicht.

»Was möchten Sie gerne trinken?« fragte das Mädchen. Ihre Augen blitzten spöttisch. Antimon ließ sie glitzern, die Brauen hatte sie mit Kohle nachgezogen. Auf ihrem Kinn waren dunkelblaue Tätowierungen.

»Schampus«, scherzte er. Er hielt seinen Metallbecher hoch. Durch die Zotte, die dem Hals eines Kamels glich, goß das Mädchen etwas in den Becher.

»Kein Jahrgangssekt, außerdem zu warm. Aber es war Champagner.« Der Student neben ihm, auch er aus Oran, habe um Wodka gebeten.

»Und was hat sie ihm eingeschenkt? Tatsächlich Wodka!« Und sie habe das wiederholt, dieses Mal mit Wein. Danach hatte David keinen anderen Wunsch, als die wundersame Teekanne zu kaufen.

Das Mädchen wollte nicht verkaufen. Ein Erbstück sei die Kanne. Sie streichelte den Deckel und lachte ihn aus. Im Besitz ihrer Familie, seit ihre Ahnen den König Sebastian besiegt hatten. Zuvor habe sie dem zehnjährigen Herzog von Barcelos gehört und sei unter Abd ar-Rahman III. in einer Werkstatt in Córdoba hergestellt worden. »Sie hat magische Kräfte.«

David hielt ihr seine Tasse entgegen, sie solle nachschenken. Sie goß die Tasse wieder voll. Sie solle ihren Preis nennen. Sie schüttelte den Kopf, und ihre Armbänder klingelten. Er sagte, was sie fordern könne. Wieder klingelten die Armreifen. Er erhöhte. Bis sie ihren Kopf nicht mehr schüttelte und sie ihr magisches Erbstück hergab, war das Feuer niedergebrannt. Er nahm die Kanne mit ins Bett. »Nur die Kanne, Marie.«

Als er erwachte, war das Mädchen verschwunden, so daß er sie nicht fragen konnte nach den Wörtern, die in den Boden graviert waren; den Namen einer nordenglischen Industriestadt hatte er entziffern können.

Als sie 1962 Oran verließ, packte Marie Amaral die Teekanne sorgfältig zu ihren Sachen. Es war das einzige, was ihr von ihrem Mann geblieben war, und die Kanne machte sie eifersüchtig.

Auch Erinnerung vergewaltigt. Sie brauchte nur ihrem Sohn ins Gesicht zu schauen, und es war das Gesicht seines Vaters, das sie sah, nicht das des geliebten Mannes. Wie oft hatten die zwei Augen sie verfolgt, dieser Blick eines unbekannten Wahns, bis an den Tisch verfolgt, an den sie sich zum Abendessen gesetzt hatten. Wie oft hatte sie sich mit munterer Stimme fragen hören: »Wo bin ich nur mit meinen Gedanken?«

Periclito hatte nie gefragt. Anders als Rosita, die sie immer wieder einmal aufgefordert hatte: »Mama, erzähle mir von Papa.«

Es gab wenig, was sie erzählen konnte. Rositas Vater hatte sie im Winter 1959 kennengelernt, als er sich ein Jahr lang dem Studium der Pflanzen im Rif widmete. Er war ein portugiesischer Jude, ein Arzt mit einem leidenschaftlichen Glauben an die heilenden Kräfte von Kräutern, und ein Fußballnarr. Seine junge portugiesische Frau war bei der Geburt gestorben. Zwei Monate später übergab er Rosita der Obhut seiner Schwester in Lissabon und fuhr in die Berge.

Sie trafen sich nach seiner Wiederkehr, im Krankenhaus von Oran. Marie hatte eine Geschwulst am linken Arm, und David Amaral hatte Dienst. Die Geschwulst war nicht bösartig.

Sie war neunzehn Jahre alt, *Pied noir*, studierte, weil sie Lehrerin werden wollte. Am Wochenende las sie Shakespeare und Dickens und Evelyn Waugh. Um ihre Ausbildung zu finanzieren, arbeitete sie bei einer Schneiderin im Bezirk Saint-Pierre. Ihre Eltern sah sie selten. Ihr Vater, ein Siedler, hatte Plantagen mit Apfelsinen und Zitronen südlich der Stadt und war jähzornig wie der *Levante*, der die Zitronen durch die Fenster blies. Aber er sollte im Bett sterben, verraten von seiner einzigen Tochter und mit Bitterkeit im Herzen, wenn er das Schicksal von Algerien bedachte.

Die beiden Männer trafen sich nur einmal, David geriet in Streit mit ihm.

»Wie sehen Sie die Lage?« hatte Maries Vater gefragt. Die FLN hatte einen benachbarten Hof überfallen. Der aufgeschlitzte Leichnam eines Kindes war seiner Mutter wieder in den Bauch gepflanzt worden, und ihren Schädel hatten sie mit den Flakons vom Frisiertisch ausgestopft.

David wurde unruhig. In den Tagen vor dem Abkommen von Evian hatte man fünfundzwanzig werden können, ohne sich für Politik interessieren zu müssen.

»Monsieur, ich weiß es nicht«, war seine Antwort.

»Er *weiß* es nicht!« Maries Vater stand auf. Er ging auf David zu und beugte sich über ihn, um das Glas des jungen Manns mit einem sauren Rotwein zu füllen. David nippte nervös daran.

»Wissen Sie, was Araber mit denen machen, die Alkohol trinken?« Die Stimme ihres Vaters hatte einen boshaften Ton angenommen. »Wissen Sie's?«

Er beugte sich vor, bis seine Wange die von David berührte. Er stellte die Flasche auf den Tisch und öffnete seine Hand. Ganz langsam fuhr er sich mit der Handkante über den Mund. »Sie schneiden ihnen die Lippen ab.«

»Papa!«

»Louis, ich denke …«, fing ihre Mutter an.

Er stand wieder aufrecht. »Nun«, sagte er, »ich frage Sie noch einmal. Was halten Sie von der Lage?«

David sagte, daß er sich nicht für die Aufrechterhaltung von Algérie Française engagieren werde. Er sagte, das Problem der Weißen in Algerien sei entstanden, als diese zum ersten Mal das Land betreten hätten.

»Ich gehe ins Bett«, sagte Maries Vater, dessen Familie seit 1883 in Oran Apfelsinen und Zitronen zog. Er hinterließ drückende Stille im Zimmer. Maries Mutter folgte ihm, sie hörten ihre hastigen Schritte auf der Treppe. Und sie hörten, wie ihr Vater »Scheißjude« brüllte.

Marie stand auf, aber David sagte: »Laß, Marie. Das geht uns nichts an.«

Sie ging zu ihm hinüber und stellte sich hinter ihn; mit der Hand strich sie ihm sanft das schwarze Haar aus der Stirn. »Weißt du,« sagte sie, »daß mir noch nie ein Franzose begegnet ist?« Oran war eine eher spanische Stadt. Die Franzosen, die sie kannte, waren wie sie *Pieds noirs*.

»Eines Tages fahre ich mit dir nach Paris.« Das hatte er ihr versprochen.

Am nächsten Morgen reiste das junge Paar weiter. Sie fuhren zum Meer, auf einem von zwei braunen Pferden gezogenen Karren. Marie erinnerte sich, daß hinten im schaukelnden Wagen ein Teppich lag, auf dem Lebensmittel und Getränke ausgebreitet waren, und es gab, von einem großen weißen Kissen gegen die Schlaglöcher gefedert, einen Phonographen. Später, als David sie in den Armnen hielt, hörten sie *Die Trompete ruft um Mitternacht*. Wenn sie verheiratet wären, sagte er, würde er seinen Kopf zwischen ihren Brüsten vergraben und dem Jagen ihres Herzschlags lauschen.

Zwei Monate später bat er sie im Garten des Hotels Saint-Sulpice um ihre Hand. An den Stämmen der Bäume hingen Täfelchen mit lateinischen und französischen Namen, und in den Zweigen sang eine Amsel. Einmal, während sie miteinander sprachen, hörten sie einen anderen Vogel. David drehte sich um und hinter ihrer Bank stand Hacine, ein Dichter, den er an der Universität kennengelernt hatte. Hacine trank Rosé aus einer Flasche und pfiff. »Ich kann Waldsänger, Stare und Spatzen nachahmen«, sagte er und warf seinen Kopf zurück. Kleine Weinblasen zerplatzten auf seiner Zunge. »Und natürlich auch den Kuckuck.«

David bat um ihre Hand. Und zuvor hatten sie über die heilenden Kräfte von Kräutern gesprochen und über den Schutz, den manche von ihnen gegen Blitzschlag und Hexerei bieten sollten. »Die Rinde der Mimose hilft gegen Durchfall. Knöterich gegen eitrige Stellen im Mund. Chicorée gegen ...«

Das sollte Marie nie erfahren. Sie ahnte, daß David nicht bei der Sache war. Ihre Köpfe lagen dicht aneinander, so nah, daß sie seine Haut riechen konnte. Er fuhr hoch und schrie: »Mein Gott, was rede ich bloß.«

(Ganz selten meinte sie, der Geruch von David wehe durch den Staub Abylas über den Platz zu ihr herüber, unsagbar erotisch und nach Chicorée duftend.)

Sie verbrachten einen Teil ihrer Flitterwochen in den Aurés, die andere Zeit am Meer. Für eine Reise nach Paris reichte sein Geld noch nicht. Diese Stadt mußte warten. Bei Tipala in der Nähe der römischen Ruinen mieteten sie eine Villa am Meer. Nachmittags schliefen sie auf einem Bett aus blauer Saxifraga, sein Kopf ruhte zwischen ihren Brüsten.

Sie waren gerade sechs Monate verheiratet, als David von der OAS ermordet wurde.

Das war nur wenige Tage nach dem Abkommen von Evian, das die *Pieds noirs* so aufgebracht hatte. Überfälle. Vergeltungen. Oran in den Wochen von März und April 1962. Aber seine Ermordung war ein Zufall. Sie kam spät nach Hause, so gegen neun. Sie hatte im Laden gearbeitet, an einem Kleid für die Schwester des Bürgermeisters. Die Straßenbahn fuhr nicht. In den Bädern war eine Bombe hochgegangen. Soldaten der OAS hatten auf Araber geschossen, die mit Handtüchern um die Hüften auf die Straße flohen. »Das wird eine Rattenjagd geben, heute nacht«, warnte ein junger Mann in der Schlange vor der Haltestelle. Sie wartete eine halbe Stunde, dann ging sie zu Fuß nach Hause. Die Nacht war erfüllt von dem Gehupe der Autos und dem Klang der Topfdeckel, auf die die Menschen schlugen, während sie »*Al-gé-rie Française! Al-gé-rie Française!*« schrien. Das war der Beginn der *Ratissage.*

Ihr Haus lag in Mer el-Kebir, vier Straßen vom Meer. Sie öffnete das Tor, stieg die Treppen hoch, schloß die Tür auf und ging ins Wohnzimmer. Sie machte kein Licht. Die Vorhänge waren nicht zugezogen. Die Stadt lag im Dunkeln, aber ein Feuer brannte unten auf der Straße, gegenüber von ihrem kleinen Garten. Der Feuerschein sprang in die Bäume. Ein Schrei ertönte vom Feuer auf der Straße. Der Gestank des Rauchs war unerträglich. Es war ein Auto, das brannte und um es herum tobten dunkle Gestalten. »*Al-gé-rie Française!*« schrien sie rhythmisch.

Dann hörte sie ein Geräusch in ihrem Rücken.

»David?« Sie drehte sich um. Zum ersten Mal achtete sie auf die Möbel. Das Zimmer war durcheinander, Stühle verrückt, Bücher verstreut auf dem Fußboden, der Spiegel, ein Hochzeitsgeschenk ihres Vaters, hing jetzt schief.

»Rosita?«

Und immer noch die Topfdeckel, die Autohupen, die Schreie, rhythmisch und furchterregend. »*Al-gé-rie Française! Al-gé-rie Française!*«

»Diesen Klang liebe ich«, sagte eine Stimme. Es war nicht Davids Stimme.

Ein Schatten löste sich von der Wand neben dem Bücherregal, bewegte sich vor dem Spiegel. Der Widerschein des brennenden Autos fiel auf den Mann. Er schaute aus dem Fenster, schaute sie nicht an.

»Wer zum Teufel sind Sie?«

Der Kopf drehte sich ihr zu, und das rot-orange Licht fiel auf ein starkes Kinn und kurzgeschorenes Haar. Das Haar war weiß, als sei es gefärbt. »Madame Amaral?«

»Das bin ich, ja. Aber wo ist David? Wer sind Sie? Kommen Sie vielleicht vom Krankenhaus?«

Er lachte, und sie konnte *Anisette* und *Merguez*-Wurst in seinem Atem riechen.

»Nein, nicht vom Krankenhaus.«

»Wer sind Sie dann?«

»Mérimée. Nenn mich Mérimée.« Er sprach mit dem Akzent eines richtigen Franzosen, ohne die Inflexionen der *Pieds noirs*.

»Wo ist Rosita?«

Er hob einen Finger an die Lippen. »Im Bett.«

»Wo ist David?«

»Dein Mann?« Seine Stimme war verführerisch. Er klopfte gegen die Scheibe, und Feuerschein funkelte in seinen Augen.

Er sagte: »Ist das nicht sein Auto?«

Daß sie den falschen Mann umgebracht hatten, sollten sie erst am nächsten Morgen erfahren. Der Mann, den sie hatten ermorden wollen, war Gewerkschaftsführer. Diego Amaral. Er hatte sich im Fernsehen für die Unabhängigkeit ausgesprochen.

Mérimée war der Anführer. Im März war er aus Straßburg gekommen. Dies war sein erster Einsatz für die OAS. Nachdem er das Fernsehinterview gesehen hatte, gab er seine *Ponctuelle* bekannt. Mit roter Tinte wurde D. Amaral auf eine herausgerissene Seite des *Echo d'Oran* geschrieben und dem Henker übergeben, der im Zivilberuf Garagentüren herstellte und als Le Cygne bekannt war. Der schlug den Namen im Telephonbuch nach. Es gab zwei Einträge unter Amaral. Einer mit den Initialen A.D., der andere mit D.P. Le Cygne notierte die Adresse des zweiten, von David Paco Amaral.

Auf dem Heimweg vom Krankenhaus geriet David in die Falle der Männer von Le Cygne. Sie übergossen das Auto mit Benzin. Als er versuchte, die Tür zu öffnen, stießen sie die mit den Füßen zu.

In der Nacht, in der sie die Zeremonie wiederholten, sagte der Mann, den man Le Cygne nannte: »Es ist, als wenn man nachts photographieren will.« Er riß ein Streichholz an und, als würde er erneut das Auto anzünden, hielt es an das Papier mit dem Namen des Opfers. Lauthals gelacht hatte er, als er erfuhr, daß er den falschen Amaral getötet hatte. Irren sei menschlich. Würde er den richtigen halt zwei, drei Tage später erwischen. Diesmal wollte er mit seinem Motorrad, das Nummernschild mit Lippenstift unkenntlich gemacht, an das Auto heranfahren. Señor Amaral, würde er sagen, und an das Wagenfenster des Gewerkschafters klopfen. Señor Amaral, würde er wiederholen und eine Damenhandtasche hochhalten. Verblüfft würde der andere Amaral sein Fenster herunterkurbeln. Viermal würde Le Cygne schießen, direkt ins Gesicht des Gewerkschafters, und davonfahren.

Aber das würde erst zwei, drei Tage später geschehen. Auch in dieser Nacht, der Nacht des Irrtums, gab es einen toten Amaral. »Er war ein *Coco*«, sagte Mérimée zu Marie, »ein Liberaler. Deswegen haben wir ihn weggepustet.« Marie wußte später nicht, was sie geantwortet hatte. Sie wollte auf die Straße hinunter. Mérimée hielt sie an den Handgelenken fest. Der Druck war sehr unangenehm, irgend etwas mit seinen Händen war nicht in Ordnung. Sie wollte sich losreißen, kam aber nicht los von ihm.

Sie verstand nichts. Sie konnte einfach nicht verstehen. David hatte sich gar nicht interessiert für die Politik. Einmal hatte er sich mit einem Arzt angelegt, der das Bild des *Maréchal* in seiner Praxis hängen hatte. Und er hatte *La Question* von Henri Alleg angefangen, aber nicht zu Ende gelesen. Das war sein ganzer Beitrag zur Politik. Das schrie sie dem Mann ins Gesicht, während er sie an den Armen festhielt. Mérimée hörte nicht. Eine Grimasse huschte über sein Gesicht.

In dieser Nacht starb ihr Mann. In dieser Nacht wurde ihr Sohn gezeugt.

Ein dumpfes Geräusch ließ sie aufschrecken. Der Hund des Fischers klopfte mit seinem Schwanz gegen die Tür. Sein Schwanz wischte über einen Eimer voller Lilien, und ein Stengel fiel zu Boden. Er stellte seine breite Pfote darauf und leckte mit der Zunge den Stiel entlang. Der Arme braucht Wasser, dachte sie, und goß Wasser aus der Kanne in eine Schüssel. Der Hund trank schlabbernd. Dann trottete er, seine Leine hinter sich herschleifend, weiter über den Platz und erreichte das mechanische Schaukelpferd im gleichen Augenblick wie Senator Zamora und Pablo.

Marie Amaral beobachtete, wie der Senator langsam in die Hocke ging. Er untersuchte das Halsband. Der Hund hob die Schnauze und leckte über das Gesicht des Senators. »He!« rief Zamora und bekam Fältchen um die Augen. Er kippte nach hinten, stützte sich mit einer Hand ab und wischte sich lachend mit dem Ärmel seiner grünen Strickjacke über die Wangen.

In ihrem Blumenstand lachte auch Marie Amaral. Wenn sie sich je wieder hingeben könnte, dann müßte es ein Mann wie Senator Zamora sein. Die Menschen sind nur glücklich mit denen, die sie verstehen. Und der Senator verstand sie besser als alle anderen. Er war der einzige Mensch in Abyla, dem sie die Sache mit dem französischen Soldaten namens Mérimée je erzählt hatte.

Das war vor fünf Jahren gewesen, als die Tunnelarbeiter in Abyla einfielen.

Sie erzählte es dem Senator ohne besonderen Anlaß, bei einer zufälligen Begegnung auf der Calle Camoes. »Marie Amaral!« rief er, der gerade vom Dominospiel kam. Auf der Treppe des Club de Pensiones hatte er gestanden und seinen Hut gelüftet. Und als er in ihr Gesicht sah, hätte er am liebsten ihren Arm genommen.

»Ich möchte nicht auf die Promenade, wo alle sind, Teodoro.« Sie fühlte ein Stechen in ihrer Seite.

»Dann ein Spaziergang am Meer, ist's recht?«

»Das wäre schön.«

»Möchtest du etwas trinken?« fragte Zamora. Sie gingen am Café Ulises vorbei.

Marie Amaral schüttelte den Kopf. Bestimmt würde Silkleigh dort sitzen.

Sie passierten die Baustelle, gingen an der Küste entlang. »Das wird der Tunnel?« fragte er, mit einem Schaudern.

»Teodoro, ich möchte mit dir reden.« Dieses Mal hielt sie sich an ihm fest. Sie führte ihn zum Strand. »Setz dich dorthin«, sagte sie und zeigte auf einen großen Felsbrocken. Sie quetschte sich neben ihn auf den Stein.

»Und, Marie, was gibt es?«

Sie schaute ihn nicht an, erzählte von Periclitos Vater, dem Offizier der OAS aus Straßburg.

Zamora hörte ihr zu, die langen Beine ausgestreckt im Sand, die Knöchel übereinander geschlagen, das Kinn auf den Rücken der Hand gestützt, die im Ausschnitt seiner Strickjacke ruhte.

Mit gepreßter Stimme sagte sie: »Manchmal frage ich mich, ob das überhaupt eine Bedeutung hat.«

»Hast du Periclito davon erzählt?«

»Wie könnte ich das? Früher habe ich in ihm immer nur seinen Vater gesehen. Aber ich konnte ihm nicht erklären, warum ich immer wieder »Laß mich in Ruhe!« geschrien habe. Und jetzt ist es zu spät. Was sollte ich ihm sagen? Daß ich mich schuldig fühle, und daß ich ihn dennoch liebe? Daß die Schuldgefühle stärker sind?«

Zamoras Beine lagen jetzt nebeneinander im Sand. Er beugte sich vor, nahm den Hut seines Vaters aus Sand, legte ihn auf seine Knie. Er ließ seinen Blick in das fledermausfarbene Innere fallen, als ob er dort, auf dem Etikett, auf dem er jetzt SEVILLA – CALLE DEL GATO 34 las, die Worte finden würde, die sie von ihm hören wollte. Er schaute sie an. Und als er sprach, waren seine Worte sanft, wie Kerzenlicht. Er sprach nicht von der Rattenjagd, nicht von Verrat, auch nicht darüber, was David wohl denken würde. Er sprach von den Phöniziern. »Die Menschen nehmen sie nicht ernst. Aber sie haben für vieles Lösungen gefunden«, sagte er. Marie Amaral solle sich einmal in eine Frau aus Byblos versetzen.

»Aus Byblos?« fragte Marie Amaral verwirrt.

Er erklärte das. Einmal im Lauf ihres Lebens mußten alle Frauen, die in Byblos zur Welt gekommen waren, den Tempel von Astarte aufsuchen und dort mit einem Fremden verkehren. Nur Pilger aus der Fremde durften den Tempel betreten. Nachdem sich diese Frauen – »und sie waren alle ehrenwerte Frauen, Marie« – den Pilgern hingegeben hatten, konnten sie nach Hause zurückkehren; sie hatten ihre Pflicht erfüllt.

»Commandant Mérimée, ein *Pilger*?« fragte Marie Amaral überrascht.

»Ein Pilger«, unterstrich Zamora, der sich schon seit längerem und wie alle anderen in Abyla seine Gedanken gemacht hatte.

»Schauen Sie seine Ohren an, nur seine Ohren«, hatte Marie Amaral in früheren Tagen oft gesagt, »es sind die Ohren von David.« Zamora war froh darüber, daß sie endlich aufgehört hatte, derart um die Zustimmung anderer zu werben. Niemand in Abyla hätte bestätigen können, daß der Besitzer des Café Ulises die Ohren von David

Amaral hatte. Nur eines war nicht zu bestreiten: die unnachahmliche Anmut seiner Mutter hatte er nicht.

Marie Amaral preßte die Arme in die Seite, als wolle sie etwas sagen. Aber Zamora war noch nicht fertig. Es sei falsch, für alle Ewigkeit zu trauern. Zu viel Trauer mache aus einem Herzen einen Pflasterstein.

»Und als Minerva starb?«

»Als Minerva starb, habe ich getrauert. Eine Zeitlang.« Und er dachte an jene Tagen ohne Suppe, sah sich auf dem Bett sitzen mit ihrem Photo in den Händen. »Aber eine alte Liebe stirbt nicht.«

Marie Amaral dachte an die Irissträuße, die er an Minervas Geburtstag kaufte, jedes Jahr einen Stengel mehr. »Wenn sie hundert wird, wirst du das Auto verkaufen müssen!«

Neben ihr auf dem Stein hockend sagte Senator Zamora: »Und Gott? Ich nehme an, er hilft dir nicht?«

»Nein.« Sie stockte. »Glaubst du denn, Teodoro?«

»Ich, glauben – nein. Woran glaube ich denn?« Wenn man einem Menschen erzählte, woran man glaube, dann war dies ungefähr dasselbe, wie ihm tief in die Augen zu schauen. Er lehnte sich zurück. Vor einer Stunde hatte er Porcil beim Domino nach allen Regeln der Kunst abgezogen. Er beugte sich wieder nach vorne, und ließ seine Finger in der dunklen Höhlung des Huts von seinem Vater herumwandern.

»Wenn ich mir vorstelle, was du alles erlebt hast, Marie. Ich habe nichts erlebt«, sagte er, »und doch habe ich sechs Revolutionen mitmachen müssen. Weißt du, was nach jeder Revolution geschieht? Nach jeder Revolution wird jeder zum Helden. Ich war nie ein Held. Ich habe versucht, ehrlich zu sein, mehr nicht. Nur eines habe ich gelernt: weder die Intelligenz noch die Kunst hilft gegen den Unmenschen tief in unseren Herzen. Und dennoch werden wir uns alle irgendwann schön oder auch häßlich fühlen. Stark oder schwach. Wie gute Menschen werden wir uns vorkommen und wie schlechte, fröhlich, langweilig, reich oder arm, eine Blumenhändlerin werden wir sein oder ein Senator oder wer auch immer. Es kommt sowieso nur auf eines an. Man muß zu sich selbst stehen, wenn es geschieht.« Er blickte ihr in die Augen. »Es ist Zeit, daß du wieder du selbst wirst, Marie.«

Was er ihr damit gesagt hatte, beeindruckte sie mehr als seine Geschichte von den Phöniziern. Sie zog die Nase kraus. »Auch Menendez?« sagte sie.

Zamora nickte. »Sogar Menendez.«

Sie begann zu kichern, ein tolles inbrünstiges Kichern, das auch den Senator zum Lachen brachte, und Marie Amaral konnte nicht anders, sie lachte mit ihm, bis sie sich die Tränen aus den Augen wischen mußte.

Der falsche Mann war getötet worden, die falsche Frau vergewaltigt. Sie wußte, das Leid, das ihr widerfahren war, war nichts, gar nichts verglichen mit den Erfahrungen vieler anderer in Oran. Aber sie wußte auch, daß sie nach jener Nacht keine Sehnsucht mehr hatte nach Europa.

Der Tod kam in ganz kleinen Schritten. Der Schock verschloß ihre Lippen. Ihre Regel blieb aus. Das war natürlich, nach einem solchen Trauma. Als sie jedoch merkte, daß sie schwanger war, schnitt sie sich die Pulsadern auf. Sie kam dem Tod sehr nahe, aber zum Sterben hatte sie kein Talent. Sie rasierte sich den Kopf kahl. Im Spiegel blickte sie in eines der Gesichter, von denen sie später, in der Calle Silvestre, viele sehen würde. Grinsend trommelte sie an die Scheiben, schlug Purzelbäume und stieß schauerliche Laute aus. Sie verkroch sich in eine Ecke, nach draußen ging sie nicht mehr .

Ein merkwürdiges Phänomen. Sie spielte sich selbst vor, eine andere zu sein, und nur darum behielt sie ihr seelisches Gleichgewicht. »Ich habe überlebt, weil ich mich wie eine Verrückte benommen habe, Teodoro.«

Einen Monat lang blieb sie die Verrückte. Ihre Kopfhaut wurde allmählich wieder dunkel. Ihr Bauch schwoll an.

Im September wurde sie in der Rue Balzac von zwei Polizisten angehalten.

»Warum der Schleier?«

Jetzt nur nicht schreien, sagte sie sich. Sie können deine Angst riechen. Schau den einen an. An was erinnert er dich? Und der kleine harte Schirm seiner Mütze erschien ihr wie ein angekauter Fingernagel.

»Es ist heiß. Es ist nicht verboten. Ich habe eine Freundin besucht.«

»Eine Araberin?«

»Ja, ist sie.«

»Jeder Araber ist ein Rebell.«

»Laß sie laufen«, sagte sein Kollege, »elle avait la frousse«. Er konnte sehen, daß sie tatsächlich war, was sie sagte, die Tochter eines *Colon*. Er winkte sie weiter, und er achtete nicht auf ihre Hand, die sich krampfhaft um einen Zettel schloß. Darauf stand die Adresse einer Frau, nur eine Straße weiter.

Marie Amaral hatte die Adresse aus der Zeitung. Garantierter Erfolg in bestimmten Angelegenheiten. Heilung weiblicher Beschwerden, schnell, kostengünstig, absolut vertraulich. Beste Referenzen. Es würde mehr kosten, als sie sich leisten konnte. Das Gesetz bedrohte nicht nur die werdende Mutter, sondern auch jede, die eine Abtreibung vornahm, mit einer Gefängnisstrafe.

»Ich will gar nicht wissen, wer dir den dicken Bauch verpaßt hat«, sagte die Frau und zog ihre Lippen über einen Friedhof gelber Zähne. Marie Amaral nahm die goldene Kette ab. »Zahlen kann ich nur hiermit«, sagte sie mit einer Stimme, die von weiter herkam als von den Bergen. Die Frau ließ die Kette durch ihre Finger gleiten. Sie nickte.

Marie Amaral zog sich aus. Sie legte sich auf den Behandlungsstuhl, das Hemd zusammengewickelt im Nacken. Die Frau schnallte ihre Knöchel an die Beinhalter. Auch als sie sich die Hände wusch, hörte sie nicht auf zu schwätzen. Sie glaubte, es erleichtere ihren Patientinnen die Situation, wenn sie genau beschrieb, was sie tun würde. Das sei eine Salbe aus Kampfer und Safran. Und jetzt, durch dieses kleine Rohr – ein bißchen weiter öffnen, nein, noch ein bißchen, ja, so sei es gut –, werde die Salbe in die Gebärmutter gespritzt. Das werde den Fötus vergiften. Es werde zu einer Fehlgeburt kommen.

Marie Amarals Beine waren genau in der Position fixiert, in die Mérimée sie gezwungen hatte, als er in sie drang. Die Spritze war alt, ihr Inhalt tröpfelte auf die Hände der Engelmacherin.

Später wurde das Rohr entfernt, und die Frau wusch sich die Hände mit Karbolseife. Sie beugte sich wieder über das Waschbecken. In diesem Alter habe es ein Herz, aber kein Gesicht. Ihr endloses Geschwätz übertönte jetzt die Geräusche vom Stuhl. Es sei unbeschreiblich. Bei jeder Frau klinge das anders. Aber alle Frauen zögen die Lippen von den Zähnen. Apothekerin hätte sie werden wollen, keine Abtreiberin. Die Spritze fiel in einen Holzkasten. Komplikationen werde es keine geben. Und im Notfall, nicht vergessen, jeden Tag die Übung, die sie ihr gezeigt habe.

Die Fehlgeburt blieb aus, doch Marie Amaral ging nicht noch einmal in die Rue Narbonne. Sie trank scheußlich schmeckenden Lavendeltee, aß Pflanzen, die ätherische Öle enthielten. Im Oktober schluckte sie die Streichholzköpfe aus vier Packungen und hoffte, der Phosphor würde ihr den Tod bringen. Eine Woche lang mußte sie sich erbrechen. Und unter ihrem Kittel schwoll weiter ihr Bauch. Im November sprang sie im Garten von einem der verkohlten

Bäume; sie verstauchte sich nur das Fußgelenk. Am Tag vor Periclitos Geburt schwur sie einen Eid. Würde das Kind überleben, dann würde sie es ins Meer schleudern – in Richtung der Heimat seines Vaters.

Hundegebell lenkte Marie Amarals Aufmerksamkeit zurück auf die Plaza. Mit seinem Schaukeln hatte Pablo den Hund des Fischers erschreckt. Doch sobald er sich an die Bewegung gewöhnt hatte, kehrte Toribio an die Seite Zamoras zurück. Er ließ sich schwer zu Boden fallen, schaute hinauf zu dem Jungen auf dem wippenden Pferd, und sein Schwanz klopfte den Staub.

Zamoras Enkel war ein aufgewecktes, neugieriges Kind. Auch heute würde er sicher zu ihrem Stand kommen, auch wenn er sich längst hätte auf den Weg in die Schule machen müssen.

»Warum sieht dir Periclito nicht ähnlich? Warum muß er mit den Stieren kämpfen? Warum ist er nie zu Hause?«

»Pablo, ich weiß es nicht«, sagte sie. »Vielleicht mag er Abyla nicht.« Aber das war eine Lüge. Die Wahrheit hatte einen anderen Klang, aber wie diesem Achtjährigen etwas erzählen, was sie nicht einmal ihren eigenen Kindern erzählen konnte?

Damals, als er acht Jahre alt war, hatte Periclito ganz ähnlich ausgesehen und sich auch so verhalten. Als Marie Amaral hinüberschaute zu Pablo auf seinem Pferd, fiel ihr auf, daß sie die roten Bouvardien völlig vergessen hatte. Sämtliche Eimer im Laden waren voll. Aber neben dem Brunnen stand noch einer, am Abend zuvor hatte sie die Zistrosen hinausgestellt. Sie trat auf die Plaza.

»Ich bin ein Picador!« Pablos Arm war die Lanze, der Hund zu seinen Füssen der Stier. »*Olé*!«

Wie Periclito. Sie hatte ihren Sohn im Stich gelassen, so wie sie eine Stunde zuvor Rosita im Stich gelassen hatte.

»*Olé*!«

Sie sah den achtjährigen Periclito vor sich. Das war vor mehr als zwanzig Jahren gewesen.

»Maman, hast du meinen Stier mitgebracht?« Er sprang ihr durch ein Feld von Samtblumen entgegen, auf der anderen Seite von La Mujer Muerta; dort wo Teodoro Zamora auf Enten- und Wildschweinjagd ging. Dort hatte sie für den Sommer ein Haus gemietet. Eine Schar weißer Tauben flog niedrig über das Feld, ihre glänzenden Flügel fingen die Sonne, wurden stumpf und glänzten wieder, die Vögel ließen sich nieder und flatterten empor, als Pablo ihr keuchend entgegenlief.

Hell tönte seine Stimme über das Feld: »Maman, hast du sie mitgebracht?«

Bevor sie in Abyla losgefahren waren, hatte sie mit ihrem Sohn in einem Schaufenster auf der Plaza de los Reyes eine Daguerreotypie eines Stierkampfes entdeckt. All seine Ersparnisse hatte ihr Periclito anvertraut, damit sie die Daguerreotypie kaufen könne. Aber der Verkäufer war nicht im Laden. Die Plaza war menschenleer. Marie vergaß all ihre eigenen Besorgungen und verbrachte einen verzweifelten Nachmittag damit, die Geschäfte nach einem Hut, einer Pelerine, einem Plastikstier abzuklappern. Sie fand nichts, was mit einer *Corrida* zu tun hatte.

Auf keinen Fall wollte sie mit leeren Händen zurückkehren. Also kaufte sie schließlich vorm Hotel Zamora einen Sombrero aus Stroh.

Der Kopf des Dreißigjährigen war zu groß geworden für diesen Sombrero. Aber er sah sich noch immer als die Gestalt auf der Daguerreotypie, deren Hals sich der Menge entgegenreckte wie der einer Ziege, die an einem Argan-Baum knabberte.

»Ach, Periclito«, sagte sie laut, während sie gedankenverloren den Senator und seinen Enkelsohn beobachtete. Drei Jahren waren es her, daß sie ihren Sohn zuletzt gesehen hatte.

»*Olé*!«

Sie sah ihn von Ochsenwagen umzingelt, in Peru den Degen gegen irgend etwas zücken, noch kein vollkommener Matador. Wann würde sie ihn wiedersehen? Vielleicht würde er ja zu den Feierlichkeiten im August zurückkehren. Vielleicht – warum nur hatte sie nicht längst daran gedacht? Die *Feria de Toros*! Der Stierkampf, dessen Vorsitzender ihr hilfreicher und liebenswerter Senator Zamora sein würde.

Am Brunnen bückte sich Marie Amaral nach ihrem Eimer. Da hatte sie eine großartige Idee.

4

Rosita sah ihre Stiefmutter durch die Schaufensterscheibe. Sobald Marie Amaral wieder in ihren Laden zurückgekehrt war, nahm Rosita ihren Kaninchenfellmantel vom Kleiderbügel, schlug den Kragen hoch und sagte ihrer Assistentin: »Ich bin gegen zwei wieder da.«

Den ganzen Morgen lang hatte sie portugiesischen Touristen Schuhe und Kleider vorgeführt. Den ganzen Morgen lang hatten die Männer sehen wollen, ob solche Stiefel oder dieser Ledermantel oder die rosaroten Pantoffeln dort ihrer Frau, Freundin, Mätresse stehen würden. Den ganzen Morgen lang hatten die Männer Rosita angestarrt, ohne sie zu sehen. Das, was sie erblickten, war größer, dünner, dicker, schöner als Rosita. Nun hatte sie eine Stunde Zeit, in der sie sie selbst, in der sie traurig sein konnte.

Sie ging um den leeren Brunnen herum zu der Bank, auf der sie gewöhnlich saß.

»Genau das meine ich, wenn ich dir sage, du sollst deinen Kopf gebrauchen.« Teodoro Zamora sprach belehrend auf seinen Enkelsohn ein. Pablo heulte. Er hatte dem Hund sein Eis hingehalten. Der sollte nur lecken und hatte prompt alles verschlungen.

»Böser Toribio«, sagte Zamora. Der Hund leckte ihm die Finger. »Schau, seine Pfoten, Pablo. Er hat eine Haut zwischen den Zehen wie eine Ente. Das hilft ihm beim Schwimmen. So ist er, das Tau im Maul, zum Kai geschwommen. In Kriegszeiten brachte er Botschaften über den Tejo. So war es doch?« Aber Toribio, der portugiesische Wasserhund, mußte Wasser in den Ohren haben. Er leckte sich den letzten Tropfen Eis vom Maul, gähnte und trottete den Hügel hinunter.

Zamora stand auf. »Na, komm. Ich kaufe dir noch ein Eis.« Er machte sich daran, die verschmierten Wangen seines Enkels mit dem Ärmel seiner Strickjacke abzuwischen.

»Grüß dich, Pablo«, sagte Rosita.

»Sprich, mein Junge. Du wirst nie verloren gehen, wenn du nur den Mund aufkriegst.«

»Guten Tag, Señorita Rosita.« Sein Gesicht sah aus wie ein Spielplatz ohne Schaukel.

Alte Männer und vaterlose Kinder. Das war Abyla. Nichts als grobe Soldaten. Sobald sie eine Gangway erklimmen konnten, kauften sie sich eine Fahrkarte nach Algeciras.

Rosita war ihnen nicht gefolgt. Wie ihre Stiefmutter oder Senator Zamora hatte sie eine Abneigung gegen Spanien. Ihr Mann war ein *Peninsulare* gewesen. Mit der Gitarre in der Hand war er von der Fähre gekommen. Hatte ihr an der Playa Benitez den Hof gemacht, unter dem steinernen Blick von La Mujer Muerta und mit den harten Kuppen seiner Finger. Viele Lieben und viele Liebschaften begannen in Abyla an der Playa Benitez. Nach Rositas Erfahrungen hielt die Liebe von der Playa Benitez genau zwei Wochen.

Liebe? Das sei die Alte Dame der Vierzehn Tage, so sagte Rosita ihrer Freundin Dolores.

Rosita hatte gehofft, Norberto würde sie in die Geheimnisse des Liedersingens einweihen. Das hatte er getan. Hatte ihr Verse geschrieben. Und versprochen, die Drogen aufzugeben. Arbeit wollte er suchen. An ihrem Hochzeitstag lud er sie ein zu Paella und Schwarzwäldertorte. Und eines Abends war er auf einem zollfreien Motorrad vorgefahren und hatte »Hure!« gebrüllt. Er versuchte, Zigaretten in ihrem Gesicht auszudrücken. Riß Seiten aus ihren Lieblingsbüchern und schrieb mit Lippenstift »Ehebrecherin!« an die Wand.

Irgend jemand, der es wiederum von jemandem anderen hatte, hatte ihm gesagt, sie habe eine Affäre mit Señor Ortiz. Aber sie hatte keine. Der Dirigent hatte versprochen, ihr Gesangsunterricht zu geben. Und seine Aufmerksamkeit blieb auch tatsächlich auf das Singen beschränkt. Der Ungetreue war Norberto. Das aber sagte ihr Dolores erst, als er zum letzten Mal Gas gegeben hatte und das Motorrad auf die Fähre nach Algeciras donnern ließ.

Bis zu ihrer Affäre mit Panteco hatte es keinen anderen Mann gegeben. Mit dem ungeduldigen Polizisten war sie ausgegangen, weil es besser war, begehrt zu werden, als nicht begehrt zu werden. Aber sein Kind hatte sie nicht gewollt. Deswegen hatte sie ihn verlassen.

»Warum nur, Rosita, warum?« fragte er sie. Er wurde nicht müde, zu fragen. Kam in den Laden gestürmt, nur um sie mit ihren Erklärungen stehen zu lassen und davonzurennen. Am Abend bereits war er wieder da, klopfte laut an ihre Tür. »Warum?« Sie fürchtete das Geräusch seiner Schritte im Treppenhaus, seine wie ein Nebelhorn dröhnende Stimme. Sie störte sich an dem kindischen Ungestüm, mit dem er durchs Leben sauste, dabei alles über den Haufen rannte, obwohl es gar keinen Grund zur Eile gab. Auch sie hätte er über den Haufen gerannt. Nach der Fehlgeburt konnte sie seinen Anblick monatelang nicht ertragen, als habe sie etwas Verdorbenes gegessen, von dem ihr immer wieder schlecht werden würde. Sie konnte es nicht ertragen, von einem Mann berührt zu werden, gleich von wem. Bis sie eines Abends von der Bühne im Café ihres Bruders, wo sie einen *Fado* sang, hinüber in die aufgespreizten Schatten an der Theke schaute und dort auf einem Barhocker den etwas verloren wirkenden Engländer erblickte.

Über die Liebe, die in Rosita allmählich für Silkleigh wachsen sollte, hatte sie keine Macht. Aber es gab niemanden in Abyla, mit dem Rosita hätte sprechen können. Ihrer Stiefmutter konnte sie sich nicht anvertrauen. »Hör auf, ihn zu idealisieren«, hatte Marie Amaral noch diesen Morgen gesagt. Ihr war es peinlich, über Gefühle zu reden. Und hatte dann, als sei dies der weiseste Rat der Welt, hinzugefügt: »Auch wenn man sich ein Pferd nicht leisten kann, bleibt es ein Pferd.«

»Ich werde ihn auf keinen Sockel stellen. Bevor ich das nächste Mal mit ihm rede, wird er die Calle Camoes auf Knien hochrutschen müssen.«

Oder anrufen, dachte Marie Amaral, als sie sah, mit welch butterweicher Entschiedenheit ihre Tochter diesen Mann haßte.

Mit Dolores konnte Rosita nicht reden, denn die redete immer nur über sich und Ernesto. Und ihr Bruder Periclito war in Caracas. Allenfalls Clotilda hätte ihr helfen können, das Phänomen der Anziehung zu erklären, die Silkleigh auf sie ausübte. Aber Clotilda Zamora sprach gerade mit niemandem.

»Ist dieser Platz frei?« Ein Mann, ein Engländer, fragte sie etwas. Sie war sich sicher, daß er Engländer war. Dies verrieten der V-Ausschnitt seines Pullovers, das Tweed-Sakko und die Art, in der ihm das Haar ins Gesicht fiel.

Rosita rückte auf der Bank ein Stück zur Seite, um ihm Platz zu machen. Engländer brauchen viel Platz, das wußte sie.

»Ich schaue den Kindern zu«, sagte sie.

Wavery sagte: »Ist das nicht Pablo?«

»Gott liebt die Männer, die ihre Kinder lieben.« Von irgendwoher fiel ihr dieser Spruch ein. »Haben Sie Kinder, Señor?«

»Nein.« Wavery erkannte Zamora, der die Hände wie einen Trichter an den Mund legte und rief: »Hat Ihnen Asunción die Liste gegeben?«

Aus seiner Tasche zog Wavery den Computerausdruck. Er winkte damit. »Vielen Dank«, rief er, »ich gehe jetzt gleich in die Bibliothek.«

Zamora schaute sich nach Pablo um. »Komm, los jetzt, Pablo«, sagte er. Mit einem Ausdruck großväterlicher Verzweiflung schob er seinen Enkel über den Platz in Richtung Eiskiosk. Wavery schaute auf das reglose Schaukelpferd, auf den Mann aus Algeciras, der am Brunnen stand, und auf die struppigen Augenbrauen, die die Schatten der Palmblätter in den Staub malten.

Neben ihm hatte Rosita den Schildpattkamm in den Mund gesteckt und das Haar nach vorne über ihr Gesicht fallen lassen. Mit dem Kamm steckte sie ihr Haar zu einem lockeren Knoten, so daß ihr

Nacken, in dem das feine schwarze Haar silbern glänzte, frei lag. Sie schüttelte den Kopf ein paarmal, um zu prüfen, ob der Knoten fest war.

Sie sagte: »Señor Consul General, wie schläft man mit einem Engländer?«

»Silkleigh?«

Ihr Gesicht rutschte tiefer in den Kragen. Umrahmt vom weißen Pelz nickte sie.

»Sind Sie sicher, daß Sie es wollen?«

Sie lachten beide; Rositas Lachen verschwand in ihrem Mantel. Sie sagte: »Ich weiß, er ist vielen nicht geheuer. Silkleigh ist gefährlich, sagen sie. Aber ich spüre diese Gefahr nicht. Zu mir ist er einfach unhöflich. Rosita, du bist die einzige, der ich wehtun muß. Als sei das ein Kompliment.«

»Er liebt es, den Allwissenden zu spielen.«

»Psssh. Alles in seinem Kopf – eine Ausgeburt seiner englischen Phantasie. Wissen Sie, was ich über Silkleigh denke, Señor? Ich glaube, er ist ein Mythomane. Wie kann er *überhaupt etwas* von anderen Menschen wissen, wenn er von sich selbst so wenig weiß?«

»Wissen Sie, was er über Sie denkt?«

Sie streckte einen Finger aus und legte ihn an ihre lange Nase. »Er denkt, ich bin ein Flittchen.« Das sagte sie mit einem starren Grinsen, als säße sie beim Straßenphotographen in der Calle Real. »Wenn Männer das denken, überlegen sie es sich zweimal, bevor sie sich zu irgend etwas verpflichten.«

»Und warum denkt er das?«

»Panteco«, sagte sie einfach.

»Und was war mit Panteco?«

»Das übliche. Am Anfang habe ich nur seine guten Seiten gesehen. Am Ende nur noch seine schlechten. Er ist gar nicht übel, aber nichts für mich.« Sie ließ ihr Lächeln verschwinden, schaute prüfend auf ihre roten Fingernägel. »Mein ganzes Leben lang haben sich immer nur Arschlöcher für mich interessiert. Ein Mann macht dich an, du läßt dich drauf ein, und dann haut er ab. Männer wollen dich besitzen, um dich zu töten. Sie sehen etwas Lebendiges und wollen es besitzen. Und sobald sie es haben, können sie einfach nicht ertragen, daß es lebendig ist. Aber weil ich *loca completamente* bin, glaube ich, daß es mit Silkleigh anders läuft.«

»Wirklich?«

Ach, es sei nicht so, als ob er es nicht auch gern auf dem üblichen Weg hätte. Wie ihr Bruder, wie Periclito. Jede Frau, die er sehe, wolle er auch haben. Und es ließen sich durchaus nicht alle von Silkleighs lästigem Geschwätz abschrecken. Was Frauen derartig entmutige, was sie wie Schafe vor dem Schakal in alle Himmelsrichtungen fliehen ließe, war das überwältigende Ausmaß seiner Selbstüberschätzung.

»Sie meinen sein Buch?«

Rosita ließ ein Geräusch hören, das eine Mischung war von Schnauben und Aufschrei. »Er und ein Schriftsteller. Er kann nicht einmal das einfache Wort Scheiße in den Sand neben seinem Boot schreiben. Schreiben, das ist der Spleen, bei dem er Zuflucht sucht. Er hat keinerlei Interesse an der menschlichen Natur. Er hat nie geliebt. Wie also will er eine Liebesgeschichte nachempfinden? Und darum geht es schließlich in Romanen.«

»Ich dachte, es sei eine Autobiographie«, sagte Wavery, »mit besonderer Betonung dessen, was wir den Ozeanen antun.«

»Das sagt *er*. Und letzte Woche, auf der Fähre, da schwärmt er von dem großartigen Titel, den er gefunden hat: *Sonnenbrille für einen Regentag*. Das paßt vielleicht für einen Krimi. Ich sagte, Silkleigh, du willst doch dein Leben erzählen. Was soll diese Krimischeiße? Und er antwortete: Ja, wenn der Titel stimmt, dann kann ich doch genau so gut einen Roman schreiben. Da haben Sie's! Sie können ihm nicht vertrauen. Er läßt sich treiben, wendet sich mit dem Wind. Er versteht nicht, daß wirkliche Menschen alles andere als Schauspieler sind. Und vor allem, Señor, er ahnt nicht, daß es nicht genug ist, gelebt zu haben, um die eigene Geschichte aufschreiben zu können. Dieses ewige Gerede über den Titel. Eine einzige Ausrede. *Briefe an mein Ego*. Das ist das Buch, das er schreiben könnte. Ach, ich will gar nicht über ihn nachdenken. Er ist so widerwärtig.«

»Gibt es denn keinen anderen?« fragte Wavery.

»Nein. Sie drehen sich nicht um. Nie. Und wer, das frage ich Sie, war idiotisch genug, zurückzuschauen?« Heftig wies sie mit dem Daumen auf ihre eigene Brust. »Es tut mir leid, Señor. Aber ich trage mein Herz auf der Zunge. Es gibt keinen Filter zwischen meinem Mund und dem hier drin. Die Engländer pflegen aus allem ein Geheimnis zu machen. Wenn die mit dir reden, lügen sie alle wie gedruckt. Ich nehme an, wenn sie miteinander reden, ist es nicht anders.«

»Ja«, sagte Wavery, »ich fürchte, Sie haben recht.«

»An manchen Tagen denke ich, Silkleigh ist nicht anders als die Matadore. Jedes neue Mädchen ein Spiegel, mit dem er solange herumspielt, bis sie sein Gesicht widerspiegelt. Dann wirft er sie weg wie ein Papiertaschentuch. Und schaut sich um nach einem neuen Paar glänzender Augen.«

»Hat Silkleigh häufig solche Anwandlungen?«

»Nur wenn er betrunken ist. Dann wird er zu dem, den Sie in der Bar getroffen haben.«

»Und sonst?«

»An anderen Tagen ist er der ruhigste aller Männer. Er spricht vom Meer, von den Liedern, die er unter Wasser hört, über die Schildkröten, die er mit seinen Fingern zum Leuchten bringt. An solchen Tagen ist er wie seine Hände.«

»Seine Hände?«

»Er hat wunderschöne Hände. Frauen schauen auf die Hände der Männer, von denen sie berührt werden wollen, Señor. Ich möchte, daß er mich nachts zum Leuchten bringt. Wie seine Schildkröte.«

Die Glocke schlug achtmal. Wavery schaute unwillkürlich auf seine Uhr. Es war viertel nach zwei.

»Ich muß in die Bibliothek«, sagte er.

SIEBENTES KAPITEL

Ab wann war sich Wavery im klaren über die Macht, die ihn an Catharine band? Ganz sicher noch nicht in den ersten zwei Monaten ihres Briefwechsels. Er spürte sie, wie ein Steinchen in seinem Schuh, mehr nicht. Das jedenfalls redete er sich ein.

Er schrieb ihr jede Woche. Beim Schreiben stieß er auf vieles, was er ihr sagen wollte, Dinge, von denen er Penny nie etwas erzählt hatte. All das bewahrte er wie einen Schatz für Catharine. Er beschrieb seine letzten Tage in Lima, schrieb, daß er es zu seiner Überraschung zuletzt doch bedauert hatte, Peru verlassen zu müssen, und von seiner ersten Heimkehr nach vier Jahren. Wie er sich freuen konnte über die alltäglichsten Kleinigkeiten. Die holländischen Mieter hätten die Londoner Wohnung der Waverys in einem schrecklichen Zustand hinterlassen, »aber ich kann den Wasserhahn aufdrehen, ohne daß sich mir Würmer entgegenringeln.« Noch immer gebe es keine Bestätigung für seinen letzten Posten, was vor allem seine Frau ärgere. Doch stünden ihm noch zwei Monate Urlaub zu. Und er habe es gar nicht eilig, zur Arbeit zurückzukehren.

Catharines Briefe kamen Beichten gleich. In einem schrieb sie von ihrer Mutter. »Wissen Sie, daß ich nichts Besseres zu tun hatte, als meine Blumen zu gießen, als ich die Nachricht von ihrem Tod erhielt? Und ich fühlte mich lebendig dabei und stark. Als Adam nach Hause kam, fragte er: Was ist passiert? Ich habe dich nie so schön gesehen. – Ist das nicht fürchterlich?«

Dann, im frühen September, konnte ihr Wavery von einem außergewöhnlichen Glücksfall berichten. Ob sie sich noch an seinen Wunsch erinnere, sich ein wenig außerhalb von Lissabon, in der Sierra de Sintra, zur Ruhe zu setzen? Er habe einen Brief von einem Freund erhalten, den er schon seit über 30 Jahren kenne. Die ältere Schwester dieses Mannes sei gestorben, und er wolle ihr Anwesen unterhalb des Palácio da Pena verkaufen. Von der Beschreibung des Hauses her sehe es ganz danach aus, als würde es seinen Vorstellungen entsprechen. Penny sei leider unterwegs an der Südküste, wo sie eine Ausstellung vorbereite. »Ich habe mich entschlossen, dennoch einen Blick auf das Haus zu werfen«, schrieb Wavery.

In ihrem nächsten Brief schrieb Catharine: »Wissen Sie, was ich lieber täte als alles andere? Mit Ihnen dorthin zu fahren.«

Mitte Oktober fuhren sie, wie Bruder und Schwester hätten fahren können. Wavery hatte Zimmer in einem Hotel im Bairro Alto reserviert. Er flog einen Tag früher als sie, um alles Notwendige zu arrangieren. Am Freitag wollten sie sich in einem Cafe in der Nähe des Maurenkastells São Jorge treffen. In seiner letzten Nachricht hatte er ihr einfach geschrieben: »Café Queluz, Praça dos Pássaros, um drei Uhr.«

Er hatte ein reines Gewissen. Sie würden ein Wochenende miteinander verbringen, weil sie einander brauchten. Es tat Catharine aus irgendeinem Grund sehr gut, mit ihm zusammen zu sein; ihm erging es umgekehrt genauso. Die gemeinsame Reise war so unschuldig, wie es auch seine Gefühle für sie waren. Daran zweifelte er nicht. Bald würde er in der Botschaft von Lissabon ernten, was ihm zustand. Aber vorher, da hatte er, bei Gott, doch ein Recht auf ein klein wenig Glück. Seit fünfunddreißig Jahren war er mit einer Frau verheiratet, die sich ihm gegenüber verhielt, als sei dies für beide nichts als Zeitverschwendung gewesen. Und wenn es auch nur ein Wochenende währen sollte, die Möglichkeit eines Ausgleichs winkte.

»Ihr Name beginnt mit einem W.« Er hatte sich auf der Praça dos Pássaros niedergelassen, eine Zigeunerin war an seinen Tisch getreten. Tauben flatterten durch die goldenen Blätter, blähten in der kalten, salzigen Luft die Brust wie Damen, die sich zu einer Runde Bridge zusammensetzen. Er ließ seine Blicke von dem kleinen Platz, der gesäumt war von Häusern mit blauen Ziegeln und zum Trocknen aufgehängten Bettlaken, die beiden Straßen entlang wandern, die zum Rio Tejo hinunter führten.

Die alte Frau legte einen Rosmarinzweig in seine offene Hand.

»Ja.«

»Viele Änderungen.«

Er nahm den Zweig. »Danke.«

»Fünfhundert Escudos.«

Er zahlte. Er bestellte noch einen Kaffee. Ihm war kalt. Sie hatte schon fünfundsiebzig Minuten Verspätung.

Schwarzes Haar, weiße Haut, lilafarbenes Kleid. »Erkennen Sie mich wieder?«

Wavery sprang auf und verschüttete dabei seinen Kaffee. Ihre Nasen stießen zusammen. Er sagte: »Sie sind es! Sie sind wirklich hier. Ich wage es kaum zu glauben.« Sein Herz schlug hart gegen seine Brust.

Sie sagte: »Jetzt muß die Zeit stillstehen, nicht wahr?«

Er nahm ihren Koffer, und sie spazierten durch die Straßen. Sie sog die frische Luft ein. »Als ich aus dem Taxi stieg, wußte ich sofort, daß es mir hier gefallen würde. Und ich habe mir fest vorgenommen, mir eine schöne Zeit zu machen, auch wenn Sie nicht auftauchen würden.«

»Sie haben gedacht, ich würde nicht auftauchen?«

Sie sagte fröhlich: »Das Hotel in Lima! Haben Sie das schon vergessen?«

Ihr Zimmer war ein Spiegelbild des seinen: nicht sehr groß, grüne handbemalte Möbel und ein Blick auf das Dach einer Kirche. Oberhalb des Giebels blies ein Engel in eine abgeschlagene Trompete.

»Ich lasse Sie jetzt alleine, zum Auspacken«, sagte er, »ich bin in Nr. 402. Am Ende des Flurs, rechts um die Ecke.«

Wenig später klopfte es. Ihr Telephon funktioniere nicht. Ein Mann sei gekommen und habe daran herumgefummelt. Den Fehler könne er erst am Montag beheben.

»Ich muß zu Hause anrufen.«

»Nehmen Sie doch meins«, sagte Wavery.

Er zog den Mantel über und ging zum Platz hinunter. Er erkundete das feuchtkalte Innere der Kirche. Er kickte einem kleinen Jungen seinen Ball zurück. Er schaute in die Fenster eines Antiquitätenladens. Da waren die tausend Teile eines Kristallüsters, ein Lederetui für Spielkarten, ein pantoffelförmiger Aschenbecher aus Zinn und eine ganze Anzahl schwarzweißer Karnevalsmasken mit Schnäbeln an Stelle von Nasen.

Er schaute zu seinem Hotelfenster hinauf. Sie hatte ihr Gespräch wohl beendet, denn sie stand dort oben und schaute zu ihm hinunter. Sie öffnete das Fenster und winkte. Von nun an wurde das geöffnete Fenster zum Zeichen, daß er oder sie mit dem Telephonieren fertig war.

Er stieg wieder hinauf in sein Zimmer. Er versuchte ein Lächeln. »Alles in Ordnung?«

»Ja, ja. Läuft wie geschmiert.« Sie wandte sich zum Gehen. An der Tür berührte sie seine Schulter. »Was haben Sie, Thomas?«

»Bei wem, denkt – ?« Er konnte sich nicht dazu bringen, den Namen ihres Mannes auszusprechen.

»Ich bin bei meiner Schwester. Und Sie? Was denkt Penny?«

»Ich bin hier, um das Haus in Sintra zu besichtigen.«

»Alleine?«

* * *

Abends aßen sie im hinteren Raum eines Fischrestaurants unterhalb des Kastells. Später würde er sich, wenn er sich sehr bemühte, die Holztische, den geschmiedeten Garderobenständer, den großen Mann mit dem roten Hemd, der ihnen frische Venusmuscheln und einen gut gekühlten Casal Garcia servierte, ins Gedächtnis rufen können.

Sie sagte: »Danke, daß Sie es mir ermöglicht haben, hier zu sein.«

»Seien Sie doch nicht albern.«

»Sie können sich nicht vorstellen, was für eine Wirkung das hatte: Café Queluz, Praça dos Pássaros, drei Uhr. Sonst nichts auf der Karte. Seit ich ein junges Mädchen war, habe ich …« Sie brach den Satz ab.

»Erzählen Sie weiter«, sagte Wavery.

»Mein ganzes Leben lang habe ich immer auf eines gehofft«, sagte sie, »es klingt verrückt, wie ein Glauben. Doch ich habe immer gehofft, jemanden zu finden, dem ich mich seelisch so verwandt fühlen würde, daß eine Trennung, auch wenn sie wehtut, nicht zählt. Jemand, zu dem ich sagen könnte: Wir werden uns treffen – irgendwo weit weg, um die und die Zeit, in einer Woche, einem Monat, einem Jahr. Und dabei sicher wäre, daß wir uns wirklich treffen würden. Was ich damit sagen will«, fuhr sie fort, »ist wohl, daß ich immer schon zu einem Mann sagen wollte: Café Queluz, Praça dos Pássaros, drei Uhr.«

»Und nun sind wir hier«, sagte Wavery voller Freude. Er goß ihr nach von dem herben weißen Wein. Er schaute auf, und sie sah ihn unverwandt an.

»Und, was haben Sie gefunden? Sie sehen nichts als einen kurzsichtigen Diplomaten in mittleren Jahren.«

Sie nahm das Glas. »Komisch, ich habe ein anderes Bild von Ihnen.«

»Wirklich?«

»Es sind die kleinen Dinge, an die man sich erinnert. Nicht die offensichtlichen. Ihre Füße zum Beispiel. Sie gehen über den großen Onkel. Wußten Sie das?«

Am nächsten Morgen fuhren sie mit einem Taxi nach Sintra. Ischias hinderte Waverys Freund, einen ehemaligen Leiter des British Council, daran, sie selbst durch das Anwesen zu führen. Sein Rechtsanwalt sollte sie um elf am Haupttor erwarten.

Das Haus lag, jenseits des Hotels von Seteais, hinter einer zerbrökkelnden brusthohen Mauer am Ende einer Auffahrt, die vor langer Zeit asphaltiert worden war. Das Haus war weiß verputzt, breite Bänder aus blauer Farbe faßten die Fassaden ein und rahmten die Fenster. Das Gebäude war nur ein Stockwerk hoch und um einen offenen Innenhof herum angelegt. Eichenäste streiften das Dach, und durch die Eichen konnten sie eine kleine Kapelle erblicken.

Im Hof sahen sie eine neugierige Katze, ein Huhn in einem Käfig und ein Mädchen im grauen Rock einer Schuluniform. An die Mauer gelehnt hatte sie ihnen entgegengeschaut, als sie die Auffahrt hinaufspazierten, nun hatte sie einen Fleck auf dem Rock. »Die Tochter des Kochs«, murmelte der Anwalt. Er ging zur Seite und ließ Wavery und Catharine eintreten.

Über der Eingangstür hing ein aus einer Kaktee geformtes Kruzifix. In der Eingangshalle stand ein riesiger Kühlschrank der Marke Kelvinator, der Stecker lag daneben auf dem Boden. An den Wänden hatten nicht mehr vorhandene Gemälde helle Rechtecke hinterlassen.

Catharine öffnete einen Schrank. Darin fand sie ein altes Rundfunkgerät und eine fast leere Flasche Single-Malt von den Hebriden.

»War sie verheiratet?« fragte Wavery den Rechtsanwalt.

Zweimal war sie verheiratet, und sie war alleine, als sie starb, dachte der Mann. Aber er sagte es nicht.

Sie gingen in das Vorzimmer. Die Architraven waren mit Putten verziert.

»Hierher ist sie gekommen, um Ruhe zu haben vor ihrem Mann«, sagte Catharine. Alles lag unter einer dicken Staubschicht. »Oder er kam hierher, um Whisky zu trinken, während sie in der Kirche war«, sagte Wavery.

»Ach, ich denke nicht, daß sie sonderlich religiös war«, sagte Catharine. Gedankenverloren fuhr sie mit einem Finger durch den Staub.

»In der Schreibtischschublade hatte sie immer eine Pistole liegen«, sagte der Rechtsanwalt.

»Um ihre Liebhaber zu erschießen, nachdem sie mit ihnen fertig war«, sagte Catharine. Sie wischte ihre Telephonnummer wieder weg.

Sie öffnete die nächste Türe. »Schau nur«, sie trat in ein Zimmer, das wohl ein Schlafzimmer gewesen war, »das Meer.« Aufgeregt ergriff sie Waverys Hand. »Ach, Thomas, hier muß das Bett hin. Aber die Wände müßten in einer anderen Farbe gestrichen werden.«

»Hellblau vielleicht?«

»Ja«, sie nickte zustimmend, »hellblau wäre schön.«

Es gab drei Schlafzimmer, alle mit Blick auf Colares, und einen großen Salon, von wo aus vier Stufen in einen riesigen Garten hinabführten. Die Luft war kühl und feucht. Auf einem Hügel rechts vom Garten konnten sie das rote Dach eines anderen Hauses schimmern sehen, und durch die Olivenbäume das Meer.

»Man könnte denken, man sei in den Tropen«, sagte Wavery, »schauen Sie nur, die Palmen dort. Sind sie nicht großartig?« Er ging nach draußen. Der Garten war verwildert, das Gras nicht geschnitten, herabgefallenes Laub drückte die langen Halme zu Boden. Hier und dort sahen sie große blauweiße Blüten durch das Gestrüpp leuchten.

»Verbenen, Nikotiana und Kamelien, Kamelien, Kamelien«, sagte Catharine, die hinter ihm stand.

»Ich würde neue Olivenbäume setzen. Einen oder zwei. Dort drüben.«

»Es dauert zu lange, bis sie groß sind. Sie brauchen etwas Schnelleres. Robinien, beispielsweise, wachsen ziemlich rasch.«

»Ich glaube nicht, daß ich Robinien wirklich mag. Ich möchte Oliven haben.«

»Wenn Sie es sich lange genug einreden, dann werden Sie auch Robinien mögen.«

Er setzte sich auf die Reste einer Stützmauer. Nach all den Jahren erkannte er die Landschaft nur allmählich wieder. Ja, hier könnte er Wurzeln schlagen. Er sagte: »Ich habe mich immer gesehnt nach einem ruhigen Ort, wo ich die Jahreszeiten verfolgen kann.« Er sehe seinen Garten schon vor sich, mit vielen versteckten Ecken, mit Nischen, in die er sich flüchten könne, ohne je gefunden zu werden. Er bezauberte Catharine mit dem Bild eines Grasweges durch die Büsche und Sträucher. Er würde zu hohen Hecken aus Weißbuche führen und durch Bögen, durch die man in immer neue Gärten gelangen werde, jeder wie ein Zimmer für sich. Das war seine Wunschvorstellung: viele kleine Gärten anzulegen, mit den Pflanzen aus den Ländern, in denen er gelebt hatte. Das Klima der Berge von Sintra würde das erlauben, hier würde alles wunderbar gedeihen.

»Während Penny vor ihrer Staffelei sitzt, werde ich herumwandern und Argentinien, Jordanien und Peru riechen können.«

Während sie durch die leeren Zimmer schritten und Träume austauschten, fühlte sich Wavery, als würde er aus einem Winterschlaf erwachen. Zu sich selbst sagte er: Ach, würden wir uns doch nur erlauben, zu leben ...

»Es ist bezaubernd, Thomas«, hörte er Catharine sagen, »sogar wunderschön.«

»Sie meinen, ich sollte ein Angebot machen?«

»Aber sicher.«

In Seteais aßen sie zu Mittag, nach Lissabon kehrten sie am späten Nachmittag zurück.

Vor dem Abendessen rief Wavery bei Penny an. Er wollte ihr das Haus schildern und den Preis mit ihr besprechen, aber sie nahm nicht ab. Sie war einen Tag nach Poole gefahren, um dort die Ausstellung vorzubereiten. Sie war wohl in Dorset geblieben. Er öffnete das Fenster. Kurz darauf klopfte Catharine.

Er sagte: »Ich habe meine andere Wirklichkeit angerufen, aber sie ist nicht da. Es gibt nur diese hier.«

»Na, dann bin ich wohl dran.«

Aber weder Adam noch die Mädchen gingen ans Telephon. »Kann ich es nach dem Abendessen noch einmal versuchen, bitte?«

Eine halbe Stunde später holte Wavery Catharine in ihrem Zimmer ab. Sie trug einen zinnoberfarbenen Schal und die rostrote Jacke, in der er sie das erste Mal gesehen hatte. »Ich habe sie seither nicht reinigen lassen.« Sie lachte.

Sie aßen in der Alfama, in einem Restaurant, dessen Äußeres ihnen gefallen hatte. Aus dem Lautsprecher ertönte ein Fado, *E quem me dera, ter outra vez vinte anos*, die Kellnerin sang mit.

Wavery bestellte Champagner. Sie stießen zu schnell an, der Champagner schäumte über und tropfte in ein Schüsselchen mit Salz, das sich sofort blau verfärbte. Sie bestellten Gemüsesuppe, danach gegrillten Fisch und Wein. Sie tranken die Flasche nicht leer. »Sie trinken gar nichts«, sagte er. Sie löste ihren Schal. Dann beugte sie sich über den Tisch und sagte mit einer Stimme, die so sanft war, daß er sich in diesen Klang hätte einhüllen mögen: »Für Sie.«

Seine Hände streckten sich über den Tisch ihr entgegen, hielten ihr Gesicht. Als er die Hände ausstreckte, hatte er sich nur bedanken wollen. Aber jetzt, ganz ruhig, ohne Hast, zog er Catharine zu sich und küßte sie. Sie erwiderte den Kuß nicht, aber sie ließ ihren Kopf an seinem ruhen, ganz ohne Bewegung, um ihm zu sagen, daß er nichts Falsches getan habe.

Als sie den Platz vor dem Hotel erreichten, sagte sie: »Tom, ich muß unbedingt telephonieren.« Er hielt ihr seinen Zimmerschlüssel entgegen. »Ich warte hier.«

Sie gab ihm einen raschen leidenschaftlichen Kuß und verschwand im Haus. Eine halbe Stunde ging er wartend auf dem Platz hin und her. Es war kalt und winterlich neblig, und durch den Nebel drang das Geschrei von Katzen. In einem Monat, dachte er, würde er hier leben, in der großen Residenz in Lapa. Am Dienstag würde er Bescheid wissen.

Er schaute auf seine Uhr. Inzwischen war eine Stunde vergangen. Nichts sah er sich regen in seinem Zimmer. Kein Fenster öffnete sich. Schließlich ging er hinauf.

Sie saß auf dem Bett, den Hörer in der Hand, und starrte auf den Boden.

»Catharine?«

Ihre Stimme klang mutlos. »Er hat gesagt: Hast Du genug von mir?«

Wavery zog die Tür hinter sich zu.

»Er hat gesagt: Du darfst mich nie verlassen, bitte. Versprich es mir.« Mit einem Ruck schaute sie vom Boden auf zu Wavery. »Tom, ich habe es ihm versprochen.«

Er nahm den Hörer aus ihrer Hand und legte ihn auf die Gabel.

»Ich fühle mich nicht schuldig. Nicht deswegen.« Heftig schüttelte sie den Kopf. »Was ich dir gegeben habe, ist etwas, was niemand anderer haben will.«

»Catharine, was willst du …«

»Das ist nicht der einzige Grund, zu Hause anzurufen.« Sie breitete die Arme aus, um das Zimmer zu umfassen. »Verstehst du das?« Sie wollte sich nicht einfach nur einer Pflicht entledigen. Nicht nur ihr mütterliches Gewissen beruhigen und denen in ihrer anderen Welt den Kopf tätscheln. »Ich will dies hier bestätigen, unserem Glück mehr Wirklichkeit verleihen. Wenn ich sagen würde, die andere Welt existiert nicht, und die Jalousien herunterlassen, dann wäre dies hier nur ein Traum. Aber es ist kein Traum«, sie schüttelte den Kopf, »nein, kein Traum, Tom. Aber ich kann mich nur retten, wenn ich nicht einen Schritt in diese Wirklichkeit hinein tue.«

Wavery setzte sich neben sie aufs Bett. Er wollte sie umarmen, um ihren Schmerz zu lindern, und für einen Augenblick ließ sie ihn gewähren. Dann riß sie sich los. Als sie sich zurücklehnte, konnte er die Tränen in ihren Augen sehen.

»Ich will, daß du etwas weißt, Tom. Nach diesem Wochenende werde ich dich nie wieder anrufen.«

»Nie wieder?«

»Ich verspreche es dir.«

»Und warum nicht?«

»Am Telephon kann man eine Freundschaft zu Tode reden. Du weißt doch, was Schriftsteller sagen über das Reden? Man kann ein Buch zu Tode reden, anstatt es zu schreiben. Und genau so ist es mit der Freundschaft. Wenn wir am Telephon reden, dann können wir einander nur mißverstehen.«

»Es geht schon. Ich hasse das Telephon auch.«

»Ach, Tom, du bist so wundervoll«, sie lachte trotz der Tränen, »eines Tages wirst du verstehen, welches Geschenk ich dir mit dem Verspechen gemacht habe, nicht mehr anzurufen. Es ist ganz so wie dein Geschenk, weißt du, die Antwort, die du mir gabst, als ich sagte, ich hätte dir nicht so viel erzählt wie du mir. Deine Antwort war: Kannst du auch nicht.«

Er drückte seine Lippen auf ihre Lider und schloß ihr damit die Augen. »Was willst du jetzt tun?«

»Nein, Tom. Was denkst *du*?«

Sein Hals war trocken. Er dachte: Jeden Tag befinden sich Menschen in dieser Lage. »Ich kenne die Spielregeln nicht«, sagte er sanft.

Sie legte den Schlüssel zu ihrem Zimmer auf den Tisch neben sein Bett. »Und du denkst, ich kenne sie?«

Sie stand auf und ging ins Badezimmer. Die Spülung war zu hören. Sie kam zurück. Er zog die Jacke aus und ging auf sie zu. Er berührte ihr Gesicht, ihr Haar, vorsichtig und wachsam, voller Furcht, sie zu verscheuchen. Sex war etwas fürchterlich Feierliches. Nichts hatte ihn vorbereitet auf das, was er fühlte. Da war nichts, keine Erfahrung, auf die er hätte zurückgreifen können, um mit seinen Gefühlen Schritt zu halten. »Du bist so schön«, sagte er und liebkoste sie.

»Schhh«, machte sie und strich über sein Gesicht. In ihrer Berührung spürte er, was sie für ihn empfand. Sie öffnete die Knöpfe an seinen Manschetten und löste seinen Gürtel. »Es wird alles gut gehen.« Nicht nur ihn, sie mußte auch sich selbst beruhigen.

Er erwachte früh, weckte sie mit einem Kuß. Sie wandte sich ihm zu, zog ein Haar aus dem Mund. Sie folgte mit dem Finger den Konturen seines Gesichts.

»Ach, Lieber. Es ist dein Gesicht. Es ist wirklich dein Gesicht.«

Er sagte: »Ich bin glücklich.« Seine Liebe war unschuldig und dauerhaft, wie ein Herz, das in eine Schulbank eingeschnitzt worden war. Er war in ihren Armen eingeschlafen, mit ihrem Geschmack auf der Zunge, mit ihren Schreien im Ohr, ihr erfülltes Gesicht an seinem. Da erst war ihm klar geworden, wie viel Liebe zu geben er imstande war. Es war, als könne er fliegen, aus eigener Kraft.

Er sagte: »Was wäre geschehen, wenn ich dich nicht geküßt hätte.«

Sie streckte ihre Beine und rollte sich auf ihn, ihr Haar fiel in sein Gesicht. Sie flüsterte ihm ins Ohr: »Wir würden noch immer am Tisch sitzen, beim Abendessen.« Er ließ seine Finger ihren Rücken hinabgleiten, vom Flaum in ihrem Nacken bis dort hinunter, wo sich ihre Haare dunkel kräuselten.

Als er dann neben ihr lag, sah er dorthin, wo sich ihre Haare grau und schwarz ineinanderflochten. Sie flüsterte: »Was schaust du, Tom?«

»Ich schaue, wie wir uns vereinigen.« Seine Stimme klang klar. »Bevor sie von den Argentiniern ausgerottet wurden, konnten die Indianer auf acht verschiedene Arten sagen: Ich liebe dich.«

Sie streichelte seinen Bauch. »Das hätte ich nie gedacht. Das alles.«

»Was meinst du?«

»Daß du mich begehrenswert findest.«

Er deutete auf die braune Decke und das Bettlaken.

Sie nahm ihm die Frage ab. »Ob ich das schon einmal getan habe?«

»Ja, so ähnlich.«

»Nein, Tom.«

»Und warum mit mir?« Sie war so jung, daß sie seine Tochter hätte sein können.

»Es war vorher unvorstellbar.«

Er streichelte ihre Handrücken, strich ihre Arme entlang. Als er ihre Schulter erreichte, zuckte sie zurück. Sie versuchte sich aufzusetzen, aber sein Gewicht hinderte sie daran. Sie ließ sich ins Kissen fallen, und ihr Kopf warf sich auf dem Kissen hin und her. »Laß«, sagte sie, »hör zu, hör doch – « Kummer und Schmerz verzerrten ihr Gesicht. Er nahm ihre Hand, um ihr seinen Schutz zu bieten. Er verstand nicht, was sie sagte, aber er spürte, daß sie ihn vor etwas schützen wollte.

»Nein, nein, nein«, stöhnte sie, »ich bin eine Gefahr für dich.«

»Bist du nicht«, brachte er heraus, während er sie küßte.

»Doch, doch, bin ich doch.«

Sie versuchte, ihn wegzuschieben, aber er hielt sie fest. »Catharine, was ist nur los?« Keine Sorge, sagte er, er verstehe sie doch. Ihre Angst. Sie war ihrem Mann noch nie zuvor untreu gewesen. Vielleicht erwarte er zuviel. Sie sei genauso unschuldig wie er auch.

»Man kann sich nicht auf mich verlassen«, sagte sie nachdrücklich, so wollte sie verstanden werden. »Und das möchte ich gar nicht. Das will ich nicht.« Sie streckte die Hand aus, wollte ihn berühren, seinen Arm drücken. Aber da war nur eine Falte der Decke. »Ach Gott, ich weiß gar nicht, was ich will.«

Es war ihr letzter Tag, und sie wollte glücklich sein, aber ihre gedrückte Stimmung bestimmte diesen Tag. Vormittags besuchten sie die Gulbenkian-Sammlung. Nach dem Mittagessen spazierten sie um das maurische Kastell und kehrten dann zum Hotel zurück.

»Schau!« sagte Catharine, als sie auf den Platz vor dem Hotel kamen. Sie hatte die schiefen, schlecht beleuchteten Schaufenster mit den vielen Karnevalsmasken entdeckt.

Drinnen im Laden fanden sie noch mehr Masken, aber diese waren neu. Ein ganzer Stapel lag auf dem Ladentisch, und ein Mann stand dahinter und war dabei, sie zu bemalen. Er verfolgte eine Fußballreportage im Radio, nickte, wenn seine Mannschaft den Ball hatte, und tauchte immer wieder den Pinsel in einen Farbtopf. Der Laden roch nach Leim und Terpentin.

Catharine schaute in die blicklosen Karnevalsgesichter, schwarz und weiß, silber und golden, purpur und zinnober.

»Du solltest deinem Mann eine mitbringen«, sagte Wavery. Das sollte eine harmlos freundliche Bemerkung sein, doch gab er nur seiner Angst nach. Er wollte sein Revier verteidigen, sich gegen seinen Schmerz stemmen.

»Das glaube ich nicht, Tom.«

»Dann kauf dir selbst eine«, sagte Wavery, »wie wär's mit einer unbemalten?«

»Diese dort«, sagte sie.

»Das ist ein Geschenk von mir«, sagte er. Er zog das Gesicht aus dem Stapel hervor.

Der Mann beobachtete sie. Seine Blicke huschten schnell zwischen Wavery und Catharine hin und her. Er wischte sich die Hände an seiner Schürze ab und packte die Maske in braunes zerknittertes Einwickelpapier. Er nagte dabei an seiner Unterlippe herum und nahm sich viel Zeit.

Zum Abendessen gingen sie in ein Restaurant in der Nähe des Hotels, spazierten später durch die leeren Straßen zurück. Ihre Schritte hallten wider von den Wänden der Kirche, und der Schrei einer Katze verlor sich in der Nacht.

Er folgte Catharine in ihr Zimmer. »Und ab morgen sollen wir einander wirklich nie wiedersehen?«

»Willst du darüber sprechen?«

»Nein«, sagte er, und gleich darauf: »Doch, sag du etwas.« Er hockte sich auf die Kante der Minibar, nahm zuvor ein Päckchen in die Hand, die noch immer in ihr braunes zerknittertes Papier gewickelte Maske, die sie dorthin gelegt hatte. Sie streckte sich auf das rechte Bett, begann zu sprechen, sprach, als habe sie das, was sie sagte, auswendig gelernt. »Es wird viel leichter sein, wenn wir sagen: Das war's.«

Gedankenverloren begann er die Verpackung zu lösen.

Sie sagte: »Ich werde nie zu dir sagen können: Bleib über Weihnachten, oder: Laß uns Freunde zum Abendessen einladen, oder: Laß uns nach Venedig fahren. Denk an all die Dinge, die ich nie zu dir sagen werde.«

Er zog die Kordel vom Päckchen.

Sie sagte: »Was ich dir geben konnte, habe ich dir in den beiden Tagen gegeben. Habe ich dir vielleicht etwas vorenthalten? Es ist wirklich besser so. Wir kehren zurück. Du zu deiner Frau, ich zu meiner Familie.«

Er schlug das Packpapier zurück, betrachtete die Maske, in ihrem zerknitterten Bett aus braunem Papier. Er nahm das unbemalte Gesicht heraus und hielt es mit der rauhen Seite vor das eigene.

»*E quem me dera, ter outra vez vinte anos*«, ließ er durch die aufgestülpten Gipslippen hören.

»Was bedeutet das?«

Er übersetzte. »Ich wünsche mir, ich wäre zwanzig Jahre jünger.«

»Gib mal her«, sie streckte eine Hand aus, »laß mich probieren.«

Er ging hinüber zum Bett, sie nahm ihm die Maske ab. Er half ihr, sich aufzusetzen, und verknotete die beiden schwarzen Bänder hinter ihrem Kopf.

»Wie sieht es aus?«

Durch das rauhe ausdruckslose Loch tastete seine Zunge nach ihrer.

Dann geschah etwas Erschreckendes. Er kniete über Catharine, wollte sie ausziehen, und sie war dabei, sein Hemd aufzuknöpfen, da packte ein Krampf ihren Körper. Und was als Liebkosung begonnen hatte, wurde zum Kampf.

»Nein.« Ihre Hände wollten ihn kratzen, und er wagte nicht, sie freizugeben. Er hörte, was sie sagte. Aber das widersprach der Heftigkeit, die ungestüm in ihrem Körper tobte. Sie trommelte gegen seine Brust, schlug nach seinem Gesicht. Und bat, flehte zugleich: »Laß, bitte komm mir nicht zu nah. Bitte!«

Er riß ihr die Maske ab, zog die Bänder durch ihr Haar, hielt ihr Gesicht. »Ich bin es doch, Catharine«, sagte er, »niemand anderer.«

Aber sie stürzte unaufhaltsam in irgendwelche tiefen Abgründe ihres Selbst. Flüsterte, schluchzte, rang nach Luft. »Ja, aber wer bist du?«

Ihr Kopf drückte gegen seinen Körper, ein totes Gewicht, aber erschüttert vom Weinen und Schluchzen.

»Haß mich nicht«, sagte er, »sag doch etwas.«

Sie sprach in seine Brust hinein. Mit zwei geröteten Augen schaute sie hoch zu ihm. Ihr Maskara hatte auf seinem Hemd Flecken hinterlassen. »Es ist so grauenhaft hier.«

»Meinst du das Zimmer? Oder Lissabon?«

»Nein, dort, wo ich bin.«

Etwas Drittes, das ganz unabhängig war von ihnen beiden, kroch auf sie zu, hüllte sie ein. Sie setzte sich auf, zitternd. »Das war's. Das war das Zeichen. Bis hierhin sind wir gelangt. Ich wußte, daß es dazu kommen würde. Ich habe mir gewünscht, daß es nicht so schnell soweit kommt. Aber das war das Stoppsignal, verstehst du?«

Fragen kann man nur nach etwas, womit man umgehen kann. Wavery fragte nicht nach dem Zeichen. Er fragte sie nicht noch einmal, was mit ihr los sei. Am Morgen hatte er auf der Antwort nicht bestanden. Und jetzt würde er es auch nicht tun. Stattdessen erzählte er, und während er sprach, rückte sie ganz langsam wieder an ihn heran. Er erzählte, was ihm in den Sinn kam, sprach über seine Kindheit in Mathon, vom Blick über den Beacon und, in entgegengesetzter Richtung, über Hay Bluff, erzählte von seiner Schulzeit in Oxford, von den Sonntagen, an denen er auf den Besuch seiner Eltern wartete, die ihn abholen wollten und mit ihm ausgehen, auf dem Briefkasten habe er gesessen, mit baumelnden Beinen, und habe gewußt, daß sie spät kommen würden und ihn viel zu früh wieder zurückbringen.

»Ich liebe dich«, sagte sie.

Er unterbrach seine Erzählungen nicht.

»Hast du mich gehört, Thomas? Ich liebe dich.«

»Du mußt es nicht sagen.«

»Ich liebe es, wie du meinen Namen aussprichst. Ich liebe deinen erhitzten Kopf, dein schönes Gesicht, dein Lachen. Ich liebe deine krummen Füße. Ich liebe dich, weil du deinen Garten mit mir geteilt hast.« Sie drehte sich auf den Rücken. Sie gestikulierte mit den Armen. Sie versuchte offenkundig, weitere Tränen zu unterdrücken. »Ich werde dich irgendwann auf einer Party treffen, du wirst mit jemandem sprechen, wirst mit den Händen herumfuchteln, und ich werde mich von hinten an dich heranschleichen und sagen: Bob Hope, und du wirst dich umdrehen, mich umarmen, und niemand wird wissen, warum.« Sie wandte sich ihm zu. »Ich liebe es, wie dein Körper mich in der Nacht umschlingt, und wie er mir folgt, wenn ich mich bewege, und mich wieder festhält.« Sie sagte: »Ich möchte, daß du deine Träume von mir bewahren kannst.«

Ihr Gesicht war feucht. Wortlos küßte er ihre Tränen fort. Langsam schliefen sie ein.

Als er erwachte, spürte er ihre Wärme. Und diese Haut sollte er nie wieder fühlen? »Catharine?« Draußen war es noch dunkel. »Es ist halb sieben. Wir sollten aufstehen.« Sie sagte nichts. »Bist du da?«

Sie sagte: »Ich liebe dich, Tom. Ich liebe, liebe, liebe dich.«

Ein paar Minuten vor zwölf landete das Flugzeug. Sie stellten sich in die Schlange vor der Paßkontrolle. Der Beamte, dem Waverys Beruf auffiel, schaute neugierig auf den Schal, den Wavery um seinen Hals geschlungen hatte. Schon vier Pässe vorher hatte er diesen Duft gerochen.

»Würdest du bitte etwas von deinem Parfüm darauf sprühen?«

Sie saß auf dem Bett und nahm die Flasche aus ihrer Tasche. »Die Mädchen werden dir nachlaufen«, hatte sie gesagt.

Sie gingen hinüber zur Gepäckausgabe. Er nahm ihren Koffer vom Förderband. Er hob seinen Blick nicht vom Gepäckkarren. Sie öffnete die Arme und hielt ihn fest. »Es ist einfach scheußlich ... Ich danke dir, für alles ... für jeden Augenblick.«

»Also. Leb wohl.«

»Ich gehe, Tom. Ich werde mich nicht umdrehen.«

»Ja, natürlich. Wie du meinst.« Und er preßte ihre Hände ganz fest an sein Gesicht.

Er bedeckte ihre Handrücken mit Küssen. Er preßte ihre Knöchel gegen seine Augen, um die Tränen zu stillen. Sie löste sich von ihm, und er öffnete die Augen. Über ihre Schulter fiel sein Blick auf jemanden, den er von irgendwoher kannte. Der Mann beobachtete ihn.

ACHTES KAPITEL

1

Am Samstagmorgen zog Genia Ortiz die Tür hinter sich zu und kniete sich auf ein Kissen neben ihr Bett. Sie holte den alten, mit grünem Leinen bezogenen Koffer hervor. Er war aus Hartholz, mit Messingecken beschlagen und mit Rippen aus dampfgeformtem Zedernholz verstärkt. Sie wischte den Staub vom Deckel, öffnete diesen dann gerade soweit, daß sie mit einer Hand hineingreifen konnte. Mit zwei Gläsern Wodka hatte sie sich gestärkt, bevor sie sich daranmachte, die Photographien von Balnascharki auszugraben.

Gummi zerbröselte unter ihrer Berührung; das erste, was ihr in die Finger geriet, war der Venus-Apparat des Dr. Linz. Als nächstes stieß ihre Hand auf ein Bündel Papier, die Notenblätter von *Auf dem Kap*! Sie schob sie in den Koffer zurück.

Zwei Stunden später, es war inzwischen halb eins, stolperte sie auf den Balkon hinaus. »Señor Consul General! Schauen Sie nur!«

Sie winkte Wavery, der in ein Buch vertieft im Sessel gesessen hatte, an die Terrassenbrüstung. »Sie müssen mir verzeihen, wenn ich Sie aus Ihrer Lektüre reiße. Ich sehe ja, wie wichtig das für Sie ist. Aber dies hier *muß* ich Ihnen einfach zeigen.«

»Aber ich bitte Sie, Señora.«

»Wollen Sie nicht herüber kommen, wir könnten sie bei einem Drink betrachten. Ich werde Ihnen alles erklären. Mögen Sie Wodka?«

»Sehr liebenswürdig von Ihnen, Señora. Ich würde sehr gern kommen. Aber leider muß ich gleich gehen.«

Genia Ortiz schaute Wavery an. Er war so höflich, so rücksichtsvoll, so ganz anders als Tromso. Aber sie wollte ihn auch nicht einfach ziehen lassen. Da hatte sie eine brillante Idee. »Aber ich könnte sie Ihnen ja gleich hier zeigen? Können Sie etwas erkennen?« Zwei Meter von ihm entfernt hielt sie ein grauweiß verwischtes Rechteck empor.

»Warten Sie, ich muß meine andere Brille holen«, Wavery ging nach drinnen, in der Hoffnung, sie wäre, wenn er zurückkäme, auf irgendeine wundersame Weise verschwunden.

»Eine Aufnahme von mir, da war ich dreizehn.« Über die Häuserschlucht streckte sie ihm eine Hand entgegen. Wavery schaute zu den Mülltonnen hinab, zehn Meter unter ihnen. Er reckte sich nach der uralten Schwarzweißaufnahme.

»Wirklich sehr schön«, sagte Wavery. Er drehte das Photo um. Auf der Rückseite war ein violetter Aufdruck mit dem Namen des Photographen: *A. Wygotsky, photographe de la cour de S.A. Imperiale Alexandra S.*

»Meine Mutter hat darauf bestanden, daß meine Pupillen retuschiert wurden.«

»Noch ein Bild von mir, ein Jahr später.« Da stand sie neben Fürst Orlow und hatte etwas zu lachen mit dem Mann, der stets tausend Rubel in der Tasche trug und es für *bourgeois* hielt, wenn der Wodka nicht dekantiert wurde.

»Noch einmal der Fürst, mit seiner morganatischen Frau.« Sie war Mitbegründerin der Kiewer Abstinenzler-Gesellschaft.

»Meine Mutter.« In einem hinreißenden Ballkostüm, aufgenommen auf einem Ball, den eine Nichte von Stolypin, eine leidenschaftliche Sammlerin von Speisekarten, ausgerichtet hatte. Wenn nur Stolypin noch leben würde!

»Mein Vater.« Der Kavallerieoffizier in feuchten elchledernen Reithosen, mit dem melancholischen Blick eines Mannes, der bereits ahnt, daß das Zeitalter solcher Hosen vorüber ist.

Wavery reichte ihr die Photographien eine nach der anderen zurück. Genia Ortiz schien auf irgendeine Reaktion von ihm zu warten, die er schuldig blieb; er kannte das von Penny. »Wundervoll«, sagte er. Genias Photographien hatten ihn in eine tiefe, geradezu romantische Verzweiflung versetzt.

Immer neue Bilder streckte sie ihm entgegen; die Photographien von Gut Balnascharki lagen ganz unten im Stapel. Der rachitische Assistent von Wygotsky, der immer nach Karbolseife roch, hatte sie an einem kalten Nachmittag nach Weihnachten aufgenommen. Die Ränder waren mit der Zickzackschere beschnitten, und unter jedes hatte er *Balnascharki, Januar 1917* gesetzt, das Datum, an dem sie entwickelt wurden. Das Entwicklungsgerät mußte völlig verstaubt gewesen sein. Auf jedem Photo waren links unten, eine über der anderen, wie die Drähte eines Zaunes, zwei weiße Linien zu sehen. Ihr Vater hatte diesen Fehler damals schon reklamiert; so verärgert war er, daß seine Stimme schneidend wurde, scharf wie die Spalte in seinem Kinn. Die Rechnungssumme konnte er tatsächlich herunterhandeln.

Sie hielt sich ein weiteres Rechteck aus steifem Karton vor die Nase, wendete ihren Kopf hin und her und inspizierte es zuerst mit dem einen, dann mit dem anderen Auge. Geradezu feierlich reichte sie diesen Abzug über die Schlucht zwischen den Häusern. Zu sehen war ein Haus am Ende einer mit Bäumen bestandenen Auffahrt.

»Balnascharki«, sagte sie.

Als kleine Sprößlinge waren diese Walnußbäume in die Erde getrampelt worden. Das hatte ihr Großvater, ein Pazifist, getan, und zwar an jenem Morgen, bevor er sich zu seinem Regiment nach Kiew begeben mußte. Jeder Baum wuchs seither in eine andere Richtung; und diese Allee durcheinanderwachsender Stämme wurde zu einem getreuen Abbild des inneren Aufruhrs, der damals in ihrem Großvater herrschte. Ein Baum neigte sich dem Haus zu, das er über alles liebte, der nächste von diesem fort hin zum Schlachtfeld. Und dort lag er dann, an einem Juliabend, von Schlamm bedeckt, aber mit adrett zugeknöpfter Uniformjacke, aus der die Eingeweide hervorquollen.

Sie ließ sich das Bild zurückreichen, verlor sich in seiner Betrachtung. Balnascharki, dachte sie. Die Heimat hatte gerufen!

Nur zögernd betrat sie das Gut ihrer Kindheit. Wieder konnte sie die Kuppel durch die Bäume sehen, der Umriß wie ein Tannenzapfen, sie sah die landwirtschaftlichen Gebäude dahinter und das Schlagloch in der Auffahrt, auch ihren Vater, der gerade zu ihrer Mutter sagte: »Nein wirklich, Alexandra Andrejewna, wir müssen das Loch zuschütten lassen.« Dazu sollte es nie kommen.

Die Auffahrt führte an den Rasenflächen vorbei, dem Schauplatz der Schneeballschlachten im Dunkeln, und dann am See entlang, wo die Karpfen ihrer Mutter schwammen. Noch spürte sie den Wodka auf ihren Lippen, aber Genia Ortiz schmeckte auch das Seewasser; das bittere braune Wasser, von dem sie in ihrem letzten Sommer mit einer Karnevalsmaske geschöpft und getrunken hatte, bevor sie zum Tanz zurückgekehrt war. Seit dreißig Jahren waren ihre Eltern damals verheiratet. Ihre Mutter tanzte mit Oberst Slawa, ihr Vater schaute zu. Sie lehnte sich leicht gegen ihn und lachte: »Darf ich Ihnen den See zeigen?«

»Jewgenia Nikolajewna, wenn Sie einem so alten Mann die Ehre eines Tanzes erweisen wollen?« Sie tanzten, und ein leichter Wind hauchte Champagnerbläschen in ihre Maske. Sie nieste, und ihr Vater sagte: »Wenn man sich nur schneuzen könnte, um im Kopf klar zu werden.« Noch kein Jahr später sollten die Männer von Oberst Slawa den Parkettboden zu Feuerholz machen.

Widerwillig legte Genia Ortiz die Photographie aus der Hand. Sie fuhr mit einer Hand durch ihr weißes Haar und dachte an Balnascharki. In den Tagen nach der Duma erst Heimstätte für Kriegswaisen, dann landwirtschaftliche Kooperative, danach und bis heute verlassen. Ein durch zersplittertes Fensterglas streichender Wind, der See ein schleimiger Morast, und nur die Blätter der vernachlässigten Walnußbäume entlang der Allee raschelten noch. Nur weil sie den Brief, der zusammengefaltet in ihrem Ärmel steckte, erhalten hatte, wagte sie, diese Bilder wiederauferstehen zu lassen.

»Mein Entschluß steht fest, Señor Consul General. Ich werde zurückkehren.«

»Das freut mich«, sagte Wavery, »und ich wünsche Ihnen, daß Sie diese Entscheidung nie bereuen müssen.« Aber er dachte nicht an Balnascharki. Er dachte an ein Haus in Sintra, zu dem er nicht zurückkehren würde.

Seine Reise mit Catharine war das Ende gewesen. Das erkannte er jetzt mit aller Deutlichkeit. Das hatten sie sich beide nicht klar gemacht. Für einen Morgen und in einem leerstehenden Haus hatte Catharine seine Wünsche lebendig werden lassen. Und indem sie das tat, hatte sie den Ort seiner Wünsche zerstört. Dorthin konnte er nicht zurück, für immer war Sintra von ihr durchdrungen. Es gab auch einen anderen, banaleren Grund. Die Vorstellung von Sintra, soweit er über den Garten hinaus gedacht hatte, war gebunden daran, daß er sich nach dem Botschafterposten in Lissabon zur Ruhe setzen würde. Er hatte sich bereits gesehen als Vorsitzenden des Vorstands eines Unternehmens oder ein anderes, ähnlich ehrenvolles Amt bekleidend, wie sie einem Botschafter a.D. gerne angetragen werden; das hätte ihn in die Lage versetzt, das immer wieder wunderbare Wachstum seiner Pflanzen in all seinen Stadien mit Muße verfolgen zu können. Doch Thomas Wavery, frühzeitig in den Ruhestand versetzt nach einem letzten Posten in Abyla, das war eben nicht Thomas Wavery, der ehemalige Botschafter Ihrer Majestät in Lissabon.

»Es tut mir leid, Michael, aber ich muß dir absagen.«

»Der Preis ist doch in Ordnung.

»Daran liegt's auch nicht.«

»Ja, aber woran denn? Hat dir das Haus nicht gefallen? Das kann ich mir nicht vorstellen. Es ist wie gemacht für dich.«

»Wir hatten das Gefühl, es sei doch nicht ganz das richtige für uns.«

»Na dann, wenn es nicht ganz richtig ist, dann ist nichts zu machen.«

»Du wirst keine Schwierigkeiten haben, einen Käufer zu finden.«

»Natürlich nicht. Mir liegen mehrere Angebote vor. Ich wollte nur zwei alten Freunden einen Gefallen tun. Aber wann kommt Ihr denn, du und Penny – «

Das Geräusch eines Dirigentenstabs, der gegen Gußeisen geschlagen wurde, riß ihn aus seinen Gedanken. »Aber da rede ich und rede und nur von mir selbst! Wie ergeht es Ihnen, Señor? Wie weit ist das Haus? Die Abflüsse – haben die sich anständig verhalten?«

»Bis jetzt schon.«

»Wo ich hingucke, Gerüste, *mais où en est le travail*?«

Der Polier sei noch in Marokko, erklärte Wavery.

»Und Ihr Hausrat? Ist der schon angekommen?«

»Morgen, hoffe ich.«

»Das wird eine Erleichterung für Sie sein.« Durch die Verandatüre konnte sie die Ecke eines Bettes sehen und einen Stuhl, über dem etwas hing, das aussah wie der Schal einer Frau. »Ich erinnere mich noch gut daran, wie lästig es ist, aus dem Koffer zu leben! Und wird Señora Wavery rechtzeitig zu Weihnachten hier sein?«

»Es gibt keine Señora Wavery mehr«, sagte Wavery.

»Oh«, sagte Genia Ortiz. Sie schob ihre Photos zusammen. Ihr war nicht danach, sich über seine Angelegenheiten zu grämen. Sie würde zurückkehren, und das sollte gefeiert werden. Zu lange schon hockte sie auf diesem felsigen Riff. Die meisten Menschen, die so lange hier gelebt hatten, waren am Gibraltar-Fieber gestorben. »Consul General, wirklich keinen Wodka? Vielleicht haben Sie Ihre Meinung ja geändert?«

»Noch einmal, vielen Dank. Äußerst liebenswürdig von Ihnen, Señora Ortiz, aber die Bibliothek schließt bereits in einer halben Stunde.«

Ein Schnarren drang aus ihrer Wohnung.

»Mein Telephon!«

2

Wie fast jeden Samstag morgen war die Bibliothek in der Calle Real leer. Zu hören war nur das Summen einer defekten Leuchtröhre.

Dolores saß an einem großen Tisch in der Nähe der Regale, die der sehr weit gefaßten »Stadtgeschichte« gewidmet waren. (Daß auf diesen Regalen eine ganze Anzahl von Büchern die Franco-Zeit überdauert hatten, zeugt von Toleranz gegen gewisse Autoren, die von den Behörden damals nicht als gefährlich eingestuft worden waren: so standen dort neben Teodoro Zamoras *Geschichte von Abyla* Strabos *Geographie*, in der Übersetzung von Guarino von Verona aus dem Jahr 1458, die *Gesammelten Werke* des Diodorus Siculus, zwei Ausgaben des ersten Bandes von *Discours sur l'Histoire Universelle* und, in blaues Leder gebunden, die *Illustrated London News* von 1897 – 1914, ein Geschenk des britischen Konsuls Cazes.) In der Klinge eines Brieföffners untersuchte Dolores ihr Gesicht. Sie fürchtete, daß sie sich in der letzten Nacht, die sie mit Capitan Panteco verbracht hatte, doch einen Pickel von ihm geholt hatte.

Das Telephon klingelte schrill. »Stadtbibliothek von Abyla.«

»Ich bin's, Lustrino.«

»Gerade habe ich an dich gedacht«, sagte sie wahrheitsgemäß. Ihre Windmühlenohrringe waren zu groß, sie störten beim Telephonieren. Sie nahm einen ab und spielte damit auf dem Tisch.

»Hat Mohammed dir ein anständiges Frühstück serviert?« fragte Panteco. Er hatte sie morgens am Café Ulises abgesetzt. Einen Abschiedskuß hatte er verlangt, und als sie dem Wunsch nachkam, nutzte Toribio die Gelegenheit, von hinten an ihr hochzuspringen.

Dolores überlegte. »Cornflakes, Orangensaft, Tee, Toastbrot, Butter, Marmelade, ein gekochtes Ei.«

»Milch?«

»Milch – « Sie wußte es nicht mehr.

Er wollte sie heute abend sehen. Damit platzte er nun heraus.

»Ja?« Sie lachte, bis sie merkte, was sie gesagt hatte. »Nein.«

Panteco. Wer war denn Panteco? Bestimmt keine Schönheit – es sei denn, man dachte an die Bilder des flämischen Malers, die Ernesto so gefallen hatten. Panteco hatte eine schlechte Haut, er hörte niemals zu und beim Küssen sabberte er, noch mehr als Toribio. Recht besehen, waren ihr die Küsse des Hundes noch lieber. Letzte Nacht hatte Panteco darauf bestanden, den Hund mitzunehmen in seine Mietwohnung in Alfau. Emilios Mutter war so vollständig durcheinander, daß sie das Tier wohl eine Woche lang nicht gefüttert hatte. Panteco schmiedete Pläne, er wollte Toribio zum Drogensuchhund machen. Wenn er sich nicht um Toribio sorgte, dann hätte El Callado genügend Männer, die dies sofort tun würden. Die Haschisch-Bosse würden ihm Ohren und Schwanz abschneiden, damit er lautlos aus dem Wasser steigen konnte.

»Nein, das kannst du nicht zulassen. Das darf mit Toribio nicht passieren«, sagte Dolores. In Pantecos Wohnung auf dem Fußboden hockend, kraulte sie die Ohren des Hundes. Sie wußte, daß Panteco nicht wirklich über Toribio nachdachte. Er fragte sich, wie er es bewerkstelligen solle, daß sie von dort unten, wo er sie für seine Zwecke nicht gebrauchen konnte, zur Matratze hinüberging, wo er ihr, immer weiter über Toribio sprechend, eine Hand aufs Knie legen könnte und zugleich auf ein Zeichen der Ermutigung warten. Nur dann könnte er sie mit seiner lauten Stimme, und ohne daß sie ihn auslachte, fragen: »Dolores, wollen wir ins Bett?« Um ihm diese Qualen zu verkürzen und um sich sein dröhnendes Drängen zu ersparen, war Dolores aufgestanden und zur Matratze hinübergegangen. Als sie sich setzte, sah sie die Innenseite ihres Knöchels und sagte: »Ach du Scheiße, meine Strumpfhose hat eine Laufmasche.«

Panteco kam näher, um die Stelle in Augenschein zu nehmen, an der die tragische Masche entsprungen war. Dabei stolperte er über einen Stapel Zeitschriften, stieß eine Angelrute um und knallte mit dem Kopf gegen den Lampenschirm.

»Ach, was soll's?« sagte sie, während die Schatten an der Wand noch schaukelten. Sie betrachtete ihn mit den runden Augen einer Truthenne. Sie fühlte nichts für diesen Mann, aber sie wollte ihn auch nicht verletzen. Es tat ihr gut, begehrt zu werden. Viel mehr erwartete sie nicht. Sie war ein passives Mädchen. Stets eroberte sie die Herzen von Männern, die Stereotypen liebten. Die Männer taten den ersten Schritt, und sie gab ihnen nach; nur bei Mohammed, Ghanem dem Stummen und Gallo dem Laufburschen hatte sie eine Ausnahme gemacht. Die ihr gewidmete Aufmerksamkeit verwechselte sie keineswegs mit Zuneigung; aber was sie suchte, war Zuneigung. Der traurigste Augenblick in all diesen Verhältnissen kam immer dann, wenn sie begriff, daß wieder einmal alles nach Schema gelaufen war. Allmählich schwanden ihre Hoffnungen auf die große Liebe; auf eine Liebe, wie sie die Romane füllte, nach denen Señora Menendez, diese aufgeblasene Qualle, sie immer wieder fragte. Zu freigebig war Dolores mit ihrem Körper umgegangen, als daß sie solche Hoffnungen hätte hegen können. Sie war ein Auto, das die meiste Zeit neben der Straße zu finden war, hinausgefahren auf eine Klippe von La Mujer Muerta, abgestellt, wo der Asphalt aufhörte, und dem Sand und der Gischt ausgesetzt. Sie hatte die Männer nie gezählt, mit denen sie sich auf den Rücksitzen eingelassen hatte – aus Aberglaube, so nahm sie an. Ernesto, natürlich. Und Periclito, der fett war wie eine Made. Es brachte sie zum Lachen, wie er sich auf die Rückbank zwängte. Emilio, der Fischer, dem aber nicht besonders viel daran gelegen war. Rositas Ehemann, der seine Gitarre, die er vorsichtig auf den Beifahrersitz legte, mit größerer Zärtlichkeit behandelte als Dolores. Und dann die Nacht in einer fremden Sprache, mit Joseph Silkleigh. Davon hatte sie Rosita allerdings nie etwas erzählt.

»Wie hat's dir gefallen – die Wohnung, meine ich?« Das waren die einzigen Worte Silkleighs, die sie verstanden hatte. Sie schaute sich um in den zwei Zimmern in der Millan Astray. Nachdem sie die ungewaschenen Teller in der Küche gesehen hatte und die Badewanne mit dem abgestandenen Wasser und die Taucherbrillen, da hütete sie sich, ihr Herz für ihn schlagen zu lassen. Den Ausschlag hatten allerdings die Notizbücher gegeben, die er hastig unters Sofa geschoben hatte. Sie arbeitete in der Bibliothek; aber wenn ihr Ernesto irgend etwas beigebracht hatte, dann die Regel, nie über ihre geistigen Mittel zu leben.

In Wahrheit, das würde sie jedoch niemals zugeben, fand sie Sex langweilig. Da war sie mit Ernesto einer Meinung. »Am meisten Spaß macht es, wenn man gar nichts tut«, hatte er immer gesagt, »Sex hat mit Zurückhaltung zu tun.« Aber wie hätte sie das einem Panteco erklären können? So mühte sie sich ab mit ihm und wurde doch das Gefühl nicht los, als rüste sie einen Mann, der gar nicht schießen kann, mit einem Revolver aus. Dolores schloß die Augen, als er sie auf die Stirn küßte. Sie wollte sein Gesicht nicht sehen. Aber mit Panteco, das war ihr rasch klar geworden, würde es nur eine kurze Zeit dauern, bis sie die Augen wieder öffnen konnte.

»Meinst du, es gibt auch im Himmel Sex?« fragte sie. Sie kniete auf allen vieren und verfolgte ihre Lieblingsserie. Einen Knöchel streckte sie wollüstig Toribios Zunge entgegen. Sie war sich sicher, daß der Mann hinter ihr an eine andere dachte und Dolores auch dann nicht meinte, als er »Mein Schatz, mein Schatz« stöhnte (und auch nicht Toribio, der seinen Kopf hob und seinen Schwanz gegen die Schranktür klopfte). Der Schatz, das war ihre Freundin, die *Fadista*. Aber das machte Dolores nicht eifersüchtig. Rosita war ihre Verbündete. Mit ihr konnte sie über Männer reden, zum Beispiel über den Leutnant Casares, der in Abyla seinen Dienst beendete. Leider hatte Señora Menendez ein Auge auf ihn geworfen. Aber auch über Panteco konnte sie mit Rosita reden.

Mit Ernesto im Bett, das war etwas anderes gewesen. Der Dirigent hatte sie erregt. Ob sie mit Panteco, mit diesem lauten langen Kerl, diesem sturen, tölpelhaft stolzen Polizisten, je etwas ähnliches fühlen würde? So gedankenlos, wie er sich benahm ihr gegenüber, auch wenn er das vielleicht anders wollte? Und da lag er schon wieder neben ihr auf dem Kissen und schnappte nach Luft wie ein gestrandeter Thunfisch. »Du und deine blöden Fragen, Dolores.«

Wahrscheinlich nicht, dachte sie.

»Dolores, bitte, jetzt hör mir zu.« Am Telephon bestürmte sie Panteco mit den verschiedensten Gründen, warum es bei ihrem Nein nicht bleiben könne für heute abend.

Dolores nahm den Brieföffner in die Hand. Wieder blickte sie sich selbst ins Gesicht. »Lustrino, ich hör dir ja zu.« Ihr Gesicht zeigte Spuren der vergangenen Nacht. Ihr Körper ließ sie spüren, daß sie nicht schön war. Der Kaffee bei Panteco hatte ihre Haut spröde gemacht und gerötet. Wenn sie regelmäßig mit einem Mann ins Bett ging, fühlte sie sich gut. Wenn sie nur selten mit Männern zusammen war, fühlte sie sich verbraucht, wurde nervös, spürte ihr Unglück geradezu körperlich. Da half es auch nichts, wenn ein Panteco ihr sagte, wie schön sie sei.

Dolores kippte die Klinge langsam hin und her, sah ihre Augen, die Nase und dann, unübersehbar, den Pickel auf ihrem Kinn, bis schließlich die endlosen Regale auftauchten, all die ungelesenen Bücher, die einen muffigen Geruch ausströmten. Die Unsicherheit einer schönen Frau war nichts, womit ein Mann wie Panteco etwas hätte anfangen können. Auch viele Frauen hatten keine Antenne dafür. Nur Ernesto hatte sie begriffen.

Kaum ein Tag verging, ohne daß Dolores an den Dirigenten dachte, den sie auf der Fähre nach Algeciras getroffen hatte, als er bereits 68 Jahre alt war.

»Ich bin verliebt, Rosita.«

»Die große Liebe?«

»Nein, eine mit kleinem *L*«. Sie mußte lachen.

Damals war sie jung, ungefähr siebzehn und so dünn wie ein Angelhaken. Es war ihre erste Stelle. Ding-dong: das Restaurant auf dem B-Deck serviert Ihnen jetzt das Mittagessen – das war ihr Job. Nichts Weltbewegendes, aber er ließ ihr die Möglichkeit, mit dem Mann zu schwätzen, der dann in ihrer Kabine auftauchte unter dem Vorwand, ein Aspirin zu suchen. Sie war zu jung, um ihre Rolle zu begreifen. Der Dirigent schenkte ihr Pralinen und versprach ihr Unterricht im Triangelspiel.

»Er sagte mir, ich sei das Ewig-Weibliche, das ihn zu höheren Sphären führte.« Es war tatsächlich Dolores, die ihn dorthin begleitete. Noch fünfzehn Jahre nach seinem Tod erwachte sie mit Albträumen, hörte sie jenen Möwenschrei, den sie an ihrem letzten Nachmittag zusammen im Hotel Zamora fälschlicherweise für Triumphgeschrei hielt (zu dem er immer seltener Anlaß hatte). Aber es war Ernestos Variation des Vogelschreis am Ende des »Großen Appells«. Seine Augen hatten sich für immer geschlossen. Seine Arme erstarrten um sie, sein Körper knickte ab in der Mitte wie bei einer bescheidenen Verbeugung in tosendem Applaus. Zwanzig Minuten brauchte sie, um sich aus seiner Umarmung zu befreien.

»Lassen Sie sich nie wieder hier blicken«, sagte der Geschäftsführer, der die in Ernestos braunen Mantel gehüllte Dolores durch die Wäscherei schob und auf die Straße schaffte. Das Hotel Zamora war diskreter Zeuge schon vieler Ereignisse gewesen, aber noch nie Schauplatz des »Großen Appells«. Dieses Stück blieb traditionell Bischöfen und portugiesischen Politikern vorbehalten; es erklang nur jenseits der Meerenge.

»Ich habe meine Schlüssel vergessen.« Der Geschäftsführer ließ sie nicht mehr aus den Augen. Ernestos Lippen waren blauer als die Decke.

»Nie wieder.«

In diesem Hotelzimmer, in dem Ernesto seine Flügel endgültig eingeklappt hatte, hinterließ Dolores, abgesehen von zwei Geschenkpralinen, einen wichtigen Teil ihres Selbst.

Wieder sah die Bibliothekarin, wie ihre Augen in der Klinge erschienen, da nahm sie zugleich eine undeutliche Bewegung wahr. Sie wendete die Klinge ein wenig. Señor Wavery stand in der Tür.

»Lustrino, ich muß Schluß machen.« Mit einer Hand nahm sie eine Spange aus den tiefschwarzen Haaren und fuhr sich mit gespreizten Fingern durch die gelockerten Strähnen. »Ich meine wirklich Schluß machen.«

3

Wie ich sehe, treiben Sie sich in der Bibliothek herum, mein Bester«, rief Silkleigh Wavery zu. Seine Stimme erscholl vom Tiefkai der Marina Española herauf, wo er sein Boot an einem Poller vertäute.

»Ich habe eine Buchliste von Senator Zamora erhalten«, sagte Wavery abweisend.

»Jaja, alle enden irgendwann in der Bibliothek.«

»Lassen Sie's gut sein, Silkleigh«, sagte Wavery, »Sie müssen die Menschen nicht immer von ihrer schlechtesten Seite sehen.«

»Aber nein, das tu ich gar nicht. Ich denke nur an alles, was ich von Dolores weiß. Gefährliche Mörderin, mein Bester. Fragen Sie nur Ihre Bekannte und Nachbarin, die Witwe Ortiz. Sie müssen ihr nur die Bücher aus der Bibliothek unter die Nase halten. Ha, ha, ha. Wäre Ernesto nicht kieloben in einem Bett des Hotel Zamora gefunden worden, niemand hätte das Geringste geahnt. Stattdessen fragten plötzlich alle ihre Frauen, ob nicht irgendwelche Bücher zurückgebracht werden müssen.«

Er legte den Kopf auf die Seite. »Na, was haben wir da? Anregungen für mich? Aber hallo«, sagte Silkleigh, während er die Titel durchging, »so richtig bei den Hausaufgaben, nicht wahr?«

Der Mann war eine Pest. »Wie kommen Sie mit dem Schreiben voran?« fragte Wavery. Er hatte nur den einen Wunsch, fortzukommen von hier.

»Ich bin zu sehr damit beschäftigt, nach Emilio zu tauchen, kein einziges klares Wort habe ich schreiben können, mein Bester.«

»Wie geht die Suche voran?«

»Absolut hoffnungslos, *Ambasadoro*. Aber sein Rettungsring wurde gefunden.«

4

Als Genia Ortiz nach drinnen eilte, um das Telephon abzunehmen und wie jedesmal hoffte, es sei Tromso, fand sie Pablo mit hochgezogenen Beinen auf der Fensterbank sitzen. BIG CHIEF prangte auf der Brust seines T-Shirts.

»Nimm die Füsse von den Kissen!«

Pablo rührte sich nicht.

»Alte Oma, Großvater lädt dich zum Weihnachtsessen ein.«

»Das ist nett von deinem Großvater.« Sie legte den Stapel Photos auf den Schreibtisch, neben den Murillo. »Wer war dran, Pablo? Hast du abgenommen?«

»Falsch verbunden.«

»Ich hatte gehofft, dein Vater würde anrufen.«

»Kommt er denn über Weihnachten?«

»Weiß ich nicht, mein Schatz.«

»Ist das der berühmte Brief aus der Sowjetunion?« Pablo betonte vor allem das letzte Wort.

»Aus der Ukraine, Pablo. Ukraine.«

»Darf ich – «

Das Telephon klingelte noch einmal. »Hallo, hier die Wohnung von Señora Ortiz.« Er lauschte gespannt. »Nichts«, sagte er zu seiner Großmutter. Er preßte den Hörer wieder an sein Ohr. »Aber es hört sich an, als atme da jemand.«

»Gib mir mal den Hörer, Schatz. Hallo? Hallo?« Aber sie hörte nur das Freizeichen. »Wahrscheinlich eine von Periclitos Frauen.« Am anderen Ende der Welt traf der Sohn von Marie Amaral ständig irgendwelche Frauen auf irgendwelchen Parkbänken, denen er dann eine Telefonnummer aus Abyla gab. Besonders lästig war das vor fünf Jahren gewesen, als es bevorzugt ihre Nummer war. Zur Zeit nannte er meistens die der Telefonzelle vor dem Café Ulises.

»Sag deinem Großvater, ich freue mich über die Einladung und werde gerne kommen.«

»Mach's gut, Alte. Leb gefährlich!«

Genia Ortiz liebte ihren Enkel und sie verwöhnte ihn. Seit er ein Baby war, hatte ihr Pablo all die schönen Züge ihrer Familie verkörpert. Er hatte die langen Wimpern ihrer Mutter und die intelligente Stirn von Konstantin, dem Außergewöhnlichsten unter den Polozews. Für Asunción sah Pablo genauso aus wie ihr Vater auf den Bildern, als auch er acht Jahre alt war. Je wilder der Junge wurde, desto eher neigten die beiden Familien dazu, das Erbe der jeweils anderen zu betonen.

Bei Tromsos Hochzeit hatte Genia Ortiz Asunción nur sehr flüchtig umarmt, auch danach war sie sehr zurückhaltend. Einige Jahre lang hatte sie gedacht, Asunción sei einfach zu gut und damit irgendwie verdächtig; inzwischen mochte sie die andere Frau doch ziemlich gern. Seit sich Asunción vor vier Jahren von Tromso getrennt hatte, waren die beiden Frauen zu engen Vertrauten geworden.

Im Nachhinein bewies Genia Ortiz stets großen Scharfblick. Sie sah Ernestos Reitstiefel, die gelben Socken, den einzigen adretten Anzug, den er sorgfältig weghängte, sobald er nach Hause kam. »Er war abhängig von mir, Asunción. Ich wußte, er würde mich nie verlassen. Das wäre zu leicht gewesen.«

»Dein Mann war leidenschaftlich«, hatte Asunción einmal gesagt, mit einer Spur von Neid.

Und Genia Ortiz hatte erwidert: »Ernesto war mehr ein Mann voller Leidenschaft als ein Mann voller Liebe. Er wollte das immer vermischen. Ich wollte das nicht, verstehst du? Liebe kann man wiederholen, sagte er immer. Aber das geht nicht. Meinst du nicht auch, Asunción? So ist es doch. Ich wußte es immer, wenn Ernesto mir untreu gewesen war. Weil er dann besonders nett war, mir genau erzählte, was er getan hatte, gänzlich belanglose Einzelheiten. Was ging das mich an, wenn er in Periclitos Café zu Mittag aß, und zwar Speck und Bohnen mit Käse überbacken?«

Asunción konnte ihr nur zustimmen. Auch wenn sich ihre Erfahrungen nicht vergleichen ließen, wenn sie sich weniger glichen, als es Genia Ortiz lieb sein konnte, die eine Verbündete suchte, Untreue *blieb* Untreue. Zuletzt machte es keinen Unterschied, warum sich einer aus dem Staub machte, ob wegen einer anderen Frau oder wegen einem Drehbuch.

Als sie in ihrem Zimmer wieder allein war, zog Genia Ortiz den Brief des Bürgermeisters aus dem Ärmel hervor, schenkte sich einen weiteren Wodka ins Glas, nippte daran, las den Brief erneut, schaute zur Heiligen Jungfrau, nippte wieder, las den Brief, setzte sich dann. Sie hob den Hörer ab und wählte, wartete. Ihr Blick wanderte von der Heiligen Jungfrau zum Photostapel auf dem Schreibtisch und dann zurück zum Brief.

»Tromso?« sagte sie, als sie eine Stimme in der Leitung vernahm, »Tromso, ich bin's, deine Mutter.«

Genia Ortiz' Beziehung zu ihrem spätgeborenen Sohn war nie einfach gewesen. Er war ein Arbeitstier, hatte sich viel Zeit genommen bis zu seiner Heirat, wie *El General*. Und bereits nach drei Jahren hatte er Asunción wieder verlassen. Nie hatte er vorher mit irgendjemand zusammengewohnt. Er stellte sein Glas irgendwo ab, sie räumte es weg – das konnte er nicht ertragen. Achtundvierzig war er geworden und hatte allenfalls gelernt, wie man auf der Tastatur einer Beziehung ein paar kleine Melodien spielt, mehr nicht. Soweit Genia Ortiz wußte, hatte es in seinem Leben keine andere Frau gegeben. Er war mit seiner Arbeit verheiratet, war in dieser Beziehung weit erfolgreicher als mit Asunción. Der Erfolg von *Die Tüchtigen gehen zuerst* hatte ihm Reichtum und Ruhm gebracht, und doch war Genia Ortiz in ihren letzten Gesprächen eine Spur von Unzufriedenheit nicht entgangen. Die Unterhaltungsindustrie nahm ihn nicht richtig ernst. Er suchte nach einem Projekt, das ihm auch Anerkennung bringen würde. »Etwas wirklich Gehaltvolles, Mutter. Vielleicht ein Dokumentarfilm.«

»Du könntest einen Film über Abyla drehen, Tromso.«

»Mutter, *Abyla*, da ist doch nichts los.«

»Ich bin mir sicher, Senator Zamora würde dir alles über die Phönizier erzählen.«

Solange das Fernsehen die Mätresse Tromsos blieb, würden ihm die Aufmerksamkeiten von Frauen nicht fehlen. Er sah gut aus, auf jene träge Art, die etwas mehr ist als Schönheit, so daß ältere Frauen ihn charmant fanden und Männer ihn nicht mochten.

Nur auf seine Mutter, die seinen Weg mit dem Neid verfolgte, den Eltern entwickeln, wenn sie viel geopfert haben, um dem Kind alles zu ermöglichen, verfehlte Tromsos Charme seine Wirkung. Und als er seine Chancen genutzt hatte, da geriet eine gehörige Portion Bitterkeit in die Beziehung von Mutter und Sohn. Mit Ernesto war das anders gewesen, der Vater hatte eher Ehrfurcht gefühlt vor seinem Sohn als Bitterkeit. Elementarere Gefühle waren der Part der Mutter.

Sie preßte den Hörer an ihr Ohr. »Tromso, wirst du zu Weihnachten kommen?« Wenn er nur ja sagen würde, dann würde sie ihm von Balnascharki erzählen.

»Ich werde alles versuchen, Mutter. Glaub mir. Was mir Sorgen macht, sind nur die Termine.«

»Du hast immer irgendeinen Termin, Tromso.«

»Termine im Schneidestudio, Mutter. Und dann der Ton. Du weißt, wie es ist. Alle hier sind schon völlig durchgedreht.«

»Du solltest kommen, Tromso. Es ist wichtig für Pablo. Es ist auch wichtig für Asunción. Und mir liegt auch daran.«

»Mutter, ich werde es ja versuchen.«

»Was hätte dein Vater dazu gesagt? Na?« Eine hilflose Frage. Nichts war Genia Ortiz gleichgültiger als das, was Ernesto vielleicht gesagt hätte.

»Mutter ...«

Sie hörte, wie er einen sanfteren Ton anschlug und ihr von dem Geschenk erzählte, das er für sie entdeckt hatte und das er bis Weihnachten besorgen wollte. Er machte sie immer dann erst richtig wütend, wenn er sie zu besänftigen suchte.

»Aber ich habe doch schon einen Schreibtisch«, sagte sie, »einen riesigen Schreibtisch.«

»Das ist aber jammerschade, Mutter. Du hast dich immer beklagt, daß – «

»Nun möchte ich dir mal eines sagen. Wenn du in dieser Stimmung bist, weiß ich gar nicht, ob ich dich noch liebe.«

»Aber Mutter – «

»Tromso, gibt es eine andere?«

»Mutter, es gibt keine andere.«

»Tromso?« Er war achtundvierzig, aber Genia Ortiz konnte nicht anders: wenn sie mit ihm sprach, sprach sie zu ihm wie zu einem Teenager. Sie wolle hoffen, daß es keine andere gebe, Asunción zuliebe und wegen Pablo. Männer fühlten oft viel mehr für eine zweite Familie. Die wurde dann mit all der Sanftmut und Freundlichkeit behandelt, die sie bis dahin aufgespart hatten.

»Erinnerst du dich an Tania?«

»Die, die ins Kloster ging?«

»Das war ihre Schwester Teresa.«

»Nein, Tromso, ich erinnere mich nicht an Tania.«

»Ich werde vielleicht, und ich betone, nur vielleicht, Weihnachten mit Tania essen gehen. Wenn die Termine fürs Schneidestudio so liegen, wie ich es im Hinterkopf habe.«

Genia Ortiz sagte nichts.

»Mutter ... Du hast nicht zufällig die gestrige Folge gesehen?«

»Nein, Tromso, das habe ich nicht.«

»Sie ist eine sehr gute Schauspielerin.«

Genia Ortiz konnte nicht länger an sich halten. »Du hast mir gesagt, sie bekäme niemals Sprechrollen.«

Sie knallte den Hörer auf. Und das jetzt, wo sie hatte feiern wollen, wo sie ihm von Balnascharki erzählen wollte. Er war einfach *wahnsinnig* egoistisch. Nie sprach er über etwas anderes, immer nur über sich selbst. Wo sein Gefühl für seine Pflichten als Sohn hätte sitzen sollen, da war nur ein schwarzes Loch, so groß wie eine Leinwand. Er verdiente es, wenn er einsam war. Warum nur, um Gottes willen, hatte sie ihn zu Weihnachten sehen wollen ...

Und mit einem Schreibtisch wollte er sie abspeisen! Sie suchte den Blick der Heiligen Jungfrau. Sie spürte, wie sehr ihr die Reproduktion mißfiel. Die ganze Zeit über hätte sie das Matisse-Bild vom Kasbah-Tor lieber gehabt. Asunción verdiente nur das Beste. Sie schenkte sich noch einen Wodka ins Glas, nahm ihre Einkaufstasche vom Haken und legte die Reproduktion hinein. Jetzt sofort würde sie losgehen und das Bild umtauschen, bevor der Mann nach Algeciras zurückfuhr. Tromso würde ihr die Laune nicht verderben. Das würde sie nicht zulassen. Und schon gar nicht heute.

5

Senator Zamora erreichte das Tercio Museum mit einiger Verspätung.

»Pablo, es tut mir leid«, sagte er aufgeregt. Er war an der Playa Benitez entlang gegangen.

»Hast du den Meeraal gefunden?« fragte Pablo von der Mauer herab, auf der er saß.

»Nein, habe ich nicht«, sagte Senator Zamora. Er hatte den Strand nach Öl abgesucht. »Aber ich habe das hier gefunden!« Triumphierend hielt er einen kleinen gezackten Gegenstand hoch, der mit Teer verklebt war.

»Was ist das?«

»Ein *Murex brandaris*!« Aus einer solchen Muschel hatten die Phönizier ihr Purpur gewonnen, genau derselbe Farbton wie seine Strickjacke. Er reckte trotzig seine Faust in Richtung Cádiz. Vielleicht keine schlagenden, aber immer mehr Belege konnte er präsentieren.

Durchaus beeindruckt sprang Pablo von der Mauer. Er wollte jetzt vom Tod seines Urgroßvaters hören.

Senator Zamora schob die Muschel wieder in die Tasche und wartete, bis sein Enkel wieder auf die Beine kam. Über Pablos Kopf hinweg sah er Wavery und Silkleigh den Paseo Colon hinauf näherkommen.

»Señor Wavery!« rief der Senator. Er an der Stelle des Consul General, dachte Zamora, wäre nur zu froh über jeden Vorwand, um sich aus den Fängen seines fürchterlichen Landsmannes zu befreien. Er nahm Wavery sofort beim Arm: »Ich wollte meinem Enkel die Erinnerungsstücke an meinen Vater zeigen. Wenn Sie einen Augenblick Zeit haben ...«

»Die Chance Ihres Lebens, mein Bester«, sagte Silkleigh feixend.

Dankbar ließ sich Wavery von Zamora ins Museum führen.

Der Saal, in dem sie standen, war leer bis auf eine flache Vitrine aus Glas. Zamora, der sich über das Glas beugte, achtete das Schild, das SILENCIO forderte, und erzählte seinem kleinen Publikum mit fast lautloser Stimme von dem Mann, der die dort aufbewahrte Uniform getragen hatte.

Nun, da er einmal hier stand, war Wavery begierig, alles über den Mann zu erfahren, dessen Bildnis, jugendlich und noch ohne Doppelkinn, überall in der Stadt prangte. Pablo schien weniger begeistert. Herakles war nicht unter den Themen der Preisaufgaben, die für die Ferienzeit gestellt worden waren. Daß stattdessen die Wahl auf die Geschichte des Tercio in Abyla gefallen war, war eindeutig nach seines Großvaters Geschmack. Der Senator hatte ihn nur mit dem Versprechen einiger Portionen Eis ins Museum der Legion locken können. »Und viermal Schaukelpferd«, hatte Pablo gefordert, von den vielen Geschichten über das Tercio mochte er eigentlich nur die von den Tumulten bei der wöchentlichen Brotlieferung hören. »Ja, mein Kind, auch das.«

Zamora schilderte das Ende seines Vaters im erstickenden Staub des Tales hinter Abyla, in dem sich die von Abd el-Akbar belagerte Festung befand. »Sein Schlachtruf war *Viva la Muerte*! Er war einer der Todgeweihten. Er bekämpfte die Schatten der Berge. Er war ein Held, mein Kind.«

Teniente Zamora war der Kommandant der Festung gewesen. Er wußte, mit welchem Feind er es zu tun hatte. Die Mauren waren keine bärtigen Frauen. Bald würde Abd el-Akbars Armee die Hänge hinab nach Abyla stürmen. Die Festung war das einzige, was dem noch im Wege stand.

Abd el-Akbar, der wassersüchtige Galgenvogel aus den Bergen hinter Abyla, witterte die Schwäche der Männer in der Festung des Teniente Zamora. Da war dieser Korporal, der alles in Bewegung gesetzt hatte, um dem Dienst in Abyla zu entgehen. Er wurde von den Männern des Abd el-Akbar, die über die Mauern geklettert waren, geschnappt und verschleppt.

Bei Sonnenaufgang fand man den Leichnam des Korporals neben dem Tor, seine entleerte Magengrube vollgestopft mit Stroh und Amethysten. Als der Körper allmählich in Verwesung überging, verblaßten die Wundmale an seinen Beinen. Man glaubte, das seien Geschwüre. Bis der Arzt des Tercio, dessen Neugierde durch die eigenartige Anordnung der Flecken geweckt worden war, die Konturen eines bekannten Gesichts und, ins Fleisch des Korporals eingebrannt, den Kopf ihres langnäsigen Monarchen erkannt hatte.

In der Nacht verbrannten die Mauren den Körper, und der Rauch wehte durch die Festung. Die Männer des Teniente hatten keine Lebensmittel mehr. Wasservorräte wurden knapp. Sie erinnerten sich an die Frage, die man dem General in Chechaouen gestellt hatte: »Haben Sie noch Fleisch?« Sie erinnerten sich auch an seine Antwort; er griff sich mit einer Hand in die Achselhöhle und brachte drei Läuse zum Vorschein: »Das ist das einzige Vieh hier.« Die Männer des Teniente Zamora fraßen ihre Läuse. Sie tranken Essig, Kölnischwasser und Tinte; auch Urin, den sie mit Zucker verschnitten. So warteten sie auf ihre Weihestunde.

Eines Morgens sahen sie die unförmige Silhouette eines Luftschiffes. Mit Leuchtspiegeln morsten sie eine Botschaft hinauf. Später brummte ein Flugzeug über den Berg. Die Mauren eröffneten das Feuer. Das Flugzeug zog eine Schleife über der Festung, zwei Dinge lösten sich aus seinem Rumpf. Das eine war ein Sack, er fiel auf das Wellblechdach der Festung. Das andere war ein riesiger Eisblock, so groß wie eine Badewanne. Der Eisblock landete zwanzig Meter vor der Mauer. Die Männer konnten zuschauen, wie das glänzende Eis sich in einen dunklen Fleck im Sand verwandelte. Sie eilten aufs Dach und rissen den Sack auf. Medaillen klirrten aufs Wellblech. Und in die Medaillen geprägt entdeckten sie dasselbe unangenehme Profil, das die Schenkel des Korporals geschmückt hatte.

Der Entsatz unter Führung von *El General* erfolgte drei Tage später. Er fand den Leichnam des Teniente Zamora im Staub; eine

Ziege knabberte an seinem noch wachsenden Bart und an den Zwiebeln in seinen Augenhöhlen. Seine Beine waren in Kerosin getaucht worden und angezündet, seine Uniform klebte verkohlt auf der zerschundenen Haut, die Hände hatte man ihm mit dem eigenen Darm gefesselt. Eine Hand umschloß immer noch die Medaille, die sich jetzt in der Glasvitrine befand. Er roch nach Kölnischwasser.

Teniente Zamora war mit der *Medalla de Africa. Palajox laudenus viros gloriosos* ausgezeichnet worden.

Medaille, Uniform und Küraß waren die einzigen Reliquien. Ansonsten wurden im Zamora-Saal des Museums nur Zeitungsberichte gezeigt und die Abbildungen der Ausstellungsstücke, die als Dauerleihgaben ins Museo Militar in Cádiz gewandert waren – auch dies eine der beständigen Quellen des Grolls von Senator Zamora.

Sehnsüchtig ließ er seinen Blick über Schwarzweiß-Photographien von Strohsandalen und Feldstecher seines Vaters schweifen, über die Abbildungen des unbenutzten Streichholzes, das aufrecht stehend unter einer luftdichten Glashaube gezeigt wurde, Photographien seiner Uhr, die um vier Minuten nach zwölf stehengeblieben war, und die Reproduktion eines lebensgroßen Bildnisses, das einen Teniente zeigte, der sich auf seinen Degen stützt, während die andere Hand in der Uniformjacke steckt. Dieses Bildnis befand sich ebenfalls in Cádiz.

Ein weiteres, sehr wesentliches Ausstellungsstück hing an der Wand unterhalb des Schilds, das um Stille bat. In einer blumigen Ode, die der Großvater des Capitan Panteco verfaßt hatte, wurde die Unwissenheit der Welt besungen, der die Glorie des Teniente Zamora entgangen war.

O Zamora! Tu solamente Zamora! La sangre que corre por defender a la patria / no corre inutilmente – so hob es an. Im Schlußbild war der Himmel über Abyla rot vom Blut des Teniente, und grün leuchtete das Meer wie sein Lorbeer.

»Er gab sein Leben, damit Abyla spanisch bleiben konnte«, flüsterte Zamora, der mit gebeugtem Haupt vor der Vitrine stand.

»Können wir jetzt auf die Plaza de los Reyes?« fragte Pablo. Seine Aufmerksamkeit hatte sich längst dem Korsett zugewandt, das an der Wand im nächsten Raum hing, und auch einer Vitrine, in der Abd el-Akbars linker, in Alkohol schwimmender Augapfel gezeigt wurde. Aber Zamora hatte seine Führung noch nicht beendet. Er strich über das Glas, zog mit dem Finger den Umriß eines Wappens nach, das einen Erdball zeigte, getragen von Adlerflügeln.

»Der Wahlspruch unserer Familie«, sagte er. »Wissen Sie, was er bedeutet?«

Wavery las die Worte *Plus Ultra*.

»Über alle Grenzen hinaus«, sagte er zu dem alten Mann.

6

Genia Ortiz, dieser edle Karpfen aus Balnascharki, bog mit wodkagetrübtem Blick und der plastikgerahmten Murillo-Jungfrau in der unförmigen Einkaufstasche nach links in die Calle Zamora, wendete sich noch einmal nach links in La Legion hinein, die stetig zur Plaza de los Reyes hin anstieg. An der Ecke zur Fernandez Solis kramte sie in ihrer Tasche, um sich zu vergewissern, ob sie den Wohnungsschlüssel auch wirklich bei sich hatte, überquerte die Straße und erreichte das gegenüberliegende Trottoir, und da!, wer schlenderte vor ihr die Straße hinauf? Keine andere als diese Hyäne Dolores. Wie immer in schreienden Farben und im zu kurzen Rock, und natürlich in Ernestos Mantel!

Genias Unterlippe bebte. Ihre Finger schlossen sich noch fester um den goldenen Knauf des Dirigentenstabs, als plötzlich die Erinnerung an jenen Nachmittag in ihr wach wurde, jener Nachmittag in der Bibliothek, an dem alles in sich zusammenstürzte. Sie hatte gerade die Tür geöffnet, hatte auf dem Tisch der Bibliothekarin das Buch gesehen, das für ihren Mann zurückgestellt worden war, sein Name stand auf einem roten Papierfähnchen, und sie wollte gerade den Raum durchqueren, um das Buch in Empfang zu nehmen, da hörte sie, wie das Telefon klingelte, und besorgt rief sie »Dolores! Dolores!« durch den leeren Raum, aber der Apparat klingelte immer weiter, bis sie schließlich selbst den Hörer abnahm und am anderen Ende, noch bevor sie selbst ein Wort hervorbringen konnte, hörte sie Ernesto, seit fünfundvierzig Jahren ihr Ehemann, der in einem ihr völlig unbekannten Ton versprach, ihre kleinen runden Brötchen zu buttern.

So mußte es kommen. Sie hatte den Koffer unter dem Bett geöffnet, und damit den Stein beiseitegewälzt, hinter dem sie den Dirigenten bislang erfolgreich versteckt gehalten hatte. Bewußt hatte sie seine Photographien nicht herausgenommen, aber er war dem Koffer dennoch entstiegen. Sie spürte wieder seinen Taktstock an ihrem Bein, wieder versuchte sie ihn abzuschütteln. Fünfzehn Jahre lang war er mit Gastgebern und Gastgeberinnen aus dem vorrevolutionären Kiew zusammengesperrt gewesen. Jetzt rächte er sich. Irgend jemand hinter ihr pfiff die Straße entlang. Genia Ortiz fuhr herum. Der Flegel verschwand sofort in den Ausstellungsräumen der Fiat-Niederlassung.

Dolores hatte sich nicht umgedreht. Aber mit einer Hand fuhr sie sich durchs Haar. Und betonter wiegte sie sich im Weitergehen in den Hüften.

Wie eine läufige Hündin – einem Baum würde sie sich hingeben, dachte Genia Ortiz. Wäre sie nur fünfzig Jahre jünger, dann hätte sie dem Flittchen den Mantel längst von den Schultern gerissen.

Gnädigerweise bog Dolores nach links ab, trug ihre wallende Mähne in Richtung ihrer Wohnung in der Calle Real. Atemlos wendete sich Genia Ortiz nach rechts, betrat die Plaza de los Reyes. Über den Dächern und zwischen den Häusern sah sie die Berge hinter Abyla. Nichts fand sie einschüchternder als diese Berge, in denen Senator Zamora Wildschweine schießen ging und wo man den Teniente Zamora gefunden hatte, mit den Zwiebeln in den Augenhöhlen.

Aber wenn sie dem Brief in ihrem Ärmel trauen durfte, dann war ihr Balnascharki tatsächlich zurückgegeben worden ... So scharf, als sähe sie die mit Flutlicht angestrahlte Santa Maria de Africa, trat ihr diese Gewißheit vor Augen: Sie konnte Abyla verlassen!

Und im gleichen Moment erschien Genia Ortiz der Tunnel unter der Meerenge als unzweideutiges Symbol des Sieges. Das war das Band, erneut geknüpft zwischen ihr und Europa, das in den ersten elf Jahren ihres Lebens geblüht hatte. Sobald der Tunnel eröffnet war und die Königin wieder abgereist, würde sie diese Zelle ohne Dach hinter sich lassen. Nie wieder die Berge Afrikas sehen müssen! Nie wieder das Gesicht der toten Frau! Nie wieder würde sie sich sorgen müssen über das, was sich auf der anderen Seite der Berge zusammenbraute, wo entengroße Fledermäuse in der Dunkelheit mit den Flügeln schlugen.

Genia Ortiz holte tief Luft. Und gerade wollte sie sich aufraffen, den Platz zu überqueren und es auf einen Streit mit dem Mann aus Algeciras ankommen zu lassen, als ihr Blick auf Senator Zamora und Pablo fiel, die sich von ihrem Nachbarn verabschiedeten. Es gab keine Möglichkeit, den dreien aus dem Weg zu gehen, wenn sie das Bild umtauschen wollte. Doch wenn sie weiterging zum Brunnen, dann würde sich kaum verheimlichen lassen, daß Tromso auch diese Weihnachten nicht kommen würde.

Also senkte Genia Ortiz den Kopf und betrat den Blumenladen von Marie Amaral. Dort sog sie die Luft tief in sich ein. »Was für wunderbare Düfte!«

»Kann ich etwas für Sie tun, Señora Ortiz?« Marie Amaral trat hinter dem Eimer voller Bouvardien hervor und lächelte. »Aber vielleicht wollen Sie auch nur Ihrem Nachbarn aus dem Weg gehen?«

»Meinem Nachbarn?« Genia Ortiz versuchte nach draußen zu sehen. »Nein, das ist es nicht. Ich wollte nicht ...«

»Ich mag ihn, kann ich nicht anders sagen. Sie etwa nicht?«

Genia Ortiz' Blick folgte Wavery bis zum Brunnen. Er schien sich bei Zamora für irgend etwas zu bedanken und strich Pablo über den Kopf.

»Madame Amaral, ich habe in mir noch nie einen Hang zu alleinlebenden Männern entdecken können.«

Und als sie jetzt über den englischen Generalkonsul nachdachte, spürte Genia Ortiz zum ersten Mal ein herbes Gefühl der Enttäuschung. Als er gerade angekommen war, da war sie bereit gewesen, ihn als ihren Wunschsohn zu behandeln; nur darum hatte sie ihm sofort intimste und bedeutende Einzelheiten aus ihrem Leben anvertraut. Das war eine Auszeichnung; unter allen Abylanern hatte sie ihn erwählt, Balnascharki mit ihr zu teilen. Und er, er hatte nichts Besseres zu tun, als direkt danach in die Bibliothek dieses Flittchens zu eilen!

»Sie wissen doch, was man sagt, Madame. Ein Junggeselle ist ein gefährlicher Mann.«

»Aber er ist doch verheiratet, oder?«

»Dennoch. Vielleicht ist er wie *El General*, hat an Frauen kein besonderes Interesse.«

»Vielleicht geht es ihm nicht gut?« sagte Marie Amaral, die nicht glauben wollte, daß er einer dieser schwulen Engländer war. Wavery ging ihr inzwischen nicht mehr aus dem Kopf. Sie konnte sehen, wie seine umgängliche Art langsam erstarrte. Er trug schon die Narben der Einsamkeit.

»Das könnte es auch sein«, sagte Genia Ortiz und versuchte einen weisen Zungenschnalzer. »Aber heute krank sein. Ich weiß nicht. Man sieht das heute anders, irgendwie macht das doch mißtrauisch.«

»Vielleicht doch ein paar Blumen?« schlug Marie Amaral vor.

Genia Ortiz stellte ihre Tasche auf den Verkaufstisch. »Ach, ich sollte es Ihnen doch gestehen«, sagte sie vertraulich, »ich habe eine traurige Nachricht erhalten, die wollte ich für mich behalten.«

»Oh, das tut mir aber leid. Und was ist die schlechte Nachricht?«

Genia Ortiz erzählte ihr von Tromso. »Aber ich habe auch eine gute Nachricht! Und ich habe noch niemandem davon erzählt.«

»Das ist ja wundervoll«, sagte Marie Amaral, als Genia Ortiz ihr von dem Brief aus der Ukraine erzählt hatte.

»Ja, Marie Amaral, das ist es. Ich fragte mich ...«, durch die offene Tür konnte sie sehen, wie Pablo auf dem Schaukelpferd ritt, »ich dachte mir, diese gute Nachricht könnte ich mit einem neuen Kleid feiern.«

Vorsichtig wischte Marie Amaral ihre Blumenschere ab. »Und Sie hätten es gern, daß ich Ihnen das Kleid nähe?« sagte sie.

»So ist es, Madame, wenn Sie es möglich machen können.«

»Aber selbstverständlich nähe ich Ihnen ein Kleid.«

»Dann muß ich aber auch ein paar Blumen haben. Von denen dort. Wie wär's damit?« Sie deutete auf den Eimer voll Lilien, den Toribios Schwanzwedeln fast umgefegt hatte. Marie Amaral hob den Eimer auf den Tisch. Sie schnitt Papier zurecht und ein Stück Blumenband. »Von Emilios Ring haben sie sicher schon gehört?« Berahu, der Straßenfeger, hatte ihn in einem Meeraal gefunden.

»Der arme Mann«, sagte Genia Ortiz teilnahmslos. Sie blickte forschend über den Platz.

Marie Amaral zog das Band über die Scherenklinge; es rollte sich in viele kleine Löckchen. Sandra die Schänderin sei wieder auf freiem Fuß. Auch die komische kleine Episode mit einem antiquierten Verhütungsmittel aus der Seifenoper gestern abend sei Stadtgespräch. Und dann –

Genia Ortiz drehte sich um, der Weg war frei! »Madame, ich hole das in einigen Minuten ab, wenn es Ihnen recht ist«, sagte sie, griff nach ihrer Tasche und ging über den Platz, schnurstracks hinüber zu dem Händler aus Algeciras.

7

Wenn er über Mittag nach Hause ging, näherte Wavery sich dem unverletzlichen Territorium seiner Residenz normalerweise von der Marina Española her. Heute, am Samstag mittag, kam er von Westen.

Während er die Calle Silvestre entlang ging, dachte er an Zamoras Verhalten im Museum. Sein Führer mochte wohl einige schräge Ideen haben, aber er hatte Wavery durchaus beeindruckt; sicherlich ein bedeutender Mann in der Gemeinde. Was von dem Mann, den er nun auf dem Balkon der Residenz entdeckte, wahrlich nicht zu sagen war.

Plaisir des Yeux hatte Wavery nicht kommen sehen. Hin und wieder wendete er den Kopf in die andere Richtung, und dann kehrte sein Blick immer wieder zum Tunnel zurück. Wavery kannte diesen Blick. Alle, die die Esplanade entlang kamen, schauten mit sturer Neugierde zur Baustelle hinüber: Mitglieder des Club Nautico glitten mit ihren blauen Kajaks direkt bis unter den Betonwall; Väter, die mit Frau und Kindern am frühen Nachmittag spazierengingen, wiesen zum Tunnel hinüber und taten sich wichtig mit der – zumeist überschätzten – Tiefe der Röhre unter dem Meer; die Land-Rover mit ihren kurzen Schnauzen fuhren langsamer, Fenster wurden heruntergekurbelt, bevor sie wieder Richtung Monte Hacho davonstoben. Plaisir des Yeux, der einfache Fliesenleger, schaute nicht einfach aus Neugierde, er starrte geradezu sehnsüchtig.

Plaisir des Yeux hatte etwas gefährlich Zerstreutes an sich. Eine Narbe am Hals zeugte von einem Sturz vom Minarett in El Hadu, an dem er Kacheln anbringen sollte. In den vierzehn Tagen, die Wavery nun in Abyla verbracht hatte, hatte Plaisir des Yeux nicht viel mehr getan, als ein neues Schloß in die Vordertür zu schrauben, wobei das Schlüsselloch verkehrt herum angebracht war, und in die Wand neben dem Torpfosten einen Phallus zu meißeln.

»Gegen den bösen Blick, Señor«, sagte er und unterstrich das Gesagte mit einer abrupten Bewegung seines gestreckten Mittelfingers.

Zweimal hatte ihn Wavery dabei erwischt, wie er im Zimmer, in dem er eigentlich Fliesen legen sollte, den Schleifen einer umherschwirrenden Fliege hinterherträumte. Selten hatte Wavery ihn ein Wort sprechen hören. Mit seiner Körperhaltung deutete Plaisir des Yeux an, daß er sich den Rat, daß ein eingezogener Kopf schwer abzuschneiden sei, zu eigen gemacht hatte. Halima machte er nichts vor. »Er tut überhaupt gar nichts«, beschwerte sie sich. »Er raucht. Er ißt Speck. Er trägt die Perlenkette seiner Mutter unter dem Hemd versteckt – «

»Und warum schmeißen wir ihn nicht raus?« fragte Wavery.

»Fragen Sie Pas de Problème.« Aber das konnte Wavery nicht tun. Plaisir des Yeux zufolge war sein Polier noch in Marokko, Baumaterial auftreiben.

»Marokko! Tttt, ttt«, sagte Halima. Viel eher werde er irgendein armes Mädchen in die Hänge von La Mujer Muerta schleppen, oder er lag bei den Huren von Bni Tidir.

Wavery steckte seinen Schlüssel verkehrt herum ins Schloß. Er stapelte die Bücher auf den Tisch in der Eingangshalle. Aus der Küche drangen Stimmen. Die Tür stand offen, und er konnte einen Mann sehen, der am Tisch saß. Eine seiner Wangen zierte ein großes Heftpflaster, und er zeterte gerade mit Halima auf Arabisch herum.

Als er Wavery sah, erhob er sich widerwillig, und sein mürrisches Gesicht überzog sich erst allmählich mit einem Grinsen.

»Pas de Problème.« Halima machte Wavery mit seinem Polier bekannt.

Pas de Problème, der eigentlich Abd ul-Hadi hieß, aber auf diesen Namen nie antwortete, war ein kompakt gebauter Berber; er hatte hohe Backenknochen und hervorstehende, samten glänzende Augen und den dünnen Schnurrbart eines Menschen, der viel zu große Sorgfalt auf sich selber verwendete. Das war vielleicht auch der Grund für das Pflaster, unter dem Wattefussel hervorquollen, was ihn einigermaßen grotesk aussehen ließ.

Wavery zog Pas de Problème aus der Küche. Halima sollte nicht Zeugin sein, wenn er ihn zurechtwies. »Ich bin sehr aufgebracht über das, was ich hier vorgefunden habe«, fing er an. Im Neuen Jahr werde ein Inspektor aus London hier eintreffen, also in weniger als einem Monat, und bis jetzt sei nur sein Schlafzimmer fertig, die Drähte der Telefonleitung hingen aus der noch immer ungestrichenen Wand, das Fenster im Konsulat ließe sich immer noch nicht öffnen, und noch immer ziere nur die wurmstichige Holztafel die Calle Camoes. Pas de Problème streckte beide Hände empor. »Ist alles OK, Monsieur«, er lächelte wie Sonnenschein. Wundervolle Nachrichten bringe er, ein sehr guter Freund habe ihm einen großartigen Preis gemacht bei der Bestellung von Abflußröhren und Dichtungen. Wavery konnte den Zorn nicht aufbringen, den er hätte zeigen sollen. Er hatte nicht wütend geklungen, allenfalls wichtigtuerisch. »Ich werde dich auch morgen brauchen«, sagte er streng, »um die Kisten auszupacken.«

Das Gesicht seines Poliers war von strahlender Unschuld. »*Pas de problème, Monsieur.*«

8

Am Sonntag war Pas de Problème schon früh im Haus und machte so viel Lärm, daß Wavery ihn auf keinen Fall überhören konnte. Die dreißig Sperrholzkisten waren von Capitán Pantecos Männern freigegeben worden und standen jetzt in der Eingangshalle. Pas de Problème traktierte einen Nagel mit dem Brecheisen; eine Demonstration von Arbeitseifer, auch ohne Waverys Anwesenheit. Er hob den Deckel von einer Bücherkiste ab und schlitzte die silberne Schutzfolie darunter auf. Auf der Schulter trug er die Bücher nach oben. Als er an der Küche vorbeikam, pfiff er.

Die Kisten verdunkelten das Fenster zur Marina Española. Weinkisten, die Wavery seinem Vorgänger in Lima ungeprüft und zu einem Wucherpreis hatte abkaufen müssen; die Kisten mit den Buddha-Köpfen aus Kambodscha, den Trauben aus Onyx, gerahmte Dokumente der Freiheit verschiedener abgelegener Dörfer auf dem Altiplano; Kisten mit Cornflakes-Packungen, deren Inhalt längst zu Staub zerfallen war, halbvolle Flaschen mit Worcester-Sauce und ein Faltordner voller Rezepte, die geschmeichelte Gastgeberinnen aufgeschrieben hatten; weder er noch Penny hatten sie jemals nachgekocht.

Dieselben Kisten, die ihm nach Amman, nach Phnom Penh, nach Lima gefolgt waren und die ihm auch nach Lissabon gefolgt wären. In ihnen steckte das Leben eines Mannes, der überall in der Welt gelebt hatte; und sie zeigten wie recht Martial hatte mit seiner Bemerkung, einer, der überall gelebt habe, sei nirgendwo zu Hause.

Eine Kiste enthielt sieben Gemälde von Penny, die in Peru, unübersehbar unter dem Einfluß der Cuzceño-Schule, entstanden waren. Wilde Tiere mit seltsamen Schnauzen. Darstellungen von Christus mit Frauenoberschenkeln. Eine Zange, die frei neben einer abgerissenen Hand schwebte.

Wavery zog das größte Gemälde aus der Kiste. Die Gestalt eines Mannes schwebte waagerecht über dem Gipfel eines Berges. Und der, der mit gefalteten Armen in einem Totentuch aus grauen und rosafarbenen Federn ruhte, den eine Staffel tieffliegender Engel gen Himmel trug, der schwebte ohne Kopf dahin; sein durchtrennter Halswirbel blickte dem Betrachter wie ein Auge entgegen. Einer der Engel zog den abgetrennten Kopf an den Haaren hinter sich her.

»Wunderschön, Liebling, wie soll es heißen?«

»Der glückliche Sisyphos oder Der Diplomat.«

Penny tauchte den Pinsel in die Mitte ihres Schmerzes – und fand heraus, daß er die Farbe von Waverys Gesicht hatte.

Pas de Problème kam ins Zimmer. Aus einer Kiste zog er einen Tennisschläger und einige abgespielte gelbe Bälle. »In Marokko der Golf ein sehr populäres Sport ist«, sagte er. Er blickte auf das Gemälde an der Wand, dann auf Wavery.

»*Mais c'est vous, Monsieur*!«

Wavery riß noch einen Deckel auf, schnitt die Folie durch, befreite einen Kosmos aus Häusern, Städten und Ländern, in denen er jeweils Teile seines Selbst verloren hatte, bis nur noch der Mann übrigblieb, der in einem kahlen, ungestrichenen Zimmer stand und in der Hand eine groteske Rose hielt, die zu zucken begann, sobald man nur flüsterte.

Die Erinnerung an Catharine ließ die Dunkelheit um ihn noch schwärzer werden. Er hatte nichts, womit er hätte ein Feuer gegen die Dunkelheit entzünden können; nichts, oder nur diese Rose aus Plastik und das Versprechen, das sie ihm über den weißen Brillenrand zuzitterte. Er trug den Blumentopf in sein Schlafzimmer, stellte ihn auf den Nachttisch und drückte den roten Knopf. »Buh!« sagte er. Keine Reaktion. Er fuhr sich mit der Zunge über die trockenen Lippen. Er zögerte, preßte den Mund aber nicht auf die Blütenblätter, sondern begann zu singen. »*E quem me dera, ter outra vez vinte anos* …« Die Sonnenbrille bewegte sich in einem halbherzigen Zittern. Die Batterie mußte leer sein; oder der Mechanismus sprach nicht an auf Portugiesisch. Verstohlen hob er noch einmal an. »Pack meine Sorgen zusammen, meinen Kummer …« Und er fühlte die Verlegenheit eines Mannes in sich aufkeimen, der, allein in einem Zimmer, heimlich den Versuch unternimmt, eine Plastikrose zum Tanzen zu bringen: »Und ich werde gehen, andere zu besingen …«

Die Pflanze schwankte.

Halimas Stimme ertönte vor der Tür. »Alles in Ordnung, Señor?«

9

Penny sagte: »Und das Haus, hat es dir gefallen?«

Sie fragte zum zweiten Mal. Er hatte seinen Besuch in Sintra beschrieben, aber der Bericht hatte eine Lücke, und es war ihr aufgefallen.

»Und Michael, – hast du ihn gesehen?« fragte sie.

»Nein. Er war krank.«

»Alle scheinen zur Zeit krank zu sein.«

Sie waren zum Abendessen in ein portugiesisches Lokal gegangen, nur drei Straßen von ihrer Wohnung im Londoner Vorort Fulham entfernt. Sie trug ihre Lieblingsohrringe.

»Um wieviel Uhr morgen bist du bei Cullis?«

»Um zehn.«

»Da könnte ich ja direkt losgehen und Tapeten aussuchen.« Als Wavery zum ersten Mal nach Lissabon geschickt wurde, standen ihnen nur weiße Tapeten zu. Als er die Karriereleiter dann langsam erklomm, stieg er von glattweißen Tapeten zu weißen Tapeten mit Streifen in einer Farbe seiner Wahl auf. Als Botschafter konnte er die Tapeten völlig frei aussuchen.

Sie berichtete ihm von ihrem Wochenende; sie hatte den Galeriebesitzer in der Nähe von Poole besucht. Wavery wußte nicht mehr, wie er hieß. Das Dach eines Nachbarhauses war vom Sturm weggefegt worden.

»Eine ganz reizende Malerin war gerade bei ihm. Sie hieß Sally, auf den Nachnamen komme ich nicht mehr. Erinnert mich an Edwina. Sie sagte, daß er meine Gemälde sehr schätze, besonders die Cuzco-Bilder.« Sie trank aus. »Und außerdem, nein, das habe ich nicht.«

»Was hast du nicht?« fragte Wavery verwirrt.

»Ich habe nicht mit ihm geschlafen.«

»Penny – «

Sie bestellte eine weitere Flasche Wein. Tränen traten ihr in die Augen.

»Ich frage mich, was der Koch mit Paracas gemacht hat«, sagte er. Penny hatte Jésus die Anweisung hinterlassen, die Schildkröte nur mit geriebenen Möhren zu füttern.

Sie schüttelte sich, bekam eine Gänsehaut. Er streichelte sie, aber sie entzog sich ihm.

Er widmete sich wieder der Speisekarte. »Wie hieß denn das Gericht, das ich damals so gern aß, das mit den Venusmuscheln?«

»Ich weiß es nicht.«

Noch immer gehörte der Speisekarte seine ganze Aufmerksamkeit.

»Tom, wir wissen nichts voneinander, nach fünfunddreißig Jahren nicht. Wenn wir überhaupt etwas kennen, uns sicher nicht.«

»Ach, ich glaube doch, daß ich dich kenne«, sagte er.

»Nein, das tust du nicht. Ich habe zwanzig verschiedene Gesichter. Und du hast nicht mal versucht, eines davon kennenzulernen.«

Er strich eine Käsecreme auf ein Stück Brot. Jedes Mal, wenn sie sich so verhielt, ließ sie einen schweren Eimer in sein Herz herab und nahm etwas Lebenswichtiges mit. Seit Jahren hatte er geduldig darauf gewartet, daß sich dort etwas regenerieren würde.

»Wir lieben einander«, sagte er.

»Drehbücher sind teuer, Tom, also laß, bitte – oh Gott, du siehst grauenhaft aus, wenn du so lächelst.«

Er klappte seine Brille zusammen und steckte sie in die Hemdtasche. Während er weitersprach, lief das abschnurrende Uhrwerk seiner Stimme allmählich ab. »Es ist nur, daß ich, und da bin ich anders als du, den Druck nicht kenne, unsere Beziehung in jedem Augenblick einer Bestandsaufnahme unterziehen zu müssen.«

Einmal mußten doch Zeiten kommen, in denen das Herz nicht mehr so stark pochen würde, und Vergleiche die Gegenwart ebenso reizvoll zeigen würden wie all das Vergangene. »Aber das hat damit zu tun, daß wir eine gemeinsame Geschichte haben.«

Sie spielte mit der kleinen Packung Butter und drückte den Inhalt mal in diese, mal in jene Form. Wie vertraut ihr das alles war, diese sinnlose Leier, das Scheppern des leeren Eimers gegen die Brunnenwand.

»Warum sprichst du nie mit mir? Du weißt, wie empfindlich ich bin. Komm mir nicht mit deiner Arbeit.«

»Ich habe dich vermißt.«

»Es wäre schön, wenn du nicht so glatt antworten würdest. Wenn du so antwortest, dann fühle ich mich wie ein leichtes Papierboot. Es wird aufs Wasser gesetzt und weggepustet.«

»Ich habe dich vermißt.«

»Hast du nicht.«

»Doch.« Seine Stimme klang verräterisch.

»Ach Tom, was redest du nur? Du hockst immer noch auf dem Planeten Wavery. Ich sitze hier, höre dir zu und frage mich: Soll ich ihm sagen, daß er ein Arsch ist? Nein. Weil ich nicht daran denke, ihn zu bemuttern. Es ist alles so anders geworden als früher. Das ist es, was mich verbittert. Gestern nacht hast du einfach das Licht ausgemacht. Du wolltest mein Gesicht nicht sehen. Du hast mich einfach gefickt.«

Am nächsten Tisch ruckte ein Kopf herum.

»Penny – «

»Das war kein Akt der Liebe. Das war nur Ficken. Dieser Wein ist ja scheußlich.«

»Ach, Penny.«

»Ich werde mich beschweren.«

»Penny, bitte nicht.«

»Ich brauche einen Mann«, sagte sie trostlos. Ein Muskel im Winkel ihres rechten Auges zuckte. »Jemanden, der seine Arme um mich legt. Jemanden, der mit mir spricht. Jemanden, der nicht auf subtile Weise immer alles von sich weist, bis er die Schuld andern aufbürden kann. Und ich werde ihn finden. Es ist mir völlig gleich, wie tief ich dafür herabsteigen muß. Ich werde diesen Mann verdammt noch mal finden. Und wage bloß nicht, das alles mit einem Lächeln abzutun. Denk ja nicht, du könntest auch diesmal die Schuld von dir weisen.«

Er verlangte die Rechnung. Als er sie erhielt, sagte er: »Weißt du, wir könnten es uns nicht leisten, in London zu leben.« Er unterschrieb den Kreditkarten-Beleg. »Ich geh mal kurz.«

Als er zurückkam, küßte Penny gerade den Kellner. Sie hatte herausgefunden, daß er aus Colares in der Nähe von Sintra stammte. Er erzählte ihr, daß es in Colares die einzigen Weinstöcke Europas gebe, die noch in der Zeit vor der Reblaus gesetzt worden waren. Sie lud ihn ein, sie in der Residenz des Botschafters zu besuchen. »Aber erst nach Weihnachten«, sagte sie, »wir werden erst nach Weihnachten dort sein.«

Sie gingen die zehn Minuten zur Wohnung zurück zu Fuß. Penny hatte sich über den Zustand der Küche aufgeregt. Wavery schloß die Haustür und trat zu seiner Frau ins Badezimmer. Sie war dabei, die Reinigungscreme abzuwischen.

»Deswegen sehe ich so jung aus. Wegen dieser Schmiere«, sagte sie beschwipst, »habe ich noch was im Gesicht?«

»Nein«, sagte Wavery. Er lag im Bett. Er war in Suffolk und hörte die Stimme ihres Vaters durch das Fenster des Arbeitszimmers. Er sprach mit Pennys Mutter über Wavery. »Er wird sie nicht im Stich lassen. Aus Pflicht, nicht seiner Gefühle wegen.«

»Warum wäschst du dich nicht?« fragte Penny. Ein Kleiderbügel rutschte im Schrank quietschend von einer Seite zur anderen. »Warum wäschst du dich nie? Frauen waschen sich. Ich wasche mich jeden Abend. Und wann wäschst du dich, bevor du ins Bett gehst? Denkst du gar nicht daran, wie das für uns ist? Was hast du mit deinen Händen nicht alles angefaßt, den ganzen Tag über?«

»Schon gut«, sagte Wavery, stieg aus dem Bett und trottete ins Badezimmer, »ich werde mich waschen.«

Er drehte einen Wasserhahn auf. Sie sagte irgend etwas. Er wusch sich. Wenn man so lange mit jemandem zusammen war, macht man sich nicht mehr die Mühe hinzuhören. Er kehrte ins Schlafzimmer zurück, drehte das Deckenlicht aus, ließ aber das Lämpchen neben dem Bett brennen. Sie sprach nicht mehr. Er schaute hinüber zu ihr, wollte wissen, was sie tat. Und er sah, wie sie das Hemd, das sie ihm vorige Weihnachten geschenkt hatte, sanft in ihren Armen wiegte. Sie betrachtete die zwei schwarzen Schatten an der Wand.

Dritter Teil

NEUNTES KAPITEL

1

Silkleigh fand den Fischer. Drei Wochen waren vergangen, seitdem die *Admiral Grau* das neue Boot von Emilio gerammt hatte.

Silkleigh tauchte in den Untiefen zwischen La Mujer Muerta und Punta Benzú, als er die Federung eines alten Autosessels entdeckte, in der sich etwas verfangen hatte.

Emilios Körper schwebte aufrecht im Wasser. Vom Gürtel an aufwärts waren nur die Knochen übrig. Die rechte Hand fehlte, weggerissen von einem Meeraal, das Rückgrat war noch intakt, die Knochen allerdings mit Öl schwarz-braun verschmiert, und den Schädel bedeckte eine Perücke aus Seetang.

Unter der kurzen Hose aus verblichenem Denim war Fleisch zu erkennen. Auf einem Oberschenkel saßen schon Seetangsporen, und um die Waden wanden sich rote Algen. »*Asparagopsis armata*«, sagte Silkleigh zu Panteco.

»Und was ist mit seinem Boot, Silkleigh? Das interessiert mich viel mehr.«

Emilios Mutter hatte am Kai auf den Taucher gewartet. Als sie näher trat, zitterten ihre Wangen unter dem frisch aufgelegten Rouge. Silkleigh half ihr, ins Heck des Boots zu klettern. Er hob das Öltuch an, und sie kniete sich hin. Sie strich über den Gürtel, der das Gerippe zusammenhielt, strich über die Silberkette, die um die Halswirbel geschlungen war, über den Zahn, dessen Ecke der Vater dem Sohn ausgeschlagen hatte, als dieser sich weigerte, den Familienbetrieb – die Fertigung von Stiefeln für Prothesen – zu übernehmen.

Sie schaute zu Silkleigh empor. »Wo hast du nur seine Sommersprossen gelassen?«

2

Am nächsten Morgen schwiegen die Bohrer. Zwei Stunden lang dachte sich niemand etwas dabei. Die Abylaner genossen die Stille. Zum ersten Mal seit fünf Jahren konnten sie das tun. Es ist wegen Emilio, dachten sie. Oder wegen Weihnachten. Denn es war der 24. Dezember.

Mittags roch die ganze Stadt nach Orangenbäumen, ein geradezu heilsamer Geruch, so als seien unsichtbare Hände dabei, der Stadt gründlich die Haare zu waschen. Die Wolken, die an diesem Tag über Santa Maria zogen, waren wirkliche Wolken, und der Wind wehte mit dem belebenden Atem eines Gottes und trug allen, die sie längst vergessen hatten, die verworrenen Klänge des Alltags zu: die geschäftig klimpernden Kassen in der Calle Camoes, das Flappen von Halimas Staubtuch, die Musik von der Plaza de los Reyes und das muntere Geschrei der Kinder, die wieder und wieder die verwirrt dreinblickende Büste von Leopoldo Zamora umkreisten.

Kurz nach sechs Uhr abends tauchten fünf fremdartige Vögel in Abyla auf, und auf der Stelle geriet Emilio in Vergessenheit. Nun waren es die Vögel, die die ganze Stadt beschäftigten.

Um Viertel nach sechs bog Genia Ortiz in die Calle Zamora; unter einem Arm trug sie das Bildnis der Heiligen Jungfrau, unter dem anderen das Kasbah-Tor von Matisse. »Greifen Sie zu«, hatte der Mann aus Algeciras gesagt, der um sieben die letzte Fähre erwischen wollte, »zwei für den Preis von einem.«

Ich bin vielleicht älter als die meisten Bäume hier, dachte sie, aber ich fühle mich jünger als Pablo. Sie hörte ihren Herzschlag, rauschend wie ein Flügelschlag. Was sie alles hören konnte, in dieser Stille! Aber es war nicht ihr Herz. Der Flügelschlag rauschte vom Himmel her. Sie schaute nach oben und sah die fünf fremdartigen Vögel über die Dächer fliegen. Große schwarze struppige Vögel. Sie hatten kahle rote Köpfe und lange gebogene Schnäbel, ihre krausen Hälse hatten sie im Flug lang ausgestreckt, und *käh käh käh* tönte ihr ängstlicher Schrei.

Was für häßliche Geschöpfe! Genia Ortiz stand vor ihrem Haus und schaute den Vögeln hinterher. Sie waren so groß wie Schwäne; in Teer getauchte Schwäne, dachte sie. Schwäne, die sich aus dem Eis befreit haben! dachte sie und erinnerte sich an die norwegischen Winter, an die Stadt, nach der sie ihren Sohn genannt hatte, und an Ernesto, wie sie ihn das erste Mal gesehen hatte. Er dirigierte den *Valse Triste*, die

Arme ausgebreitet, den Hals ausgestreckt, die Locken hüpften auf seinen Schultern, und er zog die Schultern hoch bis über den Kopf, der voller charmanter Anzüglichkeiten steckte. Ernesto! Ihre Hand fuhr unwillentlich zum Mund. Er flog ihr aus der untergehenden Sonne entgegen, und sie sah, wie das Licht vom Orchestergraben auf seinen Hals fiel. Aber sie hatte ihn doch verbannt! Das war das letzte, was sie sich wünschte, dem grinsenden Gespenst dieses Mannes zu begegnen, der lieber Sibelius dirigierte als zu essen. Aber es nützte alles nichts, er war dem Koffer unter ihrem Bett entkommen. Und da stand er jetzt, nahm im Treppenhaus ihren Arm und summte *Oof, les petits pois* in ihr noch gutes Ohr.

Sie stieg die Treppen hinauf bis zu ihrer Tür, lehnte die Reproduktionen gegen den Türrahmen, zog ihre Schlüssel aus der Tasche. Nein, sie wäre verrückt, würde sie ihn hereinlassen. Auf keinen Fall, dachte sie und fühlte dabei den unsichtbaren Schwung seiner Arme. Nimm die Arme weg. Diese Arme, die zu Schwingen wurden, wenn er dirigierte, auf und ab wogten. Die auf geheimnisvolle Weise einem fremden Gesang den Weg bahnten; Arme, die durch geheimnisvolle Magie alle, die am Boden klebten, das Fliegen lehrten. Dirigiert von diesen Armen hatte sie sich fünf Jahre lang in Bizets Carmen, in Puccinis Madame Butterfly verwandelt.

»Ich dachte, ich hätte dich vergrault.«

Genia Ortiz hatte sich nicht verbrennen lassen, aber sie hatte alle seine Dirigentenstäbe verbrannt, alle, bis auf einen; denselben Flammen hatte sie einen Berg von Notenblättern geopfert. Diese Blätter hatten sie allzu sehr an ihr Schlafzimmer erinnert, in dem er zwar nicht gestorben war, in dem er aber geübt hatte. An den Abenden, an denen er später dirigieren ging, roch es hier wie in einem Fuchsbau.

Oft sprach er von jenem Tag, an dem er seinen Stab niederlegen und sich ganz dem Komponieren widmen würde, ein ehrgeiziges Vorhaben, mit dem er seine Frau sehr überrascht hatte, denn er konnte, soweit sie wußte, auf dem Klavier allenfalls Erik Saties *Gymnopédies* spielen. Seine eigene Musik, verkündete er, würde Glück spürbar machen, ohne lächerlich zu klingen.

Er hatte tatsächlich eine populäre Melodie geschrieben: *Auf dem Kap*, von der alle sagten, sie sei handwerklich in Ordnung.

Bis dahin jedoch dirigierte er, aus dem Bauch heraus, aber gezügelt durch ein enges Korsett, das ihn in der Kunst der richtigen Atmung unterstützen sollte. Vor dem Spiegelschrank stehend klopfte er auf seinen nackten Bauch. Alles wird vom Bauch aus beherrscht! Oboisten haben flache Brustkästen. Fagottspieler sehen aus wie ihre Instrumente. Hornspieler dagegen – und sein Stab malte etwas in die Luft, was Genia Ortiz später als die Brüste seiner Englischhornspielerin erkennen sollte.

In den frühen Jahren ihrer Ehe begleitete Genia Ortiz ihn auf Konzertreisen, die nach Spanien, Portugal oder sogar nach München, ans Residenztheater, führten. Ihr bevorzugter Platz war in der dritten Reihe, links vom Gang. Sie sah, wie gern er sich für ein Konzert zurechtmachte, wie er diese Rituale genoß, das Klatschen, seinen Abgang und sein Wiedererscheinen, wie er es genoß, dem Publikum zuzuwinken, wie er überrascht tat, wenn ihm ein junges Mädchen Blumen brachte, wie entzückt er war, wenn dasselbe Mädchen der Altistin, die das Orchester als Gastsängerin begleitete, ebenfalls einen Strauß überreichte; regelmäßig war es ihr Aussehen, das über ihr Engagement entschied – einer der Gründe dafür, daß die Abylaner Philharmoniker immer größere Abschnitte des Jahres zu Hause verbrachten.

Genia Ortiz war fünfundvierzig und schon achtundzwanzig Jahre verheiratet, als ein anonymes Briefchen ihr den besorgten Hinweis gab, daß Ernesto seine Aufmerksamkeit Sybella widmete, einer Aushilfsköchin der Irrenanstalt in der Calle Silvestre. Nichts Schlimmeres hätte ihr widerfahren können. An jenem Tag ging die Sonne ihrer Liebe unter, und ihr Appetit, der nach achtundzwanzig Jahren des Fastens langsam und erst durch das Essen geweckt worden war, verwandelte sich in ein Gefühl des Abscheus. Sie lag auf ihrem Bett, flach auf dem Bauch, als hätte sie eine Kröte geschluckt. Als er in jener Nacht nach Hause kam, sagte sie: »Ich kann das beim besten Willen nicht entscheiden: bist du nun ein großer Mann oder einfach ein Narr?«

Vom Ausflug seiner Frau ins Reich der Psychologie überrascht, antwortete Ernesto munter: »Ich bin gespannt auf deine Lösung, du Hälfte meines Wesens.«

Ihre Lösung verkündete sie eine Woche später beim Abendessen. Ernesto, der mit Teodoro Zamora auf Entenjagd gewesen sein wollte, war zurückgekehrt mit zwei Erpeln aus dem Laden von Don Ramon. Am Nachmittag, als er eigentlich hätte in Afrika sein sollen, war ihm Genia Ortiz bis zur Irrenanstalt nachgegangen. »Ich denke, du bist ein großer Narr«, sagte sie am Abend.

Ernesto öffnete den Mund und schloß ihn wieder.

»Darf ich dich etwas fragen?« sagte sie.

»Du kannst mich alles fragen«, sagte er und lächelte, ein Lächeln, das durch seine etwas vorstehenden Zähne noch pikanter erschien. »Alles!« Wie immer, wenn er sich ernsthaft in die Enge getrieben fühlte, äffte er sie nach.

»Bist du mir je untreu gewesen?«

Sie stellte ihre Frage, als er die Gabel in den Mund schob. Sie mußte auf seine Antwort warten, bis er gekaut und geschluckt hatte.

»Nie«, sagte Ernesto, der errötete und umherschaute. Sie gab ihm den Brief. »Im Namen von jemandem, der in dieser Angelegenheit Gerechtigkeit sucht«, greinte er. Er legte das Blatt unter seine Teetasse. »Bösartig, findest du nicht? Einfach bösartig!«

»Eine Köchin«, sagte Genia Ortiz. Eine aufreizend blonde Frau mit Grübchen in den Beinen. Er hatte doch gesehen, wie wunderbar eine Frau mit einer schönen Figur sein konnte. Wenn er sich mit einer schöneren Frau hätte auf und davon machen wollen, das hätte sie vielleicht noch verstehen können. Aber mit einem billigen Flittchen mit Grübchen in den Beinen! Das war zu viel.

»Genia, du kannst doch nicht ...« Die Autorin des Briefs sei eine Sibylle der Desinformation. Das Mädchen habe das Zeug zu einer großen Geigerin. Persönlich bedeute sie ihm nichts. Nichts! Wenn er jetzt darüber nachdächte, einmal, ja, ein Mal, sei er in einem Hotel in Avignon in die Fänge einer Nymphomanin geraten. Aber Genia wäre stolz gewesen auf ihn. Beherzten Widerstand habe er geleistet. »Ach, warum kommst du nur auf so aberwitzige Ideen«, sagte er, »aber darum liebe ich dich ja. Wegen deiner Grillen.«

Am anderen Ende des Tisches war die Farbe aus dem Gesicht seiner Ehefrau gewichen. Sie sah, wie die letzten zwei Jahrzehnte sich vor ihren Augen in nichts auflösten. Sie fühlte sich so stumpf. War dies ihr Schicksal, das nun offen vor ihr lag: sie, die ihn auf immer neuen Abwegen ertappen würde? Sie schaute den Mann an, den sie in der norwegischen Polarnacht kennengelernt hatte. Nach einer langen Abwesenheit war ein kaltes Licht zurückgekehrt und erhellte die Landschaft. Es schien auf ihren Mann und zeigte ihn, wie er wirklich war. Er war ein Mann, der die Wahrheit mied wie die Sonne: seine Haut vertrug sie nicht. Er zog den Schatten vor, die Schummrigkeiten des Café Ulises.

Sie sagte: »Was sollen wir jetzt tun?«

Er stand auf, ging um den Tisch herum und nahm ihre beiden Hände. Er küßte den Leberfleck auf ihrem Hals und zog sie auf die Füße. »Komm, mein Liebling«, flüsterte er und führte sie zum Schlafzimmer.

Einen Monat lang ignorierte sie den Brief. Sie wollte Ernesto glauben. Damals hatte ihr die Ehe noch mehr bedeutet als die Wahrheit. Sie wollte nicht sehen, daß sie ihre Träume und Ideale gegen banale Alltäglichkeiten eingetauscht hatte. Und dann, eines Nachmittags, kam Genia Ortiz dahinter, warum an bestimmten Tagen, und zwar immer an denjenigen, an denen sie in der Redaktion von *El Faro* arbeitete, ihr Hochzeitsphoto im Schlafzimmer beiseite geräumt wurde. Sie war früh nach Hause gekommen und fand ein anderes an seiner Stelle. An der Tür stand Ernesto mit dem Gesichtsausdruck eines zum Tode verurteilten Delinquenten.

»Oh. Du bist es, du Hälfte meines Wesens.«

In den Zügen eines Fauns auf dem Bild an der Wand erkannte sie den Dirigenten.

»Ich kann dir erklären ...«

»Und das da?« fragte Genia Ortiz, die in der Schale auf dem Nachttisch herumgewühlt, den Kram auf den Boden geleert und dabei drei Paar Ohrringe entdeckt hatte, und keines davon gehörte ihr.

»Die?« Ihr Gesicht war ausdruckslos, nur ihre Augen glichen angriffslustigen Wespen. Ernesto war geständig. Sie hörte ihm zu: eine Lüge nach der anderen, als würde keine dieser Lügen, die sie regelrecht vergifteten, ihm mehr bedeuten als eine Tasse Tee.

Von da an schlief sie im Zimmer von Tromso. Ernesto war zu schüchtern, um sich ihr wieder zu nähern. Abends ließ er seine Tür angelehnt. Er hörte, wie sie im Badezimmer hin und her ging, sehnte sich nach dem Quietschen der Tür, danach, daß er sie »Ernesto?« flüstern hörte. Und sich, wie er mit leisem »ja« antwortete. – »Wo bist du nur?« – »Hier bin ich, du Hälfte meines Wesens. Hier doch.« – »Das ist so blöd. Kann ich nicht ...?«

Jenseits des Flurs schlief sie mit ihrem vierjährigen Sohn in einem Bett. Ihr fiel auf, daß ihr Mann die Tür zu seinem Schlafzimmer nur anlehnte, aber erst wenn sie hörte, wie er sie mitten in der Nacht schloß und zu schnarchen begann wie ein Traktor, legte auch sie sich auf die Seite. Manchmal, ganz tief in ihrem betäubten Wesen, beklagte sie das Ende ihrer züchtigen, aber so wundervollen Umarmungen. Ansonsten jedoch blieb sie davon überzeugt, daß ihr Ehemann, der Dirigent, ein herzloses, böses, seelenloses Stinktier war.

Genia Ortiz drehte rasch den Schlüssel herum und stürzte durch die Tür, aber das Gespenst von Ernesto leckte schon über den Leberfleck an ihrem Hals, fuhr mit seiner Zunge hin und her über das knopfförmig verhärtete Fleisch und glättete dabei das borstige Haar.

»Ernesto! Nein!«

Warum nur war sie trotz allem so viele Jahre bei ihm geblieben? Aus Trägheit? Oder weil er die Illusionen, die sie über sich selbst hatte, teilte? Oder weil kein anderer in ihrem Leben erschienen war? Im Gegensatz zu ihm hatte sie auch nicht danach gesucht. Und jetzt hatte sie einen heruntergekommenen Ort mit einem Vorhängeschloß zugesperrt.

Sie wand sich und versuchte ihm zu entkommen. Aber er hatte sie berührt, und sie unterhielt sich flüsternd mit sich selbst. Sie dachte an jene Tage, als sie ihn wie wahnsinnig begehrt hatte. Warum hatte sie sich nach ihm verzehrt? Hatte er das wirklich nicht geahnt? Daß sie in all jenen Nächten, die sie mit eisernem Willen getrennt von ihm verbracht hatte, fast außer sich war vor Sehnsucht nach seinen Zärtlichkeiten?

Sie drehte ihren Kopf weg. »Nein, Ernesto. Ich meine es *wirklich.*« Sie schlug die Tür zu.

So atemlos hatte sie sich noch nie gefühlt, nicht einmal als ihr in St. Petersburg die Pitbulls von Anna Pawlowa hinterhergejagt waren. Sie torkelte ins Vorderzimmer, wo sie die Jungfrau und den Matisse auf die Fensterbank legte. Sehr vorsichtig, daß niemand es hörte, öffnete sie die Fenster. Der Abend blieb eigenartig still. Hoch am klaren Himmel hörte sie den Flügelschlag der fremden schwarzen Vögel. Sie schaute den Schwänen zu, wie sie mit den Flügeln, die sie aus dem Eis befreit hatten, Sibelius dirigierten. Sie flogen vorüber, kreisten über der Bucht und schwebten über den staubgrauen Gärten, über den zusammengewürfelten Häusern von El Hadu, über der in den Himmel gereckten Schnauze von Emilios Hund, der kein Grab gefunden hatte, auf dem er sich zu Tode hungern konnte.

Nichts würde ihre Flucht aus Abyla verhindern können.

3

Durch die tropisch feuchte, stille Luft klangen gedämpft zwei Glockenschläge.

Teodoro Zamora, der getreue Historienfabulierer und Verfasser eines Artikels im letzten *El Faro* (er trug die Überschrift »Der Nagel im Sarg von Abyla«), hörte das Flügelschlagen, als er in den warmen Bädern des Club de Pensiones ruhte und in einem Roman las. Er legte den Kopf in den Nacken. Fünf Schatten sah er durch das kopfstehende Oberlicht huschen. Gänse auf ihrem Flug nach Norden, dachte er. Oder herrlich fette Enten. Wie die beiden in seiner Gefriertruhe, die er morgen so gerne gegessen hätte. Aber Señora Criado hatte ihnen allen eine Überraschung versprochen. Etwas mit Schweinefleisch und Jakobsmuscheln, die sie zum Mittagessen der portugiesischen Bauern hochstilisierte. Warum das für ein Weihnachtsessen der Zamoras passend sein sollte, wußte nur sie. »Es wird bestimmt daneben gehen.« Das hatte ihm Asunción hinter dem Rücken der Señora auf englisch zugewispert.

Ein Wassertropfen fiel von der Decke auf seinen Rücken. Die Bäder lagen still in dämmriger Beleuchtung und dampfend da. Wie die Hölle um sieben Uhr früh, dachte er. An allen anderen Tagen wäre das Wasser, das die alten Männer sich über den Rücken plätschern ließen, grünlich vom Tunnelstaub. An diesem Abend hatte Zamora das warme Becken ganz für sich alleine.

Er saß im Wasser, auf den Stufen der Treppe, und hielt sich mit einer Hand am Geländer fest. Die Messingstangen beiderseits der Stufen ließen ihn an ein großartiges Treppenhaus denken, das ins Wasser führte und an einen hüfthoch mit Wasser gefüllten Salon. Das Wasser ergoß sich aus den Mundöffnungen von Tritonen, die in eine Wand aus dunkelgrünen Kacheln eingelassen waren. Zamora liebte es, sich unter ihre kiemenartigen Bärte zu stellen und zu fühlen, wie das heiße Wasser ihm in unregelmäßigen Stößen über den Hals lief und dann hinunter zu seinem Bauch, dessen Haut in knorrigen Falten, wie das abgetropfte Wachs einer Kerze, herabhing.

Aber an diesem Abend war er zu erschöpft, um dort zu stehen. Er wollte nur noch auf der Treppe sitzen und lesen.

Den ganzen Nachmittag lang, wie immer am 24. Dezember, hatte Senator Zamora sich in seinem Arbeitszimmer eingeschlossen und Geschenke in wollene Strümpfe gestopft. Später, wenn das Haus in verschiedenen Zuständen der Erwartung schlief, würde er sich einen weißen Bart ans Kinn kleben, sich die spitze rote Mütze über den Kopf ziehen und die Flure entlang stapfen.

Auch das war eine Tradition. Es war ihm nicht bewußt, wieviel Lärm er machte. All die, die im Bett lagen und vielleicht wachgeblieben waren, hatten gelernt, das Scharren zu ignorieren, wenn er mit der linken Hand ein Bild fast vom Haken fegte, sie konnten mittlerweile auch sein »Aua« überhören, wenn er mit dem Zeh gegen den Waschtisch vor Clothildas Zimmer stieß, oder auch das langanhaltende Quietschen der Türscharniere, das Schlurfen seiner Schuhe, wenn er zum Fußende des Bettes ging, wo er schließlich den von Minerva gestrickten Strumpf zwischen Matratze und Fußbrett stopfte, den Strumpf mit den diesjährigen Überraschungen, eingewickelt ins Papier vom letzten Jahr. Alle standen in der Pflicht, dem Papa Noël des Senator Zamora Wirklichkeit zu verleihen. Das betraf das achtjährige Enkelkind, dem die Lichter des Weihnachtsbaums noch immer aus den Augen strahlten, wenn er an den PC vom Vorjahr dachte, den eine Versandfirma geschickt hatte und nicht sein Vater (Tromso war zu beschäftigt mit dem Zusammenschnitt mehrerer Folgen von *Die Tüchtigen gehen zuerst*), ebenso wie seine erwachsene Frau, die ihre Augen so fest zukniff, daß er nicht einmal im Augenblick ihres Todes wußte, ob Minerva an all den Heiligen Abenden geschlafen hatte oder nicht.

Auch im vorigen Jahr war der Weihnachtsmann in Pablos Zimmer geschlichen, hatte sich vergewissernd noch einmal den Anhänger gelesen, der mit Geschenkband am Strumpf befestigt war, hatte sich dann mit großen Schwierigkeiten seinen Weg durch die Carrerabahn gesucht und wäre fast aus der Haut gefahren, als ihm plötzlich ein greller Lichtstrahl direkt ins Gesicht fiel.

»Ist dein Bart echt?«

»Nun leg dich schlafen, Pablo.«

»Woher weißt du meinen Namen?«

»In Lappland wissen wir alles.«

»Du kommst nicht aus Lappland. Du kommst aus Tromsø. Von dort kommt auch mein Vater.«

»Mag sein. Aber Papa Noël kommt aus Lappland.«

»Du riechst aber wie mein Opa.«

»Um Gottes willen, jetzt leg dich aber schlafen, du kleiner Teufel.«

»Vater meint, Opa wäre blöde.«

»Er irrt sich.«

»Ich habe dir einen Zettel geschrieben.« Ein Wunschzettel für eine Pilotenjacke aus Leder.

»Du bekommst das, was die Rentiere dir aussuchen.« Und er knipste die Taschenlampe seines Enkels aus, deckte den kleinen Teufel zu und aus Gewohnheit küßte er ihn zweimal, wobei er einen Flecken von Brotpaste auf den Wangen des Kindes hinterließ – und einen Strumpf am Fußende des Bettes, mit der Auswahl der Rentiere:

Schweizer Seife aus feinstem Glyzerin, einen Taschenkalender, ein kleines antiquarisches Bändchen (zweite Auflage) über die Arbeiten des Herakles, eine Apfelsine von einem der Bäume in der Calle Camoes, einen Lutscher.

Auf seiner Treppenstufe im Wasser sitzend, vergaß Zamora die fremdartigen Vögel. Er hob eine Pobacke. Das leise Dröhnen seiner Blähung wurde vom Wasser gedämpft. Er widmete sich wieder seinem Buch. Die Worte schwebten im Dampf. Er hörte die Stille. Sie hätte ihn beleben müssen. Aber das war nicht der Fall. Die Stille störte ihn.

Den ganzen Tag schon hatte ihn die Stille und die ungewohnte Geräuschkulisse einer Stadt, die solange unter dichten Schichten von Lärm und Staub verschwunden war, durcheinander gebracht.

Die Stille hatte etwas Unheilvolles. Da war etwas schief gelaufen. Er konnte nicht glauben, daß dies irgend etwas mit der Entdeckung von Emilios Leiche zu tun hatte. Im Wasser quälten Zamora dieselben dumpfen Vorahnungen, die ihn früher am Tag auch beim Besuch der Casa del Gobierno verfolgt hatten. Er hatte ein Treffen mit dem Gouverneur ausgemacht. In aller Form wollte er diesem etwas vortragen: Wenn Abyla den Tunnel mit einem Stierkampf feiern wollte, dann müßte die Stadt dies mit einem einheimischen Matador tun. Troyano, der Matador aus Cádiz, hatte zugesagt, Periclito während der *Feria* im August zum Matador zu machen (eine Zusage, die Senator Zamora eine ganze Lebensversicherungspolice an Bestechungsgeldern gekostet hatte, denn Troyano hatte bis dahin noch nie etwas von Periclito dem Erderschütterer gehört).

Der Senator fragte äußerst selten nach solchen Terminen. Er und Menendez hatten nichts miteinander zu schaffen. Nur Marie Amaral zuliebe hatte Zamora sich diesen Termin geben lassen. Vor zwei Tagen bereits, also auch zwei Tage bevor die Maschinen schwiegen. Aber wenn er nun schon dorthin ging, dann sollte ihm Menendez selbst den Grund der Stille erläutern.

Senator Zamora hätte eigentlich allen Grund zur Freude gehabt, aber er hegte einen Verdacht und ahnte, was auf die Stille folgen würde. Warum standen die Maschinen still? Menendez hatte damit geprahlt, daß sie Steine schneiden könnten, wie ein Fingernagel Seife ritzt. Senator Zamora glaubte auch nicht, daß man den *Ratas* einen Feiertag gegönnt hätte, wie einige seiner politischen Freunde dachten. Soviel Geld hatte das Konsortium wohl kaum übrig. Zweimal hatte man eine Umschuldung der Anleihe vorgenommen. Oder war die Arbeit im Tunnel doch schon so weit vorangeschritten, daß man sich einen freien Tag leisten konnte? Die Arbeiter konnte Zamora schlecht fragen. Über ihre Lippen wäre kein Wort gekommen. Jeder Rata, der im Gespräch mit einem Abylaner erwischt wurde, wurde zu seiner Unterkunft gebracht und bekam genau drei Minuten, um seine Habseligkeiten zu packen. Zamora hatte auch keinen Zutritt zur Baustelle, konnte also nicht selbst nachsehen; nach den neuen Sicherheitsverordnungen, die er selber durchgesetzt hatte, durfte nur technisches Personal den Tunnel betreten.

Nur zwei Gründe waren vorstellbar, aus denen die Maschinen stillstanden: entweder hatten die mit der *Admiral Grau* verlorenen Geräte bislang nicht ersetzt werden können. Oder das, worüber man schon lange gemunkelt hatte, war nun endlich eingetreten: die Geldquellen waren versiegt.

Zamora betrat ohne anzuklopfen das Büro des Gouverneurs. Er sah den leeren Kleiderständer, an dem bisher der Hut seines Vaters gehangen hatte. Er sah den leeren Schreibtisch. Er sah den leeren Stuhl.

»Angelita, wo ist er denn? Wo ist der aufgeblasene Zwerg?«

»Señor Zamora, er mußte fort. Dringend.«

»Ja, aber wohin denn?«

»Nach Afrika«, sagte sie matt.

Nach Afrika? Am 24. Dezember?

Wie Genia Ortiz glaubte auch Zamora, daß von jenseits der Berge niemals etwas Gutes zu erwarten war, abgesehen vielleicht von den Wildschweinen und tieffliegenden Enten. Welche Affenschande bereitete Menendez nun schon wieder vor?

Der nächste Wassertropfen klatschte auf Zamoras Kopf.

Was Menendez auch ausbrüten mochte, Zamora würde es erst nach Weihnachten in Erfahrung bringen können.

Die ersten sechs Jahre im Leben von Teodoro verbrachte die Familie Zamora Weihnachten im Erzbergwerk eines Onkels im Rif. Ein Eichentisch wurde hinabgelassen, und die Familie versammelte sich, um bis in den späten Nachmittag bei Kerzenschein festlich zu tafeln. Seit Abd el-Akbar ihnen dies vergällt hatte, wurde Weihnachten im roten Haus in der Calle Zamora gefeiert.

Auch dieses Jahr sah alles danach aus, als würde Tromso, wie die beiden Jahre zuvor, doch nicht kommen.

»Hat er es sich wieder anders überlegt?« hatte Zamora Asunción gefragt.

»Wieso denn ›anders‹?« sagte sie. Die Nachricht hatte Asunción enttäuscht; er jedoch konnte nicht verhehlen, daß er sie mit Erleichterung aufgenommen hatte. Zamora hatte Tromso nie gemocht, sowenig wie er sich für dessen Fernsehserie erwärmen konnte. Nur Asunción zuliebe hatte er sich nie etwas anmerken lassen.

»Tromso und ich. Wir werden uns trennen«, hatte sie ihm schließlich gestanden.

»Ach«, sagte Senator Zamora, »ach, meine Liebe«, und er zog seine Tochter an seine Strickjackenbrust, als wolle er das Unglück abschirmen. Ein Kind Tromso zu taufen hieß zugleich, ihm Erwartungen aufzubürden, die es nie würde erfüllen können. Tromso wollte als Bohémien gelten, und er übertrieb maßlos dabei. Dann wieder wollte er ernst genommen werden. Aber wie konnte man jemanden ernst nehmen, den jahrelang der Ehrgeiz geplagt hatte, *Les Enfants du Paradis* unter eigener Regie neu zu verfilmen. Alles an ihm war Künstlichkeit und Mystifikation, er roch förmlich danach; eben das hatte auch die Musik seines Vaters so ungenießbar gemacht.

Es war schon eigenartig. Zamora hatte Ernestos Gesicht vergessen, wie man einen Witz vergißt. An alles andere konnte er sich erinnern: an Ernestos Ausschweifungen, an seine Liebe zur Musik, an seine seichte Frohnatur. Eigentlich hatte Ernesto ein kaltes Herz gehabt. Gefühle waren ihm fremd, seine Gefühle waren schlicht und einfach kindisch gewesen. Alles in allem ein harmloser Dirigent, der es liebte, Frauen übers Knie zu legen.

Über seine Musik urteilte Zamora weniger tolerant. Er glaubte, daß man es hören konnte, wie Ernesto durch seinen Ehrgeiz, Komponist zu werden, seine Fähigkeiten als Dirigent verdarb. Was er auch dirigierte, die Musik war gefärbt von dem trotzigen Bild, das er von sich als Bartók oder Sibelius oder Janácek hatte. Er hätte vielleicht einen weniger kläglichen Einfluß auf die Musikgeschichte Abylas haben können, wären seine Interpretationen nicht ganz so skandalös unoriginell gewesen, so ohne jeden Hauch von Leben; es ging jedesmal daneben, vor allem dann, wenn er doch nur jegliches Pathos hätte vermeiden müssen.

Wie die Personalpolitik des Dirigenten oft zum chromatischen Aufruhr führte, so kam auch seine Gewohnheit, im Zweifelsfall *presto con spirito* spielen zu lassen, nicht jeder Komposition zu gute. Selbst nachdem er gestorben war, konnte Zamora Ernesto die musikalische Umrahmung der Trauerfeier für den Teniente nicht verzeihen.

Es war eine der frühesten Erinnerungen Zamoras, und eine der traurigsten. Seine Mutter hatte die Musik ausgewählt: den extrem langsamen Satz aus Haydns Opus 74, Nr. 4, in B-Dur. Von der ersten Note an mißbilligte der junge Teodoro Zamora, wie Ortiz dieses Stück dirigierte: beschleunigt natürlich, um sein Lieblingstempo zu erreichen. Das aber würde nie zum favorisierten Tempo von Teodoro werden, und unbestreitbar war es auch nicht das seiner Mutter gewesen. Es war geradezu ein Wunder, daß den Sargträgern ihre Last nicht von den Schultern geglitten war.

Im Laufe der Jahre sollte Zamora alle seine Lieblingsstücke in der Verunstaltung durch Ernesto hören. Und wenn sie seine Behandlung überlebten, dann mußten sie auch noch den Gefährdungen durch Ernestos Virtuosinnen entgehen. Je häufiger Ernesto fremd ging, desto weniger Wert legte er auf das Können einer Musikerin, wenn sie nur im Lift des Hotels den Knopf zum ersten Stock zu finden verstand.

»Wie geht es Genia?« fragte Zamora seine Tochter. Als Asunción ihm bestätigt hatte, daß Tromso nun doch nicht zum weihnachtlichen Mittagessen erscheinen würde, wollte er rasch das Thema wechseln. »Nun sag!«

»Etwas zu gut«, sagte Asunción.

»Oh nein.«

Seit seine Tochter Ernestos Sohn geheiratet hatte, war die Witwe des Dirigenten im Alltag von Zamora Teil des Mobiliars geworden. Er mochte sie, aber wirkliche Intimität ließ sich mit ihr nicht herstellen. Und doch hatte es eine Zeit gegeben, und das war gar nicht so lange her, in der sie ihn mit Andeutungen verfolgt hatte, sie beide könnten doch vielleicht … Er hatte den Schleier der Nächstenliebe über den Vorfall gezogen. Sie war viele Jahre älter als er. Er mochte nicht daran denken, wieder zu heiraten. Und außerdem, gehörte seine Liebe nicht der Stadt?

Sie hatte als seine persönliche Assistentin bei *El Faro* gearbeitet. Als er sie eingestellt hatte, hatte er das fast sofort wieder bereut, aber zur allgemeinen Überraschung ging es gut. Sie wurden ein gutes Team, rückten nach der Hochzeit von Asunción und Tromso noch näher zusammen. Nur wenn sie ihre Phasen des Namedropping hatte und von Kiew und seiner Aristokratie nicht loskam, griff er zum Riechsalz.

Genauso unerträglich war es ihm, wenn sie auf die Genealogie ihres Mannes zu sprechen kam. »Ich sage Pablo immer, daß er von den zwei ältesten Familien Abylas abstammt.« Zamora war zu höflich, um ihr zu widersprechen. Obwohl andere in seinen Augen durchaus hätten lesen können: Ich, Teodoro Zamora, Korrespondierendes Mitglied der Spanischen Akademie und von der Universität von Oran zum Doktor der Literatur promoviert, ich stamme mütterlicherseits von dem Arzt ab, der Sancho den Dicken von seinem Übergewicht kurierte, und väterlicherseits von Heinrich des Seefahrers Lieblingsritter. Als die Familie deines Mannes hier ankam, wahrscheinlich in Ketten, haben wir Zamoras beim Auspacken geholfen. Seine Lippen dagegen murmelten: »Du hast ja so recht, Genia.«

Morgen würde sie im Sonntagsstaat erscheinen. Sie würde mit ihrem Dirigentenstab ans Kamingitter klopfen und das Tempo einer aufgedrehten Fröhlichkeit vorgeben. Er würde den Champagner entkorken. Sie würden anstoßen: »Auf Minerva«.

»Und Ernesto.« – »Und Ernesto.«

»Und Tromso.« – »Und Tromso.«

Nach drei Gläsern würde sie ins Russische fallen. Nach vieren die unerträglichen Erinnerungen an jemanden auspacken, der vielleicht etwas mit dem Herzog von Albuquerque zu tun hatte, natürlich vor dessen Heirat. Genau dann war die Zeit für Zamora gekommen, einen Wettbewerb auszurufen: die häßlichste Weihnachtskarte des Jahres war zu prämieren. Anschließend würde das Mittagessen serviert werden, in dessen Verlauf sie die Runde fragen würde, ob sie denn schon davon erzählt hätte, wie sie einmal ein Stück Weihnachtsgebäck gegessen habe, dessen Teig von Peter dem Großen angerührt worden war. Schließlich würden sie ihre Geschenke auspacken.

Senator Zamora, der für Señora Criado ein Kochbuch ausgesucht hatte, kehrte zu dem Roman zurück, in dem er gelesen hatte, als er den Schlag der Flügel vernahm. Er hielt das Buch in das vom Dampf gemilderte Licht, blätterte die feuchte Seite um, wobei sich eine Ecke löste. Den Kritikern des *El Faro* war dieser Roman entgangen, aber ihm gefielen die Beschreibungen der Regenwälder, die seinen Urgroßvater Leopoldo so angezogen hatten, der über Chinarinden forschte und schrieb, und der mit seinem Lebenswerk im Meer verschollen war.

4

Ein Auto fuhr um den leeren Platz, als folge es wie ein Schatten den Vögeln am Himmel. Die schwarzen Federtiere kreisten über den Palmen der Plaza de los Reyes, flogen mit krummem Rücken und leichten Schlägen ihrer Flügel. Marie Amarals Blick folgte ihnen. Sie hatte auf dem Platz gestanden, das Spiel des *Poniente* auf ihren Wangen genossen und Kraft für den kommenden Abend gesammelt. Rosita wollte zum Abendessen vorbeischauen.

Ihr forschender Blick brachte keinen Aufschluß. Fremdartige Tiere, noch nie waren ihr solche Vögel begegnet. Sie waren so groß wie der lahme Storch auf Santa Maria de Africa, allerdings waren sie schwarz. Schwarze Störche?

Käh käh käh. Ein schriller Schrei, der Widerhall von irgend etwas, das sie in sich selbst unterdrückt hatte. Ob es schwarze Störche waren, die ihr den Sohn gebracht hatten?

Stille hatte Periclitos Geburt umgeben.

Der 17. Februar war sein Geburtstag, auf dem Fußboden von Marie Amarals Zimmer in der Rue Balzac war er zur Welt gekommen.

Sie biß in ihren Ärmel, zerriß ihn, aber sie schrie nicht. Sie legte sich auf den Fußboden, so daß niemand sie sehen konnte und klammerte sich an die Beine ihres Bettes, als Periclito in die Welt glitt, und in ihrem Schweigen hörte sie alles. Die Geräusche hallten durch die Welt, die sie im Spiegel betrachtete: der Schrei des Zeitungsjungen, die Mädchen, die von der Spielzeugfabrik in der Rue Troyas nach Hause kehrten, das Nebelhorn eines Schiffes, auf dem sich die Familien drängten, die nach Frankreich wollten.

Ohne hinzusehen, griff sie nach dem Baby zwischen ihren Beinen. »Ich werde meinem Kind nichts erzählen können.« Das war ihr erster Gedanke; sie wußte nicht, ob sie es in den Arm nehmen oder von sich stoßen sollte, sie umarmte es doch, wischte die gelbschmierige Schicht von seinem Gesicht und ließ es an einem Blusenknopf nukkeln.

Sie versuchte, sich aufzurichten. Das Blut war getrocknet, und ihre Beine waren Teil des Fußbodens geworden. Sie suchte gerade nach einem Gefäß für die blau glänzende, aalähnliche Schnur, als Dr. Blechin kam. Das Krankenhaus hatte ihn geschickt, und er verabreichte ihr Morphium.

Dann, eines Tages im März, klopft es.

Sie sitzt auf dem Sofa und schneidet den Stoff für ein Kleid zu. Es dauert eine Weile, bis sie an der Tür ist. Und als sie öffnet, hat sich der Besucher schon zum Gehen gewendet. Er hört, wie die Tür sich öffnet, bleibt neben dem Tor stehen. Er kommt zurück zum Haus. Er ist klein, hat schwarzlockiges Haar und trägt ein Unterhemd unter seinem blauen, ungeknöpften Hemd. Ein Europäer, aber sie kann nicht erkennen, aus welchem Land. Er spricht gebrochen Französisch, weiß das, ist unsicher. Er ist nervös, er lächelt. Er erklärt, daß er mit David gut befreundet war.

»Mit David?«

Sie ist betäubt, bittet ihn herein. Sie bietet ihm einen Stuhl an, aber er will lieber stehen. Er wirft einen anerkennenden Blick auf das Bücherregal, zieht *Noces* von Camus heraus und blättert darin.

»Woher kannten Sie David?« fragt sie. Er hat ihr seinen Namen nicht gesagt. Aber mit jemandem zu sprechen, der David kannte ... Vielleicht läßt ihn das, und sei es nur für einen Augenblick, wiederauferstehen. Der Mann stellt das Buch zurück, schaut sich im Zimmer um: das nur zusammengeheftete Oberteil auf dem Sofa, die Muster aus dünnem Papier, nach denen sie den Stoff zugeschnitten hat, ein Theaterstück, aufgeschlagen auf dem Fußboden. Sie liest nichts anderes: nur Theaterstücke. »Wir haben zusammen Medizin studiert.«

»Dann kannten Sie ihn in Algier?«

»So ist es.«

Es gibt so vieles, was sie wissen will, daß ihr fast schwindelig wird. Sie will fragen, wie sich David damals kleidete, wie er aussah, ob er immer so schüchtern war. Aber er möchte nicht über David sprechen. Er zieht einen braunen Umschlag unter seinem Hemd hervor. Er spricht von anderen Freunden, aber sie will nicht über irgend jemand anderen reden. Sie will alles über David hören. Roch seine Haut immer nach Chicoree? Sie geben zu, einen Fehler begangen zu haben, hört sie den Mann sagen. Er öffnet den Umschlag. Er zieht Banknoten heraus. Er fächert sie auf, bis sie einen Kreis bilden, Hunderte von Augen, Augen berühmter Franzosen, und alle starren sie an.

»Sie schicken Ihnen das hier«, sagt er, »fünfzigtausend Francs.« Zum ersten Mal blicken sie einander in die Augen. Schreie sind es, die von allen Seiten ertönen, aber er scheint das nicht zu hören. »Sie sagen, daß es ihnen leid tut.« Später strömten all die Schreie zusammen und über ihre Lippen und jagten den Mann aus dem Haus. Aber noch sind die Schreie in ihr. Und wie sie in diesen Schreien zurückblickt, da fühlt sie etwas, das ohne Ausdruck ist. Sie starrt ihn an, will sie beide in etwas Anderes verwandeln, ganz gleich in was, und einen Augenblick lang verwandelt sie ihn in David.

Eine Zeit lang wurde Marie Amaral, jedesmal wenn sie Gruppen von Männern auf der Plaza de los Reyes erblickte, von der Vorstellung ergriffen, daß sie unter ihnen gleich David entdecken werde. Er hat überlebt. Er kann alles heilen. »Früher, Teodoro, früher habe ich gedacht, daß solche Menschen überleben, Menschen, die alles wieder gut machen können.«

Aber der Tag kam, an dem sie sich zu fürchten begann vor dem, was David sagen würde, falls er plötzlich auf dem Platz auftauchte. Und was würde *sie* sagen? Würden sie einander überhaupt wiedererkennen?

»Du siehst verändert aus.«

»Ich habe Periclito geboren, weißt du. Den Jungen.«

Vielleicht würde er etwas Banales fragen, wie: »Ist es nicht an der Zeit, ihm neue Schuhe zu kaufen?« Es würde eine Distanz geben zwischen ihnen, eine Distanz wie die zwischen ihr und ihrem Sohn.

Über das, was in Oran geschehen war, war Marie Amaral schweigsamer als Ghanem der Stumme. Nachdem sie sicher in Abyla angekommen war, hatte sie bestimmte Gefühle in sich einfach verschlossen. Sie wollte es Periclito erzählen, falls er je fragen sollte, dazu war sie entschlossen. »Ich werde ihn nicht anlügen. Man vergeudet nur Zeit mit Lügen.« Aber Periclito hat nie gefragt.

Er wuchs auf mit dem Verdacht, daß David vielleicht gar nicht sein Vater sei, und mit der Ahnung, daß sein zweiter Vorname irgendein Geheimnis verberge. Aber von seiner Mutter hatte er gelernt zu schweigen. Er hat nie nach Mérimée gefragt, nie danach, wem er diesen Namen verdankte. Er hat nie gefragt: Warum bin ich nicht beschnitten, warum bin ich nicht schlank, warum habe ich keine dunklen Augen? Er wollte nicht die Wahrheit, er wollte allein ihre Anerkennung.

Das war es, was ihr Sohn brauchte, und das entsetzte sie. Er wollte immer nur, daß die Mutter ihm den Arm um die Schulter legte. Und gerade dazu konnte sie sich nicht durchringen. Immer wieder versicherte Marie Amaral ihrem Sohn: »Ich bin für dich da, Periclito«. Aber die Wärme, mit der sie ihn hätte annehmen können, war etwas, das sie zusammen mit ihren Gefühlen verschlossen hatte.

Nur bei einer einzigen Gelegenheit erzählte sie ihm von Oran. Das war als er achtundzwanzig Jahre alt war, kurz vor Weihnachten. Sie fragte ihn, was er sich denn als Weihnachtsgeschenk wünsche. Damals verbrachte er das Fest noch zu Hause.

»Einen Pullover?«

»Nein, Maman.« Er strich sein Haar zurück, deutete auf die kleine Narbe links auf seiner Stirn. Er sagte: »Ich will wissen, wie ich zu dieser Narbe kam.«

Ihr Sohn hatte gefragt, also erzählte Marie Amaral. Sie erzählte ihm von dem Araber, der sein eigenes Spiegelbild ermordet und es dann in den Glasscherben gesucht hatte. Hunderte von Banknoten aus einem braunen Umschlag habe sie ihm entgegengeschleudert, um ihn abzulenken. Nachdem er durch die Tür getorkelt und in die Reihen der Klageweiber geraten sei, deren Schreie immer lauter wurden, habe sie ihren Sohn auf der Matratze weinen hören. Sein Gesicht sei mit Splittern von Spiegelglas übersät gewesen, und die größte Scherbe habe ein Stück Haut aus seiner Stirn geschnitten.

Eine Woche nachdem sie Periclito diese Geschichte erzählt hatte, erfuhr sie von Señora Criado, daß er das Café Ulises renoviert hatte.

»Sie müssen es selber sehen, Señora, sonst werden Sie es nicht glauben. Vom Fußboden bis zur Decke, und auch jeder Pfeiler!«

Periclito hing gerade das Bildnis von Teniente Zamora auf, als er hörte, wie seine Mutter hereinkam und den Atem anhielt. Zu jedem ihrer tausend Bildnisse sagten seine Augen: Du weißt, warum ich das tun mußte, Maman? Nicht wahr, Maman?

Von diesem Tag an begab er sich auf die Suche nach der Liebe, die sie ihm vorenthalten hatte.

* * *

Käh käh käh.

Der Ruf wurde leiser. Marie Amaral schaute den Vögeln hinterher, die am Himmel immer kleiner wurden, bis sie kaum noch größer waren als die Muschelschalen, die der Mann aus Algeciras um den Brunnen verstreut hatte.

»Señora!«

Sie schaute über den Platz. Das Auto kreiste nicht mehr, hielt jetzt mit laufendem Motor zwei Meter von ihr. Ein schicker Wagen, deutsches Fabrikat, mit getönten Scheiben; mit einem solchen Wagen war Tromso Ortiz bei seinem letzten Besuch hier aufgetaucht. Der Fahrer, ein Araber, trug eine Uniform. Das beunruhigte Marie Amaral, wie sie alle Uniformen beunruhigten, ob sie an Panteco hingen oder an

Gallo, dem Pagen, oder an einem Chauffeur. Ein Tourist. Wird die Fähre verpaßt haben, dachte sie.

Der Araber winkte sie näher. »Señora!«

Mit kleinen Schritten überquerte sie die Straße und schlug sich dabei das Tuch um die Schultern.

Der Mann lächelte, und dabei kamen unregelmäßige Zähne zum Vorschein. »Zum Hotel Zamora?«

Sie beugte sich zu ihm hinab, wies über seine Schulter nach hinten, die Calle Camoes hinunter. »Aber das ist eine Einbahnstraße. Fahren Sie dort links, und dann unten wieder links, und Sie kommen auf die Plaza de Africa.«

Er tippte an den Schirm seiner Mütze. Im Fond konnte sie die Gestalt einer jungen Frau ausmachen, ihr Gesicht blieb im Schatten, aber Marie Amaral hatte genug von dieser Frau gesehen – lange Beine, Haar so schwarz wie eine Gondel, Brustwarzen, die wie die Nasen zweier Katzen gegen das weiße T-Shirt drückten –, um zu wissen, daß diese Frau ihrem Sohn gefallen hätte.

Das Auto fuhr lautlos davon. Das Kennzeichen war marokkanisch. Der Wagen war also aus den Bergen heruntergekommen, so wie sie vor all den Jahren, damals in einem Auto mit ausgeschalteten Scheinwerfern, über La Mujer Muerta, und von dort weiter zur Playa Benitez auf einem Maultier, das auch Seetang schleppte. Sie trug Periclito in einem Tuch auf ihrem Rücken, und Rosita saß auf ihren Hüften.

»Halt dich nahe an der Festung«, hatte sie der Araber gewarnt, der sie durch die Drahtzäune führte. Und so war sie nach Abyla gekommen. Ohne Geld. Ohne die Rente eines Arztes. Ohne Papiere. Auf einem Maultier, das nach Seetang roch.

Vielleicht mögen wir sie nicht, dachte sie, und richtete sich wieder auf. Vielleicht hassen wir sie. Aber immerhin führen wir keinen Krieg mehr gegen sie.

Sie ging zurück in ihren gläsernen Kiosk. Wer würde denn über Weihnachten nach Abyla kommen? Es sei denn, man hätte etwas mit dem Tunnel zu tun. Aber um dort die Feiertage zu verbringen, kommt niemand nach Abyla. Tromso war das letzte Mal vor drei, Periclito zuletzt vor vier Jahren zu Weihnachten erschienen.

Sie klappte ihren Resopaltisch zusammen und stapelte die leeren Kisten. Da der Laden zwei Tage lang geschlossen bleiben würde, entschloß sie sich, ein letztes Mal zu sprühen. Sie nahm die Sprühflasche, holte tief Luft, hielt den Atem an und begann, eine Mischung aus Spülmittel, Mineralwasser und Kolloidkupferstaub zu versprühen.

Sie suchte die Blumen zusammen, die die Feiertage nicht überleben würden. Die Chrysanthemen wollte sie dem Platz opfern, die noch fast frischen Nelken Señora Criado schenken. Und die Begonie in der Teekanne? Wäre er in Abyla gewesen, sie hätte sie Periclito gegeben. Aber er war im Ausland, und vielleicht war es gut so. Er, der wo er ging und stand, die Drehung für die *Mariposa* übte, hätte die Pflanze nur umgestoßen. Oder er hätte sie zu häufig gegossen.

Teodoro sei Dank, sie hatte ja ein wundervolles Geschenk für ihren Sohn. Nur für Rosita hatte sie noch nichts.

Und warum schenke ich die Kanne nicht Rosita? David würde nichts dagegen haben. Vielleicht würde Rosita die magischen Kräfte der Kanne wecken können, trotz der englischen Markenzeichen auf ihrem Boden. Marie Amarals Lungen schmerzten derart, daß sie rasch die Kanne ergriff. Als sie draußen war, atmete sie mehrmals tief durch. Ja, sie würde die Kanne Rosita schenken, und sie würde sich mit ihr über Silkleigh unterhalten. Marie Amaral wollte alles, was sie über ihn wußte, vergessen. Sie wollte ihn betrachten als den Mann, den ihre Stieftochter liebte.

Sie verschloß die Tür und schaute noch einmal in den Kiosk, um sich zu vergewissern, daß sie alles Notwendige besorgt hatte. Sie stellte noch einige Blumentöpfe zusammen, wendete sich dann dem menschenleeren Platz zu. Die Stille der Stadt war ungewohnt. Sie sprach zu den Bänken, dem wasserlosen Brunnen, den fleischfressenden Bäumen: Hat es irgendeine Bedeutung? Was bedeutet es schon im großen Lauf der Dinge, was Major Mérimée mir angetan hat? David, es war … nichts.

Der *Poniente* fuhr raschelnd über die Kartons, durch die leeren Muschelschalen. Aus der Calle Camoes drang das Hornissengebrumm eines Motorrads. Marie Amaral glaubte, in der Brise den Duft von Chicoree riechen zu können.

5

Wavery saß auf der Terrasse. Er las.
Käh käh käh.

Er hörte diesen grellen Klageruf, der keine Erwiderung fand, dann das Rauschen der Flügel. Sie flogen über ihn hinweg in einer schiefen V-Formation, als ob sie kein Ziel hätten; dabei flogen sie so niedrig, daß er die fünf kahlen ziegelsteinroten Köpfe, die schmuddeligen Halskrausen aus spitzen Federn und die schwarzgrünen Flügel sehen konnte, die sich so weit spannten wie die ausgebreiteten Arme eines Mannes.

Käh käh käh.

Er sprang auf. Nie hatte er solche Vögel gesehen. Und auch noch nie solche Schreie gehört. Was für Vögel mochten das sein? Störche aus dem Glockenturm von Santa Maria? Die Kuhreiher aus dem Gedicht von Yeats? Oder die Gänse des Botschafters? Er schaute, wollte sehen, ob sie die Hälse von Mädchen hatten, aber sie waren hinter dem Baum verschwunden, hinübergeflogen zur ausgedörrten Landspitze des Monte Hacho.

Er setzte sich wieder. Nun wußte er plötzlich, warum er an Mädchenhälse denken mußte. So hatte Penny einst die Gänse des Botschafters beschrieben. In den letzten Tagen hatte sich Wavery viele ihrer Gewohnheiten angeeignet. Er ertappte sich dabei, wie er seinem Gesicht einen besonderen Ausdruck gab, wie er Sätze betonte, so wie sie es getan haben würde, und er steckte wie sie die Hand zwischen die Schenkel, wenn er mit übereinander geschlagenen Beinen saß. Heute abend hatte er eines ihrer Gerichte gegessen; Halima hatte es nach einem der Rezepte vorbereitet, die sich in dem Faltordner befanden: das Gericht war inspiriert von einem Bœuf Wellington, das ihnen die Sowjets in Amman 1969 aufgetischt hatten. Das Abendessen war nicht schlecht gewesen, aber Wavery fragte sich, ob nicht doch eine wesentliche Zutat gefehlt hatte.

Next on the World Service, a bulletin of world news ... Wavery drehte die Lautstärke auf. Der Stille, die seit dem Nachmittag herrschte, war er nicht gewachsen. Meldungen aus Bosnien, Südafrika, China. Aber während er die Stimme des Sprechers hörte, lauschte er weiter nach den Vögeln, erwartete ihren Schrei, in den sich zitternd andere Laute mengten.

Der Schrei seiner Frau, als sie damals in ihrer Londoner Wohnung das mit Maskara verschmierte Hemd gefunden hatte.

Catharines noch heftigerer Schrei in Lissabon.

Seitdem er in Abyla angekommen war, hatte Wavery getan, was er tun konnte, um diese Schreie zu dämpfen. Er fiel in eine altvertraute Gewohnheit, eine Angewohnheit, die Penny an ihrem Mann am wenigsten geschätzt hatte. Wenn er, wie so oft, wirkte, als schwebe er auf einem fliegenden Teppich, dann nur, weil er so viele Elemente seines Lebens darunter gekehrt habe. Das hatte sie ihm einmal gesagt. Im Büro konnte er leichter unterdrücken, was ihm wehzutun drohte. Dort nahm ihn der *modus operandi* des Konsulatsbetriebs auf. Er konnte sich betäuben mit einem Bericht über den Stand dieser oder jener Angelegenheit. Er betrachtete es als seine Aufgabe, den Handel zwischen Großbritannien und Abyla zu fördern. Es gab weder Anknüpfungspunkte noch reelle Aussichten dafür, aber Investoren mit Voraussicht und etwas Initiative müßten doch etwas auf die Beine bringen können. Er schrieb an das zuständige Ministerium in London, erklärte den Beamten dort, die Antimonfabrik suche nach einem britischen Geschäftspartner. Für den Neubau eines Einkaufszentrums werde es demnächst einen Wettbewerb geben. Auch einem Handelsbankier in der City schrieb er, den er noch aus Cambridge kannte. Ob er denn nicht Anteile an der einzigen Girozentrale von Abyla erwerben wolle? Beim British Council fragte er an, ob man Abyla nicht in das Vortragsprogramm »Autoren zum Kennenlernen« aufnehmen könne? Die Routine, die ihm das Foreign Office abverlangte, war langweiliger. Er schrieb einen ausgewogenen Bericht für Pulleyblank, seinen Abteilungsleiter: »Abyla und der Tunnel unter der Straße von Gibraltar – Erste Eindrücke«. Auch war ein Briefwechsel mit dem Foreign Office Inspectorate betreffs des für Januar angekündigten Besuchs eines Inspektors zu führen. Mit dem Overseas Estates Department mußte er klären, wie der Daimler nach dem Besuch Ihrer Majestät zurückverfrachtet werden sollte. Und an das Governor's Office in Gibraltar schickte er eine Kopie des Rundschreibens, mit dem das Foreign Office vor den Kochtöpfen gewarnt hatte, angeheftet eine kleine Notiz zu Händen seiner Schwägerin. »Nur für den Fall, daß Hoyter vergessen hat, Lawrence darüber aufzuklären«, hatte er auf die Kopie gekritzelt.

Wavery versuchte, wieder der Berufsdiplomat zu sein, der er bis vor einem Jahr gewesen war, der Mann, dessen größte Leidenschaft die Routine war. Doch wenn er abends in sein leeres Haus zurückkehrte, spürte er wieder die Verwirrung ganz anderer Leidenschaften. In Wahrheit konnte sich Wavery nicht eingestehen, daß er für Catharine alles aufgegeben hatte. So, wie er es vermied, über seine Versetzung nach Abyla ins Grübeln zu geraten, so wollte er auch sie aus der Reichweite seiner Gedanken halten. Damit er nicht an Catharine denken mußte, ließ er seinem Herz dieselbe Pflege angedeihen wie einem Bonsai, er schnitt es zurück, bis es die von ihm gewünschte verkrüppelte Form hatte. Im Hotel in Lissabon hatte er eine bewußte

Entscheidung getroffen. Sie hatte mit Altruismus nichts zu tun gehabt, hatte auch keine klaffende Wunde gerissen. Er war verwundet worden, so wie jeder Mann verwundet wird. Drei Wochen lang hörte er auf die vernünftigen Worte des Diplomaten in sich. Denke nicht an sie, sagte diese Person. Du darfst nicht an sie denken. Du darfst es nicht, wenn du morgens aufstehen und dich nachts schlafen legen willst. Und wenn du nicht an sie denkst, wirst du sie bald vergessen haben.

Drei Wochen lang hatte er die Einsamkeit gesucht. Und jetzt war die Einsamkeit da und hatte ihn in den Krallen. Er war so weit, daß er es in seinem Haus nicht aushielt. Wenn er zurückkam, verspürte er nur noch den einen Wunsch, sich hinzusetzen, ein Blatt glatt vor sich hinzulegen und zu schreiben: »Liebste Catharine«. Je länger er in diesem Haus weilte, desto stärker wurde dieser Impuls.

... to end the news, the main points again. Die abschließenden Schlagzeilen betrafen Krieg, Hungersnot und ein politisches Patt. Wavery nahm die gekürzte Fassung von Zamoras Geschichte der Enklave vom Tisch. Er fand die Stelle, an der er seine Lektüre unterbrochen hatte, war bereit sich wieder in die Vergangenheit Abylas zu versenken. Doch die Stille lenkte ihn ab. Kein Laut entging ihm. Ein Rascheln im Taschentuchbaum. Der viertelstündliche Schlag der Glocke von Santa Maria. Don Ramon, der seiner Frau zurief, die Rolläden nicht zu schließen, es würden noch Kartoffeln geliefert.

Christmas is an exciting time on the World Service ...

Wavery verlor den Faden. Als er den Satz noch einmal las, hatte die Stelle nichts Interessantes mehr. Er blätterte um, seine Gedanken waren gänzlich woanders. Denn, hörte er Don Ramon gerade sagen, und dessen Stimme vereinigte sich mit Glockenschlag und Blätterrascheln, denn was zwischen einer Frau und einem Mann geschieht, ist viel aufregender als jedes Buch. Es ist das Wichtigste auf der Welt. Man kann sich nicht um die ganze Welt kümmern.

Um Gottes willen, Wavery, sagte der Diplomat in ihm. Konzentriere dich. Es ist nur Ham, der im Baum Schmetterlinge jagt. Er las den nächsten Absatz und übertönte die Geräusche in seinem Kopf mit einer weltgeschichtlichen Würdigung von Heinrich dem Seefahrer. Dieses Mal fuhr eine Reihe schwarzer Punkte durch die Buchstaben. Es waren die Vögel, die er am Himmel gesehen hatte. Es waren Farbflecken auf einem Hosenbein. Es waren die verschmierten Stellen auf einem Hemd.

Tomorrow, the Queen's speech …

In acht Monaten, dachte Wavery, in acht Monaten wird sie eine Nacht genau unter diesem Dach verbringen. Er schaltete das Radio aus.

6

Mohammed, der die Hände auf dem Rücken verschränkt hinter der Glastür auf und ab ging, schaute zwischen den Aufklebern von Visa, Creditbank und Mastercard nach draußen und blickte in ein Gesicht, das ihm aus der Nacht entgegenstarrte. Hatte er nun sein Augenpaar gefunden? Nein, draußen stand nur Señor Wavery. Mohammed erklärte ihm, daß die Küche geschlossen habe, es sei doch Heiliger Abend, wenn er also essen wolle …

»Ich habe schon gegessen.«

Mohammed verbeugte sich.

Im Café saßen nur zwei Menschen. Ghanem der Stumme schaute fern, und im rot-blauen Licht der Bar saß Joseph Silkleigh. Sein schütteres und seit längerem nicht geschnittenes Haar war naß nach hinten gekämmt. Er schälte gerade ein hartgekochtes Ei. Als er Wavery sah, legte er das Ei beiseite.

»*Ambasadoro*!«

Wavery wartete, bis Mohammed seinen Platz hinter der Theke eingenommen hatte. Ein Miniaturtannenbaum schmückte den Tresen; er war ohne größere Sorgfalt mit blinkenden Lichtern behängt worden.

»Und wie lebt es sich heute abend unter den Affen?«

»Jetzt hören Sie mal,« zischte Wavery, »wenn Sie zufällig noch irgend etwas anderswo zu erledigen haben …«

»*Kara mia*, nicht so hastig«, sagte Silkleigh, »wir sind aufeinander angewiesen. Sie wären sicher lieber in Tanger, aber wir sind die einzigen Menschen hier und wir haben nur uns, um uns zu unterhalten. Und außerdem, es ist Weihnachten.«

»Mohammed, ein Bier bitte«, sagte Wavery. Er studierte die Holzmaserung des Tresens, wie dünngewordene Fetzen eines alten Pelzes erschien sie ihm.

Silkleigh sagte: »Wissen Sie, daß sie ursprünglich aus Abyla stammten?«

»Wer stammte …?«

Silkleigh schnipste mit den Fingern. »Die Affen, mein Bester. Es leben immer noch welche auf La Mujer Muerta. Ich habe einmal einen Mann kennengelernt, dessen Bruder haben drei der Kerle erdrosselt. – Auf Ihr Spezielles.«

Mohammed hatte ein Bier in Reichweite gestellt, und Wavery zahlte sofort.

Silkleigh sagte: »Wenn das Weibchen der Berberaffen läufig wird, kopuliert sie alle siebzehn Minuten, selbst mit ihren eigenen Kindern. Erst später sortiert sie die Spermien. Ich glaube, man spricht von Spermakonkurrenz.«

Wavery schlürfte sein Bier.

»Stellen Sie sich das mal vor. Es soll Frauen geben, die ähnlich sind. Aber mir läuft keine davon über den Weg. Ich bin schon das ganze Jahr sexuell inaktiv.«

Wavery zählte die Eier auf dem Metallgestell.

Silkleigh sagte: »Frauen sind eindeutig Stolperdrähte, für mich jedenfalls. Wenn ich genug habe von allem, ziehe ich mich auf den Monte Hacho zurück. Allein. Wie ein Eremit schaue ich auf die Stadt hinunter und stelle mir vor, wie sich die Paare da unten paaren.« Ein eigenartig rasselndes Lachen schüttelte ihn. »Und dabei sitzen sie wahrscheinlich doch nur vor der Glotze.«

»Wie kommen Sie mit Ihrem Buch voran?« fragte Wavery.

Dieser Mann, das war die Bitterkeit des Endes, ein fürchterlicher Totenvogel.

Silkleigh nickte gerade in Richtung Ghanem. »Doch was sollte einer wie er machen, wenn es diese Kiste mit den zwei Knöpfen nicht gäbe? Er wäre verloren. Von der Geschichte des 20. Jahrhunderts weiß er nicht mehr als Die Tüchtigen gehen zuerst.«

»Haben Sie einen Titel?«

Silkleigh zog das Zellophan von einer neuen Schachtel Zigaretten. »*Alles, was ich bekam*«, sagte er.

»Wie bitte?«

»Soll heißen: Ich bekam alles, was ich verdiente«, sagte Silkleigh. Er zündete sich eine Zigarette an.

»Ich glaube, die Leser werden das nicht begreifen«, sagte Wavery, »zumindest nicht sofort.«

»Nein. Sie haben wahrscheinlich recht.«

Sie saßen eine Zeit lang schweigend nebeneinander. In seiner rechten Hand hielt Silkleigh die Zigarette, mit der linken stippte er das Ei in einen kleinen Salzberg. Wavery trank sein Bier. Er wollte

Silkleigh gerade nach seiner Taucherei fragen, als dieser sagte: »Wie war die Tour mit der Zamora-Familie?«

»Sehr interessant.«

»Er ist kein Clown, bestimmt nicht. Aber ein ziemlicher Dickkopf, das schon. Und dann wieder fehlt ihm der Mut, seine Köchin zu entlassen.«

»Zu mir ist er sehr freundlich gewesen.«

Silkleigh zog die Nase kraus. Er legte das Ei auf den Teller. »Hier kokelt etwas«, sagte er und blickte nach unten, »muß mein Herz sein.« Aber es war Glut, die er auf sein T-Shirt hatte fallen lassen. Er stand auf, klopfte den Stoff aus und setzte sich wieder. »Es *hätte* mein Herz sein können«, sagte er. Gerade heute abend habe er etwas gesehen, das sein Herz doch wenigstens erwärmt habe.

Auf der Marina Española, da habe ein großer Mercedes neben ihm angehalten. Ein Wagen mit getönten Fenstern. Nach drinnen habe er nicht deutlich sehen können, aber hinten habe eine Frau gesessen. Der Anblick ihres Handgelenks habe ihm genügt, schier umgehauen habe ihn das.

»Das Handgelenk?« sagte Wavery.

»Und was für eins! Was für ein Handgelenk!« sagte Silkleigh. Das konnte nur einer außergewöhnlichen Frau gehören. Unerreichbar für ihn. »Es ist seltsam. Ich fühlte mich, als sei ich ... ich .... Ich hoffe nur, daß sie ihre Vorliebe für kleine häßliche Männer entdeckt, mehr will ich nicht.«

Das Handgelenk werde im Hotel Zamora übernachten. Danach hatte der Fahrer gefragt. Den Pagen werde er, Silkleigh, nach ihrem Namen fragen. Ins Multicine Cervantes werde er sie führen, einen Film anschauen. Und er würde sie verrückt machen vor Begierde nach ihm, sie würde vor ihm auf die Knie gehen und ihren Kopf in seinem Schoß begraben, ja, genau dort in der ersten Reihe, und mit ihren feuchten Manipulationen würde sie ihn dazu bringen, auf die Armlehne seines Sessels zu schlagen und laut zu rufen: Das ist wirklich Kino!

Plötzlich wurde die Leinwand schwarz, und er erblickte Wavery.

»Sie stehen wohl doch nicht so auf Frauen, mein Bester?«

»Das würde ich nicht sagen«, sagte Wavery.

»Haben Sie Nachwuchs? Wo ist denn Mrs. Wavery?«

Wavery erklärte, er lebe in Scheidung mit Mrs. Wavery. Silkleigh nickte mehrmals rasch hintereinander, wie eine Elster. Dann nahm sein Gesicht einen besorgten Ausdruck an. »Die Zeit. Vergeht so schnell«, sagte er. »Fünfunddreißig Jahre. Scheiße, mein Beileid, Mr. Wavery. *Eine kleine*, wie eben, Mohammed. Und für Sie, Exzellenz?«

Wavery schüttelte den Kopf.

»Rein objektiv betrachtet, müßte es ja leicht fallen, das Sich-Trennen. Menschen sind so unerträglich. Einander zu finden, das ist ein Hochseilakt.«

Wavery schaute sich um nach einem Tisch, aber Silkleigh packte ihn am Arm.

Mit einer trostlosen Stimme sagte er: »Sprechen Sie doch mit mir, Mr. Wavery. Ich brauche einen Wahlverwandten. Jemanden, der versteht, was ich fühle.«

»Und *was* fühlen Sie?«

»Um ehrlich zu sein, ich fühle mich ein bißchen blaß«, sagte Silkleigh, und seine Prahlerei verlor sich. Er zog einen Hocker heran. »Ich werde ernst sein, ich versprech's Ihnen. Ich versprech's. Wirklich.« Er zündete die nächste Zigarette an, nahm die Glut der alten Kippe. »Sagen Sie mir, mal ehrlich, leiden Sie nicht auch darunter, all das zu sein, was Sie um alles in der Welt nicht werden wollten?«

Wavery konnte dieser Frage nicht ausweichen. Er war zum Café gekommen, um seiner eigenen Rührseligkeit zu entfliehen, jedenfalls bestimmt nicht, um sie mit diesem Esperanto-Fan und Barhocker zu teilen, der bis zur Kimme voll war mit Cognac-Cocktails. Silkleighs Blick wurde flehend.

»Ich glaube schon«, sagte Wavery. »Und dann gibt es noch diese Phasen, in denen wir nicht sein wollen, was wir selbst einmal gewesen sind.«

»Wirklich? Das erleichtert mich. Wissen Sie, ich habe den Shit nicht um die Ohren, der Ihnen nun nachhängt, das mit dem Standesamt und so. Ich bin ein Waisenkind, von Jesuiten erzogen. Zwölf Jahre unter Jesuiten. Ich kann Ihnen sagen. Nicht wie auf Ihren exklusiven Privatschulen, all die Vorteile und Chancen. Nein, nicht in Yeovil, in Pater Michaels kleiner Anstalt. Nicht in Yeovil. Und keine Freunde. Keinen einzigen.«

»Das tut mir leid, Silkleigh.«

»Ich werde immer wieder von fürchterlicher Einsamkeit gepackt, mein Bester. Es sei denn, ich bin unter Wasser.«

Es war ihm nicht genug, Emilios Leiche gefunden zu haben. Silkleigh würde nicht eher ruhen, bis er nicht auch das Boot gefunden hatte. Den ganzen Nachmittag lang war er unter Wasser gewesen. Er starrte über den Rand seines Glases. Der Ölteppich hatte sich weitgehend aufgelöst. Also habe er seinen Satansschnurrbart angezogen, mit den zwei Aluzylindern auf dem Rücken, 2.400 Bar, sich in seinen Neoprenanzug hineingewunden, sich mit Flossenkraft durch das leuchtende Meereswasser gequirlt. Dabei habe er sich immer wieder gesagt: Silkleigh, du mußt es nur wollen, dann wirst du es auch sehen. Denke dir einen Lippfisch und du wirst auch einen sehen, denk an einen Delphin, und du wirst einen Delphin sehen. Also denke, aus Liebe zu der Frau hinter den getönten Scheiben, an alles andere, nur nicht an einen Löwenfisch oder an Haie oder Feuerquallen, sondern laß dich einfach sanft hinab bis auf den sandigen Grund gleiten, zu den kleinen Schleimfischen, die an deinen Ohren knabbern, und zu den Tintenfischen, die, wenn sie Angst haben, im undurchsichtigen Weiß ihres Fetischs verschwinden. Das habe Wavery sicher nicht gewußt, daß sie einen weißen Fetisch haben? Hinab auf den sandigen Grund zu Barschen und Seesternen, die mit einem Dornenkranz verziert sind, und Tritonshörnern, und denke nur an Emilio, der nicht gelitten hat, denn zu ertrinken ist eigentlich nichts anderes als einzuschlummern auf einer Couch. Denk an Emilio, dessen Boot du nicht finden konntest, das aber hier irgendwo sein muß.

Er hatte das Boot nicht entdeckt, aber kurz unter der Wasseroberfläche war er seiner Schildkröte wiederbegegnet. Derselben Karettschildkröte, Wavery wisse doch, die mit dem zerbissenen Schild. Sie schwamm langsam an ihm vorüber, erstarrte Tränen unter ihren Augen, wie Farbnasen an einer Wand. Sie schwamm, wie man in Träumen schwimmt, manchmal die Wasseroberfläche gerade berührend, manchmal weit darunter schwebend. Ihre Augen schauten ruhig in diese Welt hinab, Sonnenlicht glänzte golden auf ihren winzigen Flossen. Sie sah aus wie ein Engel. Ein alter Engel, mit einem vermoosten Schild auf dem Rücken, vorangetrieben von den Flügeln eines Spatzen.

»Eigentlich sieht sie aus wie Genia Ortiz«, sagte Silkleigh, als er auftauchte und das Mundstück herausnahm.

Und kaum war er an Land, da hatte er sich wieder in den T-Shirttragenden Lüstling verwandelt, der sich von einem Handgelenk betören ließ. »Trinken wir noch einen.« Aber es war nicht Mohammed, sondern Ghanem der Stumme, der neben ihnen stand und dessen Augen sehnsüchtig auf Silkleighs Teller gerichtet waren. »Na, Alter. Ist die Bildröhre implodiert?«

»Ich glaube, er möchte Ihr Ei«, sagte Wavery.

Silkleigh nahm das geschälte Ei von seinem Teller. Er stippte das glänzende Ende ein letztes Mal in das Salz und bot es Ghanem an. »Frohe Weihnachten.« Silkleigh schaute dem Stummen nach, wie er das Café verließ, das Ei wie eine Trophäe über seinen Kopf erhoben. »Verrückte Krabbe. Wo will er bloß hin, er hat doch niemand?«

Aber es war an der Zeit, ihm zu folgen. Mohammed hatte gerade geräuschvoll die Kasse zugeschoben. Durch die Türen hörten sie einen einzigen Glockenschlag. Silkleigh studierte seine Taucheruhr. »Mitternacht«, sagte er. »Ich denke, ich gehe und stoße mit mir selber an.«

Vom Meer her wehte eine starke Brise, die das stete Rauschen der Wellen von der Playa Benitez bis zu ihnen trug. Die Brise jagte eine leere Cola-Dose das Trottoir entlang. Mit einem Fußtritt schickte Silkleigh die Dose in die Nacht, landeinwärts, Richtung Afrika. Er stand, und hörte dem verhallenden Geschepper nach. Und unvermittelt sagte er: »Wissen Sie, es gibt Berberstämme dort oben, die beten den Wind an, als den Ursprung von allem.«

»Das wußte ich nicht«, sagte Wavery. Er knöpfte sein Sakko zu.

»Nein, können Sie auch nicht. Steht nicht in Ihren Büchern. Und es gibt noch etwas Bemerkenswertes. Sie erzählen Lügen über die Lügner, um den Wind herbeizurufen. Sie sagen, ein Lügner rede nur Wind. Interessant, was?«

Er schob die Hände in die Taschen. »Bleibt mir nur, Ihnen *felican kristnaskon* zu wünschen.« Sagte es und schlich hinter der Dose her. Noch ein Scheppern, noch eines, und dann nichts mehr.

Abyla lag wie in die dunkelste Strickjacke von Senator Zamora gewickelt. Keine Lichter an der Baustelle am Tunneleingang. Und als Mohammed die Barbeleuchtung ausschaltete, fiel auf die Esplanade nur noch das Licht der Telephonzelle.

Wavery sog die Meeresluft ein, ein Geruch wie nasse Wolle. Er schaute über die Meerenge, ob er drüben die Lichter Europas blinken sah; Licht von dort, wo Penny sich befand, und Catharine. Aber Nebel mußte aufgekommen sein. Er sah kein Licht, nur den silbrigen Schaum der Wellen und undeutlich, auf dem Wasser tanzend, die Laterne eines letzten Bootes, ein einsamer Fischer in der Nacht. Eine solche Nacht mußte es gewesen sein, als die Mauren nach Spanien übergesetzt waren.

Aus der Dunkelheit hörte Wavery einen Schrei. Er kam aus der Richtung des Monte Hacho, war grell und gereizt. Denselben Schrei hatte er über seiner Terrasse gehört.

»*Käh käh käh.*«

In der Zelle begann das Telephon zu läuten. Es gab niemanden, der es beantworten konnte. Nur ihn. Doch Wavery ignorierte das Flehen des Apparats. Er ging nach Hause. Als er seinen Schlüssel verkehrt herum ins Loch steckte, klang das Läuten noch immer in seinen Ohren. Er öffnete die von Farbe noch klebrige Tür, hinterließ einen schwarzen Fingerabdruck auf dem Lichtschalter. Und über den Arbeiter schimpfend, der die Birne an der Decke abgeklemmt hatte, mußte er nun Zentimeter für Zentimeter seinen Weg ertasten, mußte sich vorsichtig vorbeidrücken an den scharfkantigen Packkisten, an den signierten Photographien, den an die Wand gelehnten Gemälden, auf die seine Frau ihre mongoloiden Christusfiguren, weißgepunktete Heiligenscheine und die Levitationen ihrer kopflosen Ehemänner gepinselt hatte.

7

Penny hatte ihn mitten in der Nacht verlassen; nur ihren kleinen Übernachtungskoffer hatte sie aus ihrer gemeinsamen Wohnung in Fulham mitgenommen. Und sein weißes Hemd.

Wavery spürte, wie seine Frau aus dem Bett aufstand und sich zögernd über ihn beugte. Er öffnete die Augen. Ihre Hand tastete nach unten und berührte seinen Arm. Er schloß die Augen wieder. Hörte die hastigen Schritte auf der Treppe, hörte wie die Eingangstür zugeschlagen wurde, wie das Auto ansprang. Er ging nach unten und schloß die Haustür ab. Auf seinem Weg zurück ins Bett schaute er ins Wohnzimmer und auch in sein Arbeitszimmer.

Eine ihrer stehenden Redewendungen war gewesen: »Wenn einer geht, dann nur, weil er dich längst verlassen hat.«

Um zehn Uhr war Wavery zu Cullis bestellt, eine halbe Stunde später trat er durch den Eingang für Botschafter wieder ins Freie. In weniger als vierundzwanzig Stunden war seine sorgfältig aufgebaute Welt aus der Balance geraten. Er spielte mit dem Gedanken, seine Kündigung einzureichen, aber er war vernünftig genug, um einzusehen, daß er in seiner geistigen Verfassung eine solche Entscheidung besser nicht treffen sollte. Mit herabgelassener Hose hatten sie ihn erwischt. Das hatte die Besprechung mit Cullis deutlich gemacht. Aber es war noch etwas anderes. Völlig unerwartet hatte er sich verliebt.

Zwei Nächte verbrachte er in der leeren Wohnung und tat dann, am Donnerstag, genau das, was er zu Beginn der Woche nie zu tun versprochen hatte.

Er rief Catharine an.

Ein Mädchen meldete sich.

»Ist Catharine zu sprechen?«

»Wer ist da?«

Im Hintergrund hörte er Brahms.

»Daddy, es ist Bob Hope«, rief das Mädchen.

Eine ernste Männerstimme sagte: »Hallo. Kann ich helfen?«

Wavery nannte jetzt seinen Namen.

»Warum sagten Sie denn, Sie seien Bob Hope?«

»Nur ein Scherz«, sagte Wavery.

»Thomas Wavery. Kommt mir bekannt vor.«

»Wir haben uns in Lima kennengelernt.«

»Lima?«

»Bei den Tennysons. Denver und Rita Tennyson.«

»Jetzt erinnere ich mich.«

»Wir hatten kaum Gelegenheit, miteinander zu reden.«

»Er war King Kong. Wer waren Sie?«

»Ist Catharine zu Hause?«

»Nein. Sie ist nicht da. Samantha, stell' das leiser, bitte. – Hallo? Sie ist weggefahren. Zu einer ihrer Freundinnen. Ich erwarte sie am Samstag zurück.«

In der Leitung knisterte es plötzlich, und von weit her war eine Stimme in einer fremden Sprache zu hören.

»Hallo? Hallo?«

Wavery sagte: »Ich bin noch dran.«

»Wie dem auch sei. Ich richte ihr aus, daß Sie angerufen haben. Soll ich irgendeine Nachricht ...?«

Wavery sagte: »Nein, nur, daß ich angerufen habe.«

»Und wie geht es in Peru? Rauhes Klima zur Zeit, nach den Zeitungen zu urteilen.«

»Ja«, sagte Wavery, »ziemlich rauhes Klima.«

Am Samstag fuhr er dann nach Suffolk, Penny war dort bei ihren Eltern. Er wollte ihr selbst sagen, daß es nichts würde mit Lissabon. Keine Stander am Auto und all das Getue. Kein Name auf dem Ernennungstelegramm Ihrer Majestät. Kein Hut mit Vogelfedern.

Aber ihr Vater, ein passionierter Leser der Ernennungsspalte in *The Times*, hatte ihr die Nachricht bereits gezeigt.

Er war nicht zu Hause, als Wavery ankam. Er war mit Pennys Mutter nach Aldeburgh gefahren, in der Hoffnung, sie könnten dort Hummer kaufen.

»Du weißt doch, wie es ist«, sagte Wavery zu Penny, »was man unter Eins, Zwei und Drei einträgt, das bekommt man gerade nicht.«

»Es ist nur Nescafé. Ich hoffe, es macht dir nichts aus?«

»Dein Heuschnupfen ist schlimmer geworden«, sagte Wavery. Aber es waren wirkliche Tränen. »Was ist denn?« Er konnte fühlen, wie die Distanz auf seinem Gesicht geschrieben stand, eine Mischung aus Mitgefühl, Verlegenheit und Schuld.

»Ich will, daß alles ein Ende hat.« Sie sprach mit Entschlossenheit, mit einer ihm bislang nicht bekannten Härte.

»Warum?«

Sie ging ins Zimmer nebenan, setzte sich in einen Sessel und putzte die Nase. Er folgte ihr, legte ein Scheit Holz ins Kaminfeuer.

»Weil ich jemand anderen habe«, sagte sie.

»Das habe ich mir gedacht«, sagte er. Es war ein Reflex, er hatte das keineswegs gedacht. Aber er wußte, daß er sie in fünf Minuten nicht mehr sehen würde, also schaute er sie jetzt bewußt an und versuchte, seine Trauer zu verbergen, wollte besonnen erscheinen, sprach, als ob er Kaffee bestellte. Er legte noch ein Scheit ins Feuer.

»Bist du verliebt?«

Sie schüttelte den Kopf. Das würde sie ihm ersparen, genauso wie sie ihm die Frage »Wer ist sie?« erspart hatte.

Sie sagte: »Ich war dir näher als allen anderen Menschen, denen ich begegnet bin.«

Sie zog die Beine unter sich auf den Sessel, während Wavery seine Tränen zurückzuhalten versuchte, voller Angst, weil jedes Wort seinen Schmerz bloßlegen konnte.

»Komm, Thomas. Sag mir bloß, das überrascht dich. Wenn es dich überrascht, dann nur, weil du immer woanders warst.«

Auf dem Tisch neben dem Holzkorb stand ein Bild von Lawrence, ein Mann mit festen Prinzipien, wie er dort stand in seiner Gouverneursuniform.

»Es tut mir weh, das sagen zu müssen …« Vielleicht hätte sie seine Untreue noch ertragen können. Aber nicht seine Versetzung nach Abyla, das habe ihr den Rest gegeben. Sie sei an einem Punkt angelangt, wo sie die Aussicht, noch einmal auszupacken, um wieder einzupacken, einfach nicht mehr ertragen könne. Zuviel Zeit in ihrem Leben habe sie damit verbracht, ein Hotel für Schmarotzer zu führen, die Arbeit ihrer Vorgängerin zu torpedieren, genauso wie ihre Nachfolgerin es auch tun würde. Sie wolle nur noch malen, nichts anderes mehr. Das Leben sei so kurz und ihr zu schade für etwas anderes.

Und ganz gleich, was das Foreign Office über die Rolle der Ehefrauen behaupte, sie wisse, daß sie es am liebsten sähen, wenn Penny Wavery als Mutter Teresa unterwegs wäre und außerdem Bridge spielen würde. Das hätte sie in Lissabon vielleicht noch aushalten können, trotz allem, aber nicht in einem Kaff in Afrika.

»Armer Tom. Wenigstens wirst du nicht durch Macht korrumpiert werden. Und außerdem hast du Lawrence in nächster Nähe.«

Als er aufschaute, war sie eingeschlafen. Er ging ins Nebenzimmer. Er wurde von den Tränen geschüttelt, die er nicht weinen wollte. Er klammerte sich an den Fenstersims, schaute einen Fleck im Himmel über Suffolk an, der so grau war wie sein Haar, erwartete, jeden Augenblick den alten Volkswagen in die Auffahrt biegen zu sehen, und dann Pennys Vater, der schon Zeichen gab mit der Hand: Freu dich, wir haben Hummer bekommen!

Er schaute auf das Fensterbrett. Drei Marienkäfer krochen den Sturz entlang; in einer Reihe hintereinander krochen sie über die weiße Farbe. Ihr Tagebuch lag in seinen Händen. Er sah die Rückseite einer Photographie, die zwischen den Seiten steckte. Sicher eins ihrer Bilder. Jedesmal, wenn sie ein Bild vollendet hatte, photographierte sie es. Nein, zieh es nicht heraus, mahnte er sich, aber er zog es heraus. Es war die Aufnahme eines Mannes Mitte fünfzig, kurzes schwarzes Haar, blaue Augen, ein offenes Gesicht. Er saß im Heck eines Bootes, rundum Wasser, ein See, ein Fluß oder eine Bucht. Sein Lächeln galt der Frau, die die Kamera in den Händen hielt.

»Ich gehe jetzt.«

Sie stand in der Tür. Den Koffer hatte sie neben sich abgestellt. Ihm fiel nichts ein, was er hätte sagen können. Er gab ihr das Tagebuch.

»Und wie willst ...?«

»Ich werde Muttis Auto nehmen«, sagte sie.

Er trug ihren Koffer zum Wagen. Sie hatte wohl vorher schon gepackt. Fürsorglich dachte er, sie habe nicht die blendende Schönheit, mit der sie sich gegen Männer verteidigen könnte. »Du siehst schrecklich aus«, sagte er. Er hatte das so nicht sagen wollen, aber er sah die Wirkung seiner Worte, fürchterlich und unwiderruflich, wie falsche Farbe beim Malen eines Aquarells. Sie setzte sich hinter das Steuer. Sie starrte in ihren Schoß, sah ihn nicht an. Sie lächelte gezwungen. »Ein gelungener Versuch, mein Selbstvertrauen zu stärken«, sagte sie. Er öffnete die Autotür, ging neben ihr in die Hocke. Er versuchte, sie zu küssen. Sie bot ihm die Wange, die Stirn. Als er nach ihren Lippen tastete, drehte sie den Kopf zur Seite.

Er war wieder im Haus, als Pennys Eltern zurückkamen.

»Kein Glück mit dem Hummer«, rief der Vater aus dem Nebenzimmer.

»Laß sie ruhig stehen«, sagte die Mutter, als er die Tassen spülen wollte.

ZEHNTES KAPITEL

1

Das neue Jahr hatte begonnen, und die Bohrer schwiegen noch immer. Die Tage waren geprägt vom durchdringenden Singsang des Muezzin, dem Klopfen von Emilios Mutter an die Fenster der Irrenanstalt und dem *käh käh käh* der fünf fremdartigen Vögel in ihrem Horst oben in den Felsen.

Die Vögel hatten sich drüben, im Militärgebiet am Hang des Monte Hacho auf einem Haufen bronzegrüner Federn niedergelassen. Sie waren, vom Rauch der *Admiral Grau* aus ihren Nestern vertrieben, von Punta Leone herübergeflogen. Sie hatten sich in der Stille wegen der Stille niedergelassen, und als die Maschinen in der ersten Januarwoche wieder ansprangen, war es zu spät: sie hatten ihre Nester bereits gebaut.

»Das sind keine gewöhnlichen Ibisse«, erklärte Zamora. Er saß mit Wavery im Club de Pensiones unter dem Bildnis des Teniente, in dem langen Raum mit den holzgetäfelten Wänden, an dessen anderem Ende, vor dem offenen Kamin, vier alte Männer eine Runde Domino spielten.

»Es sind Waldrappen!«

Getroffen hatten sich die beiden Männer kurz zuvor in der Bank. Als er sein eigenes Werk unter dem Arm des Generalkonsuls bemerkte, lud Zamora seinen Leser kurzentschlossen zu einem richtigen Mittagessen ein. Waverys Einwände, der wichtigen Besuch aus London erwartete, überhörte er geflissentlich.

»Die gefährlichste Ausrede ist eine glaubwürdige Ausrede«, sagte er. Die Aussicht auf ein genießbares Mittagessen beflügelte ihn. Am

Abend zuvor hatte er die Mythe von der Auferstehung des Herakles, wie sie Euxodos von Knidos überliefert hat, in Pablos Computer eingetippt. Der Heros war in Libyen von Typhon erschlagen, aber dann durch den Duft einer gebratenen Wachtel zu neuem Leben erweckt worden.

Über die Speisekarte hinweg blickte Zamora zu Wavery hinüber und fuhr sich mit der Zunge über die Borsten seines Schnurrbarts. Seit Weihnachten quälten ihn hartnäckige Verdauungsstörungen. Er hoffte, mit Leinsamenöl und Estragon eine Lösung gefunden zu haben, und er hatte unbestreitbar großen Appetit.

Der Klub war von Zamoras Urgroßvater gegründet worden, dessen Porträt über dem Kamin hing: Das Gemälde zeigte ihn im roten Poncho, mit weißem Cowboy-Hut, einem Hidalgo-Degen, und die Worte *Ecce fundador* kamen auf einem dünnen Band aus seinem Mund.

Zamora sagte: »Die Schweizer haben die Vögel früher gegessen.« In der Bibliothek war er ihrer Geschichte nachgegangen. Auf der ganzen Welt gab es nur noch zweihundertundfünfzig Paare dieser kahlköpfigen Ibisse. Sie nisteten südlich von Agadir und in einer türkischen Kleinstadt, deren Bewohner glaubten, Geister hausten in ihrem Kropf. Sie haben Pilger nach Mekka geführt, und die alten Ägypter sahen in ihnen die Verkörperung der Vollkommenheit, des Ruhms und der Tugend, weswegen sie die Vögel auch einbalsamierten. Noahs Kundschafter muß ein Ibis gewesen sein, ebenso wie Thoth, der Gott des Mondes und der Erfinder der Hieroglyphen. Das könnte auch erklären, warum sie als Schreiber des Letzten Gerichts dargestellt wurden; die Vögel galten als Mittler der Menschen- und der Tierwelt. Alles in allem, so faßte Zamora zusammen, müsse man sie als die Überbringer schlechter Botschaften ansehen. »Außerdem sind sie schrecklich häßlich.« Er schaute an Wavery vorbei nach einem Kellner.

Trotz der schlechten Omen aß Senator Zamora mit sichtlichem Behagen. »Hier wird wirklich gut gekocht, nicht wahr?« sagte er, während er das Rindfleisch verschlang.

Eine Hand legte sich auf seine Schulter, und plötzlich roch er Zigarrenrauch.

»Herr Generalkonsul. Senator Zamora.« Sexto Menendez war an den Tisch getreten. Beide Männer erhoben sich. Sie gaben dem Gouverneur die Hand.

»Nein, bitte, behalten Sie Platz«, sagte Menendez. Er versuchte, beiden Männern auf den Rücken zu klopfen, sagte ihnen, wie sehr er sie mochte, prächtige *Muchachos* seien sie, und er hoffe inständig, daß der Herr Doktor ihm die Sache mit dem Hut verziehen habe.

Zamora schaute mit eisigem Blick auf ihn herunter. Aber Menendez lächelte Wavery an, zwinkerte ihm zu. »Er will einen Heiligen als Gouverneur«, sagte er auf englisch.

Unentwegt versuchte Menendez die Schultern der beiden Männer zu erreichen. Aber beide waren hochgewachsen, und Menendez hatte kurze Arme. »Rufen Sie mich an, und wir essen zusammen zu Mittag«, sagte er schließlich. Er hielt Waverys Hand und nahm ihn am Arm.

»Ach, Zamora«, der Gouverneur, der etwas vergessen hatte, kehrte noch einmal zurück, »ich muß mit Ihnen sprechen, über die Uhr von Santa Maria. Wir müssen nun wirklich ein neues Uhrwerk installieren lassen.« Seine Blicke baten Wavery um Unterstützung. Immerhin war es dessen Königin, die Abyla besuchen würde. »Wir müssen Ihre Majestät mit unserer *Hora inglesa* beeindrucken!«

»Sie sind dem Gouverneur schon begegnet?« fragte Zamora Wavery, als sie sich wieder gesetzt hatten.

»Einmal«, sagte Wavery.

»Und haben sich danach gründlich gewaschen?«

Wavery schwieg diplomatisch.

»Ich gehöre nicht zu seinen Anhängern«, sagte Zamora, »er ist ein Dieb und ein Lackaffe.«

»Er schien mir gut gelaunt zu sein.«

»Das Abkommen von Marokko!« sagte Senator Zamora. »Ich sage Ihnen, Señor Wavery, das ist nur die Spitze des Eisbergs.«

Senator Zamora hatte eine Woche zuvor von dem Ereignis erfahren, das als das »Abkommen von Marokko« bekannt werden sollte. Von Dionisio Porcil hatte er davon gehört, dem Bankier, der sich jetzt zum Gouverneur gesellte, drüben an dem Tisch am offenen Fenster, an dem letzterer gewöhnlich saß, verzückt vom Lärm der Bohrmaschinen. Zamora haßte Männer, die auf reservierte Tische bestanden! Aber dazu paßte, daß Menendez und Porcil in seinem Wettbewerb der Weihnachtskarten den ersten und zweiten Platz errungen hatten.

Wavery hatte Porcil mehrmals besucht. Als Präsident der Bank von Abyla, eine der zweihundert Banken, die das Konsortium der Tunnel-Finanziers bildeten, hatte er begeistert von Waverys Beziehungen zur Londoner Finanzwelt gehört. Letzte Woche hatte er Senator Zamora eingeladen, am Domino-Tisch neben dem offenen Kamin eine Runde mitzuspielen. Während sie spielten, überlegte Zamora, daß Porcil allen Grund haben müßte, bedrückt zu sein. Er war dabei, sein Spiel zu verlieren. Und die Tunnelarbeiten ruhten seit sieben Tagen. Der letzte Börsengang war kein Erfolg gewesen. Einem Bericht des *El Faro* zu Folge, einem Bericht, der ursprünglich im englischen *Gibraltar Chronicle* erschienen war, stritt das Konsortium heftig mit der Tunnel-Gesellschaft über die weitere Finanzierung. Es fehlte das Geld, um die Arbeiter zu bezahlen.

Aber Porcil machte, überraschenderweise, einen glücklichen Eindruck.

»Teodoro, hast du eine Ahnung, warum sich unser geliebter Gouverneur in Abyla seit Weihnachten nicht mehr hat blicken lassen?«

Nein, Zamora hatte keine Ahnung. Er legte eine Doppelvier.

»Er war in Marokko.«

»Ach ja? Woher weißt du das?«

»Ich habe ihn selbst nach Rabat begleitet.«

So? Rabat sei doch ein schrecklich langweiliger Ort. Langweiliger noch als Cádiz, wenn das überhaupt möglich sein sollte. Und was sie dort zu tun hatten? Die Kasbahs malen, vielleicht?

Porcil ging darauf nicht ein. »In Rabat«, sagte er unbeirrt, »hat Menendez im Namen der Société Nationale des Études du Détroit mit dem Vorsitzenden der Großmarokkanischen Gesellschaft für Aufbau und Investition über die zukünftige Finanzierung verhandelt.« Erfolgreich. Der Tunnel sei gerettet.

Zum ersten Mal seit siebzehn Jahren verlor Zamora eine Partie Domino gegen Porcil.

Ausgehandelt wurde unter anderem, daß zwanzig Prozent der Arbeiter Marokkaner aus El Hadu sein sollten. Genau das hatte Zamora immer befürchtet. Sein Verdacht war bestätigt: der Tunnel war die unausgesprochene und späte Rache der Araber. Indem er sie auf diese Weise Abyla erobern ließ, handelte der Gouverneur als ein zweiter Graf Julian!

»Wir sind der Meinung, daß der Gouverneur uns unseren expansionistischen Nachbarn ausliefert«, sagte Zamora zu Wavery. So vorzüglich das *Bife Zamora* gewesen war: den Nachgeschmack der Begegnung mit Menendez hatte es nicht tilgen können. »Er tut so, als wünschten die Abylaner sich nichts sehnlicher als den Tunnel. Tun sie gar nicht. Der Tunnel ist ein Verbrechen gegen unser Land.«

»Man sagt, er sei ein erfolgreicher Politiker«, sagte Wavery vorsichtig.

»Er ist ein guter Politiker. Also ist er kein guter Mensch. Wir wissen doch alle, daß Politiker keine normalen Menschen sind. Man läßt sie gewähren, manchmal kann man ja nicht anders, und schon wird man von ihnen infiziert. Sie glauben mir nicht? Als Menendez hier an die Macht kam, hat er etwas gesagt, was mich damals verblüffte. Er sagte, die Korruption reiche bis an seine Vordertür. Wenn jemand so etwas sagt, dann hat er keinen Instinkt. Oder er benutzt diese Tür nie. So sehe ich das.«

»Verdient er denn so wenig Vertrauen?«

»Ihm trauen? Nicht von hier bis dort. Er würde das Antlitz des Mondes verändern, wenn dabei eine Provision für ihn abfiele. Er klaut sogar Hüte.«

Zamora wußte, wie weinerlich das klang. Hinter seinem kindlichen Trotz konnte er seine wahren Gefühle verbergen. Allerdings um den Preis, daß er albern wirkte. Und wie er diesem wortkargen höflichen Engländer gegenüber saß, kam er sich selbst so albern vor, wie ihm Franco in seinen letzten Tagen als Caudillo vorgekommen war. Dabei hatte es eine Zeit gegeben, in der Zamora Aufnahmen mit dieser hohen Stimme gern gehört hatte. Doch eines Tages verbrannte er alle seine Platten. Während er zusah, wie die schwarzen Scheiben in den Flammen tanzten und sich verbogen, dachte er: Nur die allerwenigsten haben Grund zur Freude, wenn sie in sich hineinblicken.

»Ist Ihnen nicht zu kühl hier? Lassen Sie uns hinübergehen zum Kamin.«

Er stapelte die Tassen und Untertassen aufeinander. »Spielen Sie Domino?«

»Leider nicht«, sagte Wavery, der gleich aufbrechen mußte.

»Und, wie gefällt Ihnen unsere Stadt, Señor?«

Wavery lehnte den angebotenen Zucker ab. »So weit ganz gut, vor allem, was ich über sie lese.«

»Ah ja«, sagte Zamora. Seine Augen nahmen die Farbe seines dampfenden Kaffees an. »Sie und ich, wir gehören zu einer höheren Klasse«, sagte er zu Wavery und deutete auf zwei grüne Ledersessel, »wir sind Intellektuelle mit Verantwortung für das Ganze. Dennoch«, und er hob eine buschige graue Augenbraue, »wird es nicht allzuviel sein, was es hier für einen Diplomaten zu tun gibt.«

»Ach, es ist eigentlich recht interessant«, sagte Wavery und entschloß sich, doch Zucker zu nehmen. »Und ich glaube sagen zu können, daß es bald lebhafter sein wird.«

Gedankenvoll rührte Zamora seinen Kaffee, nahm sich Zeit mit dem Gebräu, das hier wenigstens nicht nach angebrannten Eiern roch. Er sagte: »Einer meiner Onkel war Diplomat.« Als Kind habe er im Garten von Onkel Eduardo mit seinen Vettern Beruferaten gespielt. Wenn sie den Botschafter hätten mimen wollen, hätten sie Spielkarten gemischt und verteilt. »Mehr hat mein Onkel nicht getan. Nur Karten gespielt. Aber ich bin sicher, die Zeiten haben sich geändert.«

»Asunción kann Ihnen da sicher mehr erzählen als ich.«

»Asunción?« fragte Zamora, wieder verlegen. Es gebe doch keine Probleme mit seiner Tochter, das hoffe er. Sie arbeite so gern im Konsulat.

Im Britischen Konsulat konnte Asunción den fixen Ideen ihres armen Vaters entkommen.

Und sie konnte ihren Mann, den Filmemacher, vergessen, der tatsächlich so verblendet war zu glauben, das Fernsehen sei eine bedeutende Einrichtung, viel wichtiger als ihre Ehe, und der zu seinem Schwiegervater immer nur sagte: »Das ist *der* Stoff für einen großen Film«, allerdings nie Taten folgen ließ.

Und sie konnte Pablo vergessen, der von Minerva die Augen geerbt hatte, aber leider, leider nicht die Manieren. Zamora, der noch immer seinen Kaffee rührte, sah den Jungen mit soßenverschmiertem Mund am weihnachtlichen Eßtisch. Seine Haare hatte er gefärbt. Grün. Mit einem Pulver, das Green Goo hieß. Eines von Tromsos Geschenken an seinen Sohn. Pablo hatte sich geweigert, Jakobsmuscheln und Schweinebraten zu essen.

»Auf, Pablo, einen Bissen, für Tromso.«

»Und was war das?« fragte Asunción.

Zamora suchte nach einer Serviette. »Wiedergekäuter Tromso«, bemerkte er und sagte zu Pablo: »Du wirst es noch lernen, daß du dein Verhalten völlig verändern mußt, wenn du älter wirst.«

»Wenn ich groß bin«, verkündete Pablo heiter, »werde ich Friseur.« Bis jetzt hatte Zamora ihm die Genugtuung verweigert, darauf zu reagieren.

»Clotilda haben Sie inzwischen kennengelernt?« fragte er Wavery, und in seiner Stimme schwang wieder die Liebe. Clotilda, deren Seufzer man flaschenweise verkaufen könnte, die niemals groß werden würde, wenn es ihm nicht bald gelingen sollte, einen Mann für sie zu finden. Aber was sollte er tun? Wenn die eigene Tochter erwachsen ist, müßte man sie eigentlich wie eine Schwester behandeln. Doch wie hätte er ihr die Freude an Tromsos Weihnachtsgeschenk, einem Schminkkasten aus dem Theaterprogramm von Dior, verderben können? Hätte er ihr vielleicht sagen sollen, daß das Rot ihrer Lippen seiner Meinung nach eben die Farbe war, mit der sich Tromsos Schauspieler Blutergüsse auf die Haut malten?

»Ich habe es ganz vergessen; meine jüngere Tochter wurde Ihnen ja immer noch nicht vorgestellt. Sie würde Ihnen gefallen. Und ihr würde es Freude machen, Sie kennenzulernen.« Aber jedesmal, wenn er an Clotilda dachte, wurde ihr Bild in seiner Phantasie von weniger glücklichen Gedanken umwölkt. Immer mußte er dann an Joseph Silkleigh denken. Auch heute wieder.

Zamora hatte keinerlei Beweise, daß Silkleigh der unbekannte Neue im Leben seiner Tochter war, aber es würde ihr ähnlich sehen, sich ausgerechnet in einen solchen Mann zu verlieben. Sie war geradezu prädestiniert dafür, zur Beute von Hochstaplern und Schwindlern zu werden.

Zamora nahm die metallene Kaffeekanne von der Heizplatte.

»Ich muß Ihnen etwas über Ihren englischen Freund erzählen«, sagte er mit ernster Miene.

Aber Wavery mußte gehen. Es war schon halb drei, und er erwartete den Inspektor des Foreign Office.

2

Eine Stunde später wurde die Tür zum Konsulat aufgeschoben, und es erschien ein Koffer aus abgewetztem Schlangenlederimitat. Gefolgt wurde er von einem Mann durchschnittlicher Größe im braunen Anzug. Der Zipfel eines weißen Taschentuchs mit den Initialen G.Q. ragte aus seiner Brusttasche. Er hatte einen rosa Teint und schütteres gelbes Haar, das ihm Schweiß in wirren Strähnen auf die Stirn geklebt hatte. Er nahm Asunción durch ein Paar dicke, metallgerahmte Brillengläser in Augenschein.

»Ich möchte zum Generalkonsul«, sagte er und überreichte ihr seine Karte.

Einen Augenblick lang erkannte Wavery ihn nicht.

»Jetzt bist du platt, nicht wahr«, sagte Queesal und reichte ihm die Hand.

Wavery entschuldigte sich. »Es liegt nur an deiner Brille.«

»Meine Brille?« sagte Queesal. »Warst du ...« Aber Wavery hatte Peru schon verlassen, als Queesal auf seine schicksalhafte Reise nach Chimbote gegangen war, in eine Fischerstadt nördlich von Lima. Seit dieser Reise litt er unter einem Syndrom, das sein Immunsystem zu ständigen Angriffen auf Tränenkanäle und Speicheldrüsen anstachelte, wo es fälschlicherweise Viren vermutete. »Es ist der Lepra nicht unähnlich. Ich kann nicht weinen. Und was viel schlimmer ist, ich kann keine Kontaktlinsen mehr tragen.«

Der Arzt des Foreign Office hatte eine Behandlung mit Honiggel und dem Öl der Abendprimel verordnet und ihm geraten, jeden Tag eine Melone zu essen. Außerdem Zwiebel und Pasternakwurzel. Aber keinen Essig und kein Salz. »Denn das greift die Speicheldrüsen an.« Bereitwillig gab Queesal Auskunft. »Außerdem habe ich Mundgeruch.«

Beruflich jedoch war er aufgeblüht. Er zupfte an seinen Manschetten. »Irgend jemand in der Personalabteilung muß mit meinem Schutzengel verwandt sein.« Wenn man auf dem unbeliebten Posten eines Inspektors gedient hatte, dann wurde man mit einem guten Posten belohnt, das war so sicher wie der Tag, der auf die Nacht folgt. Wavery könne er es ja sagen, er habe den Ehrgeiz, Abteilungsleiter zu werden. Und wenn das nicht klappen sollte, dann würde er sich auch mit einem nicht ganz so hohen Posten im Ausland zufrieden geben. »Du hast sicher schon gehört, daß Wilbow sein Gedächtnis verloren hat?«

»Fürchterlich«, stimmte Wavery zu.

»Ich kann dir sagen. Eine Epidemie ist das. Und nicht nur ich bin der Meinung. Ich sprach gerade erst mit deinem Schwager darüber.«

»Wie geht es Lawrence?«

»Sehr eindrucksvoll, finde ich. Übrigens, Lady Tredwell schickt dir Grüße. In Gibraltar habe ich bei ihnen gewohnt.«

»Laß mich deinen Koffer nehmen.« Wavery trug Queesals Koffer in sein Büro und stellte ihn neben der Heizung unter dem Fenster ab.

»Tut mir leid, daß ich mich verspätet habe«, Queesals Stimme folgte ihm, »aber es gab nicht einen Hinweis, der es erleichtert hätte, das Konsulat zu finden.«

»Bald bekommen wir ein Schild.«

Queesal nickte. Sein Gesicht zeigte jetzt die barschen Züge eines Eisenbahnkontrolleurs. Bei normalen Inspektionen würde er von einer Sekretärin und einem Beamten der Stufe 6 bei seiner Aufgabe unterstützt werden. Aber die beiden waren in Gibraltar geblieben. Als das Gespräch auf die Überprüfung der neuen Mission in Abyla kam, da hatte die Inspektions-Abteilung Queesal geraten, er solle versuchen, alleine auszukommen. Von der Calle Camoes her hörte man eine Glocke schlagen.

Queesal schaute auf die Uhr, die an seiner Weste hing. Als die Glocke nicht aufhörte zu schlagen, fielen ihm fast die Augen aus dem Kopf.

»Um Gottes willen, schon so spät?«

»Ach, das kannst du vergessen«, sagte Wavery.

»Was heißt hier vergessen? Es hat neun Uhr geschlagen.«

Wavery klärte ihn über das Uhrwerk auf. Queesal sagte: »Und warum unternehmen sie nichts?«

»Ich glaube, sie haben es vor.«

»Tja, du weißt, um was es geht«, sagte Queesal, sichtlich unbeeindruckt, »ich sollte mich so ziemlich avanti an die Arbeit machen. Deine Sekretärin hat alles für mich vorbereitet?«

Wavery öffnete ihm die Tür. Queesal machte die Andeutung einer Verbeugung, mit einer Hand auf dem Bauch und einem angedeuteten Nicken schritt er ins Vorzimmer, wo er mit dem Rücken zu Wavery stehen blieb. Hinter dem Schreibtisch wartete Asunción darauf, dem Inspektor des Foreign Office die Buchhaltung des Generalkonsulats von Abyla vorzulegen.

Wavery schloß seine Tür. Er setzte sich und zog einen Haufen Papiere aus dem Schubfach. Ein Brief seines Freundes aus der Londoner City: Er bedaure, daß er erst jetzt Zeit für eine Antwort finde, und leider sei er auch nicht in der Lage, die Bankiers von Abyla zu beraten. Das liege außerhalb seines Erfahrungshorizonts. Nützliche Beziehungen zur Antimon-Industrie habe er auch nicht. Aber es sei gut zu hören, daß Thomas noch am Leben sei und in Afrika glänze. Von einer Gruppe gegen Tierquälerei aus Basingstoke: ein Protestschreiben gegen den geplanten Stierkampf im August. Die Kopie eines Briefes an Prince Philip vom Vorsitzenden der Weltarbeitsgruppe für Störche, Ibisse und Löffelreiher: Wie seiner Königlichen Hoheit wohl bekannt sei, hätten wenige Vogelarten eine so unsichere Zukunft wie die kahlköpfigen Ibisse oder Waldrappen, die nur noch in erschreckend geringen Populationen existierten. Die Entdeckung der sechs *Waldrapp linnaeus* auf dem Kap Monte Hacho war dementsprechend eine begrüßenswerte Meldung. Aber, so mahnte der Vorsitzende, schon die kleinste Störung könne zur Flucht der Vogelkolonie führen. Ein Brief aus dem Buckingham Palace, der das Interesse von Prince Philip an diesen Ibissen verkündete. Prince Philip erwarte, daß die Besichtigung der Horste in das Besuchsprogramm aufgenommen werde, das der Generalkonsul ausarbeite. Ein Brief von einer Kanzlei in Aldeburgh mit einer Kopie von Pennys Scheidungsantrag. Erst als sein Blick auf die juristischen Floskeln fiel, begriff Wavery, daß seine Ehe endgültig tot war. Er las den Antrag Wort für Wort, und sofort sah er sich mit Penny in einem französischen Restaurant in der Nähe von Kensington High Street sitzen, einen Tag bevor er nach Gibraltar abflog.

Sie hatten sich kaum gesetzt, da erinnerte er sich an den Grund, aus dem er sie geheiratet hatte. Am Ende der Mahlzeit wußte er, warum die Ehe in die Brüche gehen mußte. Aber nicht das quälte ihn. Er litt darunter, daß sie ihm nicht sagte, er solle bitte aufhören, an seiner Nase herumzukratzen; daß ihre Blicke ständig zu Menschen an anderen Tischen wanderten; daß sie schon vergessen hatte, daß er keinen Weißwein mochte. Mit ihrer Zufriedenheit waren ihre gereizten Übertreibungen verschwunden. Und alle Anzeichen dafür, daß es ihr gut ging, hatten Wavery, anstatt ihn zu beruhigen, verstimmt. Er machte eine scherzhafte Bemerkung über ihre Schildkröte, doch sie machte sich nicht die Mühe zu lächeln. Er warb angestrengt um ihre Aufmerksamkeit. »Wie ich dir erzählt habe …« sagte er.

»Wann?«

»Ich dachte, ich hätte dir davon erzählt.« Aber es war Catharine, der er davon erzählt hatte.

»Nein«, sagte sie, »wahrscheinlich hast du es ihr erzählt.«

»Dir habe ich …« Das log er, und in diesem Augenblick zerriß er das unsichtbare Band, das sie fünfunddreißig Jahre lang verbunden hatte. Er hörte, wie die Perlen um sie herum zu Boden kollerten.

»Nein, Tom.« Sie ließ nicht nach. »Hast du nicht. Niemals.«

Sie standen auf, und sie berührte seine Schulter, um sich abzustützen. Ihr Griff war kalt und ohne Gefühl. Er drückte ihren Arm, als könne er dort die Person spüren, der er bei einem Sommerpicknick im Hyde Park näher gekommen war. Er war ungeschickt genug, es mit einem Abschiedskuß zu versuchen. Sie entzog ihm ihre Hand und sagte: »Ich glaube, das war kein guter Einfall.« Es schmerzte ihn sehr, ihren Widerwillen zu spüren.

Der Brief von Pennys Rechtsanwälten trieb ihn dazu, an eine gewisse Person zu denken, die er verzweifelt zu vergessen suchte. Warum hatte er bloß dieses blöde Abkommen mit Catharine getroffen, nicht zu telephonieren, nicht zu schreiben? Es war ihre Idee gewesen. Und ihr zuliebe hatte er sich darauf eingelassen. Catharine hatte wohl noch nichts von seiner Versetzung nach Abyla gehört. Oder sie hatte die ganze Zeit versucht, ihn in der Botschaft in Lissabon zu erreichen. Vielleicht lagen irgendwo im Foreign Office achtzehn an ihn adressierte Briefe. Alle von Queesal geöffnet.

Er zog den Brief aus dem Umschlag, den er in den Händen hielt, und entfaltete den Bogen. Noch bevor er ein Wort erfaßt hatte, erkannte er die Handschrift.

»Hotel Zamora, vier Uhr, 3. – 6. Juli«, las er.

Um Viertel nach sechs öffnete Queesal die Tür. Er stand vor Waverys Schreibtisch, zog seine Krawatte zurecht und mit der Hand fegte er unsichtbare Fussel von seiner Hose.

»Man muß ein paar Einsparungen anmahnen.«

»Zum Beispiel?«

»Zum Beispiel den Etatposten für Schuhwerk für die Bediensteten«, sagte Queesal. Aber im großen und ganzen hatte die phantasievolle Art, mit der Asunción die einzelnen Titel organisiert hatte, seine Zustimmung gefunden.

Wavery griff nach einer Büroklammer und lehnte sich lächelnd zurück. »Natürlich, George; alles ist zur Zeit noch etwas künstlich, wir haben bislang ja auch kaum Ausgaben, abgesehen von der Residenz.«

Queesals Unterkiefer entspannten sich in gespieltem Desinteresse. Seine Blicke durchdrangen die dicken Gläser und fixierten Waverys offiziellen Terminkalender, der auf dem Tisch lag, geöffnet in der ersten Juliwoche. Er drehte ihn um, damit er darin lesen konnte. Er blätterte durch die leeren Seiten, als handele es sich um ein Hauptbuch.

»Was macht das gesellschaftliche Leben?« fragte er.

»Wir werden hier nicht gerade überhäuft mit gesellschaftlichen Ereignissen.«

»Viele Einladungen?«

»Noch nicht«, sagte Wavery und dachte an Queesals Vorliebe für kalte Buffets und Cocktails. Er bog die Büroklammer auseinander. Es mache nicht viel Sinn, Menschen einzuladen, die sich, solange die Arbeiten an der Residenz nicht abgeschlossen seien, doch nicht wohlfühlen würden. Doch habe das nicht zu politischen Problemen geführt. Jedenfalls bis jetzt nicht.

»Welche Probleme gibt es?«

»Touristen mit Karten, aus denen nicht hervorgeht, daß Marokko über die westliche Sahara regiert. Ab und an ein Gibraltaner, dem entfallen ist, daß er ein Videogerät unter seiner hinteren Sitzbank verstaut hat. Nichts Aufregendes. Engländern begegnet man hier mit ungewöhnlichem Wohlwollen, George.«

»Irgendwelche Engländer hier im Gefängnis?«

»Nein«, sagte Wavery und fragte sich, ob das Queesal überhaupt etwas angehe. Er entfernte etwas Schmutz unter einem Fingernagel. »An einem Ort wie diesem ziehen die meisten Engländer gleich weiter. Man geht essen, trinkt etwas, übernachtet vielleicht, und das war's. Manche kommen aus Tanger hierher, um Wachteleier und Klobrillen zu kaufen.«

Queesal drehte den fast leeren Terminkalender wieder in seine ursprüngliche Position. Sein Blick blieb kalt. »Was tust du denn den ganzen Tag?«

»Ich gehe schwimmen«, sagte Wavery trotzig.

»Du gehst schwimmen!«

»Man trifft sich am Pool. Gute PR.«

Nun blieb Queesals Blick am Handtuch hängen, das über der Heizung trocknete. »PR ist kein Ersatz für Politik«, belehrte er Wavery mit den Allüren eines Mannes, dem plötzlich klar wurde, von welchem Gipfel er in diese Niederungen herabgestiegen war.

»Nein«, sagte Wavery, »sicher nicht, hast recht.« Er warf seine begradigte Büroklammer auf den Tisch und stand auf. Also würde sie kommen! Catharine wollte kommen, hierher nach Abyla!

»Ich habe von Johnnie gehört«, sagte Queesal gnadenlos.

»Johnnie?« Als er neben ihn trat, konnte Wavery den Atem Queesals riechen.

»Der Affe, der deinen Paß gestohlen hat.«

»Ja, so etwas Verrücktes«, sagte Wavery entgegenkommend und ging zum Fenster. Er streckte die Arme aus, um es zu öffnen, und ließ es dann doch bleiben.

»Es muß so *lästig* gewesen sein für dich.«

»Das war unser Job hier während des Kriegs.« Wavery schaute über die Calle Camoes hinweg in den Raum, in dem er zu Mittag gegessen hatte. »Befehl von Churchill«.

»Was denn?«

»Affen für Gibraltar. Sie waren am Aussterben. Du kennst doch die Geschichte – wenn die Affen Gibraltar verlassen, dann gehen wir als nächste.«

Asunción, die die Geschichte von ihrem Vater kannte, hatte ihm von seinem Vorgänger erzählt, der eine Kiste besten Laphroig-Single Malt für jeden neuen Affen ausgelobt hatte. Die Legionäre des Tercio hatten sein Angebot bereitwillig angenommen, und Senator Zamoras ältester Bruder hatte auf La Mujer Muerta mit einem Thunfisch-Netz sechsunddreißig Flaschen an Land gezogen.

»Jetzt erzähl mir vom Tunnel«, sagte Queesal.

»Da ist nicht viel zu erzählen. Viel Geheimnistuerei um das Projekt. Offiziell sind sie drei Wochen hinter dem Plan.«

Queesal nickte. »Habe deine Berichte gelesen. Du behauptest ja, das Ganze wäre ohne den Kredit der Marokkaner zusammengebrochen.«

»So nimmt man an.« Bekleidete Queesal bereits einen Rang, der ihm erlaubte, solche Berichte zu lesen?

»Glaubt der König wirklich, der Tunnel werde seinen Beitritt zur EG erleichtern?«

»Er behauptet, Marokko liege näher zu Europa als England und habe daher einen entsprechend größeren Anspruch auf Mitgliedschaft.«

»Er muß den Verstand verloren haben.«

»Das mußt du in Rabat klären.«

Es klopfte, und Asunción sagte: »Ihr Taxi ist vorgefahren.«

Aber Queesal war noch nicht fertig. »Welche Reaktionen gab es bis jetzt auf die vom marokkanischen König durchgesetzten Auflagen?«

»Abyla Independiente ist nicht gerade erfreut darüber. Auch die Bauunternehmen nicht. Aber die Marokkaner sind zufrieden. Verständlich.«

»Wird der Tunnel wie geplant fertig sein?«

»Ist nicht in Erfahrung zu bringen«, sagte Wavery. »Aber an den Termin, den sie sich gesetzt haben, glauben sie offenkundig.«

Mit einem Taxi fuhren sie zur Residenz. »Eigentlich bin ich nur deswegen hier«, sagte Queesal und wartete darauf, daß Wavery den Fahrer zahlte. »Wichtiger als die Buchhaltung.« Er trat vom Trottoir auf die Fahrbahn, um Genia Ortiz vorbeigehen zu lassen. An der Ecke der Calle Astray schaute sie zurück. Ihr Blick machte keinen Hehl aus ihren Gedanken, mit denen sie den Generalkonsul und seinen Freund scharf ins Auge faßte.

Queesal wendete seine Aufmerksamkeit der Baustelle zu, als Wavery die Tür aufschloß. Wavery versuchte, das Schloß vor Queesals Blicken abzuschirmen. »George, laß dich warnen, erwarte nicht zu viel. Der Innenausbau ist noch längst nicht fertig.«

Queesal schaute auf das wackelige Gerüst, betrat das Haus.

»Möchtest du nach oben? Ich habe dir die Königliche Suite herrichten lassen.«

Queesal starrte umher. Er lächelte Wavery kurz zu. »Nein, Tom. Wenn es dir nichts ausmacht, sollte ich mich sofort an die Arbeit machen.«

Um acht fand Queesal allein den Weg nach oben, und man hörte Wasser rauschen.

Eine halbe Stunde später gesellte er sich zu Wavery ins Eßzimmer und setzte sich ans andere Ende des langen Eßtischs aus Mahagoni.

Halima, die eine neue weiße Uniform und adrette schwarze Schuhe trug, hob die Haube aus Ton von Queesals Teller.

»Lamm Taijin«, murmelte sie und genoß den Klang der Wörter.

Zu Ehren des ersten Gastes von Wavery hatte Halima sich bemüht, rechtzeitig auf dem Markt zu sein. Ihre Mühen waren belohnt worden. Der Metzger sprach ein Gebet über das Fleisch, so wie er den ersten Fleischkauf an jedem Morgen segnete, und während er auf das kleine hellrote Geschlechtsteil wies, flüsterte er ihr zu, dieses Stück Hammel habe er für sie beiseite gelegt – was Halima sehr beruhigte, denn sie wußte, daß in der Schlange hinter ihr Frauen standen wie zum Beispiel Señora Criado, die sich jetzt mit weiblichem Fleisch begnügen mußte, das bekanntlich stark nach Linsenwurzeln schmeckt.

»Ich weiß nicht, ob ich wirklich etwas essen sollte«, sagte Queesal schließlich. Er tupfte sich die Lippen sorgfältig mit der Serviette, zuerst die Oberlippe, dann die Unterlippe. Er dachte an das Schicksal von Wilbow in Luxemburg.

»Sie wird doch keinen Alu-Topf benutzt haben, oder?«

Wavery sagte: »Ich habe sie alle zum Recycling geben lassen.«

Queesal räusperte sich. Unglücklich betrachtete er den Wein in seinem Glas, der die lange Reise von Lima über Tilbury nach Abyla nicht ohne Folgen überstanden hatte.

»Noch einen Schluck?« fragte Wavery, dem die Situation allmählich Vergnügen bereitete. Queesal deckte seine Hand rasch flach über das Glas. Wavery schenkte sich nach. Er betrachtete das Etikett. Im gleichen Jahr, in dem der Wein gereift war, waren Penny und er nach Lima gekommen. Die *Garúa* konnte er förmlich schmecken.

Er sagte: »Ich weiß nicht, ob ich den beim Empfang servieren lassen soll oder nicht.« Aber Queesal hatte nicht zugehört, oder er lehnte den Köder ab.

Halima trug die Teller ab. »Du hast nicht zufällig eine Melone im Haus?« sagte Queesal.

Den Rest des Essens verbrachten die beiden Männer mit vagen Erinnerungen an die Vergangenheit. Zuerst ans Office, dann an Lima.

»Daß die Gänse weggeflogen sind, das gab seiner Exzellenz den Rest«, sagte Queesal. »Man ertappte ihn manchmal dabei, wie er an seinem Bart zupfte und die Wand anstarrte. Wenn man ihn dann fragte, woran er denn denke, da hat er jedesmal erklärt, er höre Stimmen im Garten, die ihm grausame Tode androhten.«

»Und Deirdre …?«

»Auch, weißt du«, fuhr Queesal fort, »als die Zeit kam, daß ich Lima verlassen mußte, da war ich traurig, anstatt froh zu sein, den Scheißort hinter mir zu haben.«

»Ich kenne das.«

»Trotz meiner Beförderung.« Über den langen Tisch hinweg sah Queesal seinen Gastgeber prüfend an und lächelte ihm dann traurig zu. Der Wein mit seinem bitteren Nachgeschmack hatte ihn in der Überzeugung bestärkt, daß Wavery auch einer von denen war, die es nicht geschafft haben. Einst bereits als Botschafter in Paris gehandelt, dann für Lissabon vorgesehen, mußte er jetzt seine letzten Tage in Abyla verbringen. Die Blamage hatte seinem einstigen Kollegen die Kraft genommen. Sie zeigte, daß Wavery genau der war, für den Queesal ihn immer gehalten hatte: einer aus Cambridge, ein Wunderkind ohne Biß, der sich auf seinem Weg von der Wiege zur Bahre ins Foreign Office verirrt hatte.

»Cullis schickt Grüße«, sagte er.

»Ach, ja. Und wie geht es Cullis?«

»Er trug mir auf, dich daran zu erinnern, daß die Königin Salat-Dressing nicht mag und ihr Mann sich weigert, unter einem Federbett zu schlafen.«

»Werde dran denken.«

»Der PUS ist zur Zeit ziemlich lebendig. Er hat den ersten Preis gemacht in einem Limerick-Wettbewerb, eine Kreuzfahrt für zwei Personen.«

»Cullis? Schreibt Limericks?«

Aber Queesal hatte nur noch Augen für die Wand. »Schönes Bild. Wer ist es?«

»Eigentlich ist es eine Landschaft.«

»Von Penny?«

»Genau«, sagte Wavery. Er war überrascht, daß Queesal die Künstlerin nicht erkannte, für die er, in seinen eigenen Worten, immer etwas übrig gehabt hatte.

»Wie geht es Penny?«

»Ganz gut. Soviel ich weiß.« Wavery hatte bei ihr angerufen, am Weihnachtstag, nach der Rede der Queen. Er wollte ihr die Geschichte mit seinem Paß erzählen. Sie lachte bereits, als sie den Hörer abhob.

»Ach. Du bist es.«

»Warum lachst du?«

»Ich habe gerade versucht, einen Wandschrank in der Küche zu montieren.« Aber ihr Lachen hatte nichts mit dem Schrank zu tun. In diesem Lachen konnte Wavery etwas hören, das er ihr nie gegeben hatte.

»Tut mir leid, das Ganze«, sagte Queesal.

Wavery fühlte, wie es ihn heftig drängte, etwas Unerhörtes zu sagen, aber er sagte nur: »Wahrscheinlich war es gut so.«

»War es, sozusagen, wegen der jungen Frau, die wir bei Rita kennengelernt haben?«

Wavery nickte. Ob Queesal erwartet hatte, sie hier als festen Bestandteil der Residenz vorzufinden?

»Ich kam gerade ziemlich gut bei ihr an«, erinnerte sich Queesal, »Clarissa irgendwas.«

»Catharine.« Genau in dem Augenblick, als alles wirklich schlimm wurde, gerade als er dringend ein Signal von ihr brauchte, genau da hatte sie ihm ihr Kommen angekündigt. Da bedeutete es nichts, daß es noch sechs Monate waren bis in den Juli.

»Ich hatte immer was für Penny übrig.«

»Sie mochte dich auch.« Beide hatten sie den geradezu verzweifelten Wunsch, anderen etwas zu bedeuten. »Wie geht es Shirley?«

»Gut. Gut. Sie lebt jetzt in Miami.«

»Mit Salvador?«

»Ja, ich glaube.«

»Der vom Kartoffel-Institut?«

Plötzlich ging ein Beben durch das Haus. Das Käsemesser auf dem Tisch drehte sich einmal um die eigene Achse. Queesal zuckte zusammen. »Was war das, um Gottes willen?« fragte er und fixierte die Decke.

»Sie graben eine Rangierkammer«, erklärte Wavery. Asunción hatte am Tag zuvor seine Beschwerde abgeschickt, und der Bauleiter hatte darauf bestanden, den Consul General persönlich aufzusuchen, dem er ausdrücklich versicherte, die Residenz würde keinen Schaden nehmen.

Wavery klingelte und bestellte Kaffee. »Leider nur Nescafé. Ich hoffe, das macht dir nichts aus?« Aber Queesal schaute immer wieder prüfend auf die Wand. Mit prüfendem Blick schaute er auch hinauf, sah an der Decke diesen eigenartigen Fleck ohne Farbe. »Und hier willst du die Königin beherbergen, Tom?«

»*Pas de problème*«, sagte Wavery, »uns bleiben volle sechs Monate.«

Queesal stärkte sich mit einem Schluck Tacama. Die Wahrheit war eine scharfe Klinge, die man nur benutzen soll, wenn es absolut notwendig ist. Jetzt mußte er Gebrauch von ihr machen.

»Ich will ganz offen zu dir sein, Tom«, sagte er, »diese Residenz ist eine Zumutung. Ich werde London über den Stand der Dinge aufklären müssen.«

»Es wird rechtzeitig fertig sein«, wiederholte Wavery.

»Nein, Tom. Es ist jämmerlich – und jämmerlich ist noch ein freundliches Wort. Aber dennoch ...« Er richtete seine Augen wieder nach oben, dorthin wo sich anstelle eines Kronleuchters blanke Drähte kringelten. »Herrgott noch mal, Tom. Ein Blinder hätte da mehr bewirken können.«

Wavery schenkte sich noch einmal nach. Sein Lächeln fuhr die Oberfläche des Tisches entlang. »Manchmal, George, manchmal ist es schwer, Blinde zu finden.«

Queesal hörte nicht zu. Er schien etwas im Auge zu haben.

»Was hast du?« fragte Wavery.

»Irgendetwas in diesem Haus hat bei mir eine Allergie ausgelöst.«

»Vielleicht die Klimaanlage?« fragte Wavery, wobei er sich, als er das sagte, gar nicht mehr sicher war, ob Pas de Problème sie tatsächlich schon installiert hatte.

»Hast du hier vielleicht Katzen?« fragte Queesal, seine Augen waren fast zugeschwollen. Er griff hastig nach dem Weinglas. Und wie er den Wein schmeckte, schüttelte er sich abermals. Als er seinen verzogenen Mund wieder halbwegs unter Kontrolle hatte, sagte er: »Herrgott nochmal, Tom. Wo in Abyla bekommt man denn etwas halbwegs Anständiges zu trinken?«

3

Sie gingen wortlos die Marina Española entlang, Wavery wies den Weg. Zehn Meter von der Telephonzelle entfernt hörten sie eine Stimme. Es war Silkleighs Stimme. »Das finde ich ja abscheulich. Was hat er gesagt? Ach, ja, dir wollte er die Schuld geben? Und was hast du ihm gesagt? Du hättest sagen sollen: ›Weil er dich überhaupt nicht ausstehen kann, du Trottel.‹«

»Hier hinein«, sagte Wavery. Er bestellte zwei Cognac. »Zwei Doppelte, Mohammed.«

»Eigentlich sollte ich nicht«, sagte Queesal. Er schaute sich um, sah Stierkopf und Strohhut, sah die endlosen Spiegelungen von Mohammed, der sich im Schritt kratzte.

»Kann man nicht woanders ...?«

»Schließen alle um neun.«

»Auch das noch«, sagte Queesal und zog eine Grimasse wie ein Troll.

Über den Bildschirm drüben stolzierten drei Ibisse. Wohl von einem Boot aus zoomte sich die Kamera an die Vögel heran. Zwei von ihnen waren nun auf einem Felsvorsprung zu sehen. Sie berührten einander mit den Spitzen ihrer langen roten Schnäbel, wechselten von einem Fuß auf den anderen. Ein dritter erhob sich aus dem Nest, schlug die Flügel zusammen, warf seinen gefiederten Kopf nach hinten und krächzte rauh.

»Wirklich scheußliche Kreaturen«, sagte Queesal. Seine Augen glitten über Ghanem den Stummen, den Lebensmittelhändler Don Ramon, und Gallo, den Pagen, der an seiner Gitarre zupfte.

»Und diese Leute hier? Kennst du die?«

»Ja, in der Tat, das tue ich«, sagte Wavery.

»Wirklich, es ist alles so traurig.« Die Barlichter warfen den Schatten von Queesals Brille gekrümmt auf seine Wange. Seine Nase tropfte.

»Kommen Sie, ein bißchen Platz machen«, hörten sie eine Stimme sagen, und Silkleigh tauchte auf der anderen Seite von Queesal auf. Er musterte die beiden Engländer. »Was hat euch so aufgewirbelt?«

»George Queesal, Joseph Silkleigh«, sagte Wavery. Während die Männer sich die Hand gaben, wurden die Lichter im Café heruntergedreht. Wavery signalisierte Silkleigh mit stummen Lippen: Foreign Of-Fice.

»Nett, Sie kennenzulernen, Sir George.«

Auf die Bühne trat Rosita. Ihre Augen waren geschlossen, aber ihre Lider flatterten. Sie schlug die Arme ineinander und hob sie empor. »*Cabelo branco é suadade da mocidade perdida*«, begann sie. Ihre Stimme rollte durch das Café. »*As vezes não é a idade, são os desgostos da vida.*«

Queesal hustete. »Ich wäre doch besser daheim geblieben«, sagte er.

»Ach komm. Trink mal davon«, sagte Silkleigh und schob Queesal sein Glas zu, »das dämpft den Lärm.«

Er hätte alles getan, wenn es nur den von Silkleigh versprochenen Effekt haben würde, und so führte der Inspektor des Foreign Office das Glas mit dem teuflischen Cocktail an seine Lippen.

Silkleigh rutschte von seinem Hocker und stellte sich zwischen Wavery und Queesal, dem er den Rücken zukehrte.

»Wer ist denn der Hochnäsige mit dem schlechten Atem?«

»Aus London. Ist gekommen, um meine Arbeit zu überprüfen.«

»Und wie ist sie?«

»Ich glaube nicht«, sagte Wavery, »daß er besonders glücklich ist damit.«

»Stockfisch«, sagte Silkleigh, der sehr glücklich war. Seine Hochstimmung schuldete er der Frau aus dem Wagen mit den getönten Scheiben. »Die namenlos bleiben soll, sich aber Cochabamba nennt.«

Silkleigh hatte sie ins Kino eingeladen, in *Pesadilla en Elm Street 5*. Und die Erinnerung daran ließ seine Augen noch immer lüstern glänzen. Er dachte an ihr sanftes Geflüster, an den Schwung ihrer Waden, wie der Stamm eines jungen Baumes, an ihre Brüste, die sich gierig gegen den weißen Angorapullover drückten, der nicht ganz bis zu ihrer Taille reichte, und ihm einen kurzen Blick auf einen schmalen Streifen dunkler Haut erlaubte, was ihm fast so verlockend erschien wie ihr Handgelenk.

»Ich kann Ihnen sagen, mein Bester«, flüsterte er, »sie ist ein kleines Stück *nacht muziko*. Diese Frau bringt's. Eines der freundlichsten Mädchen, das mir je begegnet ist. Ein Lächeln fliegt über ihr Gesicht und sagt dir: Ich habe tausend Geheimnisse und ich werde dir keins davon verraten.« Er zog mit einem Finger sein rechtes Augenlid herunter. »Diese Frau. Ist. Wunderschön.«

Wie Silkleigh erzählte, stamme sie aus den ehemaligen Jagdgründen Seiner Exzellenz, nämlich aus Bolivien. Und wahrscheinlich sei sie die einzige hier, die Periclito im Kampf gegen einen Stier hätte sehen können! Nach der Unabhängigkeitserklärung sei ihr Vater aus

Tetuan emigriert. Sie arbeite jetzt für eine Hotelkette in Rabat, das Unternehmen plane ein internationales Hotel in Abyla. Sie sei hier, um die Gegend zu erkunden.

»Sie interessiert sich sogar für meine Wasserfilter«, sagte Silkleigh. »Interessiert sich *sehr*, mein Bester.« Sie hätten schon von einem Vertrag für die ganze Kette gesprochen. Auch sein Boot interessiere sie. »Und sie liebt das Tauchen!«

»Weiß sie, was Sie für sie empfinden?«

»Ach, ich denke schon«, sagte Silkleigh. »Um nichts zu übertreiben, habe ich ihr gesagt, sie sei eine Sensation.«

»Was meinte sie dazu?«

»Sie würde sich's durch den Kopf gehen lassen.« Aber ihre Gefühle seien eindeutig. »Ihre Augen sind wie eine Verkehrsampel, die ›*Go, Go, Go*‹ schreit!« Er zwirbelte das Ende eines nicht vorhandenen Schnurrbarts. »Ich sage Ihnen, Mr. Wavery. Sie. Ist. Ein. Traum. In ihrer Umarmung werden Jungen zu erfahrenen Männern ...«

»Wenn eine Frau sagt«, unterbrach sie die Stimme Queesals, »sie würde sich's durch den Kopf gehen lassen, dann hat sie's längst getan. Das jedenfalls ist meine Erfahrung.«

Die Spiegelbilder vibrierten, als die Türe aufging und Emilios Hund hereinkam, Capitán Panteco und Dolores zerrte er hinter sich her. Die Bibliothekarin konnte ihre Hand befreien und stand schmollend im Eingang. Sie wußte, wie sexy sie aussah, wenn sie so da stand, aber im Augenblick fühlte sie sich überhaupt nicht sexy. Panteco war, dem Himmel sei Dank, mit seinem Chef nach Madrid bestellt worden. Seit Silvester fand sie den Polizisten unerträglich. Heute abend hatte er fünf Minuten lang vor ihrer Wohnung auf die Hupe gedrückt, dann aus dem Autofenster geschrien: »Dolores! Nun komm doch endlich!« Und mit welchem Effekt? Sie hatte sich in ihrer Eile in Schuhe gezwängt, die viel zu klein waren.

Nun lehnte sie sich gegen eine Säule und trat mit der Spitze des einen die Ferse des anderen Schuhs herunter. Mit verkniffenem Mund musterte sie ihren großen Zeh, der sich ein Loch durch ihren *Charmed Life*-Strumpf gebohrt hatte. Sie wackelte mit dem Zeh und dachte an Dionisio Porcil. Vor der Bibliothek hatte er sie fast umgerannt, als sie sich gerade bückte, um Bücher vom Trottoir aufzulesen. Es waren die Bücher, die Senator Zamora zehn Monate zuvor ausgeliehen, und die sie nun endlich zurückgeholt hatte. Porcil half ihr, den Stapel in die Bibliothek zu schaffen.

»Bist du auch morgen hier?«

Sie nickte.

»Gut«, sagte Porcil. Einem solchen Mädchen würde er jeden Tag die Bücher tragen.

Und warum nicht? dachte Dolores. Wenn man mehrere Bücher gleichzeitig lesen kann, warum dann nicht auch mehrere Männer gleichzeitig genießen? Von Panteco hatte sie die Nase voll. Jedesmal wenn sie miteinander ins Bett gingen, hatte sie das Gefühl, sie bestelle den Acker eines Feindes.

»Bestimmt ist er koprophil, da bin ich sicher«, hatte sie in der Drogerie, wo sie ihre bruststraffenden Cremes kaufte, zu Rosita gesagt. Wäre er wirklich ein Spanier, wie Ernesto, dann käme er von vorne. »Es ist schwer, ihn zum Kommen zu bringen. Und es ist so langweilig, langweilig ohne Ende. Wie ein Theaterstück, das nicht zum Schluß findet.« Und Rosita hatte das zwei Jahre lang ausgehalten! Porcil, der hätte wenigstens Geld. Und er hörte ihr auch zu, zumindest tat er so.

»Siehst du einen Tisch, Dolores?«

Sie blickte den Polizisten kurz an, als sei er ein auffälliger Pickel. Capitán Panteco ignorierte sie. Er ließ seine Blicke durch ein Regiment verzerrter Bildnisse seiner selbst bis hinüber zur Bühne wandern, auf der Rosita sang. Er konnte keinen freien Tisch entdecken.

»Dann müssen wir uns wohl an die Bar stellen.«

Dort unterhielten sich Silkleigh und Queesal mit gedämpften Stimmen.

»Ich hatte schon mit der Zeitschrift *Encounter* Kontakt aufgenommen.«

»Tatsächlich?«

»Nur einen flüchtigen Kontakt.«

Wavery hörte Rosita zu. »Ich begehre dich mehr als das Leben, und wenn es keine Sünde wäre, würde ich dich mehr als Gott begehren.«

»Ich war zwölf Jahre lang auf einem Internat. Jesuiten. Sehr streng.« Das war Silkleighs Stimme.

Als Wavery das nächste Mal den Kopf wendete, erklärte Silkleigh eine Spaltung der Esperanto-Bewegung; da wollte eine kleine Gruppe von Mitteleuropäern tatsächlich die Wiedereinführung einer lateinischen Präposition durchsetzen.

»Unausweichlich, nicht wahr! Aber auch das Christentum hatte, als es soweit war, seine Spaltungen.«

Queesal nickte. Er nahm die Brille ab und schneuzte sich.

»Trink noch einen Schluck davon.«

Queesal nahm Silkleighs Glas. »Eigentlich sollte ich nicht.«

»Mohammed! Drei *kleine trinki*!«

Rosita beendete ihren Fado. Silkleigh klatschte Beifall. Jemand rief: »*Flamenco!*«

»Die Sprache der Zukunft«, sagte Silkleigh.

Queesal wiederholte: »*Al ni en britujo makas leonoj*?«

»Genau. ›Wir haben keine Löwen in Großbritannien‹. So einfach ist das.«

Wavery warf einen raschen Blick über Queesals Schulter, Silkleigh fing ihn auf. »Lassen Sie uns nur. Wir sind gerade bei der hohen Politik.«

Queesal lockerte die Krawatte mit dem Emblem des Rotary Club.

Silkleigh sagte: »Aber ein guter Diplomat ist er, oder?«

»Er ist ein guter Diplomat.«

Bald hörte Wavery Silkleighs Lachen. »Ein Haus, das noch gebaut werden muß? Lassen Sie mich mal nachdenken. Das wäre *domo konstruota*. Eine der subtilen Schönheiten von Esperanto, mein Bester. *Konstruota* bedeutet wörtlich: in die Zukunft bauen. Adjektive können vor oder nach dem Substantiv stehen, stilistisch wäre hier die Position danach vorzuziehen.«

»Noch einen Drink?« fragte Wavery.

»Mr. Wavery, Sir. Aber besten Dank!«

»Ja, o.k.«, sagte Queesal. Er zwang sein Gesicht zu einem Lächeln.

Silkleigh beugte sich vor und nahm Queesal am Arm. »*Mi estas skribonta librode mi vivo*.«

»Ich will schreiben«, rülpste Queesal.

Silkleigh blickte ihn vertrauensvoll an. »Nur ein *problemo* …«

Queesal sagte: »Wenn du schon so lange gewartet hast, dann laß es sein.«

»*Der Schatten, der die Sonne liebte – Jenseits von Gibraltar – Die Spiegel des Café Ulises – Angeln bei Nacht* …«

»Taugt alles nichts.«

»*Mündlich überliefert – Die Passionen der Starken – Schneebälle im Dunkeln* …«

»Alles nichts, völlig untauglich.«

»*Der Staub, in dem wir spielen – Ein Mann auf Durchreise – Gehen und Bleiben* …«

»Von Anfang an daneben.«

»*Von Anfang an daneben*!« Silkleigh riß seine leere Zigarettenschachtel auseinander.

»Noch einen Drink«, sagte Queesal, als ihn, durch das Glas hindurch, das er gerade polierte, der starre Blick des Kellners traf. »On the rocks«, sagte er undeutlich.

Auch Rositas nächstes Lied handelte von Lissabon.

»Sie ist wirklich süß«, sagte Queesal. Er wurde jetzt lauter. »Bestimmt. Ich liebe sie. Ist sie nicht süß?« Queesal hatte sich an Wavery gewandt. »Ist sie nicht die wundervollste Frau? Sag doch?«

Wavery sagte: »Wen meinst du?«

»Penny.«

»Ja«, stimmte Wavery zu.

»Das kann ja sein. Aber laß uns jetzt weitermachen«, sagte Silkleigh.

Rosita war mit ihrem Programm zu Ende. Gallo legte die Gitarre flach auf den Bühnenboden, und sie applaudierte ihm. Dann verbeugte sie sich, ihre wunden Blicke mieden die Theke. In der quälenden Stille sprang Silkleigh von seinem Hocker, seine Stiefel quietschten, und er hob die Hände klatschend über den Kopf. Der Vorhang hüllte Rosita ein, sie verschwand, und Silkleigh setzte sich. Er fühlte etwas gegen sein Bein schlagen. Es war Toribios Schwanz. Er schaute sich um und sah Dolores, die neben Queesal die Ellbogen auf den Tresen stützte.

»Dolores!«

Gerade hatte sie sich in ihr Spiegelbild vertieft. »Hallo Silkleigh.«

»Du wirst immer schöner. Wo ist dein Lover Boy?«

Die Bibliothekarin nickte in eine unbestimmte Richtung hinter Silkleighs Rücken. Da er nicht pfeifen konnte, bellte Panteco Toribio etwas zu. Doch auch so konnte er die Aufmerksamkeit des Hundes nicht erringen. Also trampelte er zu Dolores herüber. Seine rechte Hand versuchte, auf ihrer Hüfte Halt zu finden, als wolle er seine Besitzansprüche fixieren, aber ihre Blicke straften ihn Lügen.

»Komm, Toribio, geh lieber da rüber«, sagte Silkleigh, »sei nicht blöde.«

Dolores blickte Queesal an, der neben ihr stand. Der schaute mürrisch, aber ihre vollkommenen Brüste entgingen ihm nicht. Ihr Lächeln hatte etwas von gewagt entblößten Knöcheln. Nein, »gut im Bett« war ihm nicht gerade ins Gesicht geschrieben, dachte sie. Aber Panteco auch nicht.

Der Polizist behielt seine Hand auf ihrer Hüfte, pflanzte sich gleichzeitig neben Silkleigh auf. Seine unruhigen Blicke fixierten den Taucher. Am nächsten Tag war Panteco mit seinem Chef nach Madrid bestellt, zum Rapport über El Callado. Ihm schwammen nach und nach die Felle weg.

»Was sollen wir denen in Madrid sagen, Panteco? Wer ist es? Was meinst du?«

Ja, wer? »*Jefe*, um ehrlich zu sein, das bereitet mir auch Schwierigkeiten.« Weil er keine Vorstellung vom »wer« hatte, wollte sich Panteco auf das »was« konzentrieren.

»Was für eine Scheiße quasselst du da?« sagte sein Chef.

Panteco erklärte es ihm. Das Boot mit dem Ford-Maclaren hat den Ankerplatz unbemerkt verlassen. Gerüchten zufolge warte El Callado auf eine wertvolle Lieferung. Pantecos Informant in El Hadu war der Meinung, das Zeug käme vielleicht von den Kanaren. Aber Panteco hatte einen eigenen Verdacht. Nein, er hatte eine Idee.

»*Jefe*, vielleicht ist El Callados Boot eine Finte. Vielleicht geht es gar nicht um das Boot.«

»Nicht um das Boot, Panteco?«

»Vielleicht transportiert es überhaupt keine Drogen, sondern illegale Einwanderer?«

Panteco mußte unbedingt einen Erfolg aufweisen. Aber außer Mohammed, dem Tabakschmuggler, hatte er im letzten Monat niemanden verhaftet, von einem Boot voller Marokkaner abgesehen, die fest davon überzeugt waren, in einem ganz anderen Kontinent gelandet zu sein. Er fand sie am Strand, sechs jubelnde Marokkaner, alle Mitte zwanzig. Sie hatten eingepfercht im Laderaum gesessen und dehnten gerade Arme und Beine. Sie taten ihm leid, wie sie ihre lahmen Glieder reckten und streckten. Er blickte auf ihren Anführer herunter, einen kleinen Mann mit rundlichem Oberkörper, der ein schmutziges orangefarbenes T-Shirt trug. »Also Mohammed«, sagte er, »was gibt's?« Aber er wußte schon, was es gab. Mohammed war mit seinen Freunden am Kap Spartel an Bord gegangen. Sie waren ein paar Stunden auf dem Meer herumgeschaukelt und dann hier an Land gesetzt worden. Und als sie festen Sand unter den Füßen spürten, da warfen sie ihn mit vollen Händen jubelnd in die Luft, den freien Sand Europas. Irgendwo in der Nähe von Barcelona glaubten sie gelandet zu sein. Nun waren sie in Abyla. Schlimmer hätte es nicht kommen können.

»Ihr seid schon in Europa, Mohammed. Fast. Aber nicht ganz.«

»Aber wir haben Papiere. Schauen Sie!« Sie standen gestikulierend im Kreis um ihn und wiesen Papiere vor, für die sie ein Jahresgehalt gezahlt hatten.

»Diese Papiere sind gefälscht, Mohammed.«

Er setzte sie an der Grenze raus.

»Ist ja nur eine Idee, *Jefe*. Vielleicht will El Callado sein Geschäft diversifizieren.«

»Die in Madrid werden dir dafür einen Orden verleihen, Panteco. Ganz sicher.«

Er hatte keine Erfolge vorzuweisen. Nicht mit El Callado. Nicht mit Sandra der Schänderin, die sich in den Gärten der Republica Argentina an den Leiter der Antimonfabrik herangemacht hatte und sich dann in die Büsche geschlagen. Nicht einmal mit seinem Freund Emilio, der Panteco vor seinem Tod versprochen hatte, ihn mit hinaus zu nehmen zum Makrelen-Fischen.

Er räusperte sich, seine Stimme sollte freundlich klingen. »Du hast Emilios Boot noch nicht finden können?«

»Nein«, sagte Silkleigh, »muß sich in Luft aufgelöst haben. Und du?«

»Das ist kein Wettbewerb, Silkleigh«, sagte Panteco. »Aber du wirst uns natürlich in Kenntnis setzen, wenn ...«

»Natürlich, Capitán. Du bist mein Freund.«

»George Queesal«, sagte Queesal und streckte Dolores die Hand entgegen. Seine Blicke glitten über die Bibliothekarin und blieben an ihrer Bluse hängen.

Im selben Augenblick schaltete Mohammed die Lichter wieder ein, und Rosita tauchte auf. Sie ging zwischen den Tischen hin und her, hatte Gallos Gitarre dabei, die sie den Trinkern auffordernd entgegenhielt. Das Geld sollte der Familie des Fischers zugute kommen.

»Rose-Beef!« rief Silkleigh und drehte sich um. Er preßte die Finger zusammen, küßte ihre Spitzen, öffnete die Finger wieder, so daß sein Kuß durch den Raum zu ihr hinüber schwebte.

Rosita wandte sich zum Gehen, als Wavery seine Hand hob. Sie zögerte, als wollte sie gar nicht in den Bereich der Theke kommen. Sie kaute innen an ihrer Wange, bevor sie sich den dort Versammelten näherte. Wavery steckte seine Scheine wie Briefe zwischen die Saiten der Gitarre.

»Ich danke Ihnen. Ich habe drei Jahre in Lissabon gelebt.«

»Rose-Beef!« Silkleigh griff nach ihr, drückte sie an sich und rieb seine Wange an der ihren. »Komm ihm nicht zu nahe«, flüsterte er, »aber ich will, daß du Lord Queesal aus Londono kennenlernst.«

Rosita ging nicht auf ihn ein, löste sich aus seinen Armen. Sie begrüßte Capitán Panteco. »Hallo, Lustrino.«

Silkleigh sagte: »Ich habe ihm gerade von meinem Buch erzählt!«

Gelangweilt drehte sich Rosita um und schenkte Silkleigh einen distanzierten Blick, so als sei ihr nichts gleichgültiger als das, was er zu sagen hatte, gleichgültig, wie überhaupt alles, was mit ihm zusammenhing.

»Erst mußt du dein Ei legen, Silkleigh. Dann kannst du gackern.«

ELFTES KAPITEL

1

Queesal verfertigte seinen Bericht knapp und militärisch präzis. Jede Hoffnung auf gnädige Behandlung hatte Wavery bald nach dem Frühstück begraben können, als sich eine Überschwemmung zu einem verstopften Abflußrohr unten in der Waschküche verfolgen ließ.

Im Lichte der Empfehlungen von Inspektor Queesal schickte London Anfang Februar ein Telex mit Klarstellungen. Man hielt es für angebracht, Wavery daran zu erinnern, daß die Renovierung der Residenz am 1. Juli abgeschlossen sein müsse, einen Monat vor dem Besuch Ihrer Majestät. Das war eine kategorische Anweisung, der PUS würde keine Ausreden hinnehmen. Das Fernschreiben trug die Unterschrift des kommissarischen Abteilungsleiters. Wavery fragte sich, was mit Pulleyblank geschehen war.

Er hatte sich mittlerweile an solche Fernschreiben gewöhnt. Eines seiner Probleme erwuchs daraus, daß die Londoner die Welt stur aus dem Blickwinkel vernünftiger Angelsachsen betrachteten, weswegen er sie davon überzeugen mußte, daß er noch nicht zum Einheimischen geworden war. Wavery löste diese Aufgabe dadurch, daß er die bisher schärfste Breitseite gegen Pas de Problème losließ, dahingehend, daß man normale Unfähigkeit durchaus auch als bewußte Obstruktion betrachten könne; und er diktierte ein Telegramm, in dem er denen in London von förderlichen Gesprächen mit den Bauunternehmern berichtete. Jede Seite, versicherte er, habe nun eine klare Vorstellung von der Position der jeweils anderen.

Dem OED bestätigte er die sichere Ankunft des Daimler, der vor dem Konsulat auf dem Trottoir stand.

Asunción fiel auf, wieviel Spaß es ihm machte, nach Hause zu fahren.

2

An einem bitterkalten Februartag lud Sir Derek Cullis den Leiter der Nachrichtendienste in seinem Club zum Mittagessen ein.

»Max, ich habe ein Problem.« Das hörte der andere sichtlich gern. Es kam nicht gerade häufig vor, daß Sir Derek Probleme in seinen Abteilungen eingestand. Max bestellte die Vorspeise.

»Du sagst mir, daß Wavery seiner Aufgabe in Abyla nicht gewachsen ist, aber war es nicht so, korrigier' mich bitte, daß du selbst ihn für diesen Posten vorgeschlagen hast?«

»Ich kann nur sagen, wir alle waren froh, als Wavery den Posten erhielt«, sagte Sir Derek, »er war einmal einer unserer Überflieger, überstrahlte alle.« Er unterbrach sich. Max hatte doch selbst in der Berufungskommission gesessen.

»Also?« Max wartete, er genoß die Situation. Auch er war einer der Überflieger des Sir Derek gewesen.

Cullis schob seinen Teller von sich. »Er konzentriert sich einfach nicht auf das Spiel. Er ist verliebt, Max.«

»Reden wir immer noch von Catharine Riding?«

»Was heißt denn hier: immer noch?«

»Ich weiß ja nie, Derek. Ihr Diplomaten ...«

Cullis ignorierte das und gab einen seiner kühlen schottischen Seufzer von sich. »Da du über alles im Bild bist, was tut Mrs. Riding?«

»Interessant, daß du gerade jetzt fragst. Vor wirklich nicht allzu langer Zeit wurde sie in einem Reisebüro gesehen.«

»Sag bloß nicht, sie wollte einen Urlaub in Nordafrika buchen?«

»Ich denke, davon können wir ausgehen.«

»Geh du schon nach oben, Max, ich regle das hier.«

»Mit Milch oder schwarz?«

»Schwarz und ohne Zucker«, sagte der Permanent Under Secretary.

Der andere stieg zur Bibliothek in den ersten Stock hinauf. Von einer portugiesischen Kellnerin ließ er sich zwei Tassen geben und schnippte eine Süßstoffpille in seine eigene. Er schaute sich nach freien Plätzen um, und es gelang ihm, ohne Kaffee zu verschütten, einen Bischof, der dem Sofa zustrebte, zu überholen.

Sir Derek quetschte sich zu ihm aufs Sofa. Sie saßen schweigend und blickten hinaus in den sich grau überziehenden Himmel. Windrichtung westlich drehend, wahrscheinlich Stärke acht erreichend, dachte der Permanent Under Secretary.

Nach einiger Zeit sagte er: »Du hast schon die neueste Stellungnahme des Premierministers zum Tunnel gehört?«

»Die Theorie des Trojanischen Pferdes?«

»Du bist wirklich auf dem laufenden, Max«, sagte Cullis widerwillig. Es verunsicherte ihn, daß sein Schützling direkten Zugang zum Premierminister genoß. Aber damit mußte er sich wohl abfinden. Es würde zu Chaos führen, würden sie nicht miteinander auskommen. »Es irritiert mich, daß der PM sich so dafür interessiert.«

»Teilst du seine Meinung?«

»Daß wir von illegalen Einwanderern überflutet werden könnten? Wer weiß, worauf die Berber kommen, wenn sie uns Schwierigkeiten machen wollen.«

»Gibt es denn überhaupt jemand, der weiß, was sie vorhaben?«

»Leider mußte Worsnop in Rabat vorzeitig in Pension gehen. Wir haben noch keinen Nachfolger für ihn.«

»Also ist Wavery in Abyla der einzige, den ihr in der Nähe habt?«

»Du siehst, Max, wir müssen uns auf ihn verlassen.«

»Kannst du ihn denn nicht zurückholen?«

»Sechs Monate vor dem Besuch der Königin? Viel zu peinlich. Nein, ich brauche dringend jemanden, der die Lage dort kennt wie die eigene Westentasche. Sobald der Tunnel fertig ist und in Betrieb genommen wurde, werden wir wirklich ein Auge auf die Berber haben müssen. Ich brauche deine Hilfe, Max.«

Max, der durch die kahlen Äste nach draußen geschaut hatte, wendete den Kopf. »Ich frage mich, wer unser Mann dort unten ist.«

Auch wenn sie sich seit zehn Jahren beruflich kannten, der PUS konnte noch immer nicht sagen, was Max wirklich wußte, und wann er vorgab, etwas nicht zu wissen.

»Werde ich herausfinden«, sagte der Mann neben ihm auf dem Sofa.

»Wäre nett von dir, Max.«

»Übrigens. Hätt' ich beinahe vergessen. Man muß dir doch gratulieren? Irgendein Vögelchen zwitscherte etwas von einem Preis?«

3

Entenschwärme flogen durch die Staubwolken, trugen den Frühling auf ihren schwirrenden Flügeln. Die Büsche an den Hängen des Monte Hacho wurden gelb, und in den Ästen der Bäume entlang der Calle Camoes begannen die Orangen zu leuchten.

Zum ersten Mal seit seiner Ankunft im Dezember bemerkte Genia Ortiz eine Änderung im Tagesablauf ihres Nachbarn. Es tat sich etwas auf der Dachterrasse. Bis Weihnachten hatte der Generalkonsul dort, von Bücherstapeln umgeben, regelmäßig an einem runden Metalltisch gesessen und gelesen. Nun schien, was er tat, von größerer Energie gespeist zu werden. Er las weniger, aber er las konzentrierter. Und er hatte die Gewohnheit entwickelt, viel zu schreiben; Seite um Seite füllte er. Genia Ortiz, die sich beim Blumengießen bemühte, Genaueres in Erfahrung zu bringen, glaubte nicht, daß es sich dabei um Arbeiten für das Foreign Office handelte. Wenn ihre Erinnerungen an Consul Cazes sie nicht trogen, dann hatte dieser nicht etliche Stunden damit verbracht, den Kopf in die Hand gestützt, Seiten zu füllen, sie ins Reine zu schreiben und anschließend die Konzepte zu zerreißen. Señor Wavery mußte entweder an einem Buch schreiben oder einen leidenschaftlichen Briefwechsel unterhalten.

Die zweite Änderung betraf den Zustand der Terrasse ihres Nachbarn.

Bis Catharines Brief eintraf, konnte man das Erlöschen von Waverys Lebensgeistern daran ablesen, daß er seiner Umgebung immer weniger Beachtung schenkte. Seit er den Brief erhalten hatte, war das anders geworden. Den Garten in Sintra würde es nie geben, das wußte er. Aber das Vergehen der Tage, die ihn noch von Catharine trennten, könnte er doch daran messen, wie sich die Terrasse vor seinem Schlafzimmer wandelte.

Für deren Verwandlung hatte Wavery die Hilfe von Marie Amaral in Anspruch genommen, die die meisten Pflanzen, die er sich wünschte, über ihren Holländer besorgen konnte. Er kaufte einige Kübel und strich sie weiß an; darin pflanzte er eine besondere Zistrose, die nur an der Spitze von Kap St. Vincent wuchs. Er errichtete ein Holzgitter entlang der niedrigen Brüstung, die seine Terrasse von Genia Ortiz' Balkon trennte, und pflanzte Clematis und rankenden Trompetenjasmin.

»Wie schön! Wie lange habe ich keine Klettertrompeten mehr gesehen«, rief Genia Ortiz, obwohl ihr rosa Blüten lieber gewesen wären als orangefarbene. Sie amüsierte sich über die Sorgfalt, mit der Wavery jedes Blatt abwischte. Nach fünf Jahren Tunnelbau bemerkte sie den Staub gar nicht mehr, der die Blätter ihrer Pflanzen wie eine zweite Haut bedeckte. Sie hatte gelernt, mit dem trockenen hartnäkkigen Staub zu leben, genauso wie mit dem Lärm der Lkw, dem Schmutz auf den Straßen und den Störungen beim Fernsehen.

»Woran schreiben Sie eigentlich, wenn ich mir die Freiheit nehmen darf zu fragen?«

»Es ist nichts Besonderes, Señora Ortiz. Ein paar Sachen, die ich schon seit langem im Kopf habe.«

Aber was für Sachen nur? Wenn es wirklich Briefe waren, dann schien er sie nie abzusenden.

Die Hitze ließ nicht nach. Ein warmer Februar trägt den Teufel im Bauch, warnte Halima, die am Bügelbrett stand.

Halimas Warnung hatte Sandra die Schänderin ausgelöst, die wieder ihr Unwesen zu treiben schien. MÄNNER VON ABYLA TERRORISIERT! war die Überschrift, als sie rasch hintereinander zwei *Ratas* und den Präsidenten der Telephonzentrale überfallen hatte. Jedem der drei hatte sie einen Blumenstrauß geschenkt. »Venus-Falle«, kommentierte ein Redakteur, in Anspielung auf Sandras anscheinend unerschöpfliche Quelle frischer Blumen.

Eines Nachmittags Ende Februar rief Waverys Haushälterin im Konsulat an. Das, was er ihrem Redeschwall entnahm, brachte Wavery dazu, sofort zu seinem Haus zu fahren.

»Señor, Señor, sie sind verschwunden!« hatte sie gesagt.

»Wer ist verschwunden?«

»Pas de Problème und Plaisir des Yeux!«

Unten im Treppenhaus des Konsulatsgebäudes stieß Wavery mit Silkleigh zusammen. Der Taucher inspizierte die metallenen Briefkästen für die Post. Er hielt einen großen Strauß rosafarbener Blüten in der Hand. Als er Wavery sah, versteckte er die Blumen hinter seinem Rücken.

»*Ambasadoro*! Was machen Sie denn hier?« fragte er.

»Ich arbeite hier. Und Sie?«

»Ich bin zu einer Party geladen«, sagte Silkleigh.

»Um halb drei nachmittags?«

»Ich bin früh dran.«

Wavery eilte weiter und stieg in den Daimler. Schon als er in die Calle Camoes einbog, konnte er sich nicht mehr auf die Frage konzentrieren, ob man Ihrer Majestät und Prince Philip raten sollte, nach ihrer Besichtigung der kahlköpfigen Waldrappen und ihrer Nistplätze auch noch den Stierkampf zu besuchen; statt dessen fragte er sich, was denn nun folgen würde aus dem, was Halima ihm gesagt hatte.

Halima wartete im Erdgeschoß auf Wavery. Vor einer halben Stunde habe sie in den oberen Stockwerken Lärm und das Geräusch laufender Füße gehört. Sie sei hinaufgegangen, um nachzusehen, in der Königlichen Suite sei sie auf die beiden Arbeiter gestoßen, die sich an ihr vorbei nach unten drängten. Ihre Fragen – wohin sie denn wollten, was der Lärm zu bedeuten hätte, wer noch im Haus gewesen sei, was sie denn Señor Wavery sagen solle – beachteten sie gar nicht.

Wavery machte einen raschen Rundgang durch das Haus. Die Flucht seiner Arbeiter ließ ihm keine andere Wahl mehr, nun sah er die Residenz so, wie Queesal sie wohl gesehen hatte: die ungestrichene Fassade; eine Eingangshalle, die noch immer auf die glasierten Fliesen wartete, die Pas de Problème angeblich bei einer Fabrik in Tetuan bestellt hatte; der Farbton, mit dem sein Vorarbeiter den weißen Anstrich jedes Raumes getrübt hatte, auch in der Königlichen Suite, wo Plaisir des Yeux, über einen Draht stolpernd, der zwischen den Dielen herausragte, mit dem Fuß durch die Decke gebrochen war.

Eine Stunde später, um zwanzig vor vier, traf Capitán Panteco ein. Mißgelaunt nahm er die Einzelheiten auf, aber er konnte sich nicht auf Waverys Problem konzentrieren. Mit seinen Gedanken war er immer noch am Strand, dort am Fuß von La Mujer Muerta, wo ein Schwarm Barsche herumzappelte oder inzwischen vielleicht tot dalag. Irgend etwas hatte die Fische verrückt gemacht. Sie hatten den gleichen glasigen Ausdruck wie die Süchtigen aus dem Tercio, den Blick von Menschen, die alles gesehen und alles ausprobiert hatten.

So hatte auch sein Chef dreingeblickt, als Panteco ihm seinen Fund gezeigt hatte.

»Irgendwo muß der Stoff doch herkommen.«

»Was du nicht sagst«, sagte sein Chef. Er hielt einen Fisch an der steifen Schwanzflosse, gab ihn Panteco zurück. In Madrid, Panteco werde sich an ihren Besuch wohl noch erinnern, in Madrid wollten sie Verhaftungen sehen. »Du sollst nicht höher scheißen, als dein Arsch hängt, Panteco«, sagte er und verbot seinem Capitán, noch länger seinen fixen Ideen hinterherzulaufen. Wenn Panteco irgend etwas daran liege, seine Zukunft nicht mit dem Bemalen von Hundehütten zu verbringen, dann, bittschön, solle er ihm das nächste Mal El Callado anschleppen, wenigstens einen seiner Männer oder, wenn die Latte immer noch zu hoch liege, Sandra die Schänderin. Ein Anruf aus dem Krankenhaus hatte ihn davon in Kenntnis gesetzt, daß der Präsident der Telephonzentrale eine ruhige Nacht verbracht habe.

Der Chef hielt Panteco ein Blatt Papier unter seine von Fieberpikkeln übersäte Nase.

»Und wenn du das mit Sandra nicht schaffst, wie wär's mit den Arbeitern des Generalkonsuls?«

Capitán Panteco mochte Señor Waverys Landsleute nicht sonderlich – sein Großvater hatte behauptet, die Kugeln in den Leichen der Fremdenlegionäre stammten aus englischen Fabriken –, aber er versprach Wavery, nach den beiden Männern zu fahnden. Plaisir des Yeux kannte er nicht. Pas de Problème, das war ein anderes Blatt. Er hätte gar nicht arbeiten dürfen in der Residenz. »In Las Rosales müßte er sitzen, eingelocht.« Aber Pas de Problème hatte einen alten Mann gefunden, der seine Verbrechen gestand.

»Sie waren's also?«

»Ja, Monsieur.«

Unter seinem Burnus lächelte der Mann, und zwei glänzende schwarze Datteln fielen ihm aus den Backen. Für Panteco hatte das Lächeln des Mannes nichts ansteckendes.

»Ich bin der, den Sie suchen.« Der Mann hatte Zähne so braun wie die Kartons auf den Bänken der Plaza de los Reyes, und eine Tasche hatte er dabei, mit einem kaputten Reißverschluß.

»Also, Mohammed, und nun erzählst du mir, warum es Abd ul-Hadi war, den ich mit den Winstons erwischt habe?«

»Ich bin der, den Sie suchen. Ich war im Wasser, Monsieur. Sie haben mich nicht gesehen.« Die Datteln reizten Panteco. Alle reizten ihn. Dieser Araber, sein Chef, Joseph Silkleigh, vor allen anderen aber Dolores, deren Blick dem seinen nie antwortete, die einschlief, während sie Liebe machten, und die in ihrer Handtasche *Die Geschichte des Europäischen Währungssystems* mit sich herumschleppte. Mit dieser Entdeckung hatte sie ihn verblüfft, mit ökonomischen Kenntnissen bislang nicht.

Er nickte. »Also, wieso war es Abd ul-Hadi, den ich mit den verdammten Winstons ertappt habe?«

»Sie haben mich nicht gesehen, Monsieur. Ich war im Wasser. Ich bin der, den Sie suchen.«

»Mohammed ...« Ein ohnmächtiger Zorn hatte ihn in den Klauen.

»Sie haben mich nicht gesehen.«

»Ja, Mohammed. Da hast du recht.« Aber was sollte das alles. Es ging ja nur um amerikanische Fluppen. Da gab es Wichtigeres, zum Beispiel Rosita. Was hatte sie ihm gestern abend gesagt, beim Abendessen? »Ich gehe weg, Lustrino. Nach Südamerika. Zu Periclito.«

»Für – für wie lange denn?«

»Bis zum Stierkampf.«

4

Nachdem der Polizist gegangen war, blieb Wavery eine halbe Stunde sitzen und starrte durch das Loch in der Decke.

»Hören Sie zu, wie Ihr Haar wächst, oder was?«

Wavery schaute verblüfft auf das T-Shirt von Silkleigh. »Wie sind Sie denn hereingekommen?«

»Durch die Tür, *Ambasadoro*. Durch die Tür.« Silkleigh trat in den Festsaal. »Also in diesem Raum hat der General die meiste Zeit auf dem Bauch verbracht.« Er sprach wie eine Tunte und ging, halb strammen, halb tänzelnden Schritts hinüber zum Kamin, stellte sich in Positur. »Wirklich, hier könnte man eine niedliche Party feiern.«

»Das haben wir auch vor«, sagte Wavery.

Ohne Aufforderung setzte sich Silkleigh auf eine Packkiste, seine glänzenden Stiefel stellte er auf einen Stuhl. Sein T-Shirt war frisch gewaschen, die Ärmel eines roten Pullovers hatte er um den Hals geschlungen. Das Zimmer roch stark nach Rasierwasser.

Wavery sagte: »Ich dachte, Sie wären auf einer Party?«

Silkleigh überging diese Bemerkung, wies mit dem Daumen über seine Schulter. »Schönes Auto, da draußen.«

»Nur bis August.«

»Es könnte sein, daß ich Sie bitten muß, es mir zu leihen.«

»Bitten können Sie schon.«

Silkleigh wurde ernst. »Nun haben Sie sich nicht so. Ich bin in Ihrem Büro gewesen. Ich habe mit Asunción gesprochen. Sie ist verzweifelt. Sie hat mir erzählt, was hier los ist …« Sein Redefluß stockte. »Ich dachte, ich könnte helfen.«

Wavery saß regungslos, sagte: »Was ist mit Ihrer Party?«

Silkleigh inspizierte die Spitzen seiner Stiefel und sagte: »Es wäre richtig nett, Sie würden darauf nicht derart herumreiten.« Keine Party. Ein Überraschungsbesuch, mehr nicht. »Reine Fleischeslust, so einfach ist das.« Cochabamba hatte sich in der Wohnung unter dem Konsulat eingemietet, Silkleighs Erscheinen habe sie nicht begeistert; jedenfalls nicht so, wie er es sich vorgestellt hätte. »Während ich ihr eine Geschichte erzählte, schlief sie auf dem Sofa ein. Und als ich sagte, dann müsse ich wohl gehen, sagte sie: Ja. Und war plötzlich wieder lebendig.«

»Es ist, wie Sie gesagt haben: in ihren Armen verwandeln sich Jungen in erfahrene Männer.«

»Sie hat mir die hier gegeben, für die Zwischenzeit.« Silkleigh klopfte auf die Rolex an seinem Handgelenk. Und wenn es Wavery genau wissen wolle, von einer Bolivianerin hätte er etwas ganz anderes erwartet. Zwei Monate lang habe er ihr den Hof gemacht, und Cochabambas Leidenschaftlichkeit habe gerade für ein paar Küsse gereicht.

»Sagen wir es so: man wird in eine herrliche Villa geladen, aber die große Tür vorne bleibt verschlossen. Für unsereinen der Kücheneingang. Da riecht es nach allen Herrlichkeiten. Du beruhigst dich, krempelst die Ärmel hoch – und dann, zwei Oliven und eine Erdnuß, das ist es, was man dir anbietet. Kannst es glauben! Ich wollte mit dieser Frau mein Leben verbringen, aber ich bin mir nicht sicher, ob sie mit mir ein Taxi teilen würde.«

Um die Wahrheit zu sagen, er kenne diesen Zustand. Damals habe er an einer Sauerstoffvergiftung gelitten. Er sei sehr tief getaucht, tiefer als hundert Meter, und habe einen katatonischen Schock erlitten, und sein Körper sei völlig durcheinander geraten, die Muskeln hätten auf Supermann geschaltet. »Ich konnte einen Holzblock zertrümmern, als sei er eine Streichholzschachtel. Ich habe Eisenstangen verbogen.« Gott sei Dank sei die Vergiftung nicht so schlimm gewesen. »Sonst wären mir die Muskeln von den Knochen gerissen worden.«

Diese junge Frau aus Bolivien habe eine ähnliche Wirkung auf ihn. »Sie macht mich fertig, mein Bester.«

Wavery hatte Cochabamba nur einmal gesehen, im Treppenhaus seines Büros. Ein Mädchen mit dunklem Teint kämpfte sich rückwärts die Treppen hoch, zog dabei einen Alu-Zylinder zwischen ihren langen dünnen Beinen hinter sich her. Der Zylinder hatte auf dem unteren Absatz zwei Fliesen zerschlagen. Beide taten, als hätten sie das nicht bemerkt. Wavery trug ihr den Zylinder bis vor ihre Tür. Ihre Augenlider flatterten ihren Dank wie die Flügel eines Nachtschwärmers. Erst als er in seinem Büro hockte, fiel ihm ein, daß er keinen Blick auf das Handgelenk geworfen hatte, an dem sich Silkleighs Phantasie entzündet hatte.

»Es ist ein Skandal, wie schön sie ist«, sagte Silkleigh mit einem so ernsten Blick, als litte er tatsächlich. Er sei mit ihr vor Monte Hacho tauchen gewesen, in der Nähe des Sperrgebiets. Sie durften dort natürlich nicht an Land gehen, aber sie seien in der Nähe der Küste geschwommen. Und das habe sie begeistert; so etwas Schönes, Reines habe sie, Cochabamba, in ihrem Leben noch nicht gesehen. Keine Reklame. Auch sonst nichts. Die Welt, wie Gott sie schuf.

Er hatte ihr eine Robbe zeigen können und einen Kugelfisch, *Scosophilis intenis*, der von der Westküste Afrikas hierher geschwommen war und zwischen den Korallen nach Nahrung suchte. Entdekkungsfieber habe sie gepackt, ihr sei es fast so gegangen wie ihm, als er unbedingt das Boot von Emilio finden wollte.

»Auch fürs Geschäft war sie gut.« Ihre Hotelkette habe gestern einhundertundzwanzig Wasserfiltriersysteme bestellt.

»Sie ist mein Herzblatt, mein Augapfel«, sagte Silkleigh, »die Äpfel der Töchter des Abendsterns, so heißt es doch, oder?«

»Senator Zamora behauptet steif und fest, das seien Apfelsinen gewesen«, sagte Wavery.

»Ist mir alles gleich«, sagte Silkleigh, »um Ihnen die Wahrheit zu gestehen, heute war eh nicht mein Tag.« Er strich über seinen Arm, an der Stelle, an der ihn eine Qualle erwischt hatte. Die purpurrote Wunde lief von seinem Handgelenk bis zu seinem Ellbogen, wie ein Peitschenstriemen. »Ich habe etwas Salbe aufgetragen, das Scheißzeug soll *soulager la douleur*, aber es brennt wie Sau. Als würde man den Finger in eine Steckdose stecken.« Vorsichtig zog er den Ärmel wieder herunter. »Das beste bei solchen Verletzungen ist natürlich Urin. Du mußt nur deine Freunde bitten, dich anzupinkeln.«

Nun schien er plötzlich das Loch in der Decke zu bemerken.

»Ach du heilige Scheiße«, sagte er und stieß einen Pfiff aus. Er erhob sich von seiner Kiste und glotzte nach oben. »Und wie lange, wenn ich fragen darf, wird Ihre Majestät das Vergnügen haben, unter Ihrem Dach zu weilen?«

»Nur eine Nacht«, sagte Wavery. Vielleicht eine zweite, falls sie sich entschlösse, den Stierkampf zu besuchen. Aber das wollte er Silkleigh nicht auf die Nase binden.

Wavery folgte ihm in die Eingangshalle. »Das wundert mich nicht«, sagte Silkleigh über die Schulter hinweg, »die Leute hier: das unehrlichste Volk überhaupt, und damit hat sich's. Je mehr man ihnen gibt, desto mehr grapschen sie sich.« Er schnitt im Spiegel ein Gesicht. Er neigte den Kopf, berührte seine kahle Stelle mit einem Finger und richtete den Blick nach oben.

»Das gefällt mir«, sagte er. Im Spiegel hatte er ein Gemälde von Penny entdeckt. Er ging darauf zu. »Die Frau des Hauses?«

»Sie hat es gemalt.«

»Malt sie viel?«

»Es ist ihre Berufung«, sagte Wavery.

»Sisyphus, nehme ich an.«

»Ja«, sagte Wavery einigermaßen verblüfft.

»Es ist wichtig, sich Sisyphus glücklich vorzustellen«, murmelte Silkleigh, »hat Camus gesagt.« Silkleigh zeigte plötzlich mit dem Daumen nach oben, die Treppen hinauf. »Darf ich mal ...?«

Wavery führte ihn zur Königlichen Suite hinauf, und Silkleigh kniete sich neben das Loch im Fußboden. Er schaute nach unten, hinab in den Festsaal, in dem sie vorher gesessen hatten, blickte dann im oberen Raum umher. »Und alles nur für eine Nacht ...« Er schritt über das Loch hinweg zum Fenster, rüttelte am Messinggriff. »Geht es nicht auf?« fragte er. Die Rahmen waren frisch gestrichen worden, und dick aufgetragene Ölfarbe hatte den Fensterflügel im Rahmen festgeklebt. »Gute Aussicht übers *maro*.«

Er drückte seine Nase an die Scheibe und winkte Genia Ortiz zu, die unten vorbei ging. Sie mußte etwas gehört haben, denn sie blickte verwirrt nach oben. Ganz sicher war sie sich nicht, aber das Gesicht hinter dem Balkonfenster konnte nicht Waverys *Bonne à tout faire* gehören.

Unten klingelte das Telephon. Es hörte auf, als Wavery in der Halle angelangt war. Er stieg die Treppen zur Königlichen Suite wieder hinauf, aber der Raum war leer. Silkleigh fand er auf der Terrasse. Der Taucher war durch sein Schlafzimmer gegangen. Er schaute zu, wie Ham über das auf der Mauer liegende Handtuch stolzierte, eine große Heuschrecke im Maul. Er versuchte, der Katze das Insekt wegzunehmen, aber sie sprang über seine Hand und war blitzschnell oben im Baum.

»Haben Sie schon mal Heuschrecke gegessen?« fragte er Wavery, »schmeckt wie Hühnchen.« Er deutete auf Pflanzkübel und Spalier. »Sie sind aber fleißig gewesen«, sagte er anerkennend.

Silkleigh nahm einen Bleistift aus dem T-Shirt, zog eine Packung Winston aus seiner Hosentasche, klopfte, bis die letzte Zigarette zum Vorschein kam, zündete sie an und riß dann die leere Schachtel so auf, daß er auf dem Stück Pappe, das er auf dem Knie glatt strich, schreiben konnte. »Also. Allerletzter Termin. Keine Scheiße jetzt. Bis wann muß alles fertig sein?«

Wavery zögerte. Aber es gab keinen Grund zur Vorsicht. Das Datum war keine Geheimsache. »In vier Monaten«, sagte er.

»Das ist knapp.« Er klopfte sich seitlich an die Nase und ein verschmitzter Ausdruck überzog sein Gesicht. »Andererseits, Silkleigh kommt vom Bau, niemand kennt sich besser aus als er. Der Termin, keine Scheiße jetzt. Und ich nehme an, Sie müssen selbst für die Eier im Kühlschrank einen Antrag stellen?«

»Der Etat ist wirklich beschränkt«, gab Wavery zu.

Silkleigh stand auf. »Warten Sie hier«, sagte er mit Autorität in der Stimme. »Warten Sie hier, Mr. Wavery. Ich werde das schon in Ordnung bringen.«

Silkleigh setzte sich auf Waverys Bett, nahm das Telephon auf seinen Schoß und wählte. Er las, was er auf die Zigarettenschachtel geschrieben hatte, noch einmal durch und zerriß sie dann in kleine Stücke, die er in den roten Papierkorb neben dem Nachttisch fallen ließ. Während er darauf wartete, daß jemand abhob, wanderten seine Augen über Steingartenpflanzen, Notizblock und den zinnoberroten Schal.

»Barney? Joe hier«, sagte Silkleigh. Er sprach schnell und geschäftsmäßig, hielt den Hörer zwischen Wange und Schulter geklemmt. »Nein, Barney, weder gestern noch vorgestern. Eher letzten Monat. Ja. Die Einzelheiten können wir nachher klären.«

»Und?« fragte Wavery.

»Mit dem Blinzeln eines Sterns«, sagte Silkleigh. »Ich habe mich nicht umsonst hier herumgetrieben die ganzen Jahre.«

»Aber der Etat, wird das denn reichen?«

»Aber sicher!« Silkleigh tippte sich wieder an die Nase. Niemand kenne die Bauarbeiter besser als Joseph Silkleigh.

»Hätten Sie etwas dagegen, wenn ich die Sache zuerst mit Asunción bespreche?« sagte Wavery.

»Tun Sie das, mein Bester.«

»Und wie kann ich Ihnen danken?«

»Brauchen Sie gar nicht. Für die Queen und mein Land«, sagte Silkleigh und stand auf. »Der ist aber schön.« Er griff nach dem Schal auf der Stuhllehne, suchte nach einem Etikett. Wavery nahm ihm den Schal aus den Händen.

»Die andere Frau?« fragte Silkleigh sanft.

Wavery errötete. Queesal mußte Silkleigh im Café Ulises davon erzählt haben. Er wandte sich ab und suchte nach einem Platz für den

Schal. Es war ihm peinlich, er fühlte sich entblößt, in seinem eigenen Schlafzimmer, nackt und verletzlich, aber jetzt hatte er dankbar zu sein.

»Ich weiß, wie Sie sich fühlen«, sagte Silkleigh und ging hinaus auf die Terrasse.

Aber Wavery hörte nicht zu. Er hatte in der Luft vor sich eine Bewegung gespürt, wie das Wehen einer unsichtbaren Fahne. Sie stand dort, auf der Terrasse. Die niedrige weiße Mauer war das Maurenkastell, und die Stadt lag zu ihren Füßen. Sie ließ den Schal in ihren Händen wehen und wickelte Lissabon um ihren Hals. Nach dem Mittagessen waren sie spazierengegangen, zuvor hatte sie zwei Photos aus ihrer Handtasche gezogen und ihm gezeigt. Zwei Mädchen auf einer Terrasse, die mit ihren Fingern in die Kamera deuteten. Adam lag auf dem Rücken, eines der Mädchen saß auf seiner Brust. Zu viert drängten sie sich auf dem Sofa und wußten nicht, ob der Auslöser schon geklickt hatte.

»Da kann ich nicht mithalten«, sagte er und wog die Luft mit seinen Händen.

»Das ist doch auch kein Wettbewerb«, sagte Catharine.

Noch fünf Monate bis Juli.

»Sie haben nicht zufällig Rosita gesehen?« Silkleighs Stimme kam von der Terrasse, wo er stand und seine Wunde mit dem Bleistift rieb.

»Nein.«

»Ich spreche zur Zeit nicht mit ihr.«

»Das tut mir leid.«

»Gestern abend bin ich richtig sauer gewesen auf sie.« Mit der personifizierten Mittelmäßigkeit, dem aufdringlichen Panteco hatte sie zu Abend gegessen.

»Er nennt sich Lustrino«, hatte sie zuckersüß zu ihm gesagt – die Hexe!

»Dein Lustrino ist körperlich so widerwärtig, daß ich mir noch nicht einmal vorstellen kann, mit ihm einen trinken zu gehen. Und du bist mit ihm zusammen gewesen. Es hat nicht geklappt. Warum dann noch einmal?«

»Es ist besser, sich zu streiten, als einsam zu sein, Silkleigh.«

»Aber er hat dich unglücklich gemacht!«

»Auf Wiedersehen, Silkleigh.« Rosita war an den Tisch des Polizisten zurückgegangen, und Silkleigh stand verlassen an der Theke – allein mit Mohammed, der so nervös gewesen sei wie ein Hund auf einem Boot. Am Morgen hatte Silkleigh ihm eins aufs Ohr gegeben, weil er so tief in Cochabambas Augen gestarrt hatte.

»Also schaute ich zu Panteco hinüber, der, das muß man zugeben, eine Schande für seine Gattung ist, und – glauben Sie mir – ich hatte Mitleid mit ihm. Ich dachte, du armer Eunuch.«

»Vielleicht haben sie tatsächlich nur miteinander zu Abend gegessen«, sagte Wavery. Er winkte Genia Ortiz zu, deren Gesicht plötzlich in einem ihrer Fenster aufgetaucht war.

»Sie hätte es mir sagen können«, klagte Silkleigh, »aber wirklich. Sie sollte einen Fußballstar heiraten, der auf seine Knie fällt und ›danke‹ sagt, jedesmal, wenn sie ihm ein Ei kocht. Aber was soll's? Wenn der Vollmond dich liebt, dann ist es doch egal, wenn einige kleine Sternchen sinken, oder?«

Es lagen einige Bücher auf dem Tisch unter dem Baum. Silkleigh nahm eins in die Hand. »Camoes«, las er, »berühmter Name, sehr berühmt. Habe nie eins seiner Bücher gelesen. Ist er gut?« Er blätterte von hinten durch das Buch. »Wie alt war er, als er es schrieb? Ich will immer wissen, wie alt sie sind. Gibt mir Hoffnung.« Das Buch, eine Übersetzung ins Spanische, bot keine biographischen Informationen. »Schon Hemingway gelesen? Wenn ich heute Hemingway lese, krieg ich dicke Zehen. Er hatte einen Sprung in der Schüssel, klar. Und nicht einmal gut im Bett war er, darum schrieb er so kurze Sätze. Aber ein Schriftsteller braucht einen Sprung in der Schüssel. Da kann sich der Schmutz ansetzen. Ihr Camoes, hatte der auch einen Sprung?«

»Ich glaube schon«, sagte Wavery.

Silkleigh legte den Band zurück und nahm einen anderen hoch. »Die *Kurze Geschichte von Abyla* von Teodoro Zamora. Mann, Sie haben aber Schwein. Ist restlos vergriffen.« Er legte das Buch hin, ohne es geöffnet zu haben. »Und, *Kara mia*, was haben wir denn hier?« Ihm war ein stattlicher Stapel Blätter aufgefallen. »Sie schreiben auch?«

»Einige Artikel, an denen ich sitze«, sagte Wavery. Er nahm einige der Blätter auf, um sie aus Silkleighs Blickwinkel zu bringen.

»Ach, wirklich?«

»Hauptsächlich über das Haus.«

»Wissen Sie«, sagte Silkleigh selbstmitleidig, »mein Geist ist wie dieses Haus. Voller leerer Kammern, die nie benutzt worden sind, es sei denn, um Flossen zu lagern. Darum muß ich das Buch schreiben. Die Kammern müssen möbliert werden.« Ein Titel sei ihm eingefallen, so einfach wie ein Titel sein muß. Und das habe er diesem Queesal zu danken. »Man hat mir schon oft vorgeworfen, auch in leeren Worten etwas Bedeutsames zu finden, aber Ihr Freund, der Inspektor, hat einen richtigen Keim in mir gelegt. Ich denke, es wird *On the Rocks* heißen.«

Aus den Ästen kam ein scheußliches, aber genüßliches Krachen und Mampfen.

»Kein schlechter Titel«, sagte Wavery.

5

Hotel Zamora, sechzehn Uhr, 3. – 6. Juli.«

Nur fünf Wörter und ein paar Zahlen, aber sie hatten Waverys Leben so grundlegend verändert wie Silkleighs Bauarbeiter seine Residenz umkrempeln würden. (Angeführt von einem mißgelaunten Vorarbeiter aus Gibraltar, arbeiteten sie sich Raum für Raum durch das Haus, mit bewundernswerter Diskretion.)

Mehrmals täglich schaute Wavery in Catharines Brief. Wo immer er hinging, der Brief begleitete ihn, zusammengefaltet im ursprünglichen Umschlag. Jedes Mal, wenn er die Wörter las, fand er eine neue Interpretation. »Drei Männer sitzen in einem Raum, erzähle ihnen eine Geschichte, und sie werden das Zimmer jeder mit einer anderen Version verlassen.« Das hatte man ihm als Schüler eingebläut. Und so verhielt es sich mit Catharines Brief. Wollte sie nur für dieses eine Wochenende kommen? Um den Rest ihrer beiden Leben zu planen? Würde sie überhaupt erscheinen?

Nicht ein Verb. Aber gerade das befreite Wavery aus seiner Erstarrung. Er hatte sich schon gefragt, ob er den Königlichen Besuch überhaupt noch erleben würde. Bis er Catharines Brief erhielt, hatte er geglaubt, sein Leben sei zu Ende. In Abyla hatte er nicht an Thomas Wavery denken können, ohne gleichzeitig verrückt zu werden. An der Bar im Café Ulises hatte er sich das Leben anderer erzählen lassen, nur um sich nicht auf seine eigenen Spiegelbilder konzentrieren zu müssen. Jetzt hatte er wieder ein restliches Leben.

Sein Dachgarten, das war eine Möglichkeit, sich vorzubereiten. Schreiben war eine andere, wie er entdeckte. Catharine hatte ihm einen Brief geschickt. Er schrieb einen zurück. Seit er mit ihr verabredet war, hatte er genau das getan, was er seiner Ausbildung und Erziehung gemäß unterdrücken sollte. Bis dahin hatte er sich, angeregt von Silkleigh und Senator Zamora, in die Vergangenheit und die Geschichten von Abyla vertieft, und seine eigene unterdrückt und weggedrängt. An jenem Tisch auf seiner Terrasse füllte er nun schreibend Blatt für Blatt, um seine Vergangenheit wiederzufinden. Und was er schrieb, wollte er gar nicht abschicken. Abgesehen von einer kurzen Zeit als junger Diplomat hatte Wavery nie so deutlich gefühlt, worauf es ankam und was er zu tun hatte. Damals, als er noch nach den Sternen griff, hatte er seine Kräfte ausschließlich auf den Himmel über sich konzentriert. Er hatte die Landschaft unter sich außer acht gelassen. Jetzt, mit achtundfünfzig, schaute er nach unten. Wenn diese Seiten irgendeine Bedeutung gewinnen sollten, dann mußte er die Erde in Betracht ziehen. Er dachte: Ich muß mich zwingen, alles so zu sehen, wie es sich tatsächlich ereignete.

Es wurde März, es wurde April. La Mujer Muerta lag in flimmernder Hitze. Die Feigen auf ihrer Stirn waren noch nicht reif, aber ihre trockenen Hüften verkündeten bereits den Tod der Landschaft. In der Hitze warteten die Menschen darauf, daß sie ernten konnten, was der Frost nicht erwischt hatte und der Wind nicht davongetragen.

Auf Monte Hacho versengte die Hitze die Kapuzinerkresse und den Sauerampfer, nur die Pinien verschonte sie. In den mondlosen Nächten war ein Paar kahlköpfiger Ibisse bei Balzflügen zu beobachten. Jeden Tag verließen die Waldrappen ihre Nester, um Nahrung zu suchen. Eines Morgens, als er im Wassersportverein zum Schwimmen war, sah Wavery einen Schatten blau über die Wasseroberfläche huschen, und ein Ibisschnabel tauchte kurz ins Wasser. Mitte April wurde ein anderer aufgescheucht, der gerade in den Mülltonnen des Hotel Zamora herumstocherte.

Der Vorfall verdiente eine kurze Erwähnung im *El Faro*. Dabei hatten die Abylaner die »stymphalischen Vögel«, wie Senator Zamora sie nannte, längst wieder vergessen, genauso wie man Emilios Boot vergessen hatte. Hauptgesprächsstoff war wieder der Tunnel unter der Meerenge.

Die Arbeiten verliefen planmäßig, so hieß es. Das bestätigende Lärmen des Steinbohrers war auch des Nachts zu hören, und jede Nacht wurde das stampfende Geräusch ein wenig lauter. Es war, nachdem sie es so lange ertragen hatten, inzwischen Teil der Landschaft geworden, und die Menschen hatten das, was sich dahinter verbarg, nicht mehr beachtet und kommentiert. Doch nun sollte, was in der Erde geschah, bald ans Licht des Tages kommen. Überall, im

Café Ulises, im Club de Pensiones, auf Straßen und Plätzen, auf den Dächern, auf denen die Kinder mit Ziegelsteinstückchen Himmel und Hölle spielten, wurde nur noch über das gesprochen, was geschehen würde, wenn im August die gekrönten Häupter von Großbritannien, Spanien und Marokko gleichzeitig in Abyla eintreffen, wenn Gibraltar und Abyla zu Internationalen Zonen würden: Dann nämlich würde Abyla unbestreitbar *El puerto de África* werden, das Tor der Europäischen Union zum afrikanischen Kontinent. Die Perle nun auch als Hongkong des Mittelmeers.

So jedenfalls verkündeten es die Werbespots im Fernsehen, Anzeigen im *El Faro* und die Plakate, mit denen der Sockel unter Leopoldo Zamora ringsum verkleistert war. Plakate, die auch das offizielle Programm der Feierlichkeiten bekannt gaben. Sie sollten in einer spektakulären *Feria de toros* ihren krönenden Abschluß finden, bei dem die Abylaner zum ersten Mal ihren eigenen Matador, Periclito Mérimée Amaral, genannt der Erderschütterer, in Aktion erleben würden.

Unter dem Staub schüttelte und räkelte sich das schläfrige Abyla und machte sich bereit, seiner Zukunft zu begegnen. Die Gerüste vor der Casa de Gobierno und vor Santa Maria de Africa wurden entfernt. In Galauniformen und mit großem Stolz marschierten die Wehrpflichtigen die Marina Española entlang. Im Brunnen auf der Plaza de los Reyes plätscherte Wasser.

Und auf der Plaza de Africa überwachte Gouverneur Menendez, der, die Zigarre im Mund, einen neuen weißen Anzug gekonnt zur Schau stellte, die Proben für die Feier, bei der er, als ihr Bevollmächtigter auf Erden, das Zepter aus den Armen der Jungfrau nehmen würde und es auf einem roten Kissen seinem König überreichen würde, der es wiederum der englischen Königin präsentieren würde, danach dem König von Marokko und einem noch nicht näher spezifizierten Vertreter der Brüsseler Behörden. Denn dort mußten die Statuten der Internationalen Zonen noch ausgearbeitet und ratifiziert werden.

Es hatte Proteste gegeben. Abyla Independiente mobilisierte einen letzten Protestzug, der etwas lahm durch die innere Stadt marschierte, und eine kleine Bombe war gegenüber der Fosu de San Felipe explodiert und hatte einen Eisverkäufer verletzt. Aber das war auch alles.

In derselben Woche hörte man Geschrei unten am Hafen, wo Capitán Panteco Sandra die Schänderin aufgriff, die sich auf den italienischen Generalkonsul geworfen hatte. Sie wurde zurückgebracht in die Irrenanstalt in der Calle Silvestre, wo sie in den Malstunden wieder ihren Platz neben Emilios Mutter fand.

»Das bringt dir bestimmt die Medalla de Africa, Panteco«, sagte sein Chef – Panteco war am Hafen gewesen und hatte dem Einlaufen der Fischkutter zugesehen –, »und lobende Erwähnung.«

Die Gemeinde der in diese Stadt der Ibisse verbannten Diplomaten wuchs ständig an. Jenseits des Schwimmbeckens erkannte Wavery die behaarten Schultern von Gabriel Volta, dem allerletzten Opfer von Sandra. Sie hatten zur gleichen Zeit in Phnom Penh Dienst getan, und mit bewegten Worten begrüßte er Wavery. Seine letzte Station war Mogadischu gewesen, wo er, wie es hieß, allen vier Parteien des Bürgerkriegs Glückwünsche geschickt hatte. Bis er etwas Passendes finden würde, bezog er eine Suite im Hotel Zamora. Von seiner Begegnung am Kai schien er noch etwas mitgenommen, ansonsten aber war er bester Dinge; das Hotel wollte bis zum Herbst keine weiteren Reservierungen annehmen.

Ihr Gespräch am Pool plätscherte dahin, bis Wavery dem Italiener eine Einladung zu seinem Empfang im August versprochen hatte.

»Natürlich, die Gästeliste, das ist es, woran er die ganze Zeit schreibt«, dachte Genia Ortiz.

Die bevorstehenden Feierlichkeiten teilten Abyla in zwei Lager. Wer keine Einladung zur Eröffnungsfeier erhalten hatte, zu der auch ein reservierter Sitzplatz in der behelfsmäßigen Stierkampfarena in der Nähe des Hafens gehörte, plante einen Auslandsaufenthalt. Die anderen, die wie Genia Ortiz unermüdlich und erfolgreich daran gearbeitet hatten, dem Protokollchef des Gouverneurs eine Einladung abzuschwatzen, verbrachten jede Menge Zeit damit, allen zu erzählen, wie langweilig der ganze Rummel doch sei; sie wüßten noch gar nicht, ob sie wirklich hingehen sollten.

Vielleicht schrieb er aber auch an Silkleigh?

Bald darauf war Ramadan.

In El Hadu und hinter den Bergen fasteten die Menschen von Sonnenaufgang bis Sonnenuntergang und feierten des Nachts mit der schönsten Suppe den Monat, in dem der Prophet seine heilige Offenbarung empfangen hatte.

An der Playa Benitez drängten sich jeden Nachmittag die Sonnenanbeter.

In der exklusiven Abgeschiedenheit des Wassersportvereins Abyla stieg die Besitzerin des inzwischen berühmtesten Augenpaars der

Enklave – eines Augenpaars, das gleichwohl lange unerkannt geblieben war in jenem Wettbewerb von TV Abyla – aus dem Pool, schob einen Finger unter ihr Badekostüm und zog das Trikot wieder über die Rundungen ihres üppigen Pos. Die Frau des Gouverneurs war dick geworden, ein Schicksal, das manche bis dahin spindeldürre Frau trifft, wenn sie die Fünfzig überschritten hat und ihre Gelüste sich mit ihrer Breite entwickeln. Die Frau des Gouverneurs langweilte sich. Sie liebte große Auftritte. Sie liebte Wirbel und Verwicklung. Abyla war nicht die Szenerie dafür.

Beatrice Menendez legte sich auf ihre Luftmatratze und öffnete *Life is Worth Living* von Monsignore Fulton Sheene. Sie las es in der spanischen Ausgabe. Sie träumte von den Männern, die sie hatte. Periclito. Ein kleiner Engländer. Und erst kürzlich Teniente Casares.

Sie stellte sich vor, Teniente Casares liege an ihrer Seite. »Höher, noch höher«, bat sie ihn, während er einen kräftigen Marschrhythmus auf ihren Rücken trommelte und ihr ein Jucken aus der Haut wegrieb. Aber das Jucken blieb. Sie ließ ihre Blicke über die Wasserfläche gleiten. Der Teniente war nirgends zu sehen: er paradierte vor ihrem Ehemann, es war wieder Probe.

Ob der Gouverneur eine ähnliche Liste führte? Im Grunde war es ihr gleich. Ihr Mann konnte nicht einmal einen Löffel zum Mund führen, ohne daß er ihr auf die Nerven ging. Schon wenn er morgens seine Cornflakes aß, hätte sie ihn erwürgen können. Seine Nähe langweilte sie, seine Marotte mit den weißen Anzügen, sein hypertrophiertes Ego. Und am meisten ging ihr der Ehrgeiz auf die Nerven, der ihn ständig herumwieseln ließ. Es wäre eine wirkliche Überraschung für sie gewesen, wenn er Zeit gefunden hätte für eine Affäre.

An diesem Morgen waren nur noch zwei Menschen im Schwimmbad: der Mann, dessen Aufgabe es war, den Staub von der Wasserfläche abzuschöpfen, und der englische Generalkonsul.

Er zog seine Bahnen wie jeden Morgen. Für die Frau des Gouverneurs offenbarte sich der Charakter eines Mannes in seinen Bewegungen. Ohne seine Brille, mit der rosagrauen Haut und dem silbergrauen Haar wirkte der Mann im Becken auf Beatrice Menendez wie ein liebenswürdig korrekter Stockfisch.

Sie bezweifelte, daß er mit Leidenschaften, wie sie in ihrem Körper hausten, vertraut war, aber jeden Morgen begrüßte sie ihn herzlich. Es gab wenig gute Gründe dafür, in Abyla zu bleiben. Einer von ihnen war Teniente Casares, ein anderer die Aussicht, vor Señor Waverys Queen einen Knicks machen zu dürfen.

Wavery schwamm eine weitere Bahn zu Ende. Jedesmal, wenn er auf La Mujer Muerta zuschwamm und die vagen Umrisse einer auf ihrem Rücken liegenden Frau sah, dachte er an Catharine. Er verzehrte sich nach ihr. Er wollte wieder der werden, zu dem er wurde, als er mit ihr zusammen war, der, der er vielleicht im Juli wieder sein würde.

Jedes Mal, wenn er auf La Mujer Muerta zuschwamm, kam er dieser Möglichkeit ein wenig näher.

Und jedes Mal, wenn er dem Berg wieder den Rücken kehrte, fragte er sich, ob sie ihre Vertrautheit wiederfinden würden. »Freue ich mich auf etwas, von dem ich weiß, daß es nie eintreten wird?«

Waverys Tage reihten sich aneinander wie die Bahnen im Schwimmbecken, und aus den Tagen wurden Wochen. Nur Asunción kannte das genaue Ausmaß seiner Abgelenktheit. Jeden Tag hörte sie am Klopfen seiner Finger, wie er die Zeit maß, wie sein Stuhl quietschend nach hinten geschoben wurde, hörte seine Schritte, wenn er zum Fenster hinüber ging, und sie sah ihn vor sich, wie er seinen Blick über das Dach des Club de Pensiones schweifen ließ und sich mit einer Einladung Luft zufächelte, die sie für ihn hatte absagen müssen. Er wartete; und das Fortschreiten der Wochen verfolgte er am Wachstum der Klettertrompeten auf seiner Dachterrasse und des Blätterstapels auf seinem Schreibtisch. Auch an der Verwandlung seiner Residenz. So wurden aus den Wochen Monate, bis der Abend ihrer Ankunft gekommen war.

6

Der Ramadan war zu Ende, und El Hadu war gereizt nach dem langen Fasten. An diesem Abend wartete Wavery auf Marie Amaral, die ihm eine Lieferung Nachthyazinthen vorbeibringen wollte. Sechs Uhr hatten sie vereinbart. Um halb acht war sie immer noch nicht gekommen. Sie muß es vergessen haben, sagte er sich. Er war oben und packte seine Sachen für das bevorstehende Wochenende, als es an der Tür klingelte.

»Madame Amaral!«

»Es tut mir leid. Ich habe mich verlaufen.« Sie war kreidebleich.

»Verlaufen? In Abyla?« Er nahm ihr die Blumenkiste aus den Armen.

»Das könnte mir sogar auf einer schnurgeraden Straße passieren. Ich war in der Kirche. Dann bin ich einfach herumgelaufen.«

»Ist etwas nicht in Ordnung?«

»Es ist wegen Periclito«, sagte sie.

Sie wollte gerade losgehen, um die Kiste zur Residenz zu bringen, da kam das Mädchen aus dem Schuhgeschäft über den Platz gelaufen. »Schnell. Kommen Sie! Es ist Rosita. Sie ist am Telephon. Ein Unglück ist geschehen.« Ihre Schwiegertochter rief aus Peru an, aus einer Stadt namens Huanta. Ihr Sohn, der Erderschütterer, hatte einen Unfall, irgendein Andenstier hatte seinen Bauch aufgeschlitzt.

»Huanta«, sagte Wavery, »den Ort kenne ich.«

Dort war Periclito Matador. Sechsunddreißig Stunden hatte er mit dem Bus fahren müssen, um eine solche Stadt zu finden. Aber er wollte seine Schwester Rosita beeindrucken, die er seit drei Jahren nicht mehr gesehen hatte. Die Spitze des Horns war in die Bauchdecke eingedrungen und wieder herausgekommen, so daß er für Sekunden seine Eingeweide in den Händen hielt, wie die farbigen Bänder, die seine Mutter um ihre Blumen wickelte. »Um ein Haar hätte er meine Eier erwischt«, sagte er zu Marie Amaral, mit der er dann vom Krankenbett aus auch sprach. Er wollte munter klingen. Die Ärzte hatten ihm gesagt, wenn er wieder Cassoulet essen wolle, dürfe er nicht lachen. »Fast hätten sie mein Bries in der Königlichen Loge servieren können!«

Nun lachte sie an seiner Stelle. Von Huanta hatte sie keine Vorstellung, von diesem Dorf am Ende der Welt, wo jede Straße in Avenida Sal Si Puedes umbenannt worden war. Aber sie ahnte so etwas.

Er war zu dick. Er aß zuviel. Für seinen Körper tat er nichts, außer Cassoulet zu kochen. »Und Liebe!« Er war so beweglich wie ein Ochsenkarren. Er verlasse sich, so sagte er, auf seine *Intuition*, dieselbe Intuition, die ihm sagte, wann das Cassoulet aus dem Ofen muß, wann ein Knie reif dafür war, daß er es streichelte. Mit dieser Intuition hatte er sich seine Bauchdecke so durchbohren lassen, daß er fortan links von seinem Bauchnabel zwei Narben mit sich tragen mußte, zwei Narben wie zwei eng beieinanderliegende Augen.

»Aber das alles macht mir keine Angst, Maman.« Bedrohlicher als seine mangelhafte Technik oder der Mißerfolg seiner Intuition in Huanta erschien ihm, daß er sich zu einem Matador entwickelte, der nicht töten konnte. Und nicht einmal mehr zwei Monate bis zur *Feria*.

Sich entwickelte! Marie Amarals Schweigen war beredt.

»Was man fürchtet, das erwischt einen auch, mein Sohn.«

Und sie hatte Angst um ihn. Ach, Periclito. Du Idiot. Du wunderschöner Idiot, dachte sie. Mein Sohn, mit dem ich keinen einzigen verständigen Satz wechseln kann.

»Periclito, hast du eine Freundin, die sich um dich kümmert?«

»Rosita ist hier bei mir. Und ich habe eine Freundin. Ich bin kein Heiliger. Da unten gehöre ich hin – wenn es da überhaupt etwas gibt.« Und sie konnte sich vorstellen, wie er in seinem Bett lag und mit dem Finger in Richtung Fußboden zeigte. »Ihre Mutter würde dir gefallen. Eine Venezuelanerin. Mit vielen Katzen.«

»Ich hasse Katzen.«

Die Leitung wurde gestört, und als sie seine Stimme wieder hörte, lachte er. Über achttausend Kilometer hinweg konnte sie das unerlaubte Lachen ihres Sohns hören. »Ihr Mann kam nach Hause, als wir oben waren. Sie steckte mich unters Bett. Er war mit Fieber nach Hause geschickt worden. Gehen Sie heim und legen Sie sich flach, hatte der Arzt gesagt. Also legte er sich sofort hin. Ich mußte den ganzen Nachmittag und Abend bis in die Nacht dort unten liegen, bis – Mutter? Bist du noch da?«

»Gott sei Dank. Er ist noch am Leben. Das ist das Wichtigste«, sagte sich Marie Amaral am Abend, als sie den Hügel von Santa Maria de Africa hinuntereilte, ohne Ziel; sie dachte nur noch an das kindliche Gebet, das sie für ihren Sohn gesprochen hatte – dreißig Jahre lang hatte sie keinen Gottesdienst mehr besucht.

Sie war verwirrt und aufgewühlt. Wegen seines Unfalls hatte sie sich an einen Gott gewandt, an den sie nicht wirklich glaubte; an einen Gott, der sie jedesmal in Verwirrung stürzte, wenn sie, selten genug, tatsächlich an ihn dachte. Zornig war sie auf diesen Gott, so zornig, wie nur sanfte Frauen werden, wenn sie finden, daß das Maß voll ist.

Männer hätten die Bibel geschrieben, hatte sie dem alten Padre Ruiz einmal gesagt. Und Männer, die kannte sie. Davids Gott hatte ihn im Stich gelassen. Warum sollte Er ihr helfen?

Aber an diesem Abend hatte sie gebetet, und während des Betens hatte sie plötzlich ein ganz merkwürdiges Bild vor Augen, eine Gestalt, die sie als Tromso Ortiz erkannte. Sie sah den Regisseur nur von hinten, sein Haar wirkte wie ein alter Teppich an der Stelle, an der bis vor kurzem ein schwerer Sessel gestanden hatte. Tromso Ortiz gab dem Kameramann seine Anweisungen, bat alle anderen um Ruhe.

»Und Ihr Sohn ist wirklich nicht ernsthaft verletzt?« fragte Wavery.

»Er wird sich erholen, da bin ich sicher. Er ist zäher als ein Ochse«, sagte sie.

»Bitte, bleiben Sie auf einen Drink. Oder möchten Sie lieber einen Tee?«

Sie lächelte ihn an. Es war komisch, es hatte Zeiten gegeben, damals als sie die englischen Dramen las, da hätte sie nichts dringender gebraucht als die beruhigende Sanftmut eines Engländers.

»Darf ich Ihnen einen englischen Tee anbieten?«

Er ging voran, durch das Haus hinauf zur Terrasse. »Ich setze rasch Wasser auf«, sagte er. Er war allein im Haus; Halima hatte darum gebeten, früher gehen zu dürfen. Sie wollte noch auf den Markt gehen und für die Familie einkaufen, die morgen das Ende des Ramadan mit einem Festessen feiern wollte.

Wenige Augenblicke später tauchte Wavery wieder auf, mit einem Tablett und zwei Kissen. »Hier. Legen Sie das auf Ihren Sitz.« Wegen des Staubs lasse er die Kissen nie draußen. Er setzte sich auf den harten Metallstuhl. Aus Gewohnheit klopfte er auf den Bauch der Teekanne, es war eine ganz gewöhnliche Kanne aus grünem Porzellan.

»So schön wie die Ihre ist sie leider nicht«, sagte er.

»Ihr Taubenbaum ist schön. Das ist doch ein Taubenbaum, oder?«

»Er hat viele Namen, wählen Sie aus«, sagte Wavery, »Taubenbaum, Gespensterbaum, Taschentuchbaum, *Davidia involucrata* ...«

Sie rückte vom Baum weg. Seit dem Nachmittag waren ihr ständig Dinge in den Kopf gekommen, an die sie sich lieber nicht erinnern wollte.

»Sicher hat ihn *El General* pflanzen lassen«, sagte er, »wir wissen jetzt auf jeden Fall, daß es seine Wurzeln sind, die mein Abflußrohr blockieren.«

»Und das da? Die haben Sie nicht von mir, oder?« Sie deutete auf eine gelbgrüne Pflanze, die unter einem Plastiksturz, aus einer alten Limonadenflasche geschnitten, heranwuchs.

»Aus Peru«, sagte Wavery stolz, »ich habe einige Samen herausschmuggeln können.«

Sie biß sich auf die Lippe. Aus Peru. Dort war auch Periclito. Der versuchte, in den Anden Stiere abzustechen. Der Mädchen auf Parkbänken anquatschte. Der sie mit seinem Cassoulet verzauberte. Dessen Leben eine lange und melancholische Ausschweifung war, dessen Weg Skelette säumten, ausgeweidet und abgenagt bis auf die Knochen. Das waren die Frauen, die ihn immer noch liebten, und die Tiere, die er seinem grausamen Vergnügen geopfert hatte.

»Mein Gott, wie sich alles verändert«, sagte sie und hob die Arme, »auch das Haus ist nicht wiederzuerkennen.«

»Das ist nicht mein Verdienst«, sagte Wavery, »das habe ich Silkleigh zu danken.«

Marie Amaral zuckte zusammen. »Silkleigh. Das fehlte noch!«

»Warum sagen Sie das?«

Sie schüttelte den Kopf über ihn. Der Consul General war ein kinderloser Mann, aber sie brachte er zu kindlichen Gefühlsausbrüchen.

»Es tut mir leid. Hat nichts zu bedeuten.«

Wavery stimmte zu: »Silkleigh kann wirklich unerträglich sein. Aber eigentlich ist er ein harmloser englischer Exzentriker.«

Das war mehr, als Marie Amaral ertragen konnte. Sie warf Wavery einen langen und kalten Blick zu. »Versuchen Sie nicht, mich für dumm zu verkaufen, Señor. Sie wissen, wer Silkleigh ist. Sie wissen ganz genau, wer Silkleigh ist.«

»Aber, Madame, wovon sprechen Sie? Was wissen Sie über Silkleigh?«

»Ich weiß alles über Silkleigh. Genauso wie Silkleigh alles weiß über mich.«

Jeder Mensch wählt sich seine Schatten selbst. Das hatte Marie Amaral im Laufe der Zeit gelernt, und der englische Taucher war einer von ihren. Eine beständige Erinnerung daran, warum sie an der Küste Abylas landete. Seit drei Jahrzehnten hing er an ihr. Seit dem Tag, an dem sie ihn in Oran mit ihrem Geschrei aus ihrer Wohnung hinaus und auf die Rue Balzac gejagt hatte. Noch nicht einmal zwei Monate später sah sie sein Konterfei in der Zeitung. Der Mann, der vorgegeben hatte, ein Freund von David zu sein, war ein von der Polizei gesuchter Mann. In Joy's Grill Bar, einige Schritte von der Hauptpolizeiwache in Oran entfernt, war er verhaftet worden. Er hatte zugenommen, seit sie ihn das letzte Mal gesehen hatte. Er stand unter dem Verdacht, Waffen für die OAS beschafft zu haben. Kurz vor seinem Verhör konnte er durch das Fenster aus der Wache fliehen. »Dieser Mann ist gefährlich«, stand unter dem Pressephoto.

»Und wer war der erste, der mir in Abyla begegnet ist, als ich hier ankam?« fragte Marie Amaral, »Ihr harmloser Freund.«

»Ein Waffenschieber soll er gewesen sein?« sagte Wavery erstaunt. »Für diese Faschisten?«

»Er muß es Ihnen doch erzählt haben?«

»Nein, Madame, er hat nie über Sie gesprochen.«

»Auch nicht über seinen Freund, den Major Mérimée?«
»Bestimmt nicht.«
»Und er hat Ihnen auch nicht erzählt, daß ich hier illegal eingewandert bin?« Immerhin, ein Diplomat war ein Diplomat. Silkleigh konnte sein Wissen über sie gegen irgendeine Gunst eingetauscht haben.
»Aber nein. Wirklich nicht.«
Marie Amaral nickte, aber eher für sich selbst. »Ein Spion, ein Arsch, ein Waffenschieber, all das ist er. Doch was immer er im Land meines Mannes getan hat, seine Diskretion muß ich anerkennen.«
Wavery, der den Tee einschenkte, sagte: »Wie möchten Sie Ihren Tee?«
Aber sie weinte. Periclitos Unfall. Die *Davidia* des Generals. Die Teekanne des Consul General. Silkleigh. Es war einfach zu viel. Seit Oran hatte sie nicht mehr geweint. Und jetzt war irgendeine kleine Brise aufgekommen, hatte sie im falschen Augenblick erwischt und ihren stolzen Schutzpanzer weggepustet. Sie war erschüttert darüber, daß sie Silkleighs Geschichte preisgegeben hatte. Und ebenso beeindruckt war sie davon, daß er nichts von sich verraten hatte.
»Marie, Marie!« sagte Wavery und kam auf sie zu, wie es David getan hätte, um sie in den Arm zu nehmen. Wavery wurde der zweite Mann, dem Marie Amaral von Major Mérimée erzählte.

Der Franzose zerrte sie vom Fenster weg, raus aus dem Lichtkegel. Er war nervös. Er versuchte zu pfeifen, versuchte es mit: »Straßburg, Straßburg, du wunderschöne Stadt«, während er die Tür zu ihrem Zimmer abschloß. Sie wollte ihn bitten, mit dem Pfeifen aufzuhören, aber in ihrem Schreck brachte sie kein Wort über die Lippen. Major Mérimée knöpfte sein Hemd auf. Die Knöpfe waren weiß bis auf einen, den er wohl verloren und durch einen gelben ersetzt hatte. Der Faden stand ab. Seine Berührung war sanft. Seine Handflächen waren zerschnitten von Rasierklingen; Araber, die er durchsucht hatte, hatten sie in ihren Taschen gehabt.
Zu Wavery sagte sie: »Ich wollte einen Franzosen kennenlernen, und der erste, den ich kennengelernt habe, hat mich vergewaltigt.« Sie erinnere sich nur noch an den Geruch im Zimmer. Er sei ihr vertraut gewesen. Sie hatte ihn schon vor den kleinen Lokalen in der Rue Narbonne gerochen und einmal bei einem Grillabend unter den Zitronenbäumen ihres Vaters. Als es vorbei gewesen sei, habe Mérimée seine Selbstsicherheit wiedergefunden. Es schien ihm gleich zu sein, daß man das Auto draußen oder die Leiche darin würde identi-

fizieren können. Er habe sich verhalten, als sei er sicher, daß niemand kommen und ihm Fragen stellen würde. Er habe einen Arm unter seinen Kopf mit dem gefärbten Haar gelegt und habe erzählt. Über St.-Cyr. Über Vietnam. Über Oran. Er sei für die Bombe verantwortlich gewesen, die den Oberst X durch die Decke seiner Wohnung befördert hatte. Seinem Präsidenten hätte er am liebsten das gleiche Schicksal bereitet. De Gaulle sei ein Jude. Ein Säufer. Ein Verräter. Man müsse ihn zwingen, seine Orden zu fressen, habe er gesagt und ihr ins Gesicht geschlagen. Blut sei auf seinen Bauch getropft. Er habe ihren Rock vom Boden genommen und sich damit abgewischt.

»Hier«, habe er gesagt und ihr ein zusammengeknäultes Bündel zurückgegeben. Und sie habe sich bedankt.

Endlich sei er gegangen. Mit Erleichterung habe sie gesehen, daß Rosita nicht aufgewacht war. »Sie haben den falschen Mann getötet«, sagte sie zu Wavery, »sie haben die falsche Frau vergewaltigt. Und als sie das alles herausgefunden hatten, war es ihnen so peinlich, daß sie mich nicht selbst aufsuchen konnten. Also schickten sie Silkleigh. Ihn schickten sie, um mich auszuzahlen ...«

»Aber, was um Gottes willen hat Silkleigh ...?«

Sie hörten Geräusche vom Balkon nebenan. Genia Ortiz war dabei, ihre Fenster zu öffnen. »Ich glaube, wir gehen besser ins Haus«, sagte Wavery.

Später begleitete er Marie Amaral nach Hause. Ihre Wohnung lag am Paseo Colon, in der Nähe des Museums der Fremdenlegion. Er hatte ihren Arm genommen, und sie erzählte immer weiter, so als ob sie gar nicht mehr aufhören könnte.

Was aus Major Mérimée geworden sei, nach jener Nacht, hatte sie nie in Erfahrung gebracht. Vielleicht war er begnadigt worden. Vielleicht hatte er eine Apotheke irgendwo im Périgord, wo er Dorfkindern die Wangen tätschelte. Oder er war in Barberousse unter die Guillotine gekommen, nachdem er sich zwei Wochen lang von Sardinen und Spaghetti hatte ernähren müssen. Sie wußte es nicht, und es war ihr auch gleichgültig.

Aber eine Erleichterung sei es gewesen, darüber sprechen zu können. In Abyla hätte sonst niemand eine Ahnung davon. Wo hätte sie auch anfangen sollen mit dem Erzählen? Warum die Menschen verunsichern? Einmal sei sie bei einem Psychologen gewesen. Sie habe sich über ihren Sohn klar werden wollen, aber dann doch nur den Mut gehabt, über einheimische Bäume zu reden.

»Ich wollte ihn nicht. Ich habe versucht, ihn abzutreiben. Normalerweise will man doch, daß ein Kind so wird wie man selbst, irgendeinen Charakterzug soll es wiederholen. Mit Periclito ging's mir anders.«

Sie waren bei ihrer Haustür angelangt.

»Wollen Sie hereinkommen?« fragte sie.

»Ich muß fertig packen«, sagte Wavery, »morgen fahre ich nach Afrika. Aber versprechen Sie mir, Marie, daß Sie zu mir kommen, wann immer Sie wollen, so oft Sie wollen.«

Sie öffnete die gläserne Eingangstür des Mietshauses. »Hier bin ich doch sicher, nicht wahr, Señor? Man wird das doch nicht herausfinden und mich ausweisen, oder?«

»Nein. Das wird man nicht herausfinden.«

Wavery wartete, bis die vier Wände des Fahrstuhls sie bargen. Wieder einmal hatte eine Frau ihm die Traurigkeiten ihres Lebens anvertraut. Wieder einmal hatte er geschwiegen und zugehört, und wieder einmal war sein Schweigen als Zeichen von Autorität mißverstanden worden. Ob er sie verletzt hatte damit, daß er nicht mit zu ihr hinaufgegangen war? Er wußte genug über die menschliche Natur, um zu wissen, daß man die erste weinende französische Witwe, die man traf, nicht unbedingt gleich in den Arm nehmen mußte. Aber nach allem, was Marie Amaral ihm über Silkleigh erzählt hatte, was wußte er denn wirklich von der menschlichen Natur? Wie sicher war er gewesen in seiner Einschätzung eines Mannes wie Silkleigh, und wie falsch hatte er gelegen. Welche Fehleinschätzungen würden ihm noch unterlaufen?

Aber jetzt war nicht die Zeit, sich darüber den Kopf zu zerbrechen. Nicht jetzt. Morgen, nach einem Abgrund von neun Monaten, würde er Catharine Riding wiedersehen.

7

Am folgenden Tag um halb vier nachmittags machte sich Großbritanniens Generalkonsul in Abyla auf, das Konsulat zu einem kurzen Spaziergang hinüber zum Hotel Zamora zu verlassen. Für das Wochenende hatte er in Chechaouen Hotelzimmer reserviert, und er wollte nicht vor Montag nach Abyla zurückkehren.

Die Mittagspause hatte er durchgearbeitet.

Am Morgen hatte er dem kommissarischen Abteilungsleiter ein Telex geschickt und ihn davon in Kenntnis gesetzt, daß die Renovierung der Residenz in Abyla, abgesehen von der Montage einer Fahnenstange, deren Lieferung aus Gibraltar jeden Tag erwartet werde, abgeschlossen sei. Außerdem hatte er ein Telegramm entworfen und es tatsächlich auch abgeschickt. Es war die Antwort auf einen Brief seines Schwagers, der ihn nach den Gerüchten über den Zustand der Residenz gefragt hatte. Waverys Antwort war von beißender Schärfe. Er habe die aufrichtige Freude, Air Vice-Marshal Sir Lawrence Tredwell den guten Rat geben zu dürfen, sich doch bitte um seine eigenen Aufgaben zu kümmern.

Obwohl er keine Krawatte trug, war er sorgfältig gekleidet. Am Morgen war er aufgestanden, bevor der Wecker geklingelt hatte, hatte diesen ausgeschaltet und sich dann in aller Ruhe ein Hemd, ein Sakko und eine Hose ausgewählt. Das Sakko aus grünem Tweed war neu: ein Schneider in Fulham hatte es in weniger als zwei Wochen auf Maß angefertigt. »Sie können den untersten Knopf offenlassen«, hatte der Mann gesagt, »und, wenn Sie meinen Rat hören wollen, tragen Sie es so.«

Wavery erhob sich von seinem Schreibtisch, tastete in seinen Hosentaschen nach den Schlüsseln des Daimler. Es war fünf nach halb vier, und um vier würde sie in Abyla eintreffen.

»Ach, *Ambasadoro*. Ich komme ungelegen?«

»Um ehrlich zu sein, Silkleigh, ja, das tun Sie.«

»Ich werde Sie nicht lange aufhalten. Ich brauche nur *eine kleine* Scheck von Ihnen«, sagte Silkleigh. »Ich muß nach Gib rüber, um noch einigen Kleinkram zu besorgen, und ich dachte, ich zahle mal eben Ihre hungrigen Arbeiter aus. Danach haben Cochabamba und ich vor, uns zwei, drei Tage am Strand herumzutreiben. Ich habe mit dem Mädchen ein ziemlich entscheidendes Stadium erreicht.«

Er überreichte Wavery seine Abrechnung, die sich auf genau die Summe belief, die sie vier Monate zuvor auf der Terrasse vereinbart hatten. Wavery stellte einen Scheck aus.

»Und Sie sind sicher, daß damit alles abgedeckt ist?«

»Ganz sicher, mein Bester«, sagte Silkleigh und öffnete sein Notizbuch. Er legte den gefalteten Scheck zwischen die Seiten.

Trotz allem, was er am Abend zuvor von Marie Amaral gehört hatte, sagte Wavery: »Ich bin Ihnen dankbar.« Bis ihm Silkleigh zu Hilfe gekommen war, hatte ihn dieser Mann schier wahnsinnig gemacht. Doch die Männer, die Silkleigh organisiert hatte, hatten wirklich erstklassige Arbeit geleistet, und seit ihrer Ankunft hatte ihn London in Ruhe gelassen.

»Aber Sie kennen doch Silkleigh«, sagte Silkleigh, »alles für die Queen und mein Land.«

Wavery war gegen das Gequassel des Tauchers mittlerweile immun. »Was macht Ihr Buch?« Er konnte es sich leisten, ihm noch einige Minuten zu schenken. Wie oft war Silkleigh in Waverys Gedanken aufgetaucht, während er schreibend auf seiner Terrasse saß. An Silkleigh wollte er sich auf gar keinen Fall ein Beispiel nehmen, wollte nicht Geschichten auswerfen wie Netze, die er dann niemals einholen würde; er wollte keine Geschichten wie zu kleine Fische wieder ins Wasser werfen müssen, wo sie davonschwimmen würden und für immer verloren wären, obwohl sie doch auf die Seiten des Buchs seines Lebens gehörten. Wollte sie nicht immer wieder eintauschen gegen die ungewisse Aussicht auf einen glänzenderen mit schillernden Regenbogenflossen. Wenn der Brief an Catharine irgendeinen Sinn haben sollte, dann durfte er sich keine Ausflucht durchgehen lassen.

»Ich habe angefangen«, sagte Silkleigh.

»Derselbe Titel?« fragte Wavery.

»Deckt so vieles ab. *On the Rocks*«, sagte Silkleigh. Liebe. Schiffe. Die Säulen des Herakles. Kapitel Zwei werde Ein Croupier in Haiti heißen.

»Tja, das wäre dann wohl alles«, sagte Wavery, der es nun doch wieder eilig hatte. »Oder gibt es noch etwas?«

Silkleigh machte keine Anstalten zu gehen. »Ich sah Sie gestern abend mit Marie Amaral nach Hause spazieren, *Ambasadoro*. Geht das denn gut?«

In seinem Leben vor Catharine hätte Wavery eine solche Frage wahrscheinlich ignoriert. Beflügelt von ihrer unmittelbar bevorstehenden Ankunft, lehnte er sich zurück. Er sagte: »Sie müssen mir etwas erzählen, Silkleigh. Sie haben gesagt, Sie besäßen die Schlüssel zu den hiesigen Archiven. Sie haben gesagt, Sie wüßten alles. Erzählen Sie mir von Marie Amaral. Über alle anderen hier in Abyla haben Sie mir alles erzählt, aber nichts über sie. Sie haben nie über sie gesprochen. Auch nicht über ihren Sohn. Was ist mit den beiden?«

»Sie meinen Periclito?«

»So ist es.«

»Den Stierkämpfer?«

»Und seine Mutter. Also, erzählen Sie mir.«

Silkleigh wirkte verlegen, so hatte ihn Wavery bis dahin noch nicht erlebt. »Die Wahrheit ist, mein Bester, daß ich überfragt bin. Ich weiß nicht viel über Periclito. Oder über seine Mutter.«

Wavery sagte: »Ich habe etwas ganz anderes gehört, Silkleigh. Marie Amaral sagte mir, sie kenne Sie aus Algerien?«

»Algerien?« sagte Silkleigh, und sein Ausdruck veränderte sich.

Wavery lehnte sich vor: »Warum zum Teufel haben Sie dort die französischen Faschisten unterstützt?«

»Es ist nicht ganz so, wie Sie denken, Mr. Wavery.« Silkleighs joviales Thekengetue war verschwunden. »Formal arbeitete ich mit der französischen Regierung zusammen. Ich sollte Kontakt aufnehmen zu den Arschlöchern von der OAS.«

»Und dann sind Sie hierher gekommen, ins Francistische Spanien?«

»Na ja. Ich bin kaum noch aktiv in dem Job. Und es war sowieso nur ein Überwachungsauftrag. Ich habe niemandem in den Bauch getreten oder dergleichen.«

»Was meinen Sie damit?«

Plötzlich hatte Silkleigh die unbeirrbare Haltung eines Mannes, der vorgibt, einen Bekannten auf der Straße nicht gesehen zu haben. Er schaute nach einem Fleck, auf den er seine Blicke fixieren konnte. Er entschied sich für Waverys Badehose.

»Kapitel Neun«, begann er, »in dem Joseph Silkleigh, Autor, Thomas Wavery die schmerzhafte und fürchterliche Wahrheit über Marie Amaral enthüllt und dabei auch die fürchterliche Wahrheit über sich selbst, ein Geständnis mit weitreichenden Konsequenzen für Thomas Wavery, der Sinn hatte nur für das bevorstehende Wochenende.«

»Und was, *um Gottes willen*, soll das nun wieder heißen?«

»Hören Sie mal, mein Bester ... Ich werde alles gestehen müssen.«

»Gestehen?« sagte Wavery, »was ist zu gestehen?«

Einen Augenblick lang schien Silkleigh, der Autor, nicht zu wissen, wie er den Faden fortspinnen sollte. »Tatsache ist, *Ambasadoro*, Sie tun den einen Job. Ich den anderen.«

»Welchen Job?« Aber während Wavery die Frage stellte, ahnte er schon die schreckliche Antwort. »Silkleigh? Welchen Job?«

»Ich erhielt eine Nachricht von meinen Leuten. Es hieß, ich solle mich um Sie kümmern.«

Wavery schaute ihn an und versuchte zu fassen, was Silkleigh sagte. Er schüttelte den Kopf, war wie benommen. Du Großer Gott. Das war also der Mann, den er über Monate so herablassend behandelt hatte. Er hatte ein vollständiges Bild von Silkleighs Leben gezeichnet und hatte auf der ganzen Linie falsch gelegen. Der Mann, den er als seinen Vorarbeiter zu engagieren glaubte, war höchstwahrscheinlich ein hochrangiges Mitglied seiner eigenen Organisation. Er fühlte, wie der Zorn in ihm zum Kochen kam. Er sprang auf. Das sah Queesal ähnlich!

»Du Arschloch. Du widerliches Arschloch, Silkleigh. Gibt es ein dreckigeres Spiel als das, was du gespielt hast? Warum bist du damit nicht früher rausgerückt?«

Silkleigh blieb unbeirrt. »*Kara mia*, du bist in letzter Zeit, wie man mir gesagt hat, etwas neben der Kappe gewesen. Sie glauben, du seist unzuverlässig. Sie dachten, es sei höchstwahrscheinlich, daß du durchdrehst. Auf jeden Fall wollten sie, daß ich die Residenz für dich in Ordnung bringe, rechtzeitig für diesen Königlichen Besuch.«

»Also Pas de Problème und Plaisir des Yeux ...«

»Denen habe ich Arbeit im Tunnel verschafft. Wenn ich die beiden Trottel nicht aufgefordert hätte, sich zu verpissen, wären die auch im Jahr 2000 nicht fertig geworden.«

Kaum hatte Wavery seinem Zorn freien Lauf gelassen, da war dieser schon wieder erloschen. Vor einem Jahr noch hätte ihn diese Offenbarung vernichtet. Inzwischen nicht mehr. Das war vorbei. Silkleigh hatte seine Berufsehre verletzt, aber die war ihm gleichgültig geworden. Sein Zorn, das waren die letzten Spuren des Mannes, den das FO aus ihm gemacht hatte. Aber ihre Kreatur war er nicht mehr. In seinen letzten Tagen in Lima hatte er eine Wahrheit kennengelernt, die weit glühender war als sein Stolz und sein Ehrgeiz. Wenn ein Herz zu sprechen beginnt, dann wird alles andere unwichtig.

Silkleigh sagte: »*Ambasadoro*, ich sehe dein armes, altes Hirn summen wie eine Fliege in einer Flasche. Aber ich habe die ganze Zeit nur in der zweiten Reihe gestanden.«

Er sprach in einen leeren Raum. Als Wavery eine Glocke schlagen hörte, hatte er auf die Uhr geschaut und war aus dem Konsulat gestürzt, als sei einer der besten Wettkampfstiere von Don Ponciano hinter ihm her.

8

Der silberne Daimler ließ den frisch gerechten Splitt vor dem Hotel Zamora aufwirbeln und preschte von der Plaza de Africa Richtung marokkanische Grenze. Capitán Panteco, der auf dem roten Bollwerk der Festung San Felipe stand, sah nicht, wie das Auto unter ihm davonstob. Ein Teil seiner Aufmerksamkeit widmete er El Callado, dessen Verhaftung unmittelbar bevorstand. Zugleich konzentrierte er sich auf die Kanone, die ein Araber gleich abfeuern sollte. Zu oft hatte er sich auf die Glocke von Santa Maria verlassen.

Noch eine Minute.

Panteco wartete darauf, daß die Sonne hinter den Flanken von La Mujer Muerta versank. Das Licht, das die Kakteen vergoldete und den Rücken der staubigen Schafe Aura verlieh, ließ auch seine Wangen glühen. Die Zeit war da, das Ende des Ramadan gekommen.

»Jetzt mach', Mohammed«, sagte er und warf dem Jungen sein Feuerzeug zu. Der junge Araber ging auf die geladene Kanone zu. Sie lag buckelig auf einer verwitterten Holzlafette, deren eine Seite fast zusammengebrochen war, so daß die riesige bronzene Nase schräg zwischen den Zinnen herausragte. Das Kanonenrohr war grün korrodiert, es zielte jetzt in die Sonne. Der Junge legte eine Hand auf das Bodenstück, das die Form eines Delphins mit Flossen aus Akanthusblättern hatte, und zündete das Feuerzeug an.

Eine laute Detonation, und die Sonne starb. Feuerwerkskörper schossen durch die Dämmerung über die Dächer von El Hadu, schossen durcheinander wie Sprotten in einem Schwarm, tauchten den Abend in Rot und Gold und lenkten die Augen der Kinder ab, dort in dem Hof, in dem Halima gerade einem Lamm den Hals durchschnitt. Das Fest nach den dreißig Tagen Fasten, das Fest der Wiederkehr einer feinen weißen Mondsichel konnte beginnen.

Ein Pferd wieherte, scheu gemacht von den Feuerwerkskörpern. Jemand blies eine Melodie auf einer Flöte, die aus dem Rohr einer Wasserpfeife geschnitten war. Ein Hund leckte das Blut, das von dem hängenden Lamm tropfte, von der Erde. Das Lamm hing dort bereits ohne Fell, mit schimmerndem Fleisch und einem kleinen schwarzen Kopf.

Vierter Teil

ZWÖLFTES KAPITEL

1

Drei Tage später, am Montag abend, schob sich Wavery auf der Marina Española gegen den Strom der Tunnelarbeiter. Die Nachmittagsschicht war gerade zu Ende gegangen, und der gelbe Tausendfüßler wand sich langsam hinauf nach El Hadu. Unter den *Ratas* entdeckte Wavery Pas de Problème, der sein Gesicht zu verbergen suchte.

Wavery drängte sich durch zum Ende des Zuges und ging mit langen Schritten die Playa Benitez entlang, wollte hinauf zum Mirador; von dort hoffte er noch einen Blick auf die Fähre werfen zu können, die Catharine nach Algeciras trug. Hinter dem Friedhof begann die Straße steil emporzusteigen. Der Abend roch nach Pinien. Die einzige Bewegung war das ruhige Gleiten der weißen Möwen über dem Monte Hacho. Schließlich erreichte er den Aussichtsbalkon, den höchsten Punkt von Abyla. An die Wand der Einsiedelei gelehnt, rauchte ein alter Mann Kif. Auf der Wand über seinem Turban erzählten die Graffiti von Pärchen, die sich alle am gleichen Blick auf Europa erfreut hatten. Der Mann bemerkte Wavery und spuckte in die Büsche. Ein grauer Mast erhob sich aus einem Blumenbeet, in dem leere Bierdosen blinkten. Außerdem gab es hier oben eine von einer kleinen Brüstung umgebene Betonplatte. Die Betonplatte zierten zwei kleine Fußabdrücke: hier hatte General Franco gestanden und, nach einem Gebet zur Jungfrau von Afrika, den Konvoi seiner Schiffe über die Meerenge dirigiert. Hier war die südliche Säule des Herakles.

Nebel hing über der Straße von Gibraltar, und Catharines Fähre schien auf ihm davongesegelt zu sein. Erst nach einer Weile gestand Wavery sich ein, daß er den Rauch aus dem Schornstein nicht mehr sehen konnte. Die Sonne war untergegangen, und der Strahl des Leuchtturms focht mit der Dunkelheit. In der Nähe der Küste warf eine Lampe Licht auf bunte Papierschlangen, die Barsche mit Sprotten verwechseln sollten. Aus Südost blies eine leichte Brise. Sie roch nach Marihuana und trug den unverwechselbaren Schrei einer Waldrappe herüber, die außer Sicht hinter der Festung brütete.

Leere überfiel Wavery. Er fühlte sich tot. Er barg sein Gesicht in den Händen, und nur der warme Atem auf seiner Haut ließ ihn spüren, daß er noch am Leben war. Tränen hinterließen unangenehm juckende Streifen auf seinen Wangen, blieben zitternd an seiner Oberlippe hängen, bevor sie unvermittelt heruntertropften.

»Catharine!« schrie er.

Es kam Leben in den alten Mann, der gegen die Wand gelehnt auf seiner Tasche gesessen hatte. Er nahm die Haschpfeife aus dem Mund und öffnete die Augen.

»Catharine!«

Der Mann grunzte, als wolle er sagen, Wavery solle doch bitte still sein, und spuckte noch einmal in die Büsche.

2

Wo warst du?« Queesal, inzwischen zum Abteilungsleiter befördert und damit Waverys Vorgesetzter, klang sehr ungehalten.

»In Afrika«, sagte Wavery.

»Weiß ich. Ich habe versucht, dich in deinem Hotel zu erreichen.«

»Ich bin dort unter einem anderen Namen abgestiegen.«

»*Was* hast du getan?«

»Wollte anonym bleiben.«

»Unter welchem Namen?«

»Riding.«

»Du ...« Die Stimme verriet Unglauben. Irgendein automatischer Überlebensinstinkt hielt Wavery davon ab, den Hörer aufzulegen.

Er sagte: »Also, ist es euch nun gleichgültig, was die Berber denken, oder was?«

»Das, Thomas, ist genau der Grund, warum wir dich erreichen wollten. Der PUS macht sich, ehrlich gesagt, Sorgen.«

»Worüber?«

»Er hat einen neuen Bericht des Nachrichtendienstes zum Tunnel erhalten. Im Gegensatz zu dem, was du uns erzählst, besteht der Verdacht, daß der Tunnel nicht fertig wird bis August.«

»Das tut mir aber leid«, sagte Wavery, als gehe ihn die Sache nichts mehr an.

»Der Außenminister teilt diese Besorgnis und, soviel ich weiß, auch der Premierminister, und, das darf ich vielleicht hinzufügen, auch ich bin besorgt. Hier mehren sich die Stimmen, das Ganze abzublasen, zumindest für den Augenblick, wenn du uns nicht bestimmte Garantien verschaffen kannst.«

Ein Telephon läutete im Hintergrund. »Es wäre gut, wenn ich eine eindeutige Stellungnahme von dir hätte ... Wart' mal«, sagte er. »Hallo? Ach, Sir Derek. Ja. Einen Augenblick, Sir. Tom? Ich muß auflegen.«

Asunción öffnete das Fenster. »Ist es Ihnen hier drin nicht zu warm?«

»Ja. Doch. Ist es wohl.«

Aber nicht über die Hitze machte sich die Sekretärin Gedanken. Was, um Gottes willen, dachte sie, ist nur in Chechaouen passiert? Ein Fremder war aus Afrika zurückgekehrt. Unter seinen Augen hing schwer die Müdigkeit, seine Lippen waren zusammengepreßt, und in seiner Stimme war sein Elend zu hören.

Wenn er vor diesem Wochenende mit seinen Gedanken ganz anderswo zu sein schien, hatte Asunción das Gefühl, sie könne ihm das sagen. Da konnte sie Wavery noch den Rat geben, sich mehr unter die Leute zu mischen, häufiger aus dem Haus zu gehen, ins Kino vielleicht; es könne ihn doch nicht befriedigen, sich mit den Büchern ihres Vaters einzuschließen. Man müsse doch nur ihren Vater ansehen, wie er sich in sein stachliges Schneckenhaus im dritten Obergeschoß zurückgezogen habe, wie er dort Tag und Nacht am Computer klebe und seine Texte eintippe. Seine Gestalt vor dem Bildschirm wirke so regungslos, daß sie mehr als einmal Schlimmes befürchtet hatte. Zu Clotilda habe sie schon gesagt, daß sie gewiß eine Inventurnummer auf seinem Bauch finden würden, falls sie ihn doch einmal von vorne zu sehen bekämen.

Wenn sie mit Wavery vor seinem Ausflug über solche Dinge sprach, hatte er Witze über Kochtöpfe gemacht. Aber das war vorher. Seit Afrika hatte er keinen Sinn mehr für Kochtöpfe. In seinem Gesicht stand unauslöschlicher Schmerz. Sie kannte diesen Blick allzugut. Er erinnerte sie an Clotilda, damals, als Almestor, ihr erster ernsthafter Freund, mit Mariano, dem Photographen und Mönch, nach Fes durchgebrannt war. Er erinnerte sie an ihr eigenes aufgelöstes Gesicht, in der Nacht, als sie mit Tromso im Bett gelegen hatte – sie spürte noch seine kalten Ohren auf ihrer Brust – und plötzlich sich selbst sagen hörte: »Es ist vorbei, nicht wahr?« Und da war vor allem der Blick ihres Vaters, in den Wochen nach dem Tod ihrer Mutter. Als ihr jämmerliches Ende immer näher rückte, hatte sich ihre Mutter Sorgen gemacht: nicht um sich, sondern um Teodoro. Sie hatte Angst, er würde nicht damit fertig werden. Sie sollte recht behalten.

Doch als sie den Consul General fragte, ob ihm etwas fehle, hatte Wavery geantwortet: »Asunción, ich kann darüber nicht sprechen. Nicht jetzt.«

Das entsprach der Wahrheit. Er war sich selbst fremd geworden. Er war verloren. Und in diesem Zustand rettete er sich in die Eigenschaft seines früheren Wesens, die ihm allein noch verläßlich erschien. Was sich zwischen ihm und Catharine in Afrika ereignet hatte, das wollte er einfach nicht glauben, darum konnte es auch nicht wahr sein.

»Wo waren wir stehengeblieben?« fragte er. Vor Queesals Anruf waren sie die Gästeliste für den Empfang in der Residenz durchgegangen.

Wavery sah auf die Liste. Der Juntachef des nigerianischen Militärrats hatte geantwortet. Auch der Präsident der Telephonzentrale und Señor Lavandier, der Direktor der Antimonfabrik.

»Wir haben Anfragen von drei Engländern aus Tanger erhalten«, sagte Asunción, »sie wollen wissen, warum man sie nicht eingeladen hat.« London war unerbittlich gewesen, was die Zahl der Gäste anging.

»Aber da ist noch Volta«, sagte Wavery, der sich an sein Versprechen erinnerte.

Asunción setzte den italienischen Generalkonsul auf die Liste. »Außerdem ein Anruf von Genia Ortiz ...«

Wavery sagte: »Laß ihr eine zukommen.«

Sie sagte: »Damit hätten wir exakt zweihundert Gäste.«

»Niemand von Bedeutung, den wir vergessen haben?«

Sie meinte nicht.

»Ich nehme die Liste mit nach Hause. Und jetzt sollten wir noch rasch diese Briefe hier beantworten«, sagte Wavery. Er überflog den obersten Brief des Stapels. »An den Vorsitzenden des World Wildlife Fund«, sagte er und diktierte seine Versicherung, daß die Sicherheitsbehörden unmißverständlich unterrichtet worden seien, auf die Motorradeskorte für seine Hoheit Prince Philip zu verzichten; auch auf alle anderen Maßnahmen, die die Waldrappen aufstören könnten, da bereits ein Jungvogel aus dem Ei geschlüpft sei.

»An Ihren Vater«, sagte er und diktierte sein Bedauern, daß Ihre Majestät nicht in der Lage sein würde, die Einladung des Präsidenten der *Feria* wahrzunehmen und den Stierkampf zu besuchen; der Generalkonsul von Großbritannien werde die Ehre haben, sie zu vertreten.

»An den Chef des Protokolls«, sagte er. Diesem schrieb er von seiner Freude, erfahren zu haben, daß Ihre Majestät aus Anlaß des Königlichen Besuchs und irgendwann während Ihres Aufenthaltes in Abyla, wahrscheinlich im kleinen Kreis in seiner Residenz, die Absicht habe, Thomas Wavery zum Ritter des Königlichen Viktorianischen Ordens zu schlagen.

Sir Thomas Wavery. Er probierte den neuen Klang seines Namens. Aber er fand keinen Gefallen daran.

»Behalten Sie das noch für sich«, fügte er hinzu und schaute Asunción über den Rand seiner Brille an, »das war's, oder?«

»Hier ist noch ein Brief, der als ›vertraulich‹ gekennzeichnet ist.«

Wavery nahm den Umschlag entgegen; an der Adresse erkannte er Pennys Handschrift. Der Umschlag enthielt das Photo eines Hauses und eine Einladung zu einer Ausstellungseröffnung im privaten Kreis. Ein kleiner Gruß stand auf der Rückseite. »Ich weiß, daß du nicht teilnehmen kannst.« Aber sie drücke ihm für den Königlichen Besuch die Daumen.

Das Photo zeigte ein bescheidenes Haus aus herbstfarbenem Stein, über dessen Giebel sich eine alleinstehende Eiche erhob. Penny, mit einer Windjacke bekleidet auf dem im Schachbrettmuster gemähten Rasen, kehrte Wavery den Rücken zu.

Auf der Rückseite des Photos stand: »Hornbeams, bei Poole.« Seine Hände fuhren unter seine Brille.

Asunción stand auf. Sie sprach zu den vergrößerten Händen. »Ich habe darum gebeten, daß der Wein morgen geliefert wird.«

Die Hände fielen zurück.

»Ich glaube, ich gehe jetzt wohl doch nach Hause.«

3

Es war Halimas freier Nachmittag. Wavery schleppte seinen Körper die Stufen hoch und in die Küche. Dort saß Silkleigh auf dem Tisch, seine Stiefel ruhten auf einem Stuhl.

»Wie war Afrika?«

»Gut«, sagte Wavery, »einfach gut.«

Silkleigh zog sein rechtes Augenlid nach unten. »Wahre Liebe«, sagte er, »gefährliches Terrain. Nichts für einen Anfänger.« Waverys Wochenende in Afrika interessierte ihn eigentlich gar nicht. Er berauschte sich an sich selbst, war derart aus dem Häuschen über seine Entdeckung vom Vortag, daß er seine Autobiographie, Rosita und die unbestreitbaren Vorteile des Esperanto, das die Welt zu einer großen Familie zusammenschließen würde, völlig vergessen hatte. War er doch auf Emilios Boot gestoßen. »Und du wirst es nicht glauben, wen ich darin gefunden habe!«

Silkleigh schwätzte und schwätzte, Wavery begnügte sich damit, ihm zuzuhören.

Mit Cochabamba sei er zum Tauchen gewesen, zwischen La Mujer Muerta und Punta Benzú, und dort habe er im verfärbten Sand die vertraute Form eines Ballaststeins entdeckt, und dann einen weiteren Stein, dann noch einen: das mußte die Stelle sein, an der Emilio Ballast aus seinem Boot geworfen und versucht hatte, den sinkenden Kutter in Windrichtung zu drehen. Silkleigh folgte der Spur bis zu dem ockerfarbenen Rumpf, der auf ein Riff gelaufen war und nun auf dem Meeresgrund ruhe, zwischen den Wracks eines spanischen Weinfrachters und einer englischen, 1796 gesunkenen Fregatte mit vierundsiebzig Kanonen.

»Das Meer zeigt seine Macht. Durch Wiederholung«, hatte er zu Cochabamba gesagt.

Ein menschliches Gerippe schwebte aufrecht im Motorraum. Eine *Palangre*-Leine hatte die Flucht verhindert. Die Leine, an der orangefarbene Markierungsbojen aufgefädelt waren, hatte sich um die Knöchel eines Mannes gewickelt.

»Cochabamba wußte sofort, wer der Mann ohne Gesicht gewesen war. Sie mußte es nicht sehen.« El Callado ist am Unglückstag auf Emilios Boot gewesen; in Las Palmas war er mit seiner Fracht an Bord gegangen. Das Kokain befand sich in den Schwimmkörpern. »Emilio hat mit seinem Netz nicht nur Fische an Land gezogen«, sagte Silkleigh. Anders hätte der Fischer sein Boot auch nicht bezahlen können. Und als El Callado sich daran machen wollte, die *Palangre*-Leine abzuwerfen, da war die *Grau* aus dem Nebel auf sie zugeschossen.

»Aber eines wußte Cochabamba nicht«, fuhr Silkleigh fort und sprach dabei mehr zu sich selbst, seinen Triumph auskostend, »sie wußte nicht, daß ich es die ganze Zeit gewußt habe.«

Das Mädchen war der erste Auftrag seit Jahren, der etwas Aufregendes hatte. Ein Leben lang hatte er hier gelebt, hatte immer wieder

Aufträge für die Engländer und für Interpol erledigt (nie wieder für die Franzosen – als sie ihn einmal darum gefragt hätten, habe er abgelehnt).

»Ehrlich gesagt, als Cochabamba ankam, kehrte ich mich einen Fischdreck darum.« Aber er konnte klar sehen, was Cochabamba vorhatte. So blind hatte ihn das Handgelenk nicht machen können. Er behielt alles im Blick, vom ersten Gespräch an. Da hatte er sie gefragt: »Willst du mit hinaus aufs Meer? Morgen? Zum Tauchen?« Cochabamba interessierte sich in Wahrheit weder für Hotels noch für Wasserfiltriersysteme, geschweige denn dafür, mit Silkleigh abends irgendwo tête-à-tête beim Essen zu sitzen. Darum hatte sie jeden Abend etwas anderes vor, vertröstete ihn stets auf morgen, vielleicht ein »mal sehen«, wenn es um die nächste Woche ging. Nächste Woche, ja, kann sein ... Nur wenn er mit dem Boot zum Tauchen hinausfuhr, hatte er Chancen. Da wollte Cochabamba jedesmal mit. Da ließ sie sich sogar küssen, umspielte seine Zunge mit der ihren, wenn auch nur für Augenblicke. »Nimmst du mich mit?« fragte sie. – »Meine *kleine belulino*. Natürlich. Gib mir deine Hand. Setz dich dorthin.« Und sie fuhren hinaus aufs Meer, und er war es auf eine verquere Art zufrieden.

Angerührt habe er sie nie. Nur ein paar Schmatzer mit ihr ausgetauscht. Dabei wäre er ihr am liebsten jede Nacht an die Wäsche gegangen; aber nein, das hatte nicht sein sollen. »So traurig, wie das sein mag, es bestätigt die alte Jesuiten-Lehre. Je mehr man hat, desto mehr will man haben. Das haben die mir über Mädels beigebracht, mein Bester.«

Wavery rieb sich den Hals. Es tat ihm gut zuzuhören; alles war ihm recht, was ihn von seinem Wochenende in Afrika ablenkte.

»Marie, was haben Sie getan, wenn Sie vergessen wollten?« hatte er die Blumenhändlerin gefragt, als er sie nach Hause begleitete.

»Das, was ich immer getan habe. Ich starre etwas so lange und so intensiv an, daß es zu etwas anderem wird. Und wenn mein Starren nur intensiv genug ist, dann kann ich auch mich selbst vergessen.«

Wavery starrte Silkleigh an, mit aller Intensität; und an diesem Abend in der Küche der Residenz begann er, den Engländer als das zu sehen, was er wirklich war. Ein äußerst erfolgreicher Lieferant von Wahrheiten und Tarnungen. Ein Beobachter, der andere Menschen irreführte, unbeirrt von den Beleidigungen, die er auf diesen Wegen einstecken mußte. Seine Tarnung war es gewesen, aufs Meer hinauszufahren, aber das Meer war auch zu seiner Leidenschaft geworden. Manche Menschen verbrachten ein Leben damit, nach einer Tarnung zu suchen, weil sie zu verbergen haben, was sie aus ihren Leben nicht haben machen können. Er dagegen ließ, sobald er draußen war auf dem offenen Meer, seiner Phantasie freien Lauf. Wenn er unter Wasser mit den Fingern schnippte, bekamen die Steine eine Aura. Mit seiner Taschenlampe lockte er lebendige Wesen aus der Tiefe des Meeres. Er erzählte ihre Geschichten. Doch wenn er nach Hause kam und die Tür hinter sich abgeriegelt hatte, wurde er zu einem sehr guten Agenten. Er war ein besserer Agent, als Wavery je ein Diplomat gewesen war.

Cochabamba, die Betrügerin, hatte Silkleigh wieder betrogen.

Wavery fragte: »Und wo ist sie jetzt?«

Silkleigh schwenkte die Rolex an seinem Handgelenk, als winke er ihr zum Abschied. Mit leisem Bedauern sagte er: »Sie wird nicht zurückkehren.«

Wavery ging zum Spülbecken. Er nahm ein Glas von der Abtropffläche und ließ es voll Wasser laufen.

Silkleigh nahm seine Füße vom Stuhl und rutschte vom Tisch. »Du hast immer noch nichts von Afrika erzählt.«

Wavery trank. Es gab keinen Zweifel: seit Silkleigh sein Filtersystem unter der Spüle angebracht hatte, schmeckte das Wasser frischer.

Silkleigh sagte: »Ich muß sagen, ich hatte immer schon den Verdacht, daß man Chechaouen überschätzt. Ein Hotel, und das war's.

Wavery füllte das Glas noch einmal und trank.

»Ein Auge, das nicht sieht, ein Herz, das nicht leidet«, fuhr Silkleigh fort, »vielleicht könntest du dich einer Geschlechtsumwandlung unterziehen, wie ein Streifenlippfisch.« Als Wavery noch immer schwieg, sagte Silkleigh sanft: »Ich gehe jetzt, *Kara mia*. Ich muß mich um die Sicherheit deiner kleinen Feier kümmern. Aber bevor ich gehe, und wenn du dich zwei Minuten lang konzentrieren könntest, wollte ich dir noch zeigen, was ich heute für dich getan habe.« Und er führte Wavery in die Königliche Suite, die stark nach neuem Chintz roch, und dort ans Fenster.

»Da. Schau.«

Wavery folgte der Richtung seines Fingers. An der geschwungenen grünen Eisenbalustrade des Balkons, festverschraubt und wie eine riesige Angelrute in den Abendhimmel über die zerzausten Palmen der Marina Española ragend, hinausweisend über den Eingang des Tunnels, über die Kräne und Fischkutter und die flackernden Lichter von Europa, sah er eine dünne lackierte Stange, an deren äußerem Ende der Union Jack flatterte.

»Fahne hoch!« sagte Silkleigh. »Was mich daran erinnert, was hältst du von *Waverys letzter Posten*?«

»Aber ich dachte, du hätt…«

Das Haus schüttelte sich, und Wavery hatte das Gefühl, irgend etwas im Innern des Gebäudes würde zusammenbrechen, als habe eine Stütze nachgegeben.

4

Im Schlaf fühlte Genia Ortiz, wie die Erde sich krümmte. Sie hatte sich zu einem kurzen Nickerchen hingelegt, lag, ihr weißes Haar in einem Haarnetz, und starrte die Decke an, damit ihre Wangen auf keinen Fall das Kissen berührten. Einmal in der Woche, sonntags vor der Messe, schminkte sie ihr Gesicht. Sie ließ das Make-up auf ihrem Gesicht, auch nachts, wenn sie sich schlafen legte. Dann allerdings schützte sie ihr Gesicht durch eine jener Masken, die bei Transatlantikflügen an Passagiere der Ersten Klasse verteilt werden. Sie war noch mit keinem Flugzeug geflogen, geschweige denn Erster Klasse. Die Maske hatte ihr Tromso geschenkt.

Ihr Dirigentenstab lag neben ihr auf dem Laken, mit ihm würde sie Eindringlingen die Augen ausstechen. Auf der rechten Seite des Betts, wo Ernesto geschlafen hatte, lag der *El Faro*, die Feuilleton-Seite aufgeschlagen. Mit einem Rotstift hatte sie dort drei Buchstaben großzügig umkringelt.

Bevor er sein Exil im Gästezimmer antrat, wurde Ernesto oft davon geweckt, daß seine Frau »Vati! Vati! Wir sitzen fest, auf einer Sandbank!« rief. An diesem Abend war ihr Gesicht ruhig. Mit Unterstützung eines Wörterbuchs hatte sie dem Bürgermeister von Balnascharki geschrieben und ihn von ihrer Ankunft dort Ende August in Kenntnis gesetzt. Sie hatte die Reise mit der Entschädigung zahlen können, die das Konsortium der Tunnelgesellschaft ihr für Lärmbelästigung schuldete. Am Tag nach der Eröffnung des Tunnels würde sie durch den Tunnel nach Gibraltar fahren und sich auf der *Kolibri* einschiffen, ein Kreuzfahrtschiff, das sie zur Krim bringen würde. Von dort wollte sie mit dem Zug weiterfahren nach Kiew. Nicht mehr lange, und sie würde den grünen Koffer unter ihrem Bett erneut packen. Nicht mehr lange, und sie würde wieder in Balnascharki sein.

Seit Weihnachten lebte Genia Ortiz in einem Zustand pathologischer Erwartung. Die wenigen, die sie näher kannten, meinten eine wunderbare Wandlung beobachten zu können.

»Bilde ich es mir nur ein?« fragte Senator Zamora Asunción, »oder verschwindet ihr Silberblick tatsächlich?«

Auf ihrem Fensterkissen in der Calle Zamora sitzend, verfolgte sie die letzten Fortschritte des Tunnelbaus, sie nahm sie in sich auf wie große Schlucke Wodka. Zu ihrer Photosammlung auf dem Kissen legte sie ihren Fahrschein nach Odessa, einen neuen Paß (ihren von Nansen unterzeichneten Rot-Kreuz-Paß hatte das Reisebüro nicht akzeptiert) und drei Polaroid-Aufnahmen, die der Bürgermeister von Balnascharki ihr geschickt hatte.

In seinem jüngsten Brief hatte der Bürgermeister erklärt, Haus und Stall hätten als Unterkünfte für vierundzwanzig Familien gedient. Das, was wie kleine Strebebögen aussehe, seien die Außenaborte. Das Hauptgebäude würde Eugenia Nikolajewna unverändert vorfinden – allerdings habe man, als die Kuppel neu gedeckt werden mußte, Ziegel genommen, kein Kupfer mehr. Wenn sie vom Stadtrat den See und den östlichen, an die Stadt grenzenden Teil des Parks zurückverlangen wolle, dann würde er alles in seinen Kräften stehende tun, um sie zu unterstützen.

Vier solcher Briefe hatte sie vom Bürgermeister, einem ehemaligen Theaterregisseur, erhalten. Mit jedem Mal holte er weiter aus. »Wie gut ich Ihren Familiensitz kenne!« hatte er ihr in seiner Antwort auf ihren ersten Brief geschrieben. Seine ideologische Schulung habe er im Ballsaal genossen. Einmal im Monat habe er unter der Kreuzblume der Kuppel gesessen, während ein Mann über die Rolle des Kommunismus in der modernen Welt gesprochen habe. »Alle dösten, auch die Kommunisten. Wir schauten zur Kuppel hinauf. Wir schauten nach draußen über den Rasen. Überallhin wanderten unsere Blicke. Bloß nicht zum Vortragenden. Es war ein komischer Traum.«

In einer nachgeschriebenen Bemerkung des dritten Briefs begrüßte er es, daß der Traum ausgeträumt sei.

Der Unterschied zwischen Kommunismus und Kapitalismus sei nicht der zwischen zwei Systemen gewesen, erklärte er, sondern der zwischen Natur und Unnatur. Der Kapitalismus sei grausam, aber normal: »Die Sünde des Kommunismus ist, daß er abnormal ist. Sie können sich nicht vorstellen, Eugenia Nikolajewna, wie viele aus meiner Generation zu Alkoholikern wurden, die sich beklagten und elend fühlten, tagein, tagaus. Ein großer Teil der Bevölkerung trank bis zur Bewußtlosigkeit. Die meisten Menschen haben sich mindestens einmal scheiden lassen. Das ganze Land war heruntergekommen. Alle, auch mein Amtsvorgänger, hatten Augenblicke, in denen sie abhauen wollten. Aber keiner von uns hatte die Energie dazu. Es herrschte eine allgemeine Lethargie.«

In seinen letzten Schreiben allerdings bemerkte sie eine sich anbahnende Ernüchterung. »Vierunddreißig Jahre lang habe ich Theater gemacht, und vierunddreißig Jahre war mein Theater ausverkauft. Unser Problem unter dem totalitären Regime war ein Überfluß an Kultur. Menschen weinten, wenn sie Stücke von Tschechow sahen. Sie brauchten seine Dramen. Jetzt sind sie frei, und sie brauchen ihn nicht mehr. Ich bin sehr deprimiert, Eugenia Nikolajewna. Seit die Kommunisten weg sind, haben wir hier nichts mehr zu lachen. Wir sind zynisch geworden, und ich sage Ihnen, daß die Schlechten zurückgekehrt sind, die, die sich besser vorkommen als alle anderen, nur weil sie sich zufällig die Manieren eines Wiener Portiers angeeignet haben.

Die Leute hier dachten, mit der Demokratie kämen die BMWs. Einige sind tatsächlich gekommen, aber hinter dem Steuer sitzen meistens diejenigen, die schon im alten Regime am Steuer saßen.« Er bat sie um Verzeihung, so larmoyant und so lange geschrieben zu haben, aber er wolle sie auf das vorbereiten, was sie vorfinden werde. Die längste Reise sei die Reise zurück, warnte er. »Aber vielleicht gibt es gar kein Zurück in die Ukraine.«

Und was denkst du, altes Stinktier? fragte Genia Ortiz das Farbphoto von Ernesto, das eine Woche vor seinem Tod aufgenommen worden war: Ernesto, der sich über eine Balkonbrüstung lehnt, als wolle er springen. Wahrscheinlich summte er Bartók.

Spring du nur, sagte sie. Seine Rehabilitation machte nur langsame Fortschritte. Es war das erste Mal seit fünfzehn Jahren, daß Ernesto seinen Koffer verlassen durfte. Dies Ereignis fiel mit dem Erhalt ihrer Reiseunterlagen zusammen.

Sie hörte ihn summen. Neulich hatte sie von ihm geträumt und ihn dabei schlanker gemacht, hatte die Haare, die aus seinen Nasenlöchern wucherten, weggeschnitten, die Zähne begradigt, sein struppiges Haar weniger schütter erscheinen lassen. Schauplatz ihrer geträumten Wiederversöhnung war die Plaza de los Reyes. Sie wollte sich schön machen für ihn, aber ihre Haarwickler erlitten einen Kurzschluß. Sie hatte sich eine Sonnenbrille zugelegt, um den irritierenden Winkel ihrer Augen zu verbergen. Und weil sie befürchtete, schließlich doch weinen zu müssen. Als sie sich dann trafen, war es Ernesto, der heulte.

»Noch immer ein verknöchertes Herz?« fragte er sie, als er die noch immer eisige Kälte ihres Blicks spürte. »Hast du die Blumen nicht bekommen?«

»Welche Blumen, Ernesto?«

Er habe Marie Amaral gebeten, ihr Gipskraut und Jasmin zu schicken, aber seine Bestellung habe ihren Stand wohl zu spät erreicht. Die Blumen waren nicht angekommen.

»Oh, du Hälfte meines Wesens«, summte er.

»Stinktier.« Senator Zamora hatte recht. Er war nur Fassade, nichts dahinter.

Sie suchte eine andere Aufnahme von ihm, die, auf der er einen schottischen Hut trug. Sein Gesichtsausdruck auf diesem Bild war irreführend. Aber das war auf dem Photo nicht anders als im Leben, immer hatte er einen in die Irre geführt. Im tatsächlichen Leben war er nicht so spöttisch, wie er es auf dem Bild zu sein versuchte, auf dem er sich in Pose setzte, den einen Arm um Alphonse Mucha, den Künstler, gelegt und den anderen um den Hals eines völlig verstörten Modells aus Tahiti, das noch für Gauguin gestanden hatte.

Hätten sich seine Augen ebenso zustimmend geweitet, wenn sie ihm den Rock vorgeführt hätte, den Marie Amaral für sie zugeschnitten hatte? Und was hätte er von der langen Heimreise seiner Witwe gehalten? Hätte sie ihn mitgenommen, mit ihm eine Kabine auf der *Kolibri* geteilt? Ein kaugummi-rosa Pantoffel flog durch die Luft. In ihrer Aufregung dachte sie an ihre *nuits folles*. Zu ungeduldig, um sie zu lutschen, zerkaute sie ihre Vitamintablette und schaute hinaus auf den Balkon, wo sie ihn hatte summen hören.

Als sie ihre Geranien erblickte, erinnerte sich Genia Ortiz daran, daß sie Marie Amaral gebeten hatte, die Pflanzen während ihrer Abwesenheit mit Plastikfolie abzudecken, damit die Spatzen sie nicht zerzausten. Sie hätte den Consul General gebeten, aber schon seit Tagen hatte sie ihn nicht mehr gesehen. Sie genoß den Anblick seines schönen Gartens, doch war sie mittlerweile ganz schön ärgerlich auf ihren englischen Nachbarn geworden. Wie kann er sich Abend für Abend zum Schreiben an den Tisch setzen! Ein Langweiler. Nie lud er Leute zu sich ein. Nicht ein Mal! Selbst jetzt, wo sein Haus doch fertig war, verbarrikadierte er sich darin.

Letzten Montag, unruhig darüber, ob sie wirklich eine Einladung zum Empfang in der Britischen Residenz erhalten würde, hatte sie

Wavery zu Hause angerufen. Sie tat so, als habe sie eigentlich Asunción erreichen wollen und nur die Nummern verwechselt.

»Ach! Señor Wavery, Sie sind es? Ich hoffe, ich habe Sie nicht beim Schreiben gestört.« Aber da er nun einmal am Telephon sei: ob er denn nicht zu dem kleinen Diner kommen wolle, das sie Samstag gebe. Nichts Aufregendes, das verstehe sich. Nichts in Abyla könnte das sein. Aber er werde lauter nette Bekannte treffen.

»Man könnte es vielleicht *une soirée d'adieu* nennen. Senator Zamora und seine Töchter. Madame Amaral, die Blumenhändlerin. Der Gouverneur und seine Frau. Also denke ich, daß auch Sie sich wohlfühlen werden. Schließlich haben wir keinen Grund zum Fasten.«

Sie wartete, ob er mit einer Gegeneinladung reagieren würde.

»Das ist so nett von Ihnen, Señora Ortiz, aber ich glaube, daß ich absagen muß. Ich hoffe, am Wochenende in Afrika zu sein.«

»In Afrika?« hatte Genia wiederholt, unsicher, ob sie sich nicht verhört hatte.

Nein. Señor Wavery war doch nicht die Bereicherung des gesellschaftlichen Lebens in Abyla, die sie einst in ihm gesehen hatte.

Aber jetzt war es später Nachmittag, sie schlummerte, und ihr Mann schwebte neben ihr und teilte ihre zuckersüßen Erinnerungen. Vereint hörten sie die Glocke über das Wasser läuten, nicht die Glocke der Kathedrale, die zur Messe läutete, nein, es war die Glocke, die ihre Mutter jeden Abend erklingen ließ, bevor sie die Brotstücke in den See warf. Langsam schwebte ihr Körper aus der Tiefe nach oben. Mehr als siebzig Jahre hatte die Mutter gebraucht, um so weit zu gelangen, aber unaufhaltsam näherte sie sich der Oberfläche. Ihr Rücken teilte das Wasser, und den See überzogen gewellte und ölige Farbflecken. Sie öffnete ihren Mund, um von dem Brot zu essen, als sie eine Gestalt am hartgefrorenen Ufer sah. Er bückte sich. Seine Handschuhe kratzten am Boden, weitere Gestalten waren um ihn herum. Manche hielten Fackeln hoch über ihre Köpfe, und die Flammen warfen orangefarbene Flecken auf den Schnee. Andere zeigten mit den Fingern auf das Wasser, richteten Gewehre auf die Wasseroberfläche. Oberst Slawa! dachte sie. Sie sah den Schneeball in seiner Hand, als ein grauenvolles Geräusch die Luft erzittern ließ.

Augenblicke später schon war Senator Zamora bei ihr, und fünf Minuten darauf Asunción.

»Es ist nichts geschehen, Genia«, sagte Zamora. Ihr Kopf rollte hin und her, fiel mal auf die eine, mal auf die andere Schulter. Ihr Gesicht war kreidebleich. Auch er, der am Computer gesessen hatte, hatte gefühlt, wie eine gewaltige Flosse die Erde zu teilen schien.

Sie sagte und legte dabei eine Hand auf die Brust: »Pablo hat recht. Ich werde langsam uralt, Teodoro.«

»Blödsinn, Genia.«

»Was heißt hier ›Blödsinn‹? Dr. Alvaro sagte, ich sollte mir überlegen, ob ich nicht mein eines Hüftgelenk ersetzen lasse. Ich muß Wörter im Wörterbuch nachschlagen. Ich muß nachts dauernd aufstehen.«

Zamora merkte, daß er ihr das angemessene Mitgefühl schuldig geblieben war. »Aber schau dich doch an! Selbst in diesem Augenblick bist du wunderschön.«

Er trug asphaltgrau. Nichts konnte ihn davon überzeugen, die Farbe seiner Depression abzulegen. Er fühlte sich so humorlos wie das Schicksal. Zwei Wochen hatte er in seiner vergifteten Strickjacke geschmort, im Farbton des müden Himmels über seiner Stadt. Abyla, die Silhouette seiner Häuser, die schroffen Buckel des Kaps, all das gehörte zu ihm wie seine Fingerkuppen. Und die Vorstellung, daß diese Stadt nicht mehr die seine sein sollte, hatte seine Augenbrauen zusammengeklebt zu einem untrennbaren Strang buschiger Haare.

»Ist es wahr, Teodoro, daß du zurückgetreten bist?«

Senator Zamora nahm neben ihr Platz. Sein Blick war verzweifelt, seine Augen lagen tief in ihren Höhlen. Ja, er sei zurückgetreten, heute am Nachmittag um zehn nach vier, kurz nachdem die Entscheidung gefallen war, Leopoldo Zamoras Uhrwerk durch ein in Zürich hergestelltes elektronisches System zu ersetzen. Er hatte auf einer Bank gesessen, als ihm der Wind den Hut vom Kopf blies. Ein Vertreter der Beneluxländer, der gerade über den Platz ging und Zamora wohl für einen in Schwierigkeiten geratenen Touristen gehalten hatte, hatte ihm eine Münze in den Hut geworfen. Ein weiteres Zeichen für das Ende seines Lebens als Politiker brauchte der Senator nicht. Es blieb nichts mehr zu tun für ihn. Fünf Jahre lang hatte er versucht, den Tunnelbau zu verhindern, aber er war kein Politiker. Männer, die bei ihren Reden an ihr Nationalerbe dachten, können nur schlechte Politiker sein. Bis August würde er sein Mandat in der Corporación Municipal wahrnehmen. Auch seinen Pflichten als Präsident des Stierkampfes würde er noch nachkommen. Danach werde er seinen Frieden im Schoß der Familie finden. Und Menendez, dessen Gesicht jetzt zusammen mit einer Waldrappe die Plakate zierte, zum Zeichen dafür, daß während seiner historischen Amtszeit die sagenhaften Bauwunder von Tamerlan und Xerxes übertroffen worden waren und Abyla dennoch eine »umweltbewußte« Stadt geblieben war, Menendez könnte von ihm aus die Quallen küssen gehen.

»Sie haben deinen Namen falsch geschrieben«, sagte Genia Ortiz mit schwacher Stimme. Sie schnüffelte. Über dem Leinsamengeruch seines Atems roch sie irgend etwas anderes. Erst im Verlauf einer weiteren Minute dämmerte ihr, daß dieser Geruch seiner Strickjacke entstieg.

Als Señora Criado den Vorschlag gemacht hatte, die Jacke zu waschen, hatte Senator Zamora abgelehnt. Sechzehn Jahre lang, so lange wie die Mauren die Stadt belagerten, hat Abylas erster Gouverneur immer dasselbe Kettenhemd getragen. Was waren dagegen zwei Wochen? Nichts! An diesem Abend hat es nicht nur nach Zamora gerochen, sondern auch nach einem der Desaster, für die seine Köchin verantwortlich war. Trauervoll schauten die Porträts an der Wand auf ihn herab, als er an ihnen vorbeiging. Im Treppenhaus hing ein so dichter Smog, daß nichts zu sehen war außer den Füßen seines Monarchen, die in die noch frische Luft ragten. Hustend öffnete er eine Tür. Aber es war nicht die zu seinem Arbeitszimmer. Der Senator platzte in das Schlafzimmer von Clotilda und störte sie beim Telephonieren. Sie trug den grobmaschigen Pullover eines Mannes, und ihr Gesicht strahlte vor Freude.

Er zog die Tür zu, nachdem er ihr mit den Händen signalisiert hatte, sie möge sich nicht stören lassen. Aber der Anblick seiner glücklichen Tochter hatte Senator Zamora beunruhigt. Da war also wieder ein Mann in ihrem Leben, ganz eindeutig. Das erkannte er an der üppigen Verwendung von Schminke aus Tromsos Kasten, an der späten Stunde, zu der sie nachts nach Hause kam, an der Zeit, die sie am Telephon verbrachte. Das währte jetzt schon sechs Monate, aber noch immer tappte er, was die Identität des Mannes anging, im Dunkeln.

Als er fragte: »Clotilda, gibt es denn niemanden, den du einmal zum Abendessen mitbringen willst?«, war sie plötzlich einsilbig geworden.

Als er sagte: »Das ist aber ein schöner Pullover, Liebling«, hatte sie nur genickt.

Und als er ihr zum Geburtstag einen Strauß von dreißig Orchideen vor die Tür gelegt hatte, hatte sie sich einen Augenblick lang über deren Herkunft getäuscht. Zum ersten Mal seit einigen Jahren erschienen Grübchen in ihren Wangen.

Aber wen nur versteckte sie in diesen Grübchen? Nur eine Phantasiegestalt, wie die mittelalterlichen Stoffkaninchen in ihrem Zimmer? Oder war *er* vielleicht verheiratet? Oder eigentlich eine sie? Oder war, was Gott verhüten möge, alles nur eine Wiederholung ihrer letzten Affäre? Senator Zamora glaubte nicht, daß er noch einmal die Geduld besitzen würde, einen Maler im Hause auszuhalten, aber er ging von der Annahme aus, alles sei besser zu ertragen als die Möglichkeit, an die er seit Weihnachten mit Schrecken dachte und die er nicht einmal Asunción zu erzählen wagte.

Kurz, Senator Zamora machte sich Sorgen über seine Tochter, die Politik dagegen war er herzlich leid. Vielleicht hätte er beides ertragen, aber was seine Stirn sich in Kummerfalten legen und seine Augenbrauen zu einer geknickten Ginsengwurzel zusammenwachsen ließ, das war noch etwas ganz anderes: es war sein Kampf mit Pablos Computer.

An diesem Nachmittag war er durch den Dunst hinauf zum Spielzimmer im dritten Stock gestiegen. Es gibt nur eine Form der Würde, dachte er, als er es sich an der Tastatur bequem machte. Es kann keine zwei geben. Und er vereinigte sich mit seinem Volk, den Beduinen des Meeres. In ihrer Mitte würde er sich im Genuß der fabelhaften Makrelensoßen der Carteia vergessen. Er schaltete den PC ein, schob eine Diskette ins Laufwerk, lud seine sehr vernachlässigte Datei über Baal-Rush, den Herrn des Kaps – und starrte auf einen leeren Schirm.

Im Flimmern des Schirms sah er die Rauchschwaden der brennenden Bibliothek von Karthago. Er sah das Schiff des Kenners der Chinarinden in einer Bucht vor Mexiko sinken. Er hörte Vergil die Anweisung geben, die *Aeneis* zu verbrennen.

Senator Zamora zog die Diskette wieder heraus. Er schaltete den Computer aus. Er schaltete ihn wieder ein, schob die Diskette noch einmal in den Schacht. Nichts! Außer sich stand er vom Tisch auf, um Pablo zu alarmieren. Aber Pablo war in Madrid, auf Besuch bei seinem Vater.

Im Kinderzimmer fühlte Senator Zamora sein Lebenswerk erlöschen. Und als er die Anfechtung verspürte, den Computer und seine sämtlichen Dateien auf die Calle Zamora hinunterzuwerfen, da spürte er auch das Rumoren der Erde.

»Du armes Ding«, wiederholte er und hielt Genia Ortiz die Hand, die Fleckenmuster aufwies wie der Bauch eines Karpfens. Er würde sofort zur Baustelle fahren, mit dem Vorarbeiter sprechen. Er würde genaueste Aufklärung verlangen.

5

Auch Marie Amaral fühlte das Schwanken der Erde. Es fuhr von der Marina Española her die Calle Camoes hinauf, fuhr unter ihren Kiosk, wo sie den letzten Knopf ans Kleid für Genia Ortiz nähen wollte, und kräuselte die Wasserfläche des Brunnens.

Sie setzte sich schnell auf einen Eimer und fixierte das Poster, das sie an der Innenseite der Ladentür aufgehängt hatte. Sie las den Namen ihres Sohnes und sah den Stierkopf an. Aber noch immer spürte sie, wie sich der Tunnel durch die Erde auf sie zu schob.

Jedes Mal, wenn sie die Bohrmaschine fühlte, zog sich ihr Herz zusammen. Es gab stumme Schreie der Angst von sich, und der Tunnel erhörte sie. Wo sie ging und stand spürte Marie Amaral die Erschütterungen, ob im engen Ladenraum ihres Blumenstands, in ihrem Schlafzimmer oder in ihrer Küche, wo sie das Radio niemals abschaltete.

Einmal, während eines Stromausfalls, ertappte sie sich dabei, wie sie ein Lied pfiff, um den Lärm zu übertönen. Sie wußte nicht, was sie da pfiff. Sie fragte sich, wo sie die Melodie wohl zuerst gehört haben mochte, als sie ein schmerzender Stich durchfuhr und ihr bewußt wurde, daß sie gerade »Straßburg, Straßburg, du wunderschöne Stadt« gepfiffen hatte.

Auch des Nachts quälte sie der Tunnel. Sie versuchte zu schlafen, aber in ihre Träume drangen gewalttätige schwarze Gestalten, Silhouetten, die vor einem orangeleuchtenden Hintergrund kopulierten. Es gab keinen zornigen Gott mehr, der sie schützen würde. Davids Gott war in den Graben des Todes gestürzt. Darin zappelte er, zusammen mit Garnelenköpfen, leeren Muschelschalen, den Knorpeln und gelblichen Ablagerungen, die Capitán Panteco aus seiner Latrine spülte, abgeschnittene Fingernägel von Gouverneur Menendez, Zahnseide seiner Señora, alte Exemplare des *El Faro* mit roten Anstreichungen auf den Seiten, Blumenköpfe und Foeten: all das schwappte in feuchter Flut durch den Tunnel, in dem sich alle Mächte aus Davids Hölle zu versammeln schienen.

Seit sie vor vier Tagen auf Waverys Terrasse in Tränen ausgebrochen war, hatte Marie Amaral sich ganz der Arbeit am Kleid für Genia Ortiz gewidmet. »Ach, Madame! Das wird ja wundervoll«, sagte die Witwe des Dirigenten und drapierte sich das Kleid vor die Brust. »Diesmal müssen Sie mir aber erlauben, Sie richtig zu entlohnen.« Sie standen nebeneinander und bewunderten das Kleid im Spiegel. Marie

Amaral war erstaunt, daß Genia Ortiz das ausdruckslose Gesicht ihrer Schneiderin nicht bemerkte.

Sie hatte Senator Zamora zum Friedhof am Kap begleitet. Nachdem er seinen Anorak, der Minerva immer mißfallen hatte, ausgezogen und zweiundsiebzig Irisstengel auf den Grabstein seiner Frau gelegt hatte, deutete er auf den leeren Platz daneben, der von roter Salweide bedeckt war. »Scheußlich, nicht wahr. Aber immerhin werde ich in der Sonne liegen.« Sonnenstrahlen brachen hinter einer Wolke hervor. Warum bemerkte er nicht, daß sie keinen Schatten warf?

Der Schatten, den sie warf, war tief in ihr.

Mit unbeteiligter Miene erklärte sie dem Holländer, wieviel Blumen sie in der ersten Augustwoche brauchen würde. »Das wird eine ganze Lkw-Lieferung werden«, sagte er, »was gibt's denn? Heiratet Tania?« Tania, mußte er sie aufklären, sei die Nonne in *Die Tüchtigen gehen zuerst.*

»Nein«, sagte sie, »Abyla wird einen Stierkampf feiern.«

In Rositas Schuhgeschäft telephonierte sie zum letzten Mal mit Periclito. Nach einem Wochenende im Krankenhaus hatte er sich auf eigene Verantwortung selbst entlassen.

»Was macht dein Bauch?«

»Mein Gang ist nicht sonderlich schön, aber das kommt noch. Das kommt noch.«

»Wie geht es Rosita?«

»Meine Nachtigall! Meine singende Hesperide! Ihr geht es gut, so viel ich weiß«, sagte er. »Obwohl ich befürchte, daß die Peruaner nicht reif genug sind für den *Fado*.«

»Ist sie ...«

Aber Periclito wollte nicht von seiner Nachtigall sprechen. Er hatte nur eins im Kopf. *Una alternativa*! Das war das einzige, woran er seit Weihnachten denken konnte. An nichts anderes.

»Neben wem werde ich kämpfen, Maman?« Sie solle doch die unglückliche Episode in Huanta vergessen. In der vergangenen Saison habe er mit Raul Medniola, Gitanello de America und in Tumbes einen öden und mittelmäßigen Nachmittag lang zusammen mit José Antonio Canetero gekämpft.

»Warte, Periclito. Warte. Ich muß nur meine Brille holen.«

Sie beugte sich nach vorne und winkte Rositas Assistentin zu, sie möge die Tür öffnen, so daß sie die Namen auf dem Plakat lesen konnte.

»Aus Algeciras: Rafael Lara, genannt ›Larita de Algeciras‹. Aus Cádiz: ›Troyanito‹, dein Sponsor Antonio Troyano. Ich bin nicht sicher, ob ich je von ihm gehört habe.«

»Er ist *sehr* bekannt, Maman ...«

»Und aus Abyla: Periclito Mérimée Amaral, genannt ›El Terremoto‹.«

»Hmm. Der Erderschütterer!« Er ließ sich den Beinamen auf der Zunge zergehen. »Du wirst sehen, Mutter. Warte nur. In zwei Wochen.«

Beide warteten sie, er darauf, daß seine Mutter etwas sagte, und Marie Amaral, weil sie nicht wußte, was er von ihr hören wollte.

»Adios, Maman«, sagte Periclito schließlich.

»Was hast du gesagt?« Sie hörte das Echo des Klickens am anderen Ende der Welt. »Adios, Periclito.«

Und nun saß Marie Amaral auf ihrem umgekippten Eimer und sann vor sich hin. Vielleicht hatte es doch nichts mit dem Tunnel zu tun. Vielleicht war es genau das: ein Erdbeben. Sie schaute zum Platz hinüber und wagte keine Bewegung, damit sie das Geräusch unter ihrem Eimer nicht wieder befreie. Ach, Marie Amaral, warum mußtest du ausgerechnet hierher kommen? fragte sie sich und fühlte ihre Angst wachsen wie eine bedrohliche Wolke. Warum ausgerechnet hierher?

Aber ihre Frage verlangte nach keiner Antwort. Damals, vor einunddreißig Jahren, hätte sie kaum andere Möglichkeiten gehabt.

Einer nach dem anderen hatten die Franzosen Oran verlassen. Sie übernachteten am Kai, wo sie auf die Schiffe warteten, schliefen auf ihren Koffern und gewöhnten sich daran, nicht mehr »Das darf doch nicht wahr sein« zu sagen.

Marie Amaral blieb. Sie wollte nicht nach Frankreich. Und auch nicht nach Portugal, wo Davids Schwester wohnte. (Dorthin hatte er Rosita geschickt, als er das Kind nicht mehr bei sich behalten konnte.) Mit Europa wollte sie nichts mehr zu tun haben. Zunächst war sie mit Rosita und ihrem Baby aus der Wohnung in der Rue Balzac in den vierten Stock eines Wohnblocks im einheimischen Stil hinter der Kasbah gezogen. Die anderen Bewohner waren schon geflohen, nur zwei Etagen tiefer wohnten einige junge Männer. Die Concierge wisperte Marie zu, die seien von der OAS, aber sie schenkte dem keine Beachtung, und die Frau zog bald darauf ebenfalls fort.

Zwei Monate hatte sie dort gewohnt, als die aus der Wohnung unten in die Menge der Menschen, die Algeriens Unabhängigkeit feierten, schossen.

Augenblicke, nachdem der junge Araber den Spiegel zerschossen hatte und davongerannt war, tauchten drei Soldaten der FLN auf. Sie trafen auf Marie Amaral, die gerade Periclitos Kopf mit einem Handtuch umwickelte. Zohra, ihre Haushilfe, war verschwunden, und Rosita hockte heulend in einer Ecke. Ein Soldat sammelte zwischen den überall verstreuten Glasscherben Silkleighs Geld vom Fußboden auf. Ein anderer durchsuchte die Räume. Mit Marie und den Kindern waren sie dann in einem Lkw zu einem finster wirkenden Gebäude in der Nähe des Hafens gefahren. Die Plane des Lastwagens waren zerfetzt, wenn sie nach draußen sah, konnte sie überall die weißgrünroten Fahnen sehen.

Das Gebäude war voller Frauen und Kinder, ein Arzt eilte zwischen den Zimmern hin und her. Einer der Soldaten brachte frisches Verbandsmaterial für Periclitos Wunde und schenkte Rosita eine Tafel Schokolade; aus dem Einwickelpapier machte er für sie ein Flugzeug.

Marie Amaral wurde in ein kahles, hell erleuchtetes Zimmer geführt. Dort stand ein Mann mit einer Kamera auf der Schulter und ein anderer, der ihren Kopf in Richtung Kamera drehte.

»Schau dorthin«, wies er sie an.

In jener Nacht war sie in den Fernsehnachrichten zu sehen; beschrieben wurde sie als Tochter eines *gros colon*, die auch nicht besser sei als jene Faschisten, die mit ihr im gleichen Haus gewohnt hätten und auf eine friedliche Menge geschossen. Der einzige Unterschied sei der, daß sie den Vorfall überlebt habe.

Sie wurde verspottet: »Warum folgst du nicht den anderen, Madame? Warum fährst du nicht nach Frankreich?« Aber sie waren verblüfft. Nach drei Tagen war sie wieder auf freiem Fuß. Sie unterschrieb eine Erklärung, daß ihre Kinder von den neuen Behörden gut behandelt worden seien. In ihre Wohnung allerdings durfte sie nicht zurückkehren. Ihr wurde befohlen, sich anderswo einzuquartieren. Sie solle sich ein Hotel suchen.

Marie Amaral nahm ihre Kinder und Habseligkeiten und fuhr in das einzige Hotel, das sie kannte. Sie verbrachte vierzehn Tage im *Saint-Sulpice*, in einem kleinen Zimmer, von dem aus sie nur die Küchenräume sehen konnte. Sie haßte es. Als Oran noch französisch war, begegnete sie den Blicken anderer, und wenn sie die Straßen entlang ging, hatte sie das Gefühl zu leben. Jetzt, nach der Unabhängigkeitserklärung, schaute sie niemand mehr an, nicht einmal die Kellner im Hotel. Sie existierte nicht, außer in der Form von Schimpfnamen, die man ihr hinterherschrie. Also vermied auch sie es, andere anzusschauen. Denn das hätte gefährlich werden können. Aber bereits nach vierzehn Tagen hatte sie den dringlichen Wunsch, es möge sie irgend jemand ansehen, nur um ihr zu bestätigen, daß sie noch existierte.

Eines Tages saß sie im Hotelgarten und gab Periclito die Brust. Der Garten hatte sich verwandelt, war ungepflegt, nur ungeschnittener Rasen und Dreck. Die Bänke hatten keine Sitzbretter mehr, sie hockte unbequem auf dem Rahmen. Sie wollte die Amseln noch einmal singen hören, aber die Amseln waren verschwunden. Am liebsten hätte sie geweint. Sie biß sich auf die Lippe. Sie sagte: »Sei vorsichtig, Marie Amaral. Wenn du dich als Opfer betrachtest, wirst du dir alles verzeihen.« Sie schob eine Hand in ihre Bluse, und als sie eine Apfelsine hervorbrachte, dachte Rosita, sie würde sich die Brust herausreißen. Sie schälte die Apfelsine und begann, sie mit Rosita zu teilen.

Dann, als ob wenigstens ein Vogel noch geblieben wäre und ihre Gedanken gelesen hätte, meinte sie, von irgendwoher einen zögernden Triller zu hören. Eine Amsel! Aufgeregt schaute sie umher. Eine Amsel! Aber wo? Rosita, die im Garten ihr Papierflugzeug gesucht hatte, kam voller Hast auf sie zugelaufen.

»Da ist jemand, dahinten im Gras!«

Ein Mann richtete sich auf. Er zog vier Finger aus seinem Mund, und sie erkannte Davids Freund Hacine, den Dichter. Er begann zu sprechen, aber mit seinem Mund war etwas nicht in Ordnung. Der Mund war nur noch ein häßlicher Riß in seinem Gesicht. Nur mit Schwierigkeiten verstand sie, was er sagte. Er sagte: »Sie haben mich beim Trinken erwischt.« Dort im Garten sei es gewesen, hinter jenem Baum habe er gesessen und seinen Rosé-Marsala getrunken. Er versuchte, was vielleicht ein Lächeln sein sollte. Sie hätten ihm die Lippen abgeschnitten; aber er könne noch pfeifen, könne noch immer Vogelstimmen nachahmen. Die Soldaten mochten die Vögel alle aufgegessen haben, ihn würden sie nicht daran hindern, im hohen Gras zu hocken. Abends pfiff er für die Pärchen, die im Garten Liebe suchten. »Sie wissen es nicht! Sie erraten es nie!« Erregung flackerte in seinen Augen. Er sah die Bänke nicht, die weder Sitz noch Lehne hatten, auch nicht die Stümpfe, die geblieben waren, wo die Bäume gefällt worden waren und zu Brennholz zerhackt. Er sah nur die Zweige, die wie zur Zeit der französischen Besatzung mit den Liebesliedern bebten.

Eine Zunge schaute aus seiner Mundhöhle. Er befeuchtete seine scheußlich zerfetzten Lippen. »Hör mal.«

»Marie! Madame Amaral!«

Es rief jemand über den Platz. Ein Mann kam von der Calle Camoes herübergelaufen, wo die Orangenbäume mit Lampions geschmückt waren. Er lief auf sie zu. Marie Amaral legte das Kleid von Genia Ortiz beiseite, erhob sich von ihrem Eimer und wurde vom Anblick des Dr. Teodoro Zamora de Avellaneda Mancheño y Centurión überwältigt.

Menschen, das waren für Marie Amaral nicht unveränderliche Schemen, sowenig sie sich Gelb als reine Farbe vorstellen konnte. An Menschen erinnerte sie sich in Bildern, und diese Bilder prägten sich in außergewöhnlichen Augenblicken. Nie würde sie diesen Juliabend vergessen und den Anblick von Senator Zamora, der auf sie zulief.

Zu diesem Mann gehörte der ruhige würdevolle Schritt. Er war niemand, den man sich hüpfend und springend vorgestellt hätte. Aber in diesem Augenblick lief er ihr hüpfend entgegen.

»Marie!« rief er. Sein Gesicht war von einer derart strahlenden Energie beseelt, daß sie den Oppositionspolitiker der vergangenen Monate kaum wiedererkannte.

»Marie!«

Er griff sie um die Hüften, drückte sie an sich, küßte sie leidenschaftlich auf die eine, dann auf die andere Wange, streichelte ihr Haar, das sie so sorgfältig nach hinten gekämmt hatte, und sagte: »Marie ...«

»Teodoro«, murmelte sie. Er versuchte sie hochzuheben, aber sie war zu schwer für ihn.

»Marie, was ich für Nachrichten für dich habe. Nachrichten, sag ich dir!«

»Welche Nachrichten, Teodoro?« Sie richtete seinen Kragen und bürstete ihm Schuppen von den Schultern.

Er blickte sie an wie ein Wahrsager.

»Senator Zamora ...« Julio Berlaguer, der jüngste unter den Reportern von *El Faro*, hatte ihn endlich eingeholt. Atemlos streckte er Zamora ein Mikrophon entgegen. »Senator, was sagen Sie zu Capitán Pantecos Vermutung, das könne nur die Tat von Basken sein?«

»Später, Julio, später. Ich muß zu Menendez.« Und Senator Zamora drückte Marie Amaral einen letzten Kuß auf die Stirn, bevor er sich Pirouetten drehend über den Platz in Richtung Casa del Gobierno davonmachte, Berlaguer immer noch an seiner Seite.

6

Dreißig Meter unter der Erde hatte Pas de Problème von Madrid geträumt, als er einen Stoß verspürte. Er hob den Kopf. Sein Körper war müde, alle seine Glieder schienen taub vom langen Sitzen, und er war neidisch auf seinen Kollegen, der es bis Europa geschafft hatte. Gestern hatte ihn eine Postkarte von Plaisir des Yeux erreicht: eine Ansicht vom Prado.

Es gab einen weiteren Stoß, und seine Maschine machte einen Satz nach vorne. Er hörte ihr gieriges Aufheulen, anstatt ins Gestein bohrte sie sich in einen Hohlraum. Überrascht nahm er das Gas weg und legte den Rückwärtsgang ein. Er bohrte nicht Richtung Meer, sondern in Richtung Land, ins Kap hinein. Also hatte er seinen Rücken Europa zugekehrt, und also, dachte er, kann das nicht das Team sein, das sich vom anderen Ufer der Meerenge her durch die Erde wühlt. So ganz sicher war er sich seiner Sache allerdings nicht. Zunächst war er eingestellt worden, um in der Abraumlagune zu arbeiten, seither jedoch befördert worden: er durfte die Meißel der Handbohrer auswechseln. Und nach einer viertägigen Einweisung saß er schließlich dort, wo er jetzt saß – im Führerhaus einer Schämradmaschine.

Er blickte über die Reihe von Kleinbildschirmen. Das Laserleitsystem sagte ihm, daß er seinen Angriffswinkel richtig gewählt hatte. Er kletterte vom Sitz und drückte sich an den Schneideblättern des Bohrschildes vorbei.

Der Gang vor ihm war still und dunkel. Es roch faulig. Er rief mit nervöser Stimme: »*Allo? Bonsoir, messieurs?*«

Er leuchtete mit seiner Taschenlampe die Wände des Schachts entlang. Wasser tropfte durch die Risse im Kalkstein, und die Erde zwischen dem Gestein hatte sich verfärbt. Er kratzte mit der Hand ein wenig der gelockerten Erde zusammen und siebte sie durch seine Finger. Etwas Hartes blieb auf seinem Handschuh zurück. Es war die Scherbe eines Gefässes. Erschrocken richtete er den Lichtstrahl seiner Taschenlampe zum Ende des Tunnels, und mit einem Schlag wurde ihm der Atem aus dem Körper gepreßt. Die Taschenlampe entglitt seiner Hand, er bückte sich rasch, wollte sie auffangen, aber er verlor dabei den Halt. Mit dem Körper fiel er auf die Lampe, bekam Erde in den Mund. Er spuckte in die Dunkelheit, wälzte sich zur Seite, streckte die Arme aus, tastete nach der Taschenlampe. Mit einer Hand griff er ins Leere. Die andere erwischte etwas ekelhaft Glitschiges. Er stöhnte auf, rappelte sich stolpernd hoch und stieß an das Bohrschild.

Der Helm blieb in den Schneiden hängen, während er sich daran vorbeizudrücken suchte.

Vom Lärm alarmiert war der spanische Vorarbeiter ans Fenster der Maschinenkabine getreten. Er sah ein Monster aus Erde auf sich zu poltern. Vom Gesicht waren nur die Augen zu erkennen. Das Wesen taumelte auf die Fensterscheibe zu, die Hände weit vor sich gestreckt, und es stöhnte.

7

So«, sagte Menendez, als er die Nachricht hörte. Er rieb eine Seite seines Gesichts.

»Sie weigern sich, geheiligten Boden zu entweihen!« sagte Senator Zamora, nachdem er das Gesetz über den Denkmalschutz zitiert hatte.

»So, so.«

»Es könnte Lebtit oder Exilissa sein, vielleicht sogar Auza.«

Das Gesicht des Gouverneurs blieb unbewegt, bis er schluckte; dann entspannten sich seine Wangen- und Stirnmuskeln wieder. Er sank in seinem Sessel zurück, die haarige Hand ruhte auf seiner weißen Jacke.

»So, so, so.«

Minuten später schob sich Senator Zamora durch das Sicherheitstor. Er schritt durch die Versammlung der *Ratas*, die Männer links und rechts wichen vor ihm zurück.

»Halt!« Er stand auf dem Trittbrett eines Schuttlasters. Aufrecht stand er, war siebentausendfünfhundertneunundfünfzig Meter hoch. »Halt!« rief er und schwenkte seinen Hut. Er hielt das Papier mit der Anordnung eines völligen Baustopps empor: alle Arbeiten hätten zu ruhen, bis eine erste vorläufige Grabung stattgefunden hätte. Er habe allen Grund anzunehmen, daß sie hier auf die wichtigste Gräberstätte Nordafrikas gestoßen seien, seit Pater Delattre die Nekropole von Karthago ausgegraben hatte.

»Unterzeichnet vom Gouverneur!« Und mit diesen Worten verschwand Senator Zamora unter der Erde.

8

Was ist denn ein Tophet?« fragte Queesal am nächsten Morgen und schniefte. Die Nachricht, daß die Marokkaner die Arbeit verweigerten, und das nur zehn Tage vor dem Königlichen Besuch, hatte seine Krankheit wieder ausbrechen lassen.

»Eine Opferstätte«, sagte Wavery. Er entschloß sich, die Nähe dieser Stätte zur Residenz jetzt besser noch nicht zu erwähnen.

»Menschenopfer?« fragte Queesal, und sein Ton ließ erkennen, daß er sich durchaus Umstände denken könne, unter denen er das gutheißen würde.

»Auch Tiere.«

»Ich denke, da werden Köpfe rollen, Tom. Es sei denn, bestimmte Dinge werden mit äußerster Plötzlichkeit geregelt.«

»Der Gouverneur wiederholt beständig, der Baustopp sei nur vorübergehend.«

Etwas anderes verwirrte Waverys neuen Abteilungsleiter. »Lassen wir die Marokkaner einmal beiseite. Nach allem, was du sagst, liegt dieses Tophet doch nicht im Haupttunnel?«

»Sie wollten dort das Bohrschild abstellen.«

»Du meinst, *sie arbeiten noch unterm Meer*?«

Das hatte Senator Zamora Asunción berichtet. Die Hauptröhre des Tunnels war vollendet, aber die Versorgungsröhre noch nicht.

»Wie es heißt, brauchen sie nur noch eine Woche.«

In London schwieg Queesal. Dann sagte er: »Ich werde eine Erklärung verfassen, die uns alle Möglichkeiten offenläßt. Der PUS wird das Besuchsprogramm morgen mit dem Außenminister durchgehen. Ich habe das Gefühl, schon das kleinste Problem wird im Augenblick das Ganze in Frage stellen. Schon das allerkleinste Problem, Thomas.«

»Der Gouverneur hat für heute Abend eine Erklärung angekündigt.«

»Ich erwarte, daß du mich danach sofort anrufst.«

9

Nach einer Nacht, die er unter Tage verbracht hatte, war Senator Zamora, der Sohn des berühmtesten Sohnes von Abyla und der unbestrittene Herr des Vorgebirges, nicht mehr ganz Herr seiner selbst.

Mittags stahl er sich in die Küche und faßte seine verzückte Köchin um die Hüften. »Wes Brot ich eß, des Lied ich sing«, trällerte er schmalzig und strich über ihren Bauch.

»Señora Criado, mit welch wundervollen Gaben wollen Sie uns heute verwöhnen? Pablo! Geld für einen Eisbecher? Und geh zum Friseur! Clotilda, noch etwas Suppe? Und hüte dich! Bloß nicht heiraten. Eine blödsinnige Institution. Asunción! Mein Liebling! Aber natürlich nehme ich am Empfang des Generalkonsuls teil. Tromso? Mein lieber Junge, wie geht es dir? Wir haben dich Weihnachten vermißt. Entzückt. Werden alles tun, um dir zu helfen. Ich weiß nicht, ob das nicht Stoff für einen wirklich tollen Film liefern würde ...«

Die Nachmittagsausgabe von *El Faro* wurde als Sondernummer vierfarbige ausgeliefert. Senator Zamora war abgelichtet, dort unten auf dem Kopfsteinpflaster der Zugangsschächte, die in das seit dem Erdbeben von Lissabon im Jahr 1755 verschüttete Gewirr der Grabhöhlen führten.

Auf einem Wachstuch zu seinen Füßen lagen erste Funde. Wenn seine professionellen Kollegen die Eile, mit der er diese Sachen der staunenden Welt präsentiere, vielleicht etwas überhastet finden sollten, dann bäte er sie um Nachsicht. Aber jetzt komme alles darauf an, den Nachweis zu erbringen, daß die Tunnelarbeiten ruhen müßten, um das Erbe Abylas vor der endgültigen Zerstörung zu bewahren.

Der Tunnelarbeiter Abd ul-Hadi war in eine Kapelle, die dem Baal-Rosch geweiht war, geraten. Die gezeigten Stücke stammten hauptsächlich aus dieser Kapelle: ein Pfauenei mit aufgemaltem Gesicht, einige wohlriechende Gräser, ein Stück roter Segamumrinde gegen Ruhr und die Votivstatuette einer verschleierten Leierspielerin aus rosa Granit.

Am eindrucksvollsten jedoch sei ein Marmorsarkophag mit Giebeldeckel. In den Marmor sei die Gestalt eines Mannes gehauen, umgeben von Vögeln, Tieren und Fischen. Auch er, Senator Zamora, könne sich auf die kursive Inschrift keinen Reim machen. Aber wenn der Text einem Gott gewidmet sei, dann würde die Ikonographie auf Melkart hindeuten, den Gott der Navigation und der Farben und den

Schirmherr des Tophets. Wie dem auch sei, diese Entdeckung nun stelle das Beweismaterial dar, auf das die Historiker der Vorgeschichte Abylas so lange hatten warten müssen. »Das wird die Lücke in unserem Verständnis der Phönizier schließen, eine Lücke, die zu den nebligen Hypothesen so vieler Interpreten geführt hat, vor allem (und leider) der Gelehrten von der spanischen Halbinsel.«

Das Interview füllte drei Seiten, Zamora scheute nicht den Vergleich mit den Grabungen von Renan in Byblos und von Quagliati in Scoglio del Tonno. Die Phönizier, wußte der Senator *El Faro* zu berichten, speisten ihre Vorstellungen aus verschiedenen Quellen. »Und sie fühlten sich frei, alle Überlieferungen neu zu interpretieren.« Das erkläre die verwirrende Vielfältigkeit ihrer Kunst, das plötzliche Aufkommen von Tier- und Pflanzenmotiven, die Häufigkeit von Vogel- und Fischsymbolen.

In ihrem *Horror vacui* hätten sie nichts ausgelassen. Kein Symbol des Glaubens. Kein alltägliches Problem. Nichts!

Auch für ein Interview mit Gouverneur Menendez hatte die Titelseite Platz. Auf drei Spalten vergrößert sah sein Profil der Totenmaske nicht unähnlich, die Senator Zamora auf der zweiten unterirdischen Ebene entdeckt hatte. Menendez unterstrich, mit welchem Stolz ihn die jüngsten Entdeckungen erfüllten.»Es ist ein historischer Tag für Abyla und für die Abylaner in aller Welt.« Wie alle wüßten, seien die Phönizier ein großartiges, wenn auch häufig mißverstandenes Volk gewesen. Und er wiederholte seine Ankündigung, daß er um achtzehn Uhr dreißig vor der Kammer eine Erklärung abgeben werde.

10

Der Horizont über La Mujer Muerta verdunkelte sich mit antimonfarbenen Streifen, und am Nachmittag begann es zu regnen. Funken liefen vor dem Palast die schlecht geerdeten Telephonleitungen entlang. Vom Fenster seines Schlafzimmers aus schaute Menendez gedankenverloren den Funken und dem Regen zu, der wie Fett in einer heißen Pfanne zischend über die Straße lief. Er kratzte seinen bulligen Nacken.

Beatrice Menendez, die Inspiration für den Fernsehwettbewerb *Erkennen Sie das Augenpaar*, die sich in ihrem Bett auf noch nicht vollendet sonnengebräunte Ellbogen stützte, betrachtete ihren nackten Mann und dachte: Das einzige, was du mit deinem Ding fertigbringst, ist, den Rasen zu wässern. Und er dachte: Sie ist immer nur glücklich, wenn etwas schiefläuft. Dann ist sie guter Laune. Sie ist ein einziges Lächeln, nur weil sie die Vorzeichen eines Desasters wittert.

Sie klappte ihr Buch zu und wandte ihre unerkannt gebliebenen Augen in seine Richtung. »Was wolltest du sagen?« Eigentlich war ihr das ziemlich gleichgültig. Dieser Mann und sein Tunnel! Seine Finger hörten auf zu kratzen, zogen an seinem Goldkettchen, das in einer Nackenfalte einen roten Streifen hinterlassen hatte. Die Finger fuhren über sein Gesicht, entlang der Linie, an der sein rasierter Bart einen grauen Schatten zeichnete, hinunter auf seine Brust. Sie wurden zu wilden Pferden in der Prärie; damals bei Radio Salamanca war er bekannt für ihre Imitation. Er sagte: »Ich frage mich, was die Menschen in der Vorzeit vom Wetter gehalten haben. Ob es schlimmer war für sie?«

Seine Frau sagte: »Ich denke, sie haben es nehmen müssen, wie es kam.«

Er nickte: »Das ist die Kunst. Meinst du nicht? Aber es wird härter gewesen sein für sie.« Und er schob seinen Bauch Richtung Badezimmer.

Vernachlässigt, wie sie sich seit langem fühlte, schickte Beatrice Menendez dem Rücken ihres Mannes einen bösen Blick hinterher und ließ sich in die Kissen fallen. Bald hatten sich ihre Blicke in den Blättern des Ventilators über dem Bett verfangen und schweiften träge ab in eine Rückblende, die sie zu jenem unwiederholbaren Nachmittag führte, an dem Teniente Casares beim Abschied schüchtern ihre Wangen gesucht hatte, Señora, besten Dank für den Tee, er war wundervoll – und seine Lippen plötzlich festgesaugt fand an zwei Fischlippen, die ihn nach oben sogen, den Flur entlang, durch zwei Türen aus Zedernholz, und ihn dann auf ein Bett mit einer rosafarben geriffelten Decke bliesen, wo sie ihn nach Atem ringend und ohne ein Wort der Erklärung, den Rock um die Taille geknäult, zwang, sie wieder daran zu erinnern, was es bedeuten konnte – ja, du lieber, du unverbesserlicher Gott –, eine Frau zu sein.

»Meine Herren Abgeordnete, sehr geehrter Herr Präsident ...«

Unter dem losen Duschkopf probte der Gouverneur seine Rede.

Und die Erinnerung an den Teniente führte Beatrice Menendez unweigerlich zu einem anderen, der denselben Pilgerweg zu ihrem

Bett hatte gehen müssen. So befriedigend ihr Erlebnis mit dem Teniente gewesen war, an ihre Erinnerungen an Periclito reichte es nicht heran.

In letzter Zeit hatte sie viel an Periclito denken müssen. Sie waren häufiger zusammen gewesen, damals, als sie gerade nach Abyla gekommen war. Ihr Mann mußte etwas geahnt haben; er versuchte so nett zu sein, daß es ihr fast zuviel wurde. Und jetzt sollte Periclito zurückkehren.

»Ich bitte Sie, mir zu glauben ...«

Im Badezimmer vor dem Spiegel suchte der Gouverneur noch immer nach dem treffenden Ausdruck. Seinem ganzen Naturell nach war er niemand, der einen Mißerfolg leicht hätte eingestehen können. Hier lag das Problem. Seinem Gesichtsausdruck nach mußte er mit etwas Lebenswichtigem gescheitert sein; seit gestern abend war dieser Mißerfolg unübersehbar.

»... man kann es nur bedauern, und es verdient tiefes Bedauern, daß ich der Kammer meine Entscheidung mitteilen muß, die Eröffnung des Tunnels um ein weiteres Jahr zu verschieben.«

Ein weiteres Jahr! Und sie hatte es nur darum so lange in Abyla ausgehalten, weil sie der englischen Königin vorgestellt werden wollte.

Beatrice Menendez stützte sich wieder auf ihre Ellbogen. »Liebling«, rief sie zärtlich in den Dampf hinein, »aber das bedeutet doch nicht, daß der Stierkampf abgesagt werden muß, oder?«

11

Die Gäste des Café Ulises folgten der Rede des Gouverneurs in der Live-Übertragung von TV Abyla. So konnte Capitán Panteco unbemerkt an Silkleigh herantreten, der an der Theke stand. Den Polizisten begleitete der Hund des Fischers. Pantecos Hand umklammerte eine Axt. »Wenn du Krankenhausessen ebenso widerwärtig findest wie ich, dann kommst du jetzt besser mit. Freiwillig.«

Silkleigh hob die Hände hoch. »Cool bleiben, Panteco. Wenn jemand ein Arschloch ist, dann bleibt er eins. Punkt.«

»Schh«, machte Dionisio Porcil, der Bankier, und, den Schweiß von seiner Stirn wischend, wandte er sich wieder dem Bildschirm zu.

Der Polizist fuhr durch die nassen und menschenleeren Straßen zum Gebäude des Konsulats. Als sie die Stufen zum ersten Stockwerk hochstiegen, sagte Panteco: »Es wird dich sicher interessieren, daß ich dich seit vierzehn Tagen Tag und Nacht observiert habe.«

»Und?«

Es verlangte Panteco einiges ab, den nächsten Satz zu sagen. »Es wird dich auch interessieren, daß du es nicht warst.«

»Immerhin, alter Kämpfer, *das* nenne ich eine gute Nachricht«, sagte Silkleigh.

»Aber das Mädchen, das du immer in deinem Boot aufs Meer hinausgefahren hast, Silkleigh.« Pantecos Augen leuchteten vor Aufregung. Seine Zunge wanderte ungehemmt über seine Lippen. Er hob die Axt. »Ich habe irgendwie das Gefühl, sie ist nicht ganz das, was sie zu sein vorgibt.«

Ein Erdrutsch aus Kokain, das war es, was Panteco hinter der Tür zu finden hoffte, auf die er jetzt mit der Axt losging. Und das glaubte er auch gefunden zu haben, als er die vielen Kisten sah, die übereinander gestapelt bis zur Decke reichten. Hunderte waren es! Eine davon würde genügen, ihm eine *Medalla de la Ciudad* und eine ehrenvolle Erwähnung zu sichern. Er taumelte auf den Stapel zu, der ineinanderstürzte. Ungeduldig zerriß er das graue Klebeband. Er brachte in Plastik eingeschweißte Teile zum Vorschein.

»Was ist denn das, Silkleigh?« Er drehte sich zu dem Taucher, der auf einer Kiste saß und sich von Toribio das Gesicht ablecken ließ.

Auf einem Etikett, das auf die Plastikverschweißung geklebt war, stand in großen Buchstaben: THROTTING & WHITTLE – FILTERSYSTEME: EINFACH DIE BESTEN.

12

Es ist etwas dazwischen gekommen«, erklärte Sir Derek Cullis. Er wolle seinen Vorgesetzten nicht mit Details belästigen, aber es war klar, daß der Mann von Max gute Arbeit geleistet hatte. »Wir werden den Königlichen Besuch verschieben müssen.«

Der Außenminister ließ ihn ausreden. »Ehrlich gesagt, Derek, ich bin erleichtert.« Im nächsten Jahr würde es eine neue Regierung geben. »Und ich bin mir sicher, auch der Premierminister wird erleichtert sein.«

Die beiden Männer schritten nebeneinander den Flur entlang. »Ich werde es ihm morgen berichten – und wir sollten Buckingham Palace in Kenntnis setzen«, sagte der Außenminister. Er würde die Zeit nutzen können, um eine Reihe von Kriminalromanen für den *Telegraph* zu rezensieren. »Nur Tredwell wird enttäuscht sein. Aber damit müssen Militärs fertig werden. Wer dient als unser Auge und Ohr in Abyla?«

Cullis nannte den Namen.

»Thomas Wavery. Kenne ich ihn?«

»Sehr unwahrscheinlich, Herr Außenminister.«

»Wo war er zuvor?«

»Peru.«

»Ach ja.« Der Außenminister nickte. »Kam nicht Pooh der Bär aus Peru?«

»Nein, ich glaube das war Paddington Bär, Sir.«

»Ja, Sie haben recht.« Er tippte an seine Stirn. »Keine Frage, Derek. Das Gedächtnis ist auch nicht mehr das von früher.« Sie waren oben im Treppenhaus angelangt. »Gehen Sie zu den Dänen?« Der neue Botschafter gab einen Empfang.

»Ich muß Koffer packen. Hilda und ich ...«

Der Außenminister war sofort im Bild. »Um Gottes willen, Derek, habe ich Ihnen denn schon gratuliert?« Nicht zum ersten Mal dachte er an das unerwartete Licht, das hinter der strengen Miene seines Kollegen leuchtete. Der gedruckte Cullis war ein anderer als der Cullis, den er kannte, ein völlig anderer. Der Außenminister erinnerte sich an die preisgekrönten Verse, als sie die Treppen hinunterstiegen. Sie klangen ihm im einlullenden Schottisch eines Seewetterberichts in den Ohren.

Meine Hilda, obwohl äußerst rein,
Ist so schüchtern bei Männern und Wein,
Aber liest sie Dornochs Etikett
Ist sie nicht mehr so adrett
Und vergißt das Englisch für »Nein«!

Eine tremolierende Stimme schallte durchs Treppenhaus. Wie immer, wenn er diese Stimme hörte, befielen den Außenminister dunkle Vorahnungen. Irgendwo in der Welt, dachte er, ist gerade eine Katastrophe geschehen. Seine Hand suchte Halt am Marmorgeländer. »Fragt sich nur, nach wem sie diesmal ruft.«

Sie lauschten beide.

»Telephon für Mr. Queesal. Telephon für Mr. Queesal.«

»Komisch«, sagte Cullis, »vor einem Augenblick war er noch hier.«

Wieder hörten sie das Tremolo, und dieses Mal klang es besorgt. »Der Mann sagt, er rufe aus Afrika an.«

Fünfter Teil

DREIZEHNTES KAPITEL

1

Der Himmel glich einer Schüssel aus Fesaner Blau, der Farbe der Stadt Fes. Es war der Tag der Heiligen Jungfrau. Ein lang erwarteter Tag, fünf lange Jahre waren es für die Abylaner gewesen, und die Landspitze hatte gar seit Beginn der Geschichte darauf warten müssen, wieder mit Europa vereint zu sein. Es war der Tag, an dem die Eröffnung des Tunnels unter der Meeresenge hätte gefeiert werden sollen.

Die neue Glocke der Santa Maria de Africa mischte ihre Schläge in die Klänge der Kapelle des Dritten Afrikanischen Regiments. Auf ihrer senffarbenen Trage kroch die Ewige Herrin Abylas aus dem dunklen Kircheninnern in das gleißende Sonnenlicht. Getragen wurde sie von Mitgliedern des Regiments, die unter dem geschmückten Gestänge der Bahre verborgen blieben, nur ihre weißen Gamaschen schauten hervor. Die Gamaschen kamen am oberen Absatz der Treppe schlurfend zum Halt. Teniente Casares wies dem Holzgestell flüsternd die Richtung. Gemächlich und majestätisch wie ein zitternder Dreimaster glitt die Jungfrau von Afrika auf den Platz hinunter. Sie saß, schwarz gekleidet, auf einem dichten Teppich aus roten und weißen Nelken, ihre linke Hand hielt in der Höhe ihrer Brust einen Stab aus Olivenholz. Aufgefordert, das Symbol ihrer Macht abzutreten, hatte sich die Jungfrau ihrer Stadt nicht versagt.

Die übrige Welt jedoch hatte Abyla versetzt. Bevor sie ihre Freiheit aufgab, hatte die starrsinnige Tochter ein unerhörtes Fest feiern wollen, Königinnen und Könige hatte sie zu Gast geladen (sowie eine Schauspielerin aus *Die Tüchtigen gehen zuerst*). Aber niemand wollte eine Stadt besuchen, die ein solches Fest abgesagt hatte.

Wenigstens die Menschen auf der Halbinsel sahen die Angelegenheit aus diesem Blickwinkel; Abyla selbst sah das anders. Es war schließlich sein Tag, die Fiesta seiner Schutzheiligen und womöglich die letzte dieser Fiestas. Wenn der Tunnel nicht eröffnet wurde, den die Abylaner, die jetzt die schaukelnde Jungfrau auf ihrem Weg entlang der Marina Española verfolgten, hätten feiern können, dann blieb doch ein großes Ereignis. Alle freuten sich auf die *Corrida de toros*. Alle warteten auf Periclito.

2

Ich hoffe, um seiner Mutter willen, daß er gut kämpft«, sagte Halima zu Wavery, der am Spülbecken ein Glas Wasser trank. Der Señor Consul General hatte sie in der Küche beim Lesen gestört, sie hatte gerade eine Karte aus dem Faltordner gezogen. Dies wäre der Abend des Empfangs gewesen. Auch der war abgesagt worden, dennoch wollte sie ihren Herrn mit einem besonderen Essen verwöhnen: sie machte sich Sorgen um ihn. Als sie gesehen hatte, wie zwei Hühner sich in die Augen schauten, hatte sie gewußt, daß Emilio sterben würde. Und an diesem Morgen war sie, in einem Hof von El Hadu, Zeugin desselben Omens gewesen.

»Ja«, sagte Wavery vage. Er füllte das Glas neu und ging damit nach oben.

»Ich habe Ihnen das Hemd aufs Bett gelegt, Señor«, rief sie ihm nach.

Halima hätte sich gerne eingeredet, daß Señor Wavery so niedergeschlagen war wegen des Tunnels. Aber damit hatte es wohl nichts zu tun. Seine Niedergeschlagenheit hatte er sich auf der anderen Seite von La Mujer Muerta eingefangen. Sie wußte nicht, was hinter den Bergen vorgefallen war, aber als er aus Afrika zurückgekehrt war, hatte er einen anderen Mund gehabt. Und auch seine Augen hatten sich verändert. Die Brillengläser vergrößerten die Falten darunter, es sah aus, als wären ihm die Augen mit Gewalt ins Gesicht gedrückt worden.

Seit dem Wochenende in Chechaouen war er erstarrt. Nicht einmal zum Schwimmen war er gegangen. Er spürte nicht, wenn ihm Ham, zum Hufeisen gekrümmt, mit warmem Fell um die Beine strich. Er verließ das Schlafzimmer nicht, hockte dort mit dem großen Blätterstapel auf dem Schoß. Es waren die Blätter, die er auf der Terrasse beschrieben hatte. Aber Halima sah ihn jetzt nie etwas Neues schreiben. Er las auch nicht, wie er es früher zu tun pflegte. Er saß im Korbsessel am offenen Fenster, hob Seite um Seite hoch und ließ seine Blicke darübergleiten mit einem Ausdruck solcher Leere, daß Halima an Ghanem den Stummen erinnert wurde, den sie ein Mal im Café

Ulises gesehen hatte, als sie ihren Mann dort hatte abholen müssen. (Berahu hatte Zeug probieren wollen, um das die Nazarener soviel Getue machten.)

Gestern abend hatte sie versucht, die Lebensgeister ihres Herrn zu wecken, ihn aus dem Sessel zu locken. »Kommen Sie hierher, bitte, Señor, kommen Sie doch. Schauen Sie nur!« Sie führte ihn über die Terrasse zum Baum. Es war das erste Mal in zwanzig Jahren, daß sie ihn hatte blühen sehen. Sie hielt die Äste so, daß er die Blüten sehen konnte. Die waren unscheinbar, aber große weiße Hochblätter entfalteten sich wie Taschentücher unter den kleinen Blütchen. »Der Baum träumt.«

Wavery warf einen kurzen Blick auf den Taschentuchbaum, dann schweifte sein Blick über das Dach von Senator Zamora. Sein Mund blieb verschlossen, aber Halima verstand, daß er die Welt gerne als kleinen fernen Stern gesehen hätte.

3

Der Erderschütterer war zurück. Noch immer dick und sehr rothäutig, ein Bein leicht nachziehend, und noch immer kein Platz zwischen Mund und Nase für den schwarzen Schnurrbart, an dem Weintropfen zitterten.

Periclito, der Gourmet, der sehr ärgerlich werden konnte, wenn man ihn fragte, ob sein berühmtes Cassoulet aus Dosen komme. Periclito, dessen Herz jedesmal, wenn er eine Blondine sah, von neuem wie ein Hase hüpfte, noch immer so wie damals, als er den einst blonden Kopf von Señora Criado, der Köchin, erblickt hatte. (Wenn diese an ihre gemeinsamen Nächte dachte, mußte sie immer auch an die Doppeltür denken, die auf sie gefallen war, und der Schlüssel steckte noch im Schloß.) Periclito, der Liebhaber von zweihundertneunundachtzig blonden Frauen, schritt in seinem medizinischen Stützkorsett steif von der Fähre herunter. Periclito, mit dem blauen Bartschatten auf den Wangen, der schnellen Zunge, dem zärtlichen Herz. Periclito, der leidenschaftlich unmoralische Besitzer des Café Ulises. Periclito Mérimée Amaral, der Stierkämpfer, der als vierter, dritter und manchmal sogar zweiter Begleitkämpfer der Matadore von Bogotà, Lima und Caracas um die Welt gereist war, er war nach Abyla zurückgekommen.

»Ein Name, den man sich merken muß«, erklärte der Berichterstatter von *Olé y Olé* (Nr. 14) und fügte ihn seiner Liste von einundzwanzig noch unbekannten Talenten hinzu.

* * *

Strahlend hatte dieser Tag begonnen. Das Profil von La Mujer Muerta war gestochen scharf, und auf der anderen Seite der Meerenge konnte Genia Ortiz die Kalksteinfelsen von Gibraltar sehen. Das Meer um Abyla war ruhig. Es war jenes spiegelglatte Meer, über dem er den gestrigen Tag vergehen, den morgigen kommen sehe; das zumindest behauptete Silkleigh, der am Kai stand, um Rositas Ankunft zu erwarten. Doch als Berahu, der Müllmann, die letzte Lkw-Ladung Sand von der Playa Benitez zur provisorischen Arena am Canoñero Dato fuhr, konnte er Wind riechen. Und wirklich, um die Mitte des Nachmittags brachte eine Brise die Plakate, die TOROS EN ABYLA! ankündigten, zum Rascheln. Den Menschen, die festlich gewandet in Kleidern und Anzügen, die sie für einen ganz anderen Anlaß hatten anfertigen, aufbügeln oder ändern lassen, zur Arena strömten und dort allmählich ihre Sitzplätze einnahmen, brachte sie Kühlung. Die Brise trug die Musik der kleinen Kapelle davon, die unterhalb der Königlichen Loge zur Feier eines Tages spielte, der den letzten Auftritt des Regiments vor der Auflösung hätte bringen können.

»Sie spielen Ernestos Melodie!« dachte Genia Ortiz, als sie, angetan mit ihrem neuen Kleid, die Arena betrat. Sie ging die Ränge entlang zu ihrem Sitzplatz, dabei klopfte sie im Takt von *Auf dem Kap* auf die Rückenlehnen der Sitzreihen.

»Schau! Da hat *sie* ihren Auftritt. Schau doch nur.«

»Wem eifert sie denn nun nach? Der Heiligen Jungfrau?«

»Ganz gleich, wer es sein soll, sie schafft es nicht.«

Aufgetakelt in Gelb und Blau, den Nationalfarben der Freien Ukraine, segelte Genia Ortiz nach vorne.

In der Königlichen Loge hielt Teodoro Zamora seinem Enkelsohn einen strengen Vortrag. Er hatte lange gebraucht, bis er Pablo den Bubenstreich verzeihen konnte, den dieser ihm mit der falschen Diskette gespielt hatte; immerhin hatte Zamora einige Tage in der Überzeugung leben müssen, mit einem Knopfdruck sein Lebenswerk vernichtet zu haben. Und nun hatte sich der Junge schon wieder daneben benommen, zumindest mußte man das aus den Worten schließen, die der Junge, wie er soeben gestanden hatte, an die Wand der Telephonzelle vor dem Café Ulises geschrieben hatte. Der Spruch selbst war schlimm genug, aber zu allem Überfluß hatte der Junge noch die Telephonnummer seiner Großmutter hinzugesetzt. Noch nie in ihrem Leben, nicht in ihren Gesprächen mit *El General* und auch nicht in ihrer mehr als fünfzig Jahre währenden Ehe mit Ernesto, glaubte Genia Ortiz einen so abscheulichen Antrag gehört zu haben.

»Wo hast du nur solche Worte gelernt ...«

»Schau, da kommt die Alte.«

Senator Zamora, der tiefstes tyrisches Purpur trug, beobachtete, wie Genia Ortiz nach vorne ging. Er war froh, ihr doch einen der Sitzplätze angeboten zu haben, die für die abwesenden Monarchen reserviert worden waren. Obwohl ihr Koffer schon gepackt war und die Heimat nach ihr rief, obwohl sie in Gibraltar morgen bereits an Bord der *Kolibri* gehen sollte, den heutigen Tag hatte sie mit Freude erwartet. »Besten Dank, Teodoro«, sagte sie, als sie seine Einladung annahm, den Platz der britischen Königin, die ihn ausgeschlagen hatte, einzunehmen, »das werde ich sehr gerne tun.«

Senator Zamora, Präsident der *Corrida* und mit absoluter Macht über die Arena ausgestattet, war mit seinem Enkelkind extra früh dorthin gekommen, um diesem wenigstens einige der Zusammenhänge des bevorstehenden nachmittäglichen Spektakels zu erklären. Er hatte den Jungen hinter die *Barrera* geführt und von dort auf die Rampe, von der man auf die sieben Stiere von Don Ponciano herabschauen konnte. Aber seine Erklärungen klangen mechanisch und zerstreut.

Mit seinen Gedanken war er unter der Erde. Zwar hatte die Geschichte dem Senator endlich recht gegeben, doch war seine ursprüngliche Euphorie durch bestimmte Aspekte seiner Entdeckungen gedämpft worden. Die Funde waren nicht so ergiebig, wie er gehofft hatte. Es war wohl doch nicht die Stätte des arabischen Lebtit, auch nicht Tarschisch, schon gar nicht Auza oder Hekatompylos. Möglicherweise handelte es sich um Gräber einer weniger bedeutenden Siedlung der Phönizier. Und außer der dem Melcart geweihten Stätte und den Objekten, die er auf dem Wachstuch demonstriert hatte, war seither wenig mehr gefunden worden, nur einige weitere Urnen.

Drei davon enthielten Knochen und Asche von Tieren. Die vierte aber war es, die Zamora beschäftigte. Sie enthielt die Reste von etwas, was ihm äußerst beunruhigend vorkam.

In seiner Arbeit, für die die Universität von Oran ihm den Doktortitel verliehen hatte, hatte er den überkommenen Lehren eisern die Stirn geboten. Worauf diese sich beriefen, hatte er als Herodotsche Übertreibung abgetan, der er keinen Realitätsgehalt zugestehen mochte: die Vorstellung von Müttern, an der Hand ihre Kinder, unerbittlich, ohne eine Träne zu vergießen, ihre Gesichter verzückt vor Glück, wenn sie das Blut ihrer Söhne und Töchter als ein Trankopfer für Melcart, den phönizischen Herakles, gaben. Funde und Relikte, die angeblich darauf hinwiesen, so hatte er argumentiert, stammten von unglücklichen Menschen, die eines natürlichen Todes gestorben waren.

»Alle«, so hatte er damals geschrieben, »die an die bildhaften Fiktionen eines Flaubert glauben, sind der anti-karthagischen Propaganda aufgesessen ...« Doch in der Grabstätte von Abyla deutete alles darauf hin, daß sich seine These nicht halten ließ. Im Tophet unter der Marina Española hatte er die Knochen einer jungen Frau gefunden und die eines älteren Mannes. Seiner Meinung nach waren beide lebendigen Leibes geopfert worden. In der luftdicht verschlossenen Kammer hatten sich die Skelette so gut erhalten, als wären sie erst gestern geopfert worden.

Diese Beweise hatten Zamoras Überzeugung erschüttert. Sie schmälerten die Genugtuung, die ihm ein Brief sonst verschafft hätte, der ihn von der Halbinsel erreichte, ein Brief mit der Aufforderung, seine Doktorarbeit doch bitte noch einmal einzureichen. Abèr was war eine Dissertation mehr als dreihundertachtzig Blatt bedrucktes Papier, wenn sie nicht erklären konnte, warum Herakles seine Phönizier im Stich gelassen hatte?

Was nur war geschehen, das sie dazu gebracht hatte, statt eines Lamms ein Mädchen zu opfern? Welche unaussprechliche Drohung? Welche herrische Gottheit, welche düsteren Meeresgötter verlangten von den Phöniziern einen derart scheußlichen Beweis ihrer Unterwerfung? Zamora hatte keine Vorstellung davon. Solche Erfahrungen mußte man, ebenso wie Señora Criados Pasteten, zerbröckeln und dann langsam verdauen. Auch konnte er sich immer noch nicht erklären, warum die Totenmaske, die der täppische Polizist hatte fallen lassen, nicht in Scherben zersprungen, sondern gehüpft war.

»Schau. Da ist Vati!«

»Ach ja.« Seinem Enkelsohn zuliebe wollte Zamora höflich sein und beugte sich nach vorne. Dort unten, vor dem Hintergrund der blutrot gestrichenen Barriere, filmte Tromso die Matadores, Picadores und Bandilleros. Er hatte sie hintereinander aufgereiht wie eine Schulklasse beim Photographen. Über ihren Köpfen schwankte der Mikrophongalgen des Tontechnikers, an dem etwas entlangrutschte, das aussah wie eine graue Seegurke. Ein anderer Mann benutzte einen runden Leinenschirm, um das Licht auf den Gesichtern zu verteilen.

»Opa, warum filmt Vati denn die?«

»Für seinen Dokumentarfilm, Kind«, sagte Senator Zamora und erklärte, wie die Hauptfiguren seiner Dissertation und entsprechend von Tromsos Dokumentarfilm den Stierkampf nach Nordafrika gebracht hatten, von wo ihn die Mauren mit nach Spanien genommen haben.

»Erinnerst du dich an den Fußabdruck, den wir bei Kap Spartel sahen?« In den Mythen der Phönizier habe Herakles am Rand der Wildnis gegen ein stierköpfiges Monster gekämpft und sei ihm erlegen.

»Wird Periclito sterben?«

Der Präsident wippte mit dem Fuß zu einer vertrauten Melodie. Woher bloß kenne ich *diese* Musik? fragte er sich und konnte sich nicht darauf besinnen. Aber was immer es war, diese Musik war auffallend unoriginell.

»Nicht, wenn er gut kämpft ...«

Er sprang auf seine Füße. »Clotilda!« Seine jüngste Tochter blieb am niedrigen Eingang der Loge stehen. Ganz ohne Zweifel suchte sie jemanden in der Menge. Als sie seinen Ruf hörte, drehte sie sich um, aber dann zuckte ihr Kopf zurück. Senator Zamora sah, wie sich eine Wespe in ihren Zöpfen verfing. Er eilte auf sie zu und hob ihr langes maisblondes Haar hoch. »Da«, sagte er, »weg ist sie.«

Erleichtert legte sie ihm die Arme um den Hals, hauchte ihm einen Kuß auf beide Wangen. »Dank dir, Vati«, sagte sie.

Mit zwei Schritten Abstand folgte ihr Asunción. Sie trug einen hellblauen Rock, eine makellos weiße Bluse und eine rote Seidenjakke, die ihr bis zu den Knien reichte. Sie lächelte ihrem Mann unten in der Arena zu. Tromso hatte sie für den Abend alle zu einem Essen ins Café Ulises geladen.

»Laß die Tür noch offen! Deine Schwiegermutter kommt noch.« Er winkte. »Madame Amaral!«

4

Wavery winkte zurück, bis er erkannte, daß der Präsident jemand anderen grüßen wollte.

»Señor Wavery!« sagte Marie Amaral, die sich auf den freien Platz neben ihm setzte. Seit dem Abend auf seiner Terrasse hatte sie mit dem Consul General nicht mehr gesprochen. Ein Finger mahnte ihn. »Und wer hat mich vernachlässigt?« sagte sie, rutschte hin und her, bis sie auf den beiden Schaumstoffkissen bequem saß.

»Die Mutter des Matadors«, Wavery nahm wieder Platz, »ich weiß die Ehre zu schätzen.«

»Ich war so aufgewühlt«, sagte sie, »es tut mir leid. Ich habe Ihnen noch gar nicht gesagt, wie dankbar ich Ihnen bin.«

»Aber nicht doch, Marie.« Doch seine Stimme hatte keinen Klang mehr, ebenso tonlos hatte er vor einigen Minuten Dolores und auch Joseph Silkleigh begrüßt.

Silkleigh war beunruhigt, fragte nach Rosita. Aber Wavery hatte sie nicht gesehen.

»Sie hat sich nicht gerade vorgedrängt, als Gott die Nasen verteilt hat, mein Bester. Aber sie geht mir nicht aus dem Sinn.«

»Ihr erster Stierkampf?« fragte Marie Amaral, die zu aufgeregt war, um irgend etwas anderes zu empfinden als ihr eigenes Glück. Sie wies auf die Arena. Sie konnte die kahle Stelle an Tromsos Kopf sehen, der dem Kameramann gerade Anweisungen gab. Nun bat er alle um Ruhe, wie Davids Gott in ihren Träumen. In der Mitte der letzten Nacht war sie aufgewacht, vor Lachen.

»Nein«, sagte Wavery, »ist aber nicht ganz meine Sache.«

Marie Amaral verstand die angelsächsische Abneigung. Auch sie hatte sich gesträubt, als ihr Vater sie einst in die Arena von Oran geführt hatte. Sie war damals sieben, und sie hätte sich am liebsten im schwarzseidenen Schoß ihrer Mutter erbrochen.

Je älter sie wurde, desto mehr verabscheute es Marie Amaral, wenn Tiere grausam behandelt wurden. Sie haßte Männer, die am Militärstrand von Monte Hacho geduldig auf grüne Schildkröten lauerten. Sie haßte die Jungen, die auf La Mujer Muerta Federn durch die Schnabellöcher der Würger führten und die Beine der Vögel mit Bindfaden zusammenschnürten und sie, wenn Autos vorbeifuhren, winkend hochhielten, als seien es Papierdrachen, die sie steigen lassen wollten. Und vor allem haßte sie den Teil von sich, der sie an diesem windigen Nachmittag zur *Corrida de toros* zog, nur weil sie ihren kurzgewachsenen, dicken und kurzatmigen Sohn sehen wollte, der in seinem Korsett nicht einmal schnell laufen konnte, aber, so hoffte sie, flink sein würde mit dem Degen, diesen Sohn, dessen Degenkünste sie irgendwo in der Tiefe ihres Herzens bewundern wollte. Schließlich und ganz unabhängig von der Distanz zwischen ihnen, einer Distanz, die er seit der Kindheit mit Frauen, Stieren und Cassoulet gefüllt hatte, war er trotz alledem ihr Sohn.

An diesem Nachmittag wirkte sie trotz ihrer Vorbehalte jung und entspannt. Am Morgen hatte ein Wahrsager ihr aus der Hand gelesen, er könne, so hatte er zu ihr gesagt, die Zahl ihrer Kinder nennen und auch erkennen, ob sie ein Doppelleben führe, sie müsse nur die Hand fest zur Faust ballen.

»Ist es so gut?«

Er verkündete, daß sie sehr ehrlich sei, ein Herz habe für die Menschen und doch in der Lage, Kopf und Herz zu trennen.

»Und wie viele Kinder?« wollte sie wissen.

Er zählte die Linien. »Zwei.«

Auf dem Sitzkissen neben ihr erinnerte sich Wavery. »Ich glaube, den ersten Kampf habe ich in Lissabon gesehen.«

»Ich bitte Sie!« rief Marie Amaral aus, »das ist doch kein Stierkampf. Das Tier muß das ganze Spektakel durchstehen – und wird nicht getötet! Dafür später, in der Metzgerei. Das ist nicht recht«, sagte sie, »nicht bis zum Tod kämpfen zu dürfen bedeutet für einen Kampfstier, daß sich sein Leben nicht erfüllt hat.«

In der Königlichen Loge zog Genia Ortiz gerade einen positiven Vergleich mit der Pferderenngesellschaft in Kiew.

Sie lehnte sich vor und genoß den Anblick ihres Sohnes und seines Kamera-Teams, genoß die Sonne, die sich im Messing der ruhenden Instrumente der Tercio-Kapelle spiegelte. Es hatte seit zwanzig Jahren keine *Corrida* mehr in Abyla gegeben. Jeder Platz war besetzt.

Asunción wischte den Lippenstift, den ihre Schwester dort hinterlassen hatte, von den Wangen ihres Vaters.

»Wo sind meine anderen Taschentücher? Clotilda? Pablo, gib sie sofort her! Um Himmels willen, Asunción, kannst du denn überhaupt nicht auf deinen Sohn aufpassen?!«

Ein Offizieller deutete auf seine Uhr. Nun war es soweit. Präsident Zamora winkte zurück und zeigte, daß er verstanden habe. Dann schwenkte er das weiße Quadrat aus Seide. Eine Trompete blies, eine

Tür öffnete sich, und ein Stier trottete in den Innenraum der provisorischen Arena.

Periclitos erster Stier war der dritte des Nachmittags. Die *Alternativa* gab ihm »El Troyanito« in Anwesenheit von Rafael Lara. Periclito schritt hinkend in die Mitte des Rings, winkte der Menschenmenge zu, die ihm mit einem Rascheln der Blumen antwortete, die sie bereithielten, um sie später zu seinen Ehren in den Ring zu werfen. Troyanito wartete schwitzend auf den kahlköpfigen *Matador de novillos*, der auf ihn zu humpelte. Sie gaben sich die Hand, und Troyanito überreichte dem Erderschütterer die *Muleta* aus rotem Serge und den Degen, mit dem er zehn Minuten zuvor den zweiten Stier erledigt hatte.

Periclito grüßte den Präsidenten Zamora, und Zamora erwiderte den Gruß, indem er in der Königlichen Loge sein weißes Taschentuch schwenkte.

Neben Wavery wiederholte Marie Amaral still das Gebet, das sie auf Händen und Knien vor der Jungfrau von Afrika kauernd gesprochen hatte.

Ein Trompetensignal ertönte.

Nachher sollte man sagen, daß Periclitos Erhebung in den Stand eines *Matador de toros* dadurch erleichtert wurde, daß seine steifen, ungelenken Bewegungen im Stier aus dem berühmten Stall von Don Ponciano einen entsprechenden Widerpart gefunden hatten. Wie dem auch sein mochte, er hielt sich wacker, und selbst wenn die Menschenmenge den Augenblick, ihn mit einem Blütenregen zu überschütten, noch nicht für gekommen hielt, so forderten sie doch vom Präsidenten, er möge Periclito den Fuß seines Stiers überreichen lassen.

»*Pata! Pata!*« riefen sie. Der Fuß war Tradition in Abyla, und Präsident Zamora ließ seine Seide ein weiteres Mal flattern.

Marie Amaral atmete auf. Periclito winkte seiner Mutter zu, sie winkte zurück. Jetzt konnte sie sich entspannen. Es war das erste Mal, daß sie – oder überhaupt einer aus dem Zuschauerrund – den Erderschütterer aus Abyla im Kampf gegen einen Stier gesehen hatte. Ihr Sohn, ihr von Spiegelscherben gezeichneter Sohn hatte es überlebt. Es war ein guter Stier, der den Tod, den ihm der Matador gab, annahm. Sie drückte Waverys Arm. Nun erinnerte sie sich an alles, was ihr Vater bei jenem ersten Kampf in Oran erklärt hatte. Sie wollte es für Wavery wiederholen.

Was sie gerade verfolgt hatten, sei nicht die Begegnung eines rundlichen Matadors mit einem lebhaften Tier gewesen. Nein, es handele sich um die Begegnung des Menschen mit seiner eigenen Animalität. Der Stier verkörpere unsere dunkelsten Ahnungen über unser eigenes Wesen, über jene Grenzen, die wir aus Angst oder Begierde nicht zu überschreiten wagten.

»Diese Tierhaftigkeit muß erobert werden«, sagte sie zu Wavery, »aber das muß ästhetisch und harmonisch geschehen. Sie muß beherrscht, nicht bestraft werden. Man muß ihr mit Mut, Stil, Mitleid und Kraft begegnen – das sind die Voraussetzungen, die es uns ermöglichen, um das Leben zu kämpfen.«

»Tatsächlich?«

»Es ist schlimm, wenn das Animalische in einen eindringt, Señor, aber wenn man den Kampf gut führt, dann ist er eine schöpferische Tat. Das gehört zu den wesentlichsten Dingen, die ein Mensch erleben kann.«

Während sie sprach, schaute Marie Amaral in Waverys Gesicht. Wäre er noch am Leben, sinnierte sie, wäre David im gleichen Alter. Aber sein Gesicht, sein Gesicht, dachte sie. Es strahlte eine unsägliche Traurigkeit aus, als habe man das Antlitz eines Ölbildnisses mit Terpentin ausgelöscht. Der Stierkampf konnte ihn doch nicht derart mitgenommen haben? Hatte er ihr überhaupt zugehört? Was war es, das sein Leben erlöschen ließ?

Verwirrt nahm sie ihren Faden wieder auf. »Ich sehe, Sie finden das Ganze unsinnig, vielleicht sogar abstoßend. Aber wenn man die Dinge zu oberflächlich betrachtet, dann wird man alles abstoßend finden. Wenn man hinter dem Menschen, der morgens vor dem Spiegel steht, eine andere Dimension erblicken kann, dann – ja dann wird das Leben zu einer religiösen Zeremonie.«

»Ja, das kann sein«, sagte Wavery.

Und plötzlich war es ihr wichtiger als alles andere, ihn zu überzeugen, ihm ihre Dankbarkeit zu zeigen.

»Señor«, sagte sie, und ihr Gesicht verriet ihre Konzentration, »ich habe sechzig Jahre gebraucht, um etwas zu verstehen, was ich mit zwanzig hätte wissen müssen. Gut und böse sind nicht wie Weizen und Spreu. Man kann sie nicht sauber voneinander trennen. Man kann nur ein Mensch werden, indem man etwas tut, was man nicht hätte tun dürfen. Wie Adam und Eva. Als Adam und Eva bereit waren, zu Gott

»Nein!« zu sagen, da waren sie bereit, Menschen zu werden. Sie waren bereit, das Böse in sich zu erkennen. Wie ein Kind, wenn es zum ersten Mal lügt«, sagte sie und dachte an Periclito.

Sie erinnerte sich an die englischen Dramen, an all die elisabethanischen Tragödien, die sie gelesen, aber nie mit Schülern hatte besprechen können. Es waren Dramen aus dem Land von Señor Wavery. »Ihr Hamlet wollte nicht töten – und warum nicht? Vielleicht weil es seine stärkste Begierde war. Vielleicht wollte er zu sehr töten. Und es kann Situationen geben, in denen man etwas Böses tun muß, um etwas Gutes zu bewirken, und dann wäre es das allerschlimmste, es nicht zu tun. Hätte Hamlet Polonius früher getötet ... Ja, wenn er Polonius früher getötet hätte, Señor, dann hätte nicht nur die Literaturgeschichte einen anderen Verlauf genommen.«

* * *

Ein Schatten huschte über den Sand. Die Geier schwebten über dem Ring. Noch zwei weitere Stiere stampften in das Rund und starben im Schatten. Nun rief die Trompete, und es war die Zeit für Periclitos zweiten Stier, den letzten Stier der *Feria*.

Ein lautes Hurrageschrei begrüßte Periclito, als er wieder in den Ring trat. Dieses Mal stolzierte er mit bedecktem Kopf um die Arena. Er schritt um das Rund, bis er unterhalb von Marie Amaral im Sand stand. Er zog seinen Hut aus rauher Wolle. Und indem er seine Brust mit den Fingern berührte und sich verneigte, widmete er diesen Stier seiner Mutter. Mit einer extravaganten Geste warf er ihr seinen Hut zu. Der Hut überschlug sich in der Luft, und eine Windbö trug ihn in Waverys Schoß. Marie Amaral ließ sich den Tribut vom Consul General überreichen und schenkte ihrem Sohn ein leicht verlegenes Kopfnicken. Der drehte sich um und stolzierte durch den Sand, um seine Tierhaftigkeit von den Bandilleros wegzulocken.

Ein Vorderfuß scharrte im Sand, warf ihn über den schwarzen Rumpf. Urin tröpfelte von einem haarigen Penis und verdunkelte den Sand. Drei weiße Speere zitterten im Rücken des Stiers. Plötzlich raste er los, direkt auf die Barriere zu. Er sprang, und mit Kopf und Vorderbeinen überwand er die provisorische Absperrung.

»Menendez!« schrie jemand. Die Leute lachten, und viele drehten die Köpfe auf der Suche nach dem weißen Anzug dort im Schatten, wo Menendez zwischen seiner Frau und dem Bischof von Cádiz saß.

Gestern hatte er seinen Rücktritt als Gouverneur bekanntgegeben. Er wolle auf die Halbinsel zurückkehren.

»*Musica! Musica!*« riefen sie, und die Kapelle intonierte *Auf dem Kap*.

Marie Amaral schüttelte den Kopf. »Das ist ein böser Stier.« Er wolle nicht kämpfen, wolle sein Schicksal nicht annehmen, wolle zurück. Ein Stier, der sich verkriechen will, sei immer gefährlich. Man könne nie wissen, welche Verrücktheiten ihm einfielen. Vielleicht wolle er Periclito angreifen, und nicht die gelb-rote *Muleta*. Wenn er nach dem Körper suche, um ihn zu vernichten, dann sei das ein perverser Trieb.

Der aufkommende Wind ließ solche Perversionen noch wahrscheinlicher werden. Er zerrte an Periclitos *Muleta*, blies ihm den Sand in den Augen.

»*Agua! Agua!*« Er schritt zur Seite der Arena, gab Mohammed das Tuch, der es mit dem Saum in einen Wassereimer tauchte.

Periclito reichte ihm auch seinen Degen, und Mohammed wischte ihn mit einem Spültuch ab. Auf der gegenüberliegenden Seite des Rings rutschte der Stier von der Barriere wieder herunter und kam auf die Füße. Periclito drehte sich um. Er hinkte nach vorne, die feuchte *Muleta* schleifte er hinter sich her durch den Sand. Der Wind ließ seine spärlichen Haare fliegen. Der Stier schaute ihn an. Periclito stampfte mit dem Fuß. Eine der *Picas* fiel aus der Seite des Tiers. Der Stier betrachtete die auf dem Boden liegende Lanze, deren Spitze rot war von seinem Blut. Die Menschen murmelten, atmeten mit dem Atem des Stiers. Periclito brachte sich mit einem Schritt in den Blickwinkel des Stiers. Er tat noch einen Schritt und zog einen Degen, so rot wie Mohnblätter, aus der *Muleta*. Er erhob sich auf die Zehen und machte sich bereit, den Degen zwischen den Hörnern hindurch in den Nacken des Stiers zu stechen. Er holte aus. Der Degen glitt ab und flog davon. Das Publikum buhte.

Langsam holte Periclito seinen Degen wieder. Er stolzierte hinter dem Stier her. Wieder holte er aus, aber dieses Mal war er zu weit weg und wieder flog ihm der Degen aus der Hand. Und wieder buhte das Publikum, dieses Mal lauter.

»*Aviso!*«

Senator Zamora schaute auf die Arena-Uhr. Zehn Minuten waren vergangen. »Pablo. Das Taschentuch. Das war's. Komm, Kind. Her damit!«

Er ließ das Tuch zur ersten Warnung flattern.

Eingezwängt in seinem Anzug aus Silberlamé, Bäche von Schweiß auf seinen Wangen, näherte sich Periclito durch den Sand hinkend dem Stier, der die *Barrera* zum zweiten Mal besteigen wollte. Und noch einmal, begleitet vom hörbaren Knacken eines Knochens, flog sein unrühmlicher Degen in den Sand. Und noch einmal wurde Periclito mit Hohn und Spott überschüttet.

In der Königlichen Loge erzählte Genia Ortiz Asunción derweil, daß sie den General noch vor sich sehe, wie er während des letzten Kampfes die *Cojones* des ersten Stiers verspeiste.

»Aber er mußte sich auch nicht auf Periclito verlassen«, sagte sie.

Senator Zamora hoffte inständig, daß sich nicht wiederholen würde, was im alten Ring geschehen war, damals, als der Degen aus dem sich schüttelnden Muskelpaket herausgeschleudert wurde, wie ein Speer mit fürchterlicher Wucht durch die Luft sauste und Don Ramons Großvater, der in der dritten Reihe saß, durchbohrte.

»*Aviso*!«

Drei weitere Minuten waren vergangen. Präsident Zamora fand sein Taschentuch, purpurrot verschmiert von Clotildas Lippenstift. Er schwenkte es in Richtung Periclito. Diesem verblieben damit noch zwei Minuten für seinen dritten Versuch.

Was für eine Katastrophe! Was für ein erbärmliches Schauspiel! *El Terremoto* hatte Abyla mit seinem Glanz betören wollen. Und er erwies sich als eine Schande für die Stadt – und Tromso war dabei, diese Schande auf Film zu bannen! Periclitos Gesicht rötete sich, bis seine Wangen dieselbe Farbe hatten wie die blutigen Streifen um den Hals des Stiers.

»*Fuera!*« schrie die Menge. Weg mit diesem Matador, der nicht töten kann! »Ein Stierkämpfer?« schrien sie, »ein Hosenscheißer! Geh zum Teufel!«

Periclito schritt auf den Zehen voran, als bewege er sich barfuß über Glassplitter. Er hob sein Schwert, um das fünfte Mal zuzustoßen. Señora Criado, die hinter Wavery saß, preßte sich die Hände vors Gesicht und sagte: »Ich kann nicht hinsehen, ich kann gar nicht hinsehen.« Periclito stach zu, und dieses Mal drang die Degenspitze in das Fleisch. Der Stier bewegte sich rückwärts gegen die *Barrera*, seine Hoden bebten, seine Zunge hing aus dem Maul, bäumte sich in einem steilen Bogen nach oben, sein Atem wurde flacher, und während Blut aus seinen Nüstern schoß, brach der Stier zwischen den Sitzkissen aus Schaumgummi, den Apfelsinen und den Weinflaschen zusammen, die aus Enttäuschung über diesen wirklich jämmerlichen

Auftritt von Abylas eigenem Sohn Periclito Mérimée Amaral in die Arena geflogen waren.

Die Menge hielt Ausschau nach Präsident Zamoras Taschentuch, aber in der Königlichen Loge herrschte Verwirrung. Genia Ortiz hatte, als Zeichen äußerster Mißbilligung, ihr Programmheft in den Ring schleudern wollen, statt dessen aber den Dirigentenstab ihres Mannes geworfen.

»Er war nicht bereit, sein Schicksal anzunehmen«, sagte Marie Amaral, als Männer in blauen Arbeitskitteln den Stierkadaver an ein Pferd banden und aus der Arena schleiften.

Die Menschen waren aufgestanden. Enttäuscht hielten sie die Blumen an ihre Brust gepreßt, die sie den ganzen Nachmittag aufgespart hatten, da war über den Lautsprecher eine Stimme zu hören. Als sie die Stimme erkannte, erstarrte Marie Amaral. Es war die ihres Sohnes.

»Ich habe schlecht gekämpft«, sagte *El Terremoto.* Die Lautsprecher wurden lauter gestellt. »Ich habe schlecht gekämpft«, wiederholte er, »also schenke ich euch einen siebten Stier. Ich dediziere ihn der Stadt Abyla.«

Zustimmung wurde laut. Die Menschen setzten sich wieder. Die Sitzplätze waren hart, die Kissen lagen in der Manege. Aber die Menschen kümmerten sich nicht darum.

Genia Ortiz stand noch immer, beugte sich suchend über die Brüstung. Ein Mann schrie. »Hinsetzen!« rief er, »Eselsfleisch ist nicht durchsichtig.«

Wavery fischte seine Brille wieder aus der Brusttasche. Er sagte: »Ein siebter Stier? Kommt so etwas oft vor?«

»Nicht sehr oft«, räumte Marie Amaral ein, »er muß den Stier selbst bezahlen. Aber nicht einen Stier zu schenken ist das Besondere. Das Besondere«, sagte sie mutig, »ist, an einem besonderen Nachmittag teilzunehmen.«

Unten im Ring flog eine Tür auf. Ein rötlich-grauer Stier trottete aus dem Schatten heraus, um Widerrist und Kopf dampfte zorniger Atem. In der Mitte des Sandes hielt er kurz an. Ohne Eile drehte er sich um. Er wartete auf die Picadores.

Das ist einer der Ochsen des Geryon, dachte Zamora.

»Ja, das ist ein richtiger Stier«, sagte Marie Amaral und sah ihn das Pferd aufspießen und seine Hörner wieder herausziehen, umwickelt mit den Gedärmen des Pferds.

Bald war es Zeit für den dritten Akt.

Periclito zog den Hut, den ihm seine Mutter wieder hatte zukommen lassen, legte ihn in den Sand. Er stand aufrecht, sog die Luft ein, die schwer war vom Dunst des Blutes und dem Duft der zurückgehaltenen Blumen aus dem Kiosk seiner Mutter. Er humpelte in die Mitte der Arena.

Eine plötzliche Stille lag über dem Rund.

In der Mitte des Rings zuckte ein Tierohr.

5

In der Stille schlug das neue Uhrwerk viermal. Und es war vier Uhr. Als einziger unter den Zuschauern hob Wavery seine Augen und schaute aus dem Ring hinaus. Der vorangegangene Kampf hatte ihm gereicht. Die gespannte Zunge des Stiers, das rückwärts in seine Erstarrung taumelnde Tier hatte auch ihn wieder in seine Agonie gestürzt. Wavery sah nicht Periclito und den siebten Stier, sondern den wundervollen Fels von La Mujer Muerta, die Göttin, die, gegen den Wunsch ihres Vaters, an ihrer Liebe festgehalten hatte und von ihm dafür zu Stein verwandelt worden war.

Nichts könnte trockener sein als ihre Flanken. Nichts. Hinter ihrem Scheitel ahnte Wavery das überwältigend intensive Pulsieren Afrikas, das er an jenem Nachmittag vor zwei Wochen gespürt hatte, als er neben Catharine im Daimler saß.

VIERZEHNTES KAPITEL

Wenn sie nicht in der Schule waren und wenn sie sich mit ihren Schleudern nicht in El Hadu herumtrieben und sich mit Apfelsinen bombardierten, dann fand man die Kinder von Halima, drei Söhne waren es und noch keiner von ihnen zehn Jahre alt, zwei Kilometer vor der Grenze an der Straße, die La Mujer Muerta hinaufführte. Durch den Sand, den der *Poniente* in flache Dünen auf die Straße wehte, schaufelten sie Durchfahrten, deren Schlangenlinien den Asphalt überzogen wie die hieroglyphischen Pickelmuster Capitán Pantecos Gesicht. Sobald sich ein Auto näherte, streckten sie die Hände aus und schwenkten ihre aus flachgeklopften Blechdosen und Pinienästen gebastelten Schaufeln. Bevor sie abends nach El Hadu zurückkehrten, mußte Nourredine, der Jüngste, den Sand wieder gleichmäßig verteilen. An guten Tagen mit viel Verkehr konnten sie den dankbaren Touristen durchaus fünfzig oder sechzig Dirham abluchsen.

An diesem Spätnachmittag hielt eine prächtige silbergraue Limousine neben Nourredine. Der Fahrer kurbelte die Fensterscheibe herunter und gab dem Jungen fünf Dirham.

»*Merci, Monsieur* ...« Er legte den Kopf auf die Seite. »... *et Mademoiselle.*« Zu spät gab er den anderen das Zeichen, mit ihren purpurroten Kristallen und den zuvor präparierten Würgern herbeizueilen.

Die Sonne schien auf die Windschutzscheibe des einzigen Daimler von Abyla, als der Wagen Richtung Afrika davonfuhr.

Catharine lachte: »Schon das war die lange Reise wert, nur zu hören, daß jemand *Mademoiselle* zu mir sagt.«

Dann sagte sie: »Und wir ...? Immer noch?«

»Ja«, sagte er. Er dachte: Erst wenn man seine Stimme gehört hat, kann man einen Menschen wirklich einschätzen. Und in diesem Augenblick erschien es ihm fast ebenso schwer, ihre Anwesenheit zu ertragen, wie zuvor ihre Abwesenheit. Er legte seine Hand mit einem festen Griff auf ihr Bein. Sie nahm seine Hand zwischen die ihren, küßte sie, spreizte seine Finger und drückte sie an ihre Lippen.

Er spürte die Blicke, mit denen sie ihn ansah und ahnte ihr makelloses Lächeln. »Sag mir, daß du mich liebst«, sagte sie.

»Ich liebe dich.«

»Sag es mir wieder.«

Er sagte es wieder. »Ich wußte nicht, ob du kommen würdest.«

»Ich wußte nicht, ob du den Brief erhalten hattest.« Sie berührte seine Wange. »Du bist grauer geworden«, sagte sie, »aber auch schlanker.«

»Bin viel geschwommen«, sagte er, »und keine Parties.«

»Wir leben wieder in derselben Zeitzone«, sagte sie, »vorher warst du jedes Mal, wenn ich an dich dachte, eine Stunde weiter.«

Er wendete den Kopf und schaute sie kurz an. Er war unendlich glücklich. »Kann man denn einander näher sein?«

Sie küßte seine Fingerkuppen. Ihr Lächeln war wie Balsam. »Ich will nicht, daß dieser Tag zu Ende geht«, sagte sie.

Und zum Schluß, als Catharine mit besorgter Stimme fragte: »Liebling, wo wirst du deinen Ruhestand verleben?« war Wavery unfähig, auch nur einen Hauch von Fröhlichkeit aufzubringen. Weder in diesem Augenblick noch zu irgendeinem Zeitpunkt davor hatte er darüber nachgedacht. Ihre Frage hatte die gleiche gnadenlose Kraft wie das Licht Afrikas, sie hatte die Kraft, ihn ins Schweigen zu stürzen. In dem Moment, in dem er die Frage hörte, wußte er, daß er sich auf die Vorstellung, in Zukunft allein zu sein, noch gar nicht eingelassen hatte. Nicht auf die Vorstellung, ohne Penny zu sein. Nicht auf die Vorstellung, ohne Catharine zu sein. Genausowenig wie er sich die Frage gestellt hatte, warum Catharine ihre Meinung geändert hatte und ihn wiedersehen wollte.

Seine Phantasie hatte Wavery im Stich gelassen. Über die Aussicht, drei Tage mit ihr in Chechaouen verbringen zu können, war er nicht hinausgelangt. In dieser Beziehung hatte Penny recht gehabt. »Frauen sehen das ganze Bild. Männer schauen zu absichtsvoll, sehen immer nur Einzelheiten.« Catharines Besuch in Abyla, das war für ihn die Vorstellung, daß sie kommen würde; sie hatte sechs Monate lang seinen Kopf beherrscht. Aber das eben war nicht das Ganze. Doch er hatte es dazu gemacht, hatte nichts anderes gesehen, seit dem Tag, an dem er ihren Brief in den Händen hielt.

Wenn man ihn gedrängt hätte zu sagen, was er auf der Hinfahrt fühlte, als er mit ihr durch die Berge fuhr, in denen Teniente Zamora Krieg gegen die Schatten geführt hatte und Senator Zamora auf Wildschweinjagd ging, hätte Wavery sich wahrscheinlich einen Satz von Silkleigh geborgt: »Es gibt im Arabischen keine Zukunftsform, *Kara mia*. Im Gegensatz zur Sprache der Zukunft!«

Sie erreichten Chechaouen um sieben, erst im letzten Augenblick gaben die verbrannten Berge den Blick auf die Stadt frei. Eine Krone aus Häusern und Minaretten klebte weiß und blendend auf einem Felsen über dem Fluß. Das Hotel lag an der jenseitigen Kante des Felsplateaus. Asunción hatte ein Doppelzimmer auf seinen Namen reservieren lassen.

Catharine errötete. »Könnten wir meinen Namen angeben? Falls er anruft.« Der Geschäftsführer zog einen Strich durch Waverys Namen. Mechanisch trug er die Namen aus Catharines Paß ein. »Sie müssen nur Riding schreiben«, sagte sie, und zu Wavery, einfach: »Es tut mir leid.« Er bestellte auf der Terrasse etwas zu trinken. Sie blickten auf die Stadt hinunter, die Teniente Zamora 1921 besetzt hatte, aber Wavery sah weder die steinerne Brücke noch die Frauen, die am Fluß ihre Wäsche wuschen, auch nicht das Maultier, das sein Maul triefend aus dem Fluß hob. Neun Monate lang hatte er den Schmerz ertragen müssen, mit Catharine nicht einmal eine schöne Aussicht teilen zu können. Jetzt lag ihnen ein ganzer Kontinent zu Füßen, und er hatte Augen nur noch für sie.

Um acht nahm sie den Zimmerschlüssel in die Hand. »Ich muß kurz telephonieren.« Zwanzig Minuten später kam sie zurück und küßte ihn auf den Kopf. Warm spürte er ihren Atem in seinem Nacken.

Sie sagte: »Und deine andere Wirklichkeit? Wie geht es ihr?«

»Wir sind so gut wie geschieden«, sagte er.

Sie zog einen Stuhl heran. »Ach, Tom, nein«, flüsterte sie, »aber das ist ja furchtbar.« Sie blickte in die Ferne. Die Dunkelheit zog einen kühlen Schleier über das Tal. Am Flußufer packte eine Frau nasse Wäsche auf das Maultier. Vom Wasser her waren Frösche zu hören. Die Dämmerung roch nach Kreuzkümmel.

»Es wäre so oder so dazu gekommen.«

Sie schaute ihn wieder an, beugte sich über ihre verschränkten Arme. »Das habe ich nicht gewußt. Ich dachte, sie sei in London, oder...« Sie war erschüttert.

Er berührte ihren Arm. Er sagte: »Hast du eigentlich meine Nachricht erhalten?«

»Welche Nachricht?«

»Macht nichts. Ist nicht so wichtig.« Ihr Mann hatte es wohl nicht ausgerichtet.

»Welche Nachricht, Liebling?«

»Ach, laß doch. Ich habe dich halt ein Mal angerufen.«

»Aber wann denn?«

»Als ich von meiner neuen Stelle erfuhr.«

»Hat mir niemand erzählt!«

»Es war ein Augenblick der Schwäche.«

Sie starrte zurück. »Also habe ich unsere Verabredung nicht als erste gebrochen?«

»Nein. Das hast du nicht.«

Sie sprach weiter und sprach sehr schnell. »Ich habe es in der Zeitung gelesen. Adam hat die Meldung für mich aufgehoben. Ich habe das nicht verstanden. Ich überlegte, was passiert sein könnte. Warum geht er nicht nach Lissabon – wie er es gesagt hat? Wo liegt dieser Ort, dies Abyla? Und ich schaute auf die Karte und ich fühlte ... ich dachte, es ist wirklich eine Gemeinheit.«

»Bitte«, sagte Wavery, »es macht nichts.«

»Es ist blöde«, sagte sie mit derselben hastigen Stimme, »ich weiß nicht warum, aber ich fühlte mich schuldig. Und egal wie oft ich mir sagte, nein, es kann nichts mit mir zu tun haben, ich bin daran nicht schuld, das Gefühl der Schuld wuchs. Und eines Tages wurde es zu viel. Ich konnte es keinen Augenblick länger ertragen. Ich umarmte meine Töchter, und du warst es, den ich dabei berührte und – dann hab ich dir geschrieben.«

»Catharine. Ich bin froh, daß du es getan hast«, sagte Wavery.

Sie aßen früh zu Abend. Danach gingen sie nach oben. Er zog sich aus. Sie umarmte ihn von hinten. Er fühlte ihre Brüste und weiter unten ihr Haar.

»Leg dich auf mich«, sagte sie, »ich will dein Gewicht spüren.«

Danach, mit dem Rücken an ihn geschmiegt, erzählte sie. »Ich erinnere mich daran, wie ich dich auf dem Flughafen verlassen habe und wie ich auf mein Bett gefallen bin und Adam gefragt hat: Schönes Wochenende gehabt?, und ich bin sofort eingeschlafen, einfach weggesackt. Und morgens habe ich deine grauen Haare auf meiner Jacke gefunden. Ich hatte Angst, dich mit meinen Gefühlen in Verlegenheit zu bringen, auch mich selbst.«

Er nahm ihre Hände.

Sie fuhr fort: »Ich habe alle Photographien aus meiner Kindheit durchforstet, ob ich nicht irgendwo den Blick finden könnte, von dem du schon auf Ritas Terrasse gesprochen hast, dieser Blick, der durch dich hindurchgegangen war wie ein Windstoß. Ich habe ihn nirgends gefunden.«

»Ich liebe dich«, sagte er.

Sie sagte: »Ich habe nie aufgehört, an dich zu denken. Ein- oder zweimal mußte ich, als ich mich mit jemand unterhielt, das Gespräch unterbrechen, denn ich hatte plötzlich dein Gesicht vor Augen, dein Gesicht in jener Nacht, in der wir uns geliebt haben. Ich hatte Angst, zu Glas zu erstarren und alle könnten durch mich hindurch sehen, sehen, was ich denke.«

»Ich liebe dich.« Er wünschte sich, er wäre der erste gewesen, der diese Worte zu ihr gesagt hätte. Er konnte nichts anderes sagen, und jedes Mal, wenn er die Worte sagte, erschienen sie ihm unzulänglicher.

Sie zog ihre Hand zurück. Sie holte tief Luft und sagte: »Wir wissen, nicht wahr, daß wir nur das haben? Wir haben einen Stapel Spielkarten, mehr nicht. Wir legen sie, wie wir es wollen, aber es gibt nur eine beschränkte Zahl von Karten, und der Stapel wird irgendwann erschöpft sein. Das wissen wir, oder?«

»Ja«, sagte Wavery, »so ist das«, und in seiner Stimme war nichts von dem, was ihm durch den Kopf ging. Warum hat sie ihren Vorsatz gebrochen, warum ist sie nach Afrika gekommen – hat es mit ihrem Problem zu tun? Oder ist sie gekommen, um meines zu lösen?

Sie schlief ein, und eine Zeitlang schaute er in ihr vom Schlaf entspanntes Gesicht. Er schlief eng mit ihrem Körper verschlungen; und er wachte auf mit ihrem Gesicht an seiner Schulter, geweckt von der Stimme des Muezzin.

Später stand er vor dem Spiegel und rasierte sich. Sie kam ins Badezimmer, und er küßte sie, wobei Schaum auf ihrer Wange haften blieb. »Es ist so lange her, daß ich mit jemandem, den ich nicht kenne, zusammen war«, sagte sie. Sie schaute in sein Gesicht im beschlagenen Spiegel. »Ich hatte große Angst vor den kleinen Dingen. Ob du im Pyjama schläfst oder im Unterhemd. Oder ich hörte dich sagen: Ist es recht, wenn ich deine Zahnpasta benutze?«

Sie hatten den ganzen Samstag für sich, und in der Nacht kam es dann zu einer Szene wie der in Lissabon. Sie lag auf ihm, ihr Haar fiel ihm ins Gesicht, ihr Körper hob und senkte sich im gleichen Rhythmus wie der seine, als er plötzlich fühlte, wie sie ein Schütteln durchlief. Sie riß den Kopf zur Seite und barg ihn in ihrem Arm. Ihr Ausdruck veränderte sich, sie starrte ihn an: eine Fremde hatte ihr Gesicht gehoben. In einem Krampf bäumte sich ihr Körper auf. Ein schrecklicher Laut kam aus ihrer Kehle, als würde etwas in ihr zerreißen.

»Nein!«

Es war der nackte, ursprüngliche Schrei eines verängstigten Kindes. »Nein! Nein! NEIN!« Sie kämpfte sich los, kämpfte gegen irgendeinen Widerhaken in ihrem Fleisch. Sie zog sich hastig von ihm zurück, schlug mit den Armen um sich, schlug die Hände vors Gesicht. Sie sprang aus dem Bett und suchte in einer Ecke kauernd Schutz, die Arme um ihre Knie geschlungen. In kurzen rauhen Stößen hustete sie sich die Angst aus dem Körper und wiederholte immer wieder: »Nein, zwing mich bitte nicht, bitte nicht, bitte nicht.«

Im Zimmer nebenan klopfte jemand an die Wand.

Er hob sie in seinen Armen hoch, und sie hing an ihm und schluchzte. »Tom, ich muß dir etwas sagen ...« Er strich das Haar aus ihrem Gesicht, zog sie zurück vom Rand des Abgrunds. »Schau mich an«, sagte er, »ich bin es.«

Ihre Augen richteten sich auf ihn. Er sah darin die Wellen, die über sie hereinbrachen.

»Ich muß dir etwas sagen …«

Aber eigentlich sprach sie mit sich selbst, sprach mit einer dünnen erschrockenen Stimme. Ihr Schmerz zog auch ihn hinunter. Ein Anker war es, der sie herabzog zu den Wurzeln ihres Selbst. Es war, als antworte sie auf irgendeine unermeßliche Verletzung, auf eine Verletzung, die so tief vernarbt lag, daß man sie vielleicht nie finden würde – und sollte man sie aufdecken, da wäre der Schmerz nur noch schlimmer. Er liebkoste ihr Gesicht, ihre Arme. Er befand sich in unbekannten, tobenden Gewässern. Es war eine Erfahrung, auf die ihn nichts in seinem Leben, nichts in seinen Büchern vorbereitet hatte. Er sagte: »Ich liebe dich.«

Sie trommelte mit den Fäusten auf ihre Knie. »Siehst du nicht? Siehst du denn nicht? Ich habe Angst, daß deine Liebe sich in etwas verwandeln wird, das genauso stark ist, aber gegen mich gerichtet, und das will ich nicht.«

»Wird sie nicht. Wie könnte sie?« Er hielt ihr Gesicht ruhig in seinen Händen. »Sag es, Catharine. Ich will es hören.«

Aber sie schüttelte ihren Kopf von seinen Händen frei. »Ich kann nicht«, sagte sie, und der Ton der Verschlossenheit war wieder in ihrer Stimme. Mit dem Vertrauen eines kleinen Tieres, das sich verlaufen hat, ließ sie sich von ihm zurück ins Bett tragen.

Den ganzen Sonntag über war sie heiter und gelassen, erwähnte nicht mit einem Wort, was sich in der Nacht ereignet hatte. Am Morgen erkundeten sie die Stadt, nachmittags gingen sie zu Fuß zu einer verlassenen Moschee, wo Männer und Frauen, auf Leitern stehend, auf die Äste der Olivenbäume schlugen, daß die Oliven herabfielen. Die Köpfe der Menschen sah man nicht, nur die Beine.

Auch an diesem Abend näherte er sich ihr, und sie kam ihm entgegen.

Sie entkleidete sich, legte sich hin, schaute ihn an und hielt sein Gesicht zwischen ihren Händen, als er sich in ihr hin und her bewegte, bis es nicht mehr nur ein Teil seines Körpers war, der in ihr war, sondern sein ganzes Wesen. Und wieder erstarb ihr Blick, und wieder war da dieser Mund, der in panischer Angst schrie, und Hände, die nach ihm schlugen, die in sein Gesicht schlugen und ihn zurückstießen.

Sie sprang fort von ihm, brach an der Wand zusammen.

»Sag es mir«, flehte er sie an, »du mußt es mir sagen.«

Ihren Atem stieß sie hervor, als würde sie sich auf den Boden übergeben. Er ging auf sie zu, und sie hob schluchzend die Hände. An der Tür klopfte es, er achtete nicht darauf. Er nahm sie unter den Achseln und zog sie hoch. »Catharine, sag es mir.«

Sie schüttelte den Kopf. Nie zuvor hatte er solchen Schmerz gesehen. Alle Farbe war aus ihrem Gesicht gewichen, so als sei ein Tuch gefallen. Da hockte keine junge Frau von vierunddreißig Jahren vor ihm, sie hatte die runzlige Haut einer alten Frau.

»Nein!«

Die panische Angst in ihren Augen entsetzte ihn. Es war die Angst von einer der Kreaturen Pennys. In ihm war Catharine etwas begegnet, was sie völlig verschreckt hatte, aber was konnte das sein? In der lastenden und sich dehnenden Stille schaute sie ihn an. Ihr ganzes Wesen drängte sich in diesem Blick, wollte sich wortlos Bahn brechen, flehte um Hilfe und entglitt.

»Nun komm.« Er führte sie zurück zum Bett.

»Ich habe Angst«, sagte sie mit einer Stimme, die kaum lauter war als ihr Atem, »ich habe keinen Ort mehr, an den ich noch gehen kann.«

Er liebkoste sie, bis sie einschlief.

Irgendwann erwachte er. Seine Arme waren leer. Sie lag völlig angekleidet auf dem Fußboden. Sie erlaubte ihm, ihr Bluse und Rock wieder auszuziehen. Sie streckte sich unter das Laken, die Beine zusammengepreßt, den Rücken ihm zugewandt. Als sie schließlich zu sprechen begann, hörte es sich an wie ein Zischen.

»Als ich nicht mit dir zusammen war, habe ich dich ausgelöscht. Ich habe mir alle möglichen Gründe ausgedacht, dich zu zerstören.«

»Warum wolltest du das tun?«

»Ach, Tom, du verstehst nicht. Gefühle wie diese verschwinden nicht. Man muß sie töten, ausmerzen, ermorden.« Ihre Worte trafen ihn tief. Sie wollte, daß er ihren Schmerz fühlte, den Schmerz, den sie erlitten hatte durch ihn, den sie so sehr liebte. Sie sagte über ihre Schulter: »Siehst du nicht? Ich wollte es töten. Ich wollte diese nie enden wollende Lüge ein und für alle Mal zum Schweigen bringen.«

Wavery setzte sich auf: »Catharine. Du mußt es mir sagen.« Wenn sie einmal angefangen hätte, würde sie ihm alles erzählen. Das war unausweichlich. »Bitte, laß mich dir helfen, das alles aufzuschließen? Laß mich dir wieder und wieder das einzige sagen, was ich dir zu sagen habe, das, was ich dir gestern nacht sagte. Ich liebe dich.«

Sie drehte sich auf den Rücken. Sie hatte eine unsichtbare Schwelle des Schmerzes überschritten, und sie atmete jetzt ruhiger. »Thomas?«

Sie wandte ihm den Kopf zu. Sie mußte seinen Namen zweimal sagen, bevor er sie hörte. »Halt mich fest.« Er tat es, und sie begann mit einer körperlosen Stimme zu sprechen, und indem sie stockend Schicht um Schicht die Vernarbungen aufdeckte, stieß sie vor bis zu der Verletzung im Kern ihres Wesens.

So erfuhr Wavery in den frühen Morgenstunden des Montags von den Dämonen, die ihre gemeinsame Liebe geweckt hatte. Er hatte Catharine das erste Mal bewußt wahrgenommen, als er sie vor Queesal rettete, er dagegen war ihr an diesem Abend schon früher aufgefallen. Es war eine Kleinigkeit, die ihre Aufmerksamkeit auf ihn gelenkt hatte, etwas Lächerliches, etwas so Alltägliches wie der schwarze Farbfleck an seinem Hosenbein, den er sich wohl an Pennys Staffelei geholt hatte. Quer durch den Raum war Catharine dieser Fleck aufgefallen. Alle anderen Gäste waren so adrett gekleidet, wirkten so bedeutend, hatten nur Sinn dafür, adrett und bedeutend zu wirken, aber unter ihnen stand ein Mann mit einem dunklen, auffälligen Fleck auf seinem Hosenbein, und er wußte nichts davon. Die Menschen haben das Bedürfnis, ihre Erfolge hervorzukehren, aber erst Verletzlichkeit zieht die Liebe an.

Aber es war mehr als nur das. Der schwarze Fleck hatte sie elektrisiert und verfolgt. Seit ihrer Kindheit schon spürte sie, wie sich etwas Schwarzes über einen unerkundeten Teil ihres Selbst herabsenkte. Und als sie miteinander sprachen, hatte sie sofort das Gefühl, daß er jemand war, dem sie davon erzählen konnte. Unter seinem Schutz würde sie das schwarze Tuch ihrer Verdrängungen von den Rändern her vorsichtig lüften.

»In Lima hatte ich ... ja, eine Ahnung davon. Ich wußte aber nicht, was es war.«

Sie fand es heraus, zwei Monate später in Lissabon. In jener Nacht in ihrem Hotelzimmer, als Wavery ihr die Karnevalsmaske anlegte, da hat er ihr eine andere Maske über das Gesicht gezogen. Es war die Mütze des Soldaten.

Catharine? Der Türknauf drehte sich.

Es war nach der Geburtstagsfeier ihrer Schwester. Während der Feier hatte sie einen Tisch mit hellbuntem Spielzeug gesehen, war spontan darauf zu gelaufen. Ihre Bewegung war ihm aufgefallen; er stand dort im Gespräch mit dem Vater eines anderen Kindes. Er legte seine Hand auf ihren Kopf. Auf ihr chinesisches Haar. Er mochte seine Struktur. Er ließ seine Hand durch ihr Haar gleiten, fühlte das

Haar. Sie war vier. Aus anderen Zimmern kamen Kinder gelaufen, nahmen sich die Spielsachen. Sie schaute zu, unfähig, sich zu bewegen. Schließlich ließ er ihr Haar los. Sie stürzte zum Tisch. Nur ein Geschenk war übriggeblieben: das kleine Metallmodell eines Panzers. Sie gab es ihrer Schwester.

Die Tür öffnete sich. Catharine?

Die Stimme ihres Vaters, die Stimme eines Mannes, eines Soldaten, eines Kriegshelden, flehend.

»Catharine.«

Seine Finger in ihrem Haar, die Finger, die Männer dazu gebracht hatten, sich in den Kampf zu stürzen, die sich gekrümmt hatten um den Abzug seiner Pistole, die sich um Hälse gekrallt hatten, bis seine eigenen Männer ihn keuchend losreißen mußten. Seine Hände, riesig wie die eines Gottes, glitten von ihrem Kopf herunter. Sie rochen nach Zigaretten, wie ihre Spielsachen, wie ihr Haar. Seine dicken Finger, angefeuchtet von seiner Zunge. Sein Atem, der immer lauter wurde, der Geruch von Pfefferminz; er hatte die Zähne geputzt.

»Catharine.«

Die Treppen, die sie emporstieg, wenn ihre Mutter weg war. Das Bett, in dem sie dann lag. Das Fleisch, das sie in ihrem Mund zum Schwellen brachte. Das Klebrige, das sie auf ihrem Gesicht fühlte, das sie in ihrem verklebten Haar riechen konnte. Die wollene Kapuzenmütze, die ihr Gesicht bedeckte, so daß sie nur die gewichsten Kappen seiner Budapester Schuhe sehen konnte. Der Vater, den sie sonst so liebte, weil er süß und lustig war; den sie, als er tot war, mit einem Sehnen vermißte, das sie auf niemanden anderen übertragen konnte. Alles, was zwischen ihnen geschehen war, als sie vier war, als sie fünf war, als sie sechs war, als sie sieben war, alles hatte sie in sich vergraben, bis plötzlich, in ihrem achten Jahr, seine Forderungen aufhörten, weil ihre Mutter die Töchter nahm und fortzog.

Ihre Lippen zitterten. Sie konnte sich so schlecht erklären. Das alles war geschehen, bevor sie es gelernt hatte, ihre Gefühle auszudrücken. Das war ihre erste Sprache. Diese Berührung, dieser Schmerz, dieser mit Liebe vermischte Schmerz, diese heimliche, aber panische Angst. »Dreißig Jahre lang habe ich mich an nichts erinnert, an nichts. Es war wie ausgelöscht, als sei es unter der Erde, in einem Bergwerk versteckt.« Bis zu dem Augenblick in Lissabon, als sie Wavery durch die Maske gesehen habe und geschrien. Denn da habe sie nicht Thomas, sondern einen anderen Mann gesehen, und das, was sie fühlte, sei sie selbst gewesen, unter diesem fremden Mann, waren dessen Hände über ihrem Mund, war dessen Körper, der ihren niederdrückte, dessen riesige Nase, die ihm zwischen den Beinen wuchs und sich zwischen ihre schob, von unten bis in ihre Kehle drang, war der Vater, den sie liebte, der sie beruhigte, der sagte, nichts sei passiert, war der Vater, den sie haßte, genauso wie sie Wavery hassen würde, denn sie waren einer und derselbe, beide Männer unauflöslich, und nichts könnte in ihrer Vorstellung Waverys Gesicht von dem Gesicht des Vaters je wieder trennen. Jedes Mal, wenn er sie berühren würde, würde sie schreien.

»Ich versuchte, es zu verleugnen, Tom. Ich versuchte, mir selber einzureden, daß alles nie geschehen sei. Wir waren eine gute Familie. Nein, das hat es nicht gegeben, das wiederholte ich mir immer wieder. Ich bin es gewesen, die das phantasiert hat. Aber es ist keine Phantasie. Es ist geschehen, und jedes Mal, wenn ich daran denke, brauche ich einen Tag, um mich zu erholen.«

»Wie konnte er nur?«

»Urteile nicht, Tom.«

»Es ist eine große Kunst, nicht zum Richter zu werden.«

»Tom ...«

»Ich glaube nicht, daß ich diese Kunst beherrsche.«

Er rückte von ihr weg. Er schaute aus dem Fenster, auf die Silhouette des Gebirges. Er fand die Worte nicht, mit denen er ihr hätte antworten können, und er wußte, daß ihm noch Schlimmes bevorstand. Er wandte sich ihr wieder zu und zog sie an sich. »Die Dämonen werden wir erschlagen«, brachte er über die Lippen.

»Du hast keine Vorstellung, Tom, keine Vorstellung.«

Als er in Lima über Ritas Terrasse auf sie zugegangen sei, da habe sich etwas verändert für sie. Etwas sei in ihr bereits vorher in Bewegung geraten. Und sie habe gewußt, daß sie dem nicht entfliehen durfte. Sie hätte wieder zurückgleiten können in die Vertrautheit ihrer Verstellungen, ihren Dämon so tief zuzuschütten, daß sie ihr Leben hätte zu Ende führen können, ohne ihn je wieder zu wecken. Doch es sollte anders kommen. Er habe sie geschützt, genau so geschützt, wie ihr Vater sie hätte schützen müssen; was er nicht getan hat. Er, Tom, habe sie vor der Erniedrigung geschützt. Er habe genau das getan, was ihr Vater nie getan hatte, und dafür habe sie ihm die Liebe geschenkt, die absolute Ehrlichkeit verlangt.

»Weiß dein Mann davon?«

»Nein. Nein. Er weiß es nicht. Er will mich vergöttern.« Nur Wavery wußte. Ihre Mutter war tot, und ihr Vater hatte sich mit zweiundsiebzig Jahren eine Pistole in den Mund gesteckt.

Sie weinte wieder, und diesmal flossen die Tränen noch heftiger. »Ich habe nichts anderes getan. Von Anfang an konnte ich nichts anderes tun. Lächeln und sagen: Ja, ja, er ist wundervoll. Seht ihr es nicht?« Sie habe den Mythos ihres Vater, den Mythos des großen Kriegshelden bewahrt. Sie bewahre den Mythos ihres Mannes, des erfolgreichen Geschäftsmannes. Sie bewahre ihren eigenen Mythos.

»Aber was, das frage ich dich, was ist *meine* Wirklichkeit, Tom?«

Ihr Leiden vernichtete ihn. Ihr Oberkörper pendelte hin und her, ihr Gesicht war unter ihrem Haar verborgen. »Ich bin nie Jungfrau gewesen, Tom. Nur einmal habe ich mich als Jungfrau gefühlt, das war, als ich dich kennenlernte.«

So lange er Catharine kenne, so lange habe sie mit diesem Problem gerungen. Er fühlte sich betäubt. Das war es, was ihr in Lissabon so große Angst eingejagt hatte, als sie durch die Maske sein Gesicht nicht mehr sehen konnte und er plötzlich allein zurückblieb. Sie brauchte seine Hilfe, nicht seine Liebe. Sie wollte ihn als eine andere Vaterfigur. Und was war geschehen? Er hatte sie in jeder Hinsicht enttäuscht.

Seine Benommenheit breitete sich aus. Er kam sich vor wie eine andere Person. Sie war auf ihn gestoßen, und er hatte aufgehört, Thomas Wavery zu sein. War ein Vater, der ein Kind, das er nie gehabt hatte, in den Armen hielt. War der Kriegsheld, der seinen verwundeten Geist mit ihrer Unschuld heilen wollte. Wollte sie nicht verletzen. Suchte nach ihrer bedingungslosen Liebe, mehr nicht. Wollte, daß sie ihn zurück zu seiner eigenen Kindheit führte, zu einer Landschaft, in die der Krieg keine Wunden geschlagen hatte.

Ihre Finger griffen hinter ihn, suchten, kerbten, schmerzten. Die Schmerzen verbanden sich mit einem Gefühl, das er unerträglich fand. Sie wendete sich ab, und sie preßte sich gleichzeitig an ihn. Er erwiderte das, und zusammen schritten sie hinein in die dunkle, faulende Erde. Ein Schrei trocknete auf seinen Lippen. Er dachte: So schmeckt der Tod.

Am nächsten Morgen sagte sie: »Etwas Fürchterliches ist geschehen gestern abend, nicht?«

»Ich weiß.«

»Und es kommt noch schlimmer.«

Er hörte das Unabwendbare in ihrer Stimme.

»Ich kann doch nicht … nein, ich kann dich doch nicht an ihn erinnern. Das kannst du doch nicht sagen.«

»Nein, Tom, nein, nein … Ich kann nichts dafür, aber da ist etwas. Siehst du nicht, das ist sein Terrain.«

»Jedes Mal, wenn ich dich berühre, wirst du schreien?«

»Weiß nicht. Ich weiß es nicht. Ich verstehe es nicht.«

Das einzige, was sie verstand, war, daß durch ihre Liebe zu ihm etwas Unaussprechliches aus der Tiefe zum Vorschein gebracht worden war. Und als sie diese Liebe habe ausreißen wollen, da habe sie entdeckt, was darunter wucherte, ein grauenhaftes Wesen, das sich dort festklammere und sie beide verschlinge.

»Niemand ist schuld, Tom.« Aber ihre Augen waren leer.

Im Hafen wurden die Sicherheitsvorkehrungen strenger beachtet als gewöhnlich. Er mußte seinen Diplomatenausweis zeigen. Sie gingen auf die Fähre. Sie klammerte sich an seinen Arm, und er klammerte sich fest an ihr. Er stützte sie, führte sie die Gangway hinauf, und innerlich fand er sich allmählich mit der Gewißheit ab, daß sie gehen mußte.

Sie sagte: »Wir hätten ein Leben miteinander haben können, nicht wahr?«

Er nickte: »Unser Garten in Sintra.«

»Ja, unser Garten in Sintra. Und alles, Tom, alles andere auch.«

»Geliebte, ich will …«

»Ja, mein Lieber, ich werde es auch immer haben wollen.« Das Nebelhorn ertönte zweimal.

Er zog sie an sich. Seine Hände suchten nach ihrem Gesicht, und er hielt es und schaute ihr in die Augen. »Catharine, ich …«

Er wollte sagen: Ich werde dir helfen, Geliebte. Ich würde alles für dich tun. Aber er fand keine Worte. Er war Teil des Unwesens, das erschlagen werden mußte.

Sie schaute ihm ins Gesicht und sagte: »Gestern nacht habe ich einen Begleiter gesucht, der mit mir diese Stufen nach oben steigt. Ein unerfüllbarer Wunsch. Ich muß den Weg hinauf alleine finden. Ich muß es, wie ich es all die Jahre mußte. Und so muß es auch sein.« Sie machte einen halbherzigen Versuch zu lächeln, aber ihre Worte waren endgültig.

Das Horn ertönte noch einmal.

Er sagte: »Wir werden einander nicht wiedersehen.«

»Ich glaube nicht. Ich liebe dich, Tom. Das weißt du. Ich werde dich nicht mit dem Gefühl zurücklassen, nichts gesagt zu haben?«

Er konnte kein Wort mehr über die Lippen bringen, und sie lehnte ihren Kopf gegen seinen, so, wie sie es in Lissabon bei ihrem ersten

Kuß getan hatte. Sie trat zur Seite, damit er die Gangway hinuntergehen konnte. Er winkte zweimal. Sie winkte zurück, mit einer schnellen seitlichen Bewegung der Hand. Dann drehte sie sich um, und er wußte, daß sie dieses Mal nicht zurückkommen würde.

FÜNFZEHNTES KAPITEL

Es war vorüber. »Kommen Sie«, sagte Marie Amaral, als sie zusammen die Marina Española entlangspazierten. Sie hakte sich bei Wavery unter. »Kommen Sie und feiern Sie mit uns.«

»Wenn es Ihnen nichts ausmacht, Marie.«

»Unsinn«, sagte sie und sie führte ihn unter der Markise hindurch ins Café ihres Sohnes, »heute abend feiern Sie mit uns.«

Einige Wochen waren vergangen, seit Wavery das Café zum letzten Mal besucht hatte. Er war überrascht, wie blitzblank sauber es war. Vor einem Monat bereits hatte Mohammed mit den Vorbereitungen zum Empfang des ewig erwarteten Eigentümers begonnen, aber erst in der letzten Woche waren sie auf volle Touren gekommen. Er hatte Staub und Schlieren von den Spiegeln gewischt, das Glas vor dem Bildnis des Teniente Zamora poliert, eine Spinne aus den Nüstern des Andenstiers, der über der Theke hing, gezogen, die Bühne, auf der *El General* dreimal hintereinander den Wettbewerb für das Fräulein mit den schönsten Knöcheln gewonnen hatte, gebohnert, den rot-goldenen Vorhang, den ein trinkender Odysseus schmückte, der Kalypso vergessen will, ausgeklopft und auch die durchgebrannten Birnen ersetzt. Vom Flughafen in Lima erreichte ihn ein Anruf des Eigentümers. Und Mohammed konnte Periclito versichern, alles sei in bester Ordnung, die ganze Stadt warte nur darauf, ihn als Held der *sensacional corrida de toros* zu sehen, Sitzplätze würden zu Schwarzmarktpreisen gehandelt. Ja, auch Señora Criado gehe es gut. Und der Tunnel, ja, wie stand es mit dem Tunnel? Wahrscheinlich nicht so gut, sagte Mohammed und versuchte sich zu bücken, um unter der Markise herauszuschauen.

Und jetzt wartete Mohammed darauf, seinen Patron zu begrüßen.

Noch ganz aufgeregt stand er hinter der Theke. Er hatte die Arena früher verlassen, um ganz sicher vor Periclito im Café zu sein. Und was war geschehen? Am Ausgang stieß Mohammed plötzlich auf den

Gouverneur, einen Schritt hinter ihm ging seine Frau. Und wie er Beatrice Menendez anschaute, wußte Mohammed, daß seine Suche beendet war. Endlich hatte er SIE gefunden. Ein Jahr lang hatte er fremden Frauen auf die Schulter getippt und sie gefragt, ob sie »das Augenpaar« seien. Auf diese Weise hatte er die Frau eines kanadischen Juweliers angesprochen, eine New Age-Reisende aus Dijon, die ihr Freund an der Playa Benitez hatte sitzen lassen, eine Albino-Ethnographin, deren Eltern, Freibauern in Urcos, sie seit der Kindheit angehalten hatten, eine kanariengelbe Perücke zu tragen; und eine, die nicht irgendein Mädchen war, sondern Mallorcas drittgrößter Popstar.

Aber es blieb keine Zeit, um seinen Sieg auszukosten. Denn durch die Tür trat soeben Periclito. Hier war er, der *Triunfador de la feria*! Sein weißes Hemd bis zu den Ellbogen hochgekrempelt und seine dicken kurzen Beine in die Kniebundhosen eines Matadors gezwängt, setzte er sich auf den Tresen und wies Mohammed an, eine Freirunde auszuschenken.

Bald wurde es heiß im Café vom Dunst der Trinkerhorde. Man stieß an auf Periclitos heilige *Cojones*. Man hob das Glas zu Ehren des Matador trank auf den schauerlich rotbraunen Stierkopf über ihm, trank auf all die Matadore und Stierköpfe, die ihnen von allen Seiten in den blanken Spiegeln entgegensahen.

»Der ganze Kopf!«

Präsident Zamora war auf die Forderung der Menschenmenge eingegangen, hatte *El Terremoto* nicht mit dem Schwanz, nicht mit einem Ohr, nein, mit dem ganzen Kopf belohnt! Er wußte nicht, ob er damit korrekt gehandelt hatte, aber wer hatte auch schon einen solchen Sturm von wehenden Taschentüchern entfacht?

Periclito legte einen Arm um die Schultern von Señora Criado, und mit der freien Hand streichelte er den sonnengebräunten Rücken seiner Stiefschwester Rosita. Er nahm seinen Arm von den Schultern der Köchin. Plötzlich lag ein Hauch von Bescheidenheit in seiner Miene. Man solle sich von der Aufregung nicht mitreißen lassen. Und er hob sein Glas in Richtung der Säule, an der nun, unter dem Bildnis des Teniente Zamora, der rotbraune Stierkopf hing. In zwei dünnen Fäden trocknete Blut auf dem blinkenden Glas unterhalb des Stierhalses. Was für ein Windschnaufer, heh?!

Man prostete dem Windschnaufer zu, und im Namen des Tiers nahm Periclito die Toasts entgegen. Er wischte sich über den Mund und strahlte. Hatte er nicht großartig gekämpft? Vor diesen Hörnern war ihm sogar das Hinken vergangen. Dort wo sein rundlicher Bauch war, saßen diesmal nur stramme Muskeln. Die Hörner hatten ihn respektiert. Nur eine Quaste seiner Hose hatten sie abgerissen. Schaut mal! Er hob das Bein. Und fünf Minuten später, nur fünf Minuten, Criado! – wo waren die Hörner dann?

»In meiner Faust!«

Er drehte sich auf dem Tresen und langte auf den Schanktisch. In einer Hand hielt er den Stab mit dem goldenen Knauf.

»Ach, da ist er!« rief Genia Ortiz aus, die in diesem Augenblick, mit allen anderen aus der Königlichen Loge, das Café betrat.

Für den siebten Stier hatte Periclito Ernestos Stab als *Palillo* benutzt, auf den er die *Muleta* drapierte. Jetzt schwang er den Stab wie einen Degen. Er winkte Rosita zu sich. »Aber die Füße zusammen, mein Liebling!« Und ging gespannt auf den Zehenspitzen, der Stab über ihr, während seine linke Hand nach einer Serviette suchte. Er hatte die *Mariposa* vorgeführt, den Schmetterling, vor der Nase des Stiers! Der Stier war nicht weniger verblüfft gewesen als jetzt seine Schwester. »So, genau so setzte ich den Schmetterling an, und leise, ganz leise sang ich ihm ein Lied, bis zu dem Augenblick, als ich genau das tat.« Und der Stab fuhr ihren Rücken hinunter. Aber bevor er Rositas Taille berührte, riß Genia Ortiz den Stab an sich.

»Besten Dank. Das genügt.« Das war die Stimme der Witwe des Dirigenten.

Señora Criado fragte: »Und was für ein Lied hast du gesungen?«

Periclito drehte sich zu seiner Schwester: »Da ist Rosita! Und ich habe eines ihrer Lieder gesungen!« Er erntete weiteren Applaus, wenn auch jetzt verhalteneren. Er umarmte die Schwester. »Einen deiner *Fados*, Rosita. Stell dir vor! Der Stier war wie verhext. Verhext!«

»Man müßte ein Gericht nach dir nennen.«

»Ein Cassoulet«, sagte Señora Criado.

Das Cassoulet! Periclito warf die Arme gegen den Himmel. Fast hätte er es vergessen. Er wirbelte vom Tresen, verschwand in der Küche.

Wavery nahm ein Glas von Mohammeds Tablett.

Durch die sich drängenden Menschen erblickte er Rosita, die ihren Kopf nach hinten lehnte, gegen ein bekanntes Hemd. Wavery schaute noch einmal hin und schaute diesmal in Silkleighs Augen.

»*Ambasadoro!*«

Auf der Brust des Tauchers stand immer noch etwas von Vergil und dem Froschjungen.

»Heute abend, das sollte seine Party werden«, sagte Silkleigh bekümmert zu Rosita, »in seinem renovierten Haus.«

»Wie geht's dir, Silkleigh?« fragte Wavery. Er hatte seit vierzehn Tagen nicht mehr mit ihm gesprochen.

Silkleigh ließ Rosita los, glitt vom Stuhl. Mit aller Förmlichkeit reichte er Wavery die Hand. »Ich bin, wie Menschen mit einem geringeren Wortschatz sagen würden, versöhnlicher Laune.«

»Bist du weg gewesen?«

»Ich dachte, es sei besser, mich mal kurz aus dem Staub zu machen. Meine Leute wollten einen Bericht. Du weißt doch, wie es geht, mein Bester. Aus erster Hand, keine Ausflüchte, von Mann zu Mann ...«

Mohammed kam mit einem Tablett auf sie zu. Wavery nahm noch einen Drink. Er fragte: »Wo steckt Panteco?«

Silkleigh nahm seine Nase zwischen Daumen und Zeigefinger, sein Lächeln wich einem finsteren Blick. »Der Klugscheißer ist nach Rabat geschickt worden.« Er blickte schnell zu Rosita hinüber, die mit einem besorgten Zamora sprach, zu dem sie gerade sagte: »Aber ich habe sie gerade gesehen – mit Asunción.«

»Um nach Cochabamba zu suchen, mein Bester«, flüsterte Silkleigh und zog sich mit einem Finger das Unterlid nach unten.

Aber sie hatte den Namen doch gehört, und Rositas Blicke wurden kämpferisch. Sofort wollte sie auf Distanz gehen. Aber Silkleigh schlang ihr einen Arm um den Hals.

»*Nada* unten drunter. Ehrlich. Nur Nerz und keine Höschen. Nicht wie meine *kleine* ...« Silkleigh beugte seinen Mund an ihr Ohr.

»Sage *das* Wort nicht«, ihre Augen wurden schmal vor Ärger, »das ist unser Wort.«

»Deswegen sagte ich es.« Mit seinen Lippen streifte er ihre Wangen, eine Berührung, die so sanft war wie Gischt. »Meine liebste Rosita. *Si kantas plej bele*. Was man für eine Person fühlt, wenn sie weit weg ist, das ist wahre ...«

»Was macht das Buch?« fragte Wavery.

»Ja«, sagte Rosita und entzog sich seinen Armen, »was *macht* das Buch, Silkleigh?«

Silkleigh schaute auf. »Tatsache ist«, sagte er und strich sein T-Shirt glatt, »daß es mich freut, wenn ihr danach fragt.« Er schaute um sich, aber er konnte nicht ausweichen. »Wißt ihr, je mehr ich darüber nachdachte … Der Titel, der war nicht schlecht, aber … Es war einfach nicht der *richtige*.«

»Silkleigh!« Periclito war vor ihnen erschienen. In jeder Hand trug er zwei Teller. »Probier mein Cassoulet!«

Außerhalb des grellen Scheins der farbigen Lichter saß Zamora unter dem Fernseher, auf Ghanems Stuhl. Zwei Tische waren zusammengerückt worden, Zamora saß am Kopf der Tafel. Seine Strickjacke hatte er ausgezogen, und er sprach mit Asunción, die unter dem Tisch Tromsos Hand hielt, über Pablo.

»*Querida*«, sagte er gerade, »wenn du ihm alles erlaubst, was er tun will, dann wird er nur sich selber anklagen können – und das kann, wenn er älter wird, zu erheblichen Problemen führen.« Und im stillen dachte er: Sollte es wirklich möglich sein, daß Asunción und Tromso in zehn Jahren auf dem Sofa sitzen und den jungen Mann, der zwischen ihnen sitzt, fragen: Und du willst tatsächlich Friseur werden?

»Cassoulet!« Periclito kam mit weiteren Tellern aus der Küche. Er setzte sie ab und schaltete den Fernseher ab.

»Heh!« sagte Tromso.

»Unterhalte dich mit deiner Frau, Tromso.« Periclito faßte Asunción unterm Kinn und küßte sie voll auf den Mund. Ein Olivenkern erschien auf seinen Lippen. Er spuckte ihn in den Aschenbecher und zog zwei Stühle zurück.

»Mohammed!« Er wies auf die Gäste, die kein volles Glas mehr hatten. »Maman!« rief er, schon wieder auf dem Weg in die Küche, »Rosita!«

Periclitos Schwester hatte ihren geflochtenen Goldgürtel und ihr schwarzes Oberteil abgelegt. Sie trug jetzt einen leichten dunklen Rock und einen Gürtel aus roter Seide, der zweimal um ihre Hüfte gewickelt war. Eine lange Bernsteinkette hüpfte gegen ihren nackten Bauch, als sie mit kleinen Schritten zur Bühne ging. Im farbigen Licht blieb ihr Gesicht ausdruckslos.

Gallo folgte ihr. Als sie sich halb drehte, um ihm seinen Sitzplatz zu zeigen, brachten die Lichter irgend etwas in ihrer Hand zum Glitzern.

Davids Teekanne! dachte Marie Amaral, und ihr Herz schlug so rasch gegen ihre Brust, daß sie kaum atmen konnte.

»Rosita!« rief Periclito, der mit zwei weiteren dampfenden Tellern aus der Küche gestürmt kam. Er konnte seine Stiefschwester noch immer nicht sehen. Zuletzt hatte sie mit Silkleigh gesprochen, aber der Taucher stand jetzt allein. Periclito suchte die Tische um die Säule ab, da hörte er plötzlich etwas. Sein Kopf flog herum in Richtung Fernseher, den er doch Augenblicke zuvor ausgeschaltet hatte. Tromso! wollte er gerade rufen, aber es war nicht der Fernseher. Was er gehört hatte, kam von der Bühne. Er wirbelte herum, einen Teller heißes Cassoulet in jeder Hand.

Bis dahin hatte kaum einer im Café bemerkt, was auf der Bühne vor sich ging. Nur einige, die direkt davor saßen, senkten die Köpfe und stöhnten auf, als sie die unheilkündenden Akkorde von Gallos Gitarre hörten. Doch der Lärm im Café war zu groß, zu viele Menschen waren da, als daß die, die in der Mitte saßen, die Vorbereitungen auf der Bühne hätten mitbekommen können.

Noch wäre das Unheil abzuwenden, dachte Periclito und versuchte, sich den Weg zur Bühne zu bahnen. »Rosita …« Sie nippte an ihrem Glas, stellte es dann neben der Teekanne auf den Boden. Sie räusperte sich und nickte Gallo zu. Sie sah niemand mehr im Raum. Mit einem Stampfen ihres Fußes trat sie vor ins rote und blaue Licht.

»*Não peças demais à vida*«, begann sie.

Erst gegen Ende der ersten Strophe hatte sie die Aufmerksamkeit der Menschen im Café gewonnen. Ihre Stimme setzte sehr tief ein, dann fand sie ihre Tonlage und schlich sich dann in die Gespräche über Periclitos Auftritt, schaffte sich Gehör in all dem Schulterklopfen und Zuprosten, übertönte das Geklapper des Messers, mit dem Pablo gegen eine Bierflasche schlug.

»Bom, bom, bom«, machte Silkleigh an der Theke und runzelte leicht die Stirn. Das ist doch der Gipfel, dachte Periclito in seiner Verzweiflung, er sah sich schon um seinen Triumph gebracht, nur wegen seiner Schwester und ihrer Mißachtung der Harmonie.

»Geradezu himmlisch«, sagte Zamora, der Periclitos Cassoulet in immer neuen Wendungen feierte.

Aber da gewann die Stimme ihre Freiheit, ließ alles hinter sich, was der Dirigent der Sängerin hatte beibringen wollen, und Zamoras Gabel verharrte in der Luft, Periclito vergaß die heißen Teller in seinen Händen, während Pablo das Flaschenetikett in Ruhe ließ, an dem er herumgeschnippelt hatte, und Asunción ihren Blick von Tromso wegriß und Marie Amaral denselben tiefen Schauer spürte wie Genia Ortiz, die instinktiv nach ihrem Dirigentenstab griff. Und alle schauten sie zur Bühne, auf der eine kleine Frau, die mit jeder Sekunde an Selbstvertrauen gewann, *Fado* sang.

Keiner der Anwesenden hatte so etwas je gehört. Das war nicht mehr die Stimme von Rosita Amaral, der Schülerin von Ernesto. Die Stimme kam unverfälscht, wie Blut, als zeige sie sich das erste Mal, kam ungekünstelt und ehrlich. Eine Stimme, die Verzweiflung geformt hatte. Rosita sang von ertrunkenen Matrosen, von einem toten Stier, doch hatten alle, die ihr zuhörten, das Gefühl, als singe sie in genauer Resonanz zu ihrem eigenen Schmerz, als dringe die Stimme vor zu den verschlossensten Stellen in ihnen und lasse sie alles vergessen, was sie Augenblicke zuvor gesagt und gedacht, was sie getrunken und gegessen hatten, nur zuhören wollten sie noch, denn in der Vollkommenheit, mit der sie ihren Schmerz zum Ausdruck brachte, lag Bestätigung und Trost.

Als sie von der Bühne herabstieg in den Raum, baumelte ihre Kette in einem wilden improvisierten Tanz. »Aber Rosita ...« Periclito wollte ihr etwas zuflüstern, als sie an ihm vorbeiglitt, doch mit seinen verstummenden Lippen klappte auch sein Doppelkinn auf seinen Hals hinunter. Sie wandte sich, um ihren Bruder anzusehen, tanzte rückwärts an den Tischen vorbei zum Tresen.

»Rosita«, flüsterte Silkleigh und drückte Mohammed sein Glas in den Rücken, damit er Platz machte und Silkleigh freie Sicht bekam. Aber Mohammed schätzte die Stimmung falsch ein, stolperte nach vorne und drängte hinter ihr her in den immer enger werdenden Raum, ließ seine Hände die Rundungen ihres Hinterteils in die Luft malen, ahmte die Bewegungen ihres Bauchs nach, bis Silkleigh ihn mit einem Fußtritt zur Seite trieb.

Das Lied war zu Ende. In der plötzlichen Stille fand Silkleigh seine Stimme wieder. »Bravo! Bravo! Rosita!« Und bald stimmten alle ein, stampften auf den Boden und zum immer schnelleren Rhythmus der Füße schrien sie: »Ro-si-ta! Ro-si-ta! Ro-si-ta!«

Sie tanzte an den letzten Stühlen vorbei bis zur Theke, wo Silkleigh und Wavery standen. Langsam drehte sie sich, um die beiden Männer anzuschauen. Wavery konnte den Schweiß auf ihrer Brust riechen.

»Das. War. Zauberei«, sagte Silkleigh.

Unter dem Fernsehgerät setzte Periclito aufjaulend seine dampfenden Teller ab.

Der Alkohol hatte eine außergewöhnliche Wirkung auf Wavery. Zauber. Liebe. Beides hat nichts mit Wissen zu tun, sagte er sich, während er an der Theke stand. Das waren nur Illusionen. So, wie Abyla nur eine Illusion war und all die Menschen in diesem Café, die einander immer dichter auf die Pelle rückten und sich doch nicht kannten, nur Silkleigh kannte sie, Silkleigh der Spiegel, der die Facetten ihres Lebens zusammenfügte und sie mit dem Ergebnis konfrontierte, beleuchtet vom vielfarbigen Spiel der Lichter und der Schatten, und rief: Heh! Das bist doch du, oder, *Kara mia*? Erkennst du dich wieder?

Wavery trank. Der Alkohol machte ihm Mut, an Catharine zu denken, und er geriet ihn Panik. Die Gewißheit, sein Leben ohne sie verbringen zu müssen, schien ihm unerträglich, ebenso die Vorstellung eines Weiterlebens im Diplomatischen Dienst. Er gab keinen, dem er noch dienen wollte.

Wavery schaute hoch in den Spiegel und sah Teniente Zamora. Der Soldat kam auf ihn zu und entfernte sich wieder. Wo immer Wavery hinschaute, überall sah er den Teniente. Wieder und immer wieder. Die Hand in der Uniformjacke. Füße auf dem Teppich. Der Held von Afrika. Der Todgeweihte. Zurückweichend, auf ihn zukommend. Den Kopf unter einem schrägen Heiligenschein. Abgetrennt von seinem Körper. Gemalt von Sandra der Schänderin. Gemalt von Emilios Mutter. Gemalt von Penny.

»Ich muß gehen«, sagte er. Aber niemand hörte ihn.

»Maman«, sagte Periclito, »ich muß endlich diese Spiegel rausschmeißen.«

»Wo ist Clotilda?« fragte Zamora ängstlich. In der Menschenmenge hatte er Silkleigh gesehen. Der Taucher war also auf keinen Fall der Liebhaber seiner Tochter, nicht wenn man danach ging, wie er Rosita umarmte. Doch wenn es Silkleigh nicht war, wer war es dann? Er rief: »Hat jemand Clotilda gesehen?«

In der Residenz wartete Halima auf Wavery.

Sie öffnete den Backofen und zog das Blech heraus, bestrich nach den Anweisungen auf Pennys weißer Karte die Ente mit Fett. Sie träufelte auch etwas Orangenblütenessenz darauf. Ihr *Maazahr* war bekannt als Heilmittel gegen alle Verstimmungen, vom Zorn bis zur Hysterie. Bevor sie nach Hause ging, ließ sie immer ein paar Tropfen in einer Schüssel in Waverys Schlafzimmer. Bis jetzt aber hatte es den Schmerz im Gesicht ihres Herrn nicht lindern können.

Die Flüssigkeit zischte und verwandelte sich in Dampf.

Wo blieb er nur?

* * *

Unbemerkt verließ Wavery das Café Ulises. Draußen war Abylas Himmel rot überzogen mit dem Blut des Teniente, und das Meer war grün von seinen Lorbeerblättern. Wavery überquerte die Marina Española. Die Brise hatte sich irgendwo verkrochen, und nur die auf die Playa Benitez rauschende Brandung verband ihn noch mit der Erde.

In der Telephonzelle klingelte es. Ohne nachzudenken öffnete Wavery die Tür. Innen war alles neu gestrichen, einige Graffiti allerdings waren noch frischer. Er hob den Hörer ab.

»Hallo?«

Er hörte eine eigenartige Stimme, von weit her. Eine Frauenstimme. Auf Spanisch verlangte sie nach Periclito.

»Einen Augenblick, ich gehe ihn holen – Hallo?« Aber die Leitung war tot. Er wartete, um zu hören, ob sie noch einmal anrufen würde. Seit zwei Wochen wartete er darauf, auf einen Anruf, der, wie er wußte, nie kommen würde. Er hatte sich verboten, die Residenz zu verlassen, die paar Anrufe, die er erhalten hatte, hatte er immer rasch abgewimmelt, nur um den Anschluß frei zu halten. Doch wurde er von widersprüchlichen Gefühlen beherrscht. Wenn Catharine je anrufen sollte, dann wollte er nichts mehr, als ihr seine Anwesenheit vorenthalten. Die einzige Macht, die er noch hatte, war seine Abwesenheit. Sogar sich selbst war er abhanden gekommen. Die Depression hatte ihn so vollständig überwältigt, daß er, als er sich gerade in den Spiegeln des Café Ulises erblickt hatte, überrascht war, noch ein körperliches Wesen zu sein.

Die einzige Person, die unbedingt mit ihm sprechen wollte, war Queesal. »Es tut mir leid, daß es abgeblasen wurde«, sagte der Mann, der nicht weinen konnte, »aber, ganz ehrlich, Tom, es war das beste so. Das gibt uns die Zeit, alles richtig vorzubereiten.« Angesichts der Ereignisse neulich allerdings habe man sich entschlossen, Wavery nach London zurückzurufen. Die Entscheidung war auf höchster Ebene gefällt worden. »Sie wollen dich befördern«, sagte Queesal, der sich noch nie so entgegenkommend angehört hatte, »auf den Rittertitel wirst du leider verzichten müssen, aber der PUS spricht von einer anderen Auszeichnung, vom Companion of the Order of St. Michael & St. George.« Wavery werde bald die offizielle Bekanntgabe erhalten, aber Queesal habe bereits jetzt die Freude, ihm mitteilen zu können, daß er zum Sensitivity Officer ernannt worden war.

»Sir Derek befindet sich im Augenblick in Urlaub«, sagte Queesal, dessen Bericht an den PUS mit der Bemerkung geschlossen hatte, man solle Thomas Wavery nie wieder ins Ausland senden. »Aber er wollte unbedingt, daß ich dir seine Glückwünsche übermittle.«

In der Zelle hörte Wavery auf die Brandung und wartete darauf, daß die Frau zurückrief. Er streckte die Hand aus und zog sie wieder zurück. Er wußte, was geschehen würde, wenn er das Telephon berührte, er wußte, welche Nummer er dann wählen würde. Wie oft in den letzten vierzehn Tagen hatte er ihre Nummer bis fast zum Ende gewählt. Hatte er aufgelegt, weil er das Ergebnis eines solchen Anrufs ahnen konnte?

Er fischte fünf Münzen aus der Tasche und wählte eine Nummer.

»Penny?«

»Tom.«

»Wie geht es den Schildkröten?«

»Geht es dir gut?«

»Ich rufe an, um dir zu gratulieren.« Die Ankündigung ihrer Heirat war am Morgen eingetroffen.

»Ach, Tom. Das ist sehr nett von dir.«

»Bist du nicht aufgeregt?«

»Ach, rede nicht so. Natürlich bin ich aufgeregt.«

»Und Patrick?«

»Ich weiß nicht, ob er so aufgeregt ist.«

Wavery hörte aus dem Hintergrund: »Liebling, natürlich bin ich aufgeregt.«

»Ich gebe dich an Patrick weiter.«

»Tom. Hallo.«

»Wir sind uns nie begegnet, oder doch, vor sehr langer Zeit.«

»Ich habe Penny gerade gesagt, wie aufgeregt ich bin.«

»Tom«, nun war es wieder Penny, »ich bin's. Es tut mir leid …« Aber sie wurde von einem Piepton unterbrochen. Wavery sagte: »Wart einen Augenblick.«

Er steckte noch eine Münze in den Schlitz. »Penny. Penny?« Da war ein Klicken, dann Stille. Er hängte den Hörer ein. Drei Münzen hatte er noch. Er wählte die Nummer noch einmal, und eine Tonbandstimme antwortete ihm: »Leider können wir Sie im Augenblick nicht verbinden. Bitte versuchen Sie es später wieder.«

Wavery hängte den Hörer wieder ein und öffnete die Tür der Telephonzelle. Einige Meter entfernt hielt ein weißer Renault am Bordstein, mit laufendem Motor. Nur ein Scheinwerfer funktionierte. Eine junge Frau saß auf dem Beifahrersitz. Ihr Gesicht war nach unten geneigt, verdeckt durch eine Flut schöner Haare. Doch konnte er sehen, daß sie weinte. Der Fahrer wollte sie gerade umarmen, da sah er Wavery. Und im Lichtkegel eines vorbeifahrenden Lastwagens erkannte Wavery den weißen Anzug, die goldene Halskette und das aufgebrachte Gesicht des zurückgetretenen Gouverneurs von Abyla. Das Mädchen hob den Kopf. Es war Clotilda, die jüngere Tochter von Senator Zamora.

Wavery grüßte steif. Menendez winkte zurück. Das Auto fuhr davon.

In der Telephonzelle klingelte es wieder. Wavery schritt die Esplanade entlang, um dem Klang zu entkommen. Nun hörte er von fern das Klopfen an den Scheiben der Irrenanstalt in der Calle Sylvestre und dann nur noch die Brandung vor der Playa Benitez. Er war schon längst an seiner Residenz vorbeigegangen.

Er betrat den Strand.

Ganz auf der anderen Seite des Strandes, direkt vor den Klippen des militärischen Sperrgebiets von Monte Hacho, lag die Schildkröte und keuchte. Sie hatte jungfräulichen Sand gefunden, hatte ihre Eier abgelegt. Aber die Anstrengung hatte in ihrem Gesicht Spuren hinterlassen. Sie wackelte mit dem Kopf, kratzte den Sand von den tumor-artigen Schwellungen unter ihren Augen. Schwerfällig wollte sie sich auf den Weg zurück ins Wasser machen. Aber ihr Leib schmerzte von den Anstrengungen der letzten Stunde, von der Nylon-Angelleine, die sie verschluckt hatte, und dem Öl, das in ihren Magen geraten war. Das Tauchen war ihr schwergefallen.

Sie bemerkte eine Bewegung am Strand. Ihr Herz klopfte gegen die Eier, die noch von ihrem algenüberwachsenen, verletzten Schild geschützt wurden. Sie zog den Kopf ein wenig über den kleinen Sandrand, den sie sich gegraben hatte.

Nichts. Nur das besänftigende Rauschen der Wellen. Der Schrei einer Möwe oben an der Klippe. Das wieder ruhige Meer.

Und plötzlich. Ein Schlag auf dem Sand, nicht der ihres Herzens. Zwei Beine, zwei Arme, eine Hand.

Die Hand griff ihren Panzer an dem angebissenen Ende und drehte sie auf den Rücken, verrenkte ihr den Hals, so daß sie nur noch den Himmel und ein Gesicht sehen konnte, ein Gesicht, das so leer war wie der Himmel.

Der kurze Kampf am Strand hatte die Waldrappen aufgescheucht. Die Vögel kauerten auf ihrem Felsvorsprung, hoben ihre langen roten

Schnäbel und schüttelten die Flügel. Eines der Küken war von der Unruhe erwacht. Es versuchte sich aufzurichten, wackelte auf den kleinen Füßen zu seinen Eltern. In der Dämmerung konnten die älteren Vögel am Strand einen Seeadler sehen, der irgend etwas verschlang, und einen Augenblick lang entspannten sie sich. Aber dann hörten sie ein anderes Geräusch, diesmal lauter. Sie erstarrten in ihren Nestern. Die struppigen Halsfedern zitterten, ihre gereckten Hälse verharrten reglos.

Unter ihnen blieb auch Ghanem der Stumme wie erstarrt stehen. Er drückte seinen Bauch gegen den olivfarbenen Kadaver und den Sack voller Eier. Wachsam schaute er die Küste entlang. Am Strand sah er einen Mann stehen, womöglich ein militärischer Wachposten.

Wavery war an einen niedrigen Stacheldrahtzaun gekommen, hinübergeklettert, aber mit einem Hosenbein hängengeblieben. Er untersuchte den Riß und setzte sich fluchend in den Sand. Der Sand war hier mit winzigen Splittern von Krebsschalen übersät, die die Nachtreiher als Kügelchen ausgewürgt hatten. Ansonsten war er fest, sauber und unberührt von Fußspuren.

Angetrunken schaute Wavery hinaus aufs Meer. Der Alkohol hatte in seinem Kopf einen arabischen Basar von Bildern eröffnet. Als die letzten Sonnenstrahlen hinter La Mujer Muerta verschwanden, verspürte er ein eigenartiges Gefühl. Als sei er, seit er über den Zaun gestiegen war, zur Figur aus einem von Pennys Gemälden geworden. Sie hatte eine orangefarbene Boje aus dem Baum vor dem Konsulatsgebäude gepflückt und sie zwischen die Falten von Zamoras neuester Strickjacke gerollt. Sie wußte nicht, welchen Titel das Gemälde erhalten sollte. Sie wußte nicht, wie sie weitermalen sollte. Das wird eines der Bilder, die sie auf den Kopf stellen muß, dachte er, als er die Schuhe auszog und dann die Socken.

Er krempelte das zerrissene Hosenbein hoch und schob sich auf die Füße. Irgendwo auf dem Wasser der Meerenge pulsierte das batteriebetriebene Licht eines Fischkutters. Dahinter glühte Gibraltar. Ein großes Kreuzfahrtschiff fuhr auf seinen Hafen zu; seine Lichter flimmerten in regelmäßigen Abständen über die Bucht.

Europa, dachte Wavery. Dort ist Catharine. Catharine, die das einzige hat aufgeben müssen, das sie vielleicht erlöst hätte.

Die Silbermöwen schrien ihren Namen: Catharine. Catharine.

Er dachte, *sie* hat sich mit ihren Schreien in der Nacht befreit. Jetzt, da sie heraus sind, in der frischen Luft, ist sie frei. Aber wohin nur soll ich?

Der Wind hauchte über das Gemälde und brachte die Wellen zum Leben, ließ Farbe abblättern.

»Catharine. Catharine.«

Er hörte sie. Sie rief nach ihm. Und Wavery, seine Schuhe in der Hand, rief zurück. »Catharine!«

Seine Stimme wurde von der Klippe hinter ihm verstärkt. Verängstigt schwangen sich die Waldrappen in die Luft, mit kurzen, fledermausartigen Flügelschlägen verließen sie das Nest, ihre Körper drückten sich gegen den Wind. Dann, im freien Fall eines bogenförmigen Schwungs, flogen sie direkt über Waverys Kopf. Es gab keinen Ort mehr, zu dem sie fliehen konnten. Bis an den Rand der Welt waren sie geflogen, und jetzt flogen sie aufs Meer hinaus mit raschen, knarrenden Flügelschlägen.

Die Wellen überschlugen sich im Versuch, die Vögel zu erwischen. Eine Welle, mächtiger als die anderen, warf sich den Vögeln entgegen. Die Ibisse stiegen steil in die Höhe, um ihr zu entkommen, beschleunigten ihren Flügelschlag, aber die Welle hatte sie in zwei Gruppen auseinandergerissen. Die Vögel verloren an Höhe, stiegen wieder empor. Zwei von ihnen flogen weiter, knapp über dem Wasser der Meerenge und auf das Kreuzfahrtschiff zu und schrien ihr *Käh käh käh*. Vier andere wendeten scharf nach Westen, flogen hinein in den blaßroten Abendhimmel.

Wavery sah das Aufblitzen ihrer Flügel; sie waren wie flüchtige Gespenster in der Dunkelheit. Schnell zog er sich aus. Seit zehn Jahren schwamm er regelmäßig, zwanzig Längen jeden Morgen. Das war mehr als die Entfernung nach Europa. Er war trainiert. Er war ein gesunder Mensch.

Er war nackt, als er sich aufrichtete. Er spürte den Wind auf seinem Bauch.

Die Möwen riefen nach ihm.

Im Café Ulises hatten sie das letzte Mal auf Periclito angestoßen. Nun tranken sie Genia Ortiz zu, am Abend vor ihrer Rückkehr in ihr Heimatland. Jetzt, wo ihr Sohn wieder da war und auch der Dirigentenstab, da dachte sie, daß sie es doch sehr gut hatte. Sie war glücklich, ihren Sohn zu sehen, der sich, wie Asuncións Gesichtsausdruck zeigte, wohl kaum verändert hatte. Aber wie würde sie Balnascharki wiederfinden? Würde das Haus ihrer Familie widerhallen in seiner Leere?

Mit solchen Gedanken saß sie, fröstelte ein wenig und fühlte sich müde und aufgeregt wegen der bevorstehenden Reise.

Marie Amaral spürte die Abendkühle nicht. Sie saß eingeklemmt zwischen Zamora und ihrem Sohn. Zum ersten Mal konnte sie einen Augenblick der Ruhe mit Periclito genießen.

»Aber sieh nur, wie fett du geworden bist.«

Er lachte, rieb seine Nase an ihrem Ohr, und sie wußte, was er gerade dachte. An jenem Nachmittag im Ring war ihm endlich sein eigenes Spiegelbild entgegengetreten.

»Was macht die Liebe, *mon chéri*?«

»Das Bett ist zu klein, taugt nicht als Bühne, Maman«, sagte er und blies immer wieder auf seine verbrühten Hände. »Die Liebe? Sie ist jämmerlich.«

Sie konnte ihre Ungeduld nicht verbergen. »Periclito, das gilt für alle. Was ist mit der Frau mit dem kranken Ehemann?«

»Ich mußte sie verlassen, Maman. Sie hatte sechs siamesische Katzen. Ein Gentleman kann so etwas nicht ertragen.«

»Periclito, da ist jemand, dem ich dich gerne vorstellen würde.« Sie schaute sich um. Aber den Consul General sah sie nirgends.

»Später, Maman. Später«, sagte Periclito und stand auf. Zuerst müsse er sich um den Nachtisch kümmern.

Auf der anderen Seite des Tisches sprach Silkleigh mit Rosita. »Ich habe nachgedacht.« Er schob das Haar von ihren Ohren. »Ein großes Buch ist ein großes Übel …« Ihre Blicke knabberten zärtlich an ihm. Ihr entspanntes Gesicht sagte: Ich bin glücklich. Es ist schön, so glücklich zu sein. Sie sagte: »Du hast nur Seifenblasen im Kopf, Silkleigh.« Er kitzelte ihren Bauch. Sie drückte seine Hand, fächerte seine Finger auf. Heute nacht wird sie sich unter seiner Berührung in Gold verwandeln, dachte Marie Amaral.

Wie kalt es plötzlich war. Marie Amaral nahm Theodoros Strickjacke von dessen Stuhllehne und zog sie sich über die Schultern. Sie hörte Zamora sprechen, suchte Zuflucht im Klang seiner Stimme. Niemand verstand wie er diese Felsenzunge, dieses schmale und unwirtliche Kap. Diese magische Teekanne, in der alle zusammengerührt worden waren und in neue Form gegossen.

Zamora wand sich zu ihr. Periclitos Eintopf hatte ihn Clotilda völlig vergessen lassen. »Schmeckt dieses Cassoulet nicht wundervoll, Marie?« sagte er. Das übertraf doch wohl die Makrelensoße der Carteia! »Einfach zauberhaft!« Er schaute ihr direkt in die Augen. Sein Atem roch nach Chicoree.

Marie Amaral hörte von draußen das wilde Schlagen der Markisen. Sie neigte ihren Kopf, um durch das Caféfenster zu schauen. Sie sah einen bösen Himmel, bockige Wellen und Vögel, die nach Westen zogen. Sie murmelte und dachte nicht mehr an den Consul General de Granbretania: »Es ist der schwarze Wind, Teodoro.«

Von nirgendwoher, wie aus der Tiefe der Erde, kam der *Levante* zurück.

Der schwarze Wind durchsuchte die Straßen, ein verlorenes Tier, das die Deckel der Mülltonnen in der Calle Zamora rasseln ließ, die Palmen in der Plaza de Los Reyes anblies und Bäume entblätterte, als seien sie verwelkte Chrysanthemen aus den Eimern von Marie Amaral. Ungehindert galoppierte er die Marina Española entlang und stampfte mit seinen Hufen das Wasser zu Schaum.

Weit unten am Strand leckten die Wellen an Waverys Knien, und schmeichelnd zogen sie ihn ins Wasser. Er streckte die Hand in die Brandung. Das Wasser war warm. Es hüllte seine Hände in eine blaugolden glühende Haut. Er tat einen Schritt vorwärts, und die Wellen liebkosten seinen Leib. Er ließ sich ins Wasser gleiten und schwamm mit seinen ruhigen kontrollierten Brustzügen. Er atmete regelmäßig. Das Glühen der Wellen umspielte seine Brust. Er verstärkte seinen Beinschlag. Mit jeder Bewegung leuchteten die Wellen heller, bis man hätte lesen können in ihrem Licht. Bald schimmerten seine Arme in den Farben von Schildpatt. Um sein Gesicht leuchtete eine Aura.

»Catharine!« riefen die Möwen. Er hörte ihr drängendes Rufen. Er schwamm ihr doch entgegen. Sie war nur zwanzig Kilometer entfernt.

Eine Welle wusch ihm die Brille davon.